T.S. ORGEL

DAS HAUS DER TAUSEND WELTEN

Roman

WILHELM HEYNE VERLAG
MÜNCHEN

»There is a house in New Orleans,
it's called the Rising Sun.
It's been the ruin of many a poor girl
Great God and I for one.«
Rising Sun Blues, Amerikanischer Folk Song,
Autor unbekannt

Verlagsgruppe Random House FSC® N001967

Originalausgabe 03/2020
Redaktion: Catherine Beck
Copyright © 2020 by Tom & Stephan Orgel
Copyright © 2020 dieser Ausgabe by
Wilhelm Heyne Verlag, München,
in der Verlagsgruppe Random House GmbH,
Neumarkter Str. 28, 81673 München
Printed in Germany
Umschlagillustration: Franz Vohwinkel
Umschlaggestaltung: Das Illustrat, München
Satz: KompetenzCenter, Mönchengladbach
Druck und Bindung: CPI books GmbH, Leck
ISBN: 978-3-453-31979-0

@HeyneFantasySF

INHALT

PROLOG

Das Jahr 464 der Drachennation

Das *Haus der Aufgehenden Sonne* hatte tausend Arten, jemanden zu töten. Für Roru jedoch hatte es sich anscheinend etwas geradezu Langweiliges ausgesucht. Es war nur ein Kratzer gewesen, kaum der Rede wert, beiläufig zugefügt, als ein weniger geschickter Mann seinen Kopf verloren hatte. Er jedoch war dem Monster fast spielend leicht ausgewichen, und ein Dolch durch das Auge hatte dem Leben der Kreatur ein Ende gesetzt, noch bevor sie einen zweiten Angriff hatte führen können. Den Kratzer hatte er erst Stunden später bemerkt, als sie Rast in diesem Stockwerk eingelegt hatten, das bis unter die hohe Decke mit Büchern und Schriftrollen aller Art gefüllt gewesen war. Dort war Pwyl gestorben. Eine der Kreaturen, die drei Ebenen tiefer hausten, hatte ihn erwischt. Hatte ihm die Brust durchstochen und den halben Bizeps abgebissen. Für eine Weile hatte es ausgesehen, als würde er es trotzdem schaffen. Er tat es nicht. Und während die anderen diskutierten, was sie mit dem Toten tun sollten, hatte er festgestellt, dass das Jucken in seiner Wade nicht aufhörte. Unauffällig hatte er nachgesehen. Es war nur ein unbedeutender Riss in seinem Beinkleid, doch die Haut darunter war beinahe schwarz, und feine dunkle Adern streckten sich wie zarte Wurzeln von dort aus in Richtung seines Knies. Roru hatte die Hose zurück über die Wunde geschoben und geschwiegen. Und er schwieg bis jetzt. Was sollte er auch sagen? Die Taruki, Meret, war eine ziemlich gute Heilerin, soweit er das beurteilen konnte, aber was sollte sie tun? Ihm das Bein abnehmen? Das würde vielleicht, nur vielleicht, helfen – in einem Lazarett. Aber hier drin? Wenn er liegen blieb, war er bereits so tot wie Pwyl. Also blieb ihm nichts anderes, als zu laufen. Zu klettern. Hoch und immer höher. Wer wusste es schon – wenn sie es ganz nach oben schafften, bekam er vielleicht seinen Wunsch erfüllt. Den Wunsch, der jeden Fehler rückgängig machen konnte. Er hatte etwas anderes damit im Sinn gehabt, aber bei Ragots Messern – der größte Fehler, den er begangen hatte, war mit Sicherheit, dieser Frau auf ihrer Suche nach dem Tod zu folgen. Es war dämlich gewesen hierherzukommen.

Roru lehnte sich gegen das steinerne Geländer, das den Schacht umgab, und starrte in die Tiefe. Irgendjemand, vermutlich der große Ragot, hatte irgendwann gesagt, in den Abgrund zu starren wäre eine schlechte Idee. Irgendwann starre der Abgrund zurück, und das sei dann aus irgendeinem Grund nicht gut. Roru hatte nicht genau verstanden, was das Problem daran war, aber in diesem Fall gab es Dinge dort unten, von denen man besser nicht gesehen wurde.

Er hatte keine Ahnung, wie hoch sie inzwischen waren. Zwanzig Stockwerke? Dreiundzwanzig? Er hatte irgendwann die Orientierung verloren, und das beunruhigte ihn beinahe noch mehr als die Tatsache, dass dieses Haus keine dreiundzwanzig Stockwerke haben dürfte.

War da eine Bewegung gewesen? Roru kniff die Augen

zusammen und starrte in die Finsternis des Schachts hinab, in dessen Tiefe Lichter glommen wie manchmal in der Tiefe der See in einer windstillen, mondlosen Nacht. Er war zu hoch, um das Licht am Grund sehen zu können, doch allein der Gedanke, dass dort unten Menschen ihrem ganz normalen Leben nachgingen, dass außerhalb dieser Mauern eine Stadt lag, die nichts davon ahnte, was in diesem Haus lauerte, erfüllte seinen Schädel mit dumpfem Pochen. Vielleicht war es aber auch besser, dass niemand von alldem hier wusste. Wie hätte irgendjemand in Atail noch ruhig schlafen sollen, wenn dieser Mist hier bekannt wäre? Wenn bekannt wäre, welche Reichtümer – und welche Schrecken dieser Ort bereithielt, direkt im Herzen der Stadt? Unwissenheit war öfter ein Segen, als man gemeinhin annahm.

Ja. Definitiv eine Bewegung. Irgendjemand – oder etwas – kam die Treppe herauf, die sie erklommen hatten, nachdem Pwyl gestorben war. Wenn es denselben Weg nahm wie sie, würde es sie in einer halben Stunde erreicht haben.

»Wir sollten weitergehen«, sagte Meret leise. Die Haut der hochgewachsenen Taruki war so dunkel, dass er sie im Dämmerlicht kaum sah. Nur auf ihrem glatt rasierten Schädel schimmerte der Widerschein der einsamen Laterne hinter ihnen – und in ihren Augen, als sie sich jetzt zu ihm umwandte. »Kannst du gehen?«

Roru gelang es, nicht zusammenzuzucken. »Warum sollte ich nicht?«

»Du schonst dein Bein«, stellte sie ungerührt fest. »Du bist langsamer. Du weichst mir aus.«

Er grinste halbherzig. »Ich weiche denen da aus.« Er nickte in Richtung der drei verbliebenen Söldner. Er hatte sie beinahe sein ganzes Leben lang gekannt. Sie waren Straßenschläger aus dem Viertel, in dem er aufgewachsen war. Und doch schienen ihm ihre Gesichter, jetzt, da sie am Ende ihrer Kräfte waren, eigenartig fremd. »Mein Volk glaubt, es bringt Unglück, sich in der Nähe von Totgeweihten aufzuhalten, wenn man nichts zu trinken hat.«

»Ich kann dir einen Schluck Wasser anbieten.«

Roru verzog das Gesicht und rieb sich die Augen. Das Klopfen in seinem Kopf wurde nicht besser. »Du weißt, was ich meine.«

Meret zuckte mit den Schultern. »Ich hoffe nur, dass du durchhältst. Das dort drin ist alles, was wir noch an Karte haben.« Ihr langer Zeigefinger tippte gegen Rorus Kopf. »Wir sind so weit gekommen.«

»Und wir müssen noch ein ganzes Stück höher.« Er wischte ihre Hand beiseite. »Ich wünschte nur, ich hätte mich nie zu diesem Dreck hier überreden lassen. Ich könnte in Tenburro am Hafen sitzen und mich in Ruhe betrinken. Aber nein, ich musste mich ja zu dieser von den Göttern verfluchten Schatzjagd überreden lassen. *Bezwingt das* Haus der Aufgehenden Sonne, *und ihr könnt euren sehnlichsten Wunsch in Erfüllung gehen lassen. Ihr werdet die Welt verändern. Es ist eure Bestimmung!*« Er schnaubte abfällig. »Sieh uns an. Es ist fast niemand mehr von uns übrig, wir haben keine Karte mehr, keine Vorräte, keinen Ausweg. Keine Zeit.« Er seufzte und sank ein wenig in sich zusammen. »Was hättest du dir gewünscht, wenn wir es geschafft hätten?«

Meret sah ihn mit unlesbarer Miene an. »Wir haben alle unsere Wünsche, oder? Und ich bin noch nicht bereit, meine aufzugeben.« Sie deutete auf sein Bein. »Soll ich es mir ansehen?«

Er schnaubte erneut. »Was sollte das bringen? Du kannst es nicht heilen, oder?«

Die Taruki zögerte, dann schüttelte sie den Kopf. »Vermutlich nicht. Aber ich kann dich vielleicht etwas länger am Leben halten.«

»Und dann? Wenn ich einer der Noru werde, werde ich dich umbringen. Das weißt du.«

»Keine Sorge.« Meret zuckte wieder mit den Schultern. »Wenn du so weit bist, dass dir schwarzer Rotz aus den Augen läuft, werde ich dich schon töten, bevor du Schaden anrichtest.« Sie klopfte ihm auf den Rücken. »Aber noch sind wir nicht tot. Und wenn wir ein wenig Glück haben, schaffen wir es nach oben, und nichts von dem Mist hier wird dann noch eine Rolle spielen.« Sie sah über die Brüstung nach unten. »Und wenn wir noch ein wenig mehr Glück haben, treffen wir noch mal dieses verdammte Miststück. Der Prophet Mora sagt, man trifft sich immer zweimal im Leben.«

Roru biss die Zähne so fest aufeinander, dass es schmerzte. »Ich verstehe es immer noch nicht. In Ordnung, ja, die Sache mit dem Wunsch ist ein guter Grund für so ziemlich alles. Aber hast du dich mal gefragt, was für sie drin ist? Wenn wir unseren Herzenswunsch erfüllt bekommen, egal, was er ist – was ist ihrer?« Er sah Meret von der Seite an. »Und ist es eigentlich eine gute Idee, wenn wir ihr dabei helfen?«

Meret sah in die Tiefe und schwieg. Schließlich seufzte sie. »Es ist ein wenig spät für diese Frage, oder? Aber wenn du's genau wissen willst: Die Lieder meines Volks sagen, dass hier ein Gott gestorben ist. Und ein anderer begraben liegt und wartet. Darauf, dass ihn jemand weckt.«

»Oh.« Roru starrte einen Moment vor sich hin. Dann nickte er sehr langsam. »Das erklärt einiges. Aber die Frage bleibt: Ist das eine gute Idee?«

BAELIS

Das Jahr 611 der Drachennation

Was den erfolgreichen vom erfolglosen Bauern unterscheidet? Dass er vorausschauend denkt. Dass er zu den richtigen Zeiten die Saat ausbringt. Dass er die Zeichen der Natur erkennt und zu deuten vermag. Ein Ziehen in den Knochen. Ein Wolkenbild. Eine sanfte Brise. Wann handelt es sich nur um Zufälle, und wann sind es die ersten Anzeichen für einen aufkommenden Sturm?

Bauern mit schlichterem Gemüt verlassen sich auf die Worte anderer. Wenn sie Glück haben, geraten sie an einen klugen Mann. Haben sie Pech, bekommen sie es mit einem Dummkopf zu tun. Oder mit einem Quacksalber, der ihnen das Geld aus den Taschen zieht. Der kluge Bauer beobachtet und lernt und zieht seine eigenen Schlüsse. Er sieht die Wolken aufziehen und wappnet sich für den Sturm. Und der wird kommen. Eines Tages. Das ist so sicher, wie der Mönch dir das Himmelreich verspricht, wenn du ihm nur genügend Gold spendest.

Was einen erfolgreichen von einem erfolglosen Bauern unterscheidet? Glück. Meistens ist es einfach nur Glück.

Es war eine dieser Nächte, in denen unerwartet Wind aufkam und die Fensterläden klappern ließ. In denen vereinzelte Tropfen durch die Gassen wirbelten. Noch nicht genug, um sich Regen zu nennen, aber ausreichende Anzeichen für ein nahendes Gewitter – oder einen Sturm. Baelis hatte so etwas nicht zum ersten Mal erlebt. Die Stimmung in der Stadt, die schon seit Tagen seltsam aufgeheizt war – so als ob die Menschen auf ein Ereignis warteten, dass sich seit langer Zeit angekündigt hatte.

In einem Vorort hatte eine Handvoll Oantan-Treiber den Aufstand geprobt. Ihre Rädelsführer waren auf dem Richtplatz geviertelt worden. Ihr Blut war in Strömen über das Pflaster geflossen, doch dieses Opfer schien die Götter nicht im Geringsten besänftigt zu haben – wenn die Götter überhaupt jemals durch irgendetwas zu besänftigen waren … Jedenfalls hatte kurz darauf im Gerberviertel eine heftige Feuersbrunst gewütet. Man hatte Brandstiftung vermutet. Die Bewohner hatten sich bei ihren Löschversuchen gegenseitig behindert, mehr damit beschäftigt, die brennenden Häuser zu plündern, als die Flammen am Übergreifen zu hindern. Am Nachmittag sollte es Gerüchten zufolge dann zu weiteren Unruhen unten am Osttor gekommen sein, und Gardisten waren den ganzen Abend über damit beschäftigt gewesen, die Ordnung wiederherzustellen. Doch noch immer zogen vereinzelte Gruppen randalierend und plündernd durch die Unterstadt. Aufgeputscht durch Langeweile, Bitterpilze und die reine Lust an der Gewalt.

So wie die drei Gestalten, die in das kleine Gasthaus am Tanisblütenplatz eindrangen, das Baelis als Rückzugsort vor all dem Chaos in dieser verrückten Stadt diente. *Aufgeputscht, stinkend vor Schweiß und Erregung und mit fiebrig glänzen-*

den Augen. Der Erste war ein stiernackiger Kerl mit dem Blick eines kampfgestählten Kriegers. Seine Stiefel sahen schlicht und abgewetzt aus, schienen aber von ordentlicher Qualität zu sein. Nockleder. Einen guten Krieger konnte man an der Wahl seiner Stiefel erkennen. Und natürlich daran, dass er noch am Leben war.

Der Zweite war fett und aufgedunsen, seine rote Knollennase von unzähligen feinen Äderchen durchzogen. Ein Säufer vermutlich, und ein Mitläufer. Trotzdem keiner, dem man leichtfertig den Rücken zudrehen sollte. Genauso wenig wie dem Dritten, dessen federnder Gang auf regelmäßige Körperertüchtigung schließen ließ. Er war jung und gut aussehend, und er war sich dessen bewusst. Außerdem war er ziemlich betrunken und warf ein Auge auf Naka, die hübsche Bedienung, die ihm ganz unbewusst ihr berühmtes Lächeln schenkte, das schon unzählige Herzen gebrochen hatte. An diesem Abend konnte so ein Lächeln allerdings für eine Menge Ärger sorgen.

»Was kann ich euch bringen?«

»Dich«, sagte der Schlanke selbstbewusst. »Ich will dich.«

Nakas hübsche Gesichtszüge verhärteten sich nur ganz wenig. Bedauernd schüttelte sie den Kopf. »Das ist nicht im Angebot. Ich kann euch aber Wein ausschenken, wenn ihr wollt.«

»Wein für uns drei«, sagte der Aufgedunsene. Er zog eine Handvoll Farsha unter dem Hemd hervor und warf sie auf die Theke. »Den besten, den du hast.«

»Warum sollte ich bezahlen, wenn ich nicht das bekomme, was ich will?« Mit einer lässigen Handbewegung fegte der Schlanke die Münzen von der Theke, wobei sie klimpernd zu Boden fielen. Der Aufgedunsene verzog das Gesicht und bückte sich ächzend, um die Münzen wieder einzusammeln.

Naka stellte einen Krug unter das Weinfass und füllte ihn. Dann nahm sie drei Becher aus dem Regal und stellte sie vor ihren Gästen ab. Blitzschnell beugte sich der Schlanke nach vorn und griff nach ihrem Handgelenk.

»Ich habe Geld, und du hast das, was ich jetzt brauche. Also zier dich nicht so, Mädchen.«

»Ich serviere nur den Wein«, sagte Naka mit einem verunsicherten Blick auf ihr Handgelenk. »Ich will keinen Ärger.«

»Ich doch auch nicht.« Der Schlanke zog sie ein Stück näher zu sich heran und grinste dabei unverschämt. »Ich will nur meinen Spaß. Ich meine: Sieh dich um, wir sind hier ganz allein. Da kannst du doch mal eine kleine Pause machen ...«

»Ich bitte Euch, Herr.« Hilflos versuchte Naka, sich aus seinem Griff zu befreien. »Trinkt Euren Wein aus und geht. Ich möchte wirklich nicht ...«

»Aber ich! Und keine Sorge: Niemand wird etwas erfahren. Mondo wird aufpassen, dass uns keiner stört. Habe ich recht, Mondo?«

»Dort drüben sitzt noch jemand, Dubash«, sagte der Stiernackige, der das Geschehen bis dahin reglos verfolgt hatte, aber offenbar heller war, als er aussah. Er wies über die Schulter in die dunkle Ecke, in der es sich Baelis mit einem kühlen Becher Wein gemütlich gemacht hatte.

Der Schlanke drehte den Kopf und kniff die Augen zusammen.

Baelis konnte sich seine Gedanken beinahe bildlich vorstellen. Die Frau, die er im Halbdunkel erblickte, war hochgewachsen und sehnig, und sie trug ihre Haare kurz geschoren wie ein Mann. Sie entsprach beileibe nicht seinem Schönheitsideal, und der Anblick wurde noch zusätzlich durch die hässliche Narbe getrübt, die sich von ihrem linken Ohr bis hinunter zum Mundwinkel zog. Sie verlieh ihr den Anschein, spöttisch zu grinsen, und das machte ihn irgendwie nervös.

Dabei war das nichts Besonderes, denn es machte die meisten Menschen nervös. Baelis wusste das durchaus zu schätzen. Es errichtete eine natürliche Barriere, die dafür sorgte, dass man sie die meiste Zeit über in Ruhe ließ. In diesem Augenblick jedoch waren die Augen sämtlicher Anwesender auf sie gerichtet.

Der Schlanke brauchte am längsten, bis er sich von der Überraschung erholt hatte. Dann stieß er ein spöttisches Lachen aus. Er drückte den Brustkorb heraus wie ein Hahn auf dem Misthaufen. Streitlustig hob er das Kinn. »Was glotzt du so blöd, Vogelscheuche?«

»Baelis...«, sagte Naka. In ihrer Stimme lag ein flehentlicher Unterton.

Baelis konnte es ihr nicht verübeln. »Schon gut«, sagte sie gelangweilt. Ihre Worte klangen ein wenig verwaschen, weil sie schon eine ganze Menge getrunken hatte. »Ich bin daran gewöhnt.« Sie nippte an ihrem Trinkbecher und musterte den Schlanken dabei von Kopf bis zu den Füßen. »Du solltest auf das Mädchen hören, Dubash. Trink deinen Wein aus und geh nach Hause. Das ist keine Nacht, um sich in diesem Teil der Stadt herumzutreiben.« Sie hielt inne, und ihr Blick wanderte zur Decke. »Ich habe das Gefühl, dass irgendwo da draußen ein mächtiger Sturm aufzieht.«

Dubashs Augen folgten ihrem Blick, ehe er die Stirn runzelte und verwirrt blinzelte. »Was glaubst du eigentlich, wer du bist? Ich nehme doch keine Befehle von einer Vogelscheuche an.«

Baelis seufzte gequält. »Es gehört sich wirklich nicht, in der Gegenwart von Damen auf diese Art zu reden.«

»Damen? Ich sehe hier nur Schlampen. Eine hässlicher als die andere. Vor allem du. Du bist so hässlich wie ein … wie ein Ruk.«

»Ich wurde schon Schlimmeres genannt. Aber Naka hat das nicht verdient. Sie ist wirklich ein verdammt hübsches Mädchen.«

»Sie ist eine Schlampe. Eine perverse kleine Schlampe.«

»Jetzt solltest du aber wirklich gehen.«

Mit einer schroffen Geste schlug Dubash seinen Umhang zurück und enthüllte die Scheide einer kurzen, geraden Schwertklinge. Er legte die Hand auf den Griff der Waffe und zog sie ein kleines Stück heraus. Das Kerzenlicht des Kronleuchters an der Decke spiegelte sich in einer kunstvoll mit Blumenmustern verzierten Klinge. Ein Ralgri. Eine Waffe, die normalerweise ausschließlich Adligen und Magistern vorbehalten war. Doch so weit konnte Baelis an diesem Abend schon nicht mehr denken.

»Wenn du noch mal das Maul aufreißt, sorge ich dafür, dass sich dein dämliches Grinsen bis zum anderen Ohr zieht.« Brüsk wandte sich Dubash zu Naka um. »Und du gieß mir endlich den verdammten Wein ein, Schlampe! Ich habe Durst.« Kaum hatte sie den Becher gefüllt, riss er ihn ihr aus der Hand und kippte den Inhalt in einem Zug hinunter. Er leckte sich über die Lippen und stieß sich von der Theke ab. Erneut wanderte seine Hand zu dem Ralgri hinab und riss es nach kurzem Suchen aus der Scheide.

»Dubash«, zischte der Aufgedunsene. Ängstlich hielt er den Schlanken am Ärmel fest.

Dubash stieß ihn grob beiseite und schwankte breitbeinig auf Baelis zu. Er hob das Ralgri und richtete die Spitze gegen ihre Brust. »Deine hässliche Fresse widert mich an. Ich werde dich an Ort und Stelle aufspießen – oder, weißt du, was noch besser ist? Ich überlasse dich zuerst Mondo.« Sein Kinn zuckte zu dem Stiernackigen hinüber. »Der scheut sogar vor so etwas Hässlichem wie dir nicht zurück. Und wenn er mit dir fertig ist, verfüttere ich deine Reste an meine Zierfische.«

Naka stieß erschrocken die Luft aus. »Bitte, Herr, ich flehe Euch an.«

»Dubash«, krächzte der Aufgedunsene. »Lasst es endlich gut sein.«

Baelis sagte nichts, blickte Dubash nur ruhig in die Augen.

Er hätte das als Warnung verstehen sollen, doch Leute seines Schlags verstanden sich selten auf solche Dinge. Vor allem nicht, wenn sie betrunken und in der Überzahl waren. »Jetzt bist du plötzlich still«, sagte er triumphierend. »Hat es dir etwa die Sprache verschlagen?« Die Spitze seines Ralgri wanderte langsam nach oben. Sanft stieß sie gegen die Narbe auf Baelis Wange. »Soll ich dich zum Reden bringen? Oder besser noch zum Schreien? So richtig laut, ja? Würde dir das gefallen?« Langsam bohrte sich die Spitze des Degens in ihre Wange.

Baelis wich ein winziges Stück vor der Klinge zurück und seufzte. »Du weißt doch, wie das hier endet, nicht wahr?«

»Ja«, sagte Dubash mit einem bösartigen Glitzern in den Augen. »Ich kann es mir bildhaft vorstellen.«

»Ich auch«, sagte Baelis, und dann …

… ging alles ganz schnell.

Baelis Linke schoss nach oben, packte das Ralgri vorn an der Klinge – zum Glück trug sie robuste Handschuhe aus Nockleder – und riss es zur Seite. Gleichzeitig schlug der Becher in ihrer rechten Hand hart gegen Dubashs Kinn und schickte ihn krachend zu Boden. Mit der Klinge in der Linken wirbelte sie herum und schleuderte die Waffe kraftvoll auf den Stiernackigen, sodass der Knauf dumpf gegen seine Stirn prallte. Der Stiernackige machte einen unsicheren Schritt auf sie zu, doch dann verdrehte er die Augen und verlor das Gleichgewicht. Er stolperte, verhedderte sich in seinen eigenen Beinen und schlug mit dem Gesicht hart auf eine Tischplatte. Der Aufgedunsene nutzte die Gunst der Stunde, um sich aus dem Staub zu machen.

Baelis blickte ihm einen Moment hinterher und entschied sich, ihn laufen zu lassen. Er hatte sich eigentlich ganz anständig benommen, und sie hatte heute ausnahmsweise mal einen guten Tag. Außerdem war ihr ein wenig schwindelig. Der Wein war ihr wohl nicht so ganz bekommen. Sie erhob sich unsicher von ihrem Sitzplatz und stützte sich an der Wand ab, bis der Gastraum aufhörte, sich um sie zu drehen. Als sie einigermaßen sicher stand, versetzte sie Dubash einen herzhaften Tritt in die Seite und drehte den winselnden Mann auf den Rücken, um seine Taschen zu durchwühlen. Sie fand einen ordentlich gefüllten Geldbeutel und einen hübschen Dolch. Den Dolch steckte sie in ihren Gürtel, den Beutel warf sie Naka zu, die ihn geschickt auffing. Dann packte sie Dubash unter den Armen und zog ihn durch die Tür nach draußen, wo sie ihn achtlos in den Straßenschlamm fallen ließ. Sie wischte sich die Hände an den Hosenbeinen ab und stieß ihn mit der Stiefelspitze an. »Und? Hast du es dir auch genauso vorgestellt?« Als sie zurück in den Schankraum trat, starrte Naka sie mit weit aufgerissenen Augen an. »Was ist? Hast du einen Geist gesehen?«

»Schlimmer«, sagte Naka und hob etwas zwischen Daumen und Zeigefinger in die Höhe. Einen Ring. Sie hielt ihn so, dass Baelis das Wappen darauf erkennen konnte. Das

Wappen der Sando, einer der sieben Magistratsfamilien von Atail.

»Scheiße«, sagte Baelis und wurde schlagartig nüchtern.

Einige Adlige machten sich ein Spiel daraus, die regelmäßig wiederkehrenden Unruhen in der Unterstadt zu ihrem eigenen Vergnügen zu nutzen. Junge Männer, die ihre Fortschritte im Fechtunterricht an hilflosen Opfern ausprobieren wollten und sich zu diesem Zweck in Verkleidung unter die Menschen auf den Straßen mischten. Meistens suchten sie sich Schwächere für diesen Spaß, aber diesmal waren sie an die Falsche geraten – oder Baelis war an die Falschen geraten, je nachdem, wie man es sah. Es war wirklich verdammtes Pech. Sie stieß einen Seufzer aus und warf einen Seitenblick auf den ohnmächtigen Stiernackigen, bei dem es sich vermutlich um den glücklosen Leibwächter handelte. »Tut mir leid, Naka.«

»Schon gut.«

»Sag ihnen, dass du nichts damit zu tun hattest. Dass es ganz allein meine Schuld war.«

»Nichts anderes hatte ich vor.«

Baelis grinste. »Kluges Mädchen.«

»Scheiße«, murmelte Baelis erneut, als einige Straßen weiter drei dunkle Gestalten vor ihr in der Gasse auftauchten. Das war wirklich verdammt ungeschickt von ihr gewesen. Sie hätte sich doch denken können, dass die Sandos mit Vergeltung nicht lange zögern würden. Das hatten Magistratsfamilien so an sich. Bei Leuten wie denen ging es nämlich immer um die Ehre. *Du hast meinen Namen beleidigt. Du hast meine Mutter schräg angeschaut. Du stehst mir im Weg. Du hast meinen Leibwächter niedergeschlagen, mir den Kiefer gebrochen und mich ausgenommen wie eine Festtagsgans, um mich anschließend kopfüber in den Straßenschlamm zu befördern –* irgendein fadenscheiniger Grund fand sich immer. Dummerweise hatte Baelis viel zu viel getrunken gehabt, um einen klaren Gedanken fassen zu können. Sonst hätte sie sich gar nicht erst auf diesen Streit eingelassen – oder wäre zumindest jetzt schon auf dem schnellsten Weg zum Stadttor. Stattdessen war sie zurück zu ihrer Unterkunft gewankt, um dort in aller Ruhe ihren Rausch auszuschlafen.

Die Männer trugen schwarze Umhänge, robuste Messer mit langen Klingen und die finsteren Mienen schlecht bezahlter Söldner. Baelis musste sich nicht umdrehen, um zu erahnen, dass hinter ihrem Rücken mindestens drei weitere Männer den Weg versperrten. Söldner kämpften nicht gern in Unterzahl, da sie leicht verdientes Geld mehr zu schätzen wussten als ehrbare Zweikämpfe. Seufzend zog sie ihren eisenbeschlagenen Uai-Stock aus dem Gürtel und lockerte die Schultern.

Sie schätzte den Mittleren als den Anführer ein, da die anderen beiden auf sein Zeichen rechts und links auszuschwärmen begannen. Er würde sie wohl als Ablenkung benutzen, um ihr im geeigneten Augenblick gefahrlos das Messer zwischen die Rippen zu jagen. Um den Rechten musste sie sich keine Gedanken machen. Der sah zwar besonders finster drein, allerdings hielt er die Hand so verkrampft um den Griff seiner Waffe, dass er sich eher selbst damit verletzte, als ihr gefährlich zu werden. Vermutlich war das hier sein erster ehrlicher Kampf – wenn man das überhaupt so bezeichnen konnte.

Baelis würde sich zunächst den Linken vorknöpfen, der seine Waffe ein Stück zu selbstbewusst um das Handgelenk kreisen ließ. Geduldig wartete sie ab, bis er auf drei, vier

Schritte herangekommen war, ehe sie einen Satz nach vorn machte und ihm das Messer mit einem gezielten Hieb aus der Hand schlug. Noch im selben Atemzug wirbelte sie herum und schmetterte dem Anfänger ihren Uai gegen die Kehle. Ein trockenes Knirschen ließ erahnen, dass dessen Straßenschläger-karriere beendet war, ehe sie so richtig begonnen hatte. Als der Anfänger gurgelnd zu Boden ging, wich der Anführer in-stinktiv einen Schritt zurück – vermutlich aus der Erfahrung eines langen, einigermaßen unbeschadet überstandenen Söld-nerlebens – und eröffnete ihr den Fluchtweg in eine schmale Seitengasse. Manchmal war Flucht eben die klügste Wahl.

So schnell sie ihre Füße trugen, hastete Baelis die Gasse hinunter. Farbenfrohe Häuserfronten rauschten rechts und links an ihr vorüber, dunkle Hauseingänge und schmale Fens-terhöhlen. Sie kannte sich in diesem Teil der Stadt nicht beson-ders gut aus, hatte sich bislang nur wenige markante Punkte einprägen können. Doch der weiße Turm war so ein Punkt, an dem sie sich orientieren konnte. Keuchend hielt sie im Dächer-meer über ihrem Kopf nach seiner schlanken Form Ausschau, und als sie ihn fand, hielt sie direkt darauf zu.

Sie rannte an Ladenpassagen vorüber und durch einen Tor-bogen hindurch, ehe sie einen Haken schlug und spontan die Richtung wechselte. Eine Brücke tauchte vor ihr auf. Das musste der Kerzensteg sein. Danach kam ein weitläufiger Platz, auf dem um diese Zeit immer Markt abgehalten wurde. Sie wurde langsamer und warf einen Blick über die Schulter. Schnell zog sie die Kapuze über den Kopf und mischte sich unter die Marktbesucher.

Das lief ja besser als gedacht. Lächelnd hielt sie vor einem der Stände inne. Sie griff nach einer Tanisfrucht und warf dem Händler eine Münze zu. Das gelbe Fleisch schmeckte herrlich süß und erfrischend. Sie aß die Frucht mitsamt der Schale auf und leckte sorgfältig jeden Finger ab, ehe sie sich umwandte und auf das westliche Ende des Platzes zuhielt. Dort begann die Kura, die dicht bevölkerte Straße, die durch das Tor der Flammen hinaus in die südlichen Berge führte. Es wurde langsam wirklich Zeit, diese Stadt zu verlassen. Sie hatte sich hier ohnehin nicht mehr so richtig wohl in ihrer Haut gefühlt. Vielleicht hatten die Götter ihr ja einfach nur einen letzten Wink geben wollen.

Aber vielleicht auch nicht.

Sie stieß einen Fluch aus, als sie den Riesen entdeckte, der beinahe einen Kopf über das Gewühl auf dem Marktplatz hinausragte. Groß wie ein Berg, ohne erkennbaren Hals und mit einem Gesicht bestraft, das mit einem Hammer bearbeitet zu sein schien. Er sah ihr direkt in die Augen, und sein Blick ließ keinen Zweifel daran, dass er nach ihr Ausschau gehalten hatte. Für einen Moment verharrten sie beide regungslos auf der Stelle und musterten sich gegenseitig. Der Mann war ein echter Riese. Beinahe so breit wie hoch, mit einer Haltung, die darauf schließen ließ, dass er es gewohnt war, sich in schweren Rüstungen zu bewegen. Möglicherweise sogar in Plattenpanzern. Kein Reiter, so viel war sicher. Für ein Lopec war er mit Sicherheit zu schwer. Ein Fußsoldat – höchstwahrscheinlich ein Brescher. Einer dieser Verrückten, die mit purer Gewalt Breschen in die Phalanx ihrer Gegner schlugen, damit wendigere Krieger hineinstoßen und die Formationen aufbrechen konnten. Die unzähligen Narben in seinem Gesicht erhärteten den Verdacht.

Einen Brescher besiegte man nicht in einem ehrlichen Zweikampf. Man brachte ihn mit einem langen Spieß zur Strecke oder besser noch mit einem Bogen. Hatte man keine dieser

Waffen zur Hand, nahm man die Beine in die Hand und wartete auf einen günstigeren Zeitpunkt. Langsam wich Baelis zurück, und der Riese breitete die Arme aus und schob sich durch die Menge auf sie zu. Langsam und unaufhaltsam wie die Flut.

Mit einem schicksalsergebenen Seufzer wandte sich Baelis um und tauchte zurück in das Gewühl des Markts. Die Wendigkeit war ihr größter Vorteil. Deshalb rannte sie auch nicht in die Hauptgasse hinein, sondern drängte sich zwischen den Ständen hindurch in eine schmale Seitengasse. Aus dem Augenwinkel sah sie erneut die schwarzen Umhänge flattern. Wie zum Teufel hatten ihre Verfolger sie so schnell gefunden? Sie hastete in einen Durchgang und fand sich nach wenigen Schritten in einem schattigen Innenhof wieder. Grüne Bäume, ein lauschiger Springbrunnen, ein Säulengang, über den sich eine Galerie hinwegzog. Sie sprang auf den Sockel einer Statue, zog sich an einem ausgestreckten steinernen Arm in die Höhe und schwang sich auf die Brüstung hinauf. Unten im Hof polterten schwere Stiefel über das Kopfsteinpflaster. Aufgeregte Rufe waren zu hören und gleich darauf das charakteristische Surren einer Armbrustsehne. Ein Bolzen schoss an ihrem Kopf vorüber und schlug dumpf in die bunt bemalte Kassettendecke ein. Schnell rollte sie sich über die Brüstung und ließ sich auf den Boden fallen. Ein kleiner Junge starrte ihr mit großen Augen entgegen. In der Hand hielt er einen Stock, auf dessen Ende ein winziger Kopf mit einer Narrenkappe steckte. Sie fragte ihn nach dem Weg aufs Dach, und der Junge wies ihr wortlos mit dem Stock die Richtung. Die Schellen an der Narrenkappe klimperten leise.

Der Ausblick vom Dach war atemberaubend. Ein Meer aus Farben, das Funkeln des Sees und dahinter die schneebedeckten Gipfel der Himmelssäulen. Unter anderen Umständen wäre da ein wirklich schöner Ort zum Entspannen gewesen. Nun ja, man konnte im Leben eben nicht alles haben, und sie war ja ohnehin schon immer ein unsteter Geist gewesen. Seufzend riss sie sich von dem Anblick los, nahm Anlauf und sprang auf das benachbarte Dach, das nur wenige Schritte tiefer lag. Geschickt rollte sie sich ab, lief, ohne innezuhalten, über die Schindeln nach oben und sprang über eine schmale Gasse hinweg. Sie warf einen Blick nach unten, wo ein halbes Dutzend Umhänge auf der Straße standen und wild gestikulierend zu ihr heraufdeuteten. Wieder ertönte das hässliche Klackern von Armbrustbolzen, und sie trat schnell von der Dachkante zurück und blickte sich um. Sie entdeckte einen Kamin, an dem sie hinaufklettern konnte, um von dort aus mit einem gewagten Sprung das nächste Haus zu erreichen. Ihre Verfolger waren in der Zwischenzeit ebenfalls oben angekommen und schwärmten über die benachbarten Dächer aus. Es mussten sieben oder acht Mann sein, und sie waren ziemlich hartnäckig. Auf ihrer wilden Flucht über die Dächer kamen ihr zwei von ihnen bedrohlich nahe, und einmal wäre es ihnen beinahe gelungen, sie in die Enge zu treiben. Sie hatte die Wahl zwischen einem todesmutigen Sprung, der sie mit großer Wahrscheinlichkeit auf direktem Weg auf das Straßenpflaster befördert hätte, und dem Weg über ein durchlöchertes Spitzdach aus morschem Holz. Sie entschied sich für die dritte Möglichkeit und sprang den nächsten Gegner mit einem lauten Kampfschrei an. Gemeinsam stürzten sie auf ein über fünfzehn Fuß tiefer gelegenes Gebäude hinunter. Der Körper des Mannes federte die Härte des Sturzes zwar ein ganzes Stück ab, doch die altersschwachen Schindeln gaben unter dem plötzlichen Gewicht mit einem missgelaunten Knirschen nach. In einem Schauer aus Schindeln und Staub brachen sie durch das Dach und gleich darauf noch durch den darunter liegenden Holzboden. Zwei Stockwerke tiefer schlugen sie schmerzhaft in einem Berg aus Schutt und Geröll auf. Baelis wurde die Luft aus der Lunge gepresst, sie röchelte und hustete und wälzte sich stöhnend von ihrem Gegner herunter. Einen Augenblick lang blieb sie keuchend auf dem Rücken liegen, zählte ihre Gliedmaßen und horchte in sich hinein, ob irgendetwas Lebensnotwendiges verletzt worden war. Offenbar hatte sie Glück gehabt. Ihr Gegner allerdings weniger, denn seine Arme und Beine waren in unnatürlichen Winkeln verbogen, und sein Hinterkopf schien zerschmettert zu sein. Obwohl er noch atmete, würde er diesen Tag wohl nicht mehr lange überleben. Stöhnend stemmte sie sich in die Höhe und wankte zur Tür. Sie warf einen Blick hinaus auf den Flur und lauschte in die Dunkelheit. Die Bewohner des Hauses schienen entweder genug Verstand zu besitzen, um sich nicht in fremde Angelegenheiten einzumischen, oder waren es schon gewöhnt, dass hin und wieder Teile der Behausung über ihren Köpfen zusammenbrachen.

Draußen auf der Straße hörte Baelis bereits die aufgeregten Rufe ihrer Verfolger. Also schlich sie zum hinteren Teil des Gebäudes, wo sie ein schmales Fenster fand, durch das sie sich mit etwas Mühe hindurchwinden konnte. Sie gelangte in einen Innenhof mit einem winzigen Stück Garten und einem Hühnerstall. Von einer Wäscheleine riss sie ein großes Tuch herunter und zog sich am anderen Ende des Gartens die Mauer hinauf. Nach einem prüfenden Blick in die dahinter liegende Gasse rollte sie sich über die Mauer hinweg und ließ sich auf der anderen Seite vorsichtig wieder hinab. Sie schlang sich das Tuch um die Schultern, zog es über den Kopf und wandte sich um. Aus dem Augenwinkel bemerkte sie eine Bewegung und sah eine gewaltige Faust auf sich zurasen. Noch ehe sie reagieren konnte, krachte sie schmerzhaft gegen ihren Kiefer. Ihr Kopf wurde herumgerissen und prallte gegen die Mauer.

SALTER

Das erste Mal fiel Salter die Frau ins Auge, als er gerade einen Hügel überquert hatte und ein Wegkreuz passierte. Sie saß auf einem Stein, ihren Wanderstock quer über die Knie gelegt und ein schmales Lächeln auf den Lippen. Der Anblick machte ihn nervös.

Es war nicht so, dass Frauen ihn normalerweise nervös machten. Nicht sehr jedenfalls. Es sei denn, sie sprachen ihn an. Oder lächelten. Salter war im Umgang mit Frauen nicht besonders geübt. Seine Studien hatten ihm nur wenig Zeit gelassen, sich um weltliche Dinge zu kümmern. Dinge wie das Ansprechen von Frauen, das Artikulieren verständlicher Laute in ihrer Gegenwart oder die Vermeidung peinlicher Missgeschicke. Solche Dinge eben. Dennoch hätte unter anderen Umständen kein Grund zur Sorge für ihn bestehen müssen. Er hätte den Kopf senken und die Frau einfach ignorieren können. Sie war schließlich um einiges älter als er und sah nicht gerade bedrohlich aus. Ein spindeldürrer Strich in der Landschaft, mit angegrautem Haar und dem schlichten Gewand einer Pilgerin. Außerdem schien sie allein unterwegs zu sein.

Das war vermutlich auch der Grund, warum ihn bei ihrem Anblick dennoch ein ungutes Gefühl beschlich. Eine einsame

Frau ohne Begleitung auf der Fernstraße zwischen Bashun und den Säulen des Himmels – wenn das mal nicht äußerst verdächtig war. Nervös rückte er den Schwertgurt zurecht, sodass die Frau die Länge seines Ralgri gut abschätzen konnte. Es war eine kampferprobte Waffe, die Klinge vielfach nachgeschliffen und der sorgfältig mit Leder umwickelte Griff schon speckig. Ein aufmerksamer Beobachter musste ganz unweigerlich zu dem Schluss kommen, dass sie schon häufig gezogen worden war. Dafür konnte Salter sich verbürgen, denn er hatte das Ralgri einem Palastwächter gestohlen, der für seine Fähigkeiten außerordentlich gut bezahlt wurde. Seine eigenen Schwertübungen lagen dagegen schon eine ganze Weile zurück. Trotzdem hoffte er, dass allein der Anblick der Waffe potenzielle Wegelagerer von ihrem Vorhaben abbringen würde. Die Pilgerin nickte ihm zu, als er vorüberritt. Er senkte den Kopf und tat so, als hätte er den Gruß übersehen. Unauffällig trieb er sein Lopec zu einer schnelleren Gangart an. Als die Pilgerin außer Sicht war, ließ er sich im Sattel zurücksinken und stieß einen erleichterten Seufzer aus.

Er war jetzt schon beinahe eine Woche auf der Flucht. Die Landschaft hatte sich merklich verändert, war schroffer geworden und viel karger, als er es gewohnt war. Das satte Grün und Rot des kaiserlichen Ahorns und die blühenden Wiesen rund um Bashun waren von Tag zu Tag mehr dem deprimierenden Anblick verkrüppelter Kiefern und dorniger Büsche gewichen, die sich dem stetig zunehmenden Wind aus Norden entgegenstemmten. Schon seit über drei Tagen hatte Salter keine Felder oder Bauernhöfe mehr zu Gesicht bekommen. Die wenigen Gasthäuser, an denen er vorübergeritten war, ähnelten eher Ruinen als den Behausungen menschlicher Wesen. Schäbige Baracken hinter Holzpalisaden, die alles andere als einladend wirkten. Im Grunde war ihm das aber auch ganz recht gewesen, denn je weniger Interesse die Wirte an ihren Gästen zeigten, desto weniger verfängliche Fragen stellten sie.

Das Gasthaus, in dem er zur Nacht abstieg, wurde von einem zahnlosen Alten und seinen drei grimmig dreinblickenden Söhnen betrieben. Das Essen wurde im Haupthaus ausgeteilt: ein stinkender Brei aus fermentierten Bohnen, den der Wirt aus einem dreckverkrusteten Kessel kratzte. Dem Aussehen nach war er schon seit unzähligen Generationen in Gebrauch und seitdem kein einziges Mal gereinigt worden. Der Geschmack des Breis ließ erahnen, dass seine Grundlage noch immer aus dem Jahr des Nock stammte, als Kaiser Tohu die Ukaren besiegt hatte. Nachdem er den widerlichen Fraß heruntergewürgt hatte, schlurfte Salter mit hängenden Schultern zurück auf den Hof, um sein Lager in der Nähe einer wärmenden Feuerstelle aufzuschlagen. Auf dem Weg nach draußen fiel ihm erneut die Pilgerin auf, die ihm im Vorbeigehen zuzwinkerte. Irritiert runzelte er die Stirn. Im Kopf überschlug er die Geschwindigkeit, mit der sie gegangen sein musste, um noch am selben Tag dieses Gasthaus zu erreichen. Er kam nicht so recht zu einem zufriedenstellenden Ergebnis. Andererseits waren die heiligen Männer und Frauen das Wandern ja gewöhnt, und vielleicht hatte sich ein gutwilliger Händler erbarmt und die Frau ein Stück auf seinem Wagen mitgenommen. Ja, das musste die Erklärung sein. Alles andere ergab einfach keinen Sinn. Um einem Gespräch aus dem Weg zu gehen, senkte Salter den Kopf und marschierte grußlos an ihr vorüber.

Er schlug sein Lager neben einer Gruppe bruggischer Pilger auf, die vertrauenswürdig genug erschienen, ihn nicht im

Laufe der Nacht um seine Habseligkeiten zu bringen. Die Brugger waren ein ernsthaftes, schwer arbeitendes Volk. Nicht sehr gesprächig, aber von seltener Aufrichtigkeit, die schon beinahe etwas Rührendes an sich hatte. Sie beteten einen Gott an, der aus zwei sich widerstrebenden Persönlichkeiten bestand. Beide besaßen keinerlei Sinn für Humor, was vermutlich daran lag, dass sie sich den alles andere als stattlichen Körper eines Pidi teilen mussten. Ihr stundenlanger, gleichförmiger Singsang wiegte Salter in einen tiefen, traumreichen Schlaf. Er träumte von Pilgern und Fischen und von jähzornigen Göttern, die sich um einen Kessel voller Bohnenpampe balgten und schließlich jämmerlich darin ersoffen. Später kletterte auch noch ein Philosoph in den Kessel hinein, um diesen Traum zu deuten. Doch auch er ertrank, und am Ende war Salter so klug wie zuvor.

Als er am nächsten Morgen schweißgebadet erwachte, hatten die Brugger bereits ihr Lager abgebrochen. Er wusch sich am Brunnen und nahm ein Frühstück ein, das aus den Resten des gestrigen Abends bestand. Zwei zu handtellergroßen Bällen geformte Bohnenbällchen, die in Sav getränkt und über dem Feuer ausgebacken waren. Als er aufgegessen hatte, fütterte er sein Lopec und schwang sich in den Sattel.

Das langhalsige Tier schnaubte unwillig und versuchte mehrmals, nach ihm zu schnappen. Nur mit Mühe gelang es ihm, den scharfen Zähnen auszuweichen. Vor etwa vier Tagen war es ihm ausgebüxt und mitten in ein Dornengebüsch hineingaloppiert. Die meisten Dornen hatte er finden und aus seinem Fell ziehen können, aber der Rest machte dem Tier noch immer schwer zu schaffen. Seitdem war es furchtbar übel gelaunt und zeigte sich von seiner schlechtesten Seite. Zunächst hatte Salter daran gedacht, ihm einen Namen zu geben, um es besser beschimpfen zu können. Doch dann hatte er sich dagegen entschieden. Wenn er es irgendwann verkaufen musste, würde ihm das mit einem Lopec, dessen Namen er kannte, deutlich schwerer fallen. Ein namenloses Tier verkaufte sich dagegen schnell. Da konnte es ihn noch so sehr mit traurigen Augen anschauen.

Andererseits war es vielleicht auch nur glücklich, seiner Gesellschaft endlich entkommen zu dürfen. Immerhin waren seine ersten Erfahrungen mit ihm nicht gerade positiv verlaufen. Zuallererst war es mitten in der Nacht aus seinen Träumen geschreckt und aus dem gemütlichen Stall hinaus in die eisige Nacht gejagt worden. Dann war es beinahe zwei Tage lang ohne Unterbrechung in halsbrecherischem Galopp über die Steppe gehetzt worden, um am Ende an einem Dornengebüsch den Hintern – oder wie man das bei einem Lopec nannte – aufgerissen zu bekommen. Je länger er darüber nachdachte, desto überzeugter war Salter, dass sein Reittier einen regelrechten Freudensprung machen würde, wenn er es an einen langweiligen Händler verkaufte, der ihm reichlich frisches Blattwerk zu fressen gab und es hin und wieder auf einen erfrischenden Ausritt mitnahm.

Salter ritt das Tier, bis es sich weigerte, auch nur einen Schritt weiter zu gehen. Auf einer Hügelkuppe stieg er schließlich ab und legte eine Rast ein. Er band das Lopec an einem Strauch fest und kramte seine Essensvorräte aus der Satteltasche. Ein in Reispapier eingeschlagener Rest Bohnenpampe, zwei verschrumpelte Äpfel und ein trauriges Stück Trockenfisch. Nicht unbedingt das, was sein stattlicher Magen vom Kaiserhof gewohnt war, aber immer noch besser als nichts. Seufzend zog er das Ralgri aus dem Gürtel und legte es griffbereit neben sich ins Gras. Er faltete das Reispapier auf den Oberschenkeln auseinander und starrte missmutig auf die karge Mahlzeit hinunter.

Der Weg, den er eingeschlagen hatte, wurde nicht häufig genommen. In den vergangenen Stunden war ihm bis auf einen altersmüden Eselskarren und zwei stumme Pilger nur ein reitender Bote begegnet. Der Großteil der Reisenden hatte den einfacheren Weg unten entlang des Flusses genommen. Der war für Salters Geschmack allerdings ein ganzes Stück zu stark befahren. Außerdem patrouillierten auf den Straßen die Garden des Kaisers, denen er besser nicht begegnen sollte.

Obwohl die Sonne schien, war es hier oben, so dicht unter den Säulen, selbst um diese Jahreszeit schon empfindlich kühl. Salter besaß neben seiner dünnen Jacke nur noch eine Satteldecke aus dem Stall. Sie war furchtbar kratzig, aber der eisige Wind zwang ihn, sie sich eng um den Körper zu schlingen. Zum Glück war er recht solide gebaut, was ihm zusätzlichen Schutz gegen die Kälte verlieh. Wehmütig stopfte er sich die Bohnenpampe in den Mund. Wenn die Reiter des Kaisers schnell waren – und daran bestand kein Zweifel –, dann hatte sich die Nachricht bereits bis Olderog herumgesprochen. Die Wächter am Mondtor hielten vermutlich schon nach ihm Ausschau. Sicher würden sie auch Boten weiter nach Kaylt und Varun aussenden, nur um ganz sicherzugehen. Jede verdammte Siedlung südlich der Berge musste sein Gesicht inzwischen kennen. Was für eine Ironie. Sein ganzes Leben lang hatte er sich gewünscht, eines Tages berühmt zu sein – seinen Namen neben Mora oder Ijoh dem Älteren stehen zu sehen. Vielleicht sogar sein Bildnis im kaiserlichen Palast. Ein Vorbild, das die Menschen inspirierte und anregte, es ihm gleichzutun. Eine echte Berühmtheit eben.

Das hatte er nun erreicht – nur völlig anders, als er es sich in seinen kühnsten Träumen ausgemalt hatte. Die Erinnerung daran verdarb ihm den Appetit. Sorgfältig packte er die Reste seiner Mahlzeit zusammen und leckte sich die Finger ab. Die Haut seiner Hände war hell und weich und völlig ohne Schwielen. Nicht die Hände eines Arbeiters und schon gar nicht die eines Kriegers. Aber ganz sicher auch nicht die eines … Er schloss die Augen und atmete tief durch, so wie man es ihm in den Hallen der Kraniche beigebracht hatte. Eine Weile saß er in schwermütige Gedanken versunken da, bis er schließlich von der Müdigkeit übermannt wurde und trotz des eisigen Winds eindöste.

Das leise Klacken von Kieselsteinen schreckte ihn aus dem Dämmerschlaf. Für einen Moment wusste er nicht mehr, wo er war, doch die schneidende Kälte erinnerte ihn augenblicklich an seine verfahrene Situation. Hastig griff er nach dem Schwert, zog es ein Stück aus der Scheide. Argwöhnisch musterte er die Umgebung.

Klick. Klack.

Wie ein Tenburrisches Uhrwerk. Eine einsame Gestalt näherte sich auf der Straße seinem Rastplatz. Bei jedem Schritt klackte ein schwerer Wanderstab auf den Stein. Salter brauchte eine Weile, bis er sie wiedererkannte. Da sie mit der Sonne kam, waren ihre Gesichtszüge nur schwer auszumachen, doch als sie endlich nah genug war, erkannte er die Pilgerin wieder. Einerseits beruhigte ihn das ein bisschen, andererseits machte sich erneut ein seltsames Unbehagen in seiner Brust breit. Wie hatte diese dürre Frau ihn so schnell eingeholt? Er konnte sich nicht daran erinnern, sie auf dem Weg irgendwo überholt zu haben. Also musste sie doch nach ihm aufgebrochen sein.

Hatte er etwa mehr als nur ein paar Augenblicke gedöst? Er warf einen Blick in den Himmel. Die Sonne stand noch immer beinahe am selben Fleck wie zu dem Zeitpunkt, als er vom Lopec gestiegen war. Misstrauisch starrte er der Frau entgegen.

Als sie auf der Hügelkuppe angekommen war, stieß sie die Luft aus und warf einen verträumten Blick in die Runde. »Ein schöner Ort für eine Rast, nicht wahr?« Ihre Stimme klang angenehm weich und dunkel. Sie strich mit der Hand über ihr Haar und warf ihm ein Lächeln zu. »Darf ich mich zu dir setzen?«

Salter warf einen Blick über die Schulter und musterte den Pfad und die nähere Umgebung. Ihre Bitte abzulehnen wäre unter Reisenden nicht nur äußerst rüde gewesen, sondern auch ziemlich verdächtig. Trotzdem musste er versuchen, sie höflich, aber entschieden loszuwerden. Während er noch fieberhaft über eine geeignete Antwort nachdachte, hatte sich die Pilgerin bereits neben ihm im Gras niedergelassen und ihren Trinkschlauch gezückt. Ihm fiel auf, dass sie unter ihrem dünnen Überwurf nicht einmal Beinkleider trug. »Eine wirklich schöne Stelle«, sagte sie nach einer Weile. »Ein bisschen luftig, aber durchaus idyllisch. Bist du auf dem Weg nach Atail?« Als Salter die Augen zusammenkniff, wurde ihr Lächeln noch eine Spur breiter. »Keine Sorge, ich habe nicht vor, dich auszurauben. Ich bin eine einsame Pilgerin, und du besitzt immerhin ein Schwert.« Sie nickte zu der Waffe an Salters Seite.

Instinktiv zuckte seine Hand zum Griff des Ralgri, doch schon im selben Augenblick kam er sich furchtbar dumm vor. Die Geste musste den Eindruck erwecken, dass er fürchtete, sie könnte ihm die Waffe stehlen wollen. Zum Glück schien sie seine peinliche Reaktion nicht bemerkt zu haben. Sie gähnte und streckte dabei ungeniert die Arme in die Höhe. »Mein Name ist übrigens Tara. Ich bin auf Pilgerfahrt nach Atail. Ich komme gerade erst aus Bashun zurück. Kennst du Bashun?«

Und ob er die Kaiserstadt kannte. Immerhin war er vor wenigen Tagen erst Hals über Kopf aus ihr getürmt.

»Aber natürlich kennst du Bashun«, sagte Tara.

»Woher...?«

»Deine Kleidung. Kein Mensch außerhalb der Kaiserstadt trägt so eine lächerliche Tracht. Vor allem nicht solche Schuhe. Die müssen furchtbar unbequem sein. Du solltest sie bei nächster Gelegenheit gegen Nocklederstiefel eintauschen. Die stinken zwar immer ein bisschen, aber sie sind unglaublich bequem und halten die Füße warm.«

»Hm«, machte Salter und blickte verstohlen an sich hinab. Die weißen Pluderhosen, die spitz zulaufenden Schuhe mit den Schnürbändern und die brokatbestickte Jacke mit dem silbernen Kranichemblem am Kragen ... Bislang war ihm noch gar nicht in den Sinn gekommen, dass ihn seine Kleidung verraten konnte. Aus irgendeinem Grund hatte er sich eingebildet, dass jeder so herumlaufen würde. Brokatbestickte Jacken waren am Kaiserhof schließlich keine Seltenheit. Hier draußen auf dem Land schienen sie zugegebenermaßen ein wenig aus dem Rahmen zu fallen. Verlegen kratzte er sich am Kopf und wechselte schnell das Thema. »Wie lange, sagtest du, bist du schon unterwegs?«

Tara zuckte mit den Schultern. »Tage. Vielleicht Wochen. Ich zähle sie meistens nicht.«

Ihre Antwort beruhigte ihn, denn dann hatte sie wohl noch nichts von den jüngsten Ereignissen gehört. Ohnehin konnte kein Mensch so schnell gelaufen sein. Er machte sich viel zu viele Gedanken. »Ich bin übrigens B… Salter«, sagte er. »Mein Name ist Salter, ja. Ich bin ebenfalls auf Wanderschaft.«

Die Frau nickte. Sie legte sich ins Gras zurück und verschränkte die Hände hinter dem Kopf. So verharrten sie eine Weile still nebeneinander. Die Sonne verschwand hinter den Wolken, und schnell wurde es bitterkalt. Salter zog die Decke fester um seine Schultern und starrte missmutig ins Leere.

Tara war eine furchtbar lästige Begleitung. Zuerst hatte Salter angenommen, dass sie nach ihrer gemeinsamen Rast wieder verschwinden würde, doch sie hatte sich an ihn gehängt wie eine elende Klette, und er hatte aus irgendeinem unerfindlichen Grund nicht den Mut aufgebracht, sie abzuweisen. Obwohl sie so dünn war, schien sie über unerschöpfliche Energien zu verfügen. Ihre Schritte waren stetig wie ein Uhrwerk, und ihr Stab schlug bei jedem Schritt auf den Boden.

Klick. Klack.

Beinahe schon hypnotisch.

Ihr Alter war wirklich verdammt schwer zu schätzen. Wenn sie lief, wirkte sie wie eine junge Frau, doch die Krähenfüße an ihren Augenwinkeln verrieten ein deutlich höheres Alter. Ihre Augen wiederum strahlten eine Jugendlichkeit aus, die beinahe schon unheimlich war. Ihre Haut war von der Sonne gebräunt, was es schwierig machte, ihre Herkunft zu bestimmen. Die Haare jedenfalls hatte sie nach citanischer Mode geflochten und ihren Überwurf wie ein Sirha um den mageren Körper geschlungen. Sie trug eine Gürteltasche aus edlem Quelecc, und ihr Wanderstab – von der Länge her beinahe schon ein Kamai – schien aus dem Holz der Zefire zu sein, einer robusten Baumart, die nördlich der Säulen wuchs. An den Füßen trug sie die landestypischen Sandalen der Bedreg und um Hand- und Fußgelenke varunische Gebetsketten. Tara schien eine Frau mit tausend Gesichtern zu sein. Vielleicht war sie aber auch nur eine Diebin, die schon eine Menge dummer Reisender um ihren Finger gewickelt hatte. Sie war unglaublich geschwätzig, eine eher untypische Eigenschaft für eine Pilgerin. Möglicherweise war sie aber auch nur froh, der Einsamkeit ihrer Reise für eine Weile entkommen zu sein. Sie stellte eine Menge Fragen, und Salter fiel es schwer, ihnen auszuweichen. Zum Glück war er in der Kunst der unverbindlichhöflichen Konversation geübt. Wenn man in der Kaiserstadt eines lernte, dann Unverbindlichkeit. In gewisser Weise machte es ihm sogar Spaß, sich mit ihr zu messen und mit vielen Worten so wenig wie möglich von sich preiszugeben. Zumindest lenkte ihn dieses Spiel eine Weile von der Sorge ab, von seinen Verfolgern eingeholt zu werden.

Tara selbst schien gar nicht so recht zu wissen, woher sie stammte. Jedenfalls tat sie ihm gegenüber so. Sie hatte Kaiser Gioros gesamte Regierungszeit seit seiner Thronbesteigung miterlebt, und sogar das Debakel, das sein unseliger Vater damals noch angerichtet hatte. Das ließ darauf schließen, dass sie schon an die vierzig Sommer gesehen hatte und aus dem Norden kam. Sie verhehlte nicht ihre Abscheu gegen die gelegentlichen Schreine am Wegesrand, denn sie glaubte nur an eine einzige Gottheit. Eine archaische Gestalt, von der Salter noch nie zuvor gehört hatte, obwohl ihm die Studien der Religionen damals recht leicht von der Hand gegangen waren. Ihre Gottheit besaß einen Schrein in Atail und schien recht streitlustig und humorlos zu sein – eine Eigenschaft, die alleinherrschenden Gottheiten wirklich erstaunlich oft zu eigen war. Während der ersten Nächte traute er sich kaum, ein Auge zuzumachen, aus Angst, von Tara ausgeraubt zu werden.

Im Laufe der Zeit wurde er jedoch nachlässiger, denn sie zeigte keinerlei Interesse an irdischen Dingen. Vielleicht war das auch einer der Gründe, warum sie keine Scham an den Tag legte, wenn sie sich vor seinen Augen am Wegesrand erleichterte oder splitterfasernackt in einem Bergsee wusch. Er hatte jedenfalls ziemlich oft damit zu tun, die Sattelgurte seines Reittiers gründlich nachzuziehen oder sich angestrengt um einen lästigen Stein in seinem Schuh zu kümmern. Das Einzige, was ihm an Tara ansonsten noch auf die Nerven ging, war ihre penetrante Forderung, sie nach Atail zu begleiten. Er konnte ihr schlecht gestehen, dass man dort in Kürze wohl genauso nach ihm suchen würde wie überall sonst im Kaiserreich.

Kurz vor den ersten Ausläufern der schneebedeckten Säulen des Himmels übernachteten sie in einem besonders schäbigen Gasthaus. Das Gebäude bestand nur aus einem einzigen, stinkenden Raum mit einer offenen Feuerstelle ohne Abzug. Die Luft war schwer von Rauch und Schweiß und dem säuerlichen Gestank vergorener Oantan-Milch. Die meisten Gäste waren Wollhändler aus Varun, ein gedrungener Menschenschlag mit wettergegerbten Gesichtern und schlechten Zähnen. Einen Botenreiter hatte von ihnen schon längere Zeit keiner mehr zu Gesicht bekommen, was Salter mit einer gewissen Erleichterung zur Kenntnis nahm. Offenbar war die schlechte Nachricht noch immer nicht weiter vorgedrungen. Trotz der großen Enge fanden sie einen freien Platz in der Nähe der Feuerstelle – Tara hatte ein Händchen für solche Dinge – und rollten ihre Decken aus. Das Essen bestand aus der üblichen Bohnenpampe, die in Salters Magen zunehmend Protest auslöste. Während er lustlos in seiner Schüssel herumstocherte, bediente sich Tara ungeniert an den Opfergaben, die auf dem winzigen Altar in einer Ecke des Raums aufgestapelt worden waren. Erstaunlicherweise hielt sie niemand davon ab. Entsetzt starrte er auf die Speisen, die sie ihm mit einem triumphierenden Lächeln unter die Nase hielt. »Es ist Frevel, davon zu essen!«

Ungerührt zuckte sie mit den dünnen Schultern. »Ich habe mir darüber ehrlich gesagt noch keine Gedanken gemacht. Bei all diesen falschen Göttern und ihren Gesetzen verliert man ohnehin irgendwann den Überblick. Also was soll's. Willst du nun was abhaben oder nicht?«

Nervös blickte sich Salter um, doch die anderen Gäste schienen sich nicht im Geringsten an ihrer Tat zu stören. Das war alles mehr als verwirrend. Ehe er zu einer passenden Erwiderung ansetzen konnte, drückte sie ihm schon eine gut gefüllte Schüssel Sijangdoc in die Hände und lächelte ihm aufmunternd zu. »Komm schon. Wenn wir nicht vom Blitz erschlagen werden, sind wir auf der sicheren Seite.«

»Ich weiß nicht …« Hungrig schielte er auf die dampfende Köstlichkeit hinunter. Der Duft stieg ihm über die Nase direkt in den Kopf, und sein Magen zog sich schmerzhaft zusammen. Schon seit Tagen hatte er nichts Anständiges mehr zu sich genommen: immer nur die gleiche Bohnenpampe, gelegentlich abgewechselt von Bohnensuppe oder ausgebackener Bohnenpampe. Sein Magen hing schon bis unter die Kniekehlen, und er hatte langsam genug von dieser Quälerei. Außerdem war es ohnehin zu spät. Wie sollte er die Götter denn noch mehr erzürnen als ohnehin schon? Widerstrebend griff er nach dem Löffel, den die dürre Frau ihm entgegenhielt, und tauchte ihn in die Schüssel. Mit zusammengekniffenen Augen schob er sich einen Bissen in den Mund. Als er weder vom Blitz getroffen noch von der Erde verschlungen wurde, löffelte er nach einem letzten Moment des Zögerns die Schüssel hastig leer.

Nachdem er sich ausgiebig den Bauch vollgeschlagen und dabei schicksalsergeben Taras Schwärmereien von den Vorzügen Altais über sich ergehen lassen hatte, zog er sich schließlich die Satteldecke über den Kopf und rollte sich auf seiner Schlafstelle zusammen. Die Pilgerin hatte die Gelegenheit genutzt, um für eine Weile ungeniert unter der Decke eines stattlichen Varuners zu verschwinden – auch so eine Angewohnheit, die sie im Laufe ihrer gemeinsamen Reise mehr als einmal an den Tag gelegt hatte. Und während die Geräusche ihrer hitzigen Beschäftigung seine Ohren klingeln ließ, grübelte Salter über sein verfahrenes Leben nach.

Vor nicht einmal zwei Wochen hatte es quasi auf einen Schlag geendet. Bis dahin hatte er einen Namen gehabt. Einen Stand und eine Familie, auf deren Hilfe er sich voll und ganz verlassen konnte. Er hatte einen einigermaßen verantwortungsvollen Posten am Kaiserhof bekleidet und war mit seinem Leben voll und ganz zufrieden gewesen. Er hatte die Lehren des Ijoh studiert und sich in der Kunst der Buchführung geübt. Er liebte das Spiel mit Zahlen. Zahlen waren verlässlich und änderten nie ihre Meinung.

Nun allerdings war er ein Niemand. Ein Flüchtiger. Ein Monster, vor dem sich die Menschen fürchteten und auf das sie Jagd machen würden, wenn sie seine wahre Natur aufdeckten. Um zu überleben, hatte er alles hinter sich lassen müssen, was sein ganzes bisheriges Leben ausgemacht hatte. Er wusste nicht, ob er das durchstehen konnte. Ob er wirklich stark genug dafür war.

Sie wanderten zwei Nächte und beinahe drei weitere Tage lang durch immer karger werdende Landschaften, bis sie in einer Senke auf ein einsames Kloster stießen. Das musste das Tal sein, hinter dem sich die Straße aufteilte. Die Straße nach Vyndt verlief westwärts, während Tara weiter in nördlicher Richtung hinauf in die Säulen steigen musste, um Atail zu erreichen. Hier würden sich ihre Wege also trennen. Zum Glück hatte sie schon längere Zeit nicht mehr versucht, ihn von den Vorteilen Atails zu überzeugen, was ihren Abschied sicherlich vereinfachen würde. Dennoch vermisste Salter die seltsame Frau schon jetzt ein kleines bisschen. Ihre Anwesenheit war trotz allem eine nette Abwechslung von der Eintönigkeit seiner Reise gewesen.

Die Mönche bereiteten ihnen einen herzlichen Empfang. Sie lebten recht abgeschieden vom Rest der Welt und freuten sich über den Anblick neuer Gesichter. Eine ganze Traube junger Mönche folgte ihnen – vor allem Tara –, als sie das Lopec absattelten und das Haus des Vorstehers betraten. Der Abt war ein glatzköpfiger Mann, durch dessen Gesicht sich tiefe Krater zogen. Er bat sie in den Gästeraum und verscheuchte mit einer Handbewegung die jungen Mönche, die sich um die besten Beobachtungsplätze an der Tür stritten. Während sie einen etwas fade schmeckenden Tee tranken, rührte er mit einem Holzstäbchen in seiner Tasse herum und musterte sie. »Hm«, sagte er nach einer Weile ausgiebigen Rührens. Und dann noch einmal: »Hm.«

»Hm?«, fragte Salter, dem dieses Verhalten langsam auf die Nerven ging. Sein Magen knurrte, und er fürchtete langsam, dass sich die Mönche ausschließlich von so einem geschmacklosen Tee ernährten und nichts für ordentliches Essen übrighatten.

»Es kommt mir vor, als hätte ich dich schon einmal irgendwo gesehen …«

Salter erstarrte. Hektisch ging sein Blick zu den offenen Fenstern hinüber. Hastig schätzte er die Entfernung ab, und von dort aus die Länge des Wegs über den Hof bis zu seinem Reittier. Kurz dachte er darüber nach, den Abt als Geisel zu nehmen, verwarf den Gedanken jedoch wieder. Unter den jüngeren Mönchen würde sich mit Sicherheit der eine oder andere finden, der so eine Gelegenheit beim Schopf ergriff, um den Alten zu opfern und sich selbst zum neuen Abt aufzuschwingen. Mönche lebten vielleicht abgeschieden vom Rest der Welt, doch in ihren Bedürfnissen und Bestrebungen unterschieden sie sich sicherlich kaum von den Intriganten am Kaiserhof. »So?« Beiläufig stellte er die Tasse vor seinen Knien auf dem Boden ab. »Das kann ich mir kaum vorstellen.«

»Hm«, sagte der Abt und stellte ebenfalls seine Tasse ab. Er blickte Salter jetzt geradewegs in die Augen. Angespannte Stille machte sich in dem kleinen Raum breit.

»Die Frau und der Eber«, sagte Tara, die von der angespannten Stimmung nichts mitzubekommen schien. Lächelnd schenkte sie sich von dem faden Tee nach und nippte an ihrer Tasse.

»Hm?«, machte Salter.

»Hm?«, machte der Abt.

»Ihr sagtet, dass es Euch vorkommt, als hättet Ihr Salter schon einmal irgendwo gesehen. Mir ist es ebenso gegangen. Aber dann erinnerte ich mich an das Bildnis von der Reisbäuerin, die auf dem heiligen Berg einen wütenden Eber zähmt. Es stammt aus dem Jahr des Eiswinds und ist im kaiserlichen Palast in Bashun ausgehängt. Es beschreibt den Weg einer jungen Frau nach Atail. Auf der Kuppe eines schneebedeckten Bergs begegnet sie einem Butsu. Einem scheußlichen Untier, das sich mit der Sonne anlegt, weil es sie verdächtigt, ihn absichtlich geblendet zu haben.«

»Oh«, sagte der Abt, und seine Mundwinkel zuckten nach oben. »Oh, natürlich! Du hast recht. Warum bin ich nicht selbst darauf gekommen? Es ist eine Geschichte aus dem Schöpfungszyklus. Die Frau füttert den wütenden Butsu mit Früchten, die sie unter dem Baum der Weisheit aufgelesen hat. Daraufhin verwandelt sich das jähzornige Untier in einen glücklich grunzenden Eber, dessen Gesichtszüge mich sehr an die des jungen Mannes hier erinnern.«

»Habt ihr mich gerade mit einem Schwein verglichen?«, fragte Salter irritiert.

»Mit einem Eber, junger Mann. Das ist ein heiliges Tier. Es steht für Stärke und Mut und für ... äh ...«

»... Stattlichkeit«, half Tara aus, als der Abt ins Stocken geriet.

»Stattlichkeit«, murmelte Salter. »Ha!« Nachdenklich klopfte er sich auf den Bauch. In Bashun hatten sie ihn immer nur fett genannt. Und verfressen. Aber die Reisbällchen am Kaiserhof waren einfach zu verlockend gewesen. Man musste schon ein asketischer Mönch sein, um ihnen widerstehen zu können. »Apropos stattlich«, sagte er an den Abt gewandt. »Ihr könntet nicht zufällig eine Kleinigkeit für zwei hungrige Reisende entbehren?«

Der Abt sah ihn einen Moment lang an, als wäre ihm der Begriff des Essens tatsächlich fremd. Doch dann lächelte er und winkte einen der jungen Mönche zu sich heran. »Natürlich. Entschuldigt bitte meine Unaufmerksamkeit. Lasst mich euch zum Abendessen einladen. Wir stellen in unserem Kloster eine ganz vorzügliche Bohnenpaste her, die euch das Wasser im Mund zusammenlaufen lässt.«

»Bohnenpaste«, sagte Salter. »Na toll.«

Die Bohnenpaste des Klosters galt nach Aussage des Abts

weithin als begehrte Delikatesse. Menschen reisten wohl tage- und wochenlang durch die Wildnis, um diese Köstlichkeit zu erwerben. Die Mönche verdienten den Großteil ihres Unterhalts mit ihrem Verkauf – obwohl sie natürlich kein Geld dafür annehmen durften, denn Mönche lebten gemeinhin von den großzügigen Spenden der Gläubigen. Aus diesem Grund hinterließ ein Reisender lediglich eine kleine Extraspende am Altar, wenn er für den Rückweg in sein Dorf einen Beutel Bohnenpaste geschenkt bekommen wollte. Die Mönche gaben die Spende dann im Sinne ihrer Götter aus, die über die Jahre eine ausgesprochene Vorliebe für liebevoll beschnitzte Statuen, silberne Gebetsglocken und teure Tees entwickelt zu haben schienen.

»Wohin soll eure Reise eigentlich gehen?«, fragte der Abt, während er wieder in seinem Tee rührte und sie beim Essen beobachtete.

»Atail«, sagte Tara.

»Nach Westen«, sagte Salter.

»Ihr reist nicht zusammen?«

Salter schüttelte den Kopf. Er wischte sich den Mund ab und deutete ziellos in die Gegend. »Nur bis zu diesem Tal. Hier trennen sich unsere Wege, denn wir haben ganz unterschiedliche Ziele.«

Der Abt nickte verständnisvoll. »Du tust gut daran, Atail zu meiden. Es ist ein sündiges Pflaster voller Teufel und Dämonen, die einen unvorsichtigen Mann leicht um den Verstand bringen. Ich sehe dir an, dass du eine redliche Seele bist. Diese Stadt würde dich nur verderben. An einem so verwirrenden Ort würdest du dich am Ende nur selbst verlieren.« Er ignorierte Taras Blicke, die ihn vermutlich deshalb so böse anfunkelte, weil er gerade die Heimat ihres Gottes beleidigt hatte. Er rührte immer noch in seinem Tee und sah Salter ernst an. »Schlag einen großen Bogen um diesen Sündenpfuhl. Geh nach Kaylt oder besser noch Varun, der Stadt der Tausend Tempel. Jeder Tag des Jahres ist dort einer anderen Gottheit gewidmet.«

»Das klingt mir aber auch recht verwirrend«, sagte Salter.

»Verwirrend, aber nicht verdorben. Das ist der Unterschied. Außerdem könntest du ein gutes Geschäft machen, wenn du einige Beutel Bohnenpaste bei mir erwirbst und dort verkaufst. Die Varuner sind ganz wild auf diese Speise. Ich kann dir ein gutes Angebot machen, wenn du willst.«

Nach der Mahlzeit schlugen sie ihr Nachtlager im Gemeinschaftssaal auf, wo sie einen Platz in der Nähe des Suppenkessels ergattern konnten. Die Stelle war warm und roch angenehm nach Essen. Tara versuchte, Salter noch ein letztes Mal zum Mitkommen zu überreden, doch er ließ sich nicht erweichen. Atail war keine Stadt für ihn, das hatte ihm der Abt klargemacht. Außerdem war es besser, wenn er so viele Schritte wie möglich zwischen sich und seine Verfolger brachte. In Vyndt konnte er eine Passage auf einem der großen Segelschiffe ergattern, die das Meer zwischen der Drachennation und den Reichen des Südens befuhren. Er hatte schon viel über Taz gelesen, eine Stadt, in der ein mildes Klima vorherrschte, und eine Kultur, die den Namen tatsächlich auch verdiente. In Taz gab es keine Diebe oder Betrüger und schon gar keine Dämonen und Teufel. Dafür aber eine weltbekannte Akademie, die einen fähigen Gelehrten sicher gut gebrauchen konnte. Möglicherweise fand sich ja sogar ein kluger Geist, der ihn von seinem schrecklichen Fluch befreien konnte.

Seine Weigerung, Tara nach Atail zu begleiten, machte sie zunächst wütend und dann traurig. Den Rest des Abends verbrachten sie in eisigem Schweigen. Ihm war das nur recht, denn wenn sie zornig auf ihn war, fiel ihr der Abschied umso leichter. Im Grunde war es nicht viel anders als bei seinem Lopec. Irgendwann würde sie einsehen, dass es das Beste für sie war. Als ihm nach einer Weile die Augen zufielen, rollte er sich auf seiner Schlafstelle zusammen und zog die Decke über den Kopf.

Als er mitten in der Nacht aus seinen Träumen aufschrak, war Tara fort. Das Feuer unter dem Kessel war bis auf die Glut heruntergebrannt, und in seinem Brustkorb machte sich ein seltsames Gefühl der Beklommenheit breit. Zum Teil, weil er fürchtete, dass sie ohne Abschied aufgebrochen war, und zu einem anderen Teil aus einem unbestimmten Gefühl der Bedrohung. Er überlegte, was ihn geweckt haben mochte, und kam zu der Erkenntnis, dass es Stimmen gewesen waren. Hatten sich irgendwo im Saal zwei Reisende unterhalten, oder hatte ihn jemand gerufen? Eine Weile lauschte er den Geräuschen der Schlafenden, doch bis auf vereinzelte Schnarcher oder einen traumverlorenen Seufzer blieb es ruhig. Nur die Beklommenheit wollte nicht aus seinem Brustkorb weichen. Leise erhob er sich von seiner Schlafstelle und zog die Haussandalen über, die die Mönche ihren Gästen zur Verfügung stellten. Vorsichtig bahnte er sich seinen Weg zwischen den Schlafenden hindurch ins Freie.

Auf dem Tempelvorplatz konnte man in dieser Nacht recht gut sehen, denn der Mond stand rund und hell am Himmel. Er hatte bereits annähernd die Form eines Ongi angenommen, eines dieser göttlich schmeckenden Reisbällchen, die Salter so sehr liebte. Knurrend machte sich sein Magen bemerkbar, und er legte die Hand auf den Bauch und schlurfte zur Tränke. Irgendwo hatte er einmal gelesen, dass Menschen ihr Durstgefühl gelegentlich mit Hunger verwechselten und aus diesem Grund mehr zu sich nahmen, als gut für sie war. Er hatte zwar nicht das Gefühl, dass Wasser seinen Hunger wirkungsvoll bekämpfen konnte, trotzdem schöpfte er mit der langen Kelle einige Schlucke aus dem eisigen Nass. Nachdem er den gröbsten Durst gestillt hatte, blieb er noch einige Augenblicke vor der Tränke stehen und betrachtete das Spiegelbild des Monds im Wasser.

Es war eine ausgesprochen stille Nacht. Bis auf das gelegentliche Schnauben eines Reittiers und das leise Klirren von Metall war es totenstill in dem kleinen Gebirgstal. Umso mehr erschreckte ihn das Räuspern in seinem Rücken, das ihn herumfahren und einen leisen Schrei ausstoßen ließ. Mit angstgeweiteten Augen blickte er in die Gesichter eines halben Dutzends schwer bewaffneter Männer, allesamt muskelbepackt und über und über mit Äxten, Messern und Keulen behangen. Sie gaben einen furchterregenden Anblick ab. Zottelig wie ein Stamm Ukaren, in dicke Pelze gehüllt, mit fettigen Bärten, deren Gestank einem Oantan zur Ehre gereicht hätte. Furchtsam wich er zurück, bis er mit dem Hintern gegen die Wassertränke stieß.

»Wer ... was ... was wollt ihr von mir?« Er hätte sich das Gestammel sparen können, denn ihm war augenblicklich klar geworden, dass die Männer nur seinetwegen hier sein konnten. Die eigentliche Frage lautete in diesem Moment, ob sie Befehl erhalten hatten, ihn lebendig einzufangen ... oder tot.

Der Vorderste der Männer, ein Riese mit pockennarbigem Gesicht und zwei schweren Handäxten im Gürtel, kam näher und starrte ihn wortlos an. Das Licht des Monds spiegelte sich Unheil verkündend in seinen dunklen Augen. Als er fertig mit Starren war, wandte er sich um. »Ist er das?«

»Ja, ganz ohne Zweifel.« Hinter dem Rücken des Pockengesichts schälte sich die dürre Gestalt des Abts aus der Dunkelheit und bedachte Salter mit einem schuldbewussten Blick.

»Ihr?« Salter blickte ihn fassungslos an.

Der Abt besaß immerhin genügend Anstand, um betreten zu Boden zu blicken. »Du musst das verstehen, mein Junge. Ich hatte keine andere Wahl. Sie kamen völlig überraschend, und sie besitzen ausgesprochen überzeugende Argumente, wie du sehen kannst. Ich bin nur ein einfacher Mann. Wie sollte ich mich dagegen verwehren? Ich habe schließlich eine Verantwortung gegenüber meinen Schülern.«

»Aber habt Ihr nicht gestern Abend noch von Redlichkeit gesprochen?«

»Es gibt für alles eine Zeit und einen Ort. Das ist aber weder die richtige Zeit noch der richtige Ort.«

»Wir befinden uns hier in einem verdammten Kloster!«

»Hm.« Nachdenklich strich sich der Abt über die Glatze. »Dann ist das möglicherweise zwar der richtige Ort, aber ein äußerst unpassender Zeitpunkt. Wie dem auch sei. Die Götter haben sich nun einmal gegen dich entschieden.«

Aus einem unerfindlichen Grund machten ihn diese Worte noch viel wütender als die Tatsache, dass sein Leben an einem seidenen Faden hing. Entrüstet plusterte er sich auf und richtete einen zitternden Zeigefinger auf den Abt. »Ihr seid ein elender Halunke, wisst Ihr das? Die Götter werden Euch für diesen Frevel bestrafen!« Es war natürlich eine lächerliche Geste, die mehr aus seiner Verzweiflung rührte als aus irgendwelchen Überzeugungen. Aus eigener Erfahrung wusste er nur zu gut, dass die Götter sich höchstens in Märchen und Sagen um die Geschicke der Sterblichen scherten. Im echten Leben blieben sie lieber unter ihresgleichen und ließen der Welt ihren grausamen Lauf. Ob man nun ein guter oder ein schlechter Mensch gewesen war, spielte am Ende keine Rolle. Der ehrbarste Heilige konnte von einem Tag auf den nächsten vom Schlag getroffen werden, während die schlimmsten Menschenschinder das Paradies auf Erden fanden. Wie zur Bekräftigung packte der Pockennarbige ihn am Kragen und schubste ihn zum Spaß ein bisschen herum. Doch statt ihn damit einzuschüchtern, verstärkte er Salters Zorn nur. Es war verdammt noch mal nicht gerecht. Die Götter durften einfach nicht so achtlos mit den Sterblichen umgehen. Was hatten denn die ganze Opferei und die Räucherstäbchen und das Herumrutschen auf den Knien für einen Sinn, wenn man sich am Ende dafür auch noch erniedrigen lassen musste? Als der Einäugige ihm eine Handvoll kräftiger Ohrfeigen verpasste, war er schließlich drauf und dran, sich auf ihn zu stürzen. Er biss die Zähne zusammen und tat sein Bestes, die Wut im Zaum zu halten, die in seinem Inneren hochzukochen begann. Eine eisige Windböe fegte über den Klosterhof hinweg und ließ ihn unkontrolliert zittern.

Die Schande, das Versagen und die ehrlose Flucht waren schon mehr als genug gewesen, um einen Mann in die Verzweiflung zu treiben. Doch irgendwann war es endgültig genug. Irgendwann musste auch dem friedlichsten Lamm der Geduldsfaden reißen. »Lasst uns darüber reden«, presste er unter den Hieben des Pockennarbigen mühsam hervor. »Ich bin sicher, dass wir zu einer zufriedenstellenden Lösung für uns alle kommen.«

Der Pockennarbige stieß ein hässliches Lachen aus. Seine Faust schlug ein weiteres Mal zu und riss Salter beinahe von den Füßen. »Die zufriedenstellendste Lösung liegt in den Münzen, die ich für deinen Kopf erhalte.« Er schubste Salter einem seiner Begleiter in die Arme, der ihn lachend zurückschubste. »Wir haben Befehl, dich lebendig am Kaiserhof abzuliefern, aber niemand hat gesagt, dass wir vorher nicht noch ein wenig Spaß mit dir haben können.«

In hilflosem Zorn ballte Salter die Hände. Ein eiskalter Schauer fuhr seinen Rücken hinunter. Er begann, unkontrolliert zu zittern.

Es. War. Einfach. Nicht. Gerecht.

Als der Pockennarbige das nächste Mal zuschlug, fuhr Salters Rechte nach oben und krallte sich fest um sein Handgelenk. Der Pockennarbige stieß ein überraschtes Schnaufen aus und riss den Arm zurück. Ein grässliches Knacken ertönte. Im nächsten Augenblick hielt Salter noch immer die Hand des Mannes umklammert, während der einen glatten Stumpf in die Höhe hielt und ihn blöde anglotzte. Er riss den Mund auf, doch aus seiner Kehle quoll lediglich eine dicke weiße Dampfwolke. Langsam überzog sich sein Gesicht mit einer Schicht aus Eis, die im Mondlicht zu glitzern begann. Er machte einen Schritt auf Salter zu, und es knackte bedrohlich in seinem Knie. Als er den Fuß aufsetzte, zogen unzählige winzige Risse darüber hinweg. Einen Augenblick verharrte er bewegungslos auf der Stelle, ehe das das Bein unter ihm nachgab und krachend in tausend Teile zersplitterte. Sein Oberkörper drehte sich behäbig zur Seite und plumpste dumpf auf den Boden.

Für einen endlos lang erscheinenden Moment wurde es auf dem Tempelvorplatz totenstill.

Alle standen regungslos da und starrten voller Entsetzen auf den zerschmetterten Torso, der sich mit einer dünnen Schicht Raureif zu überziehen begann. Als sie bemerkten, dass auch ihre Arme und Beine langsam gefroren, und sich schreiend zur Flucht wandten, war es bereits zu spät. Unaufhaltsam breitete sich das Eis über den Hof aus, erfasste die Flüchtenden mitten im Lauf und ließ ihre Knochen zersplittern wie dünnes Glas. Ein paar erreichten noch das Tor, und einem gelang es sogar, sich auf sein Lopec zu schwingen, bevor die Kälte auch dieses Tier erfasste. Mitten im Sprung gefroren seine Hufe zu Eis, und als es wieder den Boden berührte, brachen sie krachend entzwei. Lopec und Reiter wurden zu Boden geschleudert, wo sie ebenfalls in unzählige Kristalle zersplitterten.

Als die Kältewelle endlich ausgelaufen war, erstrahlte der gesamte Vorplatz in einem so grellen Weiß, das Salter die Augen zusammenkneifen musste. Sämtliche Gebäude, Menschen und Tiere waren von einer dünnen Eisschicht bedeckt, wie man sie sonst nur in besonders frostigen Winternächten erleben konnte. Eine eisige Stille lag über der Tempelanlage, nur durchbrochen von gelegentlichem leisen Knacken und dem dumpfen Stöhnen überlasteter Holzbalken.

Langsam stieß Salter die Luft aus, die als weiße Dampfwolke über ihm in den Nachthimmel hinaufstieg. Er ließ die gefrorene Hand des Pockennarbigen klirrend zu Boden fallen und schlang fröstelnd die Arme um den Oberkörper. Dann warf er einen Blick auf den Abt, der ihn mit überrascht hochgezogenen Brauen anstarrte, die dunklen Augen gefrorene Murmeln. Es hätte ihn um diesen verräterischen Alten nicht leidtun müssen, dennoch fühlte er ein schuldbewusstes Ziehen in der Magengegend.

Er musste ungefähr elf Jahre alt gewesen sein, als die Priester seine besondere Gabe erkannt hatten. So genau konnte er das nicht festmachen, denn in seiner Gegend war es nicht üblich, die Jahre eines Menschen zu zählen. Das Alter bemaß sich eher in Lebensphasen, und die Phase der Mannwerdung hatte er noch nicht erreicht. Sie nannten es Shao, was so viel wie Auge bedeutete und Fluch und Segen zur gleichen Zeit sein konnte. Als Segen erwies es sich, weil es ihm ermöglichte, dem tristen und entbehrungsreichen Leben auf dem Dorf zu entkommen. Die Priester brachten ihn auf direktem Weg nach Bashun, wo sie ihn in eine der zahlreichen Tempelschulen steckten. Die gewaltigen Anlagen beeindruckten den Jungen, in dessen Heimatdorf die Dächer kaum über die Wipfel der niedrigsten Bäume hinausragten. Das Leben in den Hallen der Kraniche war strengen Regeln unterworfen, doch es stand immer genügend Essen auf dem Tisch. Wer die ersten harten Jahre überstand, der konnte sich eines Postens in der Verwaltung sicher sein. Den besonders Begabten standen zahlreiche Türen offen, manche sogar bis ganz hinauf in den Kaiserpalast. Salter tat sich weder durch eine besondere Begabung noch durch überragende Fähigkeiten bei der Beherrschung des Shao hervor. Seine Leistungen waren im Gegenteil sogar äußerst dürftig. Das Shao kam bei ihm nur selten zum Vorschein und zeigte meistens nicht die gewünschte Wirkung. Es hatte sich ihm damals in einer Höhle offenbart, nachdem er aus einer heiligen Quelle getrunken hatte. Den meisten Begabten offenbarte sich das Shao an solchen Orten: unter uralten Bäumen, in Höhlen oder einsamen Gebirgstälern. Die meisten überlebten kaum die ersten Wochen. Viele erkrankten, wurden wahnsinnig oder brachten sich grundlos um. Das Shao war ein Mysterium. Niemand wusste, woher es kam und wen es segnete. Es war einfach da, so wie Sonne und Mond. Oder in Salters Fall eben wie eine schreckliche, alles verheerende Naturkatastrophe.

Als er sich umwandte, stand Tara vor ihm. Sie lächelte. Es war ein unwirklicher Anblick, wenn man bedachte, dass sämtliches Leben um sie herum erfroren war. Sie sah völlig unversehrt aus. Höchstens ein bisschen überrascht. »Wie ... wie hast du ...? Wieso bist du ...«

»Wieso ich noch am Leben bin? Der Kessel. Ich habe mich darin versteckt. Er ist recht groß, und die Suppe war zum Glück noch heiß. In Anbetracht der Umstände schien mir das der sinnvollste Zufluchtsort zu sein.« Sie trat von einem Bein auf das andere und hauchte warme Luft in ihre Handflächen. Das Eis fing bereits wieder an zu tauen, und die zu Skulpturen erstarrten Menschen und Tiere knackten bedrohlich. Irgendwo in der Dunkelheit erklang ein helles Klirren und gleich darauf ein dumpfes Klatschen, das Salter zusammenzucken ließ. Vorsichtig mit ihrem Stock balancierend, schlidderte Tara zu einem der Banditen hin. Sie lehnte den Stock gegen seine gefrorene Schulter und machte sich an seiner Tasche zu schaffen. Mit spitzen Fingern zog sie einen Geldbeutel hervor und entnahm ihm eine Handvoll Münzen und einen Ring. Vom Sattel eines Lopec schnallte sie einen dicken Wintermantel ab und warf ihn Salter zu. »Den hier wirst du brauchen.«

»Wofür?«

»Na, für die Reise. Oder willst du dich hier zur Ruhe setzen? Ich rate dir dringend davon ab. Sobald das alles getaut ist, wird es in diesem Tal ganz gehörig anfangen zu stinken. Es wird nicht leicht, so etwas den nächsten Reisenden zu erklären. Denk mal darüber nach.«

Salter fiel es schwer, überhaupt einen klaren Gedanken zu fassen. Er warf einen Blick auf den Mantel in seinen Händen, dessen Pelz von einer dünnen Reifschicht überzogen war. Langsam schüttelte er den Kopf. »Das ist nicht richtig«, murmelte er vor sich hin.

»Was?«

»Was du da tust, meine ich. Diese Dinge gehören uns nicht. Sie gehören diesen … diesen Menschen. Wir können sie nicht einfach stehlen.«

Tara zog ihre Hand aus der nächsten Tasche und wandte sich um. Langsam hob sich eine Augenbraue. »Falls es dir noch nicht aufgefallen ist, Salter: Diese Menschen sind tot. Du hast sie umgebracht. Tiefgefroren. Sie haben ganz andere Probleme, als sich um ihre Habseligkeiten Sorgen zu machen.«

»Trotzdem«, beharrte Salter dickköpfig. »Es ist ihr Eigentum. Auch wenn sie nicht mehr am Leben sind.«

»Wir sind auch bald nicht mehr am Leben, wenn wir hoch in die Berge gehen und dafür nicht richtig ausgerüstet sind.«

»Was wollen wir überhaupt dort?«

»Deinen Hals retten, was denn sonst? Das ist die einzige Richtung, die dir noch bleibt. Ich bin nicht blind. Ich sehe doch, dass du auf der Flucht bist. Jetzt kann ich mir endlich auch den Grund dafür denken. Es ist wahrscheinlich nicht das erste Mal, dass dir so etwas passiert ist.« Sie machte eine Geste, die den gesamten Hof umfasste. Als Salter schmerzhaft das Gesicht verzog, nickte sie. »Habe ich es mir doch gedacht. Du bist ein Magister, der sein Shao nicht im Griff hat. Du hast in Bashun ein Haus angezündet oder so was in der Art. Menschen sind dabei zu Schaden gekommen, vielleicht sogar gestorben.«

»Der Hüter der Kraniche«, murmelte Salter.

»Wer?«

»Es war nicht irgendein Mensch, sondern unser Lehrmeister.«

»Du hast den Hüter der Kraniche getötet?« Taras Augen wurden groß. »Du meinst den obersten Ausbilder am kaiserlichen Hof?«

Salter nickte.

Tara blies die Backen auf. Dann ließ sie die Luft in einem lang gezogenen Pfeifton wieder entweichen und strich sich über die Haare. »Alle Achtung. Es kommt nicht alle Tage vor, dass einer der mächtigsten Magister des Reichs getötet wird. Was hast du mit ihm angestellt?« Sie hob die Hand. »Nein, warte. Ich möchte es gar nicht so genau wissen.«

»Ich habe ihn in einen Fisch verwandelt.«

»In einen Fisch?«

»So was in der Art jedenfalls. Er sah so ähnlich aus, meine ich. Mit Flossen und Schuppen am ganzen Leib. Von seinem Gesicht hingen Lappen herunter, so ähnlich wie Kiemen. Im Grunde spielt es aber keine Rolle, denn er war beinahe auf der Stelle tot.«

Tara sah ihn verblüfft an. Langsam drehte sie sich wieder zu der Tasche um, die sie gerade plündern wollte, und zog einen Geldbeutel hervor. Sie steckte ihn ein und griff nach ihrem Stock. »Ich habe dort drüben zwei Lopec laufen gesehen, die deinen Ausbruch überstanden haben. Wenn wir sie einfangen, kommen wir schneller voran. Vorher sollten wir aber noch etwas zu essen einpacken. Genug für eine lange, beschwerliche Reise. In der Küche finden wir sicherlich eine ganze Menge Bohnenpaste, die kein Mensch mehr braucht. Du magst doch Bohnenpaste?«

»Ich hasse Bohnenpaste.« Schicksalsergeben ließ Salter die Schultern hängen.

FUCHS

Die fleischigen Finger des Goog zuckten, und Fuchs legte ihm eine Hand auf den Arm. Weniger, um ihn zurückzuhalten – wozu er ohnehin nicht in der Lage war –, als vielmehr, um ihn daran zu erinnern, was seine Aufgabe war: zu beobachten und da zu sein, wenn etwas schiefging. Und nicht der Grund dafür zu sein. Der Goog hatte leider immer wieder die Tendenz dazu. Er war ein untersetzter Mann mit grobschlächtigen Zügen, schlechten Zähnen, einer mehrfach gebrochenen Nase, einer tonnenförmigen Brust und haarigen Armen, die ein wenig wirkten, als hätte man ihm die Beine eines anderen, kräftigen Mannes an den Schultern befestigt. Er war ein einfacher Kerl von der Sorte, die man um sich haben wollte, wenn es Ärger gab. Allerdings eigentlich nur dann. »Reiß dich zusammen«, murmelte Fuchs. Er spürte, wie der Arm unter seiner Hand erneut zuckte. Dann schlossen sich die Hände des Goog um seinen Bierkrug, und Fuchs atmete erleichtert durch. »Nicht mehr lange.«

»Woher willst du das wissen?« Die Frau neben dem Goog lehnte sich zurück und sah hinauf zum Giebel des gegenüberliegenden Hauses. Ein schmaler Sonnenstrahl hatte seinen Weg zwischen den steilen Dächern hindurch gefunden und wanderte unerbittlich über die weiß gekalkte Wand.

Fuchs folgte ihrem Blick. Der Sonnenstrahl hatte beinahe das dritte Fenster erreicht. »Abendglocke«, sagte er leise. »Der Händler trägt das Abzeichen der Weris um den Hals. Kein Weris wird das Abendgebet auslassen, solange ihr Tempel gerade mal zwei Straßenecken weiter ist. Könnte er sich gar nicht leisten.«

»Klugscheißer.« Die Frau, Ensu, verdrehte die Augen und kaute nachdenklich auf einer Haarsträhne. Sie war eine Korra, eine der Einheimischen, gut eine Handbreit kleiner als Fuchs, und hatte die dichteste Mähne, die er je gesehen hatte. Ihr nachtschwarzer Zopf war beinahe so dick wie sein Handgelenk, und trotzdem fand sie immer noch eine lose Strähne, auf der sie kauen konnte, wenn sie nervös war. »Wenn du das sagst. Ich verstehe diese Versessenheit der Citani auf Gebete nicht.«

Fuchs kratzte sich ausgiebig die eigenen störrischen Locken. Sie waren bereits wieder viel zu lang für seinen Geschmack. Nachdenklich starrte er auf die kleine Silbermünze, die sich unablässig vor Ensu auf dem Fass drehte, ohne langsamer zu werden oder zu schwanken. Dann streckte er die Hand aus und stoppte sie. Das Geldstück blieb auf der Kante stehen und fiel nicht um. »Es sind nicht die Citani, nur die Weris-Kinder. Sie fürchten die Nacht und bitten um einen baldigen Sonnenaufgang.«

»Gesunde Einstellung«, brummte der Goog, und seine Stimme klang ein wenig, als würde jemand etwas Schweres über Flussgeröll schleppen. Vermutlich etwas Totes. »Nachts passieren schreckliche Dinge.«

»Du zum Beispiel.« Ensu nickte, und der narbige Fleischberg nickte der kleinen Frau ernst zu. »Sag ich doch.«

Ensu blinzelte irritiert, dann zuckte sie mit den Schultern

und sah Fuchs an. »Du bist wirklich ganz sicher, dass der Mann sein Geld bei sich hat?«

Fuchs seufzte. »Stern ist sich sicher. Und ich habe den Kasten selbst gesehen. Und seinen Inhalt. Und er wird das Ding sicher nicht in Jog Makeens Haus lassen. Keine Chance. Also macht euch mal nicht ins Hemd.«

»Sag jetzt bloß nicht, dass nichts schiefgehen kann.« Ensu schnaubte und steckte sich das Ende ihrer Strähne wieder in den Mund. Die Münze auf dem Fass vor ihr begann wieder, sich um sich selbst zu drehen.

»Es können hundert Sachen schiefgehen«, gab Fuchs zurück. Als der Goog alarmiert aufsah, hob er schnell die Hand. »Aber ich bin mir genauso sicher, dass Stern jede davon bedacht hat. Jedao und Marai liegen dort oben und haben uns im Blick.« Er deutete auf ein nahe gelegenes Dach. »Kratzer, Pelly und die Jungs stehen vorn am Marktende. Das Ding ist idiotensicher. Macht einfach, was sie euch gesagt hat, und vertraut ihr.«

Stern. Das war das Zauberwort. Das war immer das Zauberwort. Wenn Stern etwas plante, dann konnte man sicher sein, den am besten durchdachten Plan der Welt vor sich zu haben. Stern versuchte, nichts dem Zufall zu überlassen. Nicht einmal den Zufall. Das war auch einer der Gründe, warum Fuchs heute hier neben dem Goog saß. Aus freien Stücken hätte er nie mit dem Schläger zusammengearbeitet, aber wenn Stern sie beide anheuerte, dann ging das in Ordnung. Dann war sogar die Unberechenbarkeit des Goog eingerechnet – und Teil des Plans. Genau genommen war es Fuchs ein Rätsel, warum Stern noch nicht eines der Herrenhäuser oben am Berg besaß. Er wusste von keinem einzigen Plan der Siegelschreiberin, der nicht Gewinn für alle Beteilig-

ten abgeworfen hatte. Das war der Grund, warum Dumpf-
schädel wie der Goog oder unberechenbare Irre wie Kratzer
mit ihr arbeiteten. Das war der Grund, warum clevere Leute
wie Ensu ihr durch dick und dünn folgten. Oder er selbst.
Wäre es nach der Tradition der Straße gegangen, würde er
ihren Trupp anführen. Er war ein Mann, er war drei oder
vielleicht auch vier Jahre älter als Stern, er war ihr und vermutlich einer Menge Leute in ihrem Trupp im Kampf überlegen, und die meisten der Leute mochten ihn. Aber niemand
aus der Jurdagasse hatte so viel im Kopf wie Stern. Und das
wussten sie alle. Stern war es, die die Ideen hatte, die ihnen die
Stadtwachen vom Hals hielt, die die Magister und ihre Schläger von den Hacken schüttelte; sie handelte die Verträge mit
anderen Banden aus und zog die wirklich lohnenden Coups
an Land. Als Einohr Manger noch Herr über die Jurdagasse
war, waren sie nicht mehr als eine Bande Taschendiebe gewesen, die gelegentlich auch ein paar Betrunkene überfielen, die
sich in ihr Gebiet verirrten, oder sich von einer der großen
Nummern in Atails Zwielicht anheuern ließen, wenn die mal
ein paar Fäuste mehr brauchten. Dann hatte sich der alte
Manger eines Tages von der Garde schnappen lassen, und
während seine Adjutanten noch unschlüssig debattierten, ob
sie einen Befreiungsversuch starten sollten, hatte sich Stern
auf seinen Stuhl gesetzt. Sie hatte einfach die Füße auf den
Tisch gelegt und dem Ersten von ihnen, der den Mund aufgemacht hatte, um zu protestieren, einen Bolzen in die Brust
geschossen. Nach einem kurzen, sehr stillen Augenblick hatte
sich Ensu hinter sie gestellt, dann der Goog, die Arme vor der
Brust verschränkt. Tja, und dann hatte Fuchs zu seiner eigenen Verblüffung festgestellt, dass er neben dem Goog stand.
Deshalb war er auch der Nächste, der den Mund aufgemacht

hatte. *Was ist der Plan, Chefin?* Was hätte er auch sonst tun sollen? Was immer Stern tat, er war dabei. So war es schon immer gewesen. Stern hatte ihm genau jene Andeutung eines Lächelns geschenkt, die an allem schuld war, dann selbstgefällig genickt, als sie der Reihe nach alle ansah, und schließlich Mangers speckiges Notizbuch auf den Tisch geworfen.

Wir werden jetzt zur Abwechslung mal Geld verdienen, hatte sie gesagt. *In zwei Tagen kommt ein Tuchhändler aus Varun hier an. Ich wette drei Hörner, dass er eine Menge Geld dabeihat. Drei Hörner. Und ich habe einen Plan.*

Sie hatte recht behalten, und nachdem jeder von ihnen einen Anteil erhalten hatte, der mehr war, als ihnen der alte Manger in einem halben Jahr an Taschengeld zugestanden hatte, war die Sache entschieden gewesen: Niemand von ihnen versuchte etwas Dummes, und der Alte baumelte einen Neumond später mutterseelenallein auf dem Richtplatz. Geschah ihm recht. Ab jetzt regierte Stern die Jurdagasse – und inzwischen auch die zwei anschließenden Gassen, vom Nordwesteck des Karawanenplatzes bis fast zum Fleischmarkt, der das nördliche Ende von Mlimas Gebiet markierte. Es war ein kleines Stück des fetten Kuchens namens Atail, aber es war ihres, und dank Sterns Geschick machte es ihnen niemand streitig. Und mit dieser Kiste heute würde das Stück um einiges größer werden. Es ging nicht nur ums Geld. Es ging um den Ruhm, der mit ihm kam.

»He! Schläfst du?« Ensu boxte ihm gegen den Oberarm und riss ihn damit aus seinen Betrachtungen. »Ich glaube, es geht los.« Sie nahm die Strähne aus dem Mundwinkel und deutete auf den Eingang zu Jog Makeens Haus. Zwei der Hauswachen des Gewürzhändlers waren auf die Straße getreten und musterten eindringlich die Umgebung. Fuchs gab sich alle Mühe, nicht zusammenzuzucken. Erneut legte er eine Hand auf Googs Unterarm.

Der Bullige warf ihm einen düsteren Blick zu. »Pfoten weg. Ich bin ja nich blöd.«

Behutsam hob Fuchs die Finger. Der Goog hatte recht. Er mochte ungeduldig sein, aber er wusste auch, dass man sie übersehen würde, solange er ruhig blieb. Das lag weniger daran, dass sie so unauffällig wirkten, sondern vor allem an dem mit Siegeln überkrusteten Nagel, den sie in die Mitte der improvisierten Tischplatte getrieben hatten. Stern hatte ihn extra dafür präpariert. Solange sie sich innerhalb von zwei Schritt um ihn herum aufhielten, würde man sie – und das Fass, das ihnen als Tisch diente – schlicht übersehen. Die Siegel würden noch vor Einbruch der Dämmerung ausgebrannt sein, doch das spielte keine Rolle.

Der Blick der Wächter glitt über sie hinweg. Schließlich schienen sie zufrieden, denn sie traten beiseite, und ein rundlicher Mann in schweren Wollgewändern erschien in der Pforte. Allein seine Kleidung verriet bereits den Fremden. Niemand, der länger in Atail wohnte, trug so viel am Leib. In die Dächer und Mauern der Stadt waren so viele Schutzsiegel gebrannt, dass nur in den härtesten Winterstürmen Schnee die Dächer der Innenstadt erreichte und leichter Nieselregen noch über dem Boden verdampfte. Außerhalb der Stadt gab es wenige Tage im Jahr, die sich ohne Mantel aushalten ließen, und viel zu viele Nächte, in denen man auch in der Fellkleidung der Korra erfrieren konnte. Im Zentrum der Stadt dagegen wuchsen prachtvolle Bäume, die sonst nur Wochen entfernt, weit aus der Sichtweite der Berge gediehen, und die bunten, exotischen Vögel, die irgendwann aus einem der Prunktürme der Magister entkommen sein mussten, vermehrten sich prächtig. Das Gleiche galt für die Loxxa, die Dachfüchse, die die Populationen der Vögel ausdünnten und alles stahlen, was nicht niet- und nagelfest war. Fuchs konnte sich nicht erinnern, wann er innerhalb Atails mehr als seine dünne Lederjacke getragen hatte. Der Kerl in seinem Wollmantel musste erbärmlich schwitzen. Aber das machte nichts. Sie waren ja hier, um ihm ein wenig beim Tragen zu helfen. Sozusagen.

Vier weitere Männer traten aus dem Haus. Alle vier trugen blau bemalte Panzer, Topfhelme und schwere Kettenhemden über dicken, wollenen Jacken. Fuchs schnaubte. Gegen seine Leibwache war der Händler geradezu luftig gekleidet. Er musterte die Männer. Alle vier trugen die sehr kurzen, eisenbeschlagenen Uai-Stöcke der Südländer an den Gürteln, und drei von ihnen schleppten überdies Stangenäxte mit sich herum. Gut. Diese Waffen waren sicherlich wirkungsvoll, wenn man genügend Platz hatte, um sie zu schwingen. In der Enge von Atails Gassen waren sie nahezu nutzlos. Der vierte Leibwächter hielt eine leichte Armbrust schussbereit in den Händen. Auf dem Rücken trug er einen klobigen Lederrucksack, und Fuchs war nur zu klar, was sich in dessen Innerem befand: eine gewisse eisenbeschlagene Kassette. Jetzt hatten sie genau zwei Straßen Zeit, um an das Ding heranzukommen.

Fuchs und Ensu wechselten wortlos einen Blick, als die Fremden auf sie zukamen und schließlich auf Armeslänge an ihnen vorbeigingen, ohne sie auch nur zu beachten. Auch der fremde Händler zuckte nicht einmal, und Fuchs atmete so leise wie möglich durch. Das war der Teil gewesen, bei dem sie sich nicht sicher gewesen waren. Der Handel in Atail war fest in der Hand der Magister, und so ziemlich jeder einheimische Geschäftsmann, der auf dem Niveau von Jog Makeen handelte, war begabt genug, um die bloße Anwesenheit von Sterns

Siegeln zu bemerken. Das galt offensichtlich jedoch nicht für den Tuchhändler. Er wischte sich die plötzlich klammen Hände an der Hose ab und warf einen Blick zurück zum Makeen-Anwesen. Die beiden Wächter waren wieder ins Haus zurückgegangen und hatten die Pforte hinter sich geschlossen. Von dort kam keine Hilfe mehr, ganz wie Stern gesagt hatte. Was Fremden außerhalb seines Hauses passierte, interessierte Makeen nicht, solange sie keine Geschäfte mit ihm abgeschlossen hatten. Und Stern war sich sicher, dass das noch nicht passiert war. Wie es aussah, hatte sie recht. Wie immer.

Er nickte Ensu zu. Die Korra hob ruhig ihre Armbrust vom Tisch auf, überprüfte ein letztes Mal den Sitz des Kettbolzens, hob die Waffe und schoss. Der Bolzen flog mit bösartigem Zischen davon und schlug hart genug in den Rucksack ein, um den Wächter zum Stolpern zu bringen. Noch bevor der Mann sich fangen konnte, zog der Goog die kurzstielige Fleischeraxt aus dem Fass und schlug das Seil an der Hauswand direkt neben sich durch. Das lose Strickende schoss nach oben, als im Gegenzug ein dunkler Schatten herabrauschte. Gleichzeitig spannte sich der Draht am Kettbolzen mit einem hörbaren Knall, und im nächsten Moment wurde der Rucksackträger hoch in die Luft gerissen, als wäre er nichts weiter als ein Fisch an einer Angelschnur. Fuchs grinste. Er drehte sich um, gerade noch rechtzeitig, um das große Ölfass zwischen den übrigen Leibwächtern niedergehen und bersten zu sehen. Nur dass es das nicht tat. Fuchs' Grinsen erstarrte. Statt direkt zwischen den Männern aufzuschlagen, prallte es auf eine unsichtbare Barriere über ihren Köpfen, sprang beiseite und zerschellte erst an der nächsten Hauswand. Die Männer zogen zwar instinktiv die Köpfe ein, doch sie standen, und sie waren auch nicht von Öl übergossen. Über ihnen ließen Jedao und seine Schwester Marai ihre Armbrüste krachen. Auch die Bolzen wurden von der unsichtbaren Fläche abgestoßen und schwirrten unkontrolliert in die schmale Straße. Der Händler wandte sich um und deutete mit einem kurzen, blassen Finger auf ihn.

»Scheiße.«

Der Rucksackträger, dem jetzt das Gegengewicht fehlte, schlug hart auf der Straße auf.

Fuchs sprang auf und warf sich zur Seite, noch bevor der Mann seine Geste vollendet hatte. Was immer er getan hatte, Fuchs spürte das vertraute Knacken in den Ohren, als eine unsichtbare Druckwelle über ihn hinwegzog und das Fass mit dem Nagel in eine Splitterwolke verwandelte. Der Kerl beherrschte das Shao. Also war das eine verdammte ... »Falle! Ensu, das ist eine Falle!«

»Was genau bringt dich denn darauf?« Die Korra legte bereits einen neuen Bolzen auf ihre Armbrust und nickte in Richtung Rucksackträger. Der Helm des Mannes war davongerollt, und Fuchs konnte jetzt sehen, dass das keinesfalls einer der Männer aus dem Süden war, mit denen der Händler das Anwesen betreten hatte. Das dort war eine der Korra-Wachen Makeens.

»Sieht ganz so aus, als wussten die, dass wir kommen.« Sie schoss auf die fünf Männer in der Straße, doch auch ihr Bolzen wurde abgelenkt und schlug in den Putz des nächsten Hauses. Zwei der Kerle hoben ihre Stangenäxte und warfen sie. Die Äxte taugten vielleicht an sich nichts – aber auf diese Entfernung geworfen ... Der Goog wich dem improvisierten Geschoss nur mit Mühe aus, doch der zweite Wurf war direkt auf Fuchs gezielt. Im letzten Moment riss Fuchs die Hände hoch, und die Axt schien direkt in seiner Handfläche zu verschwinden. Keuchend schnappte er nach Luft. Das war zu knapp gewesen. »Goog, wartest du auf 'ne Einladung? Schnapp sie dir!«

Der Bullige bleckte die Zahnlücken in einem hässlichen Grinsen und schwang seine Axt, während er schneller wurde und sich mit einem Brüllen auf den ersten der Wachleute warf. Der Mann hatte seinen Uai-Stock erst halb aus dem Gürtel gezerrt, als sich die Axt des Goog tief in seine Schulter fraß und dabei das Kettenhemd durchtrennte, als sei es nichts. Noch während er erschrocken die Augen aufriss, packte ihn der Goog am Helm und schleuderte ihn gegen den anderen. Fuchs überließ die Männer ihrem Schicksal und zerrte stattdessen am Rucksack des am Boden Liegenden, der jetzt mühsam stöhnend auf die Knie zu kommen versuchte. Fuchs trat ihm die Hände weg, sodass er abermals auf dem Boden aufschlug. Dann zog er ein Messer aus dem Gürtel und rammte es kurzerhand in die Seite des störrischen Gepäckstücks. Viel zu langsam sägte sich die Klinge durch das zähe Leder.

»Du solltest dich beeilen«, stellte Ensu drängend fest. »Makeen schickt Nachschub.«

»Was?« Fuchs sah auf.

Sie deutete die Straße hinauf, wo sich das Tor des Händleranwesens erneut geöffnet hatte und jetzt ein halbes Dutzend Männer in den Farben des Hauses Makeen ausspuckte. Erneut fluchte er. »Verschaff mir Zeit!«

Ensu verzog das Gesicht und lud ihre Armbrust. »Ich glaube, damit sieht's nicht gut aus.« Sie hob die Waffe und zielte auf die Neuankömmlinge. »Ich verschwinde. Mit oder ohne dich.« Sie schoss.

Einer der Männer riss einen Schild hoch und fing das Geschoss ab. Im nächsten Moment stand der komplette Schild in

Flammen. Feuerzungen spritzten zu den Seiten und ließen die übrigen Männer hastig beiseitespringen. Der Schildträger ging schreiend zu Boden. Ensu stieß einen schrillen Pfiff aus. Sie sah hinauf zu den Schützen auf dem Dach, deutete auf die neuen Angreifer und vollführte einige knappe Gesten. Ein Bolzen kam von oben, schlug vor den Wächtern auf dem Boden auf und explodierte in einer dichten Rauchwolke. Ein zweiter folgte, mehr Rauch wallte auf und rollte über Ensu und Fuchs hinweg. »Kommst du?«

»Warte einen Moment!« Fuchs wandte sich wieder dem Rucksack zu. Selbst den sah er im quellenden Rauch nur noch undeutlich. Ein Beißen stieg in seinem Hals auf und Panik mit ihm. Fieberhaft sägte er weiter an dem Behälter und versuchte, die Schreie des nur wenige Schritte entfernten Kampfs zu ignorieren. Dicht neben ihm pfiff Ensu erneut, schrill. *Rückzug.* Aber das bedeutete, die Beute liegen zu lassen. Und Fuchs war ganz und gar nicht sicher, wie Stern darauf reagieren würde. Wenn sie etwas nicht ausstehen konnte, dann den Verlust von Beute. Mit einem Knurren riss er an dem zerhackten Leder, und endlich barst die letzte Naht und gab die verdammte Kiste frei. Hastig schüttelte er sie aus ihrer Hülle und stemmte sich auf die Füße. Der Kasten bestand aus dunklem, lackiertem Holz, war mit Eisenbändern beschlagen und trug ein massives Schloss auf dem Deckel. Mehrere komplizierte Siegel waren darin eingebrannt. Natürlich. Vermutlich erlaubten sie dem Besitzer schnellen Zugriff und bescherten jedem, der versuchte, sie mit Gewalt zu brechen, einen schmerzhaften Tod. Nicht sein Problem. Für Siegel war Stern zuständig. Jetzt musste er das Teil nur noch hier wegbekommen. Hustend sah er sich um. Von rechts kamen die Männer Makeens. Das unterdrückte Fluchen und das tastende Scharren ihrer Schritte im weißen Nichts klang bereits viel zu nah. Links wütete der Goog unter den übrigen Männern. Auch das nur wenige Schritte entfernt. Jetzt dorthin zu laufen wäre eine dumme Idee, selbst wenn der Magister nicht gewesen wäre. Wenn der Goog kämpfte, achtete er nicht darauf, wen seine Axt traf. Besser, ihm nicht im Weg zu stehen. Also was jetzt? Rechts nahm er eine undeutliche Bewegung im Nebel wahr. Er unterdrückte ein erneutes Husten und hockte sich wieder hin. Dann streckte er behutsam die Hände aus. Bereits im nächsten Augenblick tauchte einer der Leute Makeens im Rauch auf, einen verzierten Kamai-Kampfstab tastend vorgestreckt. Dann begegneten sich ihre Blicke. Fuchs stieß den Atem aus und gleichzeitig die Hände vor. Die Stangenaxt, die vor Kurzem direkt vor ihm verschwunden war, erschien ebenso plötzlich wieder und durchschlug den Oberschenkel des Mannes vor ihm. Mit einem schrillen Aufschrei kippte er nach hinten. Fuchs ignorierte ihn. Mit zusammengebissenen Zähnen öffnete er erneut den Ort, aus dem die Axt erschienen war, und schob die Kiste hinein. Dieses Mal gelang es ihm, den Hustenanfall weitgehend zu unterdrücken. Er wartete ab, bis der Reiz etwas abgeklungen war, dann huschte er rückwärts bis zur nächsten Wand. Mit einem Sprung erreichte er den tief hängenden Dachrand und zog sich nach oben. Der Rauch unten begann bereits, sich zu lichten. Einen Fluch unterdrückend, hastete er die glatten Steinschindeln weiter nach oben. Zweimal glitten lose Schindeln unter seinen Füßen weg, bevor er eine der erhabenen Dachkanten erreichte, die zur nächsten Dachseite führte. Unter ihm brüllte jemand aufgeregt. Anscheinend hatte man ihn entdeckt. Großartig. Ein Bolzen schlug dicht neben ihm ein und ließ Steinsplitter über ihn regnen. Immerhin war es kein Zauber gewesen. Er rollte sich über die Kante, bevor irgendjemand besser zielte, ließ sich das Dach hinabrutschen und nutzte den Schwung, um auf das nächste zu springen. Ohne innezuhalten, lief er weiter. Unter sich hörte er Rufe und das Trampeln von Stiefeln. Es sah nicht aus, als hätten Makeens Leute vor, ihn einfach so verschwinden zu lassen. Ein neuerlicher Anflug von Panik stieg in ihm auf, doch er schluckte ihn irgendwie hinunter.

Halte nie an, um Panik zu haben. Nutze den Schwung, den sie verleiht. Die Lehren des Ragot.

Ein weiterer Bolzen klirrte gegen die Dachschindeln, dieses Mal jedoch weiter entfernt. Er umrundete eine Dachecke, folgte dem Rand und sprang schließlich auf ein niedrigeres Dach, um erneut die Richtung zu wechseln. Mit etwas Glück stand unten in den schmalen Seitengassen genug herum, um seine Verfolger aufzuhalten. Immerhin trennten ihn nur noch drei oder vier Dächer vom Rand des großen Gewürzmarkts. Einmal dort angekommen, würde es ein Leichtes sein, in der Menge unterzutauchen. Der seltsame Druck herannahenden Shaos ließ ihn für einen winzigen Moment zögern. Direkt vor ihm explodierte der Dachüberstand in unzählige Splitter, von denen Dutzende wie mit glühenden Nägeln durch sein Gesicht fuhren. Fuchs schrie, riss die Arme hoch, stolperte und fiel durch das Loch hinab in die Gasse. Irgendetwas krachte und zerbarst unter ihm und dämpfte seinen Sturz genug, damit er sich abrollen und wieder auf die Füße kommen konnte. Er strauchelte, fing sich, stieß gegen eine Mauer und torkelte an ihr entlang vorwärts. Seine Ohren pfiffen, Blut lief ihm in die Augen. Er wischte es mit dem Ärmel weg und merkte, wie sich Holz- und Steinsplitter aus seinem Gesicht lösten. Immerhin – beide Augen funktionierten noch, und sein Gleichgewicht kehrte zurück. Gerade rechtzeitig, denn hinter sich hörte er jetzt die Rufe seiner Verfolger. Ein neuerlicher Schub Angst rauschte in seinen Ohren und trieb ihn vorwärts. Es war eine Sache, einen gut geplanten Überfall mit Leuten wie Ensu, Kratzer und dem Goog als Rückendeckung durchzuziehen. Allein von irgendwelchen Idioten durch die Gassen gejagt zu werden war etwas völlig anderes. Er schlug einen Haken, um ein schlechteres Ziel zu bieten, änderte erneut die Richtung und tauchte in die nächste Gasse ein. Kein Glück. Nirgendwo fand sich eine offene Tür, in die er sich hätte retten können, und die Dachvorsprünge und Wäscheleinen waren zu hoch über ihm, um irgendwie daran nach oben zu kommen. Fuchs sprang über einen Abfallhaufen. Ein Schwarm *Ruk* zerstreute sich mit erbostem Zischen vor seinen Füßen. Er glitt im schleimigen Abfall aus, fing sich und rutschte mehr, als er lief, aus der Gasse heraus und zwischen die Zeltstände am Rand des großen Markts. Eine Wolke aus Hunderten exotischen Gerüchen schlug ihm entgegen und hüllte ihn ein wie ein warmes, feuchtes Tuch. Fuchs schlug einen Haken, lief in den schmalen Pfad zwischen den Gewürzständen zu seiner Linken, schlängelte sich zwischen verblüfften Passanten hindurch und umrundete ein niedriges Zelt aus Oantan-Wolle. Die Feuerschalen eines Räucherwarenhändlers vernebelten hier die Sicht und hüllten alles in den Duft exotischer Harze. Er bremste abrupt ab, drückte sich zwischen zwei Lastenträgern hindurch und blieb schließlich hinter der Auslage eines Händlers von Seidenbändern stehen. Keuchend rang er um Atem und spähte vorsichtig durch die Auslage. Eine weitere Lehre des Ragot, die sich oft genug bewährt hatte: Wollte man schnell entkommen, musste man langsam gehen.

Neben dem Zelt, das er gerade umrundet hatte, tauchten zwei Bewaffnete aus dem Haus Makeens auf und starrten unschlüssig in die Rauchwolken, die den Blick verschleierten. Fuchs konnte sich eines schmalen Grinsens nicht erwehren. *Dreht euch um und geht wieder. Hier gibt es nichts zu sehen. Der Fuchs ist euch entwischt. Beste Grüße an Jog Makeen!*

»Finger weg, Schmutzfink«, keifte der Seidenhändler, ein alter dürrer Kerl mit ungesund gelblichen Augen, und schlug ihm mit einem Fliegenwedel auf die Finger. »Kaufst du jetzt was, oder hältst du nur Maulaffen feil?«

Fuchs nahm hastig die Hände vom Gestell mit den Bändern und warf zum ersten Mal wirklich einen Blick darauf. Es waren schöne Bänder, wenn man Seide mochte. Schön bunt, bestens geeignet, um an Kleider genäht zu werden, Decken zu verzieren oder ins Haar geflochten zu werden. »Was? Nein«, murmelte er. »Ich glaube, Ihr habt nichts, was mich interessiert.«

»Dann geh! Hau ab!« sagte der Händler, lauter jetzt, und hob drohend seinen Wedel.

Fuchs warf einen schnellen Blick auf die beiden Wächter, die noch immer unschlüssig an der Weggabelung standen und ihr weiteres Vorgehen zu diskutieren schienen. »Könntet Ihr vielleicht ein wenig leiser …«

»Was?« Der Alte schraubte seine Stimme noch etwas höher. »Was, was? Nichts kaufen und mir dann an meinem eigenen Stand den Mund verbieten wollen? Verschwinde von hier, dreckiger Loxxa!«

Loxxa. Dachfuchs. Natürlich. Es war unvermeidlich, dass jemand auf seine Haarfarbe anspielte. Und vermutlich gab es selbst auf dem Großen Markt nicht viele Menschen mit aschblondem Haar. Fuchs biss die Zähne zusammen. »Schön. In Ordnung! Immer mit der Ruhe, Alterchen. Ich kaufe …« Sein Blick streifte die Waren des Mannes und blieb an einem strahlend blauen Seidenband hängen. Er deutete darauf. »Ich kaufe das hier, in Ordnung? Wie viel?«

»Alterchen?« Der Händler wurde noch eine Spur lauter. »Alterchen?« Er umrundete den Aufsteller, und seine Augen wurden schmal, als er Fuchs' zerschundenes Gesicht zum ersten Mal wirklich wahrzunehmen schien. »Du kaufst hier gar nichts, du respektloser Haufen Oantan-Dreck! Verschwinde, hab ich gesagt! Du Schwein blutest mir hier noch alles voll! Wachen!«

Unwillkürlich sah Fuchs wieder an dem Alten vorbei.

Die beiden Wachleute sahen inzwischen direkt zu ihnen herüber. Fuchs sah, wie einer der beiden die Augen aufriss. *Dreck.* »Weißt du was – behalt deine Lumpen.« Mit einem Ruck warf er das Gestell mit den Seidenstreifen auf den verblüfften Händler, der rückwärts stolperte und dabei sein halbes Zelt einriss. Als der Wachmann hinter ihm seinen Alarmruf ausstieß, war er bereits unterwegs. Kaum zwei Stände weiter rannte ihn beinahe ein anderer Mann in den Farben Makeens über den Haufen. Fuchs entging der Klinge des Kerls nur, indem er sich in die Auslage einer Händlerin warf. Tongefäße zersprangen, und farbige Wolken gemahlener Gewürze explodierten rund um ihn und raubten ihm Sicht und Atem. Hustend rollte er sich auf die Füße, trat dem um Luft ringenden Wachmann gegen das Knie und taumelte weiter, beinahe blind von beißendem Curumi und etwas, das wie Lopec-Dung schmeckte. Jemand griff nach seiner Schulter. Er packte die Hand, verdrehte sie, schlug mit dem Ellenbogen zu und erntete einen schmerzerfüllten Aufschrei. Ohne sich umzusehen, rannte er weiter. Durch Tränenschleier in den Augen konnte er links von sich einen weiteren Wachmann sehen, der verzweifelt aufzuschließen versuchte. Fuchs grinste düster. Niemand hielt ihn auf diesem Markt auf. Er umrundete eine Gruppe schimpfender Marktleute, drückte sich an einem Trupp Viehtreiber vorbei und ließ eine Schar Marktbesucher schimpfend hinter sich zurück. Das war der Vorteil bei Fluchten durch Menschenmassen – niemand hielt den ersten auf, und alle standen dem zweiten im Weg. Endlich fand er seinen Tritt wieder. Er sprintete über die Schlange, den zentralen Weg auf dem Platz, übersprang das Gatter eines Viehpferchs und rutschte durch den Morast zwischen den fetten Rüsseltieren, ohne das Gleichgewicht oder auch nur nennenswert an Schwung zu verlieren. Über den Zaun, und... er prallte beinahe in eine Marktwache. Die hier nur auf ihn zu warten schien. *Woher bei allen verdammten...* Der Knüppel, der so dicht an seinem Ohr vorbeirauschte, dass er den Luftzug spürte, ließ ihn den Gedanken vergessen. Er stieß sich ab, duckte sich unter dem Griff des Mannes weg, rammte ihm den Handballen in den Magen und rannte wieder los.

Egal, woher sie es wussten. Das war eine Frage, die Stern klären konnte. Jetzt zählte nur, *dass* sie es wussten. Dass man auf sie gewartet hatte, dass die sogar wussten, welchen Weg sie nehmen würden! Irgendjemand hatte sie verpfiffen. Dafür würde jemand sterben. Er musste nur dafür sorgen, dass er es nicht selbst war.

Fuchs lief zwischen weiteren Zeltreihen vorbei, übersprang Kochfeuer und duckte sich unter Vorzelten hindurch. Sein Herz schlug ihm inzwischen heftig im Hals, seine Haut brannte von Splittern und seine Augen und Lunge von der Wolke scharfer Gewürze. Doch das war nichts gegen die aufsteigende Angst, die kalt in seine Glieder kroch. Fuchs holte verzweifelt Luft, und das Geräusch ähnelte erschreckend einem Schluchzen. Von beiden Seiten näherten sich jetzt bewaffnete

75

Marktwachen. Er mochte schneller sein, ja. Aber das half ihm nichts, wenn sie ihn einkesseln konnten. Und langsam gingen ihm wirklich die Möglichkeiten aus. Außer … der Höhenweg. Steil, mit viel Verkehr, um diese Tageszeit vermutlich verstopft. Wenn er seine Mündung erreichte, hatte er vielleicht noch eine Chance.

Er wechselte erneut die Richtung und jagte auf das obere Ende des Platzes zu. Einer der Marktwächter kam ihm nahe genug, um seinen Knüppel nach ihm zu werfen. Er versuchte es allerdings aus dem Lauf, und der Wurf verfehlte weit und traf irgendeinen der Marktbesucher. *Idiot.* Fuchs sprintete an einer Gruppe Söldner vorbei, bog in den Torbogen ein, prallte direkt gegen eine junge Frau, die gaffend inmitten des ohnehin beinahe verstopften Durchgangs stand, und ging mit ihr zu Boden. Hinter ihm brüllten die Wachen, und die Söldner griffen nach ihren Waffen. Er war so was von im Arsch.

ATAIL

Abends in den Gasthäusern unterhielt Tara die Reisenden mit interessanten Geschichten und Seherei, was Salter zunehmend beunruhigte. Die Geschichten nicht. Die waren erstaunlich spannend und lehrreich. Tara wusste eine ungeheure Menge über die Geschichte der Drachennation und ihrer Einwohner. Die problematische Sache war die Seherei, denn die war im Kaiserreich bei Strafe verboten. Sie konnte mit Schuldturm oder Pranger geahndet werden, unter Umständen sogar mit dem Tod. Ausschließlich dem Kaiser war nämlich ein Blick in die Zukunft seines Reichs gestattet. Einmal im Jahr begab er sich zu diesem Zweck auf einen heiligen Berg, wo er im Wasser einer Quelle einen Blick in die Zukunft erhaschte. Er ritzte sie dann auf einen Stab aus Zedernholz. Wenn es sich um eine düstere Prophezeiung handelte, warf er ihn anschließend in das Feuer des Großen Tempels von Bashun. Handelte es sich dagegen um eine frohe Botschaft, trug er sie den Rest des Jahres über in einer silbernen Schatulle bei sich. Etwas, dessen Sinn den Normalsterblichen verborgen blieb.

»Soll ich vielleicht auch deine Zukunft lesen, Salter?«, fragte Tara eines Abends.

»Du weißt, dass das verboten ist.«

Tara zuckte mit den Schultern. »Wie oft soll ich es dir denn noch sagen? Verboten ist nur das, was bestraft wird.«

»Das ist eine seltsame Auslegung der Gesetze.«

»Siehst du hier jemanden, der etwas gegen ein bisschen Seherei einzuwenden hätte?«

»Ich sehe mich. Ich bin gesetzlich dazu verpflichtet, solche Dinge anzuzeigen.«

»Der Kaiser wird dir dafür sicherlich auf ewig zu Dank verpflichtet sein. Vielleicht verzeiht er dir ja sogar die Sache mit dem Fisch und dem Kloster.« Salter rollte mit den Augen, und Tara lächelte. Sie beugte sich nach vorn und warf eine Handvoll Zedernblätter in die Flammen. »Komm, setz dich. Jeder will seine Zukunft sehen.«

»Habe ich denn überhaupt noch eine?«

»Das werden wir herausfinden.«

Während Tara angestrengt in die Glut starrte und dabei unverständliche Worte vor sich hin murmelte, rutschte Salter unbehaglich auf den Knien herum. Obwohl er Straßenseherei im Allgemeinen als Scharlatanerie abtat, war ihm nicht ganz wohl bei der Sache. Wer wusste denn schon so genau, ob unter Hunderten von Betrügern nicht doch der eine oder andere war, der gelegentlich einmal einen echten Blick in die Zukunft erhaschen konnte. Wollte er denn wirklich wissen, was ihm blühte? Wo und wann der Kaiser ihn einfangen und in die Gruben von Bashun stoßen ließ? Seine Folterknechte waren weithin berüchtigt für ihre kreativen Bestrafungsmethoden und besaßen die seltene Gabe, einen Menschen tagelang am Leben zu erhalten, während sie seinen Körper Schnitt für Schnitt in handliche Stücke zerteilten.

»Hast du etwas Wertvolles dabei?«, fragte Tara nach einer Weile intensiven Starrens.

»Eine Handvoll Münzen. Aber ich dachte nicht, dass deine Methoden so billig sind.«

Tara blickte stirnrunzelnd auf. »Etwas Wertvolles von dir selbst, du Trottel. Oder willst du etwas über die Zukunft des Münzprägers erfahren?«

Salter errötete. Instinktiv griff er sich an den Kragen. Dorthin, wo die Nadel mit dem silbernen Kranichemblem steckte, das Symbol seines Status als Reichsbeamten. Das einzig Wertvolle, was ihm noch geblieben war.

»Das dürfte reichen.« Fordernd streckte sie die Hand aus. »Gib es mir.«

Widerstrebend löste Salter die Nadel vom Kragen. Eine Weile drehte er sie unschlüssig zwischen den Fingern, ehe er sie vorsichtig in Taras Handfläche legte. Einen Augenblick später war sie schon in der Glut verschwunden. Seine Augen wurden groß.

»Was schaust du so entsetzt? Die Zukunft hat nun mal ihren Preis. Und die Nadel hätte dich ohnehin irgendwann an deine Verfolger verraten.«

»Ich hätte sie zumindest einschmelzen und verkaufen können.«

»Eingeschmolzen ist sie ja nun.« Tara hob einen kleinen Ast auf und schob die Nadel vorsichtig wieder aus der Glut heraus. Sie wartete, bis das Metall weit genug abgekühlt war, um es mit den Fingern aufheben zu können. Der Kopf des Kranichs war rußgeschwärzt und nach unten gebogen, so als hätte der Vogel ihn unter seinen Flügel gesteckt. »Der Weise hat sich zur Ruhe begeben«, sagte sie nach einer Weile mit gerunzelter Stirn. »Er schläft. Schon seit Äonen. Er ist ein Teil des Ganzen, und das Ganze ist ein Teil von ihm. Er muss sich nur selbst finden.«

»Und was bedeutet das?«

Sie zuckte mit den Schultern. »Ich habe ehrlich gesagt keine Ahnung.«

»Was meinst du damit, dass du keine Ahnung hast? Ich dachte, du bist eine Seherin. Gibt es da nicht etwas … hm, Deutlicheres zu sehen?«

Tara seufzte und warf die Nadel achtlos zurück in die Glut. »Du bist ein Dummkopf, Salter. Glaubst du ernsthaft, dass der Kaiser in der Oberfläche des Sees auf dem heiligen Berg die Zukunft sieht? Die Zukunft ist niemals eindeutig. Sie ist ja schließlich noch nicht geschehen.«

Salter blies die Backen auf und rieb sich die Augen. Das war ja noch beschissener gelaufen, als er befürchtet hatte. Jetzt hatte er nicht nur genauso wenig Ahnung von der Zukunft wie zuvor, sondern war zu allem Überfluss auch noch sein wertvolles Kranichemblem losgeworden. Wehmütig schielte er auf den geschmolzenen Silberklumpen in der Glut hinab.

»Was hast du denn erwartet?«, fragte Tara. »Dass ich deine zukünftige Ehefrau in der Glut erkenne? Dir Glück im Spiel prophezeie und dich vor zu fetten Speisen warne, weil sie deine Leber verstopfen und die Gelenke steif und krank machen?« Sie hob den Stock und stocherte damit auf dem Silberklumpen herum. »Ha! Trage immer festes Schuhwerk, weil dir in den Bergen sonst die Zehen erfrieren. Willst du Wasser aus einem Bach trinken, in den vorher ein Oantan geschissen hat, dann koche es ab, um die bösen Geister daraus zu vertreiben. Reinige täglich deine Zähne, und sei freundlich zu Fremden, dann wird dir Glück widerfahren. Ist es das, was du hören wolltest?«

»Nun ja. Es muss ja nicht ganz so offensichtlich sein. Aber etwas Handfestes hätte ich mir schon erhofft.«

»Dir wird sich der Sinn meiner Prophezeiung noch früh

offenbaren. Und jetzt schlaf, wir haben noch einen anstrengenden Anstieg vor uns, bevor wir Atail erreichen.« Abrupt wandte sich Tara ab und starrte in die Nacht hinaus. Salters Blick folgte ihrer Bewegung. Doch als er auch nach längerer Zeit in der Dunkelheit nichts Interessantes erkennen konnte, stieß er einen leisen Seufzer aus und rollte sich unter seiner Decke zusammen. *Atail*, dachte er noch, bevor er endlich vom Schlaf übermannt wurde. *Eine Stadt voller Teufel und Dämonen …*

Sie erreichten die Stadt am frühen Abend des darauffolgenden Tages. Der Anblick der gewaltigen Mauern war überwältigend. Ein Meisterwerk urzeitlicher Steinmetzkunst, zog sich das trutzige Bollwerk kreisrund einmal komplett um die Stadt herum. Die meterdicken Steinschichten waren nur an wenigen Stellen von Durchgängen durchbrochen, die so aussahen, als wären sie erst lange nach der Fertigstellung hineingetrieben worden. Kaiser Tohus soll der Legende nach bei ihrem Anblick auf die Knie gefallen sein, um den Göttern zu danken. Er war der erste Mann gewesen, der seinen Fuß durch das Südtor gesetzt hatte, nachdem die Armee es in einer verlustreichen Schlacht erobern konnte. Finstere Kultisten hatten die Gegend damals im Würgegriff gehalten. Auf ihrer Standarte hatte das Bild eines brennenden Schwerts geprangt. Ijoh der Ältere hatte sie als grobschlächtige Barbaren beschrieben. Zottelbärtige Männer in Oantan-Fellen, die undiszipliniert, aber voller Todesverachtung gekämpft hatten. Bis auf den letzten Mann hatten sie die Mauern der Stadt verteidigt, was selbst dem Herrn der Drachen großen Respekt abgenötigt hatte. Ihrem Kampfesmut zu Ehren hatte er das Südtor als »Tor der Flammen« benannt, symbolisiert durch den Mittelstein, in den er ihr Zeichen hineinhämmern ließ. Die einstigen Bewohner mussten große Bergleute gewesen sein, denn sie hatten das Gebirge mit einem Netz aus Tunneln und künstlich geschaffenen Höhlen durchzogen. Rund um Atail hatten sie Silber und Blei zutage gefördert und zu kunstvollen Objekten geformt. Ijoh der Jüngere hatte in seinem Werk von der Entstehung der Kulturen die Vermutung geäußert, dass es sich bei den Kultisten nur um die kümmerlichen Überreste einer untergegangenen Zivilisation gehandelt hatte. Vielleicht auch nur um Nomaden, die hinter den aufgegebenen Mauern Schutz gefunden hatten. Er hatte die einstige Zivilisation als »Erbauer« bezeichnet, und der Begriff hatte die Zustimmung des Kaisers gefunden. Man hatte Spuren einer monotheistischen Religion entdeckt, eines archaischen Konzepts, das dem Siebenhimmelsystem des Kaiserhauses völlig zuwiderlief. Ijoh hatte den Untergang dieser Zivilisation auf den Umstand zurückgeführt, dass es ihr nicht gelungen war, sich rechtzeitig davon zu lösen. Ein modernes Weltreich, so Ijoh, stützte sich auf zahlreiche Säulen. Eine einzelne, wenn vielleicht auch mächtige Gottheit war dagegen auf lange Sicht immer unterlegen.

Die Stadt überrollte Salter vom ersten Augenblick an. Ein Durcheinander aus Farben und Gerüchen, unzähligen Menschen und reinem Irrsinn. Ein Hexenkessel aus dicht an dicht durch das Straßengewirr drängenden Massen, die in Tausenden Zungen redeten und tausend verschiedene Waren feilboten. Der Anblick war so verschieden von den geordneten Verhältnissen am Kaiserhof, dass er ihm regelrechte Kopfschmerzen bereitete. Wäre Tara nicht gewesen, hätte er schon auf den ersten Metern die Flucht ergriffen oder in seiner Panik die halbe Stadt zerstört.

Sie ritten eine dicht bevölkerte Prachtstraße hinauf, und

schon nach wenigen Metern begann er unter seinem Wintermantel heftig zu schwitzen. Hier im Schutz der mächtigen Mauern waren die eisigen Temperaturen der Berge dem Klima eines milden Frühlingstags gewichen. Nur wenige Menschen trugen mehr als eine Jacke oder einen leichten Überwurf. Die meisten waren so luftig gekleidet, wie es nur irgendwie ging. In den Hauseingängen und auf den Dächern war das satte Grün sprießender Pflanzen zu sehen. Zwischen ihren Blättern blitzten unzählige reife Früchte hervor. »Es ist warm«, sagte Salter erstaunt. »Wirklich verdammt warm.«

»Der Segen der Götter«, sagte Tara. »Hast du noch nie davon gehört?«

Er schüttelte den Kopf. »Nein. Ich meine ja, doch. Ich habe davon gehört, aber ich hatte es für Übertreibung gehalten. Ich hätte niemals geglaubt, dass der Unterschied so groß wäre. Nicht, wenn es draußen schneit.«

»Es ist nicht vollkommen. Wenn in den Bergen heftige Schneestürme toben, gelangen hin und wieder auch ein paar Flocken bis ganz hinunter auf die Straßen. Meistens ist es aber angenehm mild. Im Sommer springen die Kinder nackt in den Gassen herum, und die Bewohner ernten Tanisfrüchte in ihren Gärten. Man sagt, dass ein uralter Zauber über der Stadt liegt.«

»Die Magister?«

»Wohl kaum. Diese Trottel sind kaum in der Lage, ein Kienholz zu entzünden. Keiner besitzt nur annähernd die Fähigkeiten, die in dir schlummern. Dieser Zauber ist älter. Viel älter.«

»Dann muss er wohl auf die Erbauer zurückzuführen sein, von denen Ijoh der Jüngere geschrieben hat.«

»Die Erbauer …« Tara schnaufte und rollte mit den Augen. »Das klingt so erhaben. Dabei haben sie uns nur wenig Erhabenes hinterlassen. Einen gewaltigen Haufen Steine und eine Handvoll nutzloser Artefakte. Handwerklich beeindruckend, aber kein Vergleich zu den Geschenken des Drachenkaisers.«

»Du sagst das so geringschätzig. Die Erbauer lebten allerdings in anderen Zeiten. Sie verfügten weder über das gesammelte Wissen der Schriftgelehrten noch über den Schutz des Siebenhimmels. Trotzdem waren sie in der Lage, bemerkenswerte Dinge zu erschaffen. Berge zu bewegen, zum Beispiel, wenn ich mir diese gewaltigen Mauern so anschaue. Zauber weben ...«

»Dämonenzauber.« Taras Züge verhärteten sich. »Sie waren nichts weiter als wilde Barbaren.« Sie lenkte ihr Reittier zu einem Marktstand und kaufte dem Händler zwei Tanisfrüchte ab. Sie schmeckten saftig und süß und weckten in Salter wehmütige Erinnerungen an das Leben am Kaiserhof.

»Hat der Kaiser ein Auge in dieser Stadt?«

»Wieso?«, fragte Tara kauend. »Hast du Angst, erkannt zu werden?«

»Nicht ganz unbegründet, oder?«

»Der Verwalter des Kaisers regiert oben im Magistratspalast. Dort drüben, siehst du? Die Gebäude mit den goldenen Dächern. Aber das eigentliche Auge des Kaisers ist die Guam. Sie weiß alles, was in dieser Stadt geschieht.«

»Dann weiß sie vielleicht auch schon, dass ich hier bin.« Salter warf einen unbehaglichen Blick über die Schulter.

»Schon möglich, aber sie ist keine Magistra. Sie befindet sich im Streit mit den Adelsfamilien. Vermutlich würde sie amüsiert reagieren, wenn sie erfährt, was du mit dem Hüter der Kraniche angestellt hast.«

»Sie würde mich aber trotzdem festnehmen lassen, wenn es der Kaiser befiehlt.«

Tara lachte. »Wahrscheinlich hast du recht. Aber der Kaiser ist weit weg, und seine Boten sind langsam. Dir wird nichts passieren, solange du dich an mich hältst.«

Sie ritten eine dunkle Gasse hinunter, die sie wieder ein ganzes Stück von dem Trubel auf der Prachtstraße fortführte. Langsam wichen die bunten Farben der Häuser einem schmutzigen Grau, und immer öfter blätterte der Putz von den schiefen Wänden. Überall in den Ecken lag Unrat, in dem abgemagerte Straßenköter nach Essenresten wühlten. Ein übler Gestank aus Rauch und Verwesung lag in der Luft. In den Hauseingängen lungerten heruntergekommene Gestalten, die ihren Weg mit misstrauisch zusammengekniffenen Augen verfolgten. Salters Hand tastete nervös nach dem Griff seines Ralgri, bis ihm einfiel, dass er es vor Betreten der Stadt fest in die Decke eingewickelt hatte. In Atail galt das kaiserliche Waffenrecht. Zuwiderhandlungen wurden mit ganzer Härte verfolgt. »Bist du dir sicher, dass wir hier richtig sind?«

»Keine Sorge, wir sind hier so sicher wie am Hof des Kaisers.«

»Ich bin am Kaiserhof alles anderes als sicher.«

Je weiter sie ritten, desto enger wurden die Gassen und umso finsterer die Blicke der Menschen. Hin und wieder sah Salter Metall aufblitzen, wenn sich einer der Bewohner ein Stück weiter aus dem Fenster lehnte, um sie genauer in Augenschein zu nehmen. Das kaiserliche Waffenrecht untersagte das Mitführen von Klingen, deren Länge eine Hand überstieg. Ein freier Mann war berechtigt, zu seiner Verteidigung einen Jaocun oder Wanderstab mitzuführen. Nur Adlige und deren Leibwachen durften Langklingen tragen. In dieser Gegend schienen die Gesetze des Kaisers allerdings wenig Gewicht zu besitzen. Als sie um eine Biegung ritten, trat aus dem Schatten eines Hauseingangs ein hagerer Kerl mit einem großen Fleischermesser hervor und blieb grinsend in der Gasse stehen. Der Weg war an dieser Stelle zu schmal, um einen Bogen um ihn herum zu schlagen oder die Reittiere zu wenden. Während Salter noch darüber nachdachte, was er davon halten sollte, tauchten aus den umliegenden Hauseingängen ein gutes Dutzend weiterer abgewetzter Gestalten auf.

Es war eine erbärmliche Ansammlung von Abschaum, in Lumpen gehüllt, mit eingefallenen Gesichtern und tief in den Höhlen liegenden Augen. Ihre Blicke wirkten dumpf, aber hungrig, was Salter zu der Annahme verleitete, dass sie es auf ihre Reittiere abgesehen hatten – vielleicht aber auch auf sie selbst. Er hatte von Menschen gelesen, die in Notzeiten selbst vor dem Fleisch toter Artgenossen nicht zurückgeschreckt waren. Wer wusste denn so genau, ob sie nicht vorher selbst für deren Tod gesorgt hatten?

Der Hagere trat einen Schritt auf sie zu und fragte nach ihrem Ziel. Er sprach einen entsetzlichen Korra-Dialekt, der durch das Fehlen zahlreicher Zähne noch unverständlicher wurde. Salter hatte allerdings so eine Ahnung, dass seine Worte kaum von Belang waren und lediglich den Auftakt zu einem hässlichen Gemetzel bilden sollten. Die Waffen, die wie von Zauberhand überall in den Reihen der Einheimischen auftauchten, schienen seine Annahme auf bedrohliche Art zu bestätigen. Es war schon erstaunlich, mit welcher Kreativität diese Leute aus Stöcken und Eisenresten tödliche Mordwerkzeuge geschaffen hatten, die sämtliche Waffenverbote des Kaiserreichs brachen. Salter besaß zwar ein Schwert, aber was nützte es ihm, wenn ein nagelverzierter Knüppel seinen Schädel zertrümmerte, während er noch verzweifelt versuchte, es aus der Decke zu zerren? Nicht zum ersten Mal in letzter Zeit fragte er sich ernsthaft, ob ihn die Götter prüfen oder einfach nur umbringen wollten.

Tara schien sich deutlich weniger Gedanken um ihr Schicksal zu machen. Lächelnd ließ sie ihr Reittier auf den Hageren zutraben, bis die Nüstern des Lopec direkt vor seinem Gesicht schwebten. Der Hagere trat einen Schritt zurück und hob drohend die Waffe. »Mlima«, sagte Tara, während sie ihm geradewegs in die Augen blickte. »Wir wollen zu Mlima. Wir werden von ihr erwartet.«

Ihre Worte entfalteten eine magische Wirkung auf die Umstehenden. Wie ein Mann wichen sie von dem Hageren fort und ließen ihn allein vor dem langen Schädel des Lopec zurück. Schnaubend rückte das Tier einen Schritt näher an ihn heran. Der Hagere musste erneut zurückweichen, um Tara weiter im Auge behalten zu können. Sein überhebliches Grinsen war wie weggeblasen.

»Mlima?«, fragte er, wie um sich zu vergewissern.

Tara nickte, noch immer lächelnd.

Der Hagere schien einen Augenblick darüber nachzudenken. Er warf einen Hilfe suchenden Blick über die Schulter. Als er merkte, dass ihm keiner zur Seite stehen wollte, kratzte er sich nervös im Ohr und verzog das Gesicht nun ebenfalls zu einem Lächeln, das allerdings ziemlich verkrampft ausfiel. »Ah. Mlima. Soso. Warum hast du das nicht gleich gesagt? Mlima findet ihr ein Stück die Straße hinunter und dann die dritte Gasse links über den Tanisblütenplatz. Danach immer nur geradeaus, bis ihr zum Henkersbaum kommt. Von dort aus ist es nur noch ein Katzensprung bis zu ihrem Gasthaus.«

»Ich weiß«, sagte Tara. »Vielen Dank.« Sie drückte die Fersen in die Seiten ihres Lopec, und der Hagere trat hastig einen Schritt zur Seite, um ihr Platz zu machen.

Salter trieb sein Reittier ebenfalls an und folgte Tara eilig nach. Als er an dem Hageren vorüberritt, nickte er ihm vorsichtig zu. »Äh … vielen Dank auch von mir.«

»Nichts zu danken«, sagte der Hagere, das verkrampfte Lächeln wie festgewachsen auf dem schmalen Gesicht. »Wünsche noch einen schönen Tag.«

»Vielen Dank«, wiederholte Salter. »Dir … äh … auch.«

Als sie die dunkle Gasse hinter sich gelassen hatten und endlich wieder in eine dichter bevölkerte Straße abbogen, warf er Tara einen fragenden Seitenblick zu. »Mlima?«

»Ein magisches Wort in diesem Viertel. Es bedeutet so viel wie: Lass die Finger von diesen zwei Fremden und ihren Besitztümern, falls du dir auch in der Zukunft noch den Arsch ohne fremde Hilfe wischen willst.«

»Das klingt ein bisschen … vulgär.«

»Erspart aber eine Menge lästiger Diskussionen.« Tara lenkte ihr Reittier um eine Gruppe Steine schleppender Korra herum und tauchte in ein Meer bunter Marktstände und Handwerksbuden ein. »Möglicherweise hat ihr Name ja sogar diesen ehrbaren Bürgern das Leben gerettet. Du hättest am Ende noch das ganze Viertel in Brand gesteckt.«

Am Rand des Tanisblütenplatzes hielten sie vor einer schäbigen Herberge an, wo Tara ihn mit einem Becher Shouri und einer Schüssel Bohnenpaste allein zurückließ. Zwar hatte er Verständnis dafür, dass sie nicht in einer besseren Gegend abstiegen – allein schon, um ein Aufeinandertreffen mit der Goldenen Garde oder gar einem Mitglied des Magistrats zu vermeiden. Dennoch hätte er sich nach der anstrengenden Reise ein paar mehr Annehmlichkeiten gewünscht. Zumindest aber ein heißes Bad und etwas mehr Kultur. Die Bewohner dieses Viertels waren ungeheuer schmutzig und unerträglich laut. Überhaupt schien in dieser Stadt so ziemlich alles eine Spur lauter und schmutziger und ordinärer zu sein als anderswo. Im Grunde war es unvorstellbar, dass Atail tatsächlich ein Teil der Drachennation sein sollte. Vielleicht handelte es sich ja in Wirklichkeit nur um eine Art Gefängnis, und ohne es zu bemerken, war er mitten hineingeworfen worden.

Seufzend blickte er aus dem Fenster auf den Platz hinaus, wo sich die Menschenmassen lärmend aneinander vorüberschoben. Ein ohrenbetäubendes Durcheinander aus sich gegenseitig übertönenden Händlern, Schmiedehämmern, Sägen und Äxten und dem dumpfen Brüllen massiger Nocks, die turmhoch beladene Lastkarren durch den Schlamm zogen. Es war wie ein Heerzug auf dem Weg in die Schlacht. Oder wie eine Karawane aus Narren, die kreischend und lachend von einem Auftritt zum nächsten stolperten. Die Gesichtszüge und die Farben ihrer Haut waren so verschieden, wie sie nur sein konnten. Kein Mensch glich dem anderen, keine Kleidung war so bizarr, dass sie in diesen Gassen nicht irgendwo mit Stolz getragen wurde. Ein fellbehangener Hirte trieb fluchend eine Herde Schweine durch das Gewühl, dicht gefolgt von einer Traube kreischender Straßenkinder, denen es diebische Freude zu bereiten schien, die ohnehin schon völlig verdreckten Tiere mit Schlamm zu bewerfen. Zwei dürre Bettler prügelten sich keifend um einen verbrannten Teigfladen, während neben ihnen ein fetter Tuchhändler unbeeindruckt seine Ware anpries. Ein Stück weiter lehnten in einem Hauseingang zwei ältliche Frauen mit halb entblößten Brüsten und verfolgten mit gelangweilten Gesichtern das Geschehen auf der Straße. Hinter ihnen im Schatten ließ ein halbes Dutzend Schlägertypen grölend einen Shouri-Krug kreisen. Ein Land ohne Kultur besitzt keine Seele, hatte ein weiser Mann einmal geschrieben. Noch nie zuvor hatte dieser Spruch mehr Wahrheit beinhaltet als in dieser elenden Stadt.

So weit sein Blick reichte, sah Salter nur Lärm und Geschrei und Gestank. Nirgendwo gepflegte Gärten oder Brunnen oder wenigstens kleine Wegschreine, die dem Auge einen Ruhepunkt bieten konnten. Gebetstürme waren dagegen dutzendfach zu sehen. In allen Formen und Farben ragten sie über den Dächern auf. Doch diese Tempel waren keine Orte der Andacht, sondern Markthallen, in denen Scharlatane falsche Wunder vollbrachten und wirkungslose Medizin anboten. Der Abt des Klosters hatte vor diesem Ort gewarnt, an dem ein ehrbarer Mann in Versuchung geführt wurde und das Gute sich zum Schlechten wandelte. Aber war Salter überhaupt noch ein ehrbarer Mann? Mit zitternden Händen hatte er ein Reispapier aus der Tasche gezogen und versucht, das Zeichen des Kranichs zu malen. Ein geschwungener Pinselstrich, sanft wie der Schlag eines Flügels. Darunter die Gipfel der Säulen, das Symbol für die Ewigkeit. Seine Hand hatte so sehr gezittert, dass der Flügel zerbrochen war. Wütend hatte er das Papier zusammengeknüllt und aus dem Fenster auf die Straße geschleudert, wo es von einem der Schweine grunzend aufgefressen wurde. Dann hatten die Straßenkinder den dicklichen Mann entdeckt und ebenfalls mit Schlamm beworfen. Ein stinkender Batzen hatte ihn mitten im Gesicht getroffen. Für einen winzigen Augenblick war er versucht gewesen, die kleinen Bastarde in Flammen aufgehen zu lassen. Stattdessen hatte er tief durchgeatmet und sich den Dreck aus dem Gesicht gewischt. Im Geist war er geduldig die Stufen der Sieben Himmel durchgegangen, danach hatte er die Bedienung gerufen und seinen Becher randvoll nachfüllen lassen.

AKO

»Willkommen in Atail, dem gleißenden Juwel der Himmel«, sagte der kleine, wettergegerbte Lasttierführer mit einer theatralischen Geste über das imposante Panorama, das sich vor ihnen öffnete. Die Bewegung seines Arms stoppte unter Akos Nase. »Den Rest der Bezahlung«, fügte er knapp hinzu. »Jetzt.«

Die junge Frau blinzelte irritiert. »Jetzt? Ich dachte, ich begleite euch zum Karawanenmarkt, und wir ...« Sie stockte einen Moment, auf der Suche nach den richtigen Wörtern in der ihr noch immer ein wenig fremden Sprache. »Wir betrinken auf den erfolgreichen Abschluss unserer Reise, mein Freund?«

»Wir reisen zum Markt, und wir werden trinken. Darauf, dass wir dich los sind. Und du zahlst. Jetzt.«

»Ich ...« Aus dem Augenwinkel sah Ako zwei der anderen Treiber, die die kurzstieligen Lanzen der Korra in den Händen hielten und ihn aufmerksam beobachteten.

»Und ich bin nicht dein Freund, Taruki.« Die andere Hand des Treibers lag jetzt auf dem Griff des Krummdolchs an seinem Gürtel.

»Ah.« Ako holte tief Luft. »Verstehe. Dann ...« Sie zog an einem Band um ihren Hals und holte einen Beutel aus dem Ausschnitt ihres Hemds. »Ich hatte gehofft, dass wir ...«

Der Treiber winkte mit den Fingern.

»Aber Ihr habt natürlich recht. Man soll gehen, wenn es am gutesten ist, richtig?« Sie öffnete den Beutel, zog eine Münze hervor und betrachtete sie einen Moment. »Und guter wird's wohl nicht.« Sie steckte das einsame Silberstück mit einem leisen Seufzen in ihre Manteltasche und ließ den Beutel in die Hand des Treibers fallen.

Mit unbewegter Miene schüttete der Korra den Inhalt auf seine Hand und zählte gewissenhaft, bevor er das Geld einsteckte und den Dolch zog. »Und jetzt geh uns aus den Augen.« Er durchtrennte das Seil, das Akos Habseligkeiten auf dem Rücken des zottigen Huftiers hielt, und noch bevor die junge Frau reagieren konnte, landete ihr Gepäck im Schlamm am Rand des Karawanenpfads. Das Oantan schnaubte unwirsch.

Ako setzte zu einem Protest an, schluckte ihn jedoch hinunter und lächelte verkniffen, als der Treiber sich abwandte und einen hellen Pfiff ausstieß. Die Tiere setzten sich wieder in Bewegung, und Ako musste sich beeilen, ihr Bündel aus dem Morast zu retten, bevor es von den scharfen Hufen zertrampelt wurde.

Hastig rettete sie sich auf die hüfthohe Bruchsteinmauer, die die Straße zum Tal hin begrenzte. Leise vor sich hin murmelnd versuchte sie, den zähen Schlamm von ihren Sachen zu wischen. Dann gab sie seufzend auf, hängte sie sich über die Schulter und sah den schwer beladenen Oantan hinterher, die sie jetzt seit mehr als fünf Wochen begleitet hatte. Schnaubend und leise muhend trottete der endlos scheinende Zug an ihr vorbei und zwischen ersten grauen Steinhäusern hindurch, die sich hier bereits vereinzelt beiderseits der abschüssigen Straße an den Berghang drängten. Unter dem niedrigen Dachüberhang des nächsten Hauses saß eine uralte Frau, deren von

Falten zerfurchte Haut so wettergegerbt war, dass sie beinahe so schwarz wirkte wie Ako selbst. Hätte in ihrem Mundwinkel keine Pfeife vor sich hin geraucht, hätte man sie auch für eine verwitterte Holzstatue halten können, die jemand in eine grellbunte Wolldecke gewickelt hatte. Ako spürte ihren stechenden Blick auf sich, setzte ein breites Lächeln auf und tippte sich an den Hut. »Einen wunderfeinen Tag wünsche ich, ehrenbare Dame.«

Die Alte starrte sie an, ohne zu blinzeln, und paffte. Dann folgte ihr Blick der Karawane der Lasttiere.

»Ja.« Ako räusperte sich. »Wirklich nette Leute. Haben mich aus Kargas bis hier hinauf mitgenommen. Das war …«, sie deutete auf die schroffen, schneebedeckten Gipfel hinter ihr, die in zerfransenden Wolken verschwanden, »eine Erfahrung. Erfrischend.« Unwillkürlich rieb sie sich die Finger der Linken, die noch immer wund von Frostbrand waren. »Ihr macht hier nicht halbe Sachen, wenn es um Berge geht. Respekt.« Ako spürte, wie ihr Lächeln unter dem Blick der Alten einzufrieren begann. »Gut, jedenfalls – einen schönen Anblick haben Sie hier, Teuerste. Wirklich …«

Die Alte bewegte sich zum ersten Mal. Sie nahm die Pfeife aus dem Mund, spuckte einen Schwall rötlicher Flüssigkeit aus, stemmte sich hoch und verschwand im Dunkel ihrer Hütte.

»… atemberaubend.« Ako warf ihr einen irritierten Blick hinterher. »War schön, mit Ihnen gesprochen zu haben«, stellte sie schließlich fest. »Und vielen Dank für das gastreiche Willkommen!«

In der Hütte rührte sich nichts, lediglich eines der Oantan muhte sie vorwurfsvoll an. Ako blinzelte. Diese Leute hatten eine wirklich bemerkenswert harte Schale. Möglicherweise

93

hatten sie auch diesen sprichwörtlichen weichen Kern – aber langsam bezweifelte sie das. Schließlich zuckte sie mit den Schultern und zog den Pferdeschwanz fest, der die Masse an wirren Locken auf ihrem Kopf nur mühsam bändigte. Dabei wandte sie sich erneut dem Panorama zu – und hielt inne. Erst jetzt nahm sie wirklich wahr, was sich vor ihr ausbreitete.

Die letzten paar Tage hatte sie stetig ein schmales Hochgebirgstal hinabgeführt, von den sturmumtosten Pässen im Norden vorbei an gähnenden Abgründen und schroffen, schwarzen Felswänden, von denen gigantische blaue Eiszungen hingen, über verharschte Gletscher, in denen tückische Spalten lauerten. Sie hatten zwei der Führer und ein Oantan verloren, als einer der erschreckend notdürftig zusammengeschusterten Holzstege in einen reißenden Gebirgsbach gestürzt war. Drei weitere der Lasttiere verschwanden in einer Lawine, als eines der vereisten Geröllfelder ohne Vorwarnung ins Rutschen geraten war. Auf dem größten Teil der Strecke hatten die hoch aufragenden Gipfel das Sonnenlicht nur wenige Stunden am Tag direkt bis zu ihnen hindurchgelassen. Stetige Fallwinde, die direkt von den ewigen Eisfeldern herabdonnerten, hatten sie immer wieder für Stunden in Wolkenfelder gehüllt, so dicht, dass man kaum das Tier vor sich erkennen konnte, und so kalt, dass die Korra-Führer keine Rast einlegten, weil die Gefahr bestand, einfach zu erfrieren. Erst auf den letzten zwei Tagen des Abstiegs hatte sich die Luft merklich erwärmt, und das Atmen bereitete deutlich weniger Mühe. Der Schnee war dünner geworden und schließlich dem schwarzen Schlamm eines ausgetretenen Pfads gewichen, der sich durch Felsen und struppige Bergwiesen wand, auf denen bald Beerensträucher und erste verkrüppelte Nadelbäume auftauchten. Der Weg folgte noch immer dem Lauf des Bergbachs, der sich inzwischen in einen türkisblauen, brodelnden Fluss verwandelt hatte. Erst an diesem Morgen jedoch hatten sie das Ende des schroffen Tals erreicht. Hier öffnete es sich in ein weiteres, wesentlich größeres, an dessen oberem Ende die Zunge eines gewaltigen Gletschers in der Sonne gleißte. Gleich mehrere milchige Eiswasserbäche schossen von dort herab, stürzten über kleine Abhänge, verbanden sich zu einem größeren Fluss und mündeten schließlich weiter unten im Tal in einen tiefblauen See.

Dort unten, nicht weit von seinem Ufer entfernt, ragte ein schmaler Tafelberg auf. Er ähnelte ein wenig einer Klinge, deren Flanken vom Eis wandernder Gletscher zerfurcht war, so als hätten gewaltige Vorzeitwesen ihre Krallen daran gewetzt. Ako kannte die Lieder über diesen Ort. Vermutlich sogar jedes. Noch vor wenigen Generationen hatten die Eiszungen bis dort hinab ins Tal gereicht. Nur wenige Orte hier oben waren nicht das ganze Jahr über von Schnee und Eis bedeckt gewesen. Die Klinge hatte dazu gehört. An ihrem Fuß, so besagten jene Lieder, hatten einst die Vorfahren der Citani-Magister den verlassenen Ringwall entdeckt. Lediglich einige verwahrloste Barbaren hatten dort gehaust und ihn verbissen für sich beansprucht. Sie hatten von verfluchtem Land und so weiter gesprochen und Jagd auf die Citani gemacht. Woher dieser Wall stammte und warum er verlassen war, darüber waren sich die Lieder nicht sonderlich einig. Jedenfalls hatten die Citani ihn für sich beansprucht und das Barbarenproblem beseitigt. Sie hatten sein Inneres erkundet und etwas entdeckt, das sie zum Bleiben bewogen hatte.

Irgendetwas an der Gegend, im Boden, im Wasser oder der Luft, das das Shao der Citani ungeahnt mächtig werden ließ.

Also errichteten sie im Zentrum des Walls die erste Befestigung, das Herz der Stadt. Von diesem Herzen aus entstanden Wege, Adern gleich, an denen entlang, Haus um Haus, Hof um Hof, das heutige Atail wuchs. Es hatte sich an den Ufern des Sees ausgebreitet. Die Magister waren dem zurückweichenden Eis die Hänge hinauf gefolgt. Aus Wehrhöfen waren Trutzburgen und Paläste gewachsen, und Türme, die sich gegenseitig in Höhe und Pracht zu überbieten suchten. Zu Füßen der Türme waren die ersten schlichten Steinhütten weißen und roten Handelshäusern gewichen. Aus den unwirtlichen Geröllhalden rund um die Klinge wuchsen Karawanenhöfe, die auch im Winter von der Hitze der Tiere und Hunderter Feuer dampften und in deren Lagerhäusern sich die Reichtümer der Welt anhäuften, bis die kurzen Sommer die Pässe freigaben. Denn einige der Wege Atails verwandelten sich im Lauf der Jahre in Straßen. Straßen, die sich durch Tore, die man in den Wall gebrochen hatte, nach Süden und Südwesten hinab in die kalten, nebligen Länder der Citani wanden, Straßen, die nach Norden und Nordwesten hoch über die Schultern der Eisriesen kletterten, bevor sie in den ewig sonnigen Ebenen des Nordens verschwanden, oder nach Osten durch die zerbrochenen Klippen, bevor sie sich in den undurchdringlichen Wäldern dort verloren.

Die Lieder erzählten davon, dass die Citani Zauber mit den Mauern des Walls und der Stadt selbst verwoben hatten, die die erbarmungslosen Winter von Atail fernhielten. An dieser Stelle, beim ersten Blick auf das Tal, war Ako klar geworden, dass jene Lieder nicht übertrieben hatten. Atail lag wie ein Juwel in der Mitte des Tals. Die Hänge außerhalb der Stadt bestanden vor allem aus grauem Geröll, zwischen dem ein Flickenteppich von Moosen und grobem Gebirgsgras gerade genug Nahrung für die frei grasenden Oantan und einige wilde Ziegen bot. In geschützten Senken und an dem Wind abgewandten Hängen duckten sich Nadelbäume, die jeden Winter von haushohen Schneelasten erneut zu Boden gedrückt wurden. Dort unten aber, hinter den gewaltigen, aus zyklopischen Blöcken aufgeschichteten Mauern, standen unvermittelt dichte Felder von Getreide, wuchsen üppige Büsche, deren Früchte bis hier hinauf rot leuchteten. Näher an die eigentliche Stadt heran ragten richtige Bäume auf, die hier in der Wildnis so fehl am Platz wirkten wie die grellroten und goldenen Dächer, die zwischen ihnen hindurchschimmerten.

Für die letzten drei Stunden ihrer Reise hatten sie Atail erneut aus den Augen verloren, doch die zahlreichen Rauchfahnen der Stadt und die Schwärme bunter Vögel, die über ihr kreisten, waren nie vom Horizont verschwunden.

Jetzt, auf der Mauer, konnte Ako zum ersten Mal mit eigenen Augen sehen, was sie aus den Liedern bereits besser zu kennen geglaubt hatte als ihre eigene Heimatstadt.

Die Geschichten wurden Atail nicht gerecht. Hier oben, am Außenrand der Stadt, außerhalb des Walls, waren die Behausungen einfache Hütten aus grauem Bruchstein, gedeckt mit schwarzen Schieferplatten und mit dunklen, niedrigen Türöffnungen, in denen Decken gegen die eisige Bergluft hingen. Fensterlöcher waren kaum zu sehen, und der Rauch, der aus Löchern in den Dachgiebeln kräuselte, roch würzig nach dem Dung der allgegenwärtigen Oantan. Doch als Akos Blick jetzt dem Weg folgte, der sich in engen Serpentinen den Hang hinabwand, blieb er an höheren Gebäuden hängen, die ein ganz anderes Bild boten. Von hier aus konnte sie einen Blick durch die Lücke in der uralten Wallmauer werfen, die die Sicht auf die Stadt im Inneren freigab. Dahinter waren die Häuser weiß gekalkt, bevor getünchter Putz den rohen Stein ersetzte. Mehr und größere Fenster durchbrachen die Wände, eingerahmt von Holz und mit schweren Läden ausgestattet. Zwei-, dann dreistöckige Häuser lösten die geduckten Hütten ab, mit geschwungenen Dachüberständen, die so weit über die Straße hinausragten, dass sie sich beinahe zu berühren schienen. Unter ihnen hing nicht nur Wäsche; Baldachine und Leinen mit bunten Stoffwimpeln spannten sich über den Weg, und Ako entdeckte hölzerne Lampenschirme ganz ähnlich denen, die in den Siedlungen ihrer Heimat genutzt wurden, um in der Nacht Straßen und Plätze zu erhellen. Nach wie vor deckte Schiefer die meisten Dächer, doch je weiter ihr Blick über die Häuser wanderte, desto häufiger war der Schiefer in leuchtendem Rot gestrichen. Hohe Bruchsteinmauern rahmten die Straßen ein, umfassten Häuser und schützten terrassierte Gärten vor dem frostigen Hauch, der von den Gipfeln herabwehte. Von hier oben konnte sie Gemüsebeete erkennen, Büsche mit fremdartigen Blüten und Bäume, in deren Kronen ihr unbekannte Früchte glänzten. Schwärme bunter Vögel bevölkerten die Dächer, schillernde Flugechsen glitten darüber hinweg, und hier und da rekelten sich fremde Tiere mit dichtem, goldenem Fell und buschigem Schwanz auf sonnigen Stückchen Mauer.

Und Menschen. Allein von hier oben aus konnte sie Menschen aus einem guten Dutzend der Reiche rund um die Himmelsberge entdecken. Da waren die Korra, natürlich, die knorrigen kleinen Bergbewohner, die sie auf ihrer Reise hierher weit weniger gut kennenlernen durfte, als sie gehofft hatte. Sie alle hatten dichtes, glänzend schwarzes Haar, und ihre Hände und Gesichter waren von der Höhensonne zu dunklem Leder verbrannt. Ihre Kleider waren aus der groben, wasserabweisenden Wolle der Oantan gefertigt und in einem Regenbogen bunter Töne gefärbt, die in Akos Augen so gar nicht zur verschlossenen Art dieser Leute passte. Zwischen ihnen, in kleinen Gruppen von drei oder vier, entdeckte sie die hochgewachseneren Citani. Das war zumindest die Bezeichnung, unter der man das Volk kannte, dessen Magister diese Stadt gegründet hatten. Sie kamen ursprünglich aus dem Süden, und selbst wenn die meisten, die sie sehen konnte, ebenfalls von der Bergsonne gebräunt waren, so war es nicht zu übersehen, dass ihre Haut um einige Nuancen heller war als die der Korra. Im Gegensatz zu den Bergmenschen trugen sie weniger bunte Gewänder, aufwendigere Frisuren und hoffärtige Mienen. Zwei Citani standen in mit Metall beschlagenen Panzern an den Pfeilern eines symbolischen Stadttors und beäugten misstrauisch die Karawane der Oantan, deren Spitze sich jetzt an ihnen vorbeischob. Das Zeichen auf ihren Rüstungen, drei geschwungene goldene Dächer, wies sie deutlich als offizielle Garden der Stadt aus. Einige Schritte weiter diskutierte ein olivhäutiger Händler, der aus irgendeinem der Waldvölker des Ostens stammen musste, mit einer Frau, deren Haut ebenso dunkel war wie Akos eigene. Ihrer Frisur und dem grellgelben Kleid nach gehörte sie zu einer der Bedreg-Familien, deren Land zwischen hier und Akos eigener Heimat lag. Ein engstirniges Volk.

Ako hob den Blick und sah über die tiefer gelegene Stadt hinweg, wo die realen Vorbilder des Garde-Symbols weithin sichtbar über den übrigen Dächern aufragten. Der Magistratspalast von Atail war an und zu Teilen in die Flanke des einsamen Tafelbergs gebaut, und im Gegensatz zum Rest der Stadt erstrahlten seine Dächer in gleißendem Gold, das die Strahlen der untergehenden Sonne als kunstvolle Ornamente an die im Schatten liegende Wand des Bergs warf. Rund um den Sitz der Obersten Atails erhoben sich die privaten Türme und Paläste der zahlreichen Magistrate selbst. Mehrere Dutzend großer Villen, die ebenfalls den Rest der Stadt überragten, und doch verblasste ihre Pracht angesichts der Goldenen Halle. Ako brauchte eine Weile, bis ihr die Größe dieses Bauwerks vollends bewusst war. Das gleißende Juwel der Himmel. Sie kannte mindestens zwei weitere Städte im Norden, die sich als Juwel bezeichneten, doch verglichen hiermit waren sie billige Flusskiesel. Ako schüttelte beeindruckt den Kopf. Genug getrödelt. Sie hatte ihr Ziel fast erreicht, und wenn sie eine brauchbare Unterkunft für heute Nacht finden wollte, sollte sie sich ranhalten. Mit einem Schniefen sprang sie von der Mauer und marschierte zügig an der Reihe der schwer beladenen Karawanentiere die Straße hinab, hinein in das Gewirr der engen Straßen Atails.

Der Ringwall um die Stadt offenbarte erst beim Näherkommen seine ganze monumentale Größe. Die geborstene Mauer überragte Ako beinahe um das Zehnfache. Sie war aus gewaltigen Blöcken errichtet, von denen noch die kleinsten die Größe eines Handkarrens hatten. Die meisten jedoch waren größer als ein Fuhrwerk, einige so groß wie eine Hütte, alle unregelmäßig geformt, und doch konnte sie nicht eine Fuge entdecken, in die auch nur die Klinge eines Messers gepasst hätte. Möglicherweise hatten die Lieder recht: Vielleicht war dieser Wall wirklich von Göttern errichtet worden, von gewaltigen Wesen der Vorzeit und aus Gründen, die auf ewig in den Nebeln der Zeit verloren lagen. Geradezu ehrfürchtig durchschritt Ako die Bresche, die einst die Citani geschlagen hatten, um eines der drei Tore Atails zu schaffen.

Mit Betreten der Stadt fand sich Ako in einer vollkommen anderen Welt wieder. Unter dem Schirm der weit ausladenden

Dächer und der Wimpelketten und Wäscheleinen hoch über ihrem Kopf empfing sie ein Kaleidoskop aus bekannten und fremdartigen Gerüchen. Der allgegenwärtige Gestank der Oantan wurde vom würzigen Rauch der Herdfeuer verdrängt, bevor dieser Geruch wieder überlagert wurde von den exotischen Gerüchen der Bestände einer Gewürzhändlerin. Die Frau war keine Einheimische, doch mit ihrer scharf geschnittenen Nase, den tiefgrünen Augen und dem sorgfältig geschorenen Schädel konnte Ako sie keinem der ihr bekannten Völker zuordnen. Die Händlerin fing ihren Blick auf und deutete auf die offenen Säcke direkt zu ihren Füßen. Das freundliche Lächeln legte mehr als nur eine Zahnlücke frei. Ako winkte dankend ab, was die Frau mit einigen raschen Worten einer ihr unbekannten Sprache erwiderte. Ako zuckte entschuldigend mit den Schultern und wandte sich ab, nur um beinahe von einer bunt gemischten Gruppe Söldner in die Auslage der Händlerin gestoßen zu werden. Dass die fünf, die sich rücksichtslos durch die Passanten drängelten, Söldner waren, war deutlich genug an der Menge und Auswahl der Waffen zu erkennen, die sie mit sich führten, und daran, dass jeder ein buntes Gemisch aus verschiedensten Rüstungsteilen trug. Das traditionelle rote Söldnertuch, das sie alle an der Rüstung trugen, war ziemlich unnötig. Flüche von Anwohnern und Karawanentreibern gleichermaßen folgten ihnen, während sie sich ungerührt zwischen den Lasttieren und den Marktständen am Rand der Straße hindurchdrängten. Ako warf der Händlerin einen erneuten entschuldigenden Blick zu und beeilte sich, den Männern hinterherzulaufen, bevor sich die willkommene Lücke in den Menschentrauben wieder schloss. Söldner gehörten ebenso wie die Magister zu Atail, aber eine Regel war allgemein bekannt: Sie durften die Stadt ungehindert betreten und verlassen – doch sofern sie nicht in Anstellung eines der Oberen Häuser der Stadt waren, war es ihnen verboten, Klingenwaffen zu tragen, solange sie sich außerhalb des Karawanenviertels aufhielten. Der Trupp war also eine gute Chance, das Händlerviertel zu erreichen, bevor der Rest der Karawane sich breitgemacht hatte. Und so drang Ako zügig ins Herz der Stadt vor. Nur gelegentlich musste sie einem mürrischen Händler oder Passanten ausweichen, der von den Söldnern achtlos beiseitegeschoben worden war. Sie entschuldigte sich vorsorglich und eilte weiter, bevor noch jemand auf die Idee kommen konnte, den Unmut über die Rüpelhaftigkeit der Krieger an ihr auszulassen. Düstere Blicke und leise Beschimpfungen folgten ihr dennoch, und Ako war sich nicht sicher, ob sie das den Söldnern oder ihrer eigenen Herkunft verdankte. Atail war ein Schmelztiegel aller Völker der Erde, hieß es, doch Taruki schienen hier trotzdem eine Ausnahme zu sein. Es war kein Geheimnis, dass die Citani und ihr eigenes Volk nicht sonderlich gut auskamen. Möglich, dass ihresgleichen hier nicht erwünscht war. Aber gut, das hatte sie gewusst, bevor sie aufgebrochen war.

Schließlich öffnete sich die enge Straße vor ihnen, und Ako kam unwillkürlich erneut ins Stocken. Die enge, abschüssige Straße mündete in einen weiten, lang gestreckten Platz, an dessen gegenüberliegenden Ende in einer weiteren Lücke des Walls die tief stehende Sonne auf der Oberfläche des Sees glitzerte. Drei- und mehrstöckige Häuser mit steilen Dächern rahmten den Platz ein, die meisten Lagerhäuser und fast jedes mit einem Geschäft oder der Werkstatt eines Handwerkers im Straßengeschoss. Atails legendärer Nachtmarkt, das Herz und die Seele des Karawanenviertels.

Der Platz, so groß er auch sein mochte, bot zu dieser Jahreszeit kaum einen freien Fußbreit Boden. Inmitten der Stadt war eine Miniaturstadt gewachsen, aus Hunderten verschiedener Zelte und scheinbar planlos errichteten Verkaufsständen, die mal auf großen, hölzernen Wagen aufgebaut waren, mal aus wenig mehr als ein paar Stangen und einer Handvoll zerfranster Decken bestanden. Die zwischen ihnen aufgestellten Gatter enthielten neben den allgegenwärtigen Oantan eine Vielzahl weiterer exotischer Tiere, die ihren Teil zum Lärm dieses Orts beitrugen. Feuerstellen schickten Rauchsäulen in den klaren Himmel, und die Gerüche von Gekochtem, Gegartem und Gebratenem mischten sich mit denen von Gewürzen und Räucherwaren, von Feuern, Schweiß und Tierausscheidungen. Eine unüberschaubare Menschenmenge drängte sich zwischen den Ständen und Pferchen und brüllte sich über den Lärm hinweg in Dutzenden Sprachen an, von denen Ako die Hälfte noch nie gehört hatte. Langsam drehte sie sich im Kreis und sog den Anblick in sich auf. Händler feilschten, Söldner grölten, Treiber fluchten, Frauen fluchten noch unflätiger, Träger schlugen sich lachend auf die Schultern, und irgendwo sang jemand mit nur mäßiger Begabung zu einem schlecht gestimmten Saiteninstrument. Niemand schien sich daran zu stören. Eine kleine Horde Straßenkinder erschien wie aus dem Nichts, drängte sich um sie und schnatterte mit hellen Stimmen auf sie ein. Ako schenkte ihnen ein Lächeln und spürte, wie flinke Finger einen Beutel aus der Tasche ihrer Jacke zogen. Im nächsten Moment verschwanden die Bälger so schnell, wie sie gekommen waren. Immer noch lächelnd schüttelte sie den Kopf. Sie hoffte, die Kinder mochten Bachkiesel. Sie hatte immerhin einige Minuten darauf verwendet, sie einzusammeln. Es war doch immer wieder erstaunlich, womit sich Taschendiebe zufriedengaben.

Die Söldner, denen sie bis hierher gefolgt war, waren inzwischen weitergegangen, und die Lücke hatte sich bereits wieder geschlossen. Na gut. Von hier aus würde sie die letzten Schritte bis zu ihrem Ziel allein finden, auch wenn sie noch nie zuvor in Atail gewesen war. Nach allem, was sie wusste, war der Ort eine Legende für sich. Vermutlich wusste jeder hier, wo sie ihn finden konnte. Ako widerstand dem Impuls, die Brust ihrer Weste zu tätscheln. Das wäre eine alberne Geste. Außerdem machte sie das wirklich zu oft. Und auch jetzt war das Bedürfnis, sich zu vergewissern, dass ihr größter Schatz noch immer sicher eingenäht in seinem Versteck war, beinahe übermächtig. Sie spürte, wie ihre Finger zuckten, und ballte sie zur Faust. Es war nicht nötig, nach dem Pergament im Stoff zu tasten, so wie sie es nicht mehr lesen musste. Das hatte sie in den vergangenen drei Jahren so oft getan, dass sie manchmal glaubte, seinen Inhalt auf den Innenseiten ihrer Augenlider erkennen zu können. Es war der Grund, warum sie hier war. In der Stadt ihrer Träume.

Ein breites Grinsen erschien auf ihrem Gesicht. Und es war noch großartiger, als sie es sich ausgemalt hatte. Die große Tressa Melrich hatte von den Gassen Atails gesungen, aber sie hatte die Gerüche und Geräusche nicht erwähnt. Gowyn M'Shane hatte die Gossen Atails in mehreren berüchtigten Balladen besungen. Er war in allen Details auf die Gerüche eingegangen, aber die Farben und das Licht hatte er ausgelassen. Und dann war da noch das Lied von … Irgendetwas unterbrach ihren Gedankengang, ein Gefühl, als ob …

Ako drehte sich um, und im selben Augenblick prallte jemand in vollem Lauf gegen sie. Gemeinsam gingen sie zu Boden. Der andere rollte sich über sie hinweg ab und war bereits wieder auf den Füßen, noch bevor sie selbst ganz auf dem Boden aufgeschlagen war. Ein Oantan trat ihr beinahe auf das Gesicht, und mit einem erschrockenen Ruf wälzte sie sich zur Seite, nur um von einer Seitenwand des Torbogens gestoppt zu werden. »Was bei allen …!« Ako zog sich an der Wand hoch und hielt auf halbem Weg inne. Der Kerl, der sie soeben über den Haufen gerannt hatte, stand kaum drei Schritte von ihr entfernt, ebenfalls eingekeilt zwischen dem Torbogen und dem endlos erscheinenden Zug der eintreffenden Karawane. Ihm gegenüber standen drei der Citani-Wächter mit den Emblemen der Goldenen Halle auf der Brust.

Der Fremde verdrehte sichtlich die Augen. »Irgendwer muss mich verflucht haben. Eindeutig«, stieß er keuchend hervor.

Rufe wurden laut, und Ako sah sich um. Vom Markt her kam ein halbes Dutzend weiterer Bewaffneter, ganz offensichtlich auf der Jagd nach jemandem. Und Ako war sich sicher, dass sie es nicht war. Sie drehte sich wieder um. Der Verfolgte stand geduckt, halb zum Angriff bereit, halb auf dem Sprung zur Flucht. Er stand nah genug, damit Ako die Schweißperlen auf seinem Nacken sehen konnte. Wider Willen starrte sie ihn fasziniert an. Der Mann war kleiner als sie, drahtig, und hatte eine so blasse Haut, wie sie sie noch nie gesehen hatte. Sein Haar hatte nichts vom dicken schwarzen Schopf der Korra oder den feinen Strähnen der Citani. Stattdessen hatte er seltsame rotblonde Locken, die er offensichtlich mit einem Messer gestutzt hatte. Die Kleider, die er trug, waren allerdings die der Einheimischen, die sich jetzt neugierig hinter den Stadtgarden versammelten. Keiner der Händler also?

Die Oantan drängten sich, unbeeindruckt von der Szene, weiter zwischen ihnen hindurch. Der Lockige warf einen Blick auf seine Verfolger, und Ako konnte für einen kurzen Moment sehen, dass er mit dem Gedanken spielte, über die Oantan zu springen und sein Heil in der Flucht zu suchen. Die Citani-Garden hielten jetzt seltsame Waffen in den Händen, die aussahen wie Armbrüste ohne Wurfarme. Die Bolzen, die auf ihnen lagen, wirkten deshalb allerdings nicht ungefährlicher, und sie waren direkt auf den Lockigen gerichtet. »Was genau geht hier vor?«, verlangte einer der Gardisten zu wissen.

Erneut sah sich der Mann um und leckte sich nervös über die Lippen. Dann hob er die Hände. »Hört mal, das ist ein Missverständnis, Leute. Die Männer dort verwechseln mich mit irgendwem. Ich habe keine Ahnung, wie das passieren konnte.«

»Fuchs …«, begann einer der Gardisten, und das Wort allein klang müde. »Dieses Mal sitzt du fest. Also mach jetzt keine Dummheiten, und …«

Er kam nicht weiter, denn der Lockige wirbelte plötzlich herum, packte Ako am Oberarm und riss sie direkt zwischen sich und die beiden Gardisten. »Entschuldige«, zischte er dicht an ihrem Ohr. Im selben Augenblick spürte sie etwas entsetzlich Spitzes, das sich in der Gegend ihrer Niere durch ihren Mantel presste. Sie erstarrte und stellte gleichzeitig fest, dass sie dem Fremden die Entschuldigung tatsächlich abnahm.

»Entschuldigt«, sagte er lauter, sodass ihn die Gardisten hören konnten. »Ihr kennt mich doch. Ich habe wirklich keine Zeit für diesen Mist. Die Jungs von der Marktwache sind furchtbar schlecht drauf, und ich bin mir sicher, dass sie jemand dafür bezahlt hat. Ich …«

»Haltet den Dieb!«, brüllte jetzt eine Stimme hinter ihnen, und Ako zuckte zusammen. Aus dem Augenwinkel entdeckte sie eine Gruppe Gerüsteter mit einem anderen Emblem auf den Brustpanzern. Die Männer schoben sich durch die Traube aus Menschen, die sich bereits am Eingang des Markts bildete und dem langen Tross der Oantan den Weg versperrte.

»Haltet den Dieb?«, wiederholte der Lockige ein wenig irritiert. »Ernsthaft?«

»Das ist traditional«, sagte Ako leise, bevor sie sich zurückhalten konnte.

»Traditionell?«

»Gib auf, *Loxxa*«, mischte sich der Gardist ein, die Waffe noch immer auf Ako gerichtet. Er wirkte nervös, und das machte Ako plötzlich beinahe noch mehr Sorgen als das Messer in ihrem Rücken. Der Mann hinter ihr zerrte sie rückwärts, bis sie mit dem Rücken direkt an der Wand des Torbogens zu stehen schien. Der Griff an ihrem Hals lockerte sich nicht. Allerdings war er auch nicht so fest, dass Ako sich Sorgen gemacht hätte. »Darf ich etwas sagen?«, fragte sie leise.

»Halt den Mund«, knurrte ihr Geiselnehmer unwirsch.

Ako konnte keine Wut in seiner Stimme entdecken, dafür eine kaum verhohlene Spur Verzweiflung. Das war nicht gut. Verzweifelte Menschen neigten im Allgemeinen zu noch dümmeren Taten als wütende. »Geht nicht«, fügte er laut hinzu. »Wenn ich aufgebe, legen mich die dort um.« Er nickte zu den Männern auf dem Markt. »Und das passt mir heute gerade schlecht.«

Inzwischen hatten sich weitere Gerüstete zu ihnen gesellt, diesmal Männer in den Rüstungen der südlichen Citani. Unter ihnen gab es mindestens zwei, die Bolzenwerfer mitgebracht hatten.

Ohne dass sie es wollte, bestaunte Ako die fremdartigen Waffen. Sie sahen aus wie Armbrüste, denen Wurfarme und Sehne abhandengekommen waren, schlank, platzsparend und auf seltsame Art noch gefährlicher. Und das waren sie auch.

Diese Waffen waren, nach allem, was sie gehört hatte, drauf und dran, in Atail die Armbrust abzulösen. Statt mit der Kraft der Sehne wurden die Bolzen durch pures Shao geschleudert: härter und weiter, als es eine Armbrust konnte. Alles, was es brauchte, war ein Siegel auf dem Auslöser und ein zweites auf dem Ende des Bolzens, Siegel, die sich abstießen. Und damit nicht genug – mit den richtigen Siegeln auf dem Bolzen konnte man dafür sorgen, dass er beim Aufschlag verheerend wirkte. Feurige Explosionen sollten ebenso möglich sein wie Lähmungen, Erfrierungen oder rasanter Zerfall von Fleisch und Stein. Es sollte in Atail Siegelschmiede geben, die inzwischen nichts anderes mehr fertigten als neue Siegel für die Bolzen der Goldenen Garden und die privaten Truppen der Magister. Gerüchte machten die Runde, dass der Kaiserhof ein ganzes Regiment von Männern mit diesen Waffen aufstellte. Die Chance, dass ein Bolzen nicht nur sein Ziel auslöschte, sondern alles darum gleich mit, war groß. Sie schluckte

Die beiden Gardisten wechselten einen Blick. »Werden sie nicht«, erklärte der Wortführer dann laut. »Wenn dich jemand erschießt, bin ich das.«

»Oh, na, das ist natürlich was anderes.«

Der Gardist ignorierte den Einwurf des Lockigen. Er deutete mit seiner Waffe vor Akos Füße. »Du hast den Markt verlassen, und wir haben dich verhaftet. Damit endet die Zuständigkeit der Marktwache und der privaten Sicherheitstruppen«, fügte er laut hinzu. »Verstanden?«

»Gehört der Torbogen nicht eigentlich noch zum Markt?« fragte eine der Marktwachen laut zurück.

»Schießt den Kerl über den Haufen«, mischte sich einer der fremden Wachleute ein, ein Vorschlag, der von der wachsenden Menge des Publikums mit Anfeuerungsrufen begrüßt wurde.

»Ich habe keine Ahnung, wer du bist, Großmaul, aber ich kann dich gern gleich mit verhaften«, entgegnete der Stadtgardist laut.

»Das glaube ich kaum!« Der Marktwächter lachte gehässig auf. »Hier ist der Markt. Das ist nicht dein Zuständigkeitsbereich!«

Ako räusperte sich, so leise wie möglich, um nur die Aufmerksamkeit des Lockigen auf sich zu ziehen. »Ich will nicht sterben«, versuchte sie es erneut.

»Da sind wir schon zwei«, raunte die Stimme neben ihrem Ohr. Seine Stimme klang ein wenig rau und brachte irgendetwas in ihr zum Schwingen. »Aber ich sehe keine …«

Sie atmete vorsichtig. Die Spitze der Waffe an ihrer Niere machte ihr nur zu deutlich klar, dass sie kaum mehr als eine Handbreit von einem sehr hässlichen Tod entfernt war, selbst wenn die Gardisten sich dazu durchrangen, sie nicht zu erschießen. Absurderweise war sie sich jedoch in diesem Moment vollkommen sicher, dass der Mann hinter ihr sie nicht erstechen würde. In Ordnung – es war vielleicht keine vollkommene Sicherheit, und doch war dieses widersinnige Gefühl so stark, dass sie weitersprach. »Aber ich sehe einen Weg. Darf ich hilfreich sein?«

Die Gardisten und die Marktwächter beschimpften sich inzwischen gegenseitig, und einer der übrigen Gerüsteten zielte mit seiner Armbrust auf Ako. Lediglich die inzwischen auf ihn gerichtete Schusswaffe eines der Gardisten schien ihn von einem Schuss abzuhalten. Zwischen alldem bahnte sich die lange Reihe der Oantan-Lasttiere ungerührt ihren Weg zum Markt hinab. Einer der Treiber warf Ako einen Blick zu, der deutlich zu sagen schien, dass er die gesamte Szene für ihre Schuld hielt.

»Warum sollte ich dir vertrauen?«

»Du presst mir eine Klinge in die Rippen?«

Der Lockige zögerte nur einen kurzen Moment. »Gutes Argument. Entschuldige. Und was kannst du tun?«

»Ich muss den Boden berühren«, murmelte Ako.

»Ich werde dich nicht loslassen«, gab der Lockige zurück.

Ako nickte kaum merklich. »Habe ich nicht erwartet.«

Der Mann rang nur für einen Lidschlag mit sich. »Dann los.«

Bevor irgendjemand reagierte, ließ sich Ako in die Hocke fallen und presste eine Handfläche auf den Boden der steilen Straße. Die Wärme strömte wie Wasser aus ihrem Arm in den ausgetretenen Stein, und sie bildete sich ein, sie beinahe durch den Fels kriechen zu sehen. Mehr Temperatur floss aus ihrem Körper. Das war mehr, als sie normalerweise verwendete. Sie spürte, wie ihr Kiefer zu zittern begann, und meinte, ihre Zähne aufeinanderschlagen zu hören. Für einen Moment verschwamm ihre Sicht, und sie hatte das Gefühl, nach vorn zu fallen, bevor der Griff des Fremden um ihren Oberarm härter wurde. Im nächsten Augenblick riss sie die Augen auf, als aus genau diesem Griff ein unerwarteter Schwall Wärme in sie hineinströmte. Sie blinzelte. Erst jetzt wurde ihr klar, dass noch kein Atemzug vergangen war, seit ihre Hand den Stein berührt hatte. Vor ihren Augen wirkte es, als wäre die Zeit für einen Moment stehen geblieben und hätte sich erst jetzt wieder in Bewegung gesetzt. Die schimmernde Welle, die von ihrer Hand ausging, erreichte das Oantan neben ihnen und lief unter ihm hindurch. Und das zottige Tier, dafür berühmt, weder auf Schnee noch auf Eis jemals auszugleiten, verlor seinen Tritt. Die stämmigen Beine schienen komplett den Halt zu verlieren, und sein eigener Schwung trug das erschrocken aufbrüllende Tier direkt die steile Straße hinab, bis es ganz plötzlich wieder Halt fand, sich durch seinen eigenen Schwung überschlug und durch den Torbogen polterte. Der schmale Streifen Glätte auf dem Pflaster erreichte die beiden Gardisten, noch bevor sie reagieren konnten, und auch ihre Stiefel schienen von einem zum nächsten Moment jegliche Bodenhaftung zu verlieren. Im Reflex löste einer der beiden seine Schusswaffe aus, doch der Bolzen verfehlte sie weit und schlug in der Hinterhand eines weiteren Tiers ein, das panisch aufbrüllend vorwärtssprang. Inzwischen schlugen die beiden Männer auf den Steinen auf und glitten an Fuchs und Ako vorbei hangabwärts, bevor sie ebenfalls rollend unten ankamen. Weitere Oantan gerieten in Panik und trampelten samt ihrer Lasten und den nicht minder entsetzten Treibern an Ako vorbei direkt in die Menschenmenge und begruben die Marktwächter und die übrigen Männer in einem wüsten Durcheinander aus panischen Menschen und Tieren. Der Lockige stieß einen verblüfften Laut aus, und sein Griff um ihre Schulter lockerte sich. »Was …?« Für einen Moment war Ako versucht, seine Hand einfach abzustreifen. *Es wäre so einfach.* Sobald der Lockige sie nicht mehr berührte, würde er wie der Rest den Halt verlieren und in dem großen Haufen dort unten enden. *Problem gelöst.*

Nur dass es das nicht wäre. Sie wusste, was sie suchte, aber nicht, wo. Sie konnte Hilfe wirklich gebrauchen. Und die Gardisten würden im Moment vermutlich nicht gut auf sie zu sprechen sein. Sie schnitt eine Grimasse. Ihre Ankunft hätte wirklich besser laufen können. Aber sie musste eben mit dem arbeiten, was sich ihr bot. Wie immer. Sie legte ihre Hand auf die des Lockigen und hielt sie fest. Er versteifte sich, ließ jedoch nicht los. »Was ist da gerade …?«

»Soll ich beschreiben, oder willst du verschwinden?«

»Verschwinden! Auf jeden Fall«, sagte er eilig.

Ako gestattete sich ein schmales Grinsen und sah ihn zum ersten Mal richtig an. »Dann beeil dich. Die Wirkung hält nicht lange an.«

Er runzelte verwirrt die Stirn und deutete auf den Boden, auf dem soeben ein verwirrt blökendes Oantan an ihnen vorbeigerutscht kam. »Diese Wirkung wollte ich gerade ansprechen ...«

Sie zuckte mit den Schultern. »Es betrifft nicht mich. Du solltest nur nicht loslassen.«

Er öffnete den Mund, überlegte es sich dann jedoch anders und griff kurz entschlossen nach ihrem Unterarm. »Komm.« Vorsichtig setzte er einen Fuß vor. Als er nicht der Länge nach hinschlug, atmete er durch und lief los.

Ako folgte ihm notgedrungen. Im Gesicht eines der Karawanentreiber leuchtete Erkennen auf – kurz bevor auch er das Gleichgewicht verlor und fluchend ebenfalls in das Chaos auf dem Markt rutschte. *Oh, großartig. Eine ganze Stadt voller vollkommen Fremder, und du triffst auf jemanden, der dein Gesicht kennt. Neue Stadt, gleiches Glück.* Der Lockige zog sie mit sich, stieß einige Gaffer beiseite und schob sie in eine schmale Seitengasse, kaum mehr als eine Lücke zwischen zwei Häusern. Die plötzliche Stille rauschte in Akos Ohren. Ihr Begleiter zerrte sie um eine Ecke, dann um eine weitere, bevor er schließlich innehielt, sich gegen eine Wand lehnte und schwer um Atem rang. Erst dann schien er festzustellen, dass er immer noch ihr Handgelenk festhielt. Er ließ los und setzte ein linkisches Grinsen auf. »Beim Donner«, stieß er zwischen zwei Atemzügen hervor. »Das war groß! Du bist eine Magistra? Diese Art von Shao habe ich noch nie gesehen!«

Ako zuckte mit den Schultern und rieb sich den Unterarm. Nur langsam kehrte die Wärme in ihre Haut zurück. Der Blick des Lockigen folgte der Bewegung. »Du bist nicht von hier, oder? Habe ich dich nicht schon mal irgendwo …?«

Sie schüttelte den Kopf. Erst jetzt wurde ihr bewusst, dass sie allein in einer verlassenen Gasse stand – mit einem Mann, den gerade eben noch gleich mehrere Gruppen von Wachleuten zu fangen versucht hatten. Und sie hatte nicht die geringste Ahnung, warum. »Nein. Ich meine, nein, ich bin keine Magistra, und ich bin nicht von hier. Ich bin heute erst angekommen. Aus dem Norden.« Warum hatte sie das gerade schon wieder gesagt?

Der Mann schien ihre plötzliche Anspannung zu spüren, denn er lehnte sich bequemer gegen die Wand und hob beschwichtigend die Hände. »Norden, hm? Also über die Pässe. Nein, da war ich tatsächlich noch nie. Dann habe ich ja wohl mal so richtig Glück gehabt.« Er warf einen Blick über ihre Schulter. »Ich … die Sache mit dem Messer vorhin, das war nicht persönlich. Tut mir leid. Ich musste da nur irgendwie raus.«

Ako atmete tief durch. »Schon klar.« Zerstreut rieb sie sich die Stelle, an der sich die Spitze seiner Klinge durch das Leder ihres Mantels gedrückt hatte. »Ich würde sagen, du schuldest mir ein Essen.«

»Was?« Der Lockige starrte sie verständnislos an.

»Essen. Das ist doch das richtige Wort, oder?« Sie machte eine entsprechende Geste. »Entschuldige, ich spreche die Sprache Atails vielleicht nicht gut genug.«

Der Mann starrte sie noch immer an. »Das war schon verständlich. Aber wie kommst du darauf, dass ich dir …«

»Wo ich herkomme, stiehlt man eine Frau nicht auf der

Straße, ohne sie zumindest zur Speise einzuladen.« Ako konnte nicht anders, als spöttisch zu grinsen. »Das, oder man vergewaltigt sie und bringt sie um. Das passiert natürlich auch.«

»Was?«

»Aber ich glaube nicht, dass du zu der Sorte gehörst. Also die Speise.«

Erst jetzt blinzelte der Lockige. Dann stieß er ein belustigtes Prusten aus. »Du bist dreist, Frau.«

»Ako«, warf Ako ein und zuckte innerlich erneut zusammen. *Was stimmt nicht mit dir?* Sie hatte ihren echten Namen nicht mehr benutzt, seit sie vor Monaten aus ihrer Heimat aufgebrochen war. Das war sicherer so. Und jetzt gab sie ihn diesem Kerl?

»Ako.« Der Lockige probierte den Klang wie einen Brocken unbekannten Essens. »Bedeutet das was?«

»Das bedeutet, dass ich jetzt wirklich gern etwas zu essen hätte. Und ein Dach über dem Kopf. Und du zahlst.«

Dieses Mal lachte der Lockige tatsächlich auf. »Du bist wirklich dreist, Ako. Gefällt mir. Also gut. Ich weiß da eine …«

»Die *Aufgehende Sonne*. Es wird dunkel, und ich habe kein Interesse daran, in irgendeine Kaschemme verzogen zu werden. Ich suche die *Aufgehende Sonne*. Deshalb bin ich hier. Leite mich dorthin.«

Das Lachen gefror im Gesicht des Mannes und machte einer misstrauischen Miene Platz. »Die *Sonne*. Was will jemand wie du in der *Sonne*?«

»Das, was alle suchen. Aufregung. Exotik. Geld. Vor allem Geld.« Das Misstrauen wich nicht aus seinem Blick, und Ako seufzte. »Ich bin *Umabe*. Geschichtenbewahrerin. Sängerin.« Sie suchte nach dem richtigen Wort. »Musikmacherin?«

»Bardin?«

Als sie nickte, entspannte sich der Lockige erneut, wenn auch nur vorsichtig. »Ja, das ergibt Sinn. Wenn es einen Ort gibt, an dem man mit Geschichten Geld verdienen kann, dann dort.« Er musterte sie erneut. »Und mit deiner Haut sollte das kein Problem sein.«

Jetzt war es an Ako, misstrauisch auszusehen, doch bevor sie fragen konnte, zuckte der Lockige mit den Schultern und stieß sich von der Wand ab. »Also gut, Ako. Ich bezahle meine Schulden. Du hast ein Essen in der *Aufgehenden Sonne* bei mir gut. Aber auch nur, weil ich ohnehin dorthin muss.« Er bedeutete ihr, ihm zu folgen, und marschierte in die dunkler werdende Gasse.

Für einen Moment zögerte Ako. War das wirklich eine gute Idee?

Wenn du das schon fragst – war es wirklich eine gute Idee, ihm zur Flucht zu verhelfen?, erkundigte sich die leise Stimme in ihrem Hinterkopf. *Du hättest ihn spielend leicht loswerden können.* »Ja, schon. Aber dann wüsste ich immer noch nicht, wo ich die Sonne finde«, murmelte sie trotzig. *Und du glaubst ihm?*

»Was ist?« Der Lockige sah sie über die Schulter an.

Sie winkte ab. »Der Gardenmann hat dich vorhin Loxxa genannt«, stellte sie fest. »Ist das dein Name?«

Er zögerte, zuckte dann jedoch erneut mit den Schultern. »Man nennt mich so, ja.«

»Und bedeutet das was?«

Er grinste schmal. »Das kommt ganz darauf an, wen du fragst. Für dich heißt es im Moment nur: Verlier den Anschluss nicht, wenn du dein Essen willst.«

DIE GOLDENE HALLE

Als Baelis erwachte, lag sie auf dem Boden. Das war zunächst nichts Verwunderliches. Sie war in ihrem Leben schon auf vielen Böden aufgewacht. In den Sümpfen von Svart hatte sie gleich mehrere Wochen auf nackter Erde verbringen müssen. Die Armee hatte sich überhastet zurückgezogen und den Großteil ihrer Vorräte hinter sich gelassen. Zelte hatten nur noch den Offizieren zur Verfügung gestanden. Alles, was sie zum Überleben benötigten, mussten sie auf der Flucht zusammenrauben. Zu allem Überfluss war auch noch der erste Schnee gefallen. Die Kälte hatte beinahe ein Viertel des gesamten Heers dahingerafft. Die Schmerzen, die ihre Gelenke gelegentlich heute noch plagten, hatte sie aus dieser Zeit zurückbehalten. Später hatte sie noch viele andere Böden kennengelernt. Namenlose Hinterhöfe nach durchzechten Nächten, nasse Schiffsplanken und natürlich auch die stinkenden Böden in düsteren Kerkerzellen.

Düstere Kerkerzellen … war da nicht etwas gewesen? Langsam kehrte ihre Erinnerung zurück. Der Boden, auf dem sie lag, stank unerträglich nach Pisse und Erbrochenem und altem Schweiß. Sie hatte schon eine ganze Weile hier gelegen.

Stunden, vielleicht sogar Tage. So genau konnte sie sich nicht erinnern. Sie wusste nur, dass sie ein paar Mal aufgewacht war und ihr Schädel sich die erste Zeit angefühlt hatte, als wäre er mit einem Schmiedehammer bearbeitet worden. Irgendjemand hatte ihr eine Schüssel mit fauligen Essensresten hingeschoben. Ein anderer hatte sie mit den Stiefeln traktiert. Sie hatte ordentlich Prügel bezogen, ehe sie erneut das Bewusstsein verlor. Dann war sie wieder erwacht. Nach einer stillen Bestandsaufnahme ihrer Körperteile hatte sie erleichtert festgestellt, dass alle noch vollzählig waren. Vorsichtig hatte sie sich umgeschaut. Es gab keine Fenster. Das einzige Licht fiel durch einen schmalen Spalt in der Eichentür, die sich gelegentlich öffnete, um sie erneut mit Essen oder ein paar kräftigen Stiefeltritten zu versorgen. Sie hatte versucht, sich das Gesicht ihres Peinigers einzuprägen, doch es war jedes Mal ein anderer gewesen. Irgendwann hatte sie das Interesse an Rache verloren. Sie hatte nur noch daran gedacht zu überleben. Als ihr auch dieser Gedanke ausgetrieben worden war, hatte sie überhaupt nicht mehr gedacht. Dieser Zustand war ihr am liebsten gewesen.

Dieses Mal war allerdings etwas anders. Die Zelle stank noch immer nach menschlichem Elend, es lag aber auch noch ein anderer Geruch in der Luft. Sie versuchte, sich daran zu erinnern. Zunächst fiel ihr das furchtbar schwer, doch nach einer Weile wurden ihre Gedanken klarer. Irgendwann fiel es ihr wieder ein: Zimt! Ja, ganz ohne Zweifel. Ein teures Gewürz. Vorsichtig öffnete sie ein Auge. Direkt vor ihrer Nase sah sie ein Paar Stiefel. Das war zunächst nichts Besonderes, denn die Wächter hatten ja schon des Öfteren ihre Frustrationen an ihren Knochen ausgelassen. Der Unterschied war die Größe dieser Stiefel. Es waren die größten, die sie jemals zu

Gesicht bekommen hatte. Ihr Träger musste ein wahrer Riese sein.

Obwohl sie oft getragen aussahen, waren keine Risse im Leder zu erkennen. Das ließ auf eine herausragende Qualität schließen, und auf sorgfältige Pflege. Einen Mann, der auf den Zustand seiner Schuhe achtete, durfte man niemals unterschätzen. Baelis ließ den Blick weiterwandern. Hinter dem Riesen tauchte ein weiteres Paar Schuhe auf. Sie waren ebenfalls aus feinstem Leder, aber deutlich kleiner und mit aufwendigen Stickereien verziert. Keine Schuhe, die man an den Rippen eines dreckstarrenden Gefangenen abstreifte. Sie schabten leise über den Stein, als ihr Träger neben den Riesen trat. Eine angenehme Frauenstimme ertönte.

»Sie ist aufgewacht, Mern.«

Der Riese antwortete mit einem undefinierbaren Grunzen. Das Geräusch brachte Baelis dazu, den Kopf zu heben. Sie blickte in ein breites, hässliches Gesicht. Grob wie eine Ziegelsteinmauer, auf die ein Verrückter mit dem Hammer eingeschlagen hatte. Sie hatte diesen Mann vor nicht allzu langer Zeit schon einmal gesehen. Ihr Kinn schmerzte noch immer von dieser Begegnung.

»Er ist wirklich hässlich«, sagte die Frau. »Selbst ich habe mich in all den Jahren noch nicht ganz an den Anblick gewöhnt.« Sie war einige Jahre älter als Baelis. Schlank und durchaus gut aussehend, mit strengen Gesichtszügen und einem stechenden Blick. Sie trug ein schlichtes Gewand mit einem Stehkragen, an dem das Emblem der silbernen Zinnen von Atail funkelte. Das Zeichen der Guam, der zweithöchsten Würdenträgerin der Stadt. »Heerführerin Baelis?« Die Guam neigte leicht den Kopf. »Es ist mir eine Ehre, dir endlich Auge in Auge gegenübertreten zu können. Dein Ruf eilt dir weit voraus. In Vyndt flüstern sie deinen Namen voller Ehrfurcht, und in Bruggis verwenden sie ihn als Fluch. Du hast sogar Eindruck bei den Ukaren hinterlassen. Das haben vor dir nicht viele geschafft. Dein Ruhm ist bis hinauf an den Hof des Kaisers vorgedrungen. Man hatte dich bereits im Generalstab gesehen. Aber du ...«

Genervt hob Baelis die Hand. »Schon gut. Ich kenne meine Sünden.«

Die Guam nickte. Sie blickte sich in der Zelle um und rümpfte angewidert die Nase. »Und jetzt sieh dir an, was aus dir geworden ist. Eine Trinkerin, die sich mit Straßenschlägern balgt. Die sinnlose Taten begeht, weil sie alles vergessen hat, was ihr jemals beigebracht wurde. Weißt du eigentlich, wen du da niedergeschlagen hast? Sicherlich nicht. Sein Name ist Dubash Sando. Er ist der Sohn einer unserer verehrten Magistratsfamilien. Sein Vater ist völlig außer sich, wie du dir denken kannst. Du hast die Ehre seiner Familie beschmutzt. Er fordert Genugtuung. Er will deinen Kopf höchstpersönlich auf den Zinnen der Stadt aufspießen. Er will dich hängen und vierteilen und danach verbrennen lassen. Dich und dieses Barmädchen. Wie war noch mal ihr Name?«

»Naka hat nichts damit zu tun. Es war meine Schuld.«

»Das ist völlig egal«, fauchte die Guam. Ihre Augen funkelten zornig. »Glaubst du wirklich, dass es irgendjemanden in dieser verdammten Stadt interessiert, wer angefangen hat? Oder wer daran beteiligt war? Sando würde das gesamte Viertel anzünden lassen, wenn er seine Ehre damit wiederherstellen könnte. Du kannst mir glauben, dass er sogar genügend Einfluss besitzt, um genau das zu tun.« Die Guam stieß einen Seufzer aus und strich sich über die Haare. Abrupt wandte sie sich um und lief zurück zur Tür.

Baelis blickte ihr verwirrt hinterher. War das alles? War die zweithöchste Würdenträgerin der Stadt wirklich nur vorbeigekommen, um ihr Vorwürfe zu machen? Oder hatte sie einfach nur vorgehabt, sich an ihrem Elend zu ergötzen? Was auch immer diese Frau sich dabei gedacht hatte, sie konnte ihr damit gestohlen bleiben. Baelis kam ganz gut allein zurecht. Sie war schon immer am besten allein zurechtgekommen. »Du kannst mich mal!«, rief sie der Guam wütend hinterher. Sie würde schon irgendwie einen Weg finden, hier herauszukommen. Und wenn nicht, war es auch egal. Sie hatte ohnehin genug von diesem ganzen Scheiß.

Die Guam drehte sich um und runzelte die Stirn. Sie blickte eine Weile nachdenklich auf sie herunter und stieß dann einen tiefen Seufzer aus. »Kommst du endlich, oder willst du in diesem stinkenden Loch versauern?«

Baelis hatte die Goldene Halle bislang immer nur aus großer Entfernung bewundern können. Eine prachtvolle Anlage, deren Dächer in einem gleißenden Gold erstrahlten. Die Einheimischen nannten sie das Juwel des Himmels. Eine Bezeichnung, die auch bei näherem Hinsehen noch ihre Berechtigung fand. Ihre Erbauer hatten selbst für das kleinste Detail noch ein Auge bewiesen. Jede Säule und jede noch so unbedeutende Nische war mit Bildern oder kunstvollen Mustern verziert worden. Jedes Möbelstück schien ganz speziell für seinen jeweils vorgesehenen Standort geschreinert worden zu sein. Selbst die Kleidung der Bediensteten war der farblichen Ausstattung der Räume angepasst.

Inmitten all dieser Pracht kam sich Baelis wie ein Fremdkörper vor. Doch daran war sie gewöhnt. Sie hatte noch nie das Bedürfnis gehabt, der vielumschwärmte Mittelpunkt jeder

Festlichkeit zu sein. Die entsetzten Blicke der Bediensteten störten sie so wenig wie das Gekläff von Straßenkötern. Außerdem befand sie sich mit dem grobschlächtigen Leibwächter der Guam in guter Gesellschaft. Er roch vielleicht nicht ganz so beschissen wie sie, aber er hatte ja auch nicht tagelang in einem dunklen Kellerverlies gehockt.

Sie betraten einen großzügig geschnittenen Innenhof mit einem exotischen Garten und einem Becken aus weißem Marmor, in dem unzählige rote und goldfarbene Fische schwammen. Baelis kniff die Lider zusammen, da das gleißende Sonnenlicht in ihren Augen schmerzte. Sie brauchte eine Weile, um sich an die ungewohnte Helligkeit zu gewöhnen. Die Guam kniete sich an den Rand des Beckens und öffnete den Deckel eines hübsch verzierten Kästchens. Sie entnahm ihm eine Handvoll Körner und verstreute sie großzügig über der Wasseroberfläche. Interessiert beobachtete sie, wie die Fische herangeschossen kamen und sich hungrig um das Futter balgten.

Baelis warf einen Blick über die Schulter. Mern war ihnen nicht nach draußen gefolgt. Er war im Innern des Gebäudes stehen geblieben, seine gewaltigen Umrisse waren im Halbdunkel nur noch zu erahnen. Sie ließ den Blick über den Garten schweifen und musterte die rosenbewachsenen Säulen, die bis weit hinauf zu den goldenen Dächern reichten. Sie waren mit kunstvollen Steinreliefs verziert, die einem geschickten Kletterer sicheren Halt boten. Die Dornen würden ihr zwar die Haut aufreißen, doch man konnte im Leben nun mal nicht alles haben. Mit ein wenig Kraftaufwand würde sie spielend leicht bis zur Regenrinne gelangen, und von dort über das Dach mit wenigen Schritten in die Freiheit. Die einzige Schwierigkeit war die Außenmauer, die rund um die Palastanlage führte. Doch wenn sie sich richtig erinnerte, waren draußen mächtige Bäume gepflanzt, die sie mit einem gewagten Sprung erreicht würde. Im Notfall konnte sie aber immer noch in einen Brunnen springen, oder auf die Markise eines der zahlreichen Marktstände, die rund um die Goldene Halle aufgebaut waren.

Die Guam war unbewaffnet, was vermuten ließ, dass sie entweder eine hervorragende Handkämpferin war oder eine Magistra. Letzteres schloss Baelis allerdings aus. Ausgebildete Magister gehörten meistens den Adelsfamilien an, und der Kaiser begegnete ihnen mit einer gesunden Portion Misstrauen. Er würde niemals eine Magistratin zur Guam ernennen. Baelis führte die Sorglosigkeit der Frau auf einen dritten Punkt zurück: die Einbildung der Mächtigen, in ihrem eigenen Haus unantastbar zu sein. Das machte die Sache umso leichter.

»Sieh sie dir an«, sagte die Guam, ohne von dem Schauspiel ihrer Fische aufzublicken. »Wie sie nach jedem Stückchen schnappen und sich dabei fast gegenseitig umbringen. Sie sind nicht in der Lage aufzuhören, selbst wenn sie satt gefressen sind. Ich könnte sie zu Tode füttern, und sie würden es nicht einmal bemerken.«

Baelis bewegte den Kopf und knackte mit den Halswirbeln. Die Guam wirkte zäh. Mit Sicherheit war sie in ihrer Jugend eine gute Kämpferin gewesen, so wie die meisten Beamten des Kaiserhauses. Sie musste sie mit einem einzigen Schlag außer Gefecht setzen. Vor allem, weil ihr Leibwächter trotz seines plumpen Äußeren verdammt schnell war, wie Baelis bereits schmerzhaft festgestellt hatte. Ihr blieb also nicht viel Zeit. Ein schneller Hieb gegen die Schläfe wäre wohl am effektivsten, und dann ohne Zögern die Säule hinauf. Hatte sie erst einmal die Dachkante erreicht, würde der Riese sie nicht mehr einholen. Ehe er Alarm schlagen konnte, wäre sie bereits in das Gewühl der Stadt abgetaucht und über alle Berge. Sie lockerte ihre Gelenke und atmete tief durch.

»Ich kenne dich«, sagte die Guam wie aus heiterem Himmel. Sie hob den Kopf und sah ihr direkt in die Augen. »Ich kenne dich wirklich gut.«

Irritiert hielt Baelis inne. »Ich denke nicht, dass wir uns schon einmal persönlich begegnet sind.«

»Die Schlacht um Gulraka.«

»Ihr wart dabei?«

»Am Stählernen Steg. Ich habe die Reiter angeführt, die den Tross bewachen sollten. Ich habe aus nächster Nähe gesehen, wie die Mauern zusammengefallen sind und das Entsetzen sich im Heer ausbreitete. Es war nur noch eine Frage der Zeit, bis der Mut sie endgültig verlassen hätte. Aber dann bist du gekommen und hast das Schlachtenglück gewendet.«

Baelis machte eine wegwerfende Handbewegung. »Ich habe nur getan, was man mir befohlen hat. Wir haben den Feind in Sicherheit gewiegt, und dann ist er mitten in unsere Falle getappt. So wie Protektor Atrang es von Anfang an geplant hat.«

Die Guam stieß ein leises Lachen aus. Sie beugte sich nach vorn und strich mit der Hand durch das Wasser. Die Fische schnappten hektisch nach ihren Fingerspitzen. »Atrang ist ein ausgemachter Feigling. Noch während die Mauer fiel, hatte er sich schon auf den Rücken seines schnellsten Lopec geschwungen und war auf schnellstem Weg zurück nach Vyndt galoppiert. Als ihn die Botschaft vom siegreichen Ausgang der Schlacht erreichte, war er gerade dabei gewesen, sein Hab und Gut auf zwei Segelschiffe verladen zu lassen. Wenige Stunden später, und sein Palast hätte in Flammen gestanden, und er wäre auf Nimmerwiedersehen hinter dem Horizont verschwunden. Du hättest eine Heldin werden können, Baelis. Vielleicht sogar Protektorin. Hätte der Kaiser die Wahrheit erfahren, wäre ihm gar nichts anderes übrig geblieben. Er hätte Atrang hingerichtet und dir seinen Titel übertragen. Keiner hätte dagegen Einspruch erhoben.« Die Guam erhob sich und wandte sich halb zu ihr um. »Ich habe mich damals gefragt, warum du die Sache auf sich hast beruhen lassen. Warum du deine rechtmäßige Belohnung ausgeschlagen hast.«

Baelis sah sie mit neu erwachtem Interesse an. Sie begann zu begreifen, warum diese Frau die Guam von Atail war. Warum einige Zungen behaupteten, dass sie am Kaiserhof deutlich mehr Einfluss besaß, als es ihrem Rang entsprach. Die Frage war, wie viel Einfluss sie tatsächlich besaß und was sie damit anstellte. Baelis zuckte mit den Schultern. »Manche Menschen sind zum Herrschen geboren, andere zum Kämpfen. Ich denke, ich bin so eine, die lieber kämpft. Ich komme ganz gut mit dem Schwert zurecht und fühle mich erst so richtig wohl, wenn ich bis zum Hals im Schlamm stecke. Friedenszeiten sind nichts für mich. Damit komme ich nicht zurecht. Ein Haus hüten und eine Horde Kinder großziehen? Da lege ich mich lieber mit einem wütenden Loxxa an. Ihr habt recht, vermutlich hätte ich einen schönen Titel einfordern können. Ich wäre dadurch aber nicht glücklicher geworden. Genauso wenig wie die Menschen unter meinem Befehl. Protektor Atrang mag ein Feigling sein, aber in Friedenszeiten ist er ein ganz passabler Herrscher. Er geht nicht übermäßig grausam mit seinen Untertanen um und hat eine gewisse soziale Ader. Er hat in Vyndt eine Kranichhalle bauen lassen.«

Die Guam schnaufte. »Die erste Pflicht eines Herrschers ist der Schutz seiner Untertanen. Aber auf dem Schlachtfeld hat sich Atrang als unfähig erwiesen.«

»Nicht ganz.«

»Wieso?«

»Er hat schließlich mich in seine Dienste gestellt.«

Die Guam sah sie einen Moment lang verblüfft an, ehe sie amüsiert auflachte. »Da hast du allerdings recht.« Sie wischte die Hände an ihrem Hemd trocken und spazierte langsam um den Rand des Beckens herum. Baelis warf einen kurzen Blick zurück zum Gebäude, wo sie im Schatten die massige Gestalt des Leibwächters vermutete. Widerstrebend folgte sie der Guam. Sie hatte das komische Gefühl, in diesem Augenblick zu einer Spielfigur in einer Partie Jakhu geworden zu sein.

»Interessierst du dich für Herausforderungen?«, fragte die Guam.

»Es kommt ganz darauf an.«

Die Guam lächelte. Sie griff unter ihre Jacke und zog ein winziges Holzkästchen hervor. Es war kleiner als ihre Handfläche und glänzend schwarz lackiert. Vorsichtig klappte sie den Deckel auf und gab den Blick auf ein winziges mechanisches Vögelchen frei. Es bestand beinahe vollständig aus Silber und war meisterhaft gefertigt. Jedes Detail war sorgfältig herausgearbeitet worden, bis hin zu den stecknadelkopfgroßen Augen, die wie Diamanten im Sonnenlicht funkelten. Es klickte leise, und das Vögelchen senkte den Schnabel. Es sah aus, als würde es trinken.

»Was ist das?« Baelis beugte sich interessiert vor.

»Eine Uhr.« Die Augen der Guam glänzten, als sie das Kästchen zu Baelis herumdrehte. Erst jetzt war zu erkennen, dass der Schnabel auf eine winzige Ziffer wies, die beim nächsten Klicken durch eine neue Ziffer ersetzt wurde. Die Uhr zählte rückwärts.

Die Guam hob den Kopf und blickte über den Teich hinaus.

»Die Fische spüren, wenn es anfängt zu regnen. Dann tauchen sie aus der Tiefe des Gewässers auf und sammeln sich unter der Wasseroberfläche. Sie wissen, dass die Insekten bei Regen tief fliegen und leichte Beute für sie sind.« Sie wandte sich wieder zu Baelis um. »Ich habe meine Augen und Ohren überall in der Stadt. Nichts, was in Atail gesprochen oder getan wird, bleibt mir lange verborgen. Manchmal sind es kleine Dinge, so wie Wellen auf einem Teich, wenn der Wind darüberstreicht. Ich sehe die Wellen und denke mir meinen Teil. Wenn etwas in Atail geschieht, dann weiß ich, was zu tun ist. Wann ich reagieren muss. Und ich weiß auch, wen ich benötige, um mir dabei zu helfen. Ich könnte dir Gold anbieten, Baelis. Aber Gold interessiert dich nicht. Du wärst bereits heute eine reiche Frau – du bist sogar einmal eine reiche Frau gewesen, wenn mich meine Augen und Ohren richtig informiert haben. Du hast deinen Reichtum verschenkt, weil er für dich keinen Wert besitzt. Ich biete dir deshalb etwas viel Besseres an. Ich biete dir an, für mich zu arbeiten. Eine Herausforderung für mich zu bewältigen.«

Baelis sah sie interessiert an. Es schien, als würde die Guam sie kennen oder zumindest ganz ähnlich denken wie sie selbst. Das machte sie neugierig, zum ersten Mal seit langer Zeit. Allerdings gefiel ihr der Blick nicht, mit dem die Guam sie bedachte. Er hatte viel zu viel Ähnlichkeit mit dem Blick eines Schlachters, der den Wert eines Stücks Vieh abzuschätzen versuchte. »Was, wenn ich ablehne?«

»Dann kannst du gehen.«

»Zurück in den Kerker?«

»Wo immer es dich hinzieht. Ich halte dich nicht auf.«

»Dubash Sando aber vermutlich schon, nachdem ich seine Ehre beschmutzt habe.«

Die Guam zuckte mit den Schultern. »Sando ist ein Idiot. Es grenzt an ein Wunder, dass ihm nicht schon längst jemand einen Dolch zwischen die Rippen gejagt hat. Ich habe mich bereits um diese Angelegenheit gekümmert. Niemand wird dich wegen dieser Sache noch behelligen.«

Baelis kniff die Augen zusammen. Die Guam gab sich offenbar nicht mit halben Sachen zufrieden. Das tat Baelis allerdings auch nicht. Sie trank ihre Weinkrüge immer bis zum letzten Tropfen leer. Sie konnte sich nur nicht so wirklich vorstellen, dass das auf Dauer gesund war. »Ich muss zugeben, dass Ihr mich neugierig gemacht habt«, sagte sie. »Ich denke darüber nach.«

Die Guam nickte. Sie klappte den Deckel des Kästchens herunter und warf es Baelis mit einer nachlässigen Handbewegung zu. »Aber denk nicht zu lange nach. Wir haben nicht ewig Zeit.«

MLIMA

Am Abend war Salter von Tara abgeholt worden. Von den Strapazen der Reise war ihr kaum noch etwas anzumerken gewesen. Sie hatte vor Tatendrang geglüht, und er hatte Mühe gehabt, ihrem eiligen Schritt durch die Gassen zu folgen. Ihr Ziel machte von außen zunächst keinen besonders einladenden Eindruck. Das Gebäude war vielleicht vier oder fünf Stockwerke hoch, grob verputzt und besaß nur eine Handvoll schmaler Fenster, die man eher als Schießscharten bezeichnen konnte. Es war nicht einmal besonders farbenfroh bemalt. Ein Haus, das unter all den anderen Häusern in dieser Gegend kaum hervorstach. Doch als sie durch die Tür des schäbigen Vorraums traten, schien es, als würde er eine eigene Welt betreten. Eine gewaltige Halle breitete sich vor ihnen aus. Strahlend hell erleuchtet von Tausenden und Abertausenden Kerzen, die an silbern und golden blitzenden Kronleuchtern von der bunt bemalten Decke hingen. Zwischen reich verzierten Säulen standen Tische und Sofas und Sessel, an den Wänden hingen wertvolle Vorhänge, und auf den Böden waren Teppiche von erlesenster Qualität ausgerollt. Überall waren Gäste zu sehen. Sie drängten sich um die Bühnen, lümmelten auf Sofas oder tanzten unter den Kronleuchtern zu einem wilden Durcheinander ohrenbetäubender Musik.

Rund um die Halle führte eine ausladende Galerie herum, an deren Geländer die schönsten Frauen lehnten, die Salter jemals zu Gesicht bekommen hatte. Jede schien ihn mit sehnsüchtigen Blicken zu verfolgen. Hinter ihren Rücken führten Durchgänge in verschwiegene Räume, in denen weitere Frauen zu warten schienen. Oder Männer oder anderes. Für jeden Geschmack schien etwas dabei zu sein. Das *Haus der Aufgehenden Sonne* war mehr als nur eine einfache Herberge. Es war ein Gast- und ein Freudenhaus. Ein Ort für Glücksspiel, Musik und verbotene Dinge. Ein Tummelplatz für jeden Geschmack und jede noch so ausgefallene Fantasie.

Ganz in der Mitte der Halle befand sich ein riesiger, von gewaltigen Kronleuchtern erhellter Innenhof, über denen ein Netz aus stählernen Seilen aufgespannt worden war. Darüber waren im Dämmerlicht noch viele weitere Stockwerke zu erahnen. Treppen und Türen und hier und da auch funkelnde Lichter. Gelegentlich war ein Ruf zu vernehmen oder Fetzen von Musik, die zu ihnen herunterwehten. Im Zentrum des Innenhofs, direkt unter dem stählernen Netz, war ein gewaltiges Wasserbecken in den Boden eingelassen. Sie liefen um den Rand herum, bis sie vor einem großen Podest aus Holz standen. Auf dem Podest stand ein Thron, und auf dem Thron saß eine Frau von beachtlichen Ausmaßen. Sie war schwarz wie die Nacht, und ihr zu unzähligen Zöpfen geflochtenes Haar umrahmte sie wie der Umhang einer Königin. An ihrem Bein lehnte griffbereit ein langer Stab mit einem keulenartigen Kopf, und in der Hand hielt sie einen Weinkelch, der von einem narbenübersäten Einäugigen nachgefüllt wurde. Tara stellte die Frau als Mlima vor, die Königin der Nacht. Bei ihren Worten verzog sich das breite Gesicht der Frau zu einem geschmeichelten Lächeln.

»Was führt dich in mein Land, Pilgerin?«

»Der Einzig Wahre, meine Königin.«

»Und seine Wege sind vermutlich immer noch unergründlich?«

Tara lächelte und deutete ein Nicken an. »Er ist auf dem richtigen Weg. Das ist alles, was zählt.«

Mlima schnaufte amüsiert und nippte an ihrem Wein. Sie war die Herrin von all dieser Pracht. Eine mächtige Frau, die in den Gassen von Atail aufgewachsen war. Sie kannte jeden Stein und jedes Gesicht auf den Straßen. Die Jahre hatten zwar tiefe Spuren in ihrem Gesicht und an ihrem Körper hinterlassen, doch sie war immer noch eine imposante Gestalt. Sie hatte das Kämpfen auf der Straße gelernt, wo jeder Fehler der letzte sein konnte. Ihr Keulenstab hatte schon unzählige Schädel eingeschlagen, und ihr Wort hatte Gewicht. Weit mehr als das manches Magisters, wie es hieß. »Alles, was wirklich zählt«, sagte sie, »sind Gesundheit und Spaß. Mit der Gesundheit hapert es bei mir in letzter Zeit allerdings ein bisschen. Meine Hüften machen nicht mehr so mit, wie ich mir das wünsche. Aber ich will mich nicht beschweren. Sie haben fünf Ehemänner überlebt und mehr als ein Dutzend Kinder ausgetragen. Das können nicht viele Hüften von sich behaupten.«

»Deine Hüften sind von den Göttern gesegnet.«

»Eine Salbe gegen die Schmerzen wäre mir lieber. Du hast nicht zufällig so etwas für mich dabei?«

»Ich habe etwas viel Besseres. Diesen jungen Mann hier. Sein Name ist Salter, und ich denke, dass er genau das ist, was du jetzt brauchst.«

»Dieser da?« Mlima beugte sich interessiert nach vorn. Sie kniff die Augen zusammen und musterte ihn. »Er ist jung …«

»Sehr jung.«

»Und trotzdem?«

Tara nickte.

Salter stand da und blinzelte. Er wandte sich zu Tara um.

»Ich verstehe nicht ganz ...«

»Schhh.« Mlima gab ihren Weinkelch an den Einäugigen zurück und streckte den Arm aus. Sie drehte die Handfläche nach oben, und einen Augenblick später begann ihr Haar sich auf unnatürliche Weise zu bewegen. Mit einem Mal schoss unter dem Berg aus Zöpfen eine schwarze, echsenartige Kreatur hervor und huschte eilig ihren Arm hinab. Erschrocken zuckte Salter zurück, doch Tara legte ihm beruhigend die Hand auf die Schulter.

»Keine Angst, sie tut dir nichts.«

Die kleine Echse wickelte ihren dünnen Schwanz um Mlimas Handgelenk, richtete sich auf den Hinterbeinen auf und entfaltete unter den Vorderbeinen feuerrote Hautsegel. Eine dünne Zunge schoss aus ihrem Maul hervor, und sie stieß ein bedrohliches Zischen aus.

»Du gefällst ihr«, sagte Mlima lächelnd. Sanft strich sie der Echse mit dem Zeigefinger über den Kopf. »Sie hat dich zum Fressen gern.«

»Was ist das?«, fragte Salter, den beim Anblick der zischenden Kreatur ein ungutes Gefühl überkam.

»Eine Spilo. Eine Echse aus den Ländern nördlich der Säulen. Es gibt nicht mehr viele von ihnen. Ich musste unglaublich tief in die Tasche greifen, um an ihr Ei zu gelangen. Ich habe sie eigenhändig ausgebrütet und aufgezogen. Du glaubst gar nicht, wie schwierig das ist, denn diese kleinen Biester sind verdammt wählerisch, wenn es um ihre Ernährung geht. Sie fressen nämlich nicht alles.« Mlimas Lächeln entblößte eine

Reihe goldener Zähne. »Sie ernährt sich bevorzugt von … deiner Art.«

»Von Shao«, fügte Tara hinzu, als wäre es die normalste Sache der Welt. »An ihrem Hunger erkennt man, ob du besondere Kräfte besitzt.«

Misstrauisch beäugte Salter das zischende Tier. »Und wie … wie stellt sie das an?«

Mlima zuckte mit den mächtigen Schultern. Sie schob die Echse zurück unter ihren Haarschopf und ließ sich von dem Einäugigen einen neuen Becher reichen. »Er glaubt also, dass er in der Lage ist, es zu schaffen?«, fragte sie an Tara gewandt.

»Auf jeden Fall.«

Mlima blickte ihn einen Moment lang zweifelnd an. »Wir werden sehen.«

»Was werden wir sehen?«, fragte Salter. »Was geht hier eigentlich vor?«

»Ich erkläre es dir später.« Tara legte ihm erneut die Hand auf die Schulter.

Er hatte langsam den Eindruck, dass sie diese Geste immer dann machte, wenn sie von einem unangenehmen Thema ablenken wollte.

»Du hast es ihm nicht erzählt?« Mlima legte den Kopf in den Nacken und stieß ein dröhnendes Lachen aus. Sie wischte sich eine Träne aus dem Augenwinkel und schüttelte die dichte Mähne. »Du hast es ihm wirklich nicht erzählt?«

»Es spielt keine Rolle«, sagte Tara unwirsch. Wieder legte sich ihre Hand auf Salters Schulter. »Er muss sich erst einmal erholen. Er hat eine lange Reise hinter sich und könnte einen ordentlichen Schluck vertragen.« Mit diesen Worten schob sie ihn sanft, aber bestimmt von dem Thron fort und übergab ihn in die Obhut eines Bediensteten. In seinem Rücken dröhnte noch immer das Lachen der Königin der Nacht.

Die *Aufgehende Sonne* war eine Welt, die Salter bislang völlig fremd gewesen war. Die Musik, die Spieler, die Trinker und die unzähligen anderen Gäste, die sich schamlos vergnügten. Wo immer sein Blick hinfiel, sah er Dinge, die seinen Verstand überstiegen. Und die Frauen! Eine war schöner als die nächste.

»Möchtest du mir nicht etwas zu trinken anbieten?«, fragte eine von ihnen und hängte sich ungefragt an seinen Arm. Sie besaß ein verdammt hübsches Lächeln und viel zu wenig Kleidung für eine sittsame Frau. Der Stoff ihres Kleids war so dünn, dass sich die Konturen ihres schlanken Körpers deutlich darunter abzeichneten. Er schluckte schwer und sah sich hilflos nach Tara um. Doch irgendwie musste er sie in dem Gewühl aus den Augen verloren haben.

»Möchte ich?« In seiner Welt hatten Frauen bislang keine bedeutende Rolle gespielt. Sie waren fremd und geheimnisvoll und sprachen meistens eine Sprache, die er nicht verstand – egal, wie sehr er sich auch anstrengte. Im Grunde sagten sie niemals das, was sie meinten, und wenn sie es doch einmal taten, dann bekam er es meistens nicht mit. In Gegenwart von Frauen verhielt er sich so unbeholfen wie ein Nock im Reisfeld. Aus diesem Grund hatte er ihre Gegenwart bislang immer so gut wie möglich gemieden. In den wenigen Fällen, in denen ein Ausweichen unvermeidlich war, gab er mit an Sicherheit grenzender Wahrscheinlichkeit irgendeine völlig blödsinnige Antwort. So wie in diesem Fall. *Möchte ich?* Am liebsten wäre er in diesem Augenblick im Boden versunken und hätte mit beiden Händen einen Haufen Erde darüber gekippt.

Erstaunlicherweise lachte die Frau. Es war ein glockenhelles Lachen voller Verheißung. Sie wandte sich zu einem Bediensteten um und stahl zwei gläserne Kelche von seinem Tablett. Einen davon drückte sie in Salters Hand, mit dem anderen prostete sie ihm zu. »Du bist zum ersten Mal hier, nicht wahr?«

»In dieser Stadt?«

Sie lachte erneut. Ihre grünen Augen funkelten, während sie ihn amüsiert musterte. »In dieser Welt, vermute ich. Ich finde das aufregend. Kommst du aus dem Süden? Aus Bashun?«

»Ich ... Äh ...«

»Du musst es mir nicht erzählen. Ich finde Männer mit Geheimnissen ... aufregend.« Sie stand jetzt so dicht vor ihm, dass er einen leichten Rosenduft wahrnehmen konnte. Es fiel ihm schwer, den Blick von ihrem tiefen Ausschnitt zu lösen, der mit jeder Bewegung tiefer zu rutschen schien. »Onyx.«

»Wie bitte?«, krächzte er panisch.

»Das ist mein Name. Er stammt von einem Material, das zur Herstellung von Edelsteinen verwendet wird. Verstehst du? Ich bin so etwas wie ein ungeschliffener Edelstein, der auf eine geschickte Hand wartet, die ihn zu einem Schmuckstück formt.« Sie kicherte leise und stieß ihren Kelch leise klirrend gegen seinen. »Auf dein Wohl, geheimnisvoller Fremder aus dem Süden.«

»Äh ...«, sagte Salter. Er brachte es immerhin fertig, seinen Kelch nicht fallen zu lassen oder den Inhalt in ihren Ausschnitt zu schütten. Krampfhaft hielt er sich am Stiel fest und nippte an dem Getränk. Es hatte einen furchtbaren Geschmack. Unerträglich süß und gleichzeitig salzig, mit einem bitteren Beigeschmack. Er hatte so etwas noch nie zuvor in seinem Leben getrunken, und wenn es nach ihm ginge, würde er das auch nie wieder tun.

»Sie nennen es den Nektar der Götter«, sagte Onyx. »Wie findest du es?«

»Äh ... süß?«

Sie lachte erneut. Offenbar lachte sie gern, was ihm irgendwie gefiel. Außerdem fand sie ihn attraktiv, wie sie ihm nur wenige Getränke später gestand. Und sie interessierte sich für ihn. Nicht auf diese aufdringliche Art wie Tara, sondern ehrlich und aufrichtig. Sie fragte ihn Dinge, die er beantworten konnte, auch wenn ihm das Reden zusehends Mühe bereitete. Seine Zunge wurde schwer, aber aus irgendeinem Grund machte ihr das überhaupt nichts aus. Es war schön, eine so wundervolle Frau wie Onyx kennenzulernen. Nach all den schrecklichen Dingen, die ihm in letzter Zeit widerfahren waren, hatte er ein bisschen Glück doch schließlich verdient. Er nahm einen Schluck von seinem Nektar und fühlte die Leichtigkeit durch seinen Kopf strömen. Die Welt begann sich um ihn zu drehen. Onyx saß jetzt erstaunlicherweise auf seinem Schoß und flüsterte ihm süße Worte ins Ohr. Er wünschte sich, dass dieser Augenblick nie vorüberging. Er hob die Hand und bestellte ein neues Glas. An den widerlichen Geschmack konnte man sich schnell gewöhnen. Es war wie ... wie diese grünen rundlichen Dinger, die im ersten Augenblick wie Feuer im Mund brannten. Aber je mehr man davon zu sich nahm, desto milder wurde der Geschmack. Warum war das so? Und wie hießen diese Dinger eigentlich? Er öffnete den Mund, doch aus seiner Kehle drangen nur unverständliche Laute. Er nahm seine Umwelt nur noch verschwommen wahr. Als Onyx aufstand, griff er hastig nach ihrer Hand. Er verfehlte sie, und sie lachte erneut. Sanft zog sie ihn auf die Füße.

»Komm.«

Er hatte Mühe, einen Fuß vor den anderen zu setzen. Der

Boden war ihm beinahe immer einen Schritt voraus. Er musste höllisch aufpassen, wenn er ihn nicht verfehlen wollte. Unsicher stolperte er Onyx hinterher. »Wo … wohin gehen wir?«

»Lass dich überraschen.« Ihre Stimme erklang so unglaublich warm in seinem Ohr.

»Äh …«

Sie lachte. Himmel, wie diese Frau lachen konnte! Es klang wie der Nektar der Götter. Gleichzeitig süß und salzig, nur ohne diesen bitteren Beigeschmack. Brav wie ein Schoßhündchen folgte er ihrem Lachen durch den Saal. Seine Hände begannen zu schwitzen. Er fragte sich allen Ernstes, ob er gerade gestorben und mitten im Paradies gelandet war.

Die ganze Welt schien sich um ihn zu drehen. Onyx, die Tänzer, die Musiker. Die Tische und selbst die reich verzierten Säulen. Ein bunter Reigen aus Farben und Formen im irrwitzigen Takt der Musik. Gesichter, die an ihm vorübertanzten, Hände, die nach ihm fassten und an ihm zogen. Der Duft von Haar, das über seinen Hals strich. Volle Lippen und Brüste, die sich voller Verlangen an ihn schmiegten – weich und fest zugleich. Wie aus weiter Ferne sah er sich erröten und zusammenhangloses Zeug stammeln. Er musste sich wie ein echter Volltrottel aufführen. War es etwa das, was die Mönche verspürten, wenn sie in tiefer Meditation versanken? War es wirklich so einfach, auf eine höhere Bewusstseinsebene vorzudringen?

Sie stiegen eine Treppe hinauf und noch eine weitere. Er versuchte, sie zu zählen. Aus irgendeinem Grund gelang es ihm nicht. Waren es drei? Dreißig? Oder sogar noch mehr? Er blinzelte und rieb sich die Augen.

Drei Stockwerke. Vier Stockwerke. Fünf Stockwerke …

Er schwebte jetzt über allem, sah alles mit unvergleichlicher Klarheit. Jede Farbe, jedes detailreich geschnittene Muster, jeden einzelnen Knoten in den fein gewebten Teppichen, die die Wände schmückten.

»Komm«, flüsterte die Stimme in sein Ohr. Sie duftete nach Rosen und mehr. Sehr viel mehr. »Lass dich fallen.«

Und er ließ sich fallen. Musste sich nicht zweimal bitten lassen. Ließ sich in das Farbenmeer hineingleiten und von den Wellen davontreiben. Durch strahlend hell erleuchtete Flure und unzählige Treppen hinauf und wieder hinab. An Türen vorüber, hinter denen glockenhelles Lachen erklang, und ein Gesang, der von Lust und Liebe erzählte. »Komm«, flüsterte die Stimme, und er folgte dem Tapsen zarter Mädchenfüße durch die Gänge hindurch ins Paradies.

Nur für einen kurzen Moment zögerte er, als die Flure düsterer wurden und die Farben matter. Als die Musik langsam verblasste und sein Verstand sich zaghaft wieder zu Wort meldete. »Wo bin ich?« Doch die Hand zog ihn eilig weiter. Mit sanftem Druck und der Aussicht auf all die Dinge, nach denen er sich Zeit seines Lebens gesehnt hatte. Was scherten ihn die mahnenden Worte seiner Vernunft? Wo hatte seine Vernunft ihn schon hingeführt? Auf die Flucht vor dem Kaiser. Mitten auf die Straße, unter Banditen und dreckiges Gesindel. Abschaum ohne Bildung und jeglichen Sinn für Kultur. Banausen, die nicht einmal dann den Unterschied zwischen den Werken von Ijoh dem Älteren und Ijoh dem Jüngeren erkannten, wenn man sie mit dem Gesicht hineinstieß.

Und doch …

Er blinzelte und kniff die Augen zusammen.

Drei Stockwerke.

Vier Stockwerke.

Fünf Stockwerke …

Das war nicht richtig. Er kniff die Augen zusammen und versuchte verzweifelt, die Farben fortzublinzeln und die Musik auszublenden, die in seinen Ohren dröhnte. »Das ist nicht richtig«, murmelte er und verlangsamte seine Schritte. Dieser Flur. Der Weg. Die Hand, die ihn zog.

»Komm«, sagte die Frau. Ihre Stimme klang jetzt fordernd und ungeduldig. Ihre Züge wirkten nicht mehr weich und zart, sondern beinahe schon ordinär und irgendwie falsch. Selbst ihr Rosenduft war dem Geruch von ordinärem Parfum gewichen. »Beweg dich!«

Langsam schüttelte er den Kopf. »Wo bin ich hier? Wo bringst du mich hin?« Er blieb stehen und blickte sich irritiert um. Sie standen mitten in einem kahlen, verlassenen Treppenhaus. Von den zahlreichen Türen mit den verheißungsvollen Geräuschen dahinter war weit und breit nichts mehr zu sehen. Und die Musik, die bis eben noch in seinen Ohren gedröhnt hatte, war hier nur noch aus weiter Ferne zu erahnen. Stattdessen gähnende Leere, wo immer er hinblickte. Ein kalter Luftzug ließ ihn erschauern. Er drehte den Kopf und riss die Augen auf.

Am oberen Ende der Treppe befand sich ein Tor. Ein gewaltiges schwarzes Ungetüm, das über und über mit fremdartigen Siegeln verziert war. Es wirkte alt. Nein, falsch. Nicht einfach nur alt, sondern unvorstellbar alt. Jahrhunderte. Äonen. So alt wie die Welt und das Universum und die Götter selbst. Er blinzelte. Wie konnte ein Tor nur so verdammt alt aussehen? War das überhaupt möglich? Spielte ihm sein umnebelter Geist einen Streich? Einen Moment lang starrte er es einfach nur mit offenem Mund an, ehe er einen unsicheren Schritt rückwärts machte.

»Ich dachte, das Zeug setzt ihn länger außer Gefecht« sagte eine Stimme direkt in seinem Rücken.

Panisch wirbelte er herum. Oder zumindest versuchte er es. Stattdessen verlor er das Gleichgewicht und wäre beinahe gestürzt, wenn nicht im letzten Augenblick eine Hand nach seinem Kragen gegriffen und ihn grob gegen die Wand gestoßen hätte. Ein Messer blitzte vor seinen Augen auf, und ein bärtiges Gesicht starrte ihn an. Es besaß nur ein Auge. Anstelle des anderen war nur eine hässliche, wulstige Narbe zu sehen.

»Normalerweise setzt es sie einen ganzen Tag außer Gefecht«, sagte Onyx mit einem Schulterzucken. Ihre Stimme klang jetzt völlig normal. Überhaupt nicht mehr warm und verheißungsvoll. Eher ein bisschen gelangweilt.

»Tut es aber nicht«, brummte der Einäugige, in dem Salter den Bediensteten wiedererkannte, der Mlima unten im Saal den Weinkelch gereicht hatte.

»Er ist nicht von hier. Er stammt aus Bashun. Vielleicht wirkt es deshalb nicht so gut bei ihm.«

»Unsinn. Du hast dich über den Tisch ziehen lassen, du dämliches Weib.«

»Ich habe es vom selben Quacksalber wie beim letzten Mal.«

»Der Hasenfänger?«

»Ja.«

»Ha! Dieser elende Betrüger.« Der Einäugige spuckte verächtlich aus. »Wo sind nur all die ehrlichen Leute abgeblieben? Kann man denn heute niemandem mehr vertrauen?«

»Wie?«, fragte Salter, der den Blick unverwandt auf die Messerklinge gerichtet hielt. Sie war verdammt lang und spitz und schwebte so nah vor seinem Gesicht, dass allein ihr

Anblick Schmerzen verursachte. Er traute sich kaum zu schlucken, aus Angst, sich dabei aufzuspießen.

»Vertrauen, sagte ich.« Man kann heutzutage keinem Menschen mehr vertrauen. Wohin man auch blickt, überall nur Lügner und Betrüger. Die Welt ist verdorben. Von Grund auf verdorben.«

»Das tut mir … leid«, murmelte Salter betroffen.

»Mir auch. In diesem Fall bleibt uns leider keine andere Wahl.«

»Oh. Nicht? Welche Wahl meinst du denn?«

»Na, du weißt schon.« Das Gesicht des Einäugigen verzog sich zu einem Grinsen, das eine Reihe schwarzer Zahnstummel freilegte. Die Klinge wackelte gefährlich vor und zurück. »Messer zwischen die Rippen.«

»Hrrg.« Salter wich so weit vor der blitzenden Klinge zurück, wie es die Wand in seinem Rücken zuließ. Fieberhaft versuchte er, seine Gedanken zu ordnen. Oder sich zumindest an dieses furchtbare Gefühl zu erinnern, das er verspürt hatte, kurz bevor er seinen ehemaligen Lehrmeister in einen Fisch verwandelt hatte. Aber es war ja nicht so, dass er es willentlich hervorrufen konnte, dieses elende, unzuverlässige Gefühl.

»Ganz sachte«, sagte der Einäugige. »Keine falsche Bewegung. Wir wollen uns doch nur ein kleines bisschen unterhalten, nicht wahr? Ganz zivilisiert, so wie man das unter Freunden eben tut.«

»Mit einem elenden Messer in der Hand?«

»Oha! Sag so was nicht. Das Messer ist keineswegs eine elende Waffe. Im Gegenteil. Es ist eine der großartigsten Errungenschaften unserer Zivilisation. Das Resultat einer langen Reihe unglaublicher Erfindungen. Stell dir vor: Zu den Anfangszeiten der Menschheit musste man sich noch mit Klauen und Zähnen behelfen. Wie die Tiere. Bis irgendein kluger Geist eines Tages auf die brillante Idee kam, einen Stein als Waffe zu verwenden. Der Nächste fand dann heraus, dass man ihn in ein ganz passables Schneidwerkzeug verwandeln konnte, wenn man nur eine Handvoll Splitter von den Seiten herunterschlug. Im Norden haben sie irgendwo die Reste so einer Zivilisation entdeckt. Die haben sogar recht hübsche Bilder an die Wände gemalt. Aus Kalk und Blut und so. Verrückt, nicht wahr?«

Salter nickte vorsichtig.

»Bilder aus Kalk und Blut …« Amüsiert schüttelte der Einäugige den Kopf. »Na, sie hatten wohl damals noch nichts anderes zur Verfügung. Man kann ihnen das nicht vorwerfen. Jedenfalls hat irgendwann ein Mann herausbekommen, dass man eine ganz bestimmte Art von Steinen im Feuer zu Waffen formen kann.«

»Mirm, der Schmied.«

»Wie?«

»Ihm wurde vom Gott des Vulkanfeuers die Kunst des Eisenschmelzens beigebracht.«

»Oh, tatsächlich?« Der Einäugige kratzte sich nachdenklich am Kinn. »Ich war davon ausgegangen, dass ihm in einem Traum ein alter Graureiher erschienen ist. Ich muss allerdings zugeben, dass sich die Philosophen in dieser Hinsicht nicht ganz einig sind. Du stützt deine Annahme vermutlich auf den Flammenzyklus.«

Salter nickte begeistert. »Ich bin aber dennoch ein großer Verehrer von Ijohs philosophischen Abhandlungen über die Vergöttlichung des Graureihers.«

»Den meine ich, ja. Ijoh der Ältere, wenn ich mich nicht täusche. Jedenfalls geht er von der Bewusstwerdung des Menschen durch die Schöpfung von Dingen aus. Eine höhere Bewusstseinsstufe bedingt eine höhere Stufe der Zivilisation. Erst die Beherrschung des Feuers verwandelte unsere Ahnen in echte Menschen. Und erst das Schmieden des Eisens machte sie zu Schöpfern. Die letzte Stufe schließlich erhebt sie irgendwann zu Göttern. Doch bis dahin ist es wohl noch ein sehr weiter Weg.« Der Einäugige blickte eine Weile versonnen ins Leere. Schließlich räusperte er sich und machte eine ausschweifende Bewegung mit dem Messer. »Auf was ich jedenfalls hinauswill: Keine falsche Bewegung, oder ich schlitze dich hiermit auf! Vom Bauchnabel bis ganz hinauf zu deinem Kinn.«

»Oh«, sagte Salter und erstarrte. »Verstehe.«

Die Spitze des Messers wanderte an seinem Kinn vorbei in Richtung Tor. »Es ist ganz schön alt«, sagte der Einäugige andächtig.

»Uralt«, seufzte Onyx verträumt. »So alt wie die Welt.« Ihre Arme schlangen sich um Salters Hals, und ihr Kopf sank gegen seine Schulter. »Das ist der Grund, warum wir hier sind, mein Hübscher. Mlima hat dieses Tor vor einigen Jahren von einem Gewürzhändler erworben. Dieses Tor mit dem ganzen Haus drum herum, meine ich. Der Händler wollte eine ungeheure Menge Geld dafür haben.«

»Ein Vermögen«, sagte der Einäugige.

»Mlima kann aber recht überzeugend handeln, wenn du verstehst, was ich meine. Sie hat ihm die Finger gebrochen. Jeden einzeln. Ganz genüsslich, einen nach dem anderen. Am Ende hat er ihr das Haus für eine Handvoll Tio überlassen.«

Der Einäugige nickte ernst. »Am Ende ist die Gesundheit das wichtigste Gut, das wir besitzen. Sehr viel wichtiger als alle Reichtümer der Welt.«

»Aber niemand hat gegen beides gleichzeitig etwas einzusetzen«, fügte Onyx lächelnd hinzu. »Nicht wahr, Salter? Aus diesem Grund sind wir hier. Aus diesem Grund bist du hier.« Sanft tippte ihr Finger gegen seine Brust. »Ich hoffe wirklich, dass es diesmal klappt. Dass Mlima diesmal den Richtigen gefunden hat. Du gefällst mir nämlich.«

»Ich?« Salter schluckte schwer. »Ich meine: Was meinst du damit? Dass du hoffst, dass es diesmal klappt?«

»Na, das Tor zu öffnen, du Dummkopf. Den Letzten, der es versucht hat, mussten wir von den Wänden kratzen. Das war eine ganz furchtbare Sauerei. Uns blieb nichts anderes übrig, als das Treppenhaus zu übertünchen.«

»Wie bitte? Was soll das denn jetzt bedeuten?«

»Ich habe ehrlich gesagt keine Ahnung. Manchmal glaube ich, dass dieses Tor sich einfach gegen Eindringlinge zur Wehr setzt. Vielleicht ist es ja tatsächlich so, dass nur der Rechtmäßige das Schloss öffnen darf. So wie in dieser alten Legende mit dem Schwert und dem Stein. Nur mit deutlich mehr Sauerei, wenn es schiefgeht.«

»Diesmal nicht«, sagte der Einäugige bestimmt. »Ich bin mir ziemlich sicher.«

»Ziemlich?!« Salter wich einen Schritt zurück, nur um im nächsten Augenblick zu erstarren, als die Messerspitze seiner Bewegung folgte und sich in den Stoff seiner Kleidung bohrte. Der Einäugige beugte sich ganz nah zu ihm hin. Sein Atem stank nach Knoblauch und billigem Wein und einer ganzen Menge Gewalttätigkeit. Die winzigen Härchen an Salters Unterarmen stellten sich auf. Für einen kurzen Augenblick spürte er das Shao in seinem Innern aufwallen.

»Ich kenne deine magischen Fähigkeiten«, flüsterte der Einäugige ihm ins Ohr. »Du bist verdammt mächtig. Sonst hätte

Mlima dich nicht ausgewählt. Aber bist du auch schnell? Schneller als eine scharfe Klinge?« Sein Messer zuckte vor und pikste in Salters Bauch.

»Ah! Hör auf! Ich weiß doch gar nicht, wie ich das anstellen soll.«

Der Einäugige pikste ihn gleich noch einmal und schubste ihn dann grob gegen das Tor.»Denk dir etwas aus. Du bist schließlich der Magister hier. Du musst doch wissen, was in so einem Fall zu tun ist.«

»Ich weiß überhaupt nichts«, jammerte Salter. Doch als er den Blick des Einäugigen sah, schloss er schnell den Mund und drehte sich halb zu dem Tor um. Ratlos wischte er über das Holz hinweg und drückte probeweise auch ein paarmal dagegen. Er versuchte sein Shao zu sammeln, aber nichts geschah. »Siehst du?«

»Vielleicht muss er ja einen Zauberspruch aufsagen«, vermutete Onyx.»Du kennst doch einen Zauberspruch, Magister. Nicht wahr?«

Salter schüttelte den Kopf.»Ich kenne keine Zaubersprüche.«

»Abrakadabra?«, schlug der Einäugige vor und verpasste Salter gleich noch einmal einen Pikser in die Magengrube.

»Aua! Sehe ich etwa aus wie ein Jahrmarktsgaukler?«

»Ich kannte mal einen, der war besser als du. Der konnte wenigstens ein Huhn aus seiner Mütze zaubern und Wein in Wasser verwandeln.«

»Wer sollte denn Wein in Wasser verwandeln wollen?«

»Ich weiß nicht. Manche Menschen vertragen keinen Wein. Die sind ganz froh, wenn er in Wasser verwandelt wird.«

Salter stieß einen Seufzer aus. Es war wirklich zum Verzweifeln, in was für eine Situation er da schon wieder hineingeraten war. Seit diesem unsäglichen Vorfall in den Hallen der

Kraniche lief wirklich alles schief. »Sie könnten den Wein doch einfach verkaufen«, erklärte er so langsam, dass auch diesem Dummkopf genügend Zeit blieb, um über seine Worte nachzudenken. »Und dann holen sie ihr Wasser am Brunnen. Sie hätten dann immer noch genügend Geld für Essen übrig. Gibt es in dieser elenden Stadt denn niemanden, der ein bisschen logisch denken kann?«

»Ich zweifle langsam daran, dass er es wirklich ist«, sagte Onyx. »Er sieht nicht einmal aus wie ein richtiger Magister. Ich glaube eher, dass er doch nur ein Straßengaukler ist.«

Der Einäugige schüttelte bestimmt den Kopf. »Es besteht kein Zweifel. Mlimas Echse hat es bestätigt. Ich habe es mit eigenen Augen gesehen. Das Vieh hat ein Näschen für solche Dinge, und diesen hier hat es auf den ersten Blick erkannt. Also lüg uns nicht länger an und öffne endlich das verdammte Tor!« Wieder pikste seine Messerspitze schmerzhaft in Salters Bauchdecke, die schon ganz grün und blau davon sein musste.

Salter spürte, wie sich der Raum um ihn zu drehen begann. Er schwankte und verdrehte die Augen und musste sich an der Tür abstützen, um nicht umzufallen. Die nächsten Worte des Einäugigen nahm er nur noch bruchstückhaft wahr. Er merkte, wie das Messer schon wieder vorzuckte, und dann gleich noch einmal. Die Schmerzen spürte er schon gar nicht mehr, denn ihm wurde mit einem Mal ganz heiß, und der Schweiß trat ihm aus allen Poren. Er stieß ein Röcheln aus, weil ihm klar wurde, was das bedeuten musste. Der Einäugige hatte sein Shao geweckt ...

Es kam in einer einzigen kraftvollen Welle herangerollt. Schnell und unaufhaltsam wie eine Sturmflut. Es würde alles hinwegfegen. Onyx und den Einäugigen und höchstwahrscheinlich diesmal auch ihn selbst. Er wollte schreien, doch es kam kein Ton über seine Lippen. Sie bewegten sich viel zu langsam. Alles bewegte sich mit einem Mal unendlich langsam, erstarrte zu einer einzigen zähen Honigmasse. Er drehte den Kopf und sah die Gesichter von Onyx und dem Einäugigen. Ihre Augen, die sich langsam weiteten, als sich in ihnen die Erkenntnis breitmachte. Sie ahnten bereits, was geschehen würde, doch sie konnten es nicht mehr aufhalten. Er sah, wie Onyx voller Entsetzen den Kopf schüttelte, wie sich die langen Haare um ihren Kopf entfalteten wie ein Fächer. Den Einäugigen, wie er den Arm – viel zu langsam – schützend vor das Gesicht hob, und seine Hand mit dem Messer darin, die auf ihn zufuhr, um das Unvermeidliche doch noch aufzuhalten, nur um im nächsten Augenblick... in einer Wolke aus Blut und Knochensplittern zu zerfetzen.

Und dann...

... war es vorbei.

Salters schmale Schultern sackten nach vorn, und er stieß ein klägliches Röcheln aus. Er brach in die Knie und starrte einen endlos langen Augenblick ins Leere, bis sich eine schmale Hand auf seine Schulter legte und er erschrocken zusammenzuckte. Verwirrt sah er auf. »Oh, Tara. Du bist es.« Er fuhr sich mit der Zunge durch den Mund und schmeckte Kupfer. Mühsam drehte er den Kopf. Er entdeckte den Einäugigen etliche Schritte entfernt in einer stetig wachsenden Blutlache. Er lag auf dem Rücken, und sein Arm war völlig zerrissen. Unzählige Knochensplitter und Fleischfetzen klebten hinter ihm an der Wand und tropften langsam zu Boden. Schaudernd verzog Salter das Gesicht. »Ist es... Ist es schon wieder passiert?«

»Es ist schon wieder passiert«, sagte Tara lächelnd.

Er stieß ein gequältes Husten aus und stemmte sich mühsam in die Höhe. Dankbar hielt er sich an Taras ausgestreckter

Hand fest. Onyx hatte den Ausbruch seines Shao einigermaßen unbeschadet überstanden. Bis auf eine Handvoll angekokelter Haare, die an den Spitzen noch wie winzige Räucherstäbchen glommen, wirkte sie weitgehend unversehrt. Doch hinter ihr stand Mlima auf ihren schweren Stab gestützt wie ein leibhaftig gewordener Dämon. Ihr Umhang aus geflochtenen Haaren waberte und wallte, und die Spilo huschte aufgeregt über ihren massigen Körper hinweg. Mlima beachtete weder Salter noch Onyx. Fasziniert blickte sie an ihnen vorbei auf das schwarze, sperrangelweit offen stehende Tor. »Du hast es geschafft«, murmelte sie ehrfürchtig. »Du hast es wirklich geschafft.«

»Es bestand nie ein Zweifel«, sagte Tara.

»Nicht?«, fragte Salter.

Mlimas breites Gesicht verzog sich zu einem breiten Lächeln. Geschickt fing sie die Spilo ein und strich dem heftig zitternden Tier über den Kopf. »Endlich«, murmelte sie, während sie langsam auf das Tor zustapfte. Ihre dunklen Augen glitzerten gierig. »So lange habe ich schon auf diesen Augenblick gewartet.«

Salter blickte in den dunklen Schlund der Toröffnung, aus der ihm abgestandene Luft entgegenschlug. Eine eisige Hand griff nach seiner Kehle und schnürte sie zu. »Was befindet sich dort drin?«, fragte er leise.

Mlima brachte ihn mit einer Geste zum Schweigen. Sie blieb vor dem Durchgang stehen und legte die Hand auf den siegelverzierten Torbogen. Die Echse stellte ihre Hautfalte auf und huschte eilig ihren Unterarm hinab. Ihre lange, dünne Zunge zuckte aus dem Maul und berührte ebenfalls kurz den Stein. Ein lang gezogener Zischlaut entrang sich ihrer Kehle.

»Reine Magie«, murmelte Mlima. »Das gefällt dir, nicht

wahr, meine Kleine?« Sie stieß ein dröhnendes Lachen aus und wollte schon über die Schwelle treten, als sie es sich im letzten Moment anders überlegte. Sie wandte sich um und winkte Onyx zu sich heran.

Mit gesenktem Kopf kam die junge Frau näher geschlichen. Als Mlima die Hand nach ihr ausstreckte, zuckte sie ängstlich zurück.»Bitte, Herrin. Ich…«

»Schhh. Keine Angst, mein Kind. Ich tue dir nichts – obwohl ich durchaus allen Grund dazu hätte.« Liebevoll strich sie Onyx über den Kopf, und die junge Frau ließ es schicksalsergeben geschehen.»Ich besitze ein großes Herz. Ich glaube, dass jeder Mensch eine zweite Chance verdient. Ich gebe dir Gelegenheit, dich noch einmal zu beweisen.« Sie nickte in den schwarzen Durchgang hinein und lächelte.

Wie betäubt wandte sich Onyx dem Durchgang zu. Einer von Mlimas Männern drückte ihr eine Laterne in die Hand. Sie hob sie in die Höhe und gab sich nach einem letzten Blick über die Schulter einen Ruck. Zaghaft trat sie über die Schwelle. Salter hielt den Atem an. Als nichts geschah, fasste Onyx neuen Mut und lief weiter. Schritt für Schritt tastete sie sich in den dahinter liegenden Raum voran. Es war ein großer leerer Lagerraum mit einem Dielenboden, in dessen zentimeterdicker Staubschicht ihre Füße winzige Abdrücke hinterließen. Zahlreiche kräftige Holzpfeiler stützten eine rußgeschwärzte Decke, von der rostige Haken und Seile herunterbaumelten. Überall standen Kisten und Truhen. Der Großteil war aufgebrochen und die Inhalte achtlos über den Boden verstreut. Vorsichtig bahnte sich Onyx ihren Weg zwischen ihnen hindurch bis zur anderen Seite des Raums. Als sie dort angekommen war, senkte sie die Laterne und wandte sich um. Die Erleichterung war ihr deutlich ins Gesicht geschrieben.»Hier ist ein Gang.« Ihre Stimme klang wie aus weiter Ferne zu ihnen herüber. »Und Türen. Eine Menge Türen.«

Mlimas Gesicht verzog sich zu einem breiten Grinsen. »Türen sind gut. Türen sind sehr gut.« Sie gab ihren Männern ein Zeichen, woraufhin einer nach dem anderen über die Schwelle trat und Onyx winziger Spur durch den Staub hindurch folgte. »Komm, kleiner Magier«, sagte sie schließlich. Sie winkte Salter zu sich heran. »Wir haben heute noch große Dinge vor. Vielleicht schreiben wir sogar Geschichte.«

Gegen das Schreiben von Geschichte hatte Salter noch nie etwas einzuwenden gehabt. Im Gegenteil. Er liebte das Schreiben. Diesen beinahe meditativen Vorgang des Eintunkens eines Pinsels in die Farbe. Das Ansetzen auf dem Reispapier und den kurzen Augenblick des Innehaltens, bevor man bedächtig Linien und Kurven zu ziehen begann, die sich wie von Zauberhand zu Schriftzeichen zusammenfügten. Am Ende dieses erhabenen Vorgangs waren Geschichten entstanden, und manchmal auch Geschichte. Das Schöne daran war, dass man sich in all dieser Zeit keinen einzigen Schritt aus dem Schreibzimmer herausbewegen musste. Man konnte der Geschichte beim Wachsen zusehen, während das Feuer im Kamin knisterte und der Tee im Kessel zog. In diesem Augenblick hatte Salter allerdings den Verdacht, dass Mlima eher eine von der handfesten Sorte war, die Geschichte lieber auf andere Art schrieb. Mit dem Schwert in der Hand – oder in ihrem Fall mit einem Gehstock, den sie im Notfall auch als Keule verwenden konnte. »Ich habe doch schon das Tor geöffnet«, sagte er. »Meint Ihr nicht, dass ich Euch dort drin nur noch hinderlich wäre?«

»Schon möglich. Aber vielleicht brauche ich dich noch. Wer weiß, welche Gefahren in diesen Räumen auf uns warten.«

Salter ließ die Schultern hängen. So etwas in der Art hatte er schon befürchtet. »Sollten wir uns dann nicht wenigstens ein bisschen besser vorbereiten?«

Mlima schüttelte den Kopf, und ihre Echse zischte unwirsch. »Ein guter Anführer zögert nicht. Je eher wir diese Räume erforscht haben, desto schneller sind wir wieder zurück.«

»Salter hat recht«, mischte sich Tara ein. »Ein bisschen mehr Vorbereitung kann wirklich nicht schaden. Wir wissen nicht, was uns dort drin erwartet. Es könnten unbekannte Gefahren auf uns lauern. Ihr wisst, wem diese Räume einst gehört haben. Vielleicht wurden Fallen eingebaut, um Eindringlinge abzuschrecken. Ich werde meine Sachen benötigen, um ...«

Mlima hob die Hand. »Das ist nicht nötig, Tara. Du hast mir den Schlüssel gebracht. Du hast deine Schuldigkeit getan. Ich kann dich nicht zwingen, dieser unbekannten Gefahr ins Auge zu sehen.«

»Ich werde natürlich mitkommen!«

Lächelnd schüttelte Mlima den Kopf. »Nach so einer langen Reise wird selbst einer Pilgerin wie dir ein wenig Entspannung guttun. Geh dich ein bisschen amüsieren, ich lade dich ein. Betrink dich oder such dir einen hübschen Mann oder eine Frau, was immer dir gefällt. Mein Gasthaus steht dir offen.«

Taras Miene verfinsterte sich. »Wir hatten eine Abmachung.«

»Keine Sorge. Ich halte meine Versprechen. Du wirst natürlich deinen gerechten Anteil erhalten – sobald wir zurück sind.«

»Nein!« Entrüstet schüttelte Tara den Kopf. »Auf keinen Fall. Ich vertraue dir nicht.«

»Du?« Mlima sah sie mit großen Augen an. Sie legte die

Hand auf ihre mächtige Brust. »Du vertraust mir nicht? Mutter Mlima, der Königin der Nacht? Der gütigen Herrin der Unterwelt? Ich bin enttäuscht. Furchtbar enttäuscht. Solche schweren Vorwürfe vor den Augen meiner Kinder? Das bricht mir förmlich das Herz.« Sie warf einen Seitenblick auf ihre Männer, einer finsterer und furchterregender als der andere. Ihre zerschlagenen Gesichter verzogen sich zu hässlichem Grinsen. »Habt ihr das gehört, meine Kinder? Mein Leben hat von diesem Augenblick an wohl keinen Sinn mehr.« Sie wischte sich eine imaginäre Träne aus dem Augenwinkel und wedelte mit der Hand. »Ich ertrage es nicht länger. Schafft mir diese undankbare Frau aus den Augen. Ehe ich mich vergesse und ihr noch etwas antue.«

Tara stand wie angewurzelt da und starrte Mlima an. Ihr Kopf wurde rot, die Augen verengten sich zu Schlitzen, und ihre Hände ballten sich in hilflosem Zorn. Wären ihre Blicke in der Lage zu töten, hätte man Mlima in diesem Augenblick in Flammen aufgehen sehen. »Das werde ich nicht zulassen«, zischte sie drohend. Als Mlima sie nur bittersüß anlächelte, war sich Salter für einen winzigen Augenblick ganz sicher, dass sich Tara auf die massige Frau stürzen und ihr die Augen auskratzen würde. Doch schließlich gab sie sich einen Ruck und straffte die Schultern. Mit erhobenem Kinn und ohne sich noch einmal nach ihnen umzublicken, marschierte sie aus dem Raum.

Mlima blies die Backen auf und legte Salter den Arm um die Schultern. »Aber du vertraust mir doch, nicht wahr?«

»Ich ...«

»Ich wusste es. Ich habe es an deinem Blick erkannt. Du bist ein Mann mit besonderer Menschenkenntnis. Du weißt genau, auf wen man sich verlassen kann.« Ihr dicker Finger stieß gegen seine Brust. »Du und ich, mein Freund. Gemeinsam werden wir heute fette Beute machen. Laterne!« Sie streckte die Hand aus, und einer ihrer Männer entzündete eine weitere Laterne und drückte sie ihr in die Hand.

STERN

Falls du Waffen dabeihast – komm nicht auf die Idee, sie verstecken zu wollen«, sagte Fuchs leise, als sie sich der reich beschnitzten, grellroten Tür näherten. Es war das einzig Bemerkenswerte an diesem sonst so unscheinbaren Gebäude.

Die *Aufgehende Sonne* mochte das legendärste Gasthaus in ganz Atail sein, doch von außen machte es nicht viel her. Im schlichten, zweckmäßigen Baustil des alten Atail gehalten, war es vier oder fünf Stockwerke hoch, jedes markiert durch ein verzogenes schwarzes Schieferdach und nur eine Handvoll hoher, schießschartenähnlicher Fenster, die zu schmal waren, um auch nur daran zu denken hindurchzuklettern.

Nicht dass Fuchs das versucht hätte. Es war eine der Besonderheiten, die man der *Sonne* nicht ansah. Niemand kletterte auf ihr Dach. Es gab irgendetwas, vermutlich uralte Siegel im Gemäuer selbst, das das verhinderte. Ab und an fand man den gebrochenen Kadaver eines Vogels oder einer Flugechse, die versucht hatte, mit Schwung auf einem der Dächer zu landen. Wie es schien, endete das in einem gebrochenen Genick, und Fuchs hatte nicht das Bedürfnis, es selbst auszuprobieren. Er verlangsamte seine Schritte und gab der Enttäuschung Zeit, sich im Gesicht der schwarzen Frau auszubreiten. »Nicht viel zu sehen, ich weiß. Schätze, du hast etwas anderes erwartet?«

Ako tat ihm nicht den Gefallen. Sie musterte lediglich interessiert die roten Laternen, die als einziger Zierrat vom untersten der Dächer hingen und sanft in der Abendbrise schaukelten. Dann zuckte sie mit den Schultern. »Gowyn M'Shane hat die *Sonne* ausgiebig beschrieben. Wenn ich ehrlich bin – ich habe sie mir von Unrat besudelter vorgestellt.« Sie schenkte ihm ein entwaffnendes Lächeln, und Fuchs war sich für einen Moment nicht sicher, ob er beleidigt sein sollte. Immerhin sprach sie über seine Stadt.

Ako hatte sich allerdings schon wieder abgewandt und betrachtete die Schnitzerei der riesigen Sonne auf dem Eingangsportal, die dem Haus seinen Namen gab. »Shao-Siegel«, stellte sie fest, und jetzt klang sie doch ein wenig beeindruckt.

Fuchs nickte. »Keine Illusion durchschreitet dieses Portal, und nichts Verborgenes bleibt verborgen. Niemand weiß, wer das angebracht hat oder wie alt die Tür ist, aber die *Aufgehende Sonne* weiß es zu schätzen. Wie gesagt: Versuch gar nicht erst, Waffen hineinzuschmuggeln.« Er trat an ihr vorbei und betätigte den bronzenen Türklopfer.

Schon nach dem ersten Schlag öffnete sich eine kleine Luke in ihrer Mitte. Ein misstrauisches Auge erschien, das Fuchs und seine Begleitung einer hastigen Inspektion unterzog.

Gleich darauf schwang die Tür lautlos auf. Der dahinter liegende Raum war kaum imposanter als die Fassade des Hauses. Grob verputzte Wände, die weiß gekalkt waren, eine durchhängende Holzdecke, so alt, dass die Zeit und der Ruß unzähliger Kerzen sie tiefschwarz gefärbt hatten, und ein ausgetretener Holzboden, der stellenweise so tiefe Scharten aufwies, dass der unachtsame Besucher Gefahr lief zu stolpern. Auf der linken Seite des Raums lehnte eine gelangweilt wirkende Wache an der Wand und leistete einer etwas welken

Topfpflanze Gesellschaft; die Wand zu ihrer Rechten wurde komplett von einem alten, speckigen Tresen eingenommen, hinter dem zwei livrierte Kerle bereitstanden, etwaige Waffen und sonstiges Gepäck in Verwahrung zu nehmen. Sie sahen nicht so aus, als würden sie ein Nein akzeptieren, und beide hatten den Blick von Leuten, die auch wirklich noch das letzte Versteck für verborgene Klingen kannten. Fuchs machte sich gar nicht erst die Mühe.

»Hallo Jungs. Ruhiger Abend heute? Wo ist die übliche Schlange?« Er legte seinen Uai-Stock auf den Tresen und warf sein Essmesser dazu.

Einer der beiden Livrierten sah misstrauisch auf. »Nicht mehr?«

Fuchs zuckte mit den Schultern. »Wenn das einem ehrbaren Mann nicht reicht, um sich in dieser Gegend der Stadt zu verteidigen, dann hat die Goldene Garde die Kontrolle verloren, oder?«

Der Mundwinkel des Mannes zuckte. Er musterte das Besteckmesser kurz und schob es dann zurück über die Platte. »So behauptet es der Magistrat«, sagte er. »Macht drei Farsha.«

»Ihr nehmt es von den Lebenden, was?« Fuchs fischte das Geld heraus und legte es neben sein Messer.

Der Livrierte zuckte mit den Schultern. »Wenn es sein muss, dann auch von den Toten. Ist mir eigentlich egal. Wer reinwill, zahlt. Und wer das nicht hat, der ist hier sowieso am falschen Platz.«

»Kein Widerspruch von mir.« Fuchs schob sein Besteckmesser zurück in den Gürtel. »Wir wollen ja nicht die Straßenratten hier drin.«

»Also was das angeht …« Der Livrierte warf einen bedeutsamen Blick auf die schwarzhäutige Frau, die noch immer unschlüssig inmitten des Raums stand. Es war deutlich, dass sie die Stadt gerade erst betreten haben musste. Sie trug noch einen dicken, mit Fell gefütterten Ledermantel, der das meiste von ihr verbarg.

Fuchs richtete sich auf. »Was ist jetzt?«

Ako hob die Schultern. »Keine Waffen.«

Der Livrierte und Fuchs runzelten die Stirn. »Gar keine?«

Die Schwarze lächelte breit und sah Fuchs in die Augen. Ihre hatten einen seltsamen Braunton, stellte er fest. »Eure Goldene Garde erschien mir fähig genug, um mich vor allem Übel auf den Straßen hier zu bewahren.«

»Witzig.« Fuchs wandte sich zu dem Livrierten um. »Ich hab sie nur hierhergebracht. Mehr kann ich euch nicht sagen.«

Der Mann hinter dem Tresen nickte, und diese Geste genügte, damit sein Kumpan und der Wachmann jetzt geladene Armbrüste in den Händen hielten. »Dann leg mal ab.«

Ako musterte ihn misstrauisch, und er seufzte. »Mantel, Gepäck – alles, was mich nichts angeht, schließe ich weg. Und wenn ich überzeugt bin, dass du keine verborgenen Waffen mitführst, darfst du rein. Oder du kannst jetzt gehen.« Er deutete auf die Eingangstür. »Das sind die Regeln. Deine Entscheidung.«

Die Schwarze sah die drei Männer der Reihe nach an. Schließlich nickte sie und ließ demonstrativ ihr Gepäck auf den Tresen fallen. Der Mantel und eine Filzjacke folgten, und Fuchs stellte fest, dass sie durchaus praktisch gekleidet war. Die dicke Filzhose mochte, wie die Stiefel, etwas warm für Atails Klima sein, doch das Leinenhemd und die reich bestickte Lederweste waren von einer Qualität, wie sie auch

Ensu tragen würde. Auf ein Nicken des livrierten Wortführers hin trat der Wachmann an sie heran und tastete sie mit geübten Griffen nach verborgenen Waffen ab. Ausgesprochen gründlich, wie es Fuchs schien. Der düstere Blick der Schwarzen sprach Bände, doch sie sagte nichts, also schwieg er ebenfalls.

»Keine Waffen«, bestätigte der Mann schließlich.

Der Argwohn in der Miene des Wortführers nahm womöglich noch zu. »Überhaupt keine? Du verwendest das Shao?«

Ako schenkte ihm ein schmales Lächeln. »Ich bin Musikmacherin. Bardin. Ich brauche nicht so etwas wie euer Shao. Ich komme auch so über die Runden. Der da zahlt für mich.« Sie lächelte die Livrierten an und deutete mit dem Daumen auf Fuchs, noch bevor sie ihn ansah. »Er wollte mich zur Speise einladen. Ich meine, das geht nur drin.«

»Ich ...« Zu Fuchs Verblüffung waren die Blicke der Wachleute beinahe vorwurfsvoll, als sie nickten.

»Wenn das so ist, hat sie natürlich recht«, pflichtete der zweite Livrierte Ako bei.

Fuchs setzte erneut zu einer Erwiderung an, von der er selbst nicht genau wusste, ob sie ein Protest, ein schwacher Widerspruch oder eine Zustimmung werden sollte. Stattdessen begnügte er sich mit einem halbherzigen Schulterzucken und warf weitere drei Münzen auf den Tisch. »Ihr wisst ja, wie das ist. Wir wären dann so weit.«

Während Akos Gepäck mit seinem Messer in einem Raum hinter den Männern verschwand, öffnete sich beinahe lautlos das innere Tor und gab endlich den Blick auf das eigentliche Innere der *Aufgehenden Sonne* frei.

Fuchs bedeutete Ako, ihm zu folgen, und trat dann beiseite,

um ihr den Vortritt zu lassen. Die junge Frau schob sich zwischen ihm und dem Wächter hindurch. Im selben Moment glitt der Waffengurt des Mannes von seinen Hüften und polterte geräuschvoll zu Boden. Mit einem Fluch stolperte er rückwärts und schlug der Länge nach hin. Nur Fuchs sah das schmale Lächeln auf Akos Lippen, als sich die Tür hinter ihnen schloss. »Nützlich, deine Fähigkeit.«

Die Taruki verzog abfällig das Gesicht. »Er sollte sich den Genacken brechen, widerlicher Mensch.«

Nachdenklich sah er ihr hinterher, während sie einige Schritte in den Raum hineinging, bevor sie stockte. Er wusste, warum.

Er selbst war bereits unzählige Male hier gewesen, und dennoch beeindruckte ihn der Anblick immer wieder aufs Neue. Die Halle, die sich vor ihnen öffnete, war gewaltig. So gewaltig, dass sein Kopf wie jedes Mal einen Moment benötigte, bis ihm restlos klar war, dass sie größer sein musste, als das Haus eigentlich erlaubte. Schlanke Säulen trugen eine Decke, die sich in hundert Kassetten mehr als drei Mannhöhen über ihnen wölbte. Unzählige Kerzen leuchteten jeden Winkel der Halle aus, und schmale, milchig bunte Fenster voller fremdartiger Motive ließen schräge Sonnenstrahlen auf den aus Mosaiken bestehenden Boden fallen. Fuchs schauderte unwillkürlich. Draußen war die Sonne bereits untergegangen. Niemand sprach jemals darüber, woher das Licht in den Fenstern kam, die fest in den Mauern eingelassen waren, und soweit er sich erinnern konnte, war noch nie eines davon zu Bruch gegangen. Er riss seine Gedanken los und ließ den Blick durch den Raum wandern. Tatsächlich waren an diesem Abend vergleichsweise wenige Gäste anwesend. Kaum hundert, schätzte er, und entsprechend gelassen eilten die zahllosen Bediensteten mit ihren Tabletts voller exotischer Speisen und Getränke zwischen ihnen herum. Auch die zahlreichen Dirnen des Hauses hatten so früh am Abend noch Muße genug, sich auf den verstreut herumstehenden Sofas zu rekeln oder sich auf die Balustrade einer der Galerien über ihnen zu lehnen und ihren Blick in Ruhe auf die Suche nach potenziell lohnenden Gästen gehen zu lassen. Im Zentrum der Halle, im von den Galerien eingefassten Innenhof, erhob sich ein gewaltiger Springbrunnen, groß genug, um einigen schillernden Wasservögeln und Hunderten silberner und goldener Fische ein Zuhause zu bieten. In seiner Mitte stiegen mehrere Fontänen kristallklaren Wassers auf und ergossen sich permanent zurück in das Becken. Sie rahmten eine nachträglich errichtete Plattform ein, auf der sich ein geschmacklos prunkvoller Thron erhob. Für gewöhnlich machte Fuchs einen Bogen um diesen Platz, und nicht nur wegen der Person, die normalerweise auf dem hässlichen Möbel saß. Dieser Ort war seiner Meinung nach noch unheimlicher als die Fenster, denn über ihm befand sich der Schacht. Hoch über den beiden umlaufenden Galerien der oberen Stockwerke war ein gewaltiges Netz gespannt, über dem sich weitere Galerien zu befinden schienen. Genaueres wusste niemand, doch die Tatsache, dass sich nicht einmal die frei in der Halle herumfliegenden Vögel dem Netz näherten oder den Versuch machten, seine Maschen zu durchfliegen, sagte Fuchs mehr als genug. Für seinen Teil hielt er sich lieber an den Rändern der Halle auf, weit entfernt von der unheimlichen Schwärze über ihnen und in der Nähe der einladenden Türen, die zu weit gewöhnlicheren Nebenräumen führten. Auch von diesen gab es mehr, als das ganze Gebäude hätte fassen sollen, doch die hier eingerichteten Tavernen, die Spielzimmer, Tanzsäle, Küchen und sonstigen

Separees vermittelten genug Normalität, um ihn die meiste Zeit das schleichende Grauen vergessen zu lassen, das ihn innerhalb der *Sonne* erfüllte.

»Hm«, sagte Ako neben ihm, und der Laut ließ ihn zusammenfahren. »Von außen sah es kleiner aus.« Sie sog tief die nach Räucherwerk, Ölen und Wachs duftende Luft ein.

Fuchs warf ihr einen Seitenblick zu, doch sie schien es nicht als Scherz gemeint zu haben. Sie wirkte allerdings auch nicht ansatzweise so überwältigt, wie er erwartet hatte. Er schüttelte den Kopf. »Ja, das ist wie mit Leuten. Oft trügt der äußere Anschein.«

Ako schnaubte belustigt. »Meiner Erfahrung nach sind Leute eher das Gegenteil. Innen viel kleiner, als sie nach außen hin tun.«

Fuchs dachte einen Moment darüber nach. »Möglich«, gab er dann zu. »Auf jeden Fall trügt er, der äußere Anschein.«

Ako atmete tief durch, und ein Strahlen ging über ihr Gesicht. »Das ist die *Aufgehende Sonne*. Natürlich muss sie innen größer sein als außen. Wie Gowyn M'Shane über dieses Haus gesagt hat: Es enthält die Träume der Welt, und alle Geschichten hier sind wahr. Sogar die falschen. Er singt, dass es das Herz der Welt ist. Und ich glaube, er hat recht. Ich glaube, ich kann es schlagen hören.«

»Das Herz der Welt, hm? Ein echter Poet, dieser Gowyn.«

Ako riss den Blick von der großen Halle los und sah ihn von der Seite an. »Der größte. Ich vermute, dass er aus deinem Volk stammt. Ein Mane aus dem Süden. Blass, rötliche Locken. Kommt dir bekannt vor?«

Fuchs strich sich unwillkürlich über den Kopf. »Keine Ahnung«, erwiderte er mürrisch. »Ich war ein Kind, als ich hierherkam. Aber wenn du mich fragst – das hier«, er deutete auf die Mitte der Halle und den darüber aufragenden Schacht, »ist eher der After der Welt. Macht mir Gänsehaut. Aber keine gute.« Er zuckte mit den Schultern und deutete auf eine der vielen Türen zu ihrer Linken. »Wenn du essen willst, dann komm. Ich hab heute noch zu tun.« Ohne abzuwarten, öffnete er die Tür und trat ein.

Vermutlich gab es niemanden mehr, der eine Ahnung hatte, wozu dieser Raum früher gedient hatte. Irgendwann jedenfalls hatte ihn jemand zu einer Schänke innerhalb des Wirtshauses umfunktioniert und ihm den Namen Hühnerstall verpasst. Gut, vermutlich war das später passiert, aber es passte dennoch: Der Raum war voll, laut, roch streng, und früher oder später ließ immer irgendjemand Federn. Fuchs fühlte sich hier deutlich wohler. Die Decke war beruhigend niedrig, wurde von mächtigen, rissigen Balken getragen und war ebenso rußgeschwärzt wie der Eingangsraum. Der schmale Raum war komplett gefüllt mit grob gezimmerten Tischen und Bänken, erhellt mit Laternen, die warmes Kerzenlicht verströmten, und erfüllt vom Duft herzhaften Eintopfs und dem sauren Geruch ungewaschener Menschen. Man konnte hier beinahe vergessen, dass diese Kaschemme nirgendwo in Atail liegen konnte. Spätestens, wenn man ein, zwei Becher des vergorenen *Shouri* gehabt hatte, das hier ausgeschenkt wurde.

Er trat beiseite, um zwei Korra passieren zu lassen, die trotz der Hitze hier ihre dicken Überwürfe aus Oantan-Wolle trugen, und sah sich um. Der Raum war beinahe voll besetzt, doch keines der anwesenden Gesichter gehörte einem mehr als nur flüchtigen Bekannten. Was vielleicht auch besser so war. Er bedeutete Ako, sich auf einen der frei gewordenen Plätze zu setzen, bestellte bei einem vorbeieilenden Diener ein Tablett *Charmat* und eine Kanne *Shouri*.

»Charmat«, sagte Ako mit so wenig Begeisterung, dass Fuchs sich umsah, »hurra.«

»Du kennst es nicht«, sagte er etwas ungehalten.

Sie seufzte. »Das wäre schön. Ich hatte seit mehr als drei Wochen fast nichts anderes. Charmat tagein, tagaus. Hält die Treiber stark, haben sie behauptet.«

Fuchs zögerte. »Du hattest zumindest noch kein Charmat wie das hier. Es gibt kein besseres in der Stadt. Spezialität des Hauses. Außerdem geht es auf mich. Also beschwer dich nicht.«

Ako sah ihn an, und zum ersten Mal bemerkte er, dass ihre Augen nicht braun, sondern von einem tiefen Orange waren. Dann verdrehte sie ebenjene Augen. »In Ordnung. Ich denke, einmal mehr wird mich nicht ertöten.«

Der Diener tauchte mit der Kanne und zwei Bechern auf und stellte sie vor Ako auf den Tisch. Fuchs schenkte ein und hielt ihr einen der Becher hin. »Shouri hattest du auch?«

Misstrauisch betrachtete sie das milchig rosa Getränk und schüttelte zögerlich den Kopf.

»Na, dann mach dich auf was gefasst.« Er hob den Becher und prostete ihr zu. »Willkommen in Atail. Mögen deine Wünsche in Erfüllung gehen.«

Sie sah ihn misstrauisch an, bevor sie seinen Toast erwiderte und vorsichtig nippte. »Hm. Schmeckt besser, als es riecht. Was ist das?«

»Und wesentlich besser, als es aussieht. Ja. Hauptsächlich Oantan-Milch mit einem Spritzer Waroku-Sud vergoren.«

Fuchs stellte fest, dass er den Abschied hinauszögerte, und hielt inne. Was bei Ragot war heute eigentlich mit ihm los? Zugegeben, man hatte auch in Atail nicht oft Gelegenheit, sich mit dem schwarzen Volk aus dem Norden zu unterhalten, und diese Frau war auf ihre Art nicht unattraktiv. Schlagfertig. Aber es war nun wirklich nicht seine Art, mit zufällig aufgesammelten Geiseln zu trinken. Außerdem hatte er noch einen Auftrag zu erledigen. Fuchs straffte die Schultern, leerte seinen Becher und stellte ihn entschlossen auf den Tisch. »Also gut. Es war mir ein Vergnügen, deine Bekanntschaft gemacht zu haben. Dein Abendmahl geht auf mich, und damit endet unsere Bekanntschaft.« Er legte drei Münzen auf den Tisch.

»Was?« Ako musterte das Geld und sah auf. »Ist das dein üblicher Abgang? Ein paar Münzen hingeworfen und dann verschwinden? Charmant.«

Fuchs ignorierte den Spott in ihrer Stimme. »Was hast du erwartet? Du wolltest in die *Sonne*, und ich schulde dir ein Essen. Beides ist jetzt beglichen. Viel Erfolg bei dem, was du hier suchst.«

Für einen Moment hielt sie seinen Blick fest, dann lächelte sie breit und zuckte mit den Schultern. »Ich werde dich mit einer Strophe in meinem Lied über die *Sonne* bedenken.«

Fuchs holte tief Luft. Dann zögerte er. »Nein«, stellte er schließlich lahm fest. »Vergiss am besten einfach, dass du mich je gesehen hast.«

»Hey, aber du bist der Einzige, den ich hier kenne«, stellte Ako fest, nippte erneut an ihrem Becher und sah sich um.

Fuchs trat einen Schritt zurück und schob sich in eine Gruppe baumlanger Citani-Söldner, die gerade auf dem Weg zum Ausgang war. Nur einen Augenblick später stand er wieder in der Haupthalle. Für einen Moment rang er mit dem Drang zurückzusehen. Dann schüttelte er unwirsch den Kopf und warf einen Blick auf die Wasseruhr, die in der Nähe der Hallenmitte an einer der Säulen aufragte. Er war spät dran.

Viel zu spät, wenn der Plan glattgelaufen wäre, aber auch in Anbetracht der Situation ... Sein Blick wanderte weiter zu dem gewaltigen Thron. Er war noch immer leer und ersparte ihm, sich vorstellen zu müssen. Das war etwas, das er sogar noch mehr verabscheute als den Brunnen selbst. *Mein Glückstag heute, hm?* Man musste für die kleinen Dinge im Leben dankbar sein. Er wandte sich nach links, nickte einem der Wachleute des Hauses zu, der sich unauffällig hinter einem der zahlreichen, in riesigen Töpfen herumstehenden Riesenfarne platziert hatte, und steuerte eine der Türen zu den zahlreichen Separees auf der anderen Seite der Halle an.

»Hey, seht mal, wer uns die Ehre erweist!« Kratzer sprang auf, noch bevor Fuchs die Tür hinter sich geschlossen hatte. Er war lang, dünn und strahlte eine selbstverständliche Aggression aus, die sogar dann durchschimmerte, wenn er bester Laune war. Im Moment war er das ganz offensichtlich nicht. Er hatte seinen Leinenkittel abgeworfen, und Pelly war augenscheinlich gerade im Begriff gewesen, eine lange flache Schnittwunde an seinen Rippen zu versorgen. Weitere Striemen zierten sein Gesicht, und der frische Verband um seinen Oberarm wies bereits einen dunklen Fleck auf. Kratzer nahm einen Schluck aus der Tonflasche in seiner Hand und kam mit leicht unsicherem Schritt auf Fuchs zu. »Ich dachte schon, du hättest dich zu gut verpisst, Loxxa.« Er schwenkte die Flasche und schien in dieser Geste nicht nur die zarte Pelly zu umfassen, sondern auch die Korra-Geschwister Jedao und Marai, die an einem der Tische saßen und wie immer an irgendetwas herumschraubten, und den Goog, der vor dem Kamin in einem der Sessel lag und an einer frischen Schramme über seinem Ohr puhlte. Er hatte den Blick nicht von den Flammen abgewandt, seit Fuchs den Raum betreten hatte, ein sicheres Zeichen dafür, dass seine Laune nicht die beste war. Ensu hatte es auch geschafft, wie er mit stummer Erleichterung feststellte. Sie saß Jedao gegenüber am Tisch und kaute angespannt auf ihrer Strähne, ohne Kratzer aus den Augen zu lassen. Fuchs entging nicht, dass sie eine Reihe Besteckmesser akkurat vor sich auf dem Tisch aufgereiht hatte. Anscheinend hatte sich Kratzer bereits in Rage geredet, bevor Fuchs eingetroffen war.

»He! Kannst du mich mal ansehen, wenn ich mit dir rede?« Fuchs richtete den Blick wieder auf den Langen. Seine Hände waren erneut klamm geworden, aber Kratzer war wie einer der abgemagerten Straßenköter: Wenn man ihn auch nur für einen Moment im Glauben ließ, er könnte damit durchkommen, biss er zu. Das Problem war nur, dass der ehemalige kaiserliche Gardist leicht den Überblick verlor, wenn er getrunken hatte. Und was er nicht an Kraft besaß, kompensierte er durch Ausbildung und ungehemmte Brutalität. Fuchs lächelte nervös.

»Ich dachte, ich lass dir 'nen Moment, um noch mal darüber nachzudenken, ob du mir wirklich unterstellen willst, dass ich mich verpisst hätte, Strohkopf.« Betont gelassen schlenderte er Kratzer zwei Schritte entgegen und sah zu ihm auf. »Du lebst doch noch, also was jammerst du mich hier voll?« Er warf einen Seitenblick in Richtung Pelly. »Er wird es überleben, oder?«

Die zierliche Frau zuckte zusammen und nickte.

»Da siehst du's. Du lebst, ich lebe, und was das Wichtigste ist – wir haben unseren Auftrag erfüllt. Gut, vielleicht nicht so sauber wie erhofft, aber man kann eben nicht alles haben.«

»Nicht so sauber?« Kratzer zog die Oberlippe hoch, bis

seine schiefen Zähne in voller Pracht zu sehen waren. In seinem linken Oberkiefer fehlte einer mehr. »Um ein Haar wäre ich draufgegangen, während du dich einfach abgesetzt hast! Wir...«

Ensu stand plötzlich neben ihnen und schlug ansatzlos zu. Ihre Faust landete direkt auf der frischen Schnittwunde. Blut spritzte, und Kratzer wurde nach hinten geworfen. Ensu ließ nicht zu, dass ein Abstand zwischen ihnen entstand. Ihr nächster Schlag traf Kratzers Verband auf dem Oberarm, und der übernächste ließ den langen Mann über einen der Sessel stolpern und der Länge nach hinschlagen. Ensu stellte ihm einen Stiefel auf den Schritt. »Ehrlich, Kratzer, hältst du uns für blöd? Denkst du, Fuchs ist feige? Wenn er sich *zurückgezogen* hat«, sie betonte das Wort so, wie man es einem Kind sagen würde, »dann nur, weil das der Plan war. Wir bringen die Beute weg, ihr haltet uns den Rücken frei. Fuchs hat seine Aufgabe erfüllt – im Gegensatz zu anderen Leuten hier!« Sie hob die Stimme und verlagerte ihr Gewicht. Kratzer keuchte entsetzt auf. »Nennst du das ›Rücken freihalten‹? Bei Ragot, die Ärsche hätten uns beinahe erwischt. Haben uns quer über den Markt gejagt. Und sie hätten uns dieses Mal vermutlich gekriegt, wenn nicht... wenn wir uns nicht selbst darum gekümmert hätten, du dämlicher Scheißer!« Sie starrte Kratzer an, und Fuchs spürte plötzlich, dass es vorbei war. Der Straßenköter hatte begriffen, wo sein Platz war, und den Schwanz eingezogen.

»In Ordnung! Ist ja gut! Hör auf, ich hab's nicht so gemeint!« Ein flackerndes Grinsen huschte über Kratzers schiefes Gesicht. Es ähnelte verblüffend dem Ausdruck eines geprügelten Hunds.

»Seid ihr zwei fertig, oder braucht ihr noch einen Moment?«

Fuchs erstarrte.

Ensu hob vorsichtig den Stiefel. »Fertig, denke ich«, sagte sie. »Kratzer?« Sie streckte dem Langen die Hand hin. »Absolut fertig«, krächzte jener und zog sich mit einem Grunzen hoch. »Alles geklärt.« Gemeinsam drehten sie sich um.

Stern schloss die Tür hinter sich und sah sich um. Die Citani war etwas kleiner als Fuchs, doch ihre Präsenz schien den Raum irgendwie besser auszufüllen. Sie war schlank, aber sehniger als Pelly und trug wie immer ein traditionelles *Quelecc*-Seidengewand der Citani. Dieses hier hatten sie vor einem halben Jahr direkt aus dem Haus von Magistra Ganede gestohlen, zusammen mit ihrem gesamten Schmuck und dreißig Pfund Bitterpilz-Drogen. Im Gegensatz zu Ensu trug Stern ihr nachtschwarzes Haar offen; ein Umstand, der Fuchs regelmäßig nervös machte. Niemand trug seine Haare so offen, schon gar nicht, wenn es derart seidenfein war. Es war eine Einladung für alles Mögliche. Unfälle vor allem. Stern schien das nicht zu stören, so wie sie überhaupt wenig zu stören schien, was sie als für den Moment unwichtig eingeordnet hatte. In gewisser Weise bewunderte Fuchs sie dafür. Und es machte ihn nervös. Auf mehr als eine Art.

Sterns prüfender Blick blieb an jedem hängen, und Fuchs wusste genau, dass sie die unterschiedlichen Verletzungen begutachtete. »Keine Verluste«, stellte sie schließlich fest. »Es ist weitgehend nach Plan verlaufen?«

Kratzer verzog das Gesicht und zog sein Obergewand zurecht. »Es war eine verdammte Katastrophe. Die hätten uns fast umgebracht!«

»Es gehört zu deinen Aufgaben, fast umgebracht zu werden, Kratzer. Also ja, nach Plan.« Stern nickte ungerührt.

»Mit Betonung auf *fast* oder auf *umgebracht*?« Fuchs konnte sich die Bemerkung nicht verkneifen.

»Lass es sein, Fuchs.« Sie ging durch den Raum, wobei sie Jedao und Pelly leicht an der Schulter berührte. Ensu spuckte ihre Strähne aus und entspannte sich sichtlich. »Also, was für Schwierigkeiten gab es?«

»Jog Makeens Leute«, rumpelte der Goog aus seinem Sessel. »Ihm lag wohl doch mehr an dem Kerl und seiner Kiste, als du dachtest. Haben sich mächtig gewehrt.«

Der Goog hob einen bis zum Ellbogen bandagierten Arm. Die Fingerknöchel seiner Faust waren aufgeplatzt und verschorft. »Hat aber am Ende doch geklappt, oder, Fuchs?«

Plötzlich fand er alle Augen auf sich gerichtet. Unwillkürlich fuhr er sich erneut durch die Locken. »Tja, also was das betrifft ...« Die Augen Kratzers verengten sich, und auch der Blick Sterns wurde schärfer. »... ja, ich habe die Kiste!«, beeilte er sich zu sagen. »Meine Güte, seid ihr unentspannt.« Er schob einen Stuhl beiseite, trat vor den Tisch und breitete die Arme aus. Erneut riss die Realität zwischen seinen Händen, und aus dem Loch, das in der Luft zu hängen schien, fiel die mit Siegeln verzierte Truhe. Mit einem dumpfen Knall schlug sie auf der Platte auf. Fuchs senkte die Hände, und der Riss verschwand. Für einen Moment rang er um den nächsten Atemzug und knetete sich abwesend den Brustkorb, in dem irgendetwas einen erschreckend langen Moment krampfte. Stumm musterten sie den Kasten. Er war aus dunklem Holz gefertigt, mit schwarzem Eisen beschlagen und massiv genug, um selbst einer Axt zu widerstehen. Auf jeder der Seiten prangten gleich mehrere tief eingebrannte Siegel.

Kratzer stieß einen leisen Pfiff aus, und Jedao hörte auf, den Messingapparat in seinen Händen zu polieren.

»Das sind viele Siegel«, stellte Ensu ehrfürchtig fest und streckte eine Hand aus.

Stern hielt sie beiläufig zurück. Sie legte den Kopf schief und musterte die Siegel genauer. »Feuerfalle«, stellte sie leise fest. »So geschnitten, dass sie aktiviert wird, wenn sie jemand mit bloßer Haut berührt.«

Fuchs zog betont vorsichtig die Hände zurück. »Ich habe sie berührt. Ich hab sie aufgehoben«, sagte er leise.

Stern legte die Stirn in Falten. »Vielleicht … möglicherweise ist es deine Fähigkeit. Könnte sein, dass du sie nicht …« Sie stockte, dann atmete sie durch und richtete sich auf. »Ich weiß es nicht genau, aber ich bin mir ziemlich sicher, dass sie in Flammen aufgeht, wenn sie jemand anfasst, der nicht dazu berechtigt ist. Und so, wie der Rest aussieht, sind sie auf eine Art verflochten, dass sie vermutlich den ganzen Raum in Flammen hüllen. In Flammen.«

Ich weiß es nicht genau. Fuchs horchte auf. Das war etwas, das Stern nicht so einfach sagte. Wenn sie etwas hasste, dann, etwas nicht peinlich genau zu wissen.

Kratzer zog die Brauen hoch. »Das is'n bisschen übertrieben für so 'ne Kiste, oder? Wer schleppt denn so was mit sich rum?«

Stern hob einen Finger. »Ihr solltet lieber fragen, warum.«

Fuchs widerstand dem Drang, die Augen zu verdrehen. Da waren sie wieder, Stern und ihr Finger. Der Finger bedeutete, dass Stern ihnen demonstrieren würde, wie viel mehr sie wusste, wie gründlich sie vorausgeplant hatte. Als ob das nicht ohnehin allen klar wäre. Gut, außer dem Goog und Kratzer vielleicht. Der Goog überließ das Planen schon immer anderen, und Kratzer war zu impulsiv, um sich damit abzugeben. Er wechselte einen Blick mit Ensu und öffnete den

Mund. Pelly kam ihm zuvor. »Warum sollte das jemand tun, Stern?«

»Weil es etwas von enormem Wert enthält, natürlich. Die Kasse eines ganzen Handelskontors, um genau zu sein.«

Jetzt war es an Fuchs, die Brauen hochzuziehen. »Eine Kontorkasse. Ernstlich?«

Stern nickte voller Genugtuung, so wie sie es immer tat, wenn einer ihrer Pläne aufzugehen schien. »Fantastisch, nicht wahr? Jog Makeen hat ein ziemlich großes Geschäft vorgehabt. Langsam werden wir richtig wohlhabend.«

»Bist du sicher? Für 'ne Kontorkasse war das Ding allerdings ziemlich schwach bewacht«, warf Jedao ein. Der Schütze war ein wenig vom Tisch abgerückt und starrte die Kiste misstrauisch an. Sein Adamsapfel hüpfte nervös. »Wenn du recht hast, warum haben sie dann nicht das Doppelte an Männern eingesetzt, um sie zu bewachen? Oder das Dreifache?«

Sterns Nicken wurde eine Spur nachdrücklicher. Vermutlich hatte sie die Frage erhofft. »Taktik, Leute. Ernsthaft, jetzt denkt doch mal mit. Kein Mensch weiß doch, wie viel diese Kasse wert ist. Taktik.«

»Außer uns?«, warf der Goog ein.

»Außer uns. Also haben sie das Teil so gut bewacht, dass sich normalerweise niemand daran wagen würde, aber nicht auffällig genug, um eine der größeren Banden anzulocken. Zu viel Aufwand aber für die kleinen wie uns – und falls es doch schiefgeht, dann eben eine Bande weniger.« Sie demonstrierte mit den Händen eine sich ausbreitende Wolke. »Ich bin mir ganz sicher, dass die Kiste selbst das unbeschadet überstehen würde, und vermutlich sind zumindest zwei oder drei ihrer Begleiter feuerfest.«

»Der Händler war ein Magister«, sagte Kratzer nachdenklich.

Stern nickte zufrieden. »Seht ihr, sie haben sich sicher gefühlt. Genau deshalb hat mein Plan funktioniert.«

»Hm.« Fuchs kratzte sich durch die Locken und warf Ensu einen Blick zu. Die Korra kaute wieder auf ihrer Haarsträhne und erwiderte seinen Blick. »In Ordnung, Stern, jetzt mal ehrlich, was ist wirklich so wichtig an dieser Kiste?«

Stern drehte sich um und sah ihn scharf an.

Er hob die Hände. »Das kannst du Kratzer und dem Goog einreden, dass du uns eine Kiste stehlen lässt, ohne genau zu wissen, was drin ist.«

Die anderen verstummten.

»Und warum sind wir hier?«, fragte Ensu leise. Sie nahm die Strähne aus dem Mund. »Wenn es nur eine Kiste mit Geld wäre, würden wir damit jetzt in der Jurdagasse sitzen, oder? Mit dreißig Leuten, bereit, uns den Kopf wegzusaufen. Stattdessen hast du einen Raum hier in der *Sonne* gemietet – und wir wissen alle, wie ungern du Geld ausgibst. Fuchs hat recht. Das ist noch nicht die ganze Geschichte, oder?«

Stern hielt Fuchs' Blick noch für einen Moment fest, bevor sie endlich seufzte. »Ensu, du bist aufmerksamer, als gesund für dich ist.«

»Das bezweifle ich. Genau dafür bezahlst du mich doch.« Ein Hauch von Genugtuung erschien auf Ensus Miene. »Also?«

»Ihr habt natürlich recht. Das war erst ein Teil der … Geschichte. Den Rest erzähle ich euch beim Essen.«

Der Goog hob erneut seinen bandagierten Arm. »Bin dabei.« Die Übrigen starrten ihn an. »He, was ist? Ich dachte, wir stimmen über das Essen ab?«

Stern rümpfte kurz die Nase. »Jedao, Goog, Kratzer, geht uns etwas zu Beißen holen. Ihr solltet alle wieder zu Kräften kommen. Pelly, Marai, schafft was zu trinken ran. Ensu und Fuchs, dort an der Wand steht Gepäck. Schaut euch an, was. Ich erkläre euch gleich, wofür wir das brauchen. Gleich.«

Kratzer starrte argwöhnisch auf die Kiste. »Du machst es echt spannend, Rauta.«

»Bist du immer noch da?«

»Komm, du hast gehört, was die Rauta gesagt hat.« Der Goog legte Kratzer eine Hand auf die Schulter und schob ihn aus der Tür.

Stern wartete, bis sich die Tür geschlossen hatte, bevor sie sich umdrehte. Alle Zufriedenheit war aus ihrem Gesicht verschwunden. »Was beim Donner ist da schiefgelaufen? Ablenken, überraschen, schnappen, verschwinden. Daran war doch wirklich so gut wie nichts falsch zu machen. Wirklich nichts. Und stattdessen kommt ihr hier mit einem Haufen unnötiger Verwundungen rein, die wir uns gar nicht leisten können!«

Fuchs biss die Zähne zusammen, schwieg aber. Es war immer besser, in so einem Moment nichts zu sagen. Stern erwartete nie wirklich eine Antwort. Sie war wütend, weil ihr unfehlbarer Plan Probleme gemacht hatte. Das nahm sie immer persönlich.

Ensu jedoch richtete sich auf und begegnete Sterns Blick trotzig. »Könnte daran liegen, dass sie uns erwartet haben. Das, oder dein verdammter Nagel hat nichts getaugt. Jedenfalls wussten sie, dass wir da waren.«

»Was?« Stern starrte sie an. »Mit meinem Nagel war alles in Ordnung.«

»Tja, dann muss ihnen wohl jemand gesagt haben, dass wir kommen.«

Stern starrte immer noch. Dann blinzelte sie und sah Fuchs an. »Was denkst du?«

Er zuckte mit den Schultern. »Man könnte den Verdacht bekommen, ja. Ich glaube auch, dass sie wussten, wo wir waren. Und was wir wollten und wohin damit.«

Sie sah ihn misstrauisch an.

»Sie haben die Marktwachen bezahlt, nach uns Ausschau zu halten. Hätten mich unten am See fast erwischt«, warf Ensu ein. »Wenn der Goog nicht gekommen wäre ...«

Fuchs nickte. »Ja, sah bei mir so ähnlich aus. Ich ...«

Stern hob die Hand und machte ein zischendes Geräusch. »Moment. Sie wussten, wohin ihr geht? Wussten sie?«

»Zumindest für eine Weile.« Fuchs nickte. »Ich bin sie am Markttor losgeworden, aber bis dahin schienen sie zu wissen, wo sie suchen müssen.«

»Das heißt, dass sie wissen könnten, dass ihr hierher wolltet?«

Fuchs drehte sich um und stellte fest, dass Ensu jetzt weniger wütend als besorgt aussah. Zögerlich nickte sie. »Wäre das schlimm? Ich meine, wir sind hier in der *Sonne*, quasi in Mlimas Unterröcken. Niemand trägt Waffen, und nicht mal ein Lebensmüder würde es wagen, hier einen Krieg vom Zaun zu brechen.«

»Nicht ohne ihre Zustimmung, nein. Nicht ohne.«

Die Art, wie Stern das sagte, jagte Fuchs einen Schauer über den Rücken.

Dann straffte Stern die Schultern. »Also gut, das beschleunigt den Zeitplan leider. Das lässt sich jetzt nicht mehr ändern.« Sie warf einen Blick in Richtung Tür. »Aber ich halte es für besser, wenn der Rest so wenig wie möglich weiß. Ensu, du liegst richtig. Es gibt eine zweite Hälfte des Plans. Vermutlich ist es sogar viel mehr als die Hälfte – und mit Sicherheit das größte Ding, das in dieser Stadt gelaufen ist, seit ... ich weiß nicht. Das größte. Vermutlich seit ihrem Bestehen.« Stern hatte die Stimme gesenkt, und in ihre Augen war ein Glitzern getreten, das Fuchs nur zu gut kannte. Vorfreude. Was bei Stern normalerweise hieß: Vorfreude auf etwas, über das alle Welt reden würde.

Aber was ist so viel größer als eine Kontorkasse? Das ist schon verdammt groß. Er verschränkte die Arme, hauptsächlich, weil er plötzlich das Bedürfnis hatte, nach einer Waffe zu greifen, und sein Gürtel leer war.

Ensu trat neben ihn und schob sich abwesend wieder ihre Strähne in den Mund.

»Und wir sind tatsächlich nicht ohne Grund hier. Und nicht nur, um uns in den Unterröcken der Alten zu verstecken.« Stern trat näher und deutete auf die Kiste. »Wir sind hier, um die Schatztruhe in ihren Unterröcken auszuräumen.«

Ensu schnaubte. »Worauf auch immer du hinauswillst, ich hoffe, es ist nicht so unappetitlich wie das Bild, das ich gerade im Kopf habe.«

Stern ignorierte sie. »Wir gehen nach oben«, sagte sie leise, aber bestimmt, und plötzlich wurde Fuchs' Mund trocken.

»Mit ›oben‹ meinst du ...«

»In die legendären oberen Stockwerke, ja. Und das Ding hier ist unser Schlüssel.« Sie hob ihre Hand über die Kiste, als würde sie sie tätscheln wollen, verzichtete dann jedoch im letzten Moment darauf.

Fuchs seufzte innerlich. Natürlich. Was auch sonst. Es gab eine Menge Gerüchte über das »oben«, allerdings auch nicht viel mehr. Der Schacht selbst war oberhalb des dritten oder vierten Stockwerks mit einem gewaltigen Eisennetz versperrt, in das mehr Siegel gebrannt sein sollten, als im Rest der Stadt zusammen existierten. Es gab keine Möglichkeit, es zu durchbrechen, und wenn man dem einarmigen Ered glaubte, dann verlor man ganz schnell eine Gliedmaße, die man durch die engen Maschen schob. Fuchs neigte dazu, ihm zu glauben. Der Armstumpf war ein überzeugendes Argument. Und Stern war besessen von »oben«.

Jeder wusste, dass es nur einen Weg dahin gab, und den hatte in Jahrzehnten niemand beschritten. Einfach, weil er sich nicht öffnen ließ. Und er begann mit einem gewaltigen Tor am oberen Ende einer Treppe im dritten Stock. Es war kein Geheimnis, im Gegenteil. Es gehörte zu den Sehenswürdigkeiten in der *Aufgehenden Sonne,* die die meisten Besucher sich mindestens einmal ansehen wollten. Fuchs war sicher schon ein halbes Dutzend Mal dort gewesen, meist in Begleitung Sterns. Das Tor war ein altes schwarzes Monster, mit fremdartigen Zeichen und Siegeln übersät. Soweit Fuchs wusste, war dieses Portal zu seinen Lebzeiten noch nie geöffnet worden. Es gab zwar Geschichten, die behaupteten, dass es vor Generationen geöffnet worden war, doch solange er sich erinnern konnte, hatten es immer wieder neue Magister, Siegelschmiede oder auch Mechaniker erfolglos versucht. Niemand hielt sie davon ab. Die Besitzerin der *Sonne* bestand lediglich darauf, dass bei jedem Versuch jemand ihrer Leute anwesend war. Irgendwann hatte jemand ja vielleicht wirklich Glück.

Nur dass sich Stern nie auf Glück verließ. *Glück ist was für Leute, die unfähig sind zu planen.* Das war ihr Lebensmotto.

Fuchs musterte die Kiste skeptisch. »Da ist ein Schlüssel drin?«

Stern schüttelte den Kopf. »Sie *ist* der Schlüssel«, sagte sie eindringlich. »Ich habe herausgefunden, wie man dieses Tor öffnet.« Ihre Wangen bekamen dunkle Flecken, ein sicheres Zeichen dafür, wie aufgeregt sie war. »Ich glaube, ich weiß, was alle falsch gemacht haben. Normalerweise ist ein Siegel geladen, und die Aktivierung entlädt es. Schlagartig oder langsam, aber irgendwann ist es entladen und nutzlos. Normalerweise. Aber«, sie hob beide Zeigefinger, wie immer, wenn sie etwas besonders eindringlich zu erklären versuchte, »die *Sonne* – sie funktioniert andersherum. Sie hält das Tor nicht verschlossen. Sie öffnet es! Und dazu braucht sie was?« Sie sah Ensu und Fuchs erwartungsvoll an, und die beiden wechselten einen Blick.

»Energie?«, fragte Fuchs vorsichtig.

Stern nickte entschieden. »Genau. Viel Energie. Es gibt eine Legende, nach der sich das Tor alle dreiundsechzig Jahre öffnet. Ich habe das immer für eine blödsinnige Sage gehalten. Ihr wisst schon: drei Brüder, sechs Götter, zwölf Schwerter, siebenundsiebzig Jahre todesähnlicher Schlaf, dieser ganze Mist mit den Symbolzahlen, die man traditionell in Kindergeschichten einbaut. Blödsinnige Sage. Aber dreiundsechzig – das passt nicht. Das ist dumm. Eine dumme Zahl. Es sei denn, sie hat tatsächlich einen Sinn.« Sie atmete tief durch.

Fuchs hasste diese dramatischen Pausen, selbst wenn er seit Jahren wusste, dass Stern sie nicht absichtlich machte.

»Ich bin mir inzwischen sicher, dass sich die *Sonne* selbst auflädt. Und alle dreiundsechzig Jahre hat sie genug Energie, um das Tor zu öffnen. Eigentlich hätte es sich schon vor einer ganzen Weile geöffnet haben müssen, aber die ganzen Idioten, die versucht haben, das Siegel zu entladen, haben den Zeitplan durcheinandergebracht. Idioten.«

»Und du meinst, dass die Energie, die jemand in die Siegel der Kiste gepackt hat, reicht, um es ganz aufzuladen?«

»Genau!« Stern flüsterte jetzt auf eine Weise, die Fuchs eine plötzliche Gänsehaut bescherte. »Deshalb sind wir hier. Wir öffnen das Tor und gehen hinein. Und werden reicher, als es je jemand in Atail war!«

»Werden wir?« Fuchs kratzte sich nervös den Hinterkopf.

Ensu runzelte die Stirn. »Stern, bei allem Respekt, aber du hast gesagt, wir teilen die Kasse und tauchen dann unter. Der Stammesrat wartet auf das Geld.«

»Geduld. Wir erschlagen zwei Loxxa mit einem Stein – nichts für ungut, Fuchs. Wenn wir an den Inhalt der Kiste wollen, müssen wir die Siegelenergie ohnehin loswerden. Und das machen wir an der Tür. Von mir aus kannst du dann meinen Anteil an der Kasse haben und abhauen. Oder du bleibst dabei und kannst halb Atail für den Stammesrat kaufen. Halb Atail. Du kennst die Geschichten über das da oben genauso gut wie ich.«

Wer nicht? Fuchs spürte, wie seine Handflächen wieder klamm wurden. Und der Stammesrat der Korra konnte jede Münze gebrauchen. Wie Ragot sagte: *Besser den Ruk in der Hand als den Loxxa auf dem Dach.*

Ensu zögerte. »Deinen Anteil?«

»Und Fuchs' Anteil dazu. Habe ich recht, Fuchs? Du kommst doch mit.«

»Ich …« Er wischte sich die Hände an der Hose ab.

Stern wandte sich um und sah ihn an. »Komm schon, Fuchs. Das wird groß! Sie werden Lieder über uns singen!«

»Falls ihr es überlebt«, gab Ensu zu bedenken.

Fuchs schluckte. »Da hat sie nicht unrecht, Stern. Wenn ich mich recht erinnere, hat der alte Manger immer davon gesprochen, dass hinter dem Tor das Ende der Welt eingesperrt wartet.«

Stern sah ihn schief an. »Und du glaubst das ernstlich? Der Alte hat auch behauptet, er wäre unverwundbar. Und wir wissen alle, wie es darum bestellt war. Wissen wir. Er hat viel erzählt, um uns von Sachen abzuhalten, die uns seiner Meinung nach nichts angingen.«

Ensu nickte düster. »Zweite Mahlzeiten am Tag zum Beispiel.«

Stern nickte ihr zu. »Das meine ich. Natürlich hat der Alte Scheiß erzählt. Gelogen. Wie fast bei allem. Wir drei rauben heute den Turm aus.«

»Acht«, warf Fuchs ein. »Wir sind acht.«

»Natürlich. Wer trägt, erhält einen Anteil. Was meint ihr, warum ich den Goog hier haben wollte.«

»Ich denke, du rechnest mit Ärger, falls du es hineinschaffst.«

Stern lachte leise auf. »Ich rechne mit allem, Ensu. Wir wissen nicht, was dort oben ist. Mit allem. Also brauche ich euch alle.«

Das war richtig. Sie wussten es nicht. Es gab zwar unzählige Geschichten über das, was jene erwartete, denen es gelang, in den Schacht vorzudringen. Die Geschichten unterschieden sich natürlich gewaltig. Worüber sich alle jedoch einig waren, war, dass irgendjemand mit viel Macht diesen Bereich der *Sonne* versiegelt hatte, um ungeahnte Reichtümer zu verbergen. Edelsteine von der Größe einer Faust. Siegelwaffen und Bücher mit Wissen, für das jeder Magister der Welt seine Arme geben würde. Wenn auch nur ein Bruchteil davon stimmte, war die Kontorkasse nicht viel mehr als das Taschengeld eines Oantan-Treibers. Andererseits – wer wusste es am Ende wirklich so genau?

»Ich habe nicht zugesagt, Stern.«

»Ich hoffe, du denkst noch darüber nach. Ich hätte mehr mitgenommen, aber ich fürchte, das wäre Dame Mlima aufgefallen.«

»Du hast nicht vor, sie zu informieren?«

»Und teilen? Nicht, wenn sich's vermeiden lässt.«

Fuchs seufzte. *Ihr Geiz wird uns noch mal alle umbringen* hatte Kratzer erst vor Kurzem gesagt. Und sosehr Fuchs es auch versuchte, ihm fiel nichts ein, was dagegen sprach.

»Dann hoffen wir mal das Beste. Wenn sie uns erwischen – und das werden sie –, ziehen sie uns die Haut über die Ohren und holen sich dann selbst, was immer es zu holen gibt.«

»Wenn«, wiederholte Stern. »Sorgen wir einfach dafür, dass es nicht dazu kommt. Sobald wir gegessen haben, gehen wir los. Fuchs, nimm die Kiste wieder an dich, und dann richtet unser Gepäck. Es müsste zwar das Notwendige da sein, aber überprüf es noch mal.«

Ensu und Fuchs sahen sich erneut an und nickten.

Nachdem die Kontorkasse wieder in ihrem geheimen Platz im Nichts verschwunden war, begutachteten sie gemeinsam die Gepäckstücke, die an einer der Wände aufgereiht waren. Fuchs fragte gar nicht erst, wie sie hierhergekommen waren. Stern hatte ihre Mittel und Wege. Die hatte sie immer.

Seile, Lampen, Werkzeug, hauptsächlich Stemmeisen, Meißel und Haken, um Türen und Kistenschlösser zu öffnen. Einen Vorschlaghammer, vermutlich für den Gook. Außerdem war dieses Ding in den Händen des Massigen eine nicht zu unterschätzende Waffe. Überhaupt – dafür, dass Waffen hier in der *Sonne* so streng verboten waren, war die Ausbeute beachtlich. Neben dem Hammer fanden sich zwei kleine Äxte. Keine Waffen, sondern schlichtes Werkzeug, aber was Holzklötze spaltete, hatte keine Schwierigkeiten mit Köpfen. Zwei

Bolzenwerfer. Fuchs hielt inne. Wie bei Ragot war Stern daran gekommen? Sicher, es waren nur kleine, alte Modelle, die kaum einen präzisen Schuss über größere Entfernungen erlaubten – aber sie befanden sich in einem Haus. Wie weit musste man da schon schießen? Trotzdem – Bolzenwerfer waren Waffen, die üblicherweise nur den wichtigsten Truppen der Magister und des Kaisers zugänglich waren.

Und dann waren da mehrere Bündel mit Bolzen, die unterschiedlichste Siegel trugen. Fuchs erkannte deutlich Sterns Handschrift. Zwei ganze Bündel. Und nicht nur Kettbolzen oder Beleuchter, sondern Brandsatzsiegel und ähnlich rein militärische Projektile. Unwillkürlich stieß er einen leisen Pfiff aus. Schon der Besitz von ein oder zwei derartig präparierten Geschossen war in Atail verboten. Man dachte besser nicht darüber nach, was die Goldenen Garden mit jemandem tun würden, bei dem sie gleich zwei Bündel entdeckten. Mal ganz davon abgesehen, dass es Stern ein nicht unbedeutendes Vermögen gekostet haben musste, diese Teile herzustellen. Wie es aussah, nahm Stern diesen Einsatz wirklich sehr ernst.

Er wandte sich den übrigen Waffen zu: zwei gebogene Langmesser, mehrere Uai-Stöcke und tatsächlich ein Ralgri, ein kurzes, einfaches Schwert, wie es nur der Adel und die Wachen der Magister tragen durften. Er steckte sich eines der Messer ein und ließ die Finger vom Schwert. Wer damit hier erwischt wurde, war toter als tot. Sollte Kratzer das Teil nehmen. Letzten Endes war er auch der Einzige von ihnen, der damit umgehen konnte. Außerdem gab es jede Menge Säcke, diversen Kleinkram, ein wenig Verbandsmaterial und verschiedene Feldscherwerkzeuge in einer Tasche, die sicherlich für Pelly vorgesehen war, Trinkflaschen und einen Brotbeutel mit Vorräten für alle. Fuchs schätzte im Stillen auf Rationen für zwei Tage. Kurz, Stern schien gründlich vorgehen zu wollen.

»Wie lange hast du diese Expedition vorbereitet?« fragte Ensu beeindruckt.

»Mein ganzes Leben.« Stern zuckte mit den Schultern. »Aber das hier – etwa zwei Wochen. Warum?«

»Du hast nichts darüber gesagt«, stellte Ensu fest und klang ein wenig bitter.

»Bis jetzt war auch keine Veranlassung dazu.« Stern zeichnete irgendetwas auf einen Pergamentbogen. Sie sah nicht einmal auf. »Jetzt sage ich's euch, weil es jetzt Zeit ist. Jetzt.«

EIN SCHÖNES STÜCK STAHL

Mern war wirklich ein lausiger Gesprächspartner. Oder genauer gesagt: Er war überhaupt keiner. Baelis konnte sich beinahe im gesamten Palastgebäude frei bewegen, doch wo immer sie auch hinsteuerte, folgte ihr der Leibwächter der Guam wie ein großer, schweigsamer Schatten.

Dem hässlichen Aussehen nach stammte er aus Ukar. Die Ukaren waren ein kriegerisches Volk irgendwo aus dem Norden. Blutrünstige Männer und Frauen, die einen Dämon als ihren Gott anbeteten. Sie lebten ein einfaches Leben nach einer einfachen Regel, und diese Regel lautete: Krieg. Um Dinge zu besitzen, um Städte zu erobern und zu zerstören und um Männer grausam zu töten und ihre Frauen und Kinder zu versklaven. Alles, was sie zum Leben benötigten, raubten sie von anderen. Was für sie keinen Wert besaß, brannten sie nieder. Ihre Frauen waren nicht weniger blutrünstig als die Männer. Vielleicht sogar noch ein Stückchen mehr, denn sie gaben den Hass an ihre Kinder weiter. Noch ehe sie reiten lernten – und reiten konnten sie wie die Teufel –, lernten sie zu hassen. Das Leben, die Menschen und noch mehr sogar sich selbst. Denn nur, wer sich selbst zu hassen gelernt hatte, war bereit, all das zu zerstören, was andere erschaffen hatten.

Menschen hatten schon immer Kriege gegeneinander geführt. Aus Ruhmsucht oder Goldgier oder aus der Uneinigkeit über gezogene Grenzen. Es fanden sich immer genügend Gründe, um sich gegenseitig die Köpfe einzuschlagen. In den meisten Fällen waren die Kampfhandlungen aber schnell vorbei, wenn der Gegner besiegt und das Land unterworfen war. Dann sehnte sich selbst der hartgesottenste Krieger wieder nach diesem Zustand, den man Frieden nannte. Nur die Ukaren nicht. In ihrer Sprache existierte Gerüchten zufolge noch nicht mal ein Wort für Frieden – was natürlich Unsinn war, denn für das Gegenteil von so etwas Wichtigem musste es zumindest irgendeine Art von Begriff geben. Und sei es nur, um seiner Verachtung demgegenüber Ausdruck verleihen zu können.

Jedenfalls war aus der Feder des Philosophen Ijoh dem Älteren eine Geschichte bekannt, die von einer Insel im Ostmeer erzählte. Sie sollte ungeheuer reich gewesen sein und die Mauern ihrer Stadt hoch und streng bewacht. Eines Tages war ein Stamm der Ukaren auf die Insel übergesetzt, und ihr Anführer hatte die Böden der Boote zerschlagen lassen, um zu verhindern, dass die Männer und Frauen wieder zurück zum Festland fuhren. Von sämtlichen Fluchtwegen abgeschnitten, blieb ihnen nichts anderes übrig, als zu kämpfen. Nicht dass ihnen das besonders schwergefallen wäre, doch selbst in einem Volk wie den Ukaren gab es den einen oder anderen Querkopf, dessen Verstand den Hass überstieg. Sie kämpften furchterregend. Wild wie die Loxxa und ausdauernd und unermüdlich wie ein Nock. Ihr Sieg war letzten Endes unvermeidlich gewesen. Sie erschlugen sämtliche Bewohner der Insel, plünderten die Stadt und jedes Dorf und zündeten danach die Felder an. Am Ende war kein Stein mehr auf dem anderen geblieben, und wohin man blickte, war nur noch verbrannte Erde übrig. Erst jetzt stellten die Ukaren fest, dass sie nicht mehr zurück auf das Festland übersetzen konnten. Darüber gerieten sie so sehr in Zorn, dass sie erneut zu ihren Waffen griffen und sich gegenseitig niedermetzelten. Als schließlich nur noch ihr Anführer übrig war, erhob er seine Keule und erschlug sich voller Wut selbst.

Baelis stand im Saal der Rosen, dem Raum, in dem Botschafter befreundeter Nationen von der Guam empfangen wurden. Der Saal war prachtvoll ausgeschmückt, Decke und Wände über und über mit Blumenmustern verziert und der Boden mit Platten aus weißem Marmor ausgelegt. In der Mitte stand der hölzerne Thron der Guam und zu seinen Seiten die Sitze des Kämmerers und des Anführers der Goldenen Garde. An den Wänden hingen Gestelle mit unzähligen Klingen, Äxten und Speeren aus aller Welt. Vermutlich ein Symbol für die Wehrhaftigkeit des Kaiserreichs und Zeugnis zahlreicher gewonnener Schlachten.

»Da ist ja einiges zusammengekommen«, sagte sie an Mern gewandt. Ehrfürchtig strich sie über den Stiel eines gewaltigen Kamai, dessen beiden Enden mit messerscharfen Klingen versehen waren. Sie verstand sich zwar ausgesprochen gut auf den Zweikampf mit kurzen Uai-Stöcken, doch das war mehr dem Umstand geschuldet, dass eine Söldnerin ohne Armee keine Langklinge tragen durfte. In einer ordentlichen Schlacht wusste sie den Wert einer Waffe, mit der man den Gegner auf sicheren Abstand halten konnte, durchaus zu schätzen. Ein Kamai war allerdings auch für sie ein Stück zu lang. Man musste schon genügend Freiraum haben, um ihn sinnvoll zum Einsatz zu bringen. Doch selbst dann lief man noch Gefahr, eher seine eigenen Leute zu verletzen als den Gegner. Sie bevorzugte eine Waffe, die mit einer Hand geführt werden konnten. So wie das Param, das in einem Waffenständer hinter den drei Thronen ganz für sich allein lag. Ein schlichtes, langes Schwert mit gerader Klinge und ohne jegliche Verzierung. Einzig und allein dafür geschmiedet, um von einem Klingenmeister geführt zu werden. Nicht dass sich Baelis als Klingenmeisterin verstand – es gab deutlich bessere und elegantere Kämpfer als sie –, aber es liefen wohl nicht viele Menschen herum, die mehr Schlachten überlebt hatten. Sie bildete sich nichts darauf ein. Es war einfach nur eine Tatsache, dass sie bislang deutlich mehr Glück gehabt hatte als andere. Oder Pech. Je nachdem, wie man es sah. Sie streckte die Hand nach dem Param aus, und Mern quittierte die Geste mit einem drohenden Knurren. Sie lächelte ihn an. »Ich dachte, wir stehen auf derselben Seite, mein Dicker. Dann hast du doch sicher nichts dagegen, wenn ich mir das hier kurz mal ausleihe.«

»Er wird dir nicht antworten«, hörte sie die Stimme der Guam in ihrem Rücken.

Sie unterdrückte den Impuls zusammenzuzucken und wandte sich langsam um. Sie konnte nicht umhin, die Lautlosigkeit zu bewundern, mit der sich diese Frau an sie herangeschlichen hatte. »Das ist allerdings nicht sehr höflich von ihm«, sagte sie leichthin.

»Nun, es hat tatsächlich weniger mit Höflichkeit zu tun als mit der Tatsache, dass sie ihm die Zunge aus dem Mund geschnitten haben«, entgegnete die Guam so beiläufig, als wäre es das Normalste der Welt. Vermutlich war es das für die Verwalterin einer Stadt wie Atail auch. In dieser Position musste man gelegentlich Dinge tun oder befehlen, für die nicht jeder geboren war.

Baelis warf Mern einen Seitenblick zu. Sie hatte den schweigsamen Riesen möglicherweise falsch eingeschätzt. Ganz kurz fühlte sie sich ein bisschen schuldbewusst. »Das tut mir leid«, sagte sie.

Die Guam zuckte mit den Schultern. »Das muss es nicht. Er hat es mehr als verdient.« Langsam lief sie um Baelis herum und beugte sich über das Param in dem Waffenständer. »Er war ein Räuber, ein Menschenschinder und ein Mörder. Kennst du Ulderoth? Vermutlich nicht, denn die Siedlung existiert schon etliche Jahre nicht mehr. Mern hat sie damals mit seiner Bande überfallen und sämtliche männlichen Einwohner auf den Zinnen pfählen lassen. Einfach so, nur zum Spaß. Trotzdem hat der Kaiser ihm in seiner Gnade freien Abzug versprochen, wenn er die Frauen und Kinder freilässt und sich seinem Befehl unterwirft. Mern hat den Gesandten ausgelacht und ihm mitgeteilt, dass er ihn am Arsch lecken kann. Als seine Bande schließlich von den kaiserlichen Truppen aufgerieben wurde, ist er in Gefangenschaft geraten. Als Erstem haben sie ihm dann die Zunge aus dem Mund geschnitten, damit er sich damit selbst am Arsch lecken konnte.«

»Eine lustige Anekdote«, sagte Baelis anerkennend. »Scheinbar besitzen die Ukaren und der Kaiser einen ähnlichen Humor. Es wundert mich allerdings, dass er so gnädig gewesen ist. Ich wäre davon ausgegangen, dass er noch viel amüsantere Scherze für ihn auf Lager hat.«

»Selbstverständlich.« Die Guam machte eine wegwerfende Handbewegung. »Wenn es nach anderen gegangen wäre. Die Zunge wäre in diesem Fall nur der erste Schritt einer langen und ausgesprochen schmerzhaften Prozedur. Am Ende hätte er den Tod geradezu herbeigesehnt. Der Kaiser beweist gelegentlich aber auch ein Herz für verlorene Seelen. Er ist der Überzeugung, dass so überaus talentierte Menschen der Drachennation lebendig einen sehr viel größeren Nutzen bringen können als tot.«

»Oder dir, nicht wahr?«

Die Guam lächelte geschmeichelt. »Ich gebe zu, dass ich weiß, wie man eine günstige Gelegenheit beim Schopf packt. In einem Anflug größter Barmherzigkeit habe ich ihn unter meine Fittiche genommen, um einen besseren Menschen aus ihm zu formen.«

»Und ist es dir gelungen?«

»Er dient zumindest jetzt dem richtigen Zweck.« Die Guam beugte sich nach vorn und hob das Param vorsichtig von dem Waffenständer herunter. Sie zog es ein Stück aus der Scheide und musterte die schimmernde Klinge. »So wie dieses einzigartige Stück Stahl. Es heißt, dass es von Mirm persönlich auf dem heiligen Berg geschmiedet wurde. Ein unbezahlbares Meisterwerk altkaiserlicher Schmiedekunst. Schärfer als alles andere und beinahe unzerbrechlich. Und dennoch liegt es nutzlos in diesem Saal herum und ist nicht mehr wert als Dutzende anderer Waffen, die hier langsam vor sich hin stauben.« Sie wandte sich zu Baelis um. »Und du? Wie sieht es mit dir aus? Hast du dich entschieden?«

»Eine Waffe zu sein? Dinge für Euch zu erledigen, von der der Magistrat nichts wissen soll?«

»Bist du dir denn dafür zu schade?« Die Guam sah sie aufmerksam an, während sie bedächtig das Param zurück in die Scheide steckte und es ihr entgegenstreckte.

Baelis erwiderte ihren Blick ungerührt. »Im Gegenteil«, sagte sie und griff nach dem Schwert. »Ich liebe Drecksarbeit.«

Sie marschierten auf direktem Weg in die Unterstadt. Baelis kannte die Gegend recht gut von ihren regelmäßigen nächtlichen Trinkgelagen. In den meisten Gasthäusern hatte sie Hausverbot, weil sie sich mit irgendeinem der anderen Gäste geprügelt hatte. Sie fand das ungerecht, denn sie war ziemlich sicher, kein einziges Mal angefangen zu haben. Möglicherweise hatte sie den einen oder anderen unverschämten Kerl provoziert, doch meistens hatte der das auch verdient. Die Wirte hatten also überhaupt keinen Grund, sich immer wieder auf deren Seite zu schlagen. Sie mussten sich daher nicht wundern, wenn gelegentlich mal ihre Einrichtung zu Bruch ging. Meistens hatte Baelis ihre Kämpfe gewonnen. Mehr als einmal hatte sie allerdings auch den schlammigen Boden vor den Eingangstüren kennengelernt. Es war nicht selten vorgekommen, dass sie an Ort und Stelle liegen geblieben war und ihren Rausch ausgeschlafen hatte.

Das *Haus der Aufgehenden Sonne* war eines der berüchtigtsten Gasthäuser von ganz Atail. Baelis hatte allerdings immer einen großen Bogen darum gemacht, da die Inhaberin überhaupt keinen Spaß verstand, wenn es um Prügeleien ging. Gerüchten zufolge stand auf ihrem Nachttisch ein Krug mit Ohren, die sie ihren unhöflicheren Gästen abgeschnitten hatte. Es hieß, dass er schon bis zum Rand gefüllt war. Wer Mlima einmal begegnet war, glaubte diese Geschichte sofort.

Die Guam steuerte ohne Umwege auf die eisenbeschlagene Pforte zu und hämmerte gegen das Holz. Eine Luke öffnete sich, und zwei Augen mit tiefen Tränensäcken darunter schielten misstrauisch heraus. »Sofort aufmachen!«, bellte ihnen die Guam ungehalten entgegen.

»Wir haben geschlossen«, entgegneten die Augen. »Komm morgen wieder.«

»Weißt du, wen du vor dir hast?«

Die Augen musterten die Guam ungerührt. Selbst der Blick auf das silberne Emblem an ihrem Kragen brachte sie nicht aus der Ruhe. »Jedenfalls nicht Mlima. Die wäre nämlich die einzige Person in der ganzen Stadt, für die sich die Tür heute öffnet. Selbst der Kaiser müsste sich an ihre Regeln halten.«

Die Augen warfen einen geringschätzigen Blick in die Runde und verschwanden wieder in der Dunkelheit. Die Klappe schlug mit einem endgültigen Krachen zu.

Die Guam schloss die Augen und atmete tief durch. »Mern?«

Der Riese trat an ihr vorbei, bückte sich zu der Klappe und klopfte behutsam mit dem Knöchel seines Zeigefingers dagegen. Einen Augenblick später schwang die Klappe wieder auf, und die Augen funkelten zornig dahinter hervor. »Ich habe euch doch gesagt, dass ihr verschwinden sollt!«

Blitzschnell schoss Merns gewaltige Pranke nach vorn durch die Öffnung, bekam etwas zu fassen und zerrte ruckartig daran. Ein dumpfes Krachen ertönte und gleich darauf noch eins, als Mern erneut den Arm zurückzog. Hinter der Tür ertönten ein Schmerzenslaut und leises Stöhnen.

Die Guam räusperte sich. »Würdest du nun bitte die verdammte Tür öffnen?«

Das leise Stöhnen verwandelte sich in eine Anzahl unverständlich genuschelter Flüche, doch einen Moment später hörten sie, wie ein schwerer Riegel zurückgezogen wurde. Knarrend sprang die Tür auf. Behutsam zog Mern die Hand aus der Klappe und trat zur Seite.

Als die schwer bewaffneten Gardisten das Haus stürmten, zogen sich die meisten Wachen hastig zurück. Menschen dieses Schlags kämpften zum Glück nicht gern in der Unterzahl, und so hatten sie leichtes Spiel. Die kleine Handvoll Dummköpfe, die Widerstand leisteten, wurden ohne viel Federlesens niedergemacht. Die Guam hielt sich nicht umständlich mit Verhandlungen auf, und Baelis hatte nichts dagegen. Zielstrebig marschierten sie durch die Hallen und hielten auf ein dunkles Treppenhaus zu, das sie in den ersten Stock hinaufführte. Sie liefen durch luxuriös eingerichtete Zimmer mit weichen Teppichen und großen Betten. Dutzende leicht bekleidete Mädchen verfolgten ihren Weg mit schreckensweiten Augen. Die Guam interessierte sich weder für sie noch für die angesammelten Reichtümer. Sie führte sie eine weitere Treppe hinauf in Räumlichkeiten, die von einer Frau mit erlesenem Geschmack bewohnt sein mussten, die aber gelegentlich auch Interesse an Peitschen und dumpfen Schlaginstrumenten zu zeigen schien. Eine interessante Mischung, wie Baelis fand. Das nächste Treppenhaus führte sie noch weiter hinauf, bis sie letztendlich zu einem gewaltigen, siegelverzierten Tordurchgang gelangten, vor dem sie auf heftigen Widerstand stießen. Ein halbes Dutzend zwielichtiger Gestalten empfing sie mit Messern und Keulen und dem festen Willen, sie aufzuhalten. Mern lief zu wahrer Hochform auf, als er sich mit bloßen Fäusten durch ihre Reihen schlug und schließlich einem Axtkämpfer mit dessen eigener Waffe den Kopf spaltete. Angesichts dieser beeindruckenden Machtdemonstration nahm der letzte Verteidiger durch das Tor Reißaus.

Baelis beugte sich zu einem einäugigen Toten hinunter, der schon vor dem Gemetzel dort gelegen haben musste. Sein Arm war ein blutiger Stumpf, der aussah, als hätte er mit einer Ladung Sartuq-Feuer gespielt. »Was ist hier passiert?«, fragte sie mit Blick auf die ungewöhnliche Verletzung.

»Magister«, sagte die Guam.

»Durchgedreht oder zum Feind übergelaufen?«

»Unfähig, sagen meine Informanten.«

»Ach, diese Art.« Bei den besten Magistern des Kaiserreichs handelte es sich meistens um Angehörige eines der großen Adelshäuser. Zwar verfügte nicht jeder Adlige über magische Fähigkeiten, aber die Wahrscheinlichkeit war verhältnismäßig hoch. Das »Shao«, wie es am Kaiserhof genannt wurde, floss dicker in ihren Adern als in denen von Normalsterblichen. Um es am Fließen zu halten, wurden gelegentlich sogar besonders begabte Nichtadlige in ihre Familien eingeheiratet. Dennoch gab es auch unter ihnen eine große Zahl, deren Ausbildung nach einigen Jahren abrupt beendet wurde. Entweder weil ihr Shao zu gering ausgeprägt war, oder weil es sich nicht kontrollieren ließ. Wenn die betreffenden Magister weder Geld besaßen noch einen sicheren Posten im Beamtenstand erringen konnten, mussten sie ihren Lebensunterhalt häufig mit Scharlatanerie bestreiten oder verdingten sich als Söldner und gerieten dadurch nicht selten in die Fänge der Unterwelt. Ein Magister, der sein Shao nicht im Griff hatte, konnte möglicherweise kaum ein ordentliches Siegel schmieden, doch um seinem bedauernswerten Opfer die Hand zu zerreißen, reichte es allemal. »Ist er gefährlich, dieser Magister?«

Die Guam schüttelte den Kopf. »Kennst du Mlima?«

»Die Herrin dieses Hauses. Was hat sie denn getan?«

»Das muss dich nicht interessieren. Wir sind nur hier, um ihr Unrecht ungeschehen zu machen.«

Baelis blickte auf die Toten hinunter. »Wir sollen sie also umbringen.«

Die Guam zuckte mit den Schultern. »Wenn es sein muss, ja.«

HOCH
UND DAVON

Die Tür öffnete sich, bevor Fuchs den Satz beendet hatte, und Jedao, Kratzer und der Goog schwankten herein, schwer beladen mit Brettern voller Brot, Käse und Fleisch und Schüsseln mit dampfendem Brei. Die Duftwolke, die sie mit sich brachten, erinnerte Fuchs schmerzhaft daran, dass er seit dem Morgen nichts mehr gegessen hatte.

»… überredet. Erst essen – dann reden.« Er sprang auf und nahm Kratzer einen Korb mit frischen Brotfladen ab.

Gierig begann er, sich einen der Fladen in den Mund zu stopfen, als Marai durch die noch nicht wieder zugefallene Tür gestürmt kam. »Sie sind hier!«

Fuchs hielt im Kauen inne. »Wer?«, fragte er beinahe gleichzeitig mit Stern und Ensu.

»Jog Makeens Leute! Mit dem fremden Magister und der Goldenen Garde. Eine ganze Menge Gardisten.« Pelly drängte sich hinter Marai durch die Tür und warf sie zu. »Wir sind beinahe direkt in sie hineingelaufen. Und sie tragen Waffen!«

Fuchs schluckte. »Ernsthaft?«

»Das würde Mlima niemals zulassen«, sagte Stern düster.

Pelly verzog das Gesicht. »Keine Ahnung. Aber es ist ein

ganzer Wachtrupp, und niemand scheint sie aufzuhalten. Sie randalieren sich gerade durch Mlimas Leute. Scheinen jemanden zu suchen. Ich glaube nicht, dass sie uns erkannt haben, aber …«

»Sie sind trotzdem tot, wenn Mlima sie erwischt. Hier drin ist sie die Königin. Und sie lässt nicht zu, dass die Garden sie auf den zweiten Rang verdrängen«, knurrte Kratzer. Er ließ den Rest seiner Besorgungen auf den Tisch fallen. »Sie wird sich in ihrem eigenen Haus nicht das Gesicht nehmen lassen.«

Pelly schüttelte den Kopf. »Es sind zu viele. Mlima wird keinen Krieg mit dem Magistrat vom Zaun brechen.«

»Sie wird aber auch nicht zulassen, dass einem ihrer Gäste etwas gegen ihren Willen geschieht. Das hier ist neutraler Boden. War es schon immer.«

»Daran glaubst du wirklich?« Stern hatte noch immer nicht aufgesehen. Sorgsam malte sie mit ihrem Kohlestift an einem komplizierten Siegel. »Wenn alles, was es braucht, um die Gardisten loszuwerden, unsere Haut ist, dann wird sie einen Weg finden, uns zu häuten.« Sie blies über das Blatt und begutachtete ihre Arbeit. »Zeit zu gehen.«

»Gehen? Wohin?« Der Goog zog ein Besteckmesser hervor und spießte ein riesiges Stück kaum angebratenes Fleisch auf. Den dunkelbraunen Fasern nach war es Oantan. »Leicht zu verteidigender Raum. Wir verriegeln die Tür und warten, bis die Gardisten wieder verschwunden sind. Und wenn sie durchsuchen wollen, werden sie die Kasse nicht finden, oder, Fuchs?«

Fuchs zuckte mit den Schultern.

»Ich habe gesagt, wir gehen, Goog. Das gilt für uns alle«, sagte Stern entschieden und griff nach einer der Taschen.

Kratzer blinzelte. »Hat sie gerade gesagt, was ich glaube, das sie gesagt hat? Wir sollen da rausgehen?«

Ensu spuckte ihre Strähne aus und zuckte ebenfalls mit den Schultern. Sie warf die Bolzenwerfer Jedao und Marai zu, schob sich eine Handvoll Brot und Käse in die Tasche und nahm einen Krug Shouri. »Besser glaub's, Kratzer. Wie's aussieht, fängt die Sache erst an.« Sie leerte das Shouri in einem Zug und verzog das Gesicht. »Eine Schande«, murmelte sie. »Nur um es gesagt zu haben: Ich halte das für keine gute Idee, Stern. Aber du bist die Rauta. Und du hast hoffentlich einen Plan.«

Stern sah sie unbewegt an. »Natürlich.« Sie rollte ihren Kohlestift zwischen den Fingern, bevor sie die Schultern straffte. Sie wandte sich zur Tür um und warf mit schnellen Linien eine Art Plan auf ihre Oberfläche. »Wir sind hier. Dort drüben ist der Eingang, das da ist Mlimas Thron. Und dort«, sie fügte einige weitere Striche hinzu, »ist die Treppe nach oben. Das heißt, die Gardisten und Makeens Leute sind hier hineingekommen – und wenn sie nicht lebensmüde sind, suchen sie zuerst Mlima auf. Gesetzt den Fall, Mlima ist der gleichen Ansicht wie Kratzer, dann wird sie nach jemandem senden, der ihr sagen kann, welchen Raum wir gemietet haben. Und dann kommen sie hierher, und wir sind erledigt.« Stern verband Mlimas Thron mit ihrem Standpunkt.

Fuchs kratzte sich den Hinterkopf. »Das sieht nicht gut aus. Wenn wir zur Treppe wollen, müssen wir direkt an ihnen vorbei. Wie soll das gehen? Wir sind nicht gerade unauffällig.« Er nickte in Richtung Goog.

»Das wäre nur richtig, wenn es der einzige Weg hinauf wäre.«

Stern ergänzte die Zeichnung erneut. »Das hier ist der Hühnerstall. Hier ist der Raum hinter der Theke, und dort geht eine Wendeltreppe hinauf in die Küche.«

»Die haben die Küche darüber eingebaut?«, warf Pelly verblüfft ein.

Stern schüttelte den Kopf. »Sie haben die Treppe dorthin gebaut, wo eine Küche war. Wollt ihr hierbleiben und darüber nachdenken?«

Jedao überprüfte den Werfer, verzog das Gesicht und legte einen Bolzen ein. »Ich würde viel lieber wissen, warum wir nach oben wollen. Der Ausgang ist doch frei.«

Und du hast am Eingang deinen eigenen Werfer. Schon klar. »Weil sie nicht so blöd sein werden und niemanden vor dem Eingang stehen lassen, der auf uns wartet. Ganz einfach, oder?«, sagte Fuchs laut.

Stern nickte. »Auch das, ja. Außerdem haben wir noch etwas zu erledigen. Noch ein wenig Geduld, und wir alle werden reicher, als ihr euch vorstellen könnt.«

»Du hast keine Ahnung, was ich mir alles vorstellen kann, Rauta«, murmelte Kratzer.

»Reicher als das«, stellte Stern nüchtern fest. »Wenn ihr so weit seid, dann öffne die Tür, Pelly. Und bleibt dicht beieinander, dann marschieren wir hier raus wie auf einem Markttanz. Dicht beieinander.« Sie hob das Pergament und hielt es vor sich.

»Bleibt nicht weiter als fünf Schritte von mir weg und geht zügig. Dann sollten wir bis zum Hühnerstall kommen.«

Der Goog betrachtete den Vorschlaghammer und schnitt eine Grimasse. »Wenigstens sterben wir dann an einem Ort, an dem es ordentliches Shouri gibt.«

Das war nicht von der Hand zu weisen, doch aus irgendeinem Grund fühlte sich Fuchs deshalb nicht besser.

Pelly öffnete die Tür weit, und Stern marschierte hindurch, das Pergament wie beiläufig vor sich gehalten. Fuchs beeilte sich, so dicht wie möglich hinter ihr zu bleiben. Was immer Stern gezeichnet hatte, die Menschen vor ihr begannen auszuweichen, ohne sie überhaupt anzusehen. Niemand schenkte ihnen auch nur einen Blick. Gut, die meisten waren ohnehin vom Tumult abgelenkt, den die Goldenen Garden veranstalteten. Hier und dort gab es kleinere Rangeleien, die natürlich interessanter waren als ein paar weitere Gäste. Aber dennoch: Statt auch nur einen Blick auf Stern zu verwenden, gingen sie einfach ein paar Schritte aus dem Weg, den sie eingeschlagen hatte, manche, ohne dabei ihr Gespräch zu unterbrechen. Andere änderten die Richtung ihres eigenen Wegs so minimal, dass er sie an der Gruppe vorbei- statt direkt durch sie hindurchführte. Kratzer schürzte beeindruckt die Lippen. »Das könnten wir ruhig öfter nutzen.«

»Können wir nicht«, sagte Stern.

Fuchs bemerkte, dass der Pergamentbogen braune Flecken bekam, so als ob er großer Hitze ausgesetzt wäre.

»Vor allem nicht ruhig. Beeilt euch.«

Fuchs warf wider besseres Wissen einen Blick in Richtung des Throns. Im Moment versperrten einige Topfpflanzen und eine Gruppe gewaltiger Polstermöbel den größten Teil der Sicht, doch er konnte mindestens ein halbes Dutzend Mitglieder der Goldenen Garde erkennen. Und mehr Waffen als irgendwo sonst. Sie schoben sich an einer der Wachen der *Sonne* vorbei, die ihnen vermutlich noch nicht einmal dann Aufmerksamkeit geschenkt hätte, wenn Sterns Siegel nicht wirksam gewesen wäre. Der Mann umklammerte angespannt seine Kurzlanze, und seine Rechte lag auf dem Griff seines Uai-Stocks.

Ja, mein Freund, ich fürchte, hier hat gerade jemand eine Menge Oantan-Mist mitten unter euch ausgeleert. Und der beginnt gerade so richtig zu dampfen. In deiner Haut möchte ich nicht stecken. Sie hatten jetzt den größten Teil der Strecke durch die große Halle zurückgelegt, und Fuchs konnte deutlich die Leute Mlimas erkennten, die sich eilig in Richtung Tumult bewegten. Die gepanzerten Wächter natürlich, aber sicherlich auch ein halbes Dutzend Männer und Frauen in der Kleidung von Angestellten und Gästen, in deren Händen plötzlich Waffen lagen, die sie hier nicht hätten haben dürfen. Er versuchte, sich jedes Gesicht einzuprägen. Man konnte nie wissen.

Die Tür, die zum Hühnerstall führte, tauchte vor ihnen auf. Nur noch zehn schnelle Schritte, und sie …

Flammen schlugen plötzlich aus dem Pergament in Sterns Hand, loderten auf und verzehrten den Bogen so schnell, dass sie ihn fallen lassen musste, um sich nicht die Finger zu verbrennen.

»Ich schätze, die Zeit ist um«, stellte Kratzer trocken fest.

Direkt vor ihm wandte sich eine der Wachen der *Sonne* um, und ihre Augen wurden groß, als sie die Reste des verglühenden Siegels zu Boden schweben sah. Sie öffnete den Mund, doch Kratzer war bei ihr, bevor sie mehr tun konnte. Er zog der Wache den Uai aus dem Gürtel und schlug mehrfach so schnell zu, dass Fuchs seinen Bewegungen kaum folgen konnte. Auch als sie zu Boden ging, hörte er nicht auf und grinste wie ein toll gewordener Ruk. »Es geht doch nichts über eine zünftige Kneipenschlägerei, richtig?«, flüsterte er und wischte sich mit dem Ärmel einen Blutspritzer vom Gesicht. Dann ließ er den Stock im Ärmel seines schwarzen Leinenhemds verschwinden und zwinkerte. Fuchs biss die Zähne zusammen und lief Stern hinterher, wobei er jeden Moment mit einem Bolzen im Rücken rechnete. Wider Erwarten war alles ruhig geblieben, als sie den Hühnerstall erreichten. Sie drängten sich hinein und zogen die Tür hinter sich zu. Hier drinnen beachtete sie niemand. Der laute, stickige Raum war vollgestopft mit Leuten, die ihre Krüge schwenkten, sich mit erhobenen Stimmen unterhielten oder ein Lied mitgrölten, dass irgendwo nebenan von einer Frauenstimme zum Besten gegeben wurde.

Stern atmete durch. »Goog. Verschaff uns einen Weg zur Theke«, sagte sie so leise wie möglich. »Aber bitte ohne Aufsehen.« Sie warf Kratzer einen düsteren Blick zu.

Der grinste allerdings nur und hob in einer Unschuldsgeste die freie Hand, während er sich mit der anderen die Jacke zuhielt. Schweigend schoben sie sich zwischen den Gästen hindurch. Die meisten hier waren, wie üblich, Söldner mit rauen Stimmen, sonnenverbrannten Gesichtern voller Narben und glühend von Hitze und Alkohol. Einige schienen Händler oder sonstige Reisende zu sein, die aus Neugier in der *Aufgehenden Sonne* gelandet waren, und natürlich trieb sich eine größere Menge der männlichen und weiblichen Angestellten Mlimas zwischen ihnen herum, um die Gäste dazu zu animieren, so viel Geld wie möglich hierzulassen. Noch immer wartete Fuchs darauf, jeden Moment erkannt zu werden, auch wenn, kühl betrachtet, noch nicht genug Zeit vergangen war, als dass die Leute hier hätten informiert sein können. Das hintere Ende des Hühnerstalls kam in Sicht: ein massiver Tresen aus dunklem Holz, dessen fleckige Platte von unzähligen Ärmeln beinahe glänzend poliert war. Erst jetzt ging Fuchs auf, dass das massive Möbel ein neues Problem darstellte. Niemand, wirklich niemand, der nicht dort arbeitete, hatte etwas hinter dieser Platte zu suchen. Und mit mehreren Dutzend Gästen direkt vor dem Tresen gab es mit Sicherheit auch keine Möglichkeit, unbemerkt vorbeizuschleichen. Das schien auch Stern aufgegangen zu sein. Sie lehnte sich an die Wand neben dem geschlossenen Durchgang der Schankfront und musterte unauffällig den Raum, während sie auf den Rest der Gruppe wartete. »Wir brauchen eine Ablenkung«, raunte sie.

»Ich könnte einen Rauchbeutel werfen«, bot Kratzer mit breitem Grinsen an.

Marai warf ihm einen düsteren Blick zu. »Eine Ablenkung, die uns vielleicht nicht die Wachen auf den Hals holt, die wir gerade vermeiden wollen?«

»Ah«, machte Kratzer spöttisch, »eine unauffällige Ablenkung also. Das macht es so viel einfacher.«

»Einfach kann jeder«, murmelte Ensu.

Fuchs ließ den Blick durch den Raum wandern, und zum ersten Mal war seine Sicht frei auf die Bardin, die die Gäste im Moment bei Laune hielt: hochgewachsen, mit einem nur mühsam gebändigten Lockenschopf, schiefer Nase, nachtschwarzer Haut und einer Stimme, die ihn für einen Moment vergessen ließ, in welchen Problemen er gerade steckte. Er blinzelte.

»Ich glaube«, sagte er, »ich habe eine Lösung. Stern, sieh zu, dass ihr nach hinten kommt, wenn es so weit ist.« Er warf ihr ein schnelles Lächeln zu und sprang auf den Tresen. »Ich folge euch.« Er zwinkerte und wandte sich um, dorthin, wo die Bardin soeben unter dem Johlen des Publikums ihr Lied beendete. »Bravo! Großartig!« Er wich den Händen, die nach seinen Beinen griffen, aus wie ein Tänzer. »Das Beste, was ich seit Langem in diesem miesen Shouri-Loch gehört habe! Nichts gegen dein Shouri«, fügte er hinzu, als er dem Griff des erbosten Schankwirts auswich. »Das ist gut. Ehrlich! Das Beste, was ihr hier zu bieten habt. Abgesehen von ihr.« Fuchs deutete auf die Bardin, wich einer weiteren Hand aus, trat auf die nächste und wurde lauter. »Seid ihr alle unterhalten?« Er breitete die Arme aus und drehte sich im Kreis, um einen Überblick zu gewinnen. Der Hühnerstall war wirklich brechend voll, und er hatte inzwischen die Aufmerksamkeit von gut der Hälfte. Einige von denen an der Theke versuchten ungeschickt, ihn von dort herunterzuziehen, andere stimmten ihm johlend zu. »Ihr seid alle prächtig unterhalten! Das sehe ich doch! Lasst es sie hören!« Er deutete auf die Sängerin, in deren Gesicht Verwirrung und Erkennen miteinander kämpften. »Einen Applaus für Ako, die extra für euch aus dem fernen … woher noch gleich, Ako?«

Sie blinzelte und antwortete erst, als er die Brauen fragend hochzog. »Isakar.«

»… aus dem fernen Isakar, von dem die meisten von euch Säcken garantiert noch nie gehört haben!« Fuchs warf einen Blick zurück, wo Pelly und Marai soeben als Letzte im Durchgang hinter der Theke verschwanden. Der Wirt nahm soeben einen reich verzierten Hartholzknüppel von einem Halter an der Wand, und er drehte sich eilig wieder zu seinem Publikum um. »Aber wisst ihr, was sie mir erzählt hat? Sie ist extra hier, um euch die Ballade der *Aufgehenden Sonne* vorzutragen. Ihr wisst schon, dieses Ding von Schaun diGown.«

»Gowyn M'Shane«, sagte Ako.

»Sag ich doch. Dieses Ding, das von unserer Stadt hier handelt und bis ins legendäre Isakar bekannt ist. Diese Ballade will sie hier an diesem Ort, an dem Ort, von dem sie handelt, singen. Und du, nimm deine Pfoten weg, du Ferkel! Ich lass mich nicht von jedem dahergelaufenen Trunkenbold befingern! Schon gar nicht kostenlos.« Er trat einen Shouri-Krug um, direkt in den Schoß eines Mannes, der noch immer versuchte, nach seinen Füßen zu angeln. Das Fluchen des Man-

203

nes ging im Gelächter seiner eigenen Kumpane unter. »Also, Ako, spann uns nicht länger auf die Folter! Und jetzt sing das Lied. Sonst sing ich!«

Die johlende Zustimmung brandete auf, und Fuchs verneigte sich und sprang vom Tresen, kurz bevor der Wirt in Hiebweite kam. Er landete direkt neben Ako. »Die Männer, die uns vorhin erschießen wollten, sind hier. Mit den Garden«, raunte er dicht neben der jungen Frau. »Ich dachte, du willst das vielleicht wissen.«

Ako sah ihn verständnislos an. Dann jedoch wurden ihre Augen groß. Inzwischen hatte irgendjemand einen *Ako*-Sprechchor begonnen, und mehr und mehr der Gäste fielen ein.

»Dein Publikum ruft nach dir«, sagte er lauter. »Du solltest sie nicht warten lassen!« Er grinste die Männer direkt an. »Ich muss dich leider schon wieder verlassen.«

Ako starrte ihn immer noch an, bevor sie den Blick schließlich losriss und ihr aufgeputschtes Publikum betrachtete. »Kann es sein, dass du ein Arschenloch bist?«

Fuchs zuckte mit den Schultern. »Komm schon, dein Publikum liebt dich!«

Ako schenkte ihm ein süßliches Lächeln, stand auf und verneigte sich betont elegant. »Danke. Ich bin erfreut, dass euch mein Vortrag so gefällt, und deshalb komme ich ohne Schweife zu einem der größten Lieder, das je geschrieben wurde. Und das, wie Kumpan Fuchs schon sagte, von genau diesem Ort hier handelt, dem *Haus der Aufgehenden Sonne*. Schenkt mir euer Gehör!« Sie erbat sich von dem kleinen, faltigen Korra-Musiker direkt neben ihr eine Pijira, die der alte Mann ihr zu Fuchs' größter Verblüffung überließ, ohne mehr als nur einen Wimpernschlag zu zögern. Das Saiteninstrument war vermutlich mehr wert als alles, was der Mann sonst noch besaß, zusammen. Ako zupfte probehalber über das gute Dutzend Saiten, nickte zufrieden und begann dann, langsam, Ton für Ton, eine Melodie zu spielen, deren erste Klänge im Lärm des Schankraums unterzugehen schienen. Im nächsten Moment jedoch begann der Lärm abzuebben. Die Anfeuerungsrufe erstarben, dann das Scharren und Trampeln, während sich die Gäste zu Ako umwandten, und schließlich verstummten auch die Gespräche. Als die junge Frau schließlich zu singen begann, herrschte fast völlige Stille, in der selbst das Knistern und Zischen der Kerzen geradezu unangenehm laut war. Der vertraute Klang des Korra-Instruments, das von der jungen Frau so ungewohnt gespielt wurde, und ihre fremdartige Art zu singen verwoben sich zu einem seltsamen Klangteppich. Fuchs verstand die fremdartigen Worte des Lieds genauso wenig wie der größte Teil der übrigen Gäste, und doch wuchsen vor seinem geistigen Auge Bilder von Atail, so als würde er es zum ersten Mal sehen. Er entdeckte die *Aufgehende Sonne* so, als würde er sie zum ersten Mal sehen, als hörte er zum ersten Mal die Stimmen der Gäste, röche zum allerersten Mal ihre unzähligen Düfte. Die Ballade sog ihn mit jedem Ton der Saiten, mit jeder Zeile des Lieds tiefer in sich hinein. Als der fremde Barde die *Sonne* erkundete, sich in das Kaleidoskop ihrer Vergnügungen fallen ließ, ihre Gänge, Säle und Kammern erforschte, Treppen emporstieg und in den endlosen Schacht hinauf ...

Etwas berührte ihn am Arm und zog ihn sanft, aber bestimmt in die Wirklichkeit zurück. Erschrocken blinzelte er, und die Bilder verschwanden. Vor ihm stand Ako, einen Finger warnend an den Mund gelegt. Sie legte das Instrument so behutsam wie möglich auf den Tresen und deutete in Richtung

Eingang. Drei Männer, auf deren Rüstungen die goldenen Dächer prangten, standen direkt vor der Tür und lauschten verträumt der Musik, die Fuchs selbst jetzt noch ganz am Rande seiner Wahrnehmung zu hören glaubte, obwohl er wusste, dass es völlig unmöglich war. Und doch – der Rest der Gäste schien noch immer im Lied der jungen Frau gefangen. *Was bei Ragot war das?* Stumm wandte er sich zu Ako um und zog die Brauen hoch. Sie zuckte mit den Schultern und deutete auf die Tür hinter der Theke. *Gut, das ist ein Argument.* Fuchs nickte und schwang sich hinter ihr auf den Tresen, auf dem sie behutsam in Richtung Ausgang liefen. Erst als er die Tür hinter ihnen geschlossen hatte, atmete er durch. »Was für ein Zauber war das gerade?«, flüsterte er.

Ako grinste breit. »Nur der Zauber der Musik.« Sie zwinkerte. »Gut, und vielleicht ein, zwei Siegel zur Beihilfe. Aber diese Ballade macht es wirklich leicht, die Menschen in ihren Bann zu hauen. Das kann für so viele Dinge nützlich sein.« Sie wurde wieder ernst. »Trotzdem sollten wir uns beeilen. Die Wirkung hält nicht lange an, und in der Üblichkeit fangen die Leute dann an, nach mir zu suchen.«

Fuchs nickte. »Kann ich mir vorstellen. Die Goldenen Garden auf jeden Fall. Stern sagte, dass es hier einen Aufgang zur Küche gibt.« Er sah sich eilig um. Der kleine Raum war vollgestopft mit Regalen, Schränken und Abstellflächen, und an seiner Rückwand stapelten sich Fässer und Flaschen. Nicht ganz unerwartet.

»Hier.«

Er drehte sich um. Ako deutete auf eine schmale Stiege, die hinter einem der Regale nach oben führte. Erleichtert schnaufte er. »In Ordnung. Ich danke dir für deine erneute Hilfe. Wie es aussieht, stehe ich ein weiteres Mal in deiner Schuld. Ich werde es nicht vergessen.« Er drehte sich um, doch Ako packte ihn am Ärmel.»Was soll das werden? Du hast gesprochen, dass sie uns beide suchen!«

Fuchs hielt inne.»Könnte sein, dass ich da nicht ganz ehrlich war. Eigentlich suchen sie nur mich und meine Leute«, sagte er mit einem Seitenblick.»Tut mir leid. Ich bin dir wirklich dankbar, aber ich muss jetzt von hier verschwinden. Und du solltest zu deinem Publikum zurückkehren.«

Ako starrte ihn an.»Das meinst du nicht ernst!«

»Na ja, ich …«

»Die Citani-Garden haben mich mit dir hinausgehen sehen. Es ist ihnen im Moment noch nicht klar, aber das wird es bald sein. Ich kann nicht umkehren!« Sie holte tief Luft, um sich zu beruhigen.»Es sei denn, ich liefere dich denen aus. Ja. Das könnte funktionieren. Das ist sogar eine große Idee.« Sie fing Fuchs verunsicherten Blick auf und schnaubte.»Vergiss es. Wir sollten laufen. Eilig.« Sie klopfte ihm auf die Schulter und lief die Treppe hinauf, bevor er reagieren konnte. Ungläubig folgte Fuchs. Auch am oberen Ende der Treppe lag ein kleiner Raum mit Abstelltischen, auf denen eine Handvoll dampfender Schüsseln bereit zur Abholung standen. Ako öffnete die Tür gegenüber der Treppe, ehe Fuchs sie daran hindern konnte. Ein Schwall Dampf wallte ihnen entgegen, begleitet vom Duft irgendwelcher exotischen Speisen. Ohne zu zögern, marschierte Ako in die enge Küche hinein, griff sich ein volles Tablett und balancierte ihre Fracht quer durch das Gewimmel aus Köchen und Küchenhilfen. Niemand schien sich an der Fremden zu stören, die ihren Weg durch das Labyrinth aus Herden, offenen Kochstellen, zwischen Bergen von Töpfen, Pfannen und Schüsseln suchte, als würde sie schon ewig dazugehören. Er hingegen konnte sich nur mit äußerster Geschicklichkeit davor retten, einen der murrenden Angestellten oder einen Stapel schmutziges Geschirr über den Haufen zu laufen, während sich die Trauben aus Menschen vor Ako wie von selbst zu teilen schienen. Ein Citani-Koch brüllte ihn im Dialekt der Kaiserstadt an, und Fuchs zuckte entschuldigend mit den Schultern, deutete auf Ako und duckte sich hinter einem Tellerwäscher weg, als der Koch sich irritiert umsah. Ako stieß inzwischen eine große Tür am anderen Ende der Küche auf, drückte einem verdutzten Serviermädchen ihr Tablett in die Hand und marschierte in den Saal voller Menschen, als sei es für sie das Selbstverständlichste auf der Welt. Fuchs nickte dem Mädchen entschuldigend zu und folgte Ako. Hier oben sah es vollkommen anders aus als unten im Hühnerstall. Einzelne Tische für kleine Gruppen von Gästen standen in dem großen Saal verteilt zwischen Töpfen mit Grünpflanzen, die jeder Sitzgruppe ein wenig Privatsphäre verschafften. Kostbare Teppiche bedeckten den Boden, und riesige Leuchter mit beinahe rauchfreien Öllampen hingen unter der hohen Decke. Auch an den geweißten Wänden blakten keine Fackeln. Papierne Lampions sorgten für warmes Licht. Es schimmerte auf dem Schmuck der Gäste, von denen sich jetzt einige verwirrt und mehr als nur ein wenig indigniert umsahen. Erbostes Gemurmel kam auf, und Fuchs sah mehr als einen Mann, dessen Hand instinktiv dorthin fuhr, wo sich normalerweise eine Waffe befand, die hier in der *Aufgehenden Sonne* nicht getragen werden durfte. Instinktiv sah Fuchs an sich hinab und kam sich plötzlich ungewohnt fehl am Platz vor. Er trug dieselben Sachen wie immer, gute, einfache Kleidung der Korra, hier und da etwas abgeschabt und geflickt, aber in einem Zustand, der sich nicht von dem der Kleider der meisten Menschen Atails unterschied. Draußen in der Stadt ging er auf keinen Fall als abgerissen durch – hier drin jedoch wirkte er wie ein verirrter Stadtstreicher aus dem Seeviertel. Die Gäste waren beinahe ausnahmslos Citani, die meisten von ihnen in den traditionellen weiten Gewändern aus Quelecc-Seide oder Biltrar-Haar. Überhaupt schien es hier, als legte man besonderen Wert auf die Tradition des fernen Kaiserhofs, denn an einer der Seiten des Saals spielte ein Trio junger Frauen eine der seltsam disharmonischen Melodien der Citani. Erst jetzt wurde ihm bewusst, wo er sich befand. Der *Singende Mond* war eine der exklusivsten Hallen innerhalb der *Aufgehenden Sonne*, einer jener Orte, an dem nur Citani – wohlhabende Citani – Zutritt hatten. Er wäre mit Sicherheit niemals auch nur durch die Vordertür dieses Etablissements gekommen. Und die erbosten Rufe von Gästen und Personal erinnerten ihn daran, dass erst vor wenigen Augenblicken Stern und der Rest hier hereingeplatzt sein mussten. Aus dem Augenwinkel nahm er wahr, wie drei oder vier Männer auf ihn zuhielten, denen Rausschmeißer auf den Leib geschrieben schien. Vermutlich war es das tatsächlich, doch Fuchs konnte die Schriftzeichen auf ihren Gewändern nicht lesen. Er setzte ein freundliches Grinsen auf und beeilte sich, zu Ako aufzuschließen, die höflich nickend an den Tischen vorbei in Richtung Ausgang schritt. »Ich glaube, wir sind hier nicht willkommen«, stellte er fest.

»Was bringt dich nur auf diese Idee?« Das Lächeln auf Akos Gesicht bewegte sich nicht. »Schau voraus.«

Fuchs tat ihr den Gefallen und stolperte beinahe. An der Eingangstür bauten sich gerade drei weitere Wächter auf, die dezent und dennoch demonstrativ goldverzierte Stäbe in den Händen hielten. Fuchs ließ sich nicht einen Augenblick von den Verzierungen täuschen. Diese Instrumente waren dazu da, Schädel einzuschlagen. Er fluchte durch zusammengebissene Zähne. »Das wird hart. Ein paar zu viel für meinen Geschmack.«

»Ich wette, man kann mit ihnen reden, Loxxa.« Ohne langsamer zu werden, ging Ako direkt auf die Tür zu und verbreiterte unvermittelt ihr strahlendes Lächeln. Es wirkte sogar auf Fuchs beinahe überzeugend. »Mein Herr, ich bitte höflichst, unsere unangekündigte Verstörung zu entschuldigen. Aber Ihr könnt mir sicher sagen, ob eine Bande abgerissener Störentreiber vor Kurzem hier hindurchgekommen ist«, wandte sie sich an einen sehr aufgebracht wirkenden älteren Herren, der hinter einem hohen Pult direkt am Eingang stand. Jener hatte bereits den Mund geöffnet, vermutlich, um irgendeinen Befehl zu geben, der in Schmerzen für Fuchs enden würde, doch jetzt, da er dieses Lächeln direkt auf sich gerichtet fand, zögerte er.

»Meinem Begleitmann und mir blieb leider keine andere Wahl, als den Spuren dieser Subjekte zu folgen und damit leider die teuren Gäste ihres exquisiten Bewirtungshauses mit unserer Anwesenheit zu verstören.« Sie verneigte sich tief und, wie Fuchs beeindruckt feststellte, formvollendet vor den Gästen. Die Geste verfehlte ihre Wirkung nicht, wenn auch vermutlich das exotische Aussehen der Taruki einen Gutteil dazu beitrug, die Stimmung der Gäste von empört zu interessiert umschlagen zu lassen. Das Gemurmel wurde leiser, und als sich die Taruki aufrichtete, war ihr Blick wieder fest auf den Mann am Eingang gerichtet. »Wenn es uns möglich gewesen wäre, hätten wir uns der Sitte gemäß angemeldet, nein, mehr noch: hätten wir es vermieden, Ihre Abendgemeinschaft überhaupt zu stören.« Sie unterbrach sich, um den drei Musikerinnen eine gesonderte, etwas kleinere Verneigung zukommen zu lassen. »Im Übrigen eine wundervolle Interpretation von Sairen Baos Ode an den Schilfschlange. Entschuldigt bitte die Unterbrechung.« Ohne Pause wandte sie sich erneut an den Mann am Eingang. »Aber das Vergehen hält sich nicht an Gebrauch und Anstand, und unsere Pflicht gebietet es uns, ihm auf den Füßen zu bleiben. Wenn Ihr uns also gütigst weisen könntet, in welche Richtung die Eindringlinge verschwunden sind, werden wir Eure Sinne nicht weiter mit unserem unangemessenen Dasein belasten.« Sie verneigte sich erneut, dieses Mal in seine Richtung.

Der Citani wirkte inzwischen so verwirrt wie ein Falschspieler, der eine Runde nach der nächsten verlor. Fuchs kannte diesen Ausdruck. Der nächste Moment war entscheidend. Dafür, ob sie als Nächstes hier hinausmarschieren würden, mit metaphorischen Taschen voller Gold – oder, in seinem Fall, buchstäblich –, oder ob das Ganze in Gewalt und Blut enden würde. Der Mund des Citani öffnete sich.

»Herrin«, sagte Fuchs laut und deutete seinerseits eine eilige Verneigung an. »Wenn ich daran erinnern dürfte: Eine aufgebrachte Meute Menschen ist uns dicht auf den Fersen. Sie können jeden Moment…«, er deutete hinter sie auf den Zugang zur Küche und ließ den Rest des Satzes ungesagt im Raum hängen.

»…was?«, fragte der Mann hinter dem Pult verstört.

»Das ist wahr.« Ako nickte Fuchs zu und zuckte entschuldigend mit den Schultern. »Die Geschädigten folgen uns. Vermutlich, um die Missemacher zu richten. Vielleicht solltet Ihr Eure Männer schleunigst anweisen, den Küchenbetritt zu sichern, bevor eine weitere Störung Euren Gästen den Rest des Abends verleidet. Wir werden uns inzwischen um die Entkommenden kümmern. Also: Wohin?«

Der Citani blinzelte heftig, doch bevor er antwortete, meldete sich ein Mann am nächststehenden Tisch zu Wort. »Nach draußen und zur Rechten. Jetzt verschwinden Sie schon. Und Sie, schicken sie Ihre nutzlose Bande von Schlägern gefälligst aus, bevor man uns noch unser Mahl verdirbt!«, blaffte er den Bediensteten an.

Ako schenkte dem Gast ein strahlendes Lächeln, packte Fuchs am Ärmel und marschierte die letzten Schritte zum Eingang, vor dem noch immer die drei Wachleute standen und unschlüssig zu ihrem Vorgesetzten sahen. Endlich gelang es diesem, sich zusammenzureißen. Er wedelte sie beiseite und in Richtung Küche, während er scharfe Anweisungen in der Sprache der Citani gab. Als sich die Eingangstür der Gasthalle hinter Ako und Fuchs schloss, begann die Musik im Inneren wieder zu spielen.

MOTTEN-
ZERFRESSEN

Salter folgte Mlima und ihrer Bande durch unzählige verlassene Räume, von denen einer dem anderen glich. Wurmstichige Möbel, fingerdick mit Staub bedeckt. Von Mäusen angenagte Teppiche und kahle Wände, auf denen die Umrisse einstmals vielleicht wertvoller Wandteppiche zu erkennen waren. Nirgendwo fanden sie Reichtümer. Was immer von Wert gewesen war, hatten andere vor ihnen geplündert. Sie fanden aufgebrochene Truhen, halb zerfallene Rüstungen auf Waffenständern und ausgestopfte Tiere mit mottenzerfressenem Fell. Nichts davon war die Mühe wert, es mitzuschleppen. Die Zeit zog sich dahin. Die Räume schienen kein Ende zu nehmen. Wo immer sie hinkamen, fanden sie nur noch Reste vor. Die Männer begannen zu murren, und Mlimas Miene verfinsterte sich mit jedem Schritt. Sie legten eine Rast ein und liefen dann weiter. Sie stiegen Treppen hinauf und wieder hinunter und fanden einen vollständig leer geräumten Saal, auf dessen Boden ihre Schritte unnatürlich laut widerhallten. Sie liefen weiter und fanden einen noch größeren Saal, dessen Decke von mächtigen Pfeilern gestützt wurde. Eine ganze Armee hätte darin Platz gefunden. Ausladende Kronleuchter hingen von der Decke, die mit kunstvoller Malerei verziert worden waren. Die einzigen Überreste einer Pracht, die hier früher einmal geherrscht haben mochte.

Vielleicht hatten hier einmal Könige geherrscht oder mächtige Magister ihre Kunst geübt. Vielleicht wurde hier Recht gesprochen oder über Leben und Tod geurteilt. Vielleicht wurden Bündnisse geschmiedet und Reiche zerteilt. Doch diese Zeiten waren lange vorbei. Stattdessen nur gähnende Leere und jahrhundertealter Staub, der von ihren Schuhen aufgewirbelt wurde und in der Lunge kratzte. Schließlich erreichten sie einen Saal, an dem der Weg endete. Die Wände waren mit aufwendigen Steinmetzarbeiten verziert, und in der Mitte stand eine gewaltige Tafel, die Platz für Dutzende Gäste bot. Sechs kunstvoll beschnitzte Lehnsessel standen darum verteilt.

Mlima wanderte ein Stück um den Tisch herum und ließ sich ächzend in einen der Sessel fallen. Der Sitz knarrte und knackte unter ihrem Gewicht, und die Spilo linste misstrauisch unter ihrem Haar hervor. Mlima schnalzte mit der Zunge, woraufhin das schwarze Tier ihren Arm herunterhuschte und leichtfüßig auf die Tischplatte sprang. Mlima zog etwas aus ihrer Tasche und fütterte das Tier damit. Sie warf einen Blick auf das Wandgemälde. Ein Turm, der sich in unendliche Höhen hinaufschwang. Sechs Bewaffnete an seinem Fuß. Vielleicht Helden, vielleicht aber auch Räuber auf einem Beutezug. Der Unterschied war ohnehin nicht so groß. Die einen gaben vor, für das Gute zu kämpfen, die anderen waren einfach nur ehrlicher. Ein halbes Dutzend Sterne leuchtete am Firmament. Es musste also Nacht sein, was den Schluss nahelegte, dass es sich bei den sechs Menschen tatsächlich um Banditen handelte. »Hat dir Tara erzählt, was das hier ist?«, fragte Mlima.

Salter schüttelte den Kopf.

»Das habe ich mir gedacht. Du kennst vermutlich die Hallen der Kraniche.«

»Die Magisterakademie von Bashun.«

»Genau die.«

»Die liegt aber doch in der Kaiserstadt.«

Mlima schnaufte. »Natürlich tut sie das. Deshalb ist sie ja auch die Magisterakademie von Bashun, du Dummkopf. Das hier ist die alte Akademie.«

»Es gibt eine alte Akademie?«

Mlima stöhnte, und die Spilo stieß ein abfällig klingendes Zischen aus. »Wir befinden uns direkt darin.«

»Oh.«

»Ja, oh. Tara hat dich offenbar völlig im Dunkeln tappen lassen.«

Salter seufzte. »Bis vor Kurzem wusste ich noch nicht einmal, dass ich der Schlüssel bin. Jetzt ist es mir klar. Tara hat wohl das Shao in mir erkannt.«

»Shao?«

»Meine magischen Kräfte.«

»Sieht ganz so aus. Glückwunsch. Du bist zwar nicht der Einzige, der versucht hat, das Tor zu öffnen, aber der Erste, dem es gelungen ist. Wir befinden uns hier in der Magisterakademie von Atail. Ich habe das Gebäude vor einigen Jahren erworben.«

»Indem Ihr dem Vorbesitzer die Finger gebrochen habt.«

Mlimas Mundwinkel zuckten in die Höhe. »Man sagt mir ein gewisses Verhandlungsgeschick nach.« Sie machte eine wegwerfende Handbewegung. »Jedenfalls habe ich die Akademie in meinen Besitz gebracht, weil mir sofort klar war, dass sie eine echte Schatztruhe sein muss.« Sie schlug mit ihrem

Stock so heftig auf die Tischplatte, dass der Staub aufwirbelte und die Spilo sich zischend in ihrem Haar in Sicherheit brachte. »Und ich gehe hier verdammt noch mal nicht weg, bis ich diese Schätze gefunden habe.« Die Spitze ihres Stabs richtete sich auf Salter. »Du wirst mir dabei helfen, Magister. Also hör endlich auf, dich dumm zu stellen, und verrate mir, wo sie verborgen sind!«

»Ich ...«, sagte Salter, weil er nicht wusste, was er darauf erwidern sollte. »Äh.« Warum glaubte ihm eigentlich keiner, dass er gar kein richtiger Magister war? Zwar hatte er dieses Tor irgendwie aufbekommen, aber er hatte keinen blassen Schimmer, auf welche Art. Er war sich ziemlich sicher, dass es ihm kein zweites Mal gelingen würde. Eher würde er bei dem Versuch die halbe Stadt in Flammen aufgehen lassen. Hilflos zuckte er mit den Schultern. »Tara hätte gewusst, was zu tun ist. Du hättest sie nicht verjagen dürfen.«

»Ich vertraue ihr nicht. Sie ist nicht von hier.«

»Ich bin doch aber auch nicht von hier.«

»Du bist aber ein Magister.«

Verzweifelt warf Salter die Arme in die Höhe. »Das sind die Schlimmsten!«

»Rede keinen Unsinn!« Erneut ließ Mlima ihren Stock auf die Tischplatte donnern. »Denk lieber nach. Oder ich zeige dir, wer hier am schlimmsten ist.«

Salter schluckte. Die Angewohnheit, mit dem Stock auf alles einzuschlagen, was ihr nicht zusagte, machte die Königin der Nacht nicht unbedingt sympathischer. Außerdem erschwerte es das Nachdenken. Er ließ sich auf einen der Stühle fallen und stützte den Kopf in die Hände. *Nachdenken, Salter! Das ist doch eine Kunst, die du beherrschst. Auch wenn dein knurrender Magen dich meistens in der Konzentration*

stört. Auch jetzt knurrte und knarzte er wie ein rostiges Scharnier. Wobei das beinahe schon wieder unverschämt war, denn
Salter hatte ihn vor Kurzem erst ausgiebig gefüttert. Sogar mit
etwas deutlich Besserem als der üblichen Bohnenpampe. Er
lauschte in sich hinein, doch das Knarzen hatte zum Glück
wieder aufgehört. »Hm«, sagte er und hob den Kopf. Und
dann noch einmal: »Hm.« Bedächtig erhob er sich von dem
Stuhl, wartete einen Augenblick und ließ sich zurück auf die
Sitzfläche fallen. Dann stand er wieder auf und ging zum
nächsten Stuhl und setzte sich erneut. Aufmerksam blickte er
sich in dem Raum um. Musterte die Zeichnungen an der
Decke und zählte die Säulen, die sie stützten. Dann stand er
wieder auf.

»Was soll das?«, fragte Mlima.

Salter hob die Hand. »Onyx?«

Das Mädchen nickte schüchtern.

Salter machte eine einladende Handbewegung. »Setz dich.«

Als Onyx sich auf einem der Stühle niedergelassen hatte,
bedeutete er drei von Mlimas Männern, es ihr gleichzutun.
Mlima starrte ihn finster an, sagte aber nichts.

Salter breitete die Arme aus und räusperte sich. »Abrakadabra.«

»Abrakadabra?«, fragte Mlima.

»Das ist ein alter Gauklerspruch.«

»Ich weiß, was das ist. Was soll der Scheiß?«

»Jahrmarktsgaukelei«, sagte Salter. »Sie benötigt kein Shao.
Sie lebt von der Täuschung des Auges und von technischen
Spielereien.«

»Und das bedeutet?«

»Das hier.« Mit einem Lächeln ließ sich Salter auf die Sitzfläche seines Stuhls sinken. Es knarrte und knarzte wie ein

rostiges Scharnier. Zunächst geschah nichts, und Salter fragte sich schon, ob er falschgelegen hatte, doch dann ging ein Beben durch den Tisch und durch den Boden unter ihren Füßen. Onyx stieß einen leisen Schrei aus, und Mlimas Männer griffen fluchend zu ihren Waffen. Doch Mlima hob nur die Hand und fixierte Salter mit einem abschätzenden Blick. Das Beben ließ nach, und ein Rasseln ertönte, wie von einer Eisenkette, die ein schweres Gewicht in die Tiefe herunterließ. Einen Augenblick später begann sich der Boden mitsamt dem Tisch und den Stühlen im Uhrzeigersinn zu drehen. Unter ihren staunenden Blicken vollführte er eine halbe Drehung, bis ihre Blicke genau auf das Wandgemälde mit dem Turm und den Banditen gerichtet war. Es rasselte erneut, und die Wand begann nun ebenfalls, sich zu bewegen. Einzelne Teile versanken im Gemäuer. Zuerst ein Stern, dann einer der Banditen. Dann drehte sich ein ganzes Stück Mauer aus dem Fuß des Turms heraus, und gleich darauf verschwand die komplette Flanke eines schneebedeckten Bergs. Immer größere Mauerstücke drehten und verschoben sich und lösten sich regelrecht in Luft auf. Wie ein gewaltiges Puzzle, das in seine Einzelteile zerlegt wurde. Schritt für Schritt verschwand die Wand vor ihren Augen, bis der Blick schließlich auf eine breite Treppe freigegeben wurde, die in die Höhe führte.

»Abrakadabra«, sagte Mlima. Sie lehnte sich in ihrem Stuhl zurück und blickte Salter anerkennend an. »Wie bist du darauf gekommen?«

Salter errötete. »Die Ziffer sechs. Ich meine: Dieser Raum ist voll davon. Sechs Kronleuchter, sechs Säulen, die die Decke stützen, sechs Stühle. Jedes Bild an der Wand und jedes erkennbare Muster. Sie ist überall zu finden. Die Sechs ist eine magische Ziffer, und Magister lieben solche Dinge. Außerdem habe ich den Mechanismus gehört, als ich mich auf den Stuhl gesetzt habe. Ich habe das Geräusch zunächst für das Knurren meines Magens gehalten, aber ich fühle mich so satt wie schon seit Wochen nicht mehr.«

»Manchmal sollte man sich auf sein Bauchgefühl verlassen.« Mlima tätschelte ihren eigenen, nicht unbeträchtlichen Bauch und stemmte sich ächzend in die Höhe. Langsam schlurfte sie zu der Treppe hinüber. Sie warf einen Blick nach oben in die Dunkelheit und winkte Onyx zu sich heran. »Du weißt ja, was zu tun ist, nicht wahr?«

IN DEN SCHROGGRA-BAU

Das war brillant!« Fuchs atmete tief durch, und ein Grinsen kroch auf sein Gesicht.

Ako ließ ihr Lächeln zusammenfallen und lockerte ihre verkrampften Gesichtsmuskeln. »Es war nicht brillant. Es war gerade mal ausreichend. Ich spreche eure Sprache immer noch zu schlecht. Und bezahlt worden bin ich auch nicht dafür.« Hastig sah sie sich um. Sie waren auf einen umlaufenden Balkon getreten, der hier im ersten Stock rund um den zentralen Raum der *Aufgehenden Sonne* zu gehen schien. Ein reich beschnitztes Geländer gab ihnen etwas Sichtschutz von unten, und weitere ihr unbekannte Topfpflanzen sorgten zusätzlich für ein wenig Heimlichkeit, die da und dort einige leicht bekleidete Hausangestellte für ein geschäftliches Stelldichein oder eine kurze Pause nutzten. Das Stimmengewirr und die Musik, die von unten heraufdrangen, deuteten darauf hin, dass sich das Gasthaus zügig füllte. Noch war es hier oben allerdings recht leer. Wenn sie allerdings Verfolger aus dem Gastraum hinter ihnen zu erwarten hatten, dann würden die sich kaum lange von den Türstehern des Etablissements aufhalten lassen. Sie wandte sich nach links.

»Wo willst du hin?«

»Wenn deine Leute nach rechts gelaufen sind, werde ich in die andere Richtung verschwinden. Verstehbar, oder?«

Fuchs musterte sie kurz nachdenklich, dann zuckte er mit den Schultern. »Dann viel Glück. Und danke noch mal. Ich bin dann mal ... nichts für ungut, ja?« Er grinste schief, zeigte nach rechts, deutete eine Verbeugung an und lief los.

Ako schüttelte den Kopf. Es wurde Zeit, viel Abstand zwischen sich und diesen Menschen zu bringen. Er schien Unglück anzuziehen, und sie hatte genug Ärger für einen Tag gehabt. Sie legte vielleicht drei Dutzend Schritte zurück, bevor sie langsamer wurde. *Was genau mach ich da gerade?* Sie wurde langsamer, trat an das Geländer und sah nach unten. Mehrere Mannlängen unter ihr steckte sich der gewaltige Marmorboden der zentralen Halle aus. Von hier oben hatte sie einen besseren Ausblick auf die Vielzahl der Gäste, die sich inzwischen in der *Aufgehenden Sonne* eingefunden hatte. Auf Sitzgruppen, auf Bühnen und Tanzflächen – auf den gewaltigen Springbrunnen, in dem riesige, schlangengleiche Wesen ihre Runden zogen. Ako legte den Kopf schief. Sie kannte die goldmetallisch schimmernden Biester. *Nakora*, Panzeraale, die man nur in den unterirdischen Flüssen der nördlichen Wüsten fand. In diesem Becken zu baden wäre eine dumme Idee. Und dann war da natürlich der Thron. Er stand auf einer Plattform, die man am Rande und zum Teil über dem Becken errichtet hatte. Gowyn M'Shanes Ballade berichtete von einem großen Mann, der auf diesem Thron saß und über den wunderbarsten, schrecklichsten Ort der Welt herrschte. Doch irgendwann in der Zeit, seit dieses Epos verfasst worden war, war dieser Mann durch eine Frau abgelöst worden, deren Namen sie erst heute Abend erfahren hatte: Mlima, die Königin der Nacht, noch schrecklicher als ihr Vorgänger. Der Anziehung der *Sonne* hatte das keinen Abbruch getan. Im Moment allerdings war der Thron leer. Ako runzelte die Stirn, bevor sie langsam den Blick hob. Bis jetzt hatte sie noch keine Zeit dazu gefunden. *Ja, klar. Wem will ich was vormachen? Du drückst dich, Ako. Deswegen bist du hier.*

Deshalb. Ja. Die seltsame Eigenschaft, im Inneren viel größer zu sein, als es von außen möglich schien, machte nur einen Teil der beinahe magischen Anziehungskraft der *Sonne* aus. Und die tausend Vergnügungen, die ihr Inneres bot, waren nur Staffage, Zierrat für das eigentliche Geheimnis dieses Orts. Es war ein offenes Geheimnis, eines, das jeder sehen konnte, der es wagte, den Blick zu heben und in den Abgrund zu sehen. Genau dafür war Ako vor beinahe einem Jahr aufgebrochen. Sie hatte ihre Anstellung im Gasthof ihrer Tante hingeworfen, sie hatte sich mit ihren Brüdern überworfen, um sich einen Platz in einer Karawane zu erkaufen, hatte Isakar, die Stadt, in der sie aufgewachsen war, hinter sich gelassen und war auf eine Reise ins Unbekannte gegangen, nur um diesen Ort zu sehen. Sie hatte Jaeema hinter sich gelassen.

Sie hätte glücklich sein sollen. Vielleicht hätte sie es sogar können. Es gab keinen Grund, es nicht zu sein. Sie war die Tochter und die Enkelin einer geachteten *Kukambe*, einer weisen Frau und Heilerin der Taruki. Sie war begabt, und die Gemeinde der Taruki in Isakar begann, sie ebenfalls zu akzeptieren. Vielleicht war sie nicht die begabteste Kukambe ihrer Familie, aber sie wusste Dinge, sie hatte ein Talent dafür, mehr Dinge herauszufinden, und vor allem mochten die Menschen sie. Es war eine Gabe, hatte ihre Großmutter Shakesh immer gesagt. Sie selbst wurde gefürchtet. Das war gut für eine Kukambe, aber noch besser war es, gemocht zu werden. Einer

Kukambe, die gemocht wurde, vertraute man Dinge an, und dieses Wissen war mächtiger als Furcht. Darüber hinaus aber verschaffte es einer Kukambe Verbündete. Was Ako betraf, verschaffte es ihr vor allem Freunde.

Wenn sie gewollt hätte, hätte es ihr auch Geliebte verschafft. Es gab, bei Mora, mehr als genug junge Männer, die sich glücklich geschätzt hätten, hätte Ako sie auf ihr Lager eingeladen. Aber es war Jaeema gewesen, die sich in ihr Herz geschlichen hatte, heimlich, während sich Ako noch klar zu werden versuchte, welche Gefühle sie für die jungen Krieger des Clans hatte.

Spitzzüngige, aufbrausende, ständig kampfbereite Jaeema mit den hundert Narben, die Kranoch Neks den Arm gebrochen hatte, als er auch nur andeutete, sich Ako mit Gewalt aufzwingen zu können, wenn sie ihn nicht freiwillig erhörte. Demselben Kranoch Neks, der zuvor noch gegen drei Krieger der Oststämme gleichzeitig siegreich gewesen war. Dem Kranoch Neks, dem Ako dann selbst den Arm richten und die Wunden versorgen musste, weil Großmutter Shakesh darauf bestanden hatte, um Jaeemas Schuld abzutragen. Immerhin hatte die alte Heilerin nicht darauf bestanden, Neks Schmerzmittel zu verabreichen. *Er ist ein Krieger. Er ist mutig genug, sich Mädchen aufzuzwingen*, hatte sie mit regloser Miene gesagt. *Er ist Manns genug, die Zähne zusammenzubeißen und den Schmerz zu ertragen, der nichts ist im Vergleich zu dem, der ihm widerfährt, wenn er so etwas noch mal versuchen sollte.*

Aus irgendeinem Grund war sie danach mit Jaeema in einer Taverne gelandet und hatte sich wohler gefühlt als mit jedem Verehrer zuvor. Neks war verschwunden, Jaeema war geblieben und irgendwann in Akos Herz und schließlich in ihre Kammer eingezogen.

Das hätte das Ende der Geschichte sein können, oder zumindest der Anfang einer ganz gewöhnlichen. Mädchen trifft Mädchen, Mädchen werden zu Frauen, Frauen übernehmen das Familiengewerbe als Kukambe und richten sich in ihr Leben ein.

Bis zu dem Zeitpunkt, als Kranoch Neks zurückgekehrt war. Jaeema war gut gewesen, eine der besten Kriegerinnen, die die Taruki von Isakar zu dieser Zeit hatten, doch einem Armbrustbolzen in den Rücken hatte auch sie nichts entgegenzusetzen gehabt. Neks war wieder aus der Stadt verschwunden, noch bevor man Jaeema zu Großmutter Shakesh gebracht hatte. Doch die alte Heilerin hatte nichts gegen die Wunde tun können, die im Inneren Jaeemas blutete, bis sie schließlich unter Akos Händen einschlief und nicht mehr erwachte. In alter Zeit, hatte Shakesh leise gesagt, hätte man sie vielleicht retten können. Damals hatten die Kukambe noch über eine Macht verfügt, die die Citani als Shao bezeichnet hätten. Damals trug jede Heilerin ihres Volks einen »Ahnenstein«, ein Amulett, das ihr erlaubte, das Blut der Vorfahren zu beschwören, ihr Wissen, ihre Macht. Doch das war seit Langem vorbei und Jaeema verloren.

Ako aber blieb nicht einmal die Rache. Neks blieb verschwunden. Er gehörte jetzt zu einer Bande Gesetzloser irgendwo in der Wüste, und die Clans beschlossen nach hitziger Debatte, dass es Aufwand und Risiko nicht wert waren, ihn wegen einer toten Söldnerin bis in die Wildnis zu verfolgen. Also hatte man Jaeema und mit ihr Akos bisheriges Leben begraben, und das Leben ging weiter.

Ako war sich von diesem Tag an nicht mehr sicher gewesen, ob es den Aufwand wert war, die Männer des Clans zu behandeln. Aber Großmutter Shakesh hatte sie behandelt, und sie ging ihr zu Hand, wie sie es immer getan hatte. Aber ihr Herz war nicht mehr bei der Sache, und auch nicht ihr Kopf.

Nächte in Tavernen lenkten sie ab, Rausch und Lieder von fernen Orten, die … die nicht Isakar waren und nicht voller Gesichter, die sie verachtete, weil sie Jaeemas Andenken nicht achteten. Wenn sie gekonnt hätte, hätte sie Rache an Neks genommen, doch sie war keine Kriegerin und hatte nicht das Geld, jemanden zu bezahlen. Also blieb Jaeemas Tod ungesühnt, und sie selbst suchte Trost in Geschichten, die von Dingen handelten, die hätten sein können.

In diesen Liedern war ihr die *Aufgehende Sonne* zum ersten Mal begegnet, ein Ort, an dem Himmel und Erde sich berührten und nichts unmöglich war. Ein Ort, an dem jeder Wunsch der Welt wahr werden konnte, wenn man ihn nur fand und den Mut aufbrachte zuzugreifen. Ein Ort, an dem die alten Kräfte der Kukambe noch ruhten. Der Ort, von dem einst die Stammesmütter gekommen waren, an dem alles seinen Anfang hatte, der, an dem die Antworten auf alle Fragen ruhten. Seitdem hatte sie davon geträumt, ihn eines Tages zu besuchen. Sie setzte ihr Vertrauen in Mora und in den Geist ihrer Ahnen, und schließlich hatten sie ihr einen Mann geschickt, und eine Karte. Eine zweite Chance. Vielleicht.

Jetzt sieh endlich hin.

Ako wurde plötzlich bewusst, dass ihr Blick an der Galerie der zweiten Etage hängen geblieben war. Sie drückte sich. Jetzt, nachdem sie all das auf sich genommen hatte, um genau hier zu stehen. *Albernes Ding*, hätte ihre Großmutter gesagt. Und vermutlich recht gehabt, wie immer. Ako atmete tief durch und sah hinauf. In den Abgrund. Es war, wie M'Shanes Ballade sagte: In diesem Moment hatte sie das Gefühl, am Rande einer Klippe zu stehen und in einen endlos tiefen

Abgrund zu sehen, von dem sie nur ein dünnes, stählernes Netz trennte. Darunter – darüber – reihten sich im Schatten Stockwerke auf Stockwerke, schimmerten ferne Lichter wie Funken – oder wie jene schönen, jedoch tödlichen Fangfäden der Nachtspinnen tief unten in den tiefsten Höhlen unter Isakar. Der Schacht sog ihren Blick in sich auf, und von diesem Moment an schien sie mehr und mehr zu erahnen, mehr Formen, mehr Schatten, mehr Licht und viel mehr Dunkel, und irgendetwas zog sie dort hinunter – hinauf. Für einen Augenblick schwankte sie, hatte das Gefühl, jeden Moment dort hinauf zu fallen, wo sie unweigerlich im stählernen Netz zerschellen würde. Sie krallte sich am Geländer fest, obwohl einem kleinen Teil ihrer selbst sich bewusst war, wie unsinnig diese Vorstellung war. Nein, sie war nicht hier, um dort hinaufzusehen und in Ehrfurcht zu erstarren, wie so viele andere. *Sie* war hier, um dort hinaufzugehen! Jetzt musste sie nur noch …

»Also gut – seht in jede Nische, hinter jede Tür. Findet diese Leute. Findet den Fuchs. Aber denkt daran, wir wollen ihn lebend! Und am besten die Taruki gleich mit, bevor Mlima sie in die Finger kriegt!«

Die raue Stimme riss sie aus ihren Gedanken, zurück vom Rand des Abgrunds. Sie blinzelte und bemühte sich, durch die Topfpflanze direkt neben ihr etwas zu erkennen.

»Wenn ihr sie gefunden habt, bringt sie an den Eingang und übergebt sie an Jenkai. Dumai, nimm dir vier Mann – ihr kommt mit mir. Die Guam erwartet, dass wir das Tor nach oben sichern und halten. Brekken, schaff mir noch vier Mann her. Ich will mindestens zwei volle Mannfäuste dort oben.«

Ein Kerl in der Rüstung der Goldenen Garden stand nur ein kurzes Stück weiter die Galerie entlang an einem Treppenaufgang und verteilte gestikulierend Befehle an ein Dutzend weiterer Leute.

In Ordnung. Die Pause ist vorbei. Ako nahm das Staubtuch um ihren Hals ab, schlang es sich um die Haare und ging zurück in die Richtung, aus der sie gekommen war. Sie sah sich nicht um, sondern flanierte mit zügigen Schritten die lang gezogene Kurve der Galerie entlang, vorbei an verzierten Türen und ausgelassenen Feiernden. *Was soll's. Ich wollte ohnehin nach oben.* Sie marschierte an einer Abzweigung vorbei, hielt dann plötzlich inne und ging drei Schritte zurück. In der vertäfelten Nische lief eine Treppe weiter nach oben. Ohne darüber nachzudenken, eilte sie die Steinstufen hinauf, erreichte eine weitere Galerie, die der ersten glich, und entschied sich für die rechte Seite. Auf dieser Galerie fehlten die Topfpflanzen und die edlen Teppiche. Die Dielen waren ausgetretener, doch es war deutlich zu sehen, dass auch hier regelmäßig eine Menge Menschen vorbeikamen. Auf der anderen Seite des Geländers, beinahe auf ihrer Höhe, hingen zahlreiche, riesige Leuchter. Beiläufig nahm sie wahr, dass jene nicht mit Kerzen besetzt waren, sondern mit Hunderten und Aberhunderten von Kristallen, auf denen Siegel glühten und die gewaltige Halle tief unter ihr in ewiges Licht tauchten. Im Gleißen deutlich zu erkennen war das uralte, ebenfalls mit Siegeln besetzte Netz, das über ihr seit Urzeiten den weiteren Aufstieg in den Schacht hinauf versperrte. Ako blieb nicht stehen, um die alte Kunst zu bewundern. Ein, zwei Mal wurde sie gerade langsam genug, um an Türen zu rütteln, an denen sie vorbeilief, doch jede schien verschlossen, und sie wagte nicht, genauer nachzusehen. Inzwischen musste sie die Halle unten beinahe halb umrundet haben, und noch immer war nichts in Sicht, das sie weiter nach oben oder unten geführt hätte. Sie fluchte stumm.

Vermutlich hätte sie in die andere Richtung laufen sollen. Sie … rechts vor ihr tauchte eine weitere Abzweigung auf. Sie bog ein und stolperte, als sie direkt in eine Gruppe von Leuten hineinplatzte. Vermutlich rettete ihr dieses Stolpern das Leben, denn ein Bolzen verfehlte ihren Magen nur um wenige Fingerbreit. Mit einem neuerlichen Fluch verlor sie endgültig das Gleichgewicht, krachte schmerzhaft gegen eine Wand und fühlte Hände, die sich um ihre Arme schlossen und auf ihren Mund legten.

»Halt«, zischte irgendjemand. »Halt! Hört auf! Ako?«, fügte die Stimme etwas ungläubig hinzu. Panisch kämpfte sie gegen die Umklammerungen an, rang um Luft, und plötzlich starrte der Kerl namens Fuchs ihr direkt ins Gesicht. »Schschsch!«, machte er eindringlich. »Halt still! Dann lassen wir los, in Ordnung? Kratzer, steck das verdammte Messer weg!«

Erst jetzt begriff sie, dass es seine Hand war, die sich ihr auf Mund und Nase presste. »Aber sei um Ragots willen leise! Verstanden?«

Sie starrte ihn lediglich mit weit aufgerissenen Augen an, doch irgendwie musste er trotzdem verstanden haben, dass sie nicht schreien würde. Vielleicht war ihm aber auch nur klar, dass sie ohnehin keine Luft dazu hatte, denn er nahm seine Hand weg und hob sie beschwichtigend. So, wie er es schon einmal getan hatte. Seltsamerweise beunruhigte sie das mehr als die Tatsache, dass sie immer noch jemand mit eisenhartem Griff festhielt. »Was zum Donner tust du denn hier?«, flüsterte Fuchs.

»Ich hatte Sehnen nach deiner gewinnenden Art, Wachsgesicht«, zischte sie zurück.

Der dünne Kerl neben Fuchs schnitt eine Grimasse. Er hielt ein Messer in der Hand und wirkte, als würde er es liebend gern benutzen. Hinter ihm hielt eine Frau mit kurz geschorenem Haar einen Bolzenwerfer auf sie gerichtet, während ein Citani dabei war, seinen nachzuladen. Sie drehte den Kopf und erhaschte einen Blick auf dem massigen Mann, der sie festhielt. Er war vermutlich einen halben Kopf kleiner als sie und dennoch mehr als doppelt so schwer. Fuchs öffnete den Mund, doch sie kam ihm zuvor. »Ich hatte keine Auswahl! Zurück konnte ich nicht. Die Garden sind auf dem Weg hierher.«

Fuchs' Gesicht zuckte. Dann fluchte er unterdrückt. »Lass sie los, Goog«, murmelte er.

»Sicher?«

»Sie hat uns vorhin erst den Arsch gerettet«, knurrte Fuchs unwirsch. »Und wir haben keine Zeit für diesen Scheiß. Also sicher, ja.«

»Wer ist das?« Eine schlanke Citani-Frau trat hinter Fuchs hervor und begutachtete sie mit demselben Interesse, mit dem ein guter Schlachter ein lohnendes Stück Vieh ansah. »Eine Komplikation?«

»Na ja …«

Sie fiel Fuchs ins Wort. »Ich mag keine Komplikationen«, stellte sie fest. »Keine.«

»Sie hat mich heute auf dem Markt gerettet und uns alle vorhin im Hühnerstall«, gab Fuchs mürrisch zurück.

»Ah«, sagte die Citani und runzelte leicht die Stirn. »Du bist die Taruki.«

Fuchs warf ihr einen fragenden Blick zu.

»Ich bin vor allem auf der Flucht vor Leuten dicht hinter mir.« Ako konnte sich einen beißenden Ton nicht verkneifen. Die Korra jedoch nickte nur und wandte sich an den Mann, der sie festhielt. »Lass sie los. Sie ändert nichts am Plan. Schau nach, ob sie mit den Verfolgern recht hat.«

Dieses Mal gehorchte der Massige sofort.

Ako rieb sich die Arme und fing Fuchs' Blick auf. »Was macht ihr hier? Warum ...?«

»Falls das so ist, müssen wir unseren Zeitplan allerdings erneut beschleunigen. Falls«, stelle die Citani fest. Sie hatte sich bereits wieder abgewandt. »Goog?«

Der Massige warf einen vorsichtigen Blick auf die Galerie hinaus und nickte dann düster. »Goldene Garden«, brummte er und hob die gespreizte Hand. Dann betrachtete er sie unschlüssig. »Sechs«, murmelte er. »Prüfen die Türen.«

Sie haben sich tatsächlich aufgeteilt, dachte Ako. *Was uns aber nur bedingt hilft.*

Das Gesicht der Citani wurde hart. »Zu viele. Einer schlägt sicherlich Alarm. Gut, dann vorwärts.«

Ako sah Fuchs an. »Vorwärts – wohin?«

Der Lockige verzog das Gesicht und deutete zur Decke. »Wir gehen nach oben. In den Schacht«, flüsterte er.

»Ihr ...« Ako spürte ihre Wangen heiß werden. Sie hatte das Oben sehen wollen, das besungene Tor, den Atem dieses einzigartigen Orts spüren. Vielleicht ein eigenes Lied darüber erschaffen. Na gut – nicht vielleicht. Das war ihr Lied, war ihr Plan gewesen. Aber tatsächlich nach oben gehen? Ihr wäre nicht im Traum ...

Ako unterbrach diesen Gedankengang. Sie fand ihre Hand auf der Brust ihrer Weste, in der das Pergament kaum spürbar unter ihren Fingern knisterte. Natürlich hatte sie davon geträumt. Schon bevor das Pergament sie erreicht hatte. Vermutlich schon seit sie das erste Mal die Ballade von M'Shane gehört hatte. Sie leckte sich über die plötzlich trockenen Lippen. »Gut. Was ist der Plan?«

»Der ...?« Fuchs sah sie verwirrt an. Dann seufzte er und

deutete auf die Citani. »Pläne sind ihre Sache. Das ist Stern. Sie führt uns an.«

Stern wandte sich nicht um. »Warum sollten wir dich mitnehmen?«, fragte sie.

Ako schluckte. »Ich schreibe Lieder. Wenn ihr den Turm erobert, benötigt ihr jemanden, der ein Lied darüber macht. So werdet ihr unsterblich.«

Der Kerl namens Kratzer verdrehte die Augen »Oh! Lieder! Na, das hat uns gerade noch gefehlt!«

Jetzt drehte sich Stern doch um und sah sie scharf an. »Und was hast du davon? Hm? Was?«

Ako erwiderte den Blick, bevor sie schmal lächelte. »Wenn ich dieses Lied schreibe, werde *ich* ebenfalls unsterblich. Wir wollen dasselbe.«

Kratzer schnaubte abfällig. »Unsterblich. Ich will vor allem scheißreich sein!«

Niemand beachtete ihn.

Eine Korra, eine kleine, kräftige Frau mit einem dicken Zopf, sah Ako interessiert an. »Du schreibst Lieder? Irgendwas dabei, das ich kenne?«

Ako zuckte mit den Schultern. »Na ja, vermutlich eher nicht. Ich meine, ich fange gerade erst …«

»Schhhhhh!« Stern starrte konzentriert vor sich hin, so als würde sie eine Schriftrolle lesen, die nur sie sehen konnte. »Goog«, sagte sie dann, »wie viel Zeit noch?«

»Wenige Augenblicke«, rumpelte der Massige. Ako sah, dass sich seine Faust nervös öffnete und schloss. Seine andere umklammerte einen Vorschlaghammer so fest, dass seine Knöchel weiß hervortraten. »Sie haben noch neun oder zehn Türen vor sich.

Stern nickte knapp. »In Ordnung. Wir gehen«, legte sie fest.

»Zu zweit nebeneinander. Ensu, du neben mir. Jedao und Marai, direkt hinter uns. Haltet die Werfer bereit. Auf mein Zeichen.« Das Paar mit den Schusswaffen nickte. »Dahinter Fuchs und Kratzer. Ihr übernehmt das Aufräumen. Dann Pelly und die dort.« Sie deutete mit dem Daumen auf Ako. »Goog, du zum Schluss. Schlag ihr den Schädel ein, wenn sie was Dummes macht. Los.« Ohne eine Reaktion ihrer Leute abzuwarten, drehte Stern sich um und marschierte mit zielstrebigem Schritt los. Nicht, als laufe sie vor irgendetwas davon, sondern so, stellte Ako fest, wie ein Häuptling ging, dem alles um ihn herum gehörte. Sie kannte diesen Schritt, konnte ihn sogar ziemlich gut nachahmen, doch sie hatte das sichere Gefühl, dass diese Stern nichts spielte.

Am Ende des Gangs führte hinter einer Biegung eine weitere Treppe nach oben. Ohne zu zögern, stieg Stern hinauf, und ihre Leute folgten ihr. Jetzt gab es kein Zurück mehr.

Der Treppenaufgang zog sich nach oben, durchstieß die hohe Decke des Stockwerks und führte weiter ins Halbdunkel, an dessen oberem Ende ein schwacher Lichtschein zu sehen war.

»Was beim Donner …«, hörte sie die kurzhaarige Schützin, die als Erste den oberen Absatz der Treppe erreicht hatte.

»Hier ist alles sicher«, verkündete ihr Partner. »Glaube ich.« Er blieb mit angelegtem Bolzenwerfer stehen und wirkte sehr angespannt.

Stern zögerte mitten im Schritt. »Was heißt ›Glaube ich‹, Jedao?«

Der Schütze zögerte. »Das Tor steht offen. Und hier liegt mehr als nur eine Leiche.«

Stern stand für einen Moment wie erstarrt, den Fuß noch immer mitten im Aufstieg erhoben. Dann setzte sie ihn sacht ab. »Hm«, sagte sie gefasst. Und dann: »Das hatte ich erwartet. Wie viel mehr?«

»Halbes Dutzend«, meinte Kratzer, der ebenfalls oben angekommen war. Er legte den Kopf schief und sah sich um. »Nein, sieben. Ich hab den Türstopper übersehen.«

»Du bist ein Arschloch, Kratzer.«

»Was denn?«, Kratzer grinste breit und stieß jemanden an, der vor ihm in einer Blutlache lag. »Stört die hier nicht mehr.«

Ako stieg die letzte Stufe hinauf und blickte auf die Toten hinunter. Sie schluckte heftig, als plötzlich scharfe Galle in ihrem Hals brannte. Das waren nicht einfach nur Tote. Hier hatte es gerade eben erst einen Kampf gegeben, und noch immer lief Blut aus den Wunden des Mannes, der an Kratzer vorbei blicklos an die Decke starrte.

Fuchs schniefte. Er hockte sich neben den Toten und betrachtete den Uai-Stock, der noch immer in seiner Hand lag. Ein Haarbüschel klebte daran. »Einer von Mlimas Leuten«, stellte er leise fest.

Der Goog runzelte die Stirn. »Ich dachte, das hier wäre Mlimas Haus?«

»Ist es auch.« Fuchs drehte den Kopf des Toten und schniefte erneut. »Das war jemand, der wusste, was er tut.«

»In Mlimas eigenem Haus?«, wiederholte der Goog stur.

»Sieht ganz so ...«

Ein Ruf erscholl hinter ihnen, am Fuß der Treppe.

Ako sah sich um. Dort unten standen die Männer, die ihr gefolgt waren, vermutlich ebenso verblüfft wie sie selbst. Nur einer von ihnen hatte eine Armbrust schussbereit erhoben, während der Anführer auf sie deutete. Neben ihr fuhr Jedao herum und feuerte noch aus der Bewegung heraus seinen Bolzenwerfer ab. Das Geräusch ließ Ako zusammenzucken und riss sie aus ihrer Erstarrung. Ohne nachzudenken, ließ sie sich fallen. Mit einem bösartigen Fauchen jagte Jedaos Geschoss nach unten. Der laute Knall des Siegelbolzens ließ sie erneut zucken, und sie krabbelte rückwärts vom Rand der Treppe weg, bis sie gegen den Goog stieß, der hinter ihr in die Hocke gegangen war. »Goldene Garden!«, presste sie hervor. Ihr Blick fand den von Fuchs. »Sie suchen dich und mich! Habe ich dir nicht gesagt?« Sie blinzelte. »Und sie wollen das Tor hier.«

»Das ist mein Tor«, fauchte Stern düster. Sie entriss Marai den Bolzenwerfer und schoss ebenfalls die Treppe hinab. »Verpisst euch!«, fügte sie laut hinzu. »Mein Tor!«

»Jedao!« Der erschrockene Ruf einer der Frauen ließ Ako erneut herumfahren. Keine zwei Schritte neben ihr lagen jetzt zwei Gestalten: der Citani-Schütze und, halb unter ihm begraben, die zierliche Frau, die Pelly genannt worden war. Die Frau versuchte, mit beiden Händen den Blutstrom zu stoppen, der aus einem beachtlich großen Loch im Brustkorb des Schützen quoll.

»Scheiße.« Fuchs riss sich als Erster zusammen. Er robbte zu den beiden hinüber und zerrte den Verwundeten von Pelly herunter. »Scheiße!«, wiederholte er dann und presste seine Hände hilflos neben die der Frau auf die Wunde. Der Korra zitterte, bäumte sich auf und erschlaffte. Die Frau schluchzte. Noch immer presste sie ihre Hände sinnlos in das Loch in seinem Torso, so als könne sie das Leben ihres Bruders festhalten. Fuchs fluchte, griff nach dem Bolzenwerfer des Mannes und rammte zornig einen neuen Bolzen in den Wurfschacht der Waffe. Einer verfehlte ihn um Haaresbreite, schlug in der Decke über ihnen ein und löste große Putzfladen, die auf sie herunterprasselten. Er erwiderte den Schuss und wurde mit einem erneuten, warnenden Ausruf belohnt.

Ako blinzelte und sah sich unschlüssig um.

Stern sah mit steinerner Miene auf Jedao hinab. Etwas zuckte in ihrem Gesicht. Dann wandte sie sich ab, warf den Bolzenwerfer achtlos in Ensus Richtung und ging auf das riesige Tor zu, das auf der anderen Seite des Absatzes aufragte. Neben ihr durchwühlte Kratzer hektisch den Leichnam des Wachmanns. Sie biss die Zähne zusammen und kroch zu Pelly. Ensu folgte ihr. Gemeinsam zogen sie die erschütterte Frau vom Toten weg. Aus irgendeinem Grund vermied Ako, mit dem Blut an ihren Händen in Berührung zu kommen. *Dummes Kind.* Die Stimme ihrer Großmutter war erneut ungefragt in ihrem Kopf. *Du hattest mehr Blut an deinen Händen als ein Schlachter.* Es war etwas anderes. All die anderen Male waren am Behandlungstisch ihrer Großmutter gewesen. Doch sie war sie nicht dabei gewesen, als die Wunden geschlagen wurden. Es machte sie … realer. Tiefer.

Sie fühlte eine Hand auf ihrer Schulter. »Nimm Jedaos Gepäck«, sagte die Korra leise und schob Pelly in Richtung der immer noch erstarrt stehenden Marai. »Pelly, reiß dich zusammen! Bring Marai zu Stern! Sofort! Und beeilt euch, verdammt noch mal! Kratzer!«

Der Dünne packte den Toten und begann, ihn von der Treppe wegzuzerren. Ako sammelte die Tasche ein und warf Ensu den Köcher mit den Bolzen zu. Die lud die Waffe, bevor sie aufsah. »Na los, verschwindet nach drinnen. Uns läuft die Zeit davon!« Das Geräusch von Stiefeln unterstrich ihre Worte. Fuchs warf ihr einen Blick zu, der beinahe um Entschuldigung bat, bevor er Kampfstöcke zog. »Geht, wir halten sie auf!«

Ensu sah ihn von der Seite an und schüttelte verwirrt den Kopf. »Was stimmt heute nicht mit dir, Fuchs? Beweg deinen

Arsch da rein!« Damit nickte sie Ako zu, stand auf und feuerte ihren Bolzen ab.

Ako warf einen schnellen Blick über den Absatz. Die Garden waren bereits halb die Treppe heraufgestürmt, als das Geschoss im erhobenen Schild des vordersten Mannes einschlug – und ihn sofort in gleißend helle Flammen hüllte. Der Mann schrie, ließ den Schild fallen, stolperte rückwärts in die Nachfolgenden und riss zwei von ihnen mit sich hinab. Die übrigen Männer auf der Treppe hielten inne und feuerten ihrerseits Armbrüste ab.

Irgendetwas zischte kaum eine Handbreit an ihr vorbei und schlug mit dumpfem Klopfen in etwas ein. Der Bullige neben ihr grunzte, stolperte rückwärts und verlor beinahe seinen Hammer, als er versuchte, sich abzufangen. Pelly und Marai waren bereits weitergelaufen, rannten auf das gewaltige Tor zu, dessen Flügel einen Spalt geöffnet waren. Direkt vor der Öffnung hatte jemand eine Laterne abgestellt, und daneben stand Stern, die die Siegel auf der Oberfläche des uralten Portals studierte, als wäre sie vollkommen allein. Ako presste die Zähne aufeinander und sprang auf. Fuchs steckte mit einem wüsten Fluch seine Uai-Stöcke weg, packte den Bulligen am Arm und versuchte, ihn von der Treppe wegzuzerren. Auf der anderen Seite des Aufgangs ging Ensu in die Hocke und lud erneut ihren Werfer nach. Ein weiterer Bolzen zischte nach oben und schlug in die Decke ein. Mehr Putz rieselte auf sie herab.

Ako blieb stehen. *Das ist etwas, das man nie tun sollte. Nicht, wenn jemand auf dich schießt!* Sie ignorierte sich selbst und warf erneut einen Blick die Treppe hinab. Der Anblick ließ eine Gänsehaut über ihre Arme laufen. Die Gardisten hatten zwei weitere Schilde auf die Treppe gebracht, und hinter einem davon lehnte sich jetzt ein Schütze hervor. Seine Armbrust löste mit einem dumpfen Schlag aus, und das Geschoss zischte direkt auf Ensu zu. Ensu riss eine Hand hoch und wischte vor sich durch die Luft. Der Bolzen folgte ihrer Geste und schlug eine Handbreite über dem Kopf der Korra in der Wand ein, statt sie zu durchbohren. Ako zuckte zusammen, obwohl der Schuss nicht ihr gegolten hatte. Der Kerl verschwand wieder, dafür erschien fast im gleichen Augenblick hinter dem anderen Schild eine zweite Armbrust. Noch während der Gardist versuchte, ein Ziel zu finden, tauchten hinter ihm weitere Männer mit Schilden auf. Die Korra richtete sich auf und ließ sich fast sofort wieder fallen, als der nächste Bolzen Funken sprühend von der obersten Treppenstufe abprallte. »Na großartig. Wenn die hier hochkommen, sind wir so gut wie erledigt. Kratzer! Komm her!« Sie schoss blind über die Treppenkante nach unten, machte sich jedoch nicht die Mühe, nachzusehen.

Der Sehnige ließ den Toten los und hastete zurück zum Treppenabsatz, wo Ensu ihm mit dem Fuß den zweiten Bolzenwerfer und den Köcher zuschob. Bolzen rollten daraus hervor und klapperten die Stufen hinab. Er hob einen davon auf und rammte ihn in den Werfer, schoss, ohne hinzusehen, und griff nach einem zweiten.

Ako biss die Zähne aufeinander. Die Korra hatte recht. Der Bullige lag noch immer am Boden, ein Bolzen ragte ihm aus dem Oberschenkel. Fluchend versuchte er, auf die Füße zu kommen, doch selbst mit Fuchs' Hilfe schien es unklar, ob es ihm gelingen würde. Das Sperrfeuer des Sehnigen und der Korra würde die Schildträger kaum aufhalten, und ohne Waffen waren sie den Gardisten hier so gut wie schutzlos ausgeliefert. *Wenn wir den Klotz zurücklassen und laufen, viel-*

leicht ... Dann schüttelte sie den Kopf. So begann man keine gute Ballade. »Fuchs – kannst du deinen Freund zum Tor bringen?«

Der Lockige sah sie verwirrt an, zuckte dann jedoch mit den Schultern. »Keine Ahnung, ehrlich. Goog?«

Der Bullige grunzte und kämpfte sich nach oben, indem er sich schwer auf Fuchs und den Vorschlaghammer stützte. »Nicht schnell genug«, knurrte er düster. »Ich glaube, mein Bein kann mich kaum tragen.«

»Tja, da geht's dem Bein wie mir«, murmelte Fuchs. »Beweg dich!«

Der Goog starrte auf den toten Schützen hinunter. »Was ist mit ...?«

Fuchs folgte seinem Blick. »Tut mir leid, Jedao. Ich fürchte, du kannst nicht mitkommen«, flüsterte er. »Na los. Los!« Er zerrte Goog mit sich, und gemeinsam wankten sie in Richtung Tor.

»Und jetzt was?« Ensu legte einen weiteren Bolzen ein und warf Ako einen zornigen Blick zu.

»Jetzt sag mir, ob sie alle auf der Treppe sind.« Ako ließ sich wieder auf den Boden fallen und schob sich vorwärts, bis ihre Fingerspitzen die oberste Treppenstufe berührten.

»Das sieht sehr seltsam aus, weißt du das?« Die Korra schniefte. Dann richtete sie sich kurz auf, warf einen Blick in den Gang hinab und schoss den Bolzen ab, bevor sie sich erneut duckte. »Vier von ihnen.«

»In Ordnung, das war's für mich. Viel Glück.« Kratzer robbte rückwärts, stand dann auf und rannte geduckt hinter seinen Kumpanen her.

»Du ... was ...? Ich ...« Ako riss sich zusammen. Sie schloss die Augen und atmete aus. Die Wärme floss aus ihren Fingern in den Stein. Ihre Füße wurden kalt, ihre Waden, so als stünde sie in einem eisigen Gebirgsbach. Ein Helm tauchte vor ihr auf, dann der Rand eines Schilds. Für einen Moment trafen sich ihr Blick und der des Gardisten. Und dann, von einem Moment auf den anderen, glitt der Mann aus und verschwand aus ihrem Blickfeld. Sein erschrockener Aufschrei mischte sich in das Scheppern und Krachen von Rüstungen auf Stein und weitere erschrockene Schreie. Sie zog ihre eiskalt gewordenen Hände zurück und ballte sie zu Fäusten. Zitternd kam sie auf die Füße und stolperte den anderen hinterher. Ensu tauchte plötzlich neben ihr auf und zerrte sie vorwärts. Sie hatten Zeit erkauft – aber nicht viel.

»Verdammt, beeilt euch!« Fuchs und Kratzer standen im offenen Portal und sahen ihnen angespannt entgegen.

Aber keiner kommt, um uns zu helfen. Ich hab euch gerade den Arsch gerettet! Ako biss die Zähne zusammen und lief weiter, prallte schließlich gegen einen der Torflügel und wurde von Fuchs hindurchgezogen. »Das hält nicht lange«, stieß sie keuchend hervor und winkte unbestimmt hinter sich. »Schließt das Tor!«

»Guter Plan!« Fuchs packte den Flügel und zog.

Neben ihm zerrte Kratzer an der anderen Hälfte, und mit einem dumpfen Knarren begann sich der Spalt zu schließen. Ako wandte sich um und atmete tief durch. Ihre Beine begannen zu prickeln wie unter tausend Nadelstichen.

»Nein!« Die Citani, Stern, war einige Schritte in den riesigen, nachtschwarzen Raum hineingegangen und fuhr jetzt herum. »Nein, Das dürft ihr nicht!« Etwas Seltsames lag in ihrem Blick, das Ako einen Schauer über den Rücken trieb. Sie drehte sich ebenfalls um und sah durch die letzte, schwindende Öffnung zwei Gardisten, die soeben mühsam die Treppe erklommen. Dann schloss sich der Spalt mit einem nachhallenden Dröhnen endgültig.

»Nein!«, rief Stern erneut und lief an Ako vorbei, um sich gegen das Tor zu werfen. »Verdammt!« Sie drehte sich um und schrie Fuchs und Kratzer an. »Ihr elenden Volltrottel! Ihr ...!« Sie würgte einen unartikulierten Wutlaut hervor und hieb mit der Faust gegen den Torflügel.

Fuchs wechselte einen verwirrten Blick mit Kratzer, dann sah er Stern an. »Äh ...«, machte er.

»Dieses verdammte Tor hätte offen bleiben müssen!«, knurrte Stern und betonte jedes Wort. Sie zitterte sichtlich vor Wut. »Es ist, soweit wir wissen, der einzige Ausgang.«

»Umso besser«, sagte Kratzer düster. Er wirkte nicht begeistert davon, angeschrien zu werden, und musterte das Tor. »Wenn wir jetzt noch rausfinden, wie wir es versperren, dann ...«

»Es ist verschlossen!« Für einen Moment sah Stern aus, als würde der nächste Faustschlag in Kratzers Gesicht landen. Dann jedoch lockerte sie ihre Finger. »Das Siegel hat gegriffen. Wir sind eingesperrt, und nichts, was die da draußen tun, kann es öffnen, bevor es wieder vollständig aufgeladen ist. Das heißt aber auch, dass wir hier festsitzen. Vielen Dank, ihr zwei Schwachköpfe. Festsitzen!«

Für einen langen Moment sagte niemand etwas.

Schließlich räusperte sich der Goog. »Das ist also nicht so gut, oder?« Blut sickerte an seinem Oberschenkel hinab und färbte die Hose dunkel.

Stern starrte ihn an. »Nein«, sagte sie schließlich, »das ist gar nicht so gut, Goog.«

»Hm.«

»Ich muss nachdenken.« Stern stand auf und musterte die

Innenseite des Tors, die ebenfalls mit Schnitzereien von Landschaften und unglaublich komplizierten Siegeln förmlich überkrustet war.

Niemand sprach, also hielt Ako ebenfalls den Mund. Abwesend rieb sie sich die noch immer kribbelnden Finger, in die erst langsam das Gefühl zurückkehrte, und sah sich um.

Im Moment besaßen sie nur drei Lichtquellen. Zum einen die Fackel in Sterns Hand und darüber hinaus die zwei Laternen, die jetzt am Boden zwischen ihnen standen. Die anderen lagerten sich instinktiv darum wie um ein Lagerfeuer, so als könnte das kleine Licht die tiefe Dunkelheit vertreiben, die um sie herrschte. Ako ging beiseite, einen Schritt, zwei, so lange, bis sie die Laternen im Rücken hatte und sich ihre Augen langsam an die Dunkelheit gewöhnten. Um sie herum herrschte fast völlige Stille, die durch Marais ersticktes Schniefen vielleicht noch absoluter wirkte. Wie es aussah, befanden sie sich in einer Halle. Nicht sonderlich hoch, aber groß genug, um einen Widerhall von Marais Stimme zu erzeugen. Der Boden bestand aus ausgetretenen Steinplatten, auf denen der Staub fingerdick lag, die Decke war, soweit sie erkennen konnte, aus mächtigen, rußgeschwärzten Holzbohlen zusammengesetzt, die in regelmäßigen Abständen von Stützbalken getragen wurde. Rostige Haken und Seile hingen davon herab. Überall standen Kisten und Truhen. Der Großteil war augenscheinlich schon vor ewigen Zeiten aufgebrochen und die Inhalte achtlos über den Boden verstreut worden, wo sie ebenfalls langsam unter der Staubschicht verschwanden. Der ganze Ort strahlte Alter aus, sogar der Geruch war alt. Nicht so sehr muffig, modrig oder nach Verfall riechend, sondern einfach nur nach Staub, altem Holz und den vertrockneten Hüllen von Insekten. Wie ein Ort, der seit Jahrzehnten, wenn nicht

Jahrhunderten nicht mehr besucht worden war. Im Grunde sogar angenehm.

Nur dass es eine Illusion war. Jetzt, da sie besser sah, konnte sie im Staub eine breite Spur erkennen, wo viele Stiefel die Ruhe dieses Orts gestört hatten. Sie führte direkt von der kleinen Insel aus Licht weg in die Dunkelheit. In das geheimnisvolle Innere des Hauses der *Aufgehenden Sonne,* das noch nicht einmal Gowyn M'Shane besungen hatte.

Hinter ihr polterte es, und Ako drehte sich um. Der bullige Mann, *der Goog?*, war umgefallen und grunzte jetzt vor Schmerzen. Er hatte den Bolzen gepackt, der noch immer aus der Rückseite seines Oberschenkels ragte, und zog daran.

»Halt!« Ako zuckte selbst zusammen, als ihr klar wurde, wie laut ihre Stimme hier klang. Immerhin hielt der Goog inne. »Halt«, wiederholte sie leiser. »Zieh das Ding nicht raus. Wenn du Pech hast, verblutest du.«

Der Goog funkelte sie düster an. »Woher willst du das wissen? Das ist 'n Kratzer, mehr nicht.«

»Auch Kratzer können dich umbringen«, sagte Ako.

»Hör auf die Frau. Sie hat völlig recht!«, warf Kratzer ein und grinste breit. »Ich mag sie, glaube ich.«

Ako ignorierte ihn. »Ernsthaft. Ich habe einen Mann gesehen, der mit einem Messer im Kopf zu meiner Großmutter kam, um sich behandeln zu lassen. Er hielt die Wunde nicht für schlimm, weil er ja noch lebte. Also hat er die Klinge rausgezogen, bevor meine Großmutter ihn aufhalten konnte. Er war binnen weniger Lidschläge tot.« *Und ich musste zwei Tage lang die verdammte Stube reinigen. Nicht dass Blut gut aus Holz herauszubringen war …*

»Sie hat recht«, kam ihr Pelly zu Hilfe. »Lass das Ding stecken, bis ich untersuchen kann, ob es dich nicht noch umbringt.« Die zierliche Frau nickte Ako zu. »Wenn ich dich rausbringen ...«

»Kannst du nicht.« Stern drehte sich um, ihr Gesicht eine unlesbare Maske. »Wir können hier nicht bleiben. Das Tor öffnet sich nicht von allein. Nicht rechtzeitig für uns. Also müssen wir einen anderen Weg suchen.«

»Außerdem sind eine ganze Menge Leute schon vor uns hier reingegangen«, warf Ako ein und deutete auf die breite Spur von Fußabdrücken.

Im Gesicht der Anführerin zuckte es. »Ich weiß. Mlimas Leute. Ihr habt alle die Toten draußen gesehen. Sie standen dort, um das offene Tor zu bewachen. Niemand hat je das Tor bewacht. Weil es immer geschlossen war.« Sie starrte in die Dunkelheit. »Das war so nicht geplant, nein, war es nicht«, murmelte sie.

»Und wer immer sie umgebracht hat, dürfte auch hier sein«, warf Fuchs düster ein.

»Wir müssen hinterher.« Das Zucken in Sterns Gesicht ließ nicht nach.

»Stern, wir können nicht weiter. Googs Bein ...«

»Kannst du das schnell behandeln, Pelly?«, fragte Stern, ohne sich umzudrehen.

Die zierliche Frau antwortete nicht gleich. Sie musterte die Stelle im Oberschenkel des Goog eingehend, bevor sie zögerlich den Kopf schüttelte. »Ich brauche Licht und Zeit. Ich brauche ein Feuer, Wasser, vor allem aber Zeit. Am besten wär's, wenn wir ihn in die Jurdagass...«

»Nein.« Erneut unterbrach Stern. »Ihr habt nicht zugehört. Wir können nicht durch das Tor zurück. Wir müssen einen anderen Ausgang finden. Du musst das hier schaffen. Nicht zurück.«

»Stern, ich kann das nicht! Ich bin kein Feldscher. Ich kann das selbst unter den besten Umständen nur notdürftig. Hier …« Sie brach hilflos ab.

Fuchs seufzte und stand auf. »Dann lasst uns hier nicht noch mehr Zeit vergeuden. Wir sollten einen besseren Lagerplatz finden, damit Pelly ihre Arbeit machen kann.«

Stern schüttelte den Kopf. »Nein. Ich weiß nicht, wie Mlima vor uns hier sein konnte, aber das darf nicht so bleiben.« Sie ging einige Schritte in den Raum hinein, so als ob sie den Spuren auf dem Boden sofort folgen wollte. Dann zögerte sie und drehte sich um. Es schien sie Kraft zu kosten. »Pelly, solange der Goog sich nicht bewegt, ist er nicht in akuter Gefahr, oder?«

Die zierliche Frau zuckte mit den Schultern, dann nickte sie. »Ich denke schon, ja. Aber …«

»Dann bleibst du hier, Goog.«

Die anderen sahen sie verständnislos an. Der Bullige schüttelte verwirrt den Kopf. »Was? Ich denke, ich krieg das hin, Stern. Das ist nur 'ne Fleischwunde. Wenn Pelly …«

»Nein«, unterbrach Stern bestimmt. »Selbst wenn Pelly den Bolzen entfernt, hältst du uns nur auf. Wir müssen schnell sein, wenn wir Mlima überholen wollen, und heimlich. Und wenn wir kämpfen müssen, bist du uns auf einem Bein auch zu nichts nütze. Nichts.« Sie deutete auf die Stapel eingestaubter Kisten, die jetzt im Widerschein ihrer Fackel zu ihrer Rechten zu erkennen waren. Einige Tücher hingen darüber, und jetzt, als sie ein, zwei Schritte weiter in diese Richtung ging, wurde weiteres aufgestapeltes Mobiliar sichtbar. »Tut mir leid, Goog, aber du bleibst hier. Geh in Deckung und hab ein Auge auf das Tor. Wir wissen nicht, wie es Mlima gelungen ist, es zu öffnen. Vielleicht können ihre Leute es noch mal. Das Tor.«

»Schon komisch, oder, Stern?«, fragte Ensu leise. »Ausgerechnet jetzt. Ich meine, seit Generationen ist das Tor verschlossen, und jetzt, wo du einen Weg gefunden hast, hier reinzukommen, findet Mlima einen gerade vor uns? Kommt euch das nicht seltsam vor?«

Ako sah sie an. Die kleine Korra starrte ins Dunkel und kaute nervös auf einer Haarsträhne. Ihr Finger lag am Abzug ihres Bolzenwerfers.

Stern klopfte sich nachdenklich gegen die Unterlippe. »Ich werde sie fragen, wenn ich sie treffe. Aber eigentlich möchte ich das vermeiden. Das ändert aber nichts daran: Goog, du bleibst hier. Kratzer, Fuchs, helft ihm dort rüber. Und Fuchs – die Kasse. Lass sie hier. Wir werden deine Fähigkeiten noch brauchen.«

»Stern, ich …«

Die Korra unterbrach ihn scharf. »Das war ein Befehl, Goog. Du bleibst und bewachst diese Kiste mit deinem Leben. Wir bleiben nicht lange. Beim Donner, es ist nur ein Haus. Wir werden nicht lange brauchen. Nur ein Haus.«

Ensu schnaubte. »Was macht dich so sicher? Und was ist überhaupt so wichtig daran, Mlima einzuholen?«

Stern würdigte sie keiner Antwort.

Es dauerte nicht lange, bis sie eine geeignete Stelle gefunden hatten, um dem Bulligen ein Lager einzurichten. Ako war einige Schritte beiseitegetreten und hatte sich damit beschäftigt, den Inhalt einiger der zahllosen Kisten in dieser Halle zu untersuchen. Bislang war sie auf nichts gestoßen, das einen zweiten Blick wert gewesen wäre. Altes, angelaufenes Zinngeschirr, von Würmern zerfressene Holzteller, Tuchballen, so morsch, dass sie bei bloßer Berührung begannen, sich aufzulösen. Stapel von Säcken enthielten uraltes Getreide, vermischt mit den leeren Hülsen von Käfern, die einst davon gelebt haben mochten, und Tonkrüge, deren Wachssiegel schon lange verrottet waren, verströmten immer noch einen Hauch von Essiggeruch oder altem Shouri. Wie es aussah, waren hier Haushaltswaren für Hunderte Menschen gelagert und bereits vor Hunderten von Jahren vergessen worden. Sie nickte stumm und ging weiter an der Kiste entlang bis zum ersten der gewaltigen Stützbalken. Wie beiläufig strich ihre Hand über die trockene, rissige Oberfläche des uralten Holzes, bis ihre Fingerspitzen eine Gravur fanden. Sie hielt inne und betastete die Säule erneut, fuhr die tief eingeschnittenen Linien nach. Ein Name.

»Ako.«

Sie wandte sich um. Die anderen hatten aus einigen der Kisten und Planen eine Nische für den Verwundeten geschaffen und sammelten sich jetzt. Fuchs nickte ihr zu und drückte ihr eine Tasche in die Hand.

»Also gut«, sagte Stern leise, »wir befinden uns auf einem Gebiet, zu dem es mehr Gerüchte gibt als gesichertes Wissen. Aber worin sich alle Quellen, die ich finden konnte, einig sind, ist, dass Zeit wichtig ist. Es gibt einen Raum, der das Geheimnis der *Aufgehenden Sonne* birgt, den Schlüssel zu größerem Reichtum, als die Welt in den letzten zweihundert Jahren gesehen hat. Den Schlüssel. Und den Schlüssel dazu, wie wir hier wieder herauskommen. All das fällt dem zu, der es als Erster erreicht. Ich bin in meiner Planung davon ausgegangen, dass wir so viel Zeit haben, wie wir brauchen, um diesen Ort hier zu erkunden. Dass Mlima und mit ihr vermutlich ein guter Teil ihrer Leute vor uns hier angekommen ist, ändert alles. Wenn sie findet, was wir suchen, dann … Zeit.«

Sie hob die Schultern und ließ sie wieder fallen. »Ich habe keinen Plan für diesen Fall. Wir brauchen einen neuen Plan. Einen Plan.«

Ako stellte fest, dass sich die seltsamen Wiederholungen der Citani zu häufen schienen, je angespannter sie wurde. Im Gesicht der Frau zuckte es erneut.

Fuchs räusperte sich. »Aber wie willst du unbemerkt an ihr vorbeikommen? Wir wissen nichts über das, was uns erwartet. Wir wissen nicht einmal, wie viele Stockwerke noch über uns liegen oder wo wir suchen sollen.«

»Mindestens zwei Dutzend«, hörte sich Ako selbst sagen, bevor sie sich zurückhalten konnte. Sie hatte es eigentlich nur gemurmelt, doch plötzlich ruhten alle Augen auf ihr.

»Was?«, fragte Ensu misstrauisch.

»Zwei Dutzend?« Stern musterte sie scharf. »Ich habe nichts darüber gefunden.«

Ako stellte fest, dass irgendetwas an der Haltung seiner Anführerin Kratzer dazu veranlasste, die Hände auf die Griffe der Dolche in seinem Gürtel zu legen. Nur mit Mühe konnte sie den Reflex unterdrücken, einen Schritt zurückzutreten. »Na ja. Ich hab doch gesagt, ich schreibe Lieder. Und ich kenne noch mehr davon.«

»Und du meinst, dass uns Trinklieder hier was bringen? Was willst du machen, Taruki? Eine Karte herbeisingen? Vortanzen, vielleicht?«

Ako hob das Kinn und sah Kratzer an. Sie hatte sich auf ihrer Reise an abfällige Bemerkungen über ihre Herkunft gewöhnt. Die Korra-Treiber hatten keinen Hehl daraus gemacht, dass sie sich selbst für wertvoller hielten als die »Wilden aus der Wüste«. Und das, obwohl sie es waren, die ihr Essen über Feuern aus Mist kochten. Aber diese Einstellung hatten sie jedem gegenüber, der kein Korra war – und auch den meisten Korra gegenüber, die nicht aus ihrem Clan stammten. Es schien nicht persönlich gemeint zu sein. Dieser Kerl dagegen hatte etwas an sich, das mehr als nur beiläufig abschätzig war. »Ich kenne 26 Lieder, in denen die *Aufgehende Sonne* ausdrücklich erwähnt wird«, sagte sie kühl. »Ganze acht davon sind älter als 200 Jahre. Und wenn man sie vergleicht, kann man interessante Dinge über dieses Haus erfahren. Zum Beispiel, dass es in unserem Stockwerk hier nur einen direkten Zugang zum Schacht gibt, eine kleine Tür, durch die Herabgefallenes aus diesem Netz geborgen wird. Übrigens gab es dafür eigene Sklaven. Man muss wohl schnell sein, bevor das Netz seine Opfer frisst. Behaupten zumindest vier Quellen.«

»Frisst?« Pelly sah sie plötzlich interessiert an, doch Ako zuckte nur die Schultern. »Man muss nicht alles wörtlich nehmen. Es sind Lieder. Aber ich glaube daran, dass es stimmt. Ich habe nämlich noch etwas Besseres als Lieder. Ich habe eine Karte gesehen.«

»Du hast«, wiederholte Stern nach einem langen Moment des Schweigens, »eine Karte gesehen. Karte.«

»Vom Inneren der *Sonne*«, fügte Fuchs hinzu. Er klang ein wenig beleidigt.

Ako zuckte mit den Schultern. »Ich habe doch gesagt, dass ich hierherwill. Und das sicher nicht wegen des Shouri. Jetzt schaut nicht so – man kann aus alten Liedern eine Menge lernen.«

»Karten zeichnen, zum Beispiel«, sagte Ensu trocken.

Ako widerstand dem Drang, mit den Augen zu rollen. »Nein, diese Karte ist nicht von mir. Sie ist mir … sie ist alt. Ziemlich alt.«

»Eine alte Karte. Über das Innere der *Aufgehenden Sonne*«, wiederholte Kratzer erneut. »Jetzt erzähl mir nur noch, dass sie dir ein geheimnisvoller Fremder überlassen hat. Dann muss ich kotzen. Das glaubst du doch selbst nicht.«

Ako warf dem Sehnigen erneut einen düsteren Blick zu. »Meine Großmutter war *Kukambe*. Heilerin. Ein durchreisender Citani-Händler hat damit einen Teil seiner Schulden beglichen, als meine Großmutter ihn nach einem Unfall wieder zusammengeflickt hat. Also ja, man kann sagen, dass er sie meiner Familie überlassen hat. Zufrieden?«

Sie sah Stern an. »Genau genommen ist es nur ein Teil einer Schriftrolle, auf der einige Stockwerke eingezeichnet waren. Unter anderem dieses hier.« Sie sah sich um und deutete dann in die Dunkelheit. »Ich bin mir sicher, dass der Zugang zum Schacht dort drüben liegt. Außerdem gibt es dort eine Reihe weiterer Kammern. Ich konnte die Schrift nicht lesen, aber ich glaube, dass diese Ebene hier einst vor allem als Lager gedient hat. Und ich bin außerdem sicher, dass es mehrere Treppen nach oben gibt.«

Stern trat jetzt näher und musterte Ako zum ersten Mal genauer. »Wo ist diese Karte jetzt?«, fragte sie leise.

Ako widerstand der Versuchung, ihr Wams anzufassen, ohne mit der Wimper zu zucken. »In meinem Kopf.« Sie lächelte breit, und nach einem Augenblick entspannte sich Stern.

»Es hat einen Grund, dass du zu uns gestoßen bist, Taruki. Alles hat einen Grund.« Sie schniefte, jetzt wieder ungerührt. »Dann sollten wir wohl gut auf diesen Kopf achten. Wenn du recht hast.«

Ako schloss kurz die Augen und rief sich die Zeichnung in Erinnerung. »Die Spuren führen direkt zum Haupttreppenaufgang. Und der führt, wenn ich das richtig verstanden habe, zwei Stockwerke nach oben. Dort oben gibt es vor allem einen großen Saal, der rings um den Schacht läuft. Ungefähr so wie unten.« Sie öffnete die Augen wieder und deutete nach links. »Der Schacht liegt gleich hinter dieser Wand dort. Es gibt eine Handvoll Räume hier, und in einem ist eine Treppe nach oben ins nächste Stockwerk. Ich glaube, dort sind irgendwelche Räume für Diener. Küchen und dergleichen.«

»Hm.« Stern klopfte sich nachdenklich gegen die Unterlippe. »Wenn wir wüssten, wie weit Mlima vor uns ist.«

»Und wie viele von ihren Leuten sie dabeihat«, fügte Fuchs hinzu. »Ich glaube, ich ahne, warum die Gardisten vorhin unbehelligt so weit gekommen sind.«

»Ich wüsste gern, warum ich das Gefühl habe, dass hier irgendwas nicht stimmt«, sagte Ensu leise. »Erst findest du einen Weg hier hinein, der seit mehr als hundert Jahren verschlossen war, Stern. Dann hat Mlima ausgerechnet im selben Moment einen eigenen Weg entdeckt. Und *dann* taucht die hier auf«, sie deutete auf Ako. »Am selben Tag. Und sie behauptet, eine Karte zu haben, die uns führen kann. Etwas viele seltsame Zufälle, wenn du mich fragst.«

Ensu musterte Ako misstrauisch und kaute nervös auf einer Haarsträhne. Ihr Finger lag am Abzug ihres Bolzenwerfers. Ako hielt ihrem Blick stand. »Ich weiß nur, dass ich seit vielen Monden unterwegs bin, um diesen Ort zu sehen. Wenn irgendetwas nicht stimmt, dann hat es nichts mit mir zu tun. Dann muss es Schicksal sein.«

»Nur weil du keine Ahnung hast, dass du Schuld an etwas hast, heißt das nicht, dass du nicht dafür verantwortlich bist«, sagte Fuchs leise.

Ako riss ihre Augen von Ensu los und sah ihn an. »Die

Lehren des Ragot«, sagte sie. »Meine Großmutter zitiert ihn gern. ›Lass dir nie einreden, deine Meinung sei weniger wert als die all der anderen Säcke da draußen. Die Hälfte der Zeit wissen sie auch nicht, was sie reden.‹ Richtig?«

Fuchs sah sie verblüfft an. Dann lachte er leise auf. »So gesehen …«

»Wenn ihr fertig seid, würde ich gern aufbrechen«, warf Stern ein. »Wenn du uns also zeigen könntest, wo wir diese Treppe finden, Taruki.«

»Ako. Ich habe einen Namen, Rauta. Und ich mag es, wenn man ihn benutzt.« Sie lächelte Stern betont freundlich an. Aus dem Augenwinkel konnte sie sehen, dass Ensus Mundwinkel zuckten. Sie deutete ins Dunkel. »Dort entlang.«

BUTSU

In diesem Stockwerk kamen Baelis und die Guam zügig
voran. Eine Reihe großer Löcher in den Wänden ersparte
ihnen die mühevolle Suche nach offenen Türen und Durchgängen. Sie lagerten in einem Kaminzimmer, in dem auch
andere vor ihnen bereits gelagert haben mussten, denn in der
Feuerstelle fanden sie Reste von aus den Wänden heraus-
gebrochenen Holzbrettern, die zum Feuern benutzt worden
waren. Mern tat es ihren Vorgängern gleich und stemmte
ebenfalls eine Handvoll Bretter aus den Wänden, und die
Guam bereitete aus den mitgebrachten Vorräten eine schmack-
hafte Mahlzeit zu. Für eine Hofbeamtin, die sich normalerweise nicht mit so ordinären Dingen wie dem Kochen aufhalten
musste, waren ihre Fertigkeiten auf diesem Gebiet ausgezeich-
net. Die Reisbällchen hatten genau die richtige Bissfestigkeit
und zergingen regelrecht auf der Zunge.

»Ihr solltet eine Küche aufmachen«, sagte Baelis anerkennend zwischen zwei Bissen.

Die Guam lächelte. »In einem früheren Leben habe ich das
sogar schon getan, aber es war mir auf Dauer zu aufwendig.
Es verdirbt den Spaß am Kochen.«

»Ihr könntet Köche beschäftigen, die den lästigen Part für
Euch übernehmen.«

»Du hast soeben recht anschaulich das Wesen der Politik beschrieben.«

»Sicher? Ich dachte, das Wesen der Politik läge darin, einen furchtbaren Fraß zusammenzumischen und den Gästen als Spezialität zu verkaufen.«

»So wie Selcanische Meeralgen zum Beispiel?« Die Guam nickte nachdenklich. »Ja, das trifft in etwa die Art, wie man bei uns in Atail regiert.«

Mitten in der Nacht – oder was Baelis dafür hielt – wurden sie durch ein entferntes Krachen geweckt. Dem ersten Krachen folgten weitere bedrohliche Geräusche, die sich zum Glück rasch entfernten. Mit gezückten Waffen lauschten sie eine Weile in die Dunkelheit hinein. Da keine weiteren Geräusche mehr zu ihnen drangen, schliefen sie irgendwann wieder ein.

Als die Nachtruhe beendet war, aßen sie die kalten Reste des Vorabends und packten ihre Sachen zusammen. Eine Zeit lang folgten sie der Spur der Löcher in den Wänden. Sie zog sich recht zufällig durch das Gebäude hindurch, so als hätte sich ein wild gewordener Ochse mit Gewalt seinen Weg gebahnt. Baelis kam dieser Gedanke nicht mehr ganz so abwegig vor wie noch vor wenigen Stunden. Es stellte sich höchstens die Frage, wie ein so gewaltiges Tier in dieses Labyrinth hineingeraten sein konnte. Eine halbe Stunde – oder vielleicht auch einen halben Tag später stießen sie auf die Leiche eines Tenburrers. Zumindest ließen das die Reste seiner Kleidung annehmen. An den Gesichtszügen konnten sie es nicht mehr ausmachen, denn dem Toten fehlte der Kopf. Jedenfalls musste er schon eine ganze Weile an diesem Ort gelegen haben. Sein Körper war vollständig ausgetrocknet und an zahlreichen Stellen von Mäusen und anderem Getier angenagt.

»Wo wohl der Kopf abgeblieben ist?«, fragte sich Baelis,

während sie in die Hocke ging und die Leiche interessiert musterte.

»Kopfgeldjäger«, vermutete einer der Gardisten, ein stiernackiger Kerl aus dem Süden.

»Sicherlich ein ganz einträgliches Geschäft in diesen Räumen …« Baelis kniete sich auf den Boden und untersuchte die Leiche. Dass der Tenburrer keine sonstigen Verletzungen aufwies, ließ darauf schließen, dass es sich um einen Gefangenen gehandelt hatte oder er überrascht worden war. Der zweite Gedanke gefiel Baelis überhaupt nicht. Obwohl sie aufgrund des Alters der Leiche nicht davon ausging, dass ihr Mörder sich noch irgendwo in der Nähe aufhielt, gab sie den Gardisten dennoch den Befehl, auf ihre Rückendeckung zu achten. Nach einer ganzen Weile erreichten sie erneut den Mittelschacht, und sie hatte den Eindruck, dass sie wieder ein kleines Stückchen weiter hinaufgelangt waren. Zwei Stockwerke über ihnen glaubte sie, kurz einige Gestalten zu erspähen, was die Guam mit einem gezischten Fluch quittierte.

»Mlima.«

Baelis runzelte die Stirn. Wie hatte sich die Wirtin einfach so unbemerkt an ihnen vorbeischleichen können? War sie eventuell im Besitz einer besseren Karte, oder hatten sie sogar eine Abkürzung gefunden? Sie warf einen Seitenblick auf die Guam, die mit verkniffener Miene auf ihre Karte hinunterstarrte und dann nach Osten wies, wieder fort von dem Mittelschacht, in die Tiefe des Gebäudes hinein.

Einige Zeit später stolperten sie über einen kleinen, bärtigen Mann, der sie mit weit aufgerissenen Augen anstarrte. Im ersten Augenblick hatten sie ihn beinahe mit einer Statue verwechselt, denn er stand völlig regungslos da und war von Kopf bis zu den Füßen mit einer Schicht aus grauem Staub bedeckt. Nur das Licht ihrer Laternen, das sich in seinen Augen spiegelte, verriet, dass sie es mit einem lebendigen Wesen zu tun hatten.

Baelis zog ihr Schwert aus der Scheide und ging langsam auf den Fremden zu. Er bewegte sich nicht vom Fleck. Doch als sie ihre Laterne hob, um ihn genauer in Augenschein zu nehmen, sah sie, dass er am ganzen Leib zitterte. »Keine Angst«, sagte sie leise, um ihn nicht zu verschrecken. »Ich tue dir nichts.«

Der Fremde öffnete den Mund und bewegte den Kiefer, doch seiner Kehle entrang sich kaum mehr als ein heiseres Krächzen.

»Bist du allein?« Baelis hob die Laterne noch ein Stückchen höher und musterte ihre Umgebung. »Wie ist dein Name?«

Der Fremde öffnete erneut den Mund und brachte wieder nur ein Krächzen zustande.

Baelis nickte und deutete zu den anderen hinüber. »Wenn du Hunger hast, bist du herzlich eingeladen. Wir haben eine ganz hervorragende Köchin bei uns, und du siehst aus, als könntest du eine kleine Stärkung gebrauchen.« Als der Fremde auch darauf nichts entgegnete, steckte sie ihr Schwert zurück in die Scheide und machte eine einladende Geste. Dann wandte sie sich um und lief zurück, ohne sich noch einmal nach dem Fremden umzuschauen. Dem leisen Klatschen seiner nackten Füße entnahm sie, dass er ihr nach kurzem Zögern folgte.

Er musste schon eine halbe Ewigkeit nichts Anständiges mehr zu sich genommen haben, denn er stopfte die Reisbällchen so hastig in sich hinein, dass man kaum hinterherkam. Er aß so schnell und konzentriert, als hinge sein Leben davon ab. Als er endlich fertig war, legte er den Zeigefinger an die Lippen. Er streckte ein Ohr in die Höhe und lauschte angestrengt in die Dunkelheit. Seine Züge wirkten so angespannt, dass sämtliche Umstehenden die Luft anhielten. Als er schließlich auch das Lauschen beendet hatte, sackte er in sich zusammen und stieß ein erleichtertes Rülpsen aus.

»Wer ist diese Kreatur?«, fragte die Guam stirnrunzelnd.

»Vielleicht einer dieser Kopfgeldjäger, die den Tenburrer getötet haben«, sagte der stiernackiger Gardist, der die Hand nicht von seiner Waffe ließ.

»Ein ziemlich erfolgloser«, sagte Baelis. »Ich sehe jedenfalls keine Köpfe an seinem Gürtel hängen.«

»Vielleicht hat er sie vor uns versteckt?«

Baelis blickte ihn kopfschüttelnd an. »Was ist das nur mit dieser Kopfgeldjägersache? Gibt es dazu eine Vorgeschichte, die wir kennen müssen?«

Der Stiernackige runzelte die Stirn in dem vermutlich erfolglosen Versuch zu begreifen, ob es sich bei ihrer Entgegnung um eine ernst gemeinte Frage oder eine Beleidigung handelte. Schließlich schüttelte er den kahlen Schädel und stieß dem Fremden den Zeigefinger gegen die magere Brust. »Ich mag ihn einfach nicht.«

»Ich kann dich auch nicht leiden«, sagte der Fremde mit krächzender Stimme. Er räusperte sich und stieß dem Stiernackigen seinerseits einen dürren Zeigefinger gegen die Brust. Die Geste kam so unverhofft, dass dem Gardisten in seiner Verblüffung noch nicht einmal einfiel, ihm die Hand dafür zu brechen. »Du bist nämlich viel zu laut«, blaffte ihn der Fremde an. »Das ist leichtsinnig. Und dumm. Vor allem dumm.«

Der Stiernackige starrte ihn einen Moment lang sprachlos an, doch dann verengten sich die Schweinsäuglein, und seine

Wangen färbten sich feuerrot. Schnell stellte sich Baelis zwischen die beiden und blickte den Fremden strafend an. »Hüte deine Zunge. Die kaiserlichen Gardisten verstehen in diesen Dingen keinen Spaß. Eigentlich verstehen sie grundsätzlich kaum Spaß, aber wenn man sie provoziert, noch viel weniger.«

Völlig ungerührt, so als hätte er es tatsächlich täglich mit zweihundert Pfund schweren Kolossen in Rüstung zu tun, zuckte der Fremde mit den Schultern. »Ich habe schon Schlimmere erlebt.«

»So?«

»Allerdings.«

»Wen denn zum Beispiel?«

»Den Butsu.«

Der Fremde nannte sich Stein, und er stopfte ihre Vorräte in sich hinein wie in ein Fass ohne Boden. Er hatte schon seit unzähligen Tagen nichts Anständiges mehr zu essen bekommen. Die Wochen und Monate – oder Jahre? – davor hatte er von Pilzen und kleinen Insekten gelebt. Er stammte ursprünglich wohl ebenfalls aus Tenburro, so wie der Tote, den sie gefunden hatten. Er war der letzte Überlebende einer größeren Gruppe, die auf der Suche nach Schätzen bis in dieses Stockwerk vorgedrungen war. Es kostete Baelis große Mühe, ihm diese Informationen aus der Nase zu ziehen, denn immer wieder unterbrach er seine Erzählung, um zu essen, in die Ferne zu lauschen oder zusammenhangloses Zeug zu faseln. Er erzählte eine Menge wirrer Dinge, bis er endlich zum Punkt kam.

Das Stockwerk, in dem sie sich befanden, wurde angeblich von einem Wesen namens Butsu tyrannisiert. Stein sprach den

Namen so voller Ehrfurcht aus, als müsste ihn jeder kennen. Doch wahrscheinlich hatte er ihn sich im Verlauf seiner einsamen Gefangenschaft nur ausgedacht. Sein Butsu war so groß wie zwei Ochsen, mit einem gewaltigen Maul, das mühelos einen ganzen Menschen verschlingen konnte. Er lief auf zwei Beinen, so dick wie Baumstämme, und wenn er sich durch das Stockwerk bewegte, hielt er sich nicht mit Türen auf. Er brach sich seinen Weg durch die Wände, als wären sie aus Stroh oder Lehm gebaut.

Baelis hielt diese Beschreibung für ausgemachten Blödsinn. Vermutlich hatte Stein den Verstand verloren, oder die Pilze, von denen er sich ernährt hatte, waren mit giftigen Substanzen gefüllt gewesen. Ein Wesen dieser Größe hätte wohl kaum längere Zeit in diesen Räumen überlebt, denn es hätte Unmengen Nahrung zu sich nehmen müssen. Doch das Einzige, was es außer den Pilzen hier noch zu fressen gab, wäre Stein gewesen, an dem nun wirklich nicht viel zu beißen war.

Jedenfalls war Stein felsenfest von der Existenz dieses Wesens überzeugt. Zum ersten Mal hatte es seine Gruppe überrascht, als sie ganz in der Nähe des Kaminzimmers ihr Lager aufgeschlagen hatten. Sie waren recht sorglos gewesen, weil sie in diesem Stockwerk bis dahin noch auf kein lebendiges Wesen gestoßen waren. Aus diesem Grund hatten sie auch keine Wachen aufgestellt. Als sie müde um ihr Feuer herumgesessen hatten und den Weinschlauch kreisen ließen, war der Butsu ohne Vorwarnung durch die Wand gebrochen und hatte ihrem Anführer den Kopf abgebissen. Danach hatte er mit dem Körper des Unglücklichen auf den Nächststehenden eingeprügelt, einen glatzköpfigen Söldner aus dem Norden, war durch die nächste Wand gebrochen und schnaubend und grunzend in der Dunkelheit verschwunden. Der Söldner hatte seine schweren Verletzungen nicht lange überlebt. Als er nach stundenlanger Quälerei endlich von seinem Leid erlöst wurde, hatte sich das Untier erneut seinen Weg durch die Wände zu ihnen gebahnt und die Leiche mit Haut und Haaren verschlungen.

Natürlich hatten sie versucht, den Butsu zu töten. Sie hatten mit Schwertern und Äxten auf ihn eingeschlagen, doch bis auf eine Handvoll Kratzer hatten sie keinen sichtbaren Schaden anrichten können. Einen nach dem anderen hatte sich der Butsu einverleibt, und selbst Stein war nicht von ihm verschont geblieben. Das Untier hatte ihn schließlich mit einem einzigen Happs verschlungen, aber aus irgendeinem Grund wieder ausgespuckt. Vielleicht, weil es schon satt gewesen war oder weil dieser Teil der Geschichte gar nicht stimmte, da Stein ihn sich nur zusammenfantasiert hatte, was bei einsamen Menschen ja durchaus mal vorkommen konnte.

Stein hatte die Angriffe nur überlebt, weil er irgendwann festgestellt hatte, dass der Butsu keine Augen besaß und auf Vibrationen im Boden und auf die Geräusche seiner Opfer reagierte. Also hatte er seine Stiefel ausgezogen und war von da an völlig lautlos durch die Räume geschlichen. Das hatte ihm zwar das Leben gerettet, nicht aber die Freiheit zurückgebracht. »Ich kenne nur einen Ausgang aus diesem Kerker«, sagte er leise. »Aber der führt direkt durch die Höhle dieses Biests hindurch. So leid es mir für Euch tut, aber es sieht ganz danach aus, als wärt ihr hier mit mir gefangen.«

»Wir sind gut bewaffnet«, sagte die Guam unbesorgt. »Wir sollten spielend leicht mit so einer Kreatur fertigwerden.«

»Das hatten wir damals auch geglaubt. Und nun sieh dir an, was aus uns geworden ist. Ich bin der Einzige, der noch übrig ist.«

»Lass den Butsu ruhig unsere Sorge sein. Kannst du uns zu seiner Höhle bringen?«

»Können schon, aber ich bin nicht verrückt. Ich will doch nicht noch mal im Magen dieses Untiers landen.«

»Dann zeig uns wenigstens den Weg dorthin.« Fordernd streckte die Guam ihm die Karte entgegen.

Stein schüttelte den Kopf. »Das geht nicht.«

»Warum?«

»Weil der Weg sich pausenlos verändert. Es ist niemals der gleiche. An einem Tag führt er hierhin und am nächsten schon wieder an einen völlig anderen Ort.« Achtlos schob Stein die Karte beiseite. »Deshalb ist die hier auch nutzlos. Sie zeigt euch nur das, was der Zeichner damals gesehen hatte. Der Weg ist aber heute schon ein ganz anderer.«

»Dann halte uns nicht länger zum Narren«, knurrte die Guam. Sie gab Mern ein Zeichen. »Ich stelle dich jetzt vor eine einfache Wahl: Hilf uns oder stirb.«

Der kleine Mann lachte. Es war ein trauriges Lachen ohne jeden Humor. Er sah der Guam aufrecht in die Augen. Aus seinem Blick sprach keinerlei Furcht. »Ich bin schon so lange an diesem Ort gefangen, dass der Tod keinen Schrecken mehr für mich darstellt. Um ehrlich zu sein, sehne ich ihn manchmal schon regelrecht herbei. In den einsamen Nächten, wenn ich kein Auge zubekomme und mich dafür verfluche, jemals dieses Haus betreten zu haben. Wusstet ihr, dass ich in einem früheren Leben Steinmetz gewesen bin? Ich habe einige der schönsten Säulen von ganz Atail geschaffen. Ich besaß genügend Geld, um ein eigenes Haus zu bauen und eine Familie zu gründen. Aber ich musste ja unbedingt auf die Worte eines Scharlatans hören, der mir unerhörte Reichtümer versprach. Ich hätte nicht auf ihn hören sollen, ich …« Seine Stimme brach, und eine Träne bahnte sich ihren Weg über seine staubige Wange. Eine Weile starrte er gedankenverloren ins Leere, ehe er eine wegwerfende Handbewegung machte und geräuschvoll die Nase hochzog. »Na jedenfalls habe ich keine Angst mehr vor dem Tod und so. Ihr wisst schon.«

»Die Ewigkeit ist eine schrecklich lange Zeit.« Baelis legte ihm die Hand auf die Schulter. »Vor allem, wenn man sie ganz allein durchleben muss. Ich kann deinen Schmerz verstehen. Mehr, als du ahnst. Aber jetzt bietet sich dir die einmalige Möglichkeit, diesem grausamen Gefängnis zu entkommen. Wir sind gut ausgerüstet und kampferfahren. Aber wir brauchen deine Hilfe, um den Butsu zu finden.«

»Ihr werdet alle sterben.«

Baelis nickte. »Vielleicht. Vielleicht aber auch nicht. Lass es uns versuchen. Ich bitte dich.«

Der kleine Mann sah sie eine Weile schweigend an. Schließlich wischte er sich mit dem Handballen die Träne aus dem Augenwinkel und nickte. »Also gut. Ich führe euch zu ihm. Im besten Fall gelingt es euch, ihn zu besiegen. Und falls nicht, habe ich zumindest mal wieder ein bisschen Spaß gehabt.«

Es kam ihnen vor wie eine Stunde, bis sie endlich die Behausung des Untiers erreicht hatten. Ein bestialisch stinkendes Loch voller Unrat und abgenagter Knochen. Der Gestank war so entsetzlich, dass sich einer der Männer spontan übergeben musste. Der Butsu hatte sein Nest – oder wie auch immer man dieses Dreckloch bezeichnen sollte – in einem großen Saal errichtet, von dessen einstigem Glanz kaum mehr als ein Kronleuchter und eine Handvoll abgewetzter Wandteppiche übrig geblieben waren. Vor einer der Wände war ein gewaltiger Berg aus Stofffetzen, Möbelresten und Holzbrettern aufgehäuft worden. Hier und da ragte ein Schwert oder eine andere Waffe daraus hervor und an der einen oder anderen Stelle auch die Reste einer Hand oder eines abgenagten Beins.

Auf das Schlimmste gefasst, zogen sie ihre Waffen und schwärmten aus. Sie hatten Glück, denn der Butsu war offenbar nicht zu Hause. Trotzdem sprach keiner ein Wort. Jeder von ihnen umklammerte nur stumm seine Waffe und warf hin und wieder einen nervösen Blick über die Schulter. Bis auf Mern natürlich, für den Angst wohl ein Fremdwort war. Nachdem es vollkommen sicher schien, dass der Butsu ausgeflogen war, machten sie sich auf die Suche nach der Tür. Sie fanden sie verschüttet hinter dem stinkenden Haufen, und es kostete eine Menge Überwindung und Zeit, die Berge aus vergammeltem Holz, Knochenresten und anderen undefinierbaren Dingen beiseitezuwuchten. Sie waren so sehr in ihre erschöpfende Arbeit vertieft, dass sie den Butsu beinahe schon wieder vergessen hatten, als er völlig überraschend mit gewaltigem Getöse durch eine der Wände hindurchgebrochen kam. Von einem Augenblick auf den nächsten flogen ihnen Bretter und Nägel um die Ohren, und einer der Gardisten wurde schwer am Kopf getroffen und ging schreiend zu Boden. Noch ehe die anderen reagieren konnten, war das Untier über ihm.

Stein hatte mit seinen Beschreibungen nicht übertrieben. Der Butsu war die scheußlichste Kreatur, die Baelis je zu Gesicht bekommen hatte. Er wies starke Ähnlichkeit mit einem riesigen, fetten Schwein auf, das auf zwei baumstammdicken Beinen lief und dessen grotesk breites Maul mit Reihen nadelspitzer Zähne gespickt war. Mit einer krallenbewehrten Pranke packte es den Gestürzten am Bein und schleuderte ihn krachend gegen die nächste Wand. Dann stapfte es in die Mitte des Raums, richtete sich zu voller Größe auf und stieß ein markerschütterndes Gebrüll aus.

Mern schüttelte als Erster die Erstarrung ab. Mit beiden Händen stemmte er den mächtigen Holzbalken, den er soeben beiseitegeräumt hatte, über den Kopf und schleuderte ihn mit aller Kraft gegen das Untier. Der Aufprall riss den Schädel des Butsu herum, und er torkelte einige Schritte rückwärts, ehe er das Gleichgewicht wiederfand, benommen den Kopf schüttelte und den Balken mit einem zornigen Grunzen zur Seite trat.

Den kurzen Augenblick der Ablenkung nutzten die Gardisten, um ihre Armbrüste zu laden und klackernd auf ihn abzufeuern. Die meisten Bolzen rutschten harmlos an seiner Lederhaut ab, doch einer, der ihn empfindlich traf, versetzte ihn in solche Wut, dass er auf den Schützen losstürmte und ihn brüllend über den Haufen rannte. Als die Knochen des Mannes unter seinen baumstammartigen Beinen zersplitterten, wichen die übrigen Gardisten panisch zurück.

Fluchend riss Baelis ihr Param aus der Scheide und ging mit einem Kampfschrei zum Angriff über. Der Butsu glotzte sie mit winzigen blutunterlaufenen Äuglein an. Er neigte den Kopf zur Seite, unschlüssig, was er von diesem schreienden Menschending halten sollte, und Baelis verpasste ihm einen Hieb auf das Maul, wich seinen zuschlagenden Klauen geschickt aus und zog die Klinge quer über sein Bein.

Ein anderer Gegner wäre tödlich verletzt zusammengebrochen, doch auf der verhornten Lederhaut des Butsu hinterließ die Klinge kaum mehr als einen winzigen Kratzer. Zornig brüllte er Baelis seinen stinkenden Atem ins Gesicht, schlug nach ihrer Waffe und versuchte ihr gleichzeitig den Kopf abzureißen. Nur mit Mühe gelang es ihr, den wütenden Attacken auszuweichen, die sie Schritt für Schritt rückwärts in eine

Ecke trieben. Seine Linke schlug nur fingerbreit neben ihrem Kopf ein Loch in die Wand, die Rechte schnitt ihr den Fluchtweg ab. Aus dieser Nähe war der Raubtiergestank schier überwältigend. Sie hustete und würgte, während sie dem nächsten Schlag nur knapp entkam, indem sie sich fallen ließ. Doch ehe sie sich aus seiner Umarmung befreien konnte, traf sein Fuß sie schmerzhaft in die Seite und schleuderte sie gegen die Wand. Sie schrie auf und stocherte mit dem Schwert verzweifelt nach seinen Augen. Die Klinge rutschte über das Lid hinweg, ohne größeren Schaden anzurichten. Der Butsu riss das Maul auf und entblößte stinkende Zähne. Gleichzeitig schlug seine Pranke zu und hätte Baelis mit Sicherheit zerschmettert, wenn Mern nicht dazwischengegangen wäre.

Seine gewaltigen Hände umklammerten den Arm des Monsters und zogen ihn mit ganzer Kraft zurück. Für einen kurzen Augenblick verharrten die beiden Giganten in einem lautlosen Kräftemessen, dann stieß Mern einen frustrierten Schrei aus, und der Butsu fuhr herum und schleuderte ihn wie eine Puppe quer durch den Raum. Mit lautem Scheppern schlug Mern in die gegenüberliegende Wand ein und rutschte stöhnend zu Boden. Der Blick des Butsu folgte ihm einen Moment, ehe er einen gewaltigen Satz machte und sich auf den stiernackigen Gardisten stürzte. Die Armbrust des Mannes ging los, doch der Bolzen schrammte harmlos an der Haut des Untiers vorbei und bohrte sich in die Decke. Noch ehe der Gardist das Schwert ziehen konnte, hatte der Butsu ihm schon den Kopf abgebissen. Mit dem schlaff herunterbaumelnden Leichnam in der Pranke, drehte er sich schmatzend im Kreis.

»Ich habe gleich gesagt, dass er euch alle töten wird!«, rief Stein lachend aus.

»Und dich«, knurrte Baelis, während sie sich mühsam aufrappelte und ihr Param aufhob.

»Ha! An mir wird er sich nur den Magen verderben.«

»Fick dich! Du gehst genauso drauf, wenn wir sterben.«

Für einen Moment verschwand das selbstsichere Grinsen aus dem Gesicht des dürren Mannes. Doch im nächsten Augenblick hatte er sich schon wieder gefangen und hob den Zeigefinger. »Ich bezweifle das, denn ich bin Stein.«

Baelis stieß ein Schnaufen aus, das sogleich ein schmerzhaftes Stechen in ihren lädierten Rippen nach sich zog. Sie unterdrückte einen Aufschrei und wandte sich zu Stein um. Sie zog die Augenbrauen zusammen und musterte ihn. »Du meinst das genauso, wie du es sagst, nicht wahr?« Als Stein sie nur wortlos angrinste, nickte sie langsam. Es war natürlich völlig unsinnig anzunehmen, dass er die Wahrheit gesagt hatte. Er war ganz sicher verrückt geworden oder wollte sie nur foppen. Andererseits war in diesem Haus doch alles irgendwie verrückt. Und manchmal musste man eben auch die abwegigsten Lösungsmöglichkeiten in Betracht ziehen. Falls ihr plötzlicher Geistesblitz sich doch als Irrtum herausstellen würde, war es zumindest nicht schade um den kleinen Drecksack. Einen Versuch war es allemal wert – die unzähligen Versuche davor hatten sie schließlich auch nicht weitergebracht.

Als der Butsu sich grunzend zu ihr umwandte, sprang sie auf Stein zu und stieß den überraschten Mann kraftvoll in seine Pranken hinein. Instinktiv riss der Butsu sein gewaltiges Maul auf und ließ es zuschnappen wie eine Bärenfalle. Stein stieß einen markerschütternden Schrei aus, aber statt des erwarteten Blutbads hörten sie nur ein hässliches Knirschen, als sich die Zähne um den Hals des dürren Mannes schlossen. Für einen kurzen Augenblick erstarrte das Untier, doch dann stieß es ein verwirrtes Grunzen aus und biss erneut zu. Und dann noch einmal und noch einmal. Immer wieder schnappten die Zähne zu, während die riesigen Pranken an dem schreienden Mann rüttelten und zerrten wie an einem widerspenstigen Stück Dörrfleisch. Schließlich spuckte der Butsu ihn angewidert aus und schmetterte ihn so lange kräftig gegen die nächste Wand, bis sie splitternd zu Bruch ging.

Baelis wirbelte herum und wies mit dem Schwert auf die Tür. »Beeilt euch!« Da keiner der Männer reagierte, packte sie kurzerhand einen Balken und stemmte ihn in die Höhe. Endlich verstand auch die Guam und eilte ihr zu Hilfe. Als schließlich auch Mern damit begann, Schutt und Trümmer zur Seite zu räumen, lösten sich auch die restlichen Gardisten aus ihrer Starre und packten mit an. Gemeinsam gelang es ihnen in Windeseile, die Tür freizuräumen. Mit Merns Hilfe stemmte Baelis die Tür so weit auf, dass die Gardisten nacheinander hindurchschlüpfen konnten. Als schließlich sie selbst an der Reihe war, warf sie noch einmal einen Blick über die Schulter. Der Butsu war noch immer damit beschäftigt, Stein auseinanderzunehmen. Doch der kleine Mann widersetzte sich standhaft seinen brutalen Kräften. Als sich ihre Blicke kreuzten, streckte er Hilfe suchend die Hand aus.

»Baelis! Lass mich nicht zurück!«

Seine verzweifelten Rufe versetzten Baelis einen Stich in die Magengrube. Doch ihr war klar, dass sie ihm nicht helfen konnte. Sie warf ihm einen entschuldigenden Blick zu. »Es tut mir leid ...«

Stein stieß einen wütenden Fluch aus und schüttelte die Faust. »Ich mach dich fertig, du Schlampe!«

Andererseits ... wenn sie genauer darüber nachdachte, tat es ihr vielleicht doch nicht wirklich leid. Außerdem war es ja nicht so, dass sie ihn zum Sterben zurückließ. Es würde in nächster Zeit eben nur recht unangenehm werden für den kleinen Mann.

LEERE HALLEN

Die Treppe, die Ako gefunden hatte, war ausgetreten und staubig gewesen, wie alles andere hier. Wie die Verbindung zwischen den beiden so verschiedenen Gasthäusern unten schien sie einst als Weg für Bedienstete gedacht gewesen zu sein, um Dinge aus den Lagerräumen unten direkt in eine Küche zu bringen. Nur dass diese Küche verwaist gewesen war. In der Finsternis des langen, verlassenen Raums schimmerte gelegentlich der stumpfe Bauch eines gewaltigen Kessels oder ein Turm von Zinntellern auf. Vergessene Messer lagen dort, wo Würmer längst das Holz eines Schneidebretts in Mehl verwandelt hatten, Pfannen hingen an eisernen Haken, und schwarze Grillroste lagen wie Skelette über kalten Feuerstellen. An einer Stelle duckten sie sich unter großen Ölpfannen hindurch, und Fuchs warf unwillkürlich einen Blick zu Ensu, die mit verschlossener Miene nach vorn sah. Schuldgefühle stiegen in ihm auf, und er würgte sie hinunter wie trockenes Brot. Diese Küche war um ein Vielfaches größer als der beengte Raum über dem Hühnerstall. Und dass sie außer Betrieb war und ihre genauen Ausmaße in der Dunkelheit verborgen blieben, gab ihr etwas seltsam Totes, einem Mausoleum gleich, das sogar die Toten schon lange verlassen hatten.

Stumm hatten sie den Raum durchquert, und jeder von ihnen schien instinktiv darauf bedacht, so wenige Geräusche wie möglich zu machen. Es schien, als warte irgendetwas nur darauf, geweckt zu werden, und niemand war darauf erpicht, es auszuprobieren.

Eine halb offene, zweiflügige Tür hatte sie in eine angrenzende Küche geführt, die vermutlich ebenso groß wie die erste gewesen war. Sie hatte sich nur durch eine gewaltige Feuerstelle in ihrer Mitte unterschieden, die mit Sicherheit groß genug gewesen war, einen ganzen Ochsen zu braten. An der linken Seitenwand hatte sich schließlich ein Tor befunden, dessen Scharniere hoffnungslos eingerostet wirkten. Zum Glück hatte es gerade weit genug offen gestanden, um sich hindurchzuschieben. Jetzt standen sie erneut auf einer Galerie, und direkt vor ihnen gähnte nachtschwarz der Schacht.

»Wie kann das sein?«, murmelte Katzer. Er hielt sein *Ralgri* in der Hand, und seine Finger öffneten und schlossen sich nervös am Griff.

Fuchs blickte vorsichtig über die Brüstung hinab in den Schacht und stieß einen erstickten Laut aus. Sie alle hatten damit gerechnet, kaum vier oder vielleicht fünf Meter unter sich das berüchtigte Fangnetz sehen zu können, das das brodelnde Leben unten in Mlimas Reich von der vergessenen Welt hier oben trennte.

Ja, das Netz war zu sehen, oder zumindest die Silhouette seiner eisernen Maschen, tief unter ihnen, mehr als fünfmal so weit entfernt, als es hätte sein dürfen. Er schluckte und stellte fest, dass er plötzlich schwitzte. »Hey, großartig. Jetzt wird mir also nicht nur schlecht, wenn ich nach oben sehe. Ab jetzt ist *unten* auch eine Möglichkeit.«

Ako trat neben ihn und lehnte sich weit über das Geländer.

»Eigentlich sollte es nicht verwundern. Jedes Lied beschreibt
es – In der *Sonne* ist alles größer, als es sein dürfte.«

Ensu schnaufte. »Du bist ganz schön besessen von deinen
Liedern, kann das sein?« Sie lehnte sich vor und ließ einen
Speicheltropfen in die Tiefe fallen.

»Shao«, sagte Stern leise. »In diesem Ort steckt mehr Shao
als im Rest Atails zusammen, vom Magistratspalast vielleicht
abgesehen. Mehr Shao.« Sie wischte den Staub von der Brüstung, und Fuchs konnte im Schein ihrer Lampe Siegel sehen,
die in das alte Holz graviert waren. Sie hob den Blick, und
Fuchs folgte ihrem Beispiel.

Fast über ihren Köpfen ragte der Ausleger eines gewaltigen
Flaschenzugs in den Schacht hinaus. *Das erklärt den Ochsen-
brater.* Hinter dem Balken gähnte das Rund des Schachts und
verlor sich außerhalb des Scheins ihrer Lampen schnell in
undurchdringlicher Finsternis. Er schluckte erneut und trat
hastig zurück, bis er mit dem Rücken an die beruhigend feste
Wand stieß. »Und jetzt?«

Ako beugte sich weit über das Geländer und sah nach oben.
»Erstaunlich. Man kann wirklich nicht abraten, wie hoch dieses Gebäude ist. Ich dachte, sobald wir über dem Netz sind,
wäre es einfacher.«

»Taruki!«

»Ich heiße …« Ako unterbrach sich selbst und atmete tief
durch. »Das war Absicht, oder?« Sie sah Stern misstrauisch
an.

Ensu schnaubte. »Nimm's nicht persönlich, Schwester. Das
tut sie nicht, um dich zu ärgern. Es ist ihr einfach nur egal.«

»Halt den Mund, Ensu.«

»Und du kannst dir keine Namen merken, Rauta. Das
auch. Also: Wohin jetzt, Ako?«

»Ganz in der Nähe gibt es eine weitere Treppe, die uns in eine Halle führt, die wir den ›Tanz der Blüten‹ nennen.«

Ensu runzelte die Stirn. »Ich denke, du konntest die Schrift nicht lesen?«

»Ich nicht, aber meine Großmutter fand es gut, den Dingen Namen zu geben.« Sie zwinkerte und deutete die Galerie entlang. »Dort entlang.«

Fuchs schluckte erneut. »Können wir nicht lieber drin nach einem Weg suchen?«

»Ich denke, ihr habt es eilig?«

»Das stimmt«, sagte Stern und marschierte los. »Kommt.«

Fuchs atmete tief durch, und Kratzer tätschelte im Vorbeigehen seine Schulter. »Entspann dich, Loxxa. Hauptsache, es geht nach oben. Höhe ist doch genau dein Ding.« Seine Schultern bebten in lautlosem Lachen, und Fuchs ballte eine Faust.

Tritt vom Rand zurück, Großer, oder du endest als schmieriger Fleck. Die Lehren des Ragot. Wer war er schon, diese Weisheit zu missachten. Fuchs holte erneut Luft. »Das mit dem Humor ist echt nicht dein Ding, oder, Kratzer?«

»Red dir nur weiter ein, dass du das beurteilen kannst«, gab der Hagere zurück.

Die Taruki behielt recht. Auf der gegenüberliegenden Seite der Galerie führte in einer Nische eine weitere Steintreppe nach oben. Auch die war ausgetreten, doch die dicke Staubdecke war unberührt, und Fuchs konnte beinahe spüren, wie sich die anderen entspannten. Wenn möglich, wurde er dadurch nur noch angespannter. Seiner Erfahrung nach war es nie gut, wenn Leute sich auf einer Mission entspannten. Erst recht nicht, wenn der Goog nicht dabei war. Schweigend stiegen sie die uralte Treppe hinauf. Auf halber Höhe stießen zwei weitere Treppen von unten zu ihnen.

»Dienertreppen«, sagte Ako. Sie hatte die Stimme gesenkt. »Sie kommen aus den Küchen.«

Fuchs betrachtete die Wände. Sie waren grob verputzt, und der uralte Lehm war von Rissen durchzogen und lag immer wieder abgeplatzt in großen Brocken auf den Stufen. Stroh sah aus den Löchern in der Wand und verbreitete einen schalen Geruch nach Schimmel. Ab und an kamen sie an rostigen Haltern für Kienspäne vorbei, die schief am aufgeworfenen Putz hingen, wo sie nicht bereits abgefallen waren.

Vor ihm hob Stern die Hand und bedeutete ihnen, stehen zu bleiben. Dann schloss sie ihre Sturmlaterne und wies Ensu an, das Gleiche zu tun.

»Was ist?«

Stern warf Pelly einen eisigen Blick zu. »Licht«, flüsterte sie und deutete nach vorn. Sie nickte Marai zu, die ihren Bolzenwerfer hob und die letzten Stufen hinaufhuschte. Inzwischen standen sie in beinahe vollständiger Finsternis. Fuchs' Augen gewöhnten sich langsam daran, und mit der Gewöhnung kam die Erkenntnis, dass Stern recht hatte: Vor ihnen schien die Dunkelheit nicht ganz so vollkommen. Ein fahlgrüner Schimmer drang von oben bis zu ihnen, stark genug, um ihn die Gesichter der anderen trotzdem noch erahnen zu lassen. Er lehnte sich zu Stern. »Wie hast du das …?«

»Siegelschmied. Vergessen?« Sie tippte abwesend auf ein besticktes Band um ihren Hals.

Fuchs war sich nicht sicher, aber er hörte eine Anspannung in ihrer Stimme, die nicht zu der Stern passte, die er kannte. »Was?«

»Zu viel Shao«, murmelte die Citani. Dann richtete sie sich auf. »Was ich erwartet hatte. Aber trotzdem. Zu viel Shao hier für einen Ort. Zu viel.«

»Es ist mehr als nur ein Ort«, raunte Ako hinter ihnen.

Stern ignorierte sie. »Marai, was siehst du?«

Marai ließ sich Zeit. »Bäume«, sagte sie schließlich. »Leuchtende Bäume.« Sie klang verwirrt.

»Irgendetwas außerdem? Etwas Interessantes?«

»Ich weiß nicht. Die Halle sieht leer aus. Also bis auf die Bäume.«

»Bleibt wachsam.« Stern schob sich an Ensu und Kratzer vorbei und schloss zu Marai auf. »Hm«, sagte sie nach einer Weile. »Bäume. Tatsächlich.« Sie ging auf der obersten Stufe in die Hocke und begann, ein Siegel auf den Boden zu zeichnen. Als sie fertig war, starrte sie es an, runzelte die Stirn, ergänzte zwei, drei Linien und starrte erneut. »Hm. Nichts. Das ist beinahe etwas enttäuschend. Hm.« Sie ließ das Kohlestück verschwinden und stand auf. Nachdenklich musterte sie die riesige Halle, deren Boden mit dem aufwendigsten Steinmosaik bedeckt war, das Fuchs je zu Gesicht bekommen hatte. Ineinander verschlungene Linien, Ranken und fremdartigere Ornamente, die unter der dicken Staubdecke und gelegentlichen, herabgefallenen Putzbrocken kaum erkennbar waren.

»Du wirkst enttäuscht«, stellte Kratzer fest. Er bückte sich, hob ein Putzbröckchen auf und warf es quer durch den Raum. Das leise Klacken echote überraschend laut in der Halle.

Sterns Hand war so schnell, dass Fuchs unwillkürlich zusammenzuckte, als sie an Kratzers Hinterkopf klatschte. »Idiot!«, zischte sie. »Beim nächsten Mal wirst du uns alle umbringen.« Sie schniefte. »Dieses Mal allerdings nicht. Keine Fallen. Nicht eine. Das sind nicht mal Siegel auf dem Boden. Einfach nur bunte Steine. Keine Siegel.«

Ensu lehnte sich zu Ako hinüber. »Sie ist enttäuscht«, stellte sie halblaut fest und öffnete ihre Lampe wieder. »Vermutlich hat sie sich darauf tagelang vorbereitet.«

Auf jeden Fall war hier schon seit Äonen niemand mehr. Fuchs betrachtete den von Spuren unberührten Staub. *Nicht dass ich mich ärg...* Sein Gedankengang geriet ins Stocken. »Wenn hier bereits seit Ewigkeiten niemand mehr war – warum wachsen dann diese Bäume da?«, fragte er.

»Und warum leuchten sie?«, hakte Pelly ein.

»Dazu wäre ich gleich noch gekommen.« Fuchs deutete auf die drei riesigen Gewächse, die in der Mitte der Halle aufragten und den gesamten Raum mit einem bleichen, grünen Zwielicht erfüllten. »Aber ich meine, die Dinger stehen in Töpfen. Zumindest halbwegs. Standen.« Er deutete auf den Fuß der Gewächse. Jeder der gewaltigen Bäume war einst in einen riesigen Steinbehälter gepflanzt worden. Jetzt waren die Bottiche geborsten, und ihre Trümmer lagen unter mannsdicken Wurzeln begraben, die sich längt ihren Weg in die Fugen und Spalten der zerbrochenen Steinfliesen gesucht hatten.

Pelly schniefte. »Wohin genau führen diese Wurzeln?«, fragte sie leise. »Ich meine, unter uns ist Mlimas Gasthaus. Wurzeln wären doch sicherlich mal jemandem aufgefallen. Oder?«

Aus irgendeinem Grund wanderte schon wieder eine Gänsehaut über Fuchs' Nacken.

»Wichtiger ist, wohin ihre Äste führen«, gab Ako zurück. Sie deutete nach oben, und die Übrigen richteten endlich ihre Aufmerksamkeit auf die hohe, gewölbte Decke. Tatsächlich erreichten die knorrigen Äste der Baumriesen diese nicht nur. Sie hatten sich an mehreren Stellen ihren Weg nach oben hindurch gebahnt und klaffende Löcher geschaffen, wo ganze Abschnitte der Decke nachgegeben und heruntergebrochen waren.

Stern sah sich argwöhnisch nach der Taruki um. »Warum sollte das wichtiger sein?«

»Weil auf meiner Karte der nächstgelegene Treppenaufgang nach oben als unbegehbar markiert ist. Der Zeichner hat einen anderen Weg gewählt.« Sie deutete auf die Baumriesen. »Direkt dort hinauf.«

»Stern, ich schlage vor, wir suchen zuerst hier nach Beute«, mischte sich Kratzer ein. »Ich meine, irgendwas muss es hier doch geben!«

»Nicht viel.« Ako zuckte mit den Schultern. »Wer immer die Karte gemacht hat, hat nicht alles erkundet, aber zumindest einiges. Hier gibt es wohl nicht viel.« Sie deutete nach links und rechts in die Dunkelheit. »Dort drüben ist ein Essensaal, wenn wir die Karte richtig gedeutet haben. Und da drüben etwas, von dem meine Großmutter annahm, dass es sich um eine Art Tanzplatzhalle handelt.«

»Ein Ballsaal?«

Ako zuckte mit den Schultern. »Wenn das so heißt. Jedenfalls haben sie nicht viel erkundet, sondern sind schnell aufwärts geklettert. Immerhin ist das Gebiet als sicher markiert.«

Ensu runzelte die Stirn und nahm ihre Strähne aus dem Mund. »Es gibt auch welche, die als unsicher markiert sind?«

»Es gibt Räume, in denen Knochen geschrieben sind. Ich denke, das meint ›Gefahr‹.«

»Toll«, stellte Ensu trocken fest. »Ich hoffe, du weißt noch, welche das waren.« Sie schob sich das Haar wieder in den Mund. »Ich bleibe hinter dir, Schwester.«

Ako sah sie einen Moment verwirrt an. Dann riss sie sich sichtlich zusammen und deutete auf den linken der Bäume. »Dieser dort.«

»Ich stimme der Taruki zu.« Stern hob ihre Stimme, wie um

das Wort und damit die Führung wieder zu übernehmen. »Wir gehen auf dem direkten Weg nach oben. Lassen wir Mlima diese Treppe suchen. Vielleicht verschafft uns das einen Vorsprung.« Sie warf Ako noch einen Blick zu. »Und falls du uns belügst, überlasse ich dich Kratzer, verstanden? Falls.« Sie hob ihre Laterne und marschierte forsch auf den Baum zu, auf den Ako gedeutet hatte. Fuchs sah ihr nachdenklich hinterher, bis Ensu ihn anstieß. »Was ist?«

»Es passt nicht zu ihr«, murmelte er und nickte Stern hinterher. »Sofort auf einen Vorschlag zu hören.«

Ensu folgte seinem Blick. »Nicht, solange sie nicht mehr weiß, als sie sagt«, stimmte sie kaum hörbar zu. »Wobei – tut sie das nicht immer?«

BÜCHER

Mlimas Hoffnungen hatten sich mit jedem Schritt, den sie tiefer in die verlassenen Gänge vordrangen, mehr zerschlagen. Die Enttäuschung stand ihr deutlich ins Gesicht geschrieben, denn nirgendwo warteten die erhofften Schätze auf ihre Bergung. Alles, was sie vorfanden, waren leere Räume und Türen. Und hinter diesen Türen warteten nur noch weitere leere Räume mit noch mehr Türen. Es war zum Verrücktwerden. Salter wurde zunehmend müder. Seine Augen brannten, und sein Magen rumorte. Außerdem wurde ihm dieses Haus zunehmend unheimlicher. Er hatte den Eindruck, als würden sie im Kreis laufen. Manchmal bildete er sich ein, dass sie denselben Gang schon öfter hinuntergelaufen waren, und einmal zuckte er erschrocken zusammen, als er in einem Durchgang den Schatten einer menschlichen Gestalt erblickte. Für einen Moment sah er sie ganz klar vor Augen. Ein Mädchen in einer Art Nachtkleid. Es war barfuß und hielt den Kopf gesenkt. Er blinzelte, und dann war es auch schon wieder verschwunden. Irritiert rieb er sich die Augen. Er dachte darüber nach, etwas zu sagen, doch dann verwarf er den Gedanken und schob es auf seine Erschöpfung. Er hatte schon seit Ewigkeiten nichts mehr gegessen und wäre langsam sogar mit Bohnenpaste einverstanden gewesen.

Beinahe unmerklich verwandelte sich ihre Umgebung. Die Gänge wurden gepflegter, und hier und da liefen sie über edles Parkett. Gelegentlich waren die Wände getäfelt oder mit ausgeblichenen Wandteppichen behängt. In einer Nische entdeckten sie eine Truhe, in der sie unter Kleidungsfetzen eine Handvoll Münzen fanden. Mlimas Laune besserte sich ein bisschen. Sie schöpfte offenbar neue Hoffnung. Sie stießen auf Schlafräume, die offenbar höhergestelltem Personal gedient hatten. Die Betten waren breit und sahen gemütlich aus. Neben einem stand sogar ein silberner Kronleuchter, der allerdings zu schwer war, um ihn mitzuschleppen. Sie markierten die Tür und liefen weiter.

Nach einer Weile fanden sie eine Halle, die früher mal als Essenssaal gedient hatte. Ein lang gezogener, schwerer Eichentisch, rundherum ein gutes Dutzend Stühle. Einige lagen umgekippt auf dem Boden, andere waren zu Feuerholz zerhackt und sorgfältig zu einem Haufen aufgeschichtet worden. Es sah ganz so aus, als hätten vor langer Zeit schon andere hier gelagert. Sie hatten ihre Decken vor dem mächtigen Kamin ausgebreitet und das teure Geschirr aus den Schränken geholt. Ihre Speisen hatten sie im Feuer aufgewärmt und auf den Tellern angerichtet. Sie hatten eine Kiste mit Wein gefunden und den Inhalt in wertvolle Glaskelche ausgeschenkt. Vermutlich hatten sie es sich recht gut gehen lassen, bevor es zu einem Zwischenfall gekommen war. Vielleicht waren sie überfallen worden, oder ein Streit war eskaliert. Jedenfalls hatte es einen Kampf gegeben, bei dem viel Blut geflossen war.

Salter nahm einen Kelch vom Tisch und sah hinein. Der Wein war bis auf einen dunklen Bodensatz verdunstet. Vermutlich hatte er schon eine Ewigkeit hier gestanden. Salter sah die Geschehnisse seltsam deutlich vor Augen. Für den

Besitzer des Kelchs war dies wohl die Henkersmahlzeit gewesen. Sein Stuhl war umgekippt, weil er überrascht aufgesprungen war. Unter dem Stuhl lag ein Waffengurt mit einer altmodischen Langklinge darin. Altbashunische Schmiedekunst. Hässlich und grob, aber robust genug für eine ordentliche Schlacht. Der Mann hatte den Gurt wohl abgestreift und über die Lehne gehängt, damit er ihn beim Essen nicht behindern konnte. Als der Stuhl krachend auf den Boden gefallen war, hatte er diese Entscheidung wohl verflucht. Er hatte nicht mehr die Zeit gehabt, seine Waffe aufzuheben. Er war rückwärts gestolpert und hatte seinen Dolch gezogen und um sein Leben gekämpft. Es hatte ihm nichts genützt. Hätte er gewonnen, wäre er mit Sicherheit an seinen Platz zurückgekehrt, um die Langklinge aufzuheben und den teuren Wein auszutrinken. Seinen Kameraden musste es ähnlich ergangen sein, denn keiner von ihnen hatte seine Mahlzeit beendet oder die Decke eingerollt, um weiterzuziehen. Salter beugte sich zu der Weinkiste hinunter und hob eine Flasche heraus. Er zog den Korken und schnüffelte an der Öffnung. Angewidert rümpfte er die Nase.

»Was ist hier passiert?«, fragte Mlima.

Salter sah sich zu ihr um. »Nichts Gutes, fürchte ich. Aber es liegt einige Zeit zurück. Jahre wahrscheinlich, vielleicht sogar Jahrzehnte. Ich würde mir keine Gedanken machen.«

»Ich mache mir immer Gedanken. Deshalb bin ich noch am Leben.«

Salter zuckte mit den Schultern. Er setzte die Weinflasche an den Mund und nahm einen Schluck. Der Wein schmeckte so schal und abgestanden, wie er gerochen hatte, aber zumindest bekämpfte er den Durst. Er wollte die Flasche gerade an Onyx weiterreichen, als er erstarrte. Im Durchgang zum nächsten Raum sah er erneut die dunkle Gestalt. Klein, zierlich, in einem Nachtkleid. Den Kopf gesenkt. Mlima bemerkte seinen Blick und wirbelte herum. Doch im selben Augenblick war die Gestalt verschwunden. Aufgebracht stieß er die Luft aus.

»Was?«, fragte Mlima.

»Ich ... ich weiß nicht. Ein kleines Mädchen – in einem Nachtkleid.«

»In einem Nachtkleid?« Mlima hob eine Augenbraue. »Bist du sicher?«

Salter schüttelte den Kopf. Natürlich war er sich nicht sicher. Wie sollte er sich sicher sein, ein kleines Mädchen gesehen zu haben, das barfuß in diesen verlassenen Gängen umherwandelte? Er halluzinierte wahrscheinlich, oder seine Fantasie hatte ihm einen Streich gespielt. Oder er hatte etwas anderes gesehen und es nur nicht richtig erkannt. »Ich ... ich habe jedenfalls irgendetwas gesehen. Vielleicht habe ich mich aber auch geirrt.«

Mlima zog die Augenbrauen zusammen. Sie blickte eine Weile wortlos zu dem Durchgang hinüber. Schließlich winkte sie einen ihrer Männer heran, ein Wieselgesicht mit tiefen Pockennarben. »Bado, geh nachsehen! Aber geh nicht allein. Nimm noch jemanden mit.« Sie wartete, bis die beiden Männer verschwunden waren, und humpelte dann zu einer der Wände, auf die ein großflächiges Bild aufgemalt worden war. Die Zeit und der Ruß des Kaminfeuers hatten dem Gemälde arg zugesetzt. Es hatte bereits den Großteil seiner Farbe verloren. Es zeigte eine Wiese, auf der eine Handvoll Kreaturen herumtollten. Eine lopeartige Gestalt mit dem Oberkörper eines Menschen, der auf einer Flöte blies. Entkleidete Frauen beim Bad. Eine Jagdgesellschaft und eine Handvoll Krieger, die sie bewachten. Der Anführer der Jagd war ein hochgewachsener Mann. Beinahe einen Kopf größer als die anderen, mit einem zeitlos jungen Gesicht. Seine Kleidung wirkte schlicht, aber teuer. Ein Herrscher bei seinen Vergnügungen. Doch ein Detail irritierte an ihm. Die Augen. Sie waren vollständig schwarz, und es hatte nicht den Anschein, als wäre das ein Fehler oder eine Folge des Alterungsprozesses. Salter spürte, dass ihm die Haare zu Berge standen. »Unheimlicher Kerl«, murmelte Mlima. »Er gefällt mir nicht.«

»Dem Zeichen an seinem Kragen nach zu schließen, ein Magister«, sagte Salter. Er war erstaunt, dass ihm dieses Detail sofort ins Auge gesprungen war. Aber vermutlich achtete man als magisch Begabter einfach mehr auf solche Dinge. »Allerdings keiner aus den herrschenden Häusern. Das Gemälde ist alt.«

»Alt und verrottet. Wie alles in diesem Haus. Ich hatte mir deutlich mehr erhofft.« Mlima gab ein unwirsches Schnaufen von sich und humpelte weiter. »Ich hätte mir denken können, dass alles hier nur ein großer Schwindel ist. Der Vorbesitzer hat das Haus viel zu schnell hergegeben.«

»Ihr habt ihm die Finger gebrochen.«

»Längst noch nicht alle. Der Kerl wusste ganz genau, dass schon andere vor uns hier waren. Ich meine – allein schon dieses Kind. Es muss ja irgendwie hereingekommen sein. Irgendwo muss es einen Hintereingang geben, durch den die Leute ein und aus gehen und sich dabei über die alte Mlima lustig machen.« Unwirsch trat sie einen auf dem Boden liegenden Kelch zur Seite. Das Scheppern hallte blechern von den Wänden wider. »Wo bleiben diese zwei Drecksäcke? Bado! Wenn ich euch verdammt noch mal dabei erwische, wie ihr irgendwelche Schätze beiseiteschafft, schlage ich euch eigenhändig die Schädel ein.«

Mlima hatte das Kämpfen auf der Straße gelernt. Zeit ihres Lebens war sie mit den übelsten Gestalten der ganzen Stadt unterwegs gewesen. Das war damals zu den Zeiten der großen Aufstände gewesen, als die verarmten Bewohner der Unterstadt sich gegen die Bessergestellten in den oberen Vierteln gewendet hatten. Man konnte nicht gerade behaupten, dass es ihnen um Gerechtigkeit gegangen war oder gar um ein besseres Leben. In erster Linie war es Langeweile gewesen, die die Menschen auf die Gassen hinausgetrieben hatte. Kämpfe liefen damals noch nach klaren Regeln ab. Sie hatten einen Anfang und ein Ende, und dazwischen war alles erlaubt. Mlima hatte schon immer mit ihrem Stab gekämpft. Vor besonders wichtigen Kämpfen hatte sie zusätzlich noch ein paar Eisennägel oben in den Kopf hineingetrieben. Sie hatte sich das Gesicht mit weißem Kalk eingerieben und ausgesehen wie der wandelnde Tod. Dabei war sie damals noch eine richtig gute Partie gewesen, hatte vierzehn Kinder von zwölf verschiedenen Männern bekommen. Die berüchtigtsten Kämpfer der Unterstadt hatten sich um sie geprügelt. Man hatte sie verehrt und angebetet, weil sie nicht nur atemberaubend schön war, sondern auch todgefährlich. Welcher Mann konnte einer solchen Kombination schon widerstehen? Das Gerücht, dass Mlima die Ohren ihrer besiegten Gegner in einem Krug sammelte, stimmte übrigens. Da die Ohren allerdings stanken wie das halbe Gerberviertel, standen sie natürlich nicht auf ihrem Nachttisch. Den zierte eine Sammlung wertvoller Jadefiguren aus Bashun, die für Augen und Ohren wesentlich angenehmer waren. Den Krug mit den Ohren hatte sie erst ein einziges Mal hervorgeholt. Das war, als Tika, die berüchtigte Hakenkämpferin aus der Fischgasse, sich vor Mlima auf den Boden geworfen und ihr ewige Treue geschworen hatte. Tika hatte sie damals als Königin der Nacht bezeichnet, und das hatte Mlima so sehr gerührt, dass sie vor versammelter Unterwelt den Krug geöffnet und das Ohr feierlich zurückgegeben hatte. Die Hakenkämpferin hatte es später in Silber fassen und mit einer Kette versehen lassen, die sie bis zu ihrem Tod immer um den Hals getragen hatte.

Doch auch an einer Königin waren die Jahre nicht spurlos vorübergegangen. Irgendwann war Mlima alt geworden. Über ein Dutzend Kinder auszutragen und sich mit der halben Unterwelt zu bekriegen hatte irgendwann seinen Tribut gefordert. Und je mehr ihre Schönheit verblasst war und Knie und Hüfte die Arbeit verweigert hatten, desto intensiver hatte sie sich mit ihrem Alter auseinandergesetzt. Keines ihrer Kinder hatte das Erwachsenenalter erreicht. Die meisten waren kurz nach der Geburt gestorben. Etliche waren später von Krankheiten dahingerafft oder von verfeindeten Banden abgestochen worden. Am Ende war niemand übrig geblieben, an dessen Herd sie sich im Alter die müden Knochen aufwärmen konnte. Also hatte sie beschlossen, das *Haus der Aufgehenden Sonne* zu ihrem Altersruhesitz zu machen. Sie konnte sehr überzeugend sein, wenn es darum ging, ihre Wünsche durchzusetzen. So war sie sich recht schnell mit den ehemaligen Besitzern handelseinig geworden und hatte kurz darauf ihr neues Domizil bezogen. Zunächst hatte sie das Gasthaus für eine gute Investition gehalten. Aus irgendeinem Grund besaß es eine beinahe schon magische Anziehungskraft auf die Menschen. Nicht zuletzt, weil sich um das Gebäude die verrücktesten Geschichten rankten. Doch irgendwann hatte Mlima feststellen müssen, dass es sich bei diesem verfluchten Haus in erster Linie um ein Fass ohne Boden handelte. Je mehr sie hineingesteckt hatte, desto höher waren die Kosten geworden.

Der Unterhalt hatte ihre Ersparnisse regelrecht verschlungen. Dazu waren die zahlreichen Bediensteten gekommen, und Wachen, die gewalttätige Neider auf Abstand halten und randalierende Gäste bändigen mussten. Ganz zu schweigen von den beträchtlichen Bestechungsgeldern für die Magister, die den Hals niemals voll genug bekamen. In ihrer Verzweiflung hatte sie sich intensiver mit dem Tor auseinandergesetzt, das die oberen Stockwerke des Hauses versperrte. Dahinter, so wollte es die Legende, sollten sich wahre Reichtümer verbergen. Diese Reichtümer waren von da an das Ziel ihrer Träume geworden. Und wenn Mlima sich eine Sache erst einmal in den Kopf gesetzt hatte, zog sie sie auch durch.

Sie folgten Bados Spuren in eine Säulenhalle, die gewisse Ähnlichkeit mit dem großen Saal im Erdgeschoss des Gasthauses aufwies. Hohe, kunstvoll bemalte Kassettendecken, gestützt auf schlanke Säulen. Eine Handvoll schwerer Kronleuchter und zwei Treppen, die in elegant geschwungenen Bögen zu einer Empore hinaufführten. Die Wände waren von unzähligen Bücherregalen gesäumt, die meisten allerdings leer geräumt. Nur in einer Handvoll von ihnen sah man noch verstaubte Bücher und Haufen uralter Schriftrollen. Während sie durch den breiten Mittelgang auf die große Flügeltür am gegenüberliegenden Ende zuhielten, hallten ihre Schritte unnatürlich laut auf dem Steinboden wider. Es war so kalt, dass ihr Atem winzige Dampfwölkchen bildete.

»Bücher«, sagte Mlima verächtlich. Keuchend blieb sie in der Mitte der Halle stehen und blickte sich, auf ihren Stab gestützt, um. »Nutzloses Papier. Gerade mal gut genug, um ein Feuer zu entzünden.«

»Im Gegenteil«, sagte Salter voller Begeisterung. »Was Ihr

hier vor Euch seht, ist ein echter Schatz. Wissen aus längst vergangenen Zeiten. Mehr wert als jedes Gold der Welt.« Er trat auf eines der Regale zu. Kurz zögerte er, ehe er eine der Schriftrollen vorsichtig aufhob und im Licht der Laternen das Siegel begutachtete, das die Kordel zusammenhielt. Es zeigte einen Fluss und darüber den Vollmond und ein halbes Dutzend blinkender Sterne. Das Zeichen des Kaiserhauses Sikei, das vor unzähligen Generationen über das Reich geherrscht hatte. Salter spürte die Wärme des Zaubers, der in das Siegel hineingewoben war, um die Schriftrolle vor dem Verfall zu bewahren. Behutsam löste er die Kordel und rollte die Schriftrolle mit den zwei Holzstäben auseinander. Es handelte sich um einen Kaufvertrag für ein Stück Land unter den Säulen. Eine Bleimine, die der Kaiser einem einheimischen Stammesführer abgekauft hatte. Für einen Geschichtsinteressierten handelte es sich um eine faszinierende Entdeckung, für einen Rechtsgelehrten um eine regelrechte Kostbarkeit. Er rollte das Dokument wieder zusammen und streckte es Mlima entgegen. »Seht selbst.«

»Nutzlos!« Unwirsch schlug Mlima das Schriftstück beiseite, sodass es Salter aus der Hand entglitt und klappernd über den Boden davonrollte. Das Geräusch hallte vielfach von den Wänden wider.

Entsetzt sprang Salter hinter der Schriftrolle her. Als er sich nach unten beugte, um sie wieder aufzuheben, nahm er im Dunkel vor einem der Regale den Umriss einer menschlichen Gestalt wahr. Erschrocken zuckte er zusammen. Sie trug nur ein dünnes Nachtkleid und stand völlig regungslos da, das Kinn leicht gesenkt und den Blick auf die Bücherreihen gerichtet. Diesmal war er sich vollkommen sicher, dass er sich das Mädchen nicht nur einbildete. Einen Moment lang starrte er es mit offenem Mund an, bis sich von hinten eine Hand auf seine Schulter legte. Er zuckte erneut zusammen, um dann erleichtert festzustellen, dass es sich nur um Onyx handelte, die ihm gefolgt war. Er lächelte sie kurz an und richtete den Blick wieder auf das Mädchen. Er blinzelte. Diesmal verschwand es nicht. »Wenn ich dir sage, dass dort drüben ein kleines Mädchen steht, hältst du mich dann für verrückt?«

Onyx Blick folgte seiner Bewegung und stieß einen erschrockenen Laut aus.

»Nicht verrückt.« Erleichtert atmete Salter auf.

Im gleichen Augenblick fuhr der Kopf des Mädchens ruckartig herum. Sein Gesicht war kalkweiß und ausgemergelt, die Augen lagen tief in den Höhlen. Einen Moment lang verharrte es schwankend auf der Stelle, doch dann verzog sich sein Gesicht zu einer hässlichen Fratze, und es riss den Mund auf und entblößte eine Reihe stumpfer und abgewetzter Zähne. Es machte einen Satz auf sie zu, und Salter fuhr zurück und riss schützend die Arme vor das Gesicht. Doch das Mädchen stürzte sich nicht auf ihn, sondern auf Onyx und riss sie mit übermenschlicher Kraft von den Füßen. Seine dürren Finger kratzten über ihr Gesicht, und die scheußlichen Zähne schnappten gierig nach ihrer Kehle. Onyx gelang es kaum, sich des wütenden Angriffs zu erwehren. Es war ein entsetzlicher Anblick, der jeden gestandenen Krieger in die Flucht geschlagen hätte. Doch das Schrecklichste waren nicht die furchterregende Grimasse oder diese hässlichen Zahnstummel, die klappernd aufeinanderschlugen, sondern dieser Blick. Diese großen, dunklen Augen, die tief in ihren Höhlen saßen und Salter geradewegs in die Seele zu blicken schienen. Völlig erstarrt stand er da und konnte keinen Finger rühren. Starrte einfach nur in diese Augen, die ihn zu verschlingen schienen.

Dieselben Augen, die der Mann auf dem Gemälde besessen hatte. Schwarz wie die Nacht.

Erst als Onyx' verzweifelte Hilferufe zu ihm durchdrangen, brach der Bann, und er stieß einen Schrei aus und schleuderte die Pergamentrolle voller Verzweiflung auf die schreckliche Kreatur. Die Wirkung war verheerend, denn ihr Kopf zerbarst in einem Schauer aus Blut und Knochensplittern. Als hätte ein Puppenspieler ihre Fäden durchtrennt, sackte das Mädchen über Onyx zusammen. Salter schnappte nach Luft und starrte entsetzt auf das blutige Gemetzel hinab. Sein Herz hämmerte schmerzhaft in seinem Brustkorb. Er bekam kaum noch Luft. Er musste sich zwingen, langsam und bedächtig zu atmen und den Ritus des Siebenhimmels zu rezitieren. Erst jetzt bemerkte er Mlima, die breitbeinig über dem toten Mädchen stand. Sie hielt ihren Stab fest mit beiden Händen umklammert. Von dem keulenförmigen Ende tropfte dunkles Blut zu Boden.

»Für einen Magister bist du ganz schön nutzlos.« Mlima senkte ihren Stab. Sie stieß dem toten Mädchen mit dem oberen Ende in die Seite. Es rührte sich nicht.

»Ich bin kein richtiger …« Salter brach ab und nickte. Seufzend wischte er sich die Knochensplitter aus dem Gesicht. Dann beugte er sich hinunter und zog das Mädchen von Onyx herunter. Zunächst befürchtete er schon das Schlimmste, doch dann schlug Onyx die Augen auf, und als sie ihn erblickte, warf sie sich in seine Arme. Obwohl er ihre Dankbarkeit nicht verdient hatte, ließ er die Umarmung widerstandslos zu.

»Keine Ursache«, brummte Mlima. Sie streckte den Arm aus, und die Spilo kam unter ihrem Haar hervorgekrochen. Mit der langen Zunge nahm sie Witterung auf. Als sie ein leises Zischen ausstieß, setzte Mlima sie vorsichtig auf dem Körper des toten Mädchens ab. Die Zunge zuckte erneut aus dem

Maul und tauchte in das Blut der Kreatur ein. Es schien ihr zu schmecken, denn sie gab schmatzende Geräusche von sich, die Salters Magen rebellieren ließen. Würgend wandte er sich ab.

»Was ist das für ein Ding?«, fragte Mlima nach einer Weile.

»Ich weiß es nicht.« Salter hatte immer noch den Blick vor Augen, mit dem das Mädchen ihn bedacht hatte. Diese großen, kalten Augen, durch die sich tiefschwarze Schlieren gezogen hatten. Wie Würmer oder Schlangen. Wie ... lebendige Wesen. Ein eiskalter Schauer lief ihm über den Rücken. Dieses Ding hatte ihn angesehen. Ganz kurz nur, während es mit Onyx gerungen hatte. Es hatte ihn angesehen und mitten in ihn hineingeblickt. Er war sich vollkommen sicher, dass es tief in seine Seele geblickt hatte. Und das Schlimmste daran: Es hatte darin etwas entdeckt. Es war vollkommen verrückt, aber er konnte es mit jeder Faser seines Körpers spüren.

»Eine Schlafende vielleicht.« Mlimas Stimme klang düster. »Die Geschichtenbewahrerinnen der Taruki nennen sie auch Noru. Habt ihr schon einmal von ihnen gehört? Menschen die von einem Fluch getroffen wurden. Nicht tot und nicht lebendig. Irgendwo dazwischen. Verdammt unheimliche Brut, sage ich euch. Fressen am liebsten Menschen. Und wenn ihr gebissen werdet und überlebt, dann verwandelt ihr euch selbst in so ein Ding. Es hat euch doch nicht gebissen, oder?« Sie musterte Salter und Onyx misstrauisch.

»Nein!«, beteuerte Salter hastig.

»Nein«, murmelte Onyx.

»Euer Glück.« Mlima wandte sich um und gab ihren Männern ein Zeichen. »Wo eine von diesen Kreaturen herumläuft, kriechen noch andere in der Nähe herum. Sie vermehren sich wie die Ruk. Also seht euch vor und lasst euch nicht von ihnen beißen.«

TANZENDE BLÜTEN

In Ordnung.« Die Citani seufzte. »Wir liegen zurück und wissen nicht, wer vor uns ist und wie weit. Taruki, zeig uns deinen Weg. Mlima weiß nicht, dass wir hier sind. Ich würde es gern dabei belassen.«

Ako zögerte. Dann nickte sie. »Kommt.«

Sie steuerten den linken der Baumriesen an, und obwohl sie sich Mühe gaben, leise aufzutreten, hinterließen ihre Schritte einen leisen Hall in der großen Halle. Aus der Nähe wirkte das Gewächs noch riesiger. Der knorrige Stamm war in sich verdreht und trennte sich nur wenig über ihren Köpfen in mehrere gewaltige Äste auf, die in kleinere übergingen und schließlich in Zweige, die sich mit den Zweigen der anderen beiden in ein enges Netz verwoben. Schmale, scharfkantig aussehende Blätter wuchsen an jedem Zweig, und jedes glühte in einem silbrig grünen Schein. Das Gleiche galt auch für die Rinde der Bäume, doch jetzt konnte Fuchs erkennen, dass es nicht die Rinde selbst war, die leuchtete. Ein feines, schmierig wirkendes Geflecht überzog den größten Teil ihrer Oberfläche, so wie Algen die Innenseite eines alten Brunnens. Er streckte unwillkürlich die Hand aus, zögerte jedoch im letzten Moment.

Stern bemerkte seine Geste. »Loccra«, sagte sie beiläufig. »Bitterpilz. Ist unappetitlich, aber ungiftig. Solltest es nur nicht ablecken.«

»Was? Woher ...?«

»Aus dem Zeug macht man Virren.«

Kratzer hinter ihm gab einen verblüfften Laut von sich. Er streckte einen Finger aus und tauchte ihn in die leuchtende Masse. »Virren? Das ... das ist ziemlich viel, oder?«

Stern zuckte mit den Schultern. »Weniger, als es aussieht, aber ein paar Säcke sicher.«

»Ein paar ...« Kratzers Stimme überschlug sich ein wenig. »Das ist ein verdammtes Vermögen!«

Stern zuckte mit den Schultern. »Wir sind nicht deswegen hier. Nicht deswegen.«

»In Ordnung«, warf Marai ein. »Und warum liegt dann das hier?« Sie deutete auf den Boden. Unter ihren Stiefeln konnte Fuchs winzige bleiche Knochen erkennen. Er blinzelte und sah dann vor seine eigenen Stiefel.

»Ich hab mich schon gefragt, was hier so knirscht.«

»Ich wollte es gar nicht so genau wissen«, gab Fuchs zurück. Jetzt, da Marai ihn darauf aufmerksam gemacht hatte, wurde ihm klar, dass sie schon seit mehreren Schritten über einen Teppich aus spröden Knochen und undefinierbaren, vertrockneten braunen Klumpen liefen.

Ensu leuchtete mit der Lampe den Boden rund um sie ab. »Das sind vor allem Ruk. Ein paar Nager, ein paar Loxxa oder irgend so was, vor allem aber die Knochen von Ruk. Ungefährlich, hm?«

Stern hob erneut die Schultern. »Ihr solltet es nicht ablecken. Sagte ich doch, oder? Ablecken. Das passiert dann. Passt einfach auf, ja? Taruki, was jetzt?«

Fuchs riss den Blick widerstrebend vom Knochenmeer unter seinen Füßen los und sah Ako an. Die war inzwischen um den halben Stamm herumgegangen und blickte konzentriert nach oben. »Der Baum ist gewachst.«

»Gewachsen«, korrigierte er, ohne nachzudenken. Die Bardin warf ihm einen Blick zu. »Gewachsen, ja. Seht ihr den Griff dort oben? Vermutlich gab es noch mehr davon.« Sie deutete hinauf, und jetzt bemerkte auch Fuchs das Stück Eisen, das dort aus dem Stamm ragte. Das Holz hatte inzwischen eine kleine Wulst um die Wunde aufgeworfen und den eisernen Bolzen beinahe verschlungen. »Hier müssen wir hoch.«

Stern sah nach oben, dann nickte sie. »Kettbolzen, Marai.«

Wenige Augenblicke später hing ein Seil aus der Baumkrone herab. Nacheinander begannen sie, am schmierigen Stamm hinaufzusteigen. Der Loccra machte es nicht gerade einfacher. Mehr als einmal rutschten Fuchs die Füße ab, und zweimal stürzten Marai beziehungsweise Pelly beinahe in die Tiefe. Etwas löste sich aus den Blättern dicht über Fuchs' Kopf und schwebte kreiselnd herab. Er streckte eine Hand aus, und das Etwas landete sanft auf seinen Fingerspitzen. Es war eine winzige, perfekt geformte Blüte, die für einen Moment haften blieb, auch als er dagegen blies. Dann löste sie sich und segelte in einer sanften Spirale an ihm vorbei, um auf Kratzers Schläfe zu landen. Fuchs grinste. »Steht dir! Bringt deine zartfühlende Seite ans Licht.«

Kratzer verzog das Gesicht. Dann knurrte er plötzlich und schlug sich gegen den Schädel, wobei er fast den Halt verlor.

»Hey, vorsichtig da unten! So schlimm sah es gar nicht aus.«

»Halt die Fresse da oben«, blaffte Kratzer zurück. »Mich hat grad irgendwas gestochen!« Er nahm die Hand weg und wischte die Reste der Blüte fort. Beinahe sofort bildete sich ein winziger Blutstropfen und begann, ihm über die Wange zu laufen.

Fuchs runzelte die Stirn. »Kratzer, du ...«

Eine weitere Blüte schwebte an Fuchs vorbei und senkte sich auf Kratzers Gesicht. »Habt ihr euch schon mal gefragt«, fragte er, »was ›Tanz der Blüten‹ eigentlich bedeuten soll?«

Er sah nach oben. Mehr Blüten lösten sich aus dem silbrig grünen Blätterdach und schwebten auf kreiselnden Bahnen zu ihnen herab. Von unter ihm kam erneut ein Fluch Kratzers.

Eine der Blüten landete auf seinem Handrücken, und einen Moment später spürte auch er einen Stich. Nicht sonderlich schmerzhaft, aber doch unangenehm. Er zerquetschte das zarte Gewächs an seiner Seite, und beinahe sofort bildete sich ein dicker Blutstropfen auf seiner Hand und verwandelte sich in ein schmales Rinnsal. Er knurrte einen Fluch und sah nach oben. Dicht über ihm arbeitete sich Ensu den Stamm hinauf. Gleich mehrere Blüten kreiselten in ihre Richtung. »Beeilt euch! Dieser beschissene Baum greift uns an! Hoch! Los!«

Er wischte zwei weitere Blüten vom Ärmel. Irgendetwas stach ihn in den Nacken, und er verlor beinahe den Halt. Weiter unten schrie Marai erschrocken auf. Das Seil fing gefährlich an zu rucken. »Könnt ihr mal aufhören zu zappeln? Ihr ...« Das Seil ruckte erneut, als Kratzer fluchend um sich schlug. *Das ist wirklich keine gute Idee!* Fuchs kniff die Augen zusammen, ignorierte einen weiteren Stich an seinem Hals und stieß sich vom Stamm ab, direkt in eine Wolke aus umherwirbelnden Blüten, durch sie hindurch und bis zum nächsten Ast. Er bekam das schmierige Holz zu fassen, griff um, und irgendwie gelang es ihm, den Schwung zu nutzen und auf dem nächsten Ast zu landen, ohne das Gleichgewicht zu verlieren. Die Wolke aus rosafarbenen und weißen Blüten hüllte die anderen inzwischen beinahe ein. Fluchend lief er den Ast entlang, sprang an den nächsten, schwang sich nach oben und kletterte entschlossen immer weiter hinauf in die Krone. Hier oben wurden die Äste jetzt dünner, jedoch dichter, und das Klettern fiel ihm leichter, auch wenn noch immer jeder Zweig überzogen war vom schmierigen Teppich der leuchtenden Flechten. Hinter ihm, weiter unten, hörte er die Schreie der anderen. Inzwischen hatte er Ensu und Stern überholt, um die die Wolke der unablässig fallenden Blüten immer noch dichter wurde. Irgendwo hörte er einen gellenden Schrei, gedämpft durch die wirbelnde Masse weißen Horrors. Pelly vielleicht, oder Marai. Er konnte es nicht genau sagen. Mit zusammengebissenen Zähnen kletterte er weiter, fieberhaft nach Handgriffen suchend, und erreichte Ako, die ein Stück über Stern am Seil hing und hektisch nach den Blüten schlug. »Hör auf damit! Wir müssen nach oben! Nicht anhalten, dann können auch die anderen nicht weiter«, herrschte er sie an. »Die Dinger fliegen nicht! Sie fallen nur!«

Ako starrte ihn mit weit aufgerissenen Augen an, auf ihrem Gesicht klebten Dutzende Blüten, während ihr das Blut in Strömen über das Gesicht lief. Dann blinzelte sie plötzlich und nickte. Und zu seinem Entsetzen ließ sie das Seil los. Doch sie fiel nicht. Stattdessen schienen ihre Hände wie festgeklebt an dem schleimverkrusteten Stamm, als sie sich Hand über Hand nach oben hangelte.

»Was bei Ragot...?« Fuchs verbiss sich die unsinnige Frage. Das hatte Zeit bis später. Wenn sie nicht gerade von Blumen gefressen wurden. Inzwischen brannte seine Haut von unzähligen Nadelstichen, und seine Hände waren nicht nur schmierig vom Schleim des Loccra, sondern auch von seinem eigenen

Blut, das ihm in Rinnsalen über Handrücken und Unterarme lief. Seine Finger begannen zu kribbeln, und seine Beine wurden schwer, während sein Kopf absurderweise leichter zu werden schien. *Nicht leichter. Blödsinn. Ich … verdammte Oantan-Scheiße. Virren. Wir müssen hier wirklich, wirklich weg!* Fuchs verfehlte den nächsten Ast und stürzte um ein Haar ab, bevor er sich im letzten Moment mehr aus Zufall fing. Plötzlich griffen seine Hände auf dem schleimigen Holz, und er renkte sich beinahe die Arme aus. Mit einem Augenblick Verspätung begriff er, dass eine Hand seinen Nacken umschloss.

»Kannst du dich bitte emporziehen?«, zischte Ako. »Wir müssen wirklich hier weg.«

Fuchs schüttelte den Kopf, wie um ihn von Spinnweben zu befreien. »Und wir sollten uns wirklich die Hände waschen«, murmelte er.

Tatsächlich waren es nur noch wenige Handgriffe, bis sie die Stelle erreichten, an der die Äste die Decke durchstoßen hatten. An dieser Stelle lagen sie über dem größten Teil des Blätterdachs, und nur wenige Blüten versuchten noch, sich in ihre Richtung zu schrauben. Fahrig wischte er sich die verbliebenen Blüten von der Haut. Sie waren vollgesogen, inzwischen bräunlich rot, und erinnerten mehr als alles andere an Zecken. Er schüttelte erneut den Kopf. »Das Seil!« Die Zunge lag schwer in seinem Mund und fühlte sich pelzig an, als die Worte seinen Mund verließen. »Wir müssen …« Er gab auf und angelte benommen nach dem Kettbolzen, der sich hier tief in die Decke gegraben hatte. Das Siegel in seinem Schaft hielt ihn unverrückbar verankert. *Wenigstens etwas, das funktioniert.* Mit tauben Händen begann er zu ziehen. Handbreit für Handbreit zerrten sie das Seil nach oben, und Fuchs nahm nur undeutlich wahr, dass es mit einem Mal seine schmierige Beschaffenheit verloren hatte. Stern tauchte aus der Krone auf, ihr Gesicht übersät mit bräunlichen Blüten, die Zähne so fest zusammengebissen, dass die Sehnen an ihrem Hals hervortraten. Ensu folgte, dann Kratzer, dessen Gesicht so blutig war, als hätte ihn jemand mit einem Schlachtereimer übergossen. Verbissen zerrte er weiter. Marai tauchte auf, über und über von Blüten bedeckt, sodass es entfernt an ein zottiges, verschmutztes Fell erinnerte. Er schlug die blutige Last beiseite, die klumpigem Schnee gleich nach unten stürzte, dann reichte er die kleine Frau weiter an Stern. Inzwischen waren seine Arme beinahe taub, und er sah den Wirbel aus albtraumhaften Blüten nur noch unscharf. Er schwankte, verlor erneut das Gleichgewicht. Hände packten ihn, zerrten ihn zurück, schoben und zogen ihn nach oben, durch das Loch in der Decke, bevor er irgendwann auf einem harten Boden aufschlug. Direkt vor seinen Augen schien das nachtschwarze Gesicht der Taruki zu schweben, mit viel zu weißen Zähnen und viel zu großen Augen. Doch sicher war er sich nicht, als sich alles in bunten Farben aufzulösen schien und nur noch den Schacht übrig ließ, in den er hineinstürzte, nach oben, immer weiter nach oben, während flimmernde Lichter an ihm vorüberzuckten und er schrie.

LAUFT!

Bado kam ihnen über eine der geschwungenen Treppen entgegen, die zu der Empore hinaufführten. Er humpelte, was Salter zu der Annahme führte, dass auch er und sein Begleiter in Kämpfe verwickelt gewesen waren. Mlima stemmte die Hand in die Hüfte und blickte ihm stirnrunzelnd entgegen. Die Spilo zischte leise unter ihrem Haar. Kurz bevor Bado sie erreicht hatte, riss Mlima unvermittelt ihren Stab in die Höhe und ließ ihn krachend auf seinen Schädel niederfahren. Als sein Blut über die Steinfliesen spritzte, stieß Salter entsetzt die Luft aus. Auch die anderen Straßenkämpfer gaben erschrockene Laute von sich und rissen ihre Waffen aus den Gürteln. Mlima beachtete sie nicht. Sie trat einen Schritt auf die Leiche zu und stieß ihr das Ende des Stabs in die Seite. Vermutlich, um sicherzugehen, dass sie sich nicht mehr bewegte.

»Warum hast du das getan?« Salter starrte sie mit großen Augen an. »Glaubst du denn wirklich, dass er etwas gestohlen hat?«

Mlima warf ihm einen so finsteren Blick zu, dass er unwillkürlich einen Schritt zurückwich. »Bado war bereits tot«, knurrte sie. »Sie haben uns in eine Falle gelockt.«

»Wer sie?«

»Die Schlafenden.« Mlima straffte die Schultern und blickte an ihm vorbei.

»Scheiße«, hauchte Salter, als er sah, was sie meinte.

Die gesamte Halle hinter ihnen war jetzt voller Schlafender. Schwarze Schatten, die sich lautlos in der Dunkelheit auf sie zubewegten. Sie waren zerlumpt und voller Dreck. Ihre Gesichter ausgemergelt, die Augen tief in den Höhlen und die Lippen so vertrocknet, dass man ihre Zähne sehen konnte. Sie sahen aus, als würden sie grinsen, doch ihre Blicke zeigten keinerlei Humor. Sie liefen langsam und unsicher, wie Blinde, die sich ihren Weg ertasten mussten. Vielleicht wollten sie die Sache aber auch nicht überstürzen und genossen nur das Spiel mit ihren nächsten Opfern.

Mlima und ihre Männer bewegten sich vorsichtig rückwärts. Sie widerstanden der Versuchung, einfach loszurennen, weil sie fürchteten, dass das den Bann brechen würde. Sie hatten gesehen, wie schnell das Mädchen auf Salter und Onyx zugesprungen war. Wenn alle Schlafenden gleichzeitig auf die Idee kamen anzugreifen, dann würden sie kurzen Prozess mit ihnen machen.

Die Zeit zog sich quälend zäh dahin, während sie Schritt für Schritt zurückwichen, bis sie endlich den Fuß der Treppe erreicht hatten. Die Gruppe der Schlafenden war auf mehr als drei Dutzend angewachsen, und sie kamen unerbittlich näher. Sie verströmten einen süßlichen Gestank. Eine Übelkeit erregende Mischung aus verfaulendem Fleisch und Blut und Moder. Hin und wieder bewegte sich einer aus der herandrängenden Masse heraus und fletschte die Zähne oder streckte die Hände aus, um nach ihnen zu greifen. Dann stieß Mlima ihm das Ende ihres Stocks gegen die knochige Brust und schubste ihn zurück in die Arme seiner Artgenossen.

Panisch fragte sich Salter, wie lange sie dieses Spiel noch treiben konnte, bis dem Ersten der Geduldsfaden riss – falls diese Kreaturen überhaupt so etwas wie einen Geduldsfaden besaßen. Er musste nicht lange auf die Antwort warten. Denn während sie sich noch die Bedrohung direkt vor ihren Augen vom Hals gehalten hatten, war es einer der Kreaturen gelungen, sich in ihren Rücken zu schleichen. Sie bemerkten es erst, als sich der Schlafende hungrig auf einen von Mlimas Männern stürzte und in seinem Hals verbiss. Salter sah noch, wie die nächste Kreatur wie eine groteske Spinne über das Geländer der Treppe geklettert kam, dann war der Bann auch schon gebrochen. Wie auf ein Zeichen hin drangen die Schlafenden von allen Seiten auf sie ein. Salter hatte noch nie zuvor eine Schlacht am eigenen Leib erleben müssen, doch so hatte er sich das in seinen schlimmsten Albträumen nicht vorstellen können. Ein unüberschaubares Meer aus schiebenden, schlagenden und schreienden Körpern, so dicht gedrängt, dass keine Luft zum Atmen blieb. Blitzende Klingen, die durch Arme und Beine schnitten, sich unbarmherzig in Körper hineinbohrten und Köpfe zerschmetterten.

Salter wurde herumgeschubst, spürte knochige Hände nach sich greifen und scharfe Fingernägel, die seine Kleidung und die Haut zerfetzten. Er schrie und schlug um sich und kämpfte um sein Leben, während er von der Masse mitgerissen wurde und versuchte, irgendwie auf den Beinen zu bleiben. Er sah Mlimas Stock durch die Luft wirbeln und die Spilo, die sich zischend und fauchend von einem Gegner auf den nächsten stürzte; die Zähne gebleckt und die scharfen Krallen erhoben, um Gesichter zu zerfetzen und fauliges Fleisch von morschen Knochen zu reißen. Er erhaschte einen kurzen Blick auf Onyx, die ebenso hilflos herumgestoßen wurde wie er, und fand sich für einen schrecklichen Moment Auge in Auge mit einer dieser Kreaturen wieder, ehe eine scharfe Klinge ihren Schädel spaltete und Blut und Knochensplitter über die Umstehenden verspritzte. Er wurde brutal zurückgerissen, und eine Klaue, die für ihn bestimmt gewesen war, zerfetzte statt seiner Brust den Arm eines hochgewachsenen Taruki, dessen Schmerzensschreie viel zu schrill für einen Mann seiner Statur klangen. Während der Taruki noch voller Entsetzen auf seinen freigelegten Knochen hinunterstarrte, packten ihn ein halbes Dutzend knochiger Hände und zerrten ihn brutal in die Masse der Angreifer hinein.

Jemand drückte ihm ein blutiges Messer in die Hand, er glaubte, Mlimas schwere Hand zu erkennen, und schob ihn weiter durch das Gewühl voran. Hilflos stach er mit der Waffe um sich, stieß dabei unverständliche Schreie aus und spürte, wie die Welt um ihn herum sich zu drehen begann. Die Luft flimmerte, sein Magen zog sich schmerzhaft zusammen. Er wusste, was das zu bedeuten hatte. Dieses Gefühl, als hätte er schon seit Wochen nichts mehr zu essen bekommen. Einerseits hatte er es ersehnt, doch andererseits auch mehr als alles in der Welt gefürchtet. Seine Kehle schnürte sich zusammen, er schnappte nach Luft. »Nein«, stöhnte er voller Verzweiflung, weil er nicht wollte, dass es wieder geschah. Dass alles um ihn herum zum Tod verurteilt war. Die Schlafenden, aber auch Mlima und ihre Straßenkämpfer und – Onyx. Ihre Blicke begegneten sich, doch es war bereits zu spät. Der Raum verdunkelte sich, das Licht ihrer Laternen wurde regelrecht davongesogen und …

… er spürte die sanfte Berührung von Onyx' Hand an seiner Wange und sah ihren Blick, der voller Angst, aber auch voller Hoffnung war. Hoffnung, dass er sie retten würde, weil er kein nutzloser Irrer mit unkontrollierbaren Kräften war, sondern ein Magister aus den legendären Hallen der Kraniche. Und mit einem Mal verschwand das Ziehen in seiner Magengegend, und statt lodernder, alles verschlingender Flammen, die den Saal in eine Hölle aus Feuer verwandelten, flimmerte die Luft nur für einen kurzen Augenblick und breitete sich wellenförmig um ihn herum aus. Beinahe so, als hätte er einen Stein in einen ruhigen Tümpel geworfen.

Die Wirkung auf die Schlafenden war allerdings erstaunlich. Sie torkelten rückwärts und wichen von ihm fort, bis sie einen großen Kreis gebildet hatten. Der Anblick ihrer blutverschmierten Fratzen und ihre völlige Lautlosigkeit waren noch immer entsetzlich. Kein Ton drang aus ihren vertrockneten Kehlen. Nur das Kratzen ihrer nackten Füße war auf dem Steinboden zu vernehmen, und das Schmatzen ihrer sich langsam öffnenden und schließenden Münder. Eine Sache war jedoch anders als noch wenige Augenblicke zuvor. Salter brauchte einen Moment, bis er es bemerkte.

Ihre Augen.

Der schwarze Schleier war zum großen Teil aus ihnen verschwunden. Hier und da waberte er noch über die geweiteten Pupillen hinweg, doch in den meisten Augen konnte man die ursprüngliche Farbe wiedererkennen. Grün und Braun und hier und da auch mal ein Sprenkel Blau. Salter dachte nicht lange darüber nach. Er packte Onyx am Ärmel und zog sie hinter sich her. Die Schlafenden machten keine Anstalten, ihnen aus dem Weg zu gehen, aber sie hielten sie auch nicht auf, während sie sich ihren Weg zwischen ihnen hindurchbahnten.

Als sie die unterste Treppenstufe erreicht hatten, erwachten auch Mlima und ihre Männer aus ihrer Erstarrung und folgten ihnen eilig nach. Es war gerade einmal eine Handvoll übrig geblieben, von denen einer aus einer tiefen Wunde im Bauch blutete. Sie waren schon die halbe Treppe hinaufgehastet, ehe ihnen einer der Schlafenden, die kurz zuvor das Geländer erklettert hatten, schwankend den Weg versperrte. Doch Mlima stieß ihren Stock so kräftig gegen seine Brust, dass er rückwärts über das Geländer geschleudert wurde und kopfüber in die Tiefe stürzte. Als er mit einem hässlichen Klatschen am Boden aufschlug, wichen die Schlafenden vor seinem zerschmetterten Körper zurück, nur um im nächsten Augenblick die Köpfe herumzureißen und mit neu entfachter Wut die Treppe zu erstürmen.

»Lauft!«, brüllte Salter und zerrte Onyx weiter.

Keuchend erklommen sie auch den Rest der Treppe und hasteten eine Galerie entlang, die zu einer Doppeltür führte. Salter wagte es kaum, sich umzublicken. Als er es dennoch tat, bereute er es sofort. Wie eine Flutwelle schwappte die Masse der Kreaturen über die Stufen hinweg auf sie zu. Sie rannten nicht einfach nur, sondern krochen und schlurften und humpelten und bewegten sich auf alle nur erdenklichen Arten voran. Einige gebückt wie Greise, andere sogar auf allen vieren. Sie erklommen das Geländer, hangelten sich lautlos daran entlang, um dann kopfüber darüber hinwegzukriechen; groteske, vierbeinige Spinnen auf der Jagd. Spinnen mit leeren Gesichtern und schlierig schwarzen Augen, die sie unverwandt anstarrten; die dürren ausgemergelten Körper mit schwärenden Wunden übersät und so verfault und zerschlagen, dass sie unmöglich in der Lage sein konnten, sich noch aufrecht zu halten. Wenn es eine Hölle gab, dann war sie in diesem Augenblick direkt auf ihren Fersen.

Sie stürmten den Gang entlang und durch die Tür, die zum

Glück nicht verschlossen war. Sie behinderten sich gegenseitig bei dem Versuch, jeder als Erster in Sicherheit zu gelangen, doch schließlich schafften sie es alle. Bis auf einen. Der Mann mit der Bauchwunde war zurückgefallen, stolperte und rappelte sich mühsam wieder auf. Schließlich wurde er so langsam, dass ihn die Verfolger beinahe eingeholt hatten und er sich den Schnellsten mit seiner Klinge vom Leib halten musste. Er stolperte erneut, stürzte auf die Knie und kam schwankend auf die Füße. Als er weiterhumpelte, zog er eine blutige Spur hinter sich her. Nur noch wenige Schritte trennten ihn von der rettenden Türöffnung, als Mlima plötzlich vortrat und sie vor seiner Nase zuschlug. Sie schob den schweren Riegel vor die Tür, und gleich darauf schlug etwas Schweres von draußen gegen das Holz. Dann war es still.

Salter starrte Mlima an und öffnete den Mund. Doch aus seiner Kehle drang nur ein klägliches Krächzen. Sie erwiderte seinen Blick mit einer Miene, die zu besagen schien, dass er jetzt besser schwieg. Eine Welle heißen Zorns überspülte ihn. Doch dann wurde ihm klar, dass sie richtig gehandelt hatte. Er war nur zu feige gewesen, die Tür selbst zu versperren. Er schloss die Augen und atmete langsam aus.

Sie waren jetzt nur noch ein kläglicher Haufen. Onyx und er und Mlima mit dem Rest ihrer Männer. Und natürlich die Spilo, die als Einzige völlig unbeeindruckt von dem Gemetzel zu sein schien. Im Gegenteil: Sie sah gesünder aus als jemals zuvor. Ihre schwarze Haut glänzte wie der Schleier in den Augen der Schlafenden, und ihr Bauch wölbte sich prall und gut gefüllt unter ihrem Körper hervor. Ihre gelben Echsenaugen starrten Salter unbewegt an, während ihre lange Zunge zwischen den Zähnen hervorzuckte und über das blutige Maul leckte. Geistesabwesend strich Mlima über ihren Schädel.

Schweigend liefen sie einen langen, holzgetäfelten Flur entlang. An seinem Ende gelangten sie in ein Atrium, in dessen Mitte ein kleiner Springbrunnen plätscherte. Das Wasser war von dunklen Algen durchzogen, schmeckte aber erstaunlich frisch. Sie wandten sich nach links, in der Hoffnung, in dieser Richtung zurück in die Nähe des Hauptschachts zu gelangen. Sie kamen durch mehrere Türen und leer geräumte Säle und fanden sich erneut am Fuß einer geschwungenen Freitreppe wieder, deren steile Stufen Mlima zu einem herzhaften Fluch veranlassten. Ihre Hüfte knackte hörbar, während sie ihren schweren Körper mühsam Schritt für Schritt nach oben wuchtete. Doch ihre Mühen wurden belohnt, denn einige Türen weiter fanden sie endlich zum Mittelschacht zurück. Salter wusste nicht so recht, ob er sich darüber freuen sollte, dass Mlimas Orientierungssinn sie nicht im Stich gelassen hatte. Er warf einen verstohlenen Seitenblick auf die massige Frau, die auf ihren Stock gestützt in die Tiefe starrte. Jetzt waren sie so weit in das Innere dieses verfluchten Gebäudes vorgedrungen und hatten noch immer keinen Schatz gefunden – wenn man einmal von der Handvoll Schriftrollen absah. Noch dazu waren die meisten ihrer Männer tot, und die Schlafenden schnitten ihnen den Rückweg ab. Es war recht unwahrscheinlich, so schnell einen anderen Weg zurück zu finden. Doch wenn Salter den verbissenen Gesichtsausdruck der Wirtin richtig deutete, blieb das seine geringste Sorge. Sie würde wohl kaum nach einem Ausweg suchen, bis sie nicht wenigstens eine kleine Entschädigung für ihren Verlust erhalten hatte.

Onyx hatte sich an der Brüstung auf den Boden sinken lassen. Sie war leichenblass und von unzähligen Kratzern und Blutergüssen übersät. Salter hockte sich neben sie und sie lehnte den Kopf gegen seine Schulter. Er zuckte unter ihrer

Berührung zusammen und errötete. Zum Glück konnte sie das bei all dem Blut und Dreck nicht sehen. Trotzdem war ihm seine Reaktion ein wenig peinlich. Er räusperte sich. »Bist du unverletzt geblieben?«

»Mir ist kalt«, sagte sie nach einem Augenblick des Zögerns.

»Es ist ganz schön frisch hier, so direkt am Schacht.«

»Und ich bin furchtbar müde.«

Salter nickte. Ihm ging es nicht viel anders. Er konnte kaum noch die Augen offen halten. Jede noch so winzige Bewegung schmerzte in seinen Muskeln. Ihre nächsten Worte drangen wie aus weiter Ferne zu ihm.

»Ich kann meinen Arm nicht mehr spüren.«

Erschrocken riss er die Augen auf. Er starrte auf ihre Hand hinunter, die jetzt auf seinem Oberschenkel lag. Sie war von oben bis unten blutverschmiert, was ihn zunächst gar nicht mal so sehr verwunderte. Inzwischen sahen sie ja alle so aus, denn jeder von ihnen hatte mehr als nur eine Handvoll Kratzer abbekommen. Das meiste Blut stammte jedoch zum Glück von den Schlafenden, die sie abgewehrt hatten. Behutsam nahm er ihren Arm in die Hände und tastete ihn ab. An ihrem Unterarm, direkt unter dem Handgelenk, fand er, was er gesucht oder vielmehr befürchtet hatte. Die Abdrücke winziger Zähne, gerade einmal so groß wie das Gebiss eines kleinen Mädchens. Er erstarrte. Er musste sich zurückhalten, ihren Arm nicht einfach wieder fallen zu lassen. Dann atmete er tief durch und öffnete seinen Weinschlauch. Vorsichtig schüttete er den Inhalt über die Wunde. Onyx zuckte nicht einmal zusammen. Er beugte sich nach vorn, löste ein Stück seines Wadenwickels vom Bein und schnitt es mit dem Messer ab. Er band es straff um die Wunde und verknotete die Enden sorgfältig. Als er wieder aufsah, fand er sich Auge in Auge mit der

Spilo wieder, die ihn mit ihren kalten, gelben Reptilienaugen ausdruckslos musterte. Er schluckte und machte eine halbherzige Geste, um sie zu verscheuchen. Der Blick der Echse glitt abschätzend über ihn hinweg, und ihre Zunge zuckte aus dem Maul. Mit einem leisen Zischen wandte sie sich um und trabte zurück zu Mlima.

HELDENMUT
UND REUE

Fuchs!«, zischte Ensu von unten. »Fuchs, du blöde Dachratte!
Jetzt mach schon. Wir haben nicht die ganze Nacht!«

Der Junge warf ihr einen düsteren Blick zu, den die Korra
in der Dunkelheit natürlich nicht sehen konnte. Er sparte sich
jede Antwort. Stattdessen konzentrierte er sich darauf, den
Alarmfaden zu ertasten, der auf der anderen Seite der Tür
befestigt war. Was nicht so einfach war, wenn man als Elfjäh-
riger nur an den Fingern einer Hand von der Decke hing und
mit dem anderen Arm in der schmalen Lücke arbeiten musste,
die ein loses Brett bot. Auch die Tatsache, dass er das bereits
ein halbes Dutzend Mal getan hatte, machte es nicht leichter.
Schweiß sammelte sich bereits in seinen Augenbrauen, mehr
davon lief ihm zwischen den Schulterblättern den dürren
Rücken hinab. Endlich fanden seine Finger das dünne Seil.
Mit einem unterdrückten Grunzen zog er es vorsichtig durch
die Öffnung und knotete es geschickt um einen hervorstehen-
den Nagel, den er vor einigen Wochen extra dafür hier eingeschlagen hatte. Erst jetzt gestattete er sich ein vorsichtiges
Durchatmen. »Fertig, wenn ihr es seid.« Er ließ sich fallen,
kam geräuschlos auf und massierte sich die schmerzenden

Finger. Ensu stand jetzt an der Tür, die Augen geschlossen, ihr Gesicht im fahlen Mondlicht eine starre Maske der Konzentration. Neben ihr lehnte Jedao am Türrahmen und drehte nervös einen Uai-Stock zwischen den Fingern. Auf der anderen Seite stand Marai, die nicht weniger nervös wirkte. Fuchs zwinkerte ihr zu und grinste.

Ein leises Scharren war von der Außenseite der massiven Holztür zu hören, als sich der schwere Riegel langsam hob. Fuchs hatte keine Ahnung, wie Ensu das bewerkstelligte, und vermutlich wusste sie es nicht einmal selbst. Aber Fuchs wusste, dass man der kleinen Korra besser keine Fragen dazu stellte. Sie war klein, ja, und es war nicht sonderlich viel dran an diesem Mädchen, selbst für eine Zehnjährige. Aber sie hatte einen ganz gemeinen linken Haken, eine fiese rechte Gerade, und sie traf mit einem Stein zielgenau über mehr als 20 Schritt. Kein Mädchen, dem man unliebsame Fragen stellte. Er stemmte sich gegen die Tür. Er brauchte nicht hinzusehen, um zu spüren, wie angespannt die anderen beiden waren. Er war es ebenfalls. Doch auch dieses Mal blieb der Alarm aus. Vermutlich bedeutete das, dass Vater Manger immer noch nicht mitbekommen hatte, was sie nachts so trieben. Er schob sich vorsichtig durch den Türspalt und starrte in den stockdunklen Gang. Leer, wie üblich. Natürlich. Wozu sollte Manger auch die Tür zum Schlafraum bewachen lassen. Sie war von außen verriegelt und alarmgesichert. Keines der Kinder konnte den Raum verlassen. Abgesehen davon, dass Fuchs, Ensu, Marai und Jedao es taten. Und nicht zum ersten Mal.

»Die Luft ist rein. Kommt.«

»Reine Luft? Du hast doch noch nie reine Luft gerochen, du Trottel«, flüsterte Ensu und schob sich an ihm vorbei. Jedao folgte ihr, Marai zögerte jedoch. »Du weißt, dass Manger uns eines Tages erwischen wird, oder? Und dann lässt er uns die Haut abziehen«, flüsterte sie.

Fuchs grinste und lehnte sich nahe an das schlaksige Mädchen. »Er lässt uns nur auspeitschen«, wisperte er ihr ins Ohr. »Und schneidet uns vielleicht einen Finger ab. Nicht mehr. Er braucht uns.«

Marai starrte ihn mit großen Augen an. Dann schnaubte sie. »Du überschätzt deinen Wert, Loxxa. Er findet Dutzende Fensterkriecher wie dich.«

Fuchs' Grinsen wurde breiter. »Keinen wie mich. Und das weißt du. Und er findet so schnell keine Schützin wie dich. Also mach dir keine Sorgen.«

»Kommt ihr endlich?«, zischte Jedao von draußen.

Fuchs verneigte sich spöttisch und ließ Marai den Vortritt. Gemeinsam liefen die vier den vom Mond beschienenen Flur entlang, sorgfältig darauf bedacht, auf keine der knarrenden Dielen zu treten. Das Haus war alt und marode, doch keines der Bretter war zufällig in diesem Zustand. Die Kinder mussten jedes davon auswendig lernen, und nach einigen Sätzen Prügel hatte auch das ungeschickteste gelernt, wo man gefahrlos hintreten durfte, um keine der Wachen Mangers auf den Plan zu rufen. Es hatte sich als ausgesprochen nützlich erwiesen. Lautlos huschten sie bis zu einem schmalen Fenster, das auf den Innenhof hinausführte. Im Gegensatz zu denen an der Außenfront des Gebäudes waren die Öffnungen hier nicht vergittert. Fuchs sprang auf das Fensterbrett und von dort aus hinauf an den Rand des vorstehenden Dachs, ohne auch nur einen Augenblick zu zögern. Fuchs fürchtete vieles, doch nie, dass er abstürzen könnte. Er war der Loxxa – und Dachfüchse stürzten nicht. Behände zog er sich auf das geschwungene Dach empor und wickelte das Seil ab, das er vor einigen

Wochen hier oben an einem der Rauchfänge befestigt hatte. Kurz darauf tauchte Jedao über der Dachkante auf. Er keuchte. »Warte mal. Mach langsam. Es ist nicht jeder von uns so lebensmüde wie du.«

»Genau deshalb darfst du auch den Mädchen helfen.«

Fuchs zwinkerte ihm zu, lief die rot getünchten Schieferschindeln hinauf und rannte den Giebel entlang bis zum Ende des Dachs. Die anderen würden eine Weile brauchen, um ihm zu folgen. Zeit genug für ihn, den weiteren Weg vorzubereiten. Er ließ sich auf der anderen Seite des Gebäudes vom Giebel bis zum Dachrand rutschen, zerrte ein Brett hinter einer der Gauben hervor und lotste es vorsichtig bis hinüber zum Dach des benachbarten Hauses. Dann lief er auf den improvisierten Steg hinaus – und verlor beinahe das Gleichgewicht, als sein Blick nach unten fiel. Dort, wo drei Stockwerke weiter unten die Straße in der nächtlichen Dunkelheit liegen sollte, gähnte ein Abgrund. Ein runder Abgrund, in dessen Tiefe hier und dort Lichter glommen wie weit entfernte Augen, die zu ihm heraufstarrten. »Was bei Ragots …« Unwillkürlich schnappte er nach Luft, kämpfte mit der Schwerkraft und fand schließlich Halt. Das Brett hörte wieder auf zu beben, während Fuchs tiefe, abgehackte Atemzüge einsog, ohne den Blick vom grauenhaften Abgrund zu wenden, der unter ihm gähnte, bis er von einem Blinzeln zum nächsten verschwand. Stattdessen lag die Straße unter ihm, als wäre sie nie weg gewesen. Eine Gruppe Ruk huschte quietschend von einem Müllhaufen zum nächsten. »Ich …«, Fuchs räusperte sich. Er riss den Blick los. Ihm war plötzlich kalt, und er befürchtete mit einem Mal, dass seine Knie nachgeben würden. Hinter sich hörte er die leisen Stimmen der anderen drei, das Schürfen ihrer Schritte auf dem Schiefer, und drehte sich um. »Habt ihr das …?« Er schluckte den Rest der Frage hinunter und schniefte. »Wo bleibt ihr? Wir haben nicht die ganze Nacht.«

Marai verzog das Gesicht. »Das wissen wir, Idiot. Ensu hat den Plan gemacht, nicht du.«

»Hey, meiner war genauso gut. Ihr habt nur gegen mich gestimmt, weil …«

»… dein Plan scheiße war, Loxxa«, warf Jedao ein.

»Simpel und elegant!«, beharrte Fuchs.

Der untersetzte Korra lachte trocken. »Red dir bloß nichts ein. Willst du da noch länger stehen, oder lässt du uns auch rüber?«

Fuchs öffnete den Mund. Dann schloss er ihn wieder, wandte sich brüsk ab und balancierte den Rest der Strecke, dieses Mal wesentlich vorsichtiger als vorher. Er sah nicht nach unten.

Die Gegend um das Hauptquartier von Mangers Bande war trostlos, und das Gebäude hier auf der Rückseite war verlassen, seit die letzten Bewohner der Meinung gewesen waren, dass Manger sie nicht anständig vor der benachbarten Gang schütze. Das hatte zwar gestimmt, doch Manger nahm solche Anschuldigungen trotzdem persönlich. Heute wohnten hier gelegentlich einige seiner Männer, aber in der Regel gab es nur zwei Posten, die die Gasse hinter dem Anwesen überwachen sollten. Die allerdings hatten sich im Erdgeschoss ein Lager eingerichtet, in das sie sich bei Regen zurückzogen. Schweigend huschten die Kinder über das Dach und über geschickt im Schatten verborgene Leitern nach unten und auf das nächste Gebäude und von dort das übernächste, bis sie schließlich eine halbe Straße entfernt den Boden erreichten. Die Gasse war verlassen. Dennoch lauschten sie einige Atemzüge lang reglos auf eventuelle Bewegungen. »Alles klar«, flüsterte Ensu schließlich. »Lasst uns anfangen.« Sie schob ein fauliges Brett an der Schuppenwand neben ihnen beiseite, holte eine kleine Armbrust und eine Handvoll Bolzen aus der dunklen Öffnung und hielt sie Marai hin.

Das Mädchen zuckte zurück. »Meinst du das ernst?«

»Nur als Rückendeckung. Es ist gut, wenn jemand was zu schießen hat, und du bist halt die beste Schützin von uns allen.«

»Schon. Aber ich muss nicht …?

Ensu seufzte und senkte die Armbrust. »Du musst nicht. Du kannst auch hierbleiben, und ich mach das mit der Armbrust. Ich reiß mich nicht drum, das weißt du. Und du und Jedao habt sie entdeckt, also könnt das eigentlich auch ihr machen.«

Marai rang sichtlich mit sich. »Wir können sie nicht dort lassen«, sagte sie zögerlich. »Du weißt, was Jog Makeen mit ihnen macht!«

»Eben!«, warf Fuchs ein. »Das wäre anders gewesen, wenn Manger sie gekauft hätte.«

Marai schluckte und sah jetzt aus wie die schüchterne Neunjährige, die sie tief innen auch war. »Warum hat er nicht?«

»Weil ich kein Wohltäter bin.« Jedao imitierte die verwaschene Aussprache des alten Manger ziemlich gut. »Wenn ich Bälger will, fange ich mir welche. Warum sollte ich nutzlose Mäuler stopfen?«

Seine Schwester sah ihn böse an. »Andere hat er auch gekauft«, sagte sie mit einem Seitenblick auf Fuchs trotzig.

»Diese anderen sind auch ihr Geld wert«, kommentierte Fuchs. »Wollt ihr noch ein wenig quatschen? Dann geh ich wieder rein. Mir wird nämlich kalt.«

Marai atmete tief durch und riss Ensu die Armbrust aus der Hand. »Kommt ihr?«

Wortlos huschten die vier durch die Schatten. Nur eine schmale Gasse weiter standen zwei Posten von Jog Makeens Ratten, zwei schlaksige Jungen von 15 oder 16 Jahren, die Halran rauchten und gelangweilt einer Gruppe Betrunkener zusahen, die vor einer der Kellerkaschemmen des Magisters mit drei leicht bekleideten Angestellten über den weiteren Verlauf des Abends diskutierten. Hätten die zwei auf ihre Umgebung geachtet, wäre ihnen der kleine Trupp Straßenkinder vielleicht aufgefallen. So aber huschten die vier unbehelligt hinter ihrem Rücken in die nächste Gasse. Jetzt waren sie auf jeden Fall im Gebiet von Makeens Ratten. Wenn sie hier erwischt wurden, würde man sie erschlagen. Wenn sie Glück hatten. Makeen mochte bei Tag ein ehrbares Mitglied in Atails Magistrat sein. Bei Nacht krochen seine Rattenfänger aus den Löchern, und wer nicht dazu taugte, bei den Ratten aufgenommen zu werden, trug als Ware dazu bei, Makeens Reichtum zu mehren. Es gab Orte im Reich, die unersättlich nach Kindern waren, aus einer Vielzahl von Gründen, aber keines davon, nicht eines, mündete in einem glücklichen Leben und viele im Tod. Oder Schlimmerem. Das Leben bei Einohr Manger mochte hässlich sein, aber es war ein Leben. In dieser Nacht gab es beinahe zwanzig Kinder, die von ihren Vorbesitzern in die Hände Makeens gewechselt waren. Beinahe alle davon waren Korra – so wie Ensu, Jedao und Marai auch. Irgendjemand hatte eines der in den Bergen verborgenen Dörfer gefunden, und vermutlich waren diese Kinder jetzt alles, was von der Siedlung noch übrig war. Die Rattenfänger ließen keine Erwachsenen übrig, die sich bei irgendjemandem beschweren konnten. Es war ungewöhnlich, dass Makeen Kinder kaufte. Niemand sonst hätte sich die Mühe gemacht, darauf zu achten, doch Ensu war es aufgefallen. Also hatte sie sich umgehört. Wie es aussah, kaufte Makeen die Kinder nicht für sich, er hatte einen Auftraggeber. Und das bedeutete, dass irgendjemand genug Geld hatte, um nicht damit in Verbindung gebracht zu werden. Und *das* konnte nicht gut sein.

»Bleib stehen, verdammt!« Ensu zerrte Fuchs am Hemd zurück in den Schatten, bevor er auf den kleinen Platz am Ende der Gasse stolpern konnte. »Was stimmt nicht mit dir?«

Fuchs schüttelte den Kopf und murmelte eine halbherzige Entschuldigung, die Ensu unwirsch abbrach. »Halt einfach die Klappe, ja?« Sie deutete auf die Garküche auf der anderen Seite des Platzes. Trotz der fortgeschrittenen Nachtstunde war sie noch immer geöffnet, und der Geruch von Bohnenklößen und *Charmat* lockte vereinzelte späte Gäste vom nahen Karawanenmarkt. Drei Männer saßen vor der winzigen Taverne an einem kleinen Tisch, Becher vor sich und scheinbar in eine Partie Daran-Gu vertieft, doch die Kinder ließen sich nicht täuschen. Jeder der Männer trug mehrere Waffen, und ihre Augen waren nicht genug auf das Spielbrett gerichtet, um ernsthaft bei der Sache zu sein. Noch mehr von Jog Makeens Wachen, zu viele, um eine unscheinbare Küche wie diese zu bewachen.

Fuchs warf Ensu einen Seitenblick zu. »Und was jetzt?«

Ensu starrte angestrengt auf die Gruppe von Wachleuten und schob sich abwesend eine Haarsträhne in den Mund. »Drei sind mehr, als ich erwartet hatte. Heute Nachmittag waren es nur zwei. Wir müssen alle drei vom Eingang weglocken.«

»Eine Ablenkung? Kein Problem.«

»Ohne dass jemand anders misstrauisch wird und einen Alarm auslöst«, warf Ensu ein.

Jedao zögerte. »Doch ein Problem«, gab er zögernd zu.

»Du meine Güte.« Marai verdrehte die Augen. »Wer sagt denn, dass wir sie locken müssen? Wir könnten sie auch vertreiben.«

»Na klar.« Fuchs schnaubte. »Wir vier gegen drei erwachsene Männer.«

»Wir vier«, lächelte Marai und spannte ihre Armbrust, »und ein Schwarm Freunde.« Sie deutete zum Dach des Gebäudes und legte einen Bolzen auf die Waffe. Die Blicke der anderen folgten ihrem Fingerzeig, und Ensu stieß einen tonlosen Pfiff der Anerkennung aus.

Unter dem schützenden Dachvorsprung des dritten Stockwerks hingen, wie bei vielen Häusern Atails, mehrere Bienenkörbe aus Stroh, um den fleißigen Insekten so viel von der wärmenden Bergsonne zu bieten, wie es in den engen Straßenschluchten der Stadt möglich war.

»Schaffst du das?«, flüsterte Fuchs

Marai zielte sorgfältig. »Ist der Magistrat bestechlich?«

»Na ja ...«

Mit einem leisen Klacken löste sich der Schuss, und der Bolzen zischte davon, um einen Wimpernschlag später zwischen den Körben im Dachrand einzuschlagen.

»Vielleicht ja nicht der ganze Magistrat, was?«, warf Jedao spöttisch ein.

Seine Schwester schoss ihm einen düsteren Blick zu, lud die Waffe erneut und schoss.

Dieses Mal durchtrennte der Bolzen das Seil, und der Korb fiel. Er schlug auf dem darunterliegenden Dach auf, verformte sich, rollte über die Kante und fiel auf das nächsttiefere Dach, wo er barst und eine Wolke von Bienen ausspie, bevor er ein drittes Mal fiel und direkt neben dem Tisch der Daran-Gu-Spieler aufschlug.

Die vier Kinder sahen sich das Schauspiel eine ganze Weile an, bis auch der letzte der Männer schreiend die Straße hinunter verschwunden war und den zornigen Schwarm mit sich genommen hatte. Der Betreiber der Garküche fegte fluchend die Reste des Korbs auf einen ein wenig die Straße hinab liegenden Abfallhaufen und schlug nach den vereinzelten Bienen, die noch immer ihren Stock zu verteidigen versuchten, als Fuchs beeindruckt mit der Zunge schnalzte. »Ich hätte gesagt, unauffällig sieht anders aus – aber das geht auch.«

»Kommt.« Ensu huschte aus der Deckung über die Gasse und in den stickigen Gastraum der Garküche. Viel gab es hier nicht zu sehen. Drei schmierige Tische, an denen lediglich zwei Gäste saßen, die zu betrunken oder zu desinteressiert waren, um den Geschehnissen auf der Straße oder vier schmuddeligen Kindern Beachtung zu schenken. Ein Tresen, der den Blick in die dahinter liegende Küche freigab. Irgendetwas brutzelte vergessen in einer Pfanne, irgendetwas dampfte und verhüllte mit dichten Schwaden die tieferen Regionen des Raums. Falls sich jemand dort aufhielt, war er von hier aus nicht zu sehen. Was den Vorteil hatte, dass er sie auch nicht sehen würde. Außerdem gab es an der gegenüberliegenden Seite einen Durchgang. Ensu sah sich kurz um, dann schob sie die Tür auf und winkte die anderen hindurch. Der Gang dahinter war düster. Lediglich aus der Tür zur Küche fiel etwas Licht hierher, gerade genug, um sie erkennen zu lassen, wo sie sich befanden. Fuchs schluckte und umklammerte seinen Uai-Stock mit feuchten Fingern. Wenn Makeens Ratten sie hier erwischten, waren sie tot. Ganz sicher.

Der Gang war lang und schmal. Er schien durch das ganze Haus zu führen, und Schiebetüren gingen rechts und links davon ab. Direkt vor ihnen führte eine schmale Treppe nach oben, doch Marai schüttelte den Kopf und deutete in die Küche. Natürlich. Nach dem, was Jedao in Erfahrung gebracht hatte, wurden die Kinder mit Sicherheit im Keller gefangen gehalten. Fuchs sah fragend zu Ensu. Die Korra hob die Schultern und bedeutete Marai voranzugehen. Die kleinere huschte an Fuchs vorbei in den Dampf, die Armbrust fest im Anschlag. Ihr Bruder folgte ihr wie ein Schatten, und Fuchs schloss sich ihnen an. Die Schwaden wallten überwiegend über Tischhöhe, und jetzt mischte sich auch der Geruch nach verbranntem Fleisch in die Duftwolken, die den Raum erfüllten. Für einen Moment erwog Fuchs, unter den Tischen zu bleiben und seinen Weg dort zu suchen, doch in der engen Küche wurde jeder Fußbreit genutzt, um Töpfe, Schalen und Säcke mit Vorräten zu stapeln. Also huschten sie gemeinsam weiter, darauf bedacht, ihr Köpfe unten zu halten. Kurz bevor sie das hintere Ende der Küche erreicht hatten, trat plötzlich ein schmächtiger Mann in fettiger Schürze hinter einem der vollgestopften Tische hervor. Als er die Reihe geduckter Kinder entdeckte, wurden seine Augen groß. Doch bevor er noch ein Laut hervorbringen konnte, hatte Jedao ihn beiseitegeschoben und mit zwei schnellen Sprüngen den Abstand bis zu dem Koch überbrückt. Sein Stab traf das Kinn des Mannes mit solcher Wucht, dass Fuchs glaubte, die Zähne des Kerls splittern zu sehen, als er rückwärts strauchelte, stürzte, mit dem Kopf auf einer Tischkante aufschlug und reglos liegen blieb. Er drehte sich mit einem zufriedenen Lächeln um, als hinter ihm auf dem Tisch ein ganzer Stapel Schalen ins Rutschen geriet und mit ohrenbetäubendem Klirren auf dem Boden zerbarst. Jedaos Miene fiel ebenfalls in sich zusammen. Mit einem Fluch eilte Ensu vorwärts, an Jedao vorbei und zur hinteren Wand. Dort führte eine Treppe hinunter in den Vorratskeller. Sie griff im Vorbeilaufen eine Laterne, die hier bereithing, und lief die Treppe hinab, während die anderen versuchten, ihr zu folgen. Unten wartete ein niedriger, aus dem Stein gehauener Kellerraum auf sie, der an vielen Stellen bis unter die Decke mit Fässern, Kisten und Säcken vollgestapelt war. Girlanden von Trockenwürsten, Schinken und gedörrten Kräutern und Früchten hingen von der hölzernen Decke, und einzelne Speisewurzeln und schrumpelige Lagerfrüchte lagen auf dem Boden. Der würzige Duft von Essen wurde hier unten vom Geruch nach Erde, trockenem Staub und kühlem Fels abgelöst. Aber das war nicht das Einzige, was Fuchs roch. Ein eigentümlicher scharfer Hauch lag in der Luft, eine Mischung aus … Urin, Schweiß und Furcht. Er biss die Zähne zusammen.

»He, Banhi! Was ist los bei euch da oben?« Eine Stimme ließ sie alle zusammenfahren. Sie kam irgendwo aus der Düsternis des Kellers, gedämpft, als käme sie aus einem anderen Raum.

Irgendetwas knarrte, rumpelte, ein Lichtschein fiel zwischen den Lagerstapeln hindurch, und Fuchs hatte das Gefühl, dass der Geruch stärker wurde. »Banhi? Alles in Ordnung?« Die Frauenstimme war rau und klang nach Shouri und Halran-Rauch. Schwere Schritte näherten sich, und die Kinder duckten sich hinter Säcke und Kisten. Die Frau, die jetzt um einen der mächtigen Stützbalken bog, war Korra: untersetzt, muskulös und außerdem ganz offensichtlich mehr als nur angetrunken. Sie hielt eine kurze schwere Peitsche in einer Faust und einen Krug in der anderen. Jetzt blieb sie stehen und starrte auf die Laterne, die einsam und verlassen mitten auf dem Kellerboden stand. »Was … Banhi? Was für 'ne Scheiße …?« Sie sah gerade rechtzeitig auf, um Jedaos Uai-Stock auf ihr Gesicht zufliegen zu sehen. Im letzten Moment schlug sie ihn beiseite und zog die Lippen zurück, um einen Mundvoll brauner Zahnruinen zu zeigen, als sie Jedao und Marai entdeckte. »Mehr Kinder?«, fragte sie halb ungläubig, bevor sie kehlig zu lachen begann. »Ich weiß nicht, was euch hierherbringt, aber ich weiß, wo ihr gleich landet, ihr kleinen Mistviecher.« Marais Armbrust zeigte direkt auf ihren Bauch, doch die Frau ignorierte die Bedrohung einfach. Mit einer schnellen Bewegung des Handgelenks ließ sie die Peitsche vorschnellen und erwischte Marais vorderen Arm mit einem scharfen Klatschen. Der Hieb schnitt durch den Ärmel des Mädchens, und seine Wucht prellte die Armbrust aus ihren Händen, gerade als sich der Bolzen löste. Er schlug harmlos weit zur Linken der Frau in eine Kiste ein. Der Rückhandschlag zog eine weitere blutige Strieme über Marais abwehrend erhobene Arme. Im selben Moment schrie Ensu auf und warf sich nach vorn, wie um der Frau in den Arm zu fallen.

Aus irgendeinem Grund hing plötzlich eine der Ketten an der Decke direkt neben der Angreiferin, und Fuchs beobachtete mit aufgerissenen Augen, wie sich das Ende der metallenen Schlange wie von selbst um ihren Hals wand, mehr und mehr und in einer zweiten und dritten Schlinge. Die Frau grunzte verblüfft, griff sich an den Hals, und endlich gelang es Fuchs, sich aus seiner Starre zu befreien. Brüllend warf er sich gegen die Frau und trat ihr in die Kniekehle. Die Korra strauchelte, verlor das Gleichgewicht und hing plötzlich mit vollem Gewicht in den Kettenschlingen. Jetzt trat Verzweiflung in ihre Miene, als sie mit dem eisernen Strang um ihre Kehle kämpfte und gleichzeitig versuchte, zurück auf die Füße zu kommen. Jedao tauchte neben Fuchs auf und trat ihr mit vor Wut verzerrter Miene erneut die Füße weg. Die Korra zuckte, kämpfte gegen die Kette an und erschlaffte schließlich.

Fuchs wandte den Blick ab. Zusammen mit Jedao half er der leise schluchzenden Marai auf die Füße. Ensu hatte inzwischen die Laterne eingesammelt und marschierte grimmig in den hinteren Teil des Kellers. Dort kam jetzt eine weitere massive Holztür in Sicht. Ensu schob sie auf und stockte. Hinter der Tür befand sich ein weiterer Kellerraum, der von einer einzelnen Laterne erleuchtet wurde. Statt Vorräten enthielt dieser Raum allerdings etwas anderes. An einer der Seiten war ein halbes Dutzend Käfige aufgebaut, jeder aus armdicken Holzstangen gefertigt und mit Eisenbändern verstärkt. In den Käfigen kauerten Kinder, die sie mit großen, verängstigten Augen anstarrten.

Für einen Moment standen die vier mit offenen Mündern in der Tür. Es waren viele Kinder, viel mehr, als Fuchs erwartet hatte, als sie alle erwartet hatten. Marai und Jedao hatten von sechs Kindern erzählt. Doch hier, im trüben Licht der Talglaternen, im bestialischen Gestank des Kellers, saßen Dutzende, fast alle von ihnen vollkommen zerlumpte, verdreckte Korra, deren blaue Augen sie furchterfüllt anstarrten. Niemand von ihnen sprach. Lediglich irgendwo weiter hinten, in der Dunkelheit, versuchte irgendjemand, ein leises Schluchzen zu ersticken. Dann fletschte Ensu die Zähne, so grimmig, dass Fuchs unwillkürlich zurückzuckte. »Wir holen sie raus.«

»Alle?«

Ensu schoss Fuchs einen mörderischen Blick zu. »Natürlich. Wir lassen keine Kinder zurück. Niemanden.« Sie löste sich aus ihrer Erstarrung und lief zu der Kette, die alle Käfigtüren sicherte. Probehalber zerrte sie daran, doch das eiserne Schloss war fest verriegelt. Fluchend drehte sie um, schob sich rüde an Fuchs vorbei und lief zurück in den Vorratskeller.

Inzwischen machten sich auf einigen der Gesichter andere

Regungen als Furcht und Grauen breit. »Was ... was macht ihr hier?«, fragte ein Junge im nächststehenden Käfig. Er war vielleicht drei oder vier Jahre älter als Fuchs, erschreckend mager und nur in etwas wie einen Sack gekleidet.

Fuchs grinste unsicher. »Du hast sie gehört. Wir holen euch raus. Alle. Deswegen sind wir hier.«

Der Junge starrte ihn an. »Aber wie wollt ihr ...?«

»So, hier.« Ensu drängte sich immer noch forsch wieder an Fuchs vorbei, nickte den Gefangenen zu, schob einen klobigen Schlüssel in das Schloss, stemmte es auf und zerrte die Kette aus der Verriegelung.

Das fremde Junge starrte sie noch immer mit weit aufgerissenen Augen an. »Wir können nicht.«

Fuchs, der sich gerade daranmachte, die Käfigtür aufzuziehen, blinzelte. »Was?«

Der Dünne starrte an ihm vorbei auf Marai, an deren Armen inzwischen Blut herablief. »Wir können nicht gehen«, sagte er heiser. »Sie kommen, und sie werden uns erwischen. Wenn wir versuchen zu fliehen, dann bringen sie uns um.«

Keines der Kinder rührte sich.

Ensu richtete sich auf und wandte sich um. »Ihr seid in Makeens Keller. Für die Welt seid ihr schon tot. Sonst wärt ihr nicht hier.«

Noch immer rührte sich niemand.

Fuchs verdrehte frustriert die Augen und holte tief Luft. »Wir haben nicht ewig Zeit, Ensu. Wenn sie nicht wollen, dann ...«

»Wir wollen schon«, warf eine Stimme aus der Dunkelheit eines der anderen Käfige ein. »Wir können nicht, du dumme Kuh. Können nicht.« Es war die helle Stimme eines kleinen Mädchens, doch sie klang seltsam unbewegt und passte so gar nicht zu den von Furcht gesättigten Gesichtern. Ensu hob die Laterne und ging an der Reihe der Käfige entlang, bis sie schließlich vor einem stehen blieb, in dessen Tür ein vielleicht sieben- oder achtjähriges Mädchen stand. Verblüfft stellte Fuchs fest, dass sie keine der Korra war. Sie war zierlich, gertenschlank und hatte unendlich feines, schwarzes Haar, das man mit groben Schnitten auf Kinnlänge abgeschnitten hatte. Die blasse Haut und die dunklen Augen einer Citani hoben sie von den übrigen Kindern ab. Das Mädchen stand mit hocherhobenem Kopf und verschränkten Armen im Ausgang seines Käfigs, und Ensu sah für einen Moment auf sie hinab. Die Kleine schien das nicht im Mindesten einzuschüchtern.

»Was weißt du davon?«

Die Kleine zuckte mit den mageren Schultern und sah nach oben, auf den Rahmen der Käfigtür. »Siegel«, sagte sie unbewegt. »Sie haben Siegel in die Käfige geschnitten. Wir können nicht hinaus, es sei denn, sie lassen uns. Siegel.«

Fuchs hob den Blick. Tatsächlich. Über ihm, im Querbalken über der Tür, war ein kompliziertes Siegel tief in das Holz geschnitten.

»Zerstört sie. Ich mag hier nicht mehr bleiben«, sagte das Mädchen.

Ensu und Fuchs wechselten einen Blick.

»Ich habe gehört, viele Siegel entladen sich auf einmal, wenn man sie zerstört«, sagte Fuchs vorsichtig. »Ich hab ehrlich gesagt keine Lust ...«

Das Mädchen verdrehte die Augen. »Nicht dieses, Dummkopf. Das ist ein Viehsiegel. Niemand sprengt sein Vieh. Dummkopf«, sagte sie in einem Ton, der viel älter klang, als sie war.

Ensu hob beide Brauen. Dann zuckte sie mit den Schultern

und zog ihr Messer hervor. Mit zusammengebissenen Zähnen hackte sie auf das Siegel ein, bis es schließlich unter einem Schauer aus Funken nachgab. Ein Murmeln ging durch die Kinder im Käfig. Eins nach dem anderen drängte an der Kleinen vorbei hinaus auf den Gang.

Kurz darauf hatten sie auch die übrigen Käfige von ihren Siegeln befreit, und vielleicht dreißig Kinder drängten sich auf dem schmalen Gang.

»Hört alle mal her.« Ensu hob die Hand, und alle Blicke wandten sich ihr zu. »Ihr bleibt alle zusammen und lauft jetzt durch den Keller nach oben. Sobald ihr in der Küche seid, lauft ihr. So schnell ihr könnt. Lauft nach draußen, bleibt nicht stehen, und dann immer geradeaus über den Platz und durch die Gasse gegenüber. Wenn ihr schnell genug seid, schafft ihr es aus Jog Makeens Gebiet, bevor sie euch wieder erwischen. Lauft und bleibt nicht stehen, bis ihr den großen Markt erreicht. Oder besser, bleibt dort auch nicht stehen, versteckt euch.«

Die Kinder sahen sie an.

»Das ist euer Plan?«, fragte der Junge aus dem ersten Käfig ungläubig.

Ensu hielt seinem Blick stand. »Was willst du? Ihr seid frei. Das ist besser als vorher, nicht? Mehr können wir nicht machen.«

Der Junge sah sie nachdenklich an, dann nickte er. »Es ist alles besser als das hier, schätze ich«, sagte er. »Wir schulden euch was.«

Ensu nickte. »Das tut ihr.«

Erst langsam, zögerlich, dann immer schneller schoben sich die Kinder aus der Tür.

»Das ist eine ziemlich dumme Idee«, sagte jemand hinter

Fuchs, als die letzten der Kinder im Vorratskeller verschwanden. Die kleine Citani stand hinter ihm, die Arme noch immer vor der schmalen Brust verschränkt, und machte keine Anstalten, den übrigen zu folgen.

»Ach? Und was weißt du davon?«

»Ich bin nicht dumm, Fusselkopf. Wir sind zu viele. In dem Moment, in dem die Ersten von ihnen entdeckt werden, werden alle Männer dieser Operation hinter uns her sein«, sagte sie in einem fremdartigen Singsang, der ahnen ließ, dass der Dialekt von Atail nicht ihr eigener war. »Sie fangen sie wieder ein oder töten sie. Wenige entkommen. Der Plan ist dumm. Zu viele.«

Fuchs und Ensu wechselten einen Blick, doch bevor er den Mund öffnen konnte, hob das Mädchen einen Finger. »Es sei denn, sie sind mit etwas Wichtigerem beschäftigt.«

»Ah«, machte Ensu und sah auf die Kleinere hinunter. »Wie heißt du, Kleine?«

Das Mädchen sah zu ihr hoch, den Kopf selbstbewusst in den Nacken gelegt, das Kinn trotzig vorgeschoben. »Shenmat Shanshisu. Aber die meisten hier können das nicht aussprechen. Nenn mich Stern. Ich helfe euch hier raus, und ihr nehmt mich mit. Einverstanden?«

Die Falte zwischen Ensus Brauen vertiefte sich. »In Ordnung, Shanshushi … Stern. Du siehst aus, als hättest du irgendeine Klugscheißer-Idee.«

Das Mädchen bleckte trotzig die Zähne. »Natürlich. Ich will lebend hier raus. Ich gehöre nicht hierher, ich muss die Sonne aufgehen sehen. Und ich will dieses Loch hier brennen sehen. Natürlich.«

Fuchs schnaubte verblüfft. »Anzünden? Aber wenn man uns erwischt …«

»Wenn man uns erwischt, sind wir sowieso tot«, warf Ensu ein. »Die Idee ist gar nicht schlecht. Es werden weniger Leute hinter Kindern her sein, wenn gleichzeitig Makeens Besitz abbrennt.«

Marai sah sie zweifelnd an. »Aber sie fliehen bereits. Und es wird eine Weile dauern, bis das hier alles Feuer fängt.«

Ein düsteres Lächeln zog auf das Gesicht der kleinen Citani. »Nicht, wenn wir nachhelfen. Überhaupt nicht.«

Sie drehte sich um und lief hinaus in den Vorratsraum, und als wäre es selbstverständlich, folgten ihr die übrigen vier. Sie eilten die Treppe hinauf, gerade als oben die letzten der Kinder in der Küche verschwanden. *Sie hat recht. Sie sind zu langsam. Makeens Leute werden sie haben, bevor sie die Gassen erreichen!* Trotz der Hitze der Garküche lief eine Gänsehaut über Fuchs' Rücken. »Was jetzt?«

»Öl!«, rief Stern über das Brausen und Zischen der vernachlässigten Kochstellen hinweg. »Sie braten hier mit Öl. Gießt mehr davon in die Pfannen!«

Jedao, Marai und Fuchs sahen sich ratlos an, doch Ensu war schneller von Begriff. Sie griff nach einem der großen Tonkrüge voller Öl, die zwischen den Kochstellen standen, warf den Schöpflöffel beiseite und leerte den Inhalt kurzerhand in einen der Töpfe. Das Prasseln schwoll an, und heiße Tropfen flogen umher und ließen Fuchs schmerzerfüllt zusammenfahren. »Das ist verrückt!«

»Quatsch nicht! Fasst an!«, rief Ensu und griff nach dem nächsten Krug. Auf der anderen Seite der Verkaufstheke brach Tumult aus, als die fliehenden Kinder auf die Straße strömten.

Fuchs biss die Zähne zusammen. »Im Ernst, das ist kompletter Blödsinn. Wir sollten laufen!« Er packte einen der Ölkrüge und warf ihn mit Schwung in einen der Töpfe. Siedendes

Öl schwappte aus der Pfanne über den Herd und entzündete sich in einer Stichflamme, die auf die Pfanne selbst übersprang und in einem Schauer aus flammenden Spritzern durch die Küche schoss. Fuchs' Augen wurden groß, und mit einem Schrei hechtete er in Ensus Richtung, neben der eine weitere Stichflamme aus einer der Pfannen schoss und sie nur knapp verfehlte. Ein Schwall brennendes Öl schwappte auf ihre Bluse und setzte Ensus linke Schulter und ihre halbe Brust in Brand. Ohne nachzudenken, griff Fuchs nach einem Eimer mit Spülwasser und schleuderte den Inhalt in Ensus Richtung. Das meiste verfehlte sie jedoch und traf stattdessen hoch auflodernde Flammen neben ihr. Im nächsten Moment jagte eine so gewaltige Stichflamme aus dem brennenden Topf, dass das Öl durch die gesamte Küche spritzte, die Decke traf und den halben Raum in ein tosendes Inferno verwandelte. Fuchs packte die schreiende Ensu und riss sie hinter einen der Tische. Flammen züngelten noch immer über ihre Schulter und fraßen sich in ihr Fleisch, und Fuchs schlug mit bloßen Händen darauf ein, bis Ensu aufhörte zu schreien und in sich zusammensackte. Schluchzend packte er sie am Arm und zerrte sie durch die brennende Küche in Richtung Ausgang. Jedao tauchte von irgendwoher neben ihm auf und ergriff ihren anderen Arm. »Ensu!«, keuchte Fuchs halb erstickt und wiederholte ihren Namen, ohne recht zu wissen, warum, während sie das Mädchen aus den Flammen und in die nahe Gasse zerrten. »Ensu!«

GEHEIMNISSE UND LEGENDEN

Keuchend fuhr Fuchs hoch und sah sich mit weit aufgerissenen Augen um. »Ensu!«

Ako drückte ihn zurück auf das improvisierte Lager. »Sie lebt«, sagte sie leise und deutete neben Fuchs, wo im trüben Widerschein einer Laterne zwei Gestalten lagen. »Die Schützin ebenfalls, auch wenn sie noch nicht wach sind. Wir haben diesen Blumenbaum voll von üblen Träumen überlebt, wie es scheint.« Sie lächelte, doch aus irgendeinem Grund zuckte er zurück. Sie glaubte nicht, dass er sich dessen bewusst war, aber sie sah es. »Neben dir steht Wasser, wenn du willst.«

Er blinzelte, wischte sich fahrig übers Gesicht und tastete ziellos, bis sie ihm den Becher in die Hand drückte. Er trank hastig und in großen Schlucken. Für einen Augenblick hing immer noch der Gestank von Ensus brennendem Fleisch in seiner Nase, und er glaubte, noch immer die Fetzen ihrer Haut auf seinen glühenden Händen zu spüren. Nur langsam verblasste das Bild, und dieses Mal dauerte es eine Weile, bis er den Schmerz aus seinen Fingern massiert hatte. Schließlich jedoch ebbte der Schmerz ab und mit ihm die Erinnerung. Mit einem tiefen Durchatmen stemmte er sich erneut hoch und sah sich um. »Stern«, krächzte er. Seine Augen fanden die Citani, die auf der anderen Seite des Raums auf einem Tisch saß.

»Willkommen zurück«, sagte sie, ohne von dem aufzusehen, was sie tat.

»Du wolltest schon immer hierher. Von Anfang an!« Fuchs räusperte sich, um das Krächzen loszuwerden. »Deswegen hat dich Manger aufgenommen!«

»Du hast wirres Zeug geträumt. Du hast mehr Loccra abbekommen als wir alle. Und du weißt genau, wie sich dieser Mist auf den Kopf auswirkt. Weißt du.« Noch immer hob sie weder Stimme noch Kopf.

Fuchs schüttelte seinen und wollte Ako beiseiteschieben, doch es lag keine Kraft in seiner Hand. »Ich habe es gesehen ...«, murmelte er.

»Wir haben alle Dinge gesehen«, sagte sie leise. »Nur Stern und Kratzer sind wach geblieben. Sie haben uns hierhergebracht.«

Fuchs starrte sie mit glasigen Augen an. Dann leckte er sich über die rissigen Lippen und nickte. »Wie geht es den anderen? Marai?«

Ako zögerte, und Ensu ergriff das Wort. »Marai geht's gut. Sie schläft noch immer, aber sie ist stabil. Pelly ...« Ihre Stimme stockte. »Sie ...«

»... ist abgestürzt«, beendete Stern ohne Regung den Satz. Fuchs schrak hoch. »Sie ... was?«

»Stern, eines Tages ...«

Stern wischte Ensus Einwurf beiseite. »Hört auf, darum herumzureden. Sie hat sich nicht halten können und ist gefallen. Tief und ohne Halt. Und selbst wenn sie nicht sofort tot war, hat sie die Blüten nicht überlebt. Wir haben es kaum geschafft, und wir sind ihnen schnell genug entkommen. Ohne Halt.«

Ako sah das Zittern in Fuchs' Augen und drückte ihn zurück auf das provisorische Lager. Sie benötigte erstaunlich wenig Kraft dafür. »Wir hätten sie nicht gerettet können«, sagte sie leise.

Ensu nickte. »Sie hat leider recht. Wäre nochmals einer von uns nach unten gegangen, wäre auch er dem Tod geweiht gewesen. Du hast die Knochen am Fuß der Bäume gesehen. Jetzt wissen wir, woher sie sind.«

»Wir können froh sein, selbst überlebt zu haben. Froh.«

»Fick dich, du verdammter Eisklotz.« In Fuchs' Stimme lag keine Kraft. Er hörte auf, sich gegen Akos Hand zu stemmen, und fiel erschöpft auf sein Lager zurück. »Fick diese ganze Scheiße hier. Aber ganz besonders dich, Stern.«

Ako stand auf, nahm die Laterne und wandte sich ab.

»Warte!« Fuchs griff nach ihrem Knöchel. »Was ist … wo sind wir hier?«

Ako zögerte. »In einer sicheren Kammer. Nicht weit von dem Baum. Aber hier kann er uns nicht erlangen. Die Tür hat einen Riegel, und die Wände sind fest. Wir dachten, das wäre ein sicherer Platz zu Lagern, bis ihr wieder aufmuntert.« Sie warf Fuchs ein erneutes Lächeln zu. Ein Lächeln, das sie nicht fühlte. Sicher war relativ. Sie hatten keine Ahnung, was das hier für ein Ort war. Auch Ako nicht, und das bereitete ihr gerade mehr Sorgen als alles andere. Sie durften nicht hier sein. Wo immer hier war – es war nicht der Ort, den die Karte als Ziel des Aufstiegs ausgewiesen hatte. Sie nickte Kratzer zu, der neben der Tür Stellung bezogen hatte. Der drahtige Kerl ignorierte sie und schliff nervös an seiner Schwertklinge herum. Stern saß auf der gegenüberliegenden Seite des Raums auf einem uralten Tisch direkt neben ihrer eigenen Laterne und zeichnete irgendwelche Siegel auf ein Stück Leder. Von ihr war noch weniger Hilfe zu erwarten als von Kratzer oder Fuchs. Mit einem Seufzen straffte sie die Schultern und trat an die einzige Tür. Entschlossen griff sie nach dem Riegel. Kratzers Kopf ruckte hoch. »Was wird das denn jetzt, Taruki?«

Sie hielt inne. »Ich muss mal. Es war aufregend genug.«

Kratzer runzelte die Stirn. Er deutete an das entfernte Ende des Raums, wo noch mehr Tische und einige altersschwache Schränke standen. »Was hält dich davon ab, in die Ecke zu pissen, wie der Rest von uns?«

»Du hast in die …? Egal. Der Rest von uns hat noch geschlafen.«

»Und ich musste nicht«, warf Stern ein, ohne aufzusehen.

»Sprich nicht für andere, Kratzer. Nicht.«

Der Hagere schniefte. »Du weißt genau, wie ich das gemeint habe, Taruki«, murmelte er düster.

Ako sah auf ihn hinab. »Ich habe nicht vom Pissen geredet. Das, was ich loswerden muss, willst du nicht hier drinhaben.«

Zu ihrer Genugtuung fror Kratzers Gesicht ein. »Ich … nein. Mach, was du willst, aber du bist auf dich allein gestellt.«

»So handhaben wir das in meiner Heimat immer.« Ako schenkte ihm ein Grinsen, schob den Riegel zurück und öffnete vorsichtig die Tür. Draußen war es still und vollkommen finster. Der schmale Gang zog sich in beide Richtungen bis in die Dunkelheit. Zögerlich trat Ako aus der Tür und hob die Laterne. Die nächsten Türen zu beiden Seiten lagen gerade am Rande des Lichtscheins ihrer kleinen Laterne. Der Boden bis dorthin bestand aus alten, ausgetretenen Dielen, auf denen der Staub fingerdick lag, zerfurcht in der Richtung, aus der sie gekommen waren, unberührt in die andere Richtung. Wenn man von kleinen Trippelspuren absah, die vermutlich von den allgegenwärtigen Ruk stammten. Auch nach Hunderten Jahren Abgeschiedenheit schien es die hier noch zu geben. Sie schluckte. Dann zog sie die Tür hinter sich zu und ging vorsichtig auf die nächste Tür auf der unberührten Seite des Gangs zu. Sie lag an der gegenüberliegenden Wand und war wie die, hinter der sie ihr Lager aufgeschlagen hatten, aus dicken, vom Alter verzogenen Brettern gefertigt, die von massiven Eisenbändern zusammengehalten wurden. Zumindest, wenn man von dem seltsamen Kratzmuster absah, das irgendjemand auf der Tür hinterlassen hatte. Es war dezent genug, um von jedem übersehen zu werden, der nicht danach Ausschau hielt. Vorsichtig hob sie den Riegel und lehnte sich gegen das schwarze Holz, obwohl sie wusste, dass die Vorsicht unsinnig war. Wäre jemand hier, wüsste dieser Jemand längst von ihrer Anwesenheit. Sie waren nicht gerade leise gewesen und die Schleifspuren auf dem Gang sprachen Bände. Wäre jemand hier, hätte er selbst Spuren hinterlassen. Entschlossen lehnte sie sich fester gegen die Tür, und mit einem dumpfen Knarren gaben die uralten Scharniere nach und gaben einen Durchgang frei, der breit genug war, um sich hindurchzudrücken, bevor sie endgültig festsaßen. Der Raum hinter der Tür war größer als der vorherige. Drei seiner Wände standen voll mit verzogenen Regalen voller Dinge. Einige davon waren Schriftrollen, andere waren Tontöpfe und gelegentlich große Gläser aus milchigem Glas. Wieder anderes konnte Ako nicht auf den ersten Blick identifizieren. Einen zweiten verwendete sie nicht darauf. Zwei Reihen schwerer Tische durchzogen den gesamten Raum, ihre Platten vom Alter und ihrem eigenen Gewicht gebogen. Noch immer standen Gläser, Tiegel und Pfannen darauf, seltsame Röhren aus Metall, Kohlepfannen und Dutzende von Apparaturen, die Ako in ihrem Leben noch nie gesehen hatte und deren Zweck sie nur erahnen konnte.

Sie atmete tief ein. Noch immer lag ein scharfer, bitterer Geruch in der Luft, und plötzlich hatte sie ein Bild vom Behandlungsraum ihrer Großmutter vor Augen. Andere Gerätschaften, sicher, doch das Gesamtbild war zu ähnlich, um zufällig zu sein. Sogar der Geruch war ein ähnlicher, egal, wie viel Zeit vergangen war, seit dieser Ort das letzte Mal betreten worden war. Aus irgendeinem absurden Grund beruhigte sie das. Leise ging sie durch den Raum und betrachtete die im Licht ihrer Laterne matt schimmernden Gerätschaften. Sie waren von einer Machart, die sie nie zuvor gesehen hatte. Sie erinnerten zwar an den Stil der Gefäße, die sie in Atail und zuvor bei den Oantan-Hirten gesehen hatte, aber die Verwandtschaft schien nur oberflächlich. In viele der Oberflächen waren Siegel eingeschnitten, geätzt oder gebrannt. Keine von der Art, die ihr schon einmal begegnet waren, auch wenn ihr ein oder zwei davon vage bekannt vorkamen. Das alles hier war alt, so alt wie Atail vielleicht, oder sogar noch älter. Sie griff nach einer der Schriftrollen im nächststehenden Regal. Das trockene Pergament begann zu zerfallen, sobald ihre Fingerspitzen es berührten, und Ako zuckte zurück. So viel Wissen, und doch waren das hier nur Hüllen, die die Zeit zurückgelassen hatte. Nichts davon würde sie lesen können. Sie schnaubte. Sie hätte selbst dann nichts davon lesen können, wenn es auf dem frischesten aller Pergamente gestanden hätte. Sie beherrschte weder die Zeichen, die die Gelehrten Atails verwendeten, noch die der Alten, die auf ihrer Karte verzeichnet waren. Mit leisem Bedauern wandte sie sich ab und schob behutsam einige der Gerätschaften auf dem Tisch beiseite, um ein wenig Platz zu schaffen. Dann stellte sie die Lampe ab und zog ihre Weste aus. Eilig löste sie die Knoten einer verborgenen Naht auf der Innenseite des Kleidungsstücks und zog das darin verborgene Pergament heraus. Es war bereits alt gewesen, als ihre Großmutter es erhalten hatte, doch sie hatten es aufgearbeitet, und die Linien darauf waren wieder so frisch, als hätte man sie gerade erst gezogen. Vorsichtig breitete sie es aus und musterte es eingehend. Die Küche war darauf verzeichnet, und der Saal mit den Bäumen, die von Blüten umtanzt wurden. Sie schob die Laterne näher und musterte die feinen Linien genauer, die zwischen die Blüten gezeichnet waren. Sie ergaben ein immer wiederkehrendes Zeichen, das sie auch an anderen Stellen der Karte gesehen hatte. *Das erklärt einiges.*

Ako ließ den Blick über die Zeichnung wandern, durch das Gewirr von mehrfarbigen Linien, das, wie sie wusste, verschiedene Stockwerke darstellte, und suchte die nächstgelegene Wiederholung des Zeichens. Sie fand es, nur wenige Schritte von der Tür entfernt, durch die sie getreten war. Einen langen Moment starrte sie darauf, bevor sie langsam und tief durchatmete. Es war nicht das Einzige. Viele Wiederholungen waren über die gesamte Karte verstreut. Es war unauffällig und befand sich an Stellen, die kein Muster erkennen ließen. Ihre Großmutter hatte ihnen keine Beachtung geschenkt. Gefahren, das hatten sie gedacht, waren mit Knochen gekennzeichnet. Unmissverständlich und deutlich. Das hier – es war weniger bedrohlich, aber weitaus häufiger. Ein Zeichen war hier, ein weiteres an der nächsten Gangkreuzung, auch wenn diese zu einer Treppe zu führen schien. Ein drittes an der Treppe. Wenn auch nur eines dieser Zeichen eine ähnliche Gefahr bedeutete wie das am Baum, und sie hatten nicht noch einmal so viel Glück, dann …

Sie wischte sich übers Gesicht. Es war ein langer Tag gewesen, und die Wirkung des Loccra hatte sie noch immer nicht ganz verlassen.

Müde betrachtete sie die Linien, die dieses Stockwerk beschrieben. Es waren sehr wenige. Wer immer diese Karte gefertigt hatte, er oder sie war einfach diesem Gang gefolgt, war an ein, zwei Stellen abgebogen und hatte die anschließenden Räume erkundet, bis ein Hindernis das weitere Fortkommen unmöglich gemacht hatte. Knochen waren an einer der Stellen verzeichnet. Aber im Großen und Ganzen hatte der Kartograf schnell die nächste Treppe gefunden und sich dann nicht weiter mit der Erkundung des restlichen Stockwerks aufgehalten. Einfach. Sie starrte auf die Karte. Der Raum, in dem sie sich befand, wies ein weiteres Zeichen auf. Dasselbe wie jener, in dem die anderen zurzeit lagerten. *Was bedeutest du? Sicher? Siegelschmiede?* Nachdenklich betrachtete sie die verstaubten Röhren und Tiegel vor sich. *Giftküche? Hättest du nicht ganz normale Schrift verwenden können, Pidi?* Vielleicht *Zeichen, die irgendeinen Hinweis geben?* Sie stieß einen unwirschen Laut aus. Kein Wunder, dass der Händler dieses Stück Pergament weggegeben hatte. Es war so frustrierend wirr, dass es selbst dann fast unbrauchbar erschien, wenn man wusste, was es beschrieb. Sie sah auf und betrachtete die Wände voller uralter Schriftrollen. Ein Hort des Wissens, mehr, als ihre Großmutter je geahnt hatte. Mehr, als sie je gewusst hatte – und das war verdammt viel gewesen. Aber nicht einmal eine weise *Kukambe* wie sie hätte sich einen Ort wie diesen vorstellen können. *Wie auch?* Ako fühlte Bedauern beim Anblick der Schriftrollen, selbst wenn sie wusste, dass sie keine davon lesen konnte und es überdies nicht eine davon überstehen würde, aus ihrem Regal genommen zu werden. Trotzdem. Allein das Wissen, was für ein Schatz hier gelagert war, machte sie wehmütig. Stumm sah sie in die Dunkelheit. Schließlich straffte sie die Schultern und setzte erneut ihr Lächeln auf. Sie war nicht dafür hier. Dieser eine Raum wies noch ein weiteres Zeichen auf, und dieses Mal kannte sie die Bedeutung.

Lächelnd faltete sie ihre Karte zusammen und sah sich erneut um. Am Ende des Raums, beinahe im Schatten außerhalb des Lichtscheins verborgen, ragten drei große Gestelle auf. Oder eher noch Kästen, denn beinahe alle Wände dieser Konstruktionen waren aus Eisen und Messing gefertigt und ihre Kanten mit weiteren, jetzt rostigen Eisenbändern verstärkt. Ihre Vorderseiten waren gleichfalls fast völlig aus altersschwarzem Messing, doch hatte man hier gläserne Fenster eingebaut, durch die man ins Innere der Kästen sehen konnte. Zwei der Fenster waren schon seit Langem geborsten, doch sie waren in jedem Fall nutzlos, denn alle drei Fronten hingen verbogen und aufgebrochen in den Resten ihrer Scharniere. Ako stemmte eine der Kisten auf. Auch in ihrem Inneren hatte sich seit Jahrzehnten, wenn nicht Jahrhunderten der Staub gesammelt, aber noch immer strahlte die Konstruktion etwas Finsteres, Beklemmendes aus. Auf dem Boden lagen Ketten, und weitere Ketten hingen von der Decke. Die daran befestigten Handeisen schienen einst mit Gewalt aufgestemmt worden zu sein. Andächtig fuhr sie mit dem Finger über die matt schimmernden Seitenwände der Kammer. Sie war gänzlich mit einem grauen Metall ausgekleidet. *Eruqac*, hatte ihre Großmutter dieses Metall genannt. *Mondsilber*. Angeblich hielt es Geister fern. *Tja. Dann waren das wohl keine Geister. Oder die Wirkung wird überschätzt.* Was oder wen auch immer es eingeschlossen halten sollte – letztendlich hatte es wohl nicht funktioniert.

Nach einigen Augenblicken atmete sie tief durch und wandte sich ab. Neben den Kisten entdeckte sie schließlich, was sie suchte: eine Truhe, genau wie auf dem Plan verzeichnet.

Ako sah einige Augenblicke lang auf die Truhe hinab, ohne sich zu rühren. Erst dann hob sie vorsichtig den Deckel ab. Staub rieselte in langen Schwaden zu Boden, während er knarzend nachgab. Die Truhe war beinahe bis zum Rand mit Pergamenten gefüllt. Die meisten waren mit verblasster, krakeliger Schrift überzogen, und viele waren gebrochen, wurmstichig und bereits im Verfall begriffen. Daneben enthielt die Kiste allerdings noch etwas anderes: etwa zwei Dutzend schwarzer Beutel aus gewachstem Tuch, hart und brüchig vor Alter und übersät mit Siegeln, die sie nur aus Erzählungen kannte. Sie nahm einen davon heraus und wog ihn nachdenklich in der Hand, bevor sie versuchsweise an dem Band zog, das mit einem leisen Knacken nachgab und zwischen ihren Fingern zerbrach. Vorsichtig erweiterte sie die Öffnung. Im Inneren des Beutels lag ein Stein. Ako betrachtete ihn eine ganze Weile, bevor sie ihn aus dem Beutel auf ihre Hand gleiten ließ. Er war kaum halb so groß wie ihre Faust und flach, so als wäre er von einem größeren Objekt abgeschlagen worden. Seine Oberfläche war rau und porös, ähnlich dem Tuffstein, den man in der östlichen Aschewüste finden konnte. Sie wies nur wenige Bearbeitungsspuren auf, so als hätte ein Steinmetz einen Rohling gefertigt und beiseitegelegt, noch bevor er richtig mit der Bearbeitung begonnen hatte. Im Gegensatz zu Tuff allerdings war dieser Brocken schwer und schimmerte stumpf im Widerschein der Laterne. Das hier war einer jener Brocken, ein Ahnenstein, den die alten Lieder auch als »Stammesmutter« bezeichneten. Gefäße, in die die Alten das schwarze Blut der Ahnen eingeschlossen hatten, in dem das Shao mächtiger floss als in jedem Magister.

Erst nach einer ganzen Weile schob sie den Stein zurück in seine Hülle. Sie verschloss den Beutel sorgfältig und machte sich auf den Weg zurück zur Tür. Jetzt war ihr Lächeln beinahe echt.

Kratzer verriegelte die Tür wieder hinter ihr und sah sie schief an. »Und? Geschäft erledigt?«

»Ich glaube nicht, dass dich das etwas angeht.« Ako trat zu Stern und betrachtete das Siegel, das die Citani soeben mit einem Messer in eine Münze schnitt. »Warnung. Vor... Leben?«

»Warnung vor Kreaturen, die mir feindlich gesinnt sind. Feindlich«, sagte Stern, bevor sie innehielt und aufsah. »Du kannst Siegel lesen?«

Ako zuckte mit den Schultern. »Ich kenne ein paar. Meine Großmutter hat ähnliche angefertigt für...« Sie suchte nach Worten und deutete schließlich eine Halskette an. »Glücksbeutel? Aus Knochen und Haut?«

»Amulette.« Stern schnaubte und nickte. »Ich habe gehört, dass die Stämme im Norden diese primitive Form des Shao gern verwenden. Stämme.« Sie betrachtete erneut die Münze vor sich und fügte dann sorgfältig einen letzten tiefen Schnitt hinzu. »Ich habe Besseres mit. Siegelmedaillons, die mich vor Fallen und anderer Gefahr warnen.« Sie schnaubte erneut, dieses Mal fast ein Grunzen. »Nur nichts, was uns vor feindlichem Leben warnt. Wer kann ahnen, dass hier drin noch irgendetwas außer Schimmel lebt... wer?« Sie blies die Metallspäne von der Schuppe und fädelte sie sorgfältig auf eine feine Kette an ihrer Schärpe, an der bereits andere, ähnlich behandelte Münzen hingen. »Aber es ist ein Tag voller Überraschungen, nicht? Ein Tag. Was sagt deine Karte – welcher Falle wenden wir uns als Nächstes zu, deine Karte?«

»Meine Karte...?«

Stern sah erneut auf und tippte Ako gegen die Stirn, bevor sie zurückweichen konnte. »Die da drin ist, oder? Drin.«

Sie sah Ako scharf an, und plötzlich war sich Ako ziemlich sicher, dass Stern nicht einfach so fragte. Ihre Hand war um das Bündel Münzen geschlossen. »Ist sie?«

Ako lächelte entwaffnend. »Ist sie.«

Einen Moment später nickte Stern und öffnete den Mund, doch Ako kam ihr zuvor. »Was ich weiß, ist nicht vollständig, aber ich kann dir sagen, wo die nächste Treppe ist. Darf ich?«

Ohne abzuwarten, griff sie nach Sterns Kohlestift und einem der Pergamentbögen. »Das hier ist der Raum, in dem wir uns befinden.« Sie warf eine schnelle Skizze auf den Bogen. »Ich glaube, dass wir in diesem Gang vorsichtig sein müssen, aber er führt uns zur Aufsteige nach oben. Ich kann dir allerdings nicht sagen, was das genau ist.« Sie deutete auf eine Reihe von Räumen, die sie auf halbem Weg zur Treppe eingezeichnet hatte. »Jeder von ihnen trägt das Zeichen, das auch bei den Großgesträuchen stand. Ich glaube, es bedeutet Gefahr.«

»Ah«, machte Stern. »Und das hättest du uns nicht vorher sagen können? Vorher? Bei den Bäumen?«

»Nein.« Ako legte Stern die Kohle hin und wischte sich die Finger ab. »Dort wusste ich nicht, was es bedeutet. Ich denke aber, wir sollten diese Kammern vermissen.«

»Meiden. Hm.« Stern musterte ihre Skizze. »Aber wir müssen daran vorbei?«

Ako nickte. »Das, oder wir müssen einen Weg durch das Ungewusste suchen.« Sie tippte auf einen Punkt auf der Karte, dann einen anderen. »Hier gehen Gänge. Die Stockwerke sind groß. Es wird andere Wege geben. Andere Aufsteigen. Aber wir wissen nicht, wo.«

»Nicht, wo«, echote Stern. »Gut, der bekannte Weg ist der

schnellste. Wir gehen, wenn Fuchs und Marai erholt sind. Ihr weckt mich.« Ohne weitere Worte drehte sie die Lampe herunter und streckte sich auf dem Tisch aus, die Hände hinter dem Kopf verschränkt.

Ako blinzelte, als Stern die Augen schloss. Dann sah sie sich unsicher um. Im Halbdunkel erkannte sie, wie Fuchs mit den Schultern zuckte und ihr mit einer Feldflasche zuwinkte. »Bier. Aus dem Hühnerstall«, sagte er leise und grinste traurig. »Trink, solange es frisch ist und Marai noch nicht wach.« Er deutete auf die noch immer schlafende Frau, zwinkerte und hielt ihr die Flasche hin. »Auf Pelly. Und Djwid. Und auf die Hoffnung, dass wir ihnen nicht folgen.«

»Wehe, du trinkst das aus«, warf Ensu ein, und Ako zuckte ein wenig zusammen. Sie hatte nicht bemerkt, dass sich die Korra inzwischen aufgesetzt hatte. Sie lehnte im Schatten eines der Tische hinter Fuchs an der Wand und hatte die Augen geschlossen. Trotzdem hatte Ako das Gefühl, von ihr beobachtet zu werden. Als hätte sie Akos Gedanken geahnt, zog jetzt ein Lächeln über Ensus Gesicht. »Pass bloß auf«, sagte Ensu leise. »Wenn Fuchs dir freiwillig sein Bier anbietet, dann will er was von dir.«

»He! Ich ...«

Ensu öffnete ein verquollenes Auge, griff an Fuchs vorbei und nahm ihm die Flasche aus der Hand. »Mach dir nicht die Mühe zu widersprechen, Loxxa. Ich kenne dich viel zu lange.« Sie trank einen langen, gierigen Zug und atmete tief durch, bevor sie ihrerseits Ako die Flasche hinhielt. »Die meisten von uns haben schon Bier von ihm angeboten bekommen. Und mehr als eine von uns hat angenommen.«

Ako sah zwischen den beiden hin und her. »Ich ... ich weiß nicht, was ich sagen soll.«

»Sag mal, muss das jetzt ...«

Ensu kicherte rau und ignorierte Fuchs' plötzliche Entrüstung. »Das muss man nicht kommentieren, Schwester. Es war nur ein Wort der Warnung.«

»Hm.« Ako zögerte, dann nahm sie Ensu die Flasche ab und roch daran. »Keine Sorge. Dein Mann ist nicht attraktiv.« Sie grinste und nahm einen Schluck des bitteren Getränks, bevor sie das Gesicht verzog. »Ich glaube wirklich, dass man in Altai mit ordentlichem Bier ein Geld verdienen könnte.«

Ensus Augen gingen auf. »Er ist nicht mein Mann ...«

»Was heißt – nicht attraktiv?«, fragte Fuchs zeitgleich.

»Was verstehst du schon von Bier?«, warf Kratzer von der anderen Seite des Raums ein.

Akos Grinsen änderte sich nicht, als sie Fuchs die Flasche hinhielt. »Ich weiß, dass das hier kein ordenthaftes Bier ist«, sagte sie. »Unsere Familie braut ihr eigenes, seit mehr als fünf Generationen. Gutes Bier, so rot wie die heilige Erde der Stämme meiner Heimat. Rok'Hamar. Und ich erzähle dir: *Das* hier kommt nicht einmal in die Nähe von einem Bier nach Art der Alten. Was das andere betrifft«, sie zögerte. »Entschuldigkeit, Dachfuchs, aber du bist nicht mein Geschmack. Zu viel Bart. Zu wenig Brüste. Zu viel ...« Sie wackelte mit einem Finger im Schritt.

Fuchs Miene erstarrte, und sein Blick zuckte unwillkürlich zu Ensu, die vollkommen unbewegt vor sich hin starrte.

Dann blinzelte er und nahm die Flasche an, bevor er die Stirn runzelte und jetzt Ako nachdenklich musterte. »Moment. Du meintest damit gerade eigentlich, dass du ...«

Ensu neben ihm lachte leise auf und klopfte sich auf den eigenen Brustkorb. »Ja, Fuchs, sie meinte Frauen. Sie mag Frauen. Die Schwester hat Geschmack. In jeder Hinsicht.«

»Na ja, über zu viel zwischen den Beinen musst du dir bei ihm vielleicht nicht unbedingt Sorgen machen«, warf Kratzer breit grinsend ein.

»Halt einfach dein Maul, Kratzer.« Mehr aus Reflex trank Fuchs einen letzten Schluck, bevor er den Korken zurück in den Flaschenhals drückte. »Verstehe. In Ordnung.« Dann zuckte er mit den Schultern. »Schön, dass wir das geklärt haben. Aber eigentlich dachte ich, wir trinken tatsächlich nur auf Pelly und Jedao, Ensu.«

Das Grinsen der Korra verblasste. »Entschuldige. Ich dachte, wir trinken generell auf Abwesende.« Sie hob eine Braue und tippte sich erneut auf den Brustkorb. Fuchs hielt ihrem Blick nicht lange stand. »Also gut, Schwester, erzähl uns etwas über die Lieder, die du über diesen Ort kennst. Was weiß dieser Gowan M…«

Ako seufzte. »Gowyn M'Shane«, sagte sie. »Er beschrieb Atail, und er besuchte vor etwa 50 Jahresläufen das *Haus der Aufgehenden Sonne* und sang über all die Vergnüglichkeiten, die man hier ausprobieren konnte. Ich glaube, es hat sich nicht viel geändert. Er besang auch die Tür, durch die wir gegangen, und den Turm, in den wir geschaut sind. Aber er war nicht … nie hier.«

»Was auch nicht möglich ist, nach dem, was Stern gesagt hat«, warf Ensu ein.

Ako nickte. »Er erzählt aber von alten Liedern, überliefert aus einer Zeit, als jemand hier war. Und ich habe solche gefunden. Das wichtigste ist gut 200 Jahre mehr alt. Es berichtet, wie dieser Ort einst entdeckt und besiedelt war.«

»Der Turm war besiedelt?«, fragte Fuchs interessiert dazwischen.

»Ach, sag bloß. Und ich dachte schon, dass die Küchen

vorhin einfach nur zur Zierde gebaut wurden«, murmelte Kratzer.

Fuchs warf ihm einen bösen Blick zu. »Klugscheißer.«

»Das ist richtig und nicht richtig«. Ako überging die Zwischenbemerkungen. »Ich berichte euch jetzt von diesem Lied. Es ist genannt ›Das Lied von Eis und Stahl‹ oder auch ›Das Berralogg-Lied‹.«

»Nicht Feuer?«, unterbrach Kratzer.

Ako stockte. »Was?«

»Feuer. Eis und Feuer fände ich poetischer. Wenn ich einen Titel aussuchen würde, dann würde ich es irgendwie so nennen.«

Sie sah den sehnigen Mann an. »Willst du die Geschichte erzählen?«

»Ich? Nein. Ich kenn sie doch gar nicht. Ich meinte nur, wenn ...«

»Dann halt den Mund, Kratzer«, warf Ensu ein. »Ako, erzähl weiter.«

Ako riss den Blick von Kratzer los und fuhr fort. »Vor etwa 300 Jahresläufen, als der erste Kaiser in Bashun regierte, entsandten die Citani Botschafter zu allen verbliebenen Festigkeiten des ersten Reichs.«

»Festungen?«

»Festungen, ja. Zu allen Burgen und Städten, und jede Siedlung sollte schwören, dem Kaiser zu erfolgen. Dabei entdeckte man, dass eine Festung vergessen war, hier oben im Herzen der Berge. Die Heermannen des Kaisers reisten hierher unter Führung des Helden Dar Anak und fanden einen gewaltigen Mauer, höher als 10 Männer, die umgab diesen Ort hier. Ihr kennt diese Mauer. Sie umgibt Atail. Damals aber stand sie allein in Geröll und Schnee dieses Tals. Ihre Türme waren außen, und sie boten Platz für zwei Garnisonen, doch sie standen leer. Schnee wehte durch ihre leeren Fensterhöhlen, ihre unteren Stockwerke waren gefüllt mit Eis. Dar Anak stieg auf die verlassenen Mauern und sah in das Innere der Befestung. Und dort fand er«, Ako ließ eine kleine Pause und stellte mit heimlicher Genugtuung fest, dass die anderen ihren Worten gebannt folgten.»Nichts«, fügte sie hinzu.»Im Inneren der Mauer sah er nichts außer noch mehr Schnee und Eis. Und natürlich den Haufen. Den Fels, an dem heute die Halle der Magistrate wächst. Alles das war damals aber nicht da. Also stiegen die Männer die Wände hinab und durchsuchten das verlassene Rund. Am Ufer des Sees, dort, wo die Mauer einen Abteil abgeschnitten hat, dort fanden sie den Rest von einem Dorflager und einen Pfad, der hinauf bis an den Fuß des Bergfelsens führte, direkt zu einer Stelle, an der das Shao stärker war als irgendwo anders in der Welt, einer Hütte, begraben im Schnee und unter dem Eis. Und hier, an der Quelle des Shao, errichteten sie eine Haus, eine Festung, eine Schule. Einen Ort, um zu studieren, was Dar Anak hier gefunden.« Sie zögerte.»Ich bin mir nicht sicher, dass ihr 428 Strophen über all das hören wollt, was Dar Anak hier getan.«

»428«, wiederholte Ensu beeindruckt.»Irgendwas Interessantes dabei?«

»Vor allem Beschriftungen von Räumen«, gab Ako zu.»Und sie schufteten sechzehn Kochräume, zu ernähren die Soldaten, zwölf zu versorgen die Schüler des ersten Grades, acht zu versorgen die Schüler des zweiten, fünf zu verpflegen die Meister, drei … so was in dieser Weise.«

»Kochen war ihnen wohl ziemlich wichtig.«

Ako hob die Schultern.»Es gibt auch viele Beschriftung zur Einrichtung von Betträumen, Treppen und Vorrätekammern.«

Fuchs starrte mit gerunzelter Stirn in das Licht der kleinen Lampe.

Sie holte tief Luft. »Also gut – noch mal zurück zum Anfang. Die Mauer, die Stadtmauer Atails, umschloss damals nichts, wenn man von der kleinen Siedlung der Barbaren absieht. Und ihre Türme waren außen – wie heute auch noch.«

»Ich hab mich schon immer gewundert, warum jemand den Hauptzugang zu Wachtürmen außen einrichtet«, warf Kratzer ein. »Ich dachte, die hätten das nachträglich gemacht.«

Fuchs schüttelte den Kopf. »Nein, ich war zwei Wochen als Dienstbursche in Hamands Turm. Für Manger. Ich sollte die Lage auskundschaften. Ich kann dir versichern, es gibt nur eine Tür, die ins Innere der Mauer führt, und die hat Hamand erst vor zehn Jahren selbst durch die Mauer treiben lassen. Der Gang ist mehr als zwanzig Schritte lang, und es gibt keine Fenster dort.« Fuchs knetete sich abwesend den Haarschopf. »Ich hab nie drüber nachgedacht, aber der einzige Ausgang auf Stadtseite außer diesem Gang geht oben auf die Mauerkrone.«

»Aber das ergibt gar keinen Sinn«, murrte Kratzer. Er hackte mit einem Messer in die schwarzen Fußbodenbohlen. Er spielte immer damit, wenn er nervös war. »Das würde heißen, sie haben etwas in Atail eingeschlossen.«

»Nicht in Atail.« Fuchs sah Ako an. »Wenn ich es richtig verstehe, gab es kein Atail. Es gab ein paar vergessene Ruinen und das Haus. Oder ein Haus. Und eine gewaltige Mauer um eine große Fläche von Eis und Schnee.«

Ako nickte.

»Eine Mauer, die unbewacht und verlassen war, als die Citani sie fanden«, ergänzte er.

Ako nickte erneut. »Unbewacht nicht ganz. Aber nicht in

dem Maße, wie die Wälle es hätten erwarten lassen. Ja, sie waren verlassen und geborsten«, sagte sie. »Das Eis hatte sie getrümmert, als es vom Berg und in den See geflossen war, so sagt es das Lied.«

Fuchs blinzelte. »Das Eis hat eine zwanzig Schritt dicke Mauer zertrümmert«, wiederholte er. »Und die Ringmauer war verlassen.«

»Es war eine alte Mauer, bereits als Dar Anak sein Auge zum ersten Mal auf die warf, aber ja, sie war durchbrochen und verlassen, so sagt es das Lied, nur bewohnt von einigen Barbaren, die diesen Ort verbissen als ihr Heim verteidigten. Doch sie waren es nicht, die diesen Ort erschaffen hatten. Dar Anak gründete Atail im Schutze der Mauern und während die Magister des Kaisers die Geheimnisse des Hauses und der Flüsse des Shao zu ergründen begannen, begann Atail um diesen Ort zu erblühen.«

»Genau der Ort, an dem ich eine Stadt gründen würde«, stellte Ensu trocken fest.

»Und was war jetzt in der Mauer eingesperrt?« Das stete Pochen von Kratzers Messer machte Ako langsam gereizt.

»Das Lied berichtet nichts darüber. Es beschäftigt sich vor allem mit dem Aufbau der ersten Schule der Magister. Der letzte Teil aber erzählt davon, dass es Dar Anak gelang, das innere Tor zu öffnen. Er betrat den *Turm*, wie er es nannte, mit einer Mannheit von viermal zwei Händen. Magister und Wächter, Soldaten des Kaisers und Gelehrte. Sie erkundeten zwölf Stockwerke, aber sie erreichten den Gipfel am oberen Ende nicht. Das Lied beschreibt das, was wir bereits gesehen haben, und mehr. Einen Park erzählt das Lied und einen Werkstock voller Albträume. Einen Raum voller Sterne und eine endlose Ebene. Eine Halle voll von Waffen und eine andere voll von Schriften. Dar Anak kehrte nach mehr als einer Woche zurück, und mit ihm acht Männer, beladen mit Schriftenrollen und bösen Träumen. Er ließ das Tor verschließen, und nie mehr zu seinen Lebzeiten wurde es eröffnet.« Ako schwieg. Die bloße Erwähnung der letzten Zeilen des Lieds hatte erneut eine Gänsehaut auf ihre Arme gerufen. Sie erwähnte nicht, was den Männern damals gefolgt war, nicht, dass das Lied davon sprach, dass sich fünf der Überlebenden danach getötet hatten. *Mutmaßungen helfen uns nicht weiter, Kind*, hatte Großmutter immer gesagt. *Wenn du nicht weißt, was warum geschehen ist, stelle keine Vermutungen an. Finde es heraus – oder halt deinen Mund dazu.*

»Neun«, sagte Fuchs nachdenklich. »Von vierzig.«

»Hat sie gerade ›nach einer Woche‹ gesagt?« Kratzer richtete sich alarmiert auf. »Ich weiß genau, dass Stern gesagt hat, dass es ein paar Stunden dauern wird. Von Wochen war nie die Rede!«

»Stern kann problemlos Tage in einer Bibliothek verbringen«, gab Ensu zu bedenken. »Stell dir vor, du hast eine ganze Bande von Magistern mit dir.«

»In Ordnung. Aber wir haben keine Vorräte für neun Tage mit«, murrte Kratzer. »Nicht mal für die Hälfte der Zeit.«

»Wir sind nicht wegen Büchern hier«, sagte Fuchs. »Können wir noch mal darauf zurückkommen, dass diesem Darnak mehr als 30 Leute abhandengekommen sind?«

»Vermutlich sind sie verhungert.«

»Kratzer – du nervst.« Ensu drehte sich nicht um. Gedankenverloren hob sie eine Haarsträhne Richtung Mundwinkel, überlegte es sich dann jedoch anders. Stattdessen sah sie zu Marai, die noch immer schlief. Ihr Schlaf war ruhiger geworden und ihre Atemzüge tiefer, doch Ako war klar, was sie in diesem Moment dachte. Wäre es ihnen nicht gelungen, die Übrigen in den Korridor hinaufzuziehen, wären noch mehr von ihnen abgestürzt. Und dann wären sie alle jetzt Futter für den tödlichen Baum. Ganz so wie die Hunderte von Ruk-Skeletten, über die sie gegangen waren. Ensu blinzelte und wandte den Blick ab. »Ich schätze, dieser Ort hier hat eine Menge an Unannehmlichkeiten zu bieten, wenn man nicht vorbereitet ist.« Sie sah Ako an. »Ein Glück, dass wir besser vorbereitet sind als die damals. Richtig?«

Ako erwiderte ihren Blick verunsichert. »Ich ... weiß nicht genau. Ich kenne die Lieder, aber ich ...« Sie stockte, als ihr klar wurde, dass das, was sie gerade sagen wollte, der Wahrheit entsprach: *Ich habe keinen Plan.* Hatte sie tatsächlich nicht. Sie war hierhergekommen, weil sie eine Karte hatte. Eine Karte war aber noch lange kein Plan. Sie war hier wegen der Geschichten. Auch wegen der Geschichte, die sie selbst würde erzählen können, wegen eines eigenen Lieds, das sie unsterblich machen würde. Vor allem aber war sie hier wegen eines einzelnen Wunsches einer sterbenden kleinen Frau, die Alter und Wüstenhitze hatten zusammenschrumpfen lassen, bis am Ende nur noch dieser eine Wunsch übrig geblieben war. »Ich überlasse die Pläne gern eurer Anführerin. Aber ich kann euch helfen, den Pfad zu finden und einige der Schwierigkeiten zu umgehen, denen unsere Vorgänger hier vielleicht zur Opferung gefallen sind.«

»Aber wir gehen davon aus, dass irgendetwas diese Leute getötet hat, richtig?«

Ako und Ensu sahen Kratzer an. »Richtig«, stimmte Ako zu. »Irgendetwas. Ich gehe nicht davon aus, dass sie noch mit Leben erfüllt sind. Es ist schließlich schon eine Weile her.«

»Wenn doch«, ergänzte Ensu. »lassen wir dir gern den Vortritt. Du bist unser Mann für's Grobe. Mit ein paar Alten wirst du doch fertig.«

Kratzer schnitt eine Grimasse und rammte erneut seine Klinge in den Boden.

Fuchs dagegen starrte noch immer vor sich hin. Die Falte über seiner Nasenwurzel war, wenn möglich, noch tiefer geworden. Er warf einen Seitenblick auf Stern, die mit geschlossenen Augen auf dem Tisch lag, die Hände unter der Brust gefaltet. »Das erklärt jetzt eigentlich noch weniger, was wir hier wollen. Was Stern hier will«, murmelte er. »Ich meine, wir wollen reich werden, klar. Aber ich frage mich, ob Stern deswegen hier ist. Oder Mlima. Irgendwas riecht seltsam.«

»Das bin …«

»Lass es, Kratzer. Wirklich«, fiel ihm Ensu ins Wort.

FREUND
UND FEIND

Als sie durch den Torbogen hindurchtraten, blieb Baelis mit offenem Mund stehen. Der Schacht war an dieser Stelle unvorstellbar breit und schwindelerregend tief. Die Brüstung reichte ihr gerade einmal bis zum Oberschenkel und war aus filigranen Holzstäben zusammengefügt, die nicht den Eindruck besonders großer Stabilität vermittelten. Der Wind pfiff hohl durch die Lücken und zerrte an ihren Kleidern. Baelis zögerte einen Augenblick, ehe sie an die Brüstung herantrat und einen Blick in die Tiefe warf. Weit unter ihnen sah sie in großer Ferne das Gitternetz heraufschimmern. Sie mussten Dutzende Stockwerke hinaufgekommen sein, doch das konnte unmöglich stimmen. Baelis hörte jemanden neben sich schlucken und sah, dass es Mern war, dessen Gesicht eine ungesunde Blässe angenommen hatte. »Ganz schön verrückt«, sagte sie und kratzte sich am Kopf. »Wer baut denn so etwas und aus welchem Grund?«

»Warum bauen Menschen Brücken und Statuen und Türme?«, fragte die Guam.

»Weil sie es können?«

Die Guam lächelte. »Und um den Göttern zu dienen.«

»Das ist vermutlich auch der Grund, warum ich nie auf so eine verrückte Idee kommen würde. Ich diene keinem Gott.«

»Ich weiß.« Der Blick der Guam wanderte in die Höhe. Die Luft über ihren Köpfen flimmerte wie in großer Hitze. Das machte es schwierig, die Zahl der Stockwerke abzuschätzen, die noch auf sie warteten. Sieben oder acht mindestens, ehe sie das Dach erreicht hatten. Vielleicht sogar ein ganzes Dutzend.

»Was wollt Ihr da oben finden?«

»Einen Schatz«, sagte die Guam, ohne ihr den Blick zuzuwenden.

»Er muss verdammt groß sein.«

»Er ist gewaltig.«

»Durften die Magister deshalb nichts von seiner Existenz erfahren?«

Die Guam zuckte mit den Schultern. »Sie kennen dieses Haus. Jeder kennt es. Es ist eine Attraktion. Menschen sind von weit her nach Atail gereist, nur um die magische Tür zu sehen und ihr Glück daran zu versuchen. Jeder, den du in der Stadt fragst, kennt das *Haus der Aufgehenden Sonne* und sein Geheimnis, das kein wirkliches Geheimnis ist.«

»Oben im Norden sollten wir mal eine Taruki-Stadt belagern«, sagte Baelis. »Ich kann mich nicht mehr an den Namen erinnern, aber ich weiß noch, dass einem die Zunge schmerzte, wenn man ihn aussprechen wollte. Jedenfalls war sie in der ganzen Gegend für ihre Festungsanlagen bekannt. Vor allem für das Schwarze Tor, das den Weg nach Süden blockierte. Es war über vier Schritte dick und vollständig aus Eisen. Die Umabe erzählten, dass es von einem Gott geschmiedet worden war, der es mit unzähligen Schutzsiegeln verstärkt hatte, die selbst das Ende der Welt überstehen würden. Als unsere Anführer es erblickten, schlossen sie es gleich gar nicht in ihre Angriffspläne ein. Sie konzentrierten sich auf andere Bereiche der Mauer, die einen Durchbruch erfolgversprechender erscheinen ließen. Die Taruki kämpften allerdings ziemlich verbissen, sodass sich die Belagerung in die Länge zog. Der Winter rückte irgendwann näher, und die Kämpfe erlahmten. Wir vertrieben uns die Zeit mit Würfelspielen und gelegentlichen Plünderungen der umgebenden Dörfer. Aber auch das wurde irgendwann ziemlich öde, vor allem, weil es bald nicht mehr viel zu plündern gab. Die Kundschaftergänge waren noch die größte Abwechslung vom täglichen Einerlei. Ich schnappte mir eine Handvoll Männer, und wir sahen uns ein wenig in der Gegend um. Irgendwann verschlug es uns in die Nähe des Schwarzen Tors. Aus reiner Neugier schlichen wir näher. Es war früh am Morgen und immer noch dunkel genug, um nicht Gefahr zu laufen, von der Mauer aus entdeckt und beschossen zu werden. Selbst in der Finsternis machte das Tor einen ungeheuren Eindruck auf uns. Es war gewaltig groß und ungelogen schwärzer als die Nacht. Es schien das Licht der Sterne regelrecht in sich aufzusaugen. Ich hatte den Eindruck, als würde ich in einen unendlich tiefen Tümpel hineinblicken.«

»Das klingt wirklich, als wäre dieses Tor magisch gewesen«, sagte die Guam.

»Höchstwahrscheinlich. Ich war mir jedenfalls auf den ersten Blick sicher, dass es unzerstörbar sein musste.«

»Weshalb sich eure Generäle auch nicht die Mühe machten, es zu versuchen. Warum unnötig Menschenleben riskieren, wenn der Preis nur eine weitere Stadt unter vielen ist? Richtig?«

Baelis nickte. »Als wir das Tor erreichten, sahen wir einen schwachen Lichtschein. Wir schlichen noch näher und fanden eine Tür. Ein Mannloch, so niedrig, dass man sich bücken musste, um hindurchzuklettern. Die Taruki hatten es vermutlich genutzt, um Vorräte in die Stadt hineinzuschmuggeln. Sie fühlten sich so sicher, dass sie ganz zufällig in dieser Nacht vergessen hatten, es zu schließen. Sie hatten nur zwei Wächter abgestellt. Zwei Krüppel, die zum Kämpfen nicht mehr viel taugten. Wir schnitten ihnen die Kehlen durch und öffneten das Tor von innen. Für die Stadt war das kein schönes Erwachen an diesem Morgen.«

»Eine Analogie«, sagte die Guam amüsiert. »Wie hübsch. Ijoh der Jüngere bediente sich gern an ihnen. Ich habe allerdings die Erfahrung gemacht, dass sie meistens nicht wirklich passend sind. Jedenfalls, wenn man genauer darüber nachdenkt.«

»Meistens enthalten sie aber auch irgendwo ein Fünkchen Wahrheit.« Baelis wandte sich zur Guam um. »Wie erkennen es manchmal nur nicht, verstehst du? Wir sehen dieses gewaltige eiserne Tor und denken nur an die Schätze, die dahinter verborgen sind. So wie der Kaiser und seine Generäle. Die Stadt war nicht besonders reich gewesen. Kaum den Aufwand wert. Hätten wir nicht durch Zufall einen Weg hineingefunden, wäre uns nicht viel verloren gegangen. Wir hätten im Gegenteil auch noch eine Menge unschuldiger Menschen vor dem Tod bewahrt. Wir plünderten, was zu plündern war, und zogen weiter, um uns nach lohnenswerteren Zielen umzuschauen.« Sie sah von der Guam in die Tiefe des Schachts. Er schien unendlich weit in die Tiefe zu reichen. Viel weiter, als es möglich war. Wahrscheinlich spielte ihr die flimmernde Luft aber nur einen Streich. »Hast du dir nicht auch die Frage gestellt, aus welchem Grund das Tor wirklich an dieser Stelle gestanden hatte? Warum bei allen Göttern jemand seine Energien darauf verschwenden sollte, so ein Bauwerk zu errichten, nur um einen einzelnen Zugang zu einer gesichtslosen Stadt zu beschützen, die noch eine Menge anderer, viel weniger gut geschützter Zugänge besaß? Völlig verrückt, wenn man darüber nachdenkt, nicht wahr?«

Aus dem Augenwinkel sah sie etwas aufblitzen und kniff die Augen zusammen. Ein ganzes Stück weiter die Galerie hinunter, halb verdeckt von mächtigen Stützpfeilern, nahm sie eine Bewegung wahr. Eine massige Gestalt beugte sich dort über die Brüstung hinweg und blickte in die Tiefe, so wie Baelis noch vor wenigen Augenblicken. Baelis hatte Mlima noch niemals zuvor zu Gesicht bekommen, doch die Beschreibung war ziemlich eindeutig. Es bestand kein Zweifel daran, dass es sich bei der massigen Frau mit den wallenden Haaren um die Wirtin dieses Hauses handelte. Baelis legte der Guam die Hand auf die Schulter und wollte sie behutsam zurück in den Schatten ziehen. Sie hatte nicht mit der Reaktion der Guam gerechnet, als diese Mlima nun ebenfalls erblickte. Wie ein Blitz fuhr die dünne Frau herum und stürzte die Galerie hinunter. Sie war schon ein ganzes Stück weit gekommen, ehe ihr Mern mit weit ausgreifenden Schritten folgte.

»Verdammter Mist«, knurrte Baelis. Sie wandte sich zu den Gardisten um und scheuchte sie auf. »Was glotzt ihr so blöde? Bewegt euch!« Sie hatte zwar überhaupt keine Lust, der Guam unvorbereitet in eine Konfrontation mit Atails berüchtigtster Straßenkämpferin zu folgen, doch sie wurde schließlich dafür bezahlt. Also tat sie, was man von ihr verlangte. Das Pfeifen des Winds im Schacht übertönte das Klappern ihrer Stiefel auf dem Boden. Sie kamen erstaunlich weit, ehe sie von Mlima bemerkt wurden. Auf ihrem Gesicht lag ein verblüffter Ausdruck, als sie sich zu ihnen umwandte. Baelis hatte erwartet, dass sie angreifen oder fliehen würde, doch die massige Frau tat nichts dergleichen. Stand einfach nur wie angewurzelt auf der Stelle und rührte keinen Finger. Als sie näher kamen, erkannte Baelis auch den Grund für ihr seltsames Verhalten. Sie sah furchtbar mitgenommen aus, so als hätte sie soeben eine blutige Schlacht geschlagen. Die meisten ihrer Begleiter, ein bunt zusammengewürfelter Haufen aus Straßenschlägern, waren verletzt, und die leichenblasse Frau, die neben einem dicklichen jungen Mann auf dem Boden hockte, sah so aus, als würde sie die nächsten Stunden nicht überleben. Die Guam war einige Schritte vor ihnen stehen geblieben und starrte Mlima finster an.

Die massige Wirtin stützte sich schwer auf ihren Stock und starrte zurück. Ihre Augen funkelten voller Zorn. Gegen ihre Beine drängte sich eine massige Echse mit glänzend schwarzer Haut. Baelis hatte diese Tiere schon früher gelegentlich im Norden gesehen. Es hieß, dass man sich vor ihrem Biss in Acht nehmen musste, weil der Speichel giftig wäre. Die Echse zischte bedrohlich. Ihre gelben Augen funkelten beinahe ebenso wütend wie die ihrer Herrin. »Ich hätte nicht gedacht, dass du mir folgen würdest«, rief Mlima. Ihre dunklen Augen wanderten von Mern zu den Männern der Goldenen Garde und dann wieder zurück zur Guam, an deren Kragen sie das Emblem der silbernen Zinnen von Atail erkannte. »Ich habe dich offenbar unterschätzt, Tara ... falls das überhaupt dein Name ist.«

Die Guam zuckte mit den Schultern. »Ein Name ist so gut wie jeder andere. Du hast mich nie gefragt, was ich sonst noch so alles mache.«

Mlima nickte. »Ich hätte erwartet, dass du mich verrätst. So wie ich das von jedem in dieser Stadt erwarte. Ich hätte allerdings niemals im Leben gedacht, dass du Atail regierst.«

»Diese Stadt lässt sich nicht regieren. Sie ist wie die Flut. Du kannst sie eindämmen oder versuchen, ihre Energien in Bahnen zu lenken. Sie findet trotzdem immer einen Weg, dich zum Narren zu halten.«

»Da ist sie offenbar nicht die einzige.« Mlima stieß frustriert die Luft aus. »Ich habe heute einige meiner besten Männer verloren, aber ich habe nirgendwo einen Schatz gefunden.«

»Dann gibt es hier offenbar keine Schätze«, sagte die Guam – oder Tara, oder wie auch immer sie sich nennen mochte. Ihre Augen zuckten in Richtung des dicklichen Mannes, der vor der Brüstung auf dem Boden hockte und sie mit großen Augen anstarrte. »Wir haben uns wohl alle zum Narren halten lassen. So wie es Atail mit jedem tut. Die Magister lassen nicht ohne Grund die Finger von diesem Turm. Sie wissen, dass der Weg in sein Inneres nur ins Verderben führt. Man muss wissen, wann man verloren hat, nicht wahr, Mlima? Geh zurück nach unten in dein Gasthaus, und wir vergessen, was zwischen uns vorgefallen ist.«

»Vielleicht hast du recht. Man muss wissen, wann man verloren hat ...« Ächzend trat Mlima an die Brüstung und warf einen traurigen Blick in die Tiefe. Eine große, schwere Frau, der man die Last der Jahre ansah. Man sah ihr an, dass die Niederlage schmerzte. Sie war immerhin einmal die Königin der Nacht gewesen. Eine Frau, die das Verlieren nicht gewohnt war. Doch irgendwann kam für jeden dieser Zeitpunkt. Langsam wandte Mlima sich um. »Ich bin allerdings noch nie besonders gut in solchen Dingen gewesen.« Damit packte sie den dicklichen Mann am Kragen und zerrte ihn in die Höhe. Er sah nicht gerade wie ein Leichtgewicht aus, aber sie stieß ihn mühelos halb über die Brüstung hinweg, sodass er mit dem Oberkörper direkt über dem Schacht schwebte. Der

Mann stieß einen ängstlichen Schrei aus und klammerte sich verzweifelt an ihrem Unterarm fest. Auch Tara schrie und streckte die Hand aus, so als könnte sie mit dieser Geste noch etwas ausrichten. »Hast du wirklich geglaubt, dass du mich schon wieder so leicht hinters Licht führen kannst?« Mlimas Augen funkelten voller Wut. »Dass ich mich mit Brosamen abspeisen lasse? Ich will verdammt noch mal meinen Anteil an diesem Schatz!«

Beschwichtigend hob Tara die Hände. »Du musst mir glauben, Mlima. Es gibt keinen Schatz. Und jetzt lass Salter wieder herunter. Er kann nichts dafür.«

Mlima stieß ein verächtliches Lachen aus. »Seit wann ist die Guam denn für ihre Weichherzigkeit bekannt? Wenn es keinen Schatz gibt, dann brauchst du ihn doch gar nicht mehr.«

»Ich … ich fühle mich für ihn verantwortlich. So einfach ist das. Ich habe ihn in diese Sache hineingezogen und möchte ihn lebendig wieder nach Hause zurückschicken.«

»Wenn dir wirklich so viel an ihm liegt, dann befiehl deinen Männern, ihre Waffen fallen zu lassen.«

»Das kann ich nicht.«

Mlimas Augenbraue zuckte in die Höhe. »Vertraust du mir etwa nicht?« Ruckartig streckte sie den Arm aus und zerrte Salter vollständig über die Brüstung hinweg, sodass er nur noch an ihr festhing, während seine Füße panisch in der Luft zappelten. Eine eiskalte Brise fuhr über Baelis hinweg und ließ die winzigen Härchen auf ihren Armen zu Berge stehen. Sie umklammerte den Griff ihres Param noch ein Stück fester und hörte Mern mit den Nackenwirbeln knacken. Mlimas Stimme überschlug sich beinahe, als sie weitersprach: »Entweder ihr lasst eure Waffen fallen, oder er stirbt.«

»Wenn du ihn loslässt, sterbt ihr alle«, zischte Tara mit unterdrücktem Zorn.

»Und danach ihr. Weil ihr ihn nämlich braucht, um hier wieder herauszukommen. Habe ich recht?« Baelis blickte unsicher zu Tara, doch die beachtete sie nicht. Ihr Blick war stur auf Mlima gerichtet. Ihre Kiefer mahlten. Mlima trat noch einen Schritt näher an die Brüstung heran, und Salter röchelte kläglich in ihrem Griff. Beiläufig zuckte sie mit den Schultern. »Dann eben nicht ...«

»Warte!«, rief Tara. »Warte. Ich ... ich bitte dich!« Sie ließ die Schultern hängen und stieß langsam die Luft aus. »Also gut. Hör zu, Mlima: Lass ihn runter. Ich werde dir alles erklären.« Sie ließ ihren Stab klappernd zu Boden fallen und warf einen Blick über die Schulter. »Legt die Waffen nieder, Männer – und du auch, Baelis.«

Baelis kniff die Augen zusammen und musterte die Klinge ihres Param. Ihr gefiel überhaupt nicht, welche Wendung diese Unterredung genommen hatte. Sie war zwar kein hartherziger Mensch und konnte durchaus Mitleid für die Situation empfinden, in der sich der dickliche Mann befand, doch wenn sie für sein Leben einen strategischen Vorteil aufgeben sollte, der das Ende für sie alle bedeuten konnte, dann wusste sie, wie sie sich an Taras Stelle entscheiden würde. Aber letzten Endes wurde sie ja nicht fürs Denken bezahlt. Das sollte die Guam mal schön selbst übernehmen. Klirrend ließ sie das Param zu Boden fallen.

Mlima stand einen Augenblick regungslos da, so als müsste sie ihre nächsten Schritte erst noch sorgfältig überlegen. Nach einem endlos lang erscheinenden Moment nickte sie und zog Salter zurück über die Brüstung. »Ich will nur endlich wissen, was hier gespielt wird, Tara. Mehr fordere ich gar nicht.«

»Ich weiß.« Tara nickte erschöpft. »Ich weiß.« Das Alter war auch ihr nun deutlich anzusehen. Sie konnte nicht viel jünger als Mlima sein. Vielleicht war sie sogar ein Stück älter. »Ihr habt es selbst gemerkt. Dieses Haus – dieser Turm. Er ist voller Shao. Keine Magie. Nicht diese Erinnerung an eine Macht, die in früheren Zeiten durch die Adern unserer Ahnen geflossen ist. Nicht einmal das, was unsere Magister beherrschen können. Richtiges Shao, meine ich. Die Macht, die unsere Welt zusammenhält. Die Berge formt und Meere. Die Drachen erschaffen und die Toten wieder zum Leben erwecken kann. Göttliches Shao. Das hier ist die alte Magisterakademie. Es heißt, dass Kaiser Tohu sie errichtet hat. Das ist nur die halbe Wahrheit. Das Haus stand schon immer hier. Schon lange, bevor Atail gegründet wurde. Als der Kaiser die Mauern bezwang, fand er dahinter nichts vor. Nur eine Handvoll erbärmlicher Lehmhütten, die von in Fellen gehüllten Barbaren bewohnt worden waren. Und dieses Haus. Die Barbaren hatten es nicht betreten. Es war für sie tabu. Eine Kultstätte. Ein Tempel. Ein Ort, der ihren Göttern vorbehalten war. Sie haben ihn mit ihrem Leben beschützt, aber zur gleichen Zeit gefürchtet, wie das Tor zu den Höllen. Tohu hatte keine Angst vor dem Haus. Vor was sollte der Drachenkaiser sich denn auch fürchten? Er war ja selbst beinahe schon ein Gott. In seinen Adern pulsierte das Blut der Drachen. Das Blut ihrer Mütter und Väter ...« Sie nickte zu der massigen Spilo hinunter, die mit leerem Blick zu ihr zurückstarrte. Die lange, schwarze Zunge leckte träge über das Maul. »Dieses Haus wurde nicht von den Barbaren erschaffen. Dazu waren sie nicht fähig.«

»Wer dann?«, fragte Mlima. »Ihre Götter?«

»Vielleicht.« Tara zuckte mit den Schultern. »Die mächtigsten Magister des Kaiserreichs haben sich über dieser Frage die Köpfe zerbrochen. Sie haben keine erschöpfende Antwort gefunden. Das Geheimnis um seine Ursprünge ist irgendwo in grauer Vorzeit verloren gegangen. Nicht einmal das versammelte Wissen aller Philosophen und Gelehrten konnte es ergründen.«

»Ein Jammer.«

»Das ist es in der Tat, ja. Der Kaiser hat die Akademie schließlich nach Bashun verlegen lassen, um die Magister besser im Auge zu behalten. Das Haus haben sie leer geräumt und versiegelt. Das ist alles, was ich weiß.«

»Nicht ganz«, mischte sich Baelis in das Gespräch ein. »Sonst wären wir doch wohl kaum hier.«

Mlima nickte. »Deine Leibwächterin hat recht. Du weißt etwas über dieses Haus, das wir nicht wissen.«

Tara warf Baelis einen scharfen Blick zu und atmete dann tief durch. »Also gut: Es existiert da ein Raum. Eigentlich eine Halle. Ganz oben unter der Kuppel des Turms. Sie kann Dinge ... sie ... Wie soll ich das erklären? Ihr seid nicht zufällig hier. Keiner von euch. Jeder hat in seinem Leben irgendwann einmal etwas getan, das er bereut. Eine Sache, die er rückgängig machen möchte. So wie Salter.« Sie blickte zu dem dicklichen Mann, der knallrot anlief. »Er hat den Hüter der Kraniche in einen Fisch verwandelt. Oder Mern. Sie haben ihn nicht nur im Kampf besiegt, sondern auch seine Zunge aus dem Mund geschnitten. Mlima ...« Sie blickte der Wirtin fest in die Augen.

Mlima schnaufte. »Du hast recht. Ich habe eine ganze Menge, das ich ungeschehen machen möchte.«

»Jeder von uns. Auch ich. Diese Halle. Das göttliche Shao, das in ihr fließt: Es macht diesen Traum wahr.«

Es entstand eine lange Stille, in der jeder seinen Gedanken nachhing. Fehler, die er bereute. Entscheidungen, die zum Schlechteren geführt hatten. Wege, die er nicht noch ein zweites Mal beschritten hätte. *Was würdest du tun, wenn du die Möglichkeit hättest, noch einmal anders zu entscheiden?* Baelis dachte darüber nach, und ein Schauer fuhr über ihren Rücken. Entscheidungen. Manche zum Besseren, viele zum Schlechteren. Tausende Abzweigungen, immer und immer wieder. Wer durfte überleben, wer musste sterben? Sie hatte das schon viel zu oft erlebt. Sie spürte, wie ihre Hände zu zittern begannen. Krampfhaft ballte sie sie zu Fäusten. Für sie war so eine Möglichkeit keine Verheißung. Für sie war das ein Fluch.

»Ein Geschenk der Götter«, sagte Mlima versonnen. »Jetzt verstehe ich, warum du es für dich behalten wolltest.«

»Ich hatte Angst, dass es in die falschen Hände gerät«, sagte Tara. »Aber jetzt habe ich begriffen, dass wir zusammenarbeiten müssen, wenn wir dieses Ziel erreichen wollen.«

»Das müssen wir wohl«, sagte Mlima. Sie blickte die Guam eine Weile schweigend an, ehe sie zögerlich die Hand ausstreckte. Und diesem Augenblick …

… lief alles schief.

Auf dem Boden neben Mlima hockte regungslos das halb tote Mädchen, den Rücken schwer gegen die Brüstung gelehnt und die Augen geschlossen. Es war leichenblass, winzige Schweißperlen standen auf seiner Stirn. Sein Körper war von Kratzern übersät. Um den Unterarm trug es einen blutigen Verband. Baelis hatte es nicht beachtet. Sie hatte schon zu viele Menschen sterben sehen, als dass der Anblick eines weiteren sie noch erschüttern konnte. Es gab schlimmere Arten zu sterben. Baelis hatte sie alle erlebt. Doch als das Mädchen die Augen aufschlug, wusste sie, dass es ein Fehler gewesen war, es zu ignorieren. Seine Augen waren von pechschwarzen Schleiern überzogen, die zuckten und sich wanden, als wären sie lebendige Wesen. Es riss den Mund auf, doch aus seiner Kehle drang kein einziger Laut. Mit einer Behändigkeit, die seinen Zustand Lügen strafte, sprang es auf und warf sich mit einem Satz auf Mlima. Seine Fingernägel kratzten über Mlimas Gesicht, und die Zähne schnappten gierig nach Mlimas Kehle. Die Wirtin stieß es keuchend von sich, wirbelte ihren Stab herum und schmetterte ihn knirschend gegen seinen Schädel. Salter stieß einen entsetzten Schrei aus, und Baelis spürte erneut eine Welle eiskalter Luft über sich hinwegschwappen. Die Umgebung verschwamm vor ihren Augen. Einen Augenblick später zersplitterte Mlimas Stab in tausend klirrende Eiskristalle, die wie Dolche durch die Luft schossen und eine blutige Spur in die Reihen der Umstehenden schlugen. Überall wurden jetzt Schreie laut, Waffen wurden hektisch aus ihren Scheiden gerissen. Von irgendwoher kam eine Axt auf Baelis zugeflogen. Geistesgegenwärtig warf sie sich zur Seite, und die Waffe schlug statt in ihrer Brust im Gesicht eines hinter ihr stehenden Gardisten ein. Blitzschnell sprang sie nach ihrer Waffe, hob sie vom Boden auf und kam im nächsten Augenblick kampfbereit wieder auf die Beine.

Was den erfolgreichen vom toten Krieger unterschied? Am Ende meistens nur das Glück. Das hatte Baelis in all jenen Momenten begreifen gelernt, die sie wieder und wieder durchleben musste. Ein verirrter Pfeil, eine falsche Bewegung zum falschen Zeitpunkt. Ein Rempler, der dich mitten in den Weg eines Speers stößt. Das war die vielleicht schrecklichste Erkenntnis am Krieg. Nicht der Mutigste wurde zum Helden, sondern der mit dem meisten Glück.

Es hätte ja auch alles so einfach sein können. Sie hätten ihre Waffen zurück in die Gürtel stecken und sich die Hände schütteln können. Vielleicht hätten sie sich sogar gegenseitig für ihren Mut und ihre Großmäuligkeit Anerkennung gezollt. Irgendeiner hätte seinen Weinschlauch gezückt und der Allgemeinheit geopfert. Später, wenn sie dann wieder zurück in Atail gewesen wären, hätten sie mit ihren Heldentaten prahlen können und wären sich wie Helden vorgekommen. Dummerweise war da dieses Mädchen gewesen, das Baelis schon für tot gehalten hatte. Das im denkbar ungeeignetsten Augenblick die Waagschale zugunsten der Götter des Kriegs gesenkt hatte. Ijoh der Ältere oder der Jüngere, oder irgendein anderer von diesen Schlauköpfen, hatte einmal behauptet, dass die Waffen der Frauen subtiler wären als die der Männer. Dieser Trottel hatte keinen blassen Schimmer.

Ein bärtiger Kerl kam direkt auf Baelis zugestürmt. In der einen Hand schwang er eine langstielige Axt, in der anderen einen schweren Krummdolch. Als die Axt pfeifend auf ihren Kopf zufuhr, drehte sich Baelis zur Seite und ließ das Blatt an ihrer Schwertklinge abgleiten. Die Bewegung eröffnete ihrem Gegner allerdings die Möglichkeit, den Dolch zwischen ihre Rippen zu jagen. Also drehte sie sich noch ein Stückchen weiter, bis sie wie zwei Tänzer Wange an Wange standen und sein Dolch wirkungslos ins Leere stieß. Kraftvoll riss sie ihren Ellenbogen nach oben und rammte ihn gegen seine Nase. Der Bärtige nahm es mit der Standhaftigkeit eines geübten Kneipenschlägers, doch der Schmerz lenkte ihn lange genug ab, um den Stiel seiner Axt zwischen Schwertklinge und Parierstange zu verkeilen und mit einer schnellen Drehung aus seiner Hand zu reißen. Der Bärtige fauchte und spuckte ihr Blut aus seiner aufgeplatzten Lippe ins Gesicht. Er schwang seinen Krummdolch wie eine Sense und verpasste ihr einen langen Schnitt quer über die Brust. Röchelnd stolperte sie rückwärts und ging in die Knie. Er sah sie schon am Ende, denn er stieß einen triumphierenden Schrei aus und setzte ihr mit einem Sprung nach. Sie musste nur noch ihr Param ausstrecken, damit er sich selbst daran aufspießen konnte. Während er sie verständnislos anglotzte und sich zu fragen schien, was ihn da gerade getroffen hatte, drehte Baelis die Klinge herum und schlitzte ihm den Bauch auf ganzer Breite auf. Er stand noch einen Augenblick mit irritiertem Gesichtsausdruck über sie gebeugt, ehe ihm der Dolch aus der Hand entglitt, so wie sein Innenleben aus der aufgeschlitzten Bauchdecke. Es war kein schöner Anblick, doch sie hatte schon schlimmere Dinge gesehen. Sehr viel schlimmere. Sie fuhr mit der Hand über den Schnitt in ihrem Hemd und stellte erleichtert fest, dass die Haut darunter nur geritzt war. Als sie sich nach dem nächsten Gegner umsah, fegte ihr ein weiterer eisiger Windstoß ins Gesicht. Diesmal brachte er Schnee mit sich. Eine ganze Menge Schnee. Verwundert sah sie sich um. Die Sicht betrug nur noch wenige Schritte. Sie blinzelte und streckte die Hand aus, die Innenfläche nach oben gewandt. Innerhalb weniger Augenblicke war sie von einer Vielzahl winziger Schneekristalle bedeckt. Die Kämpfenden um sie herum waren nur noch als dunkle Schatten wahrzunehmen. Sie konnte nicht einmal mehr unterscheiden, wer Freund und wer Feind war. Sie erhob sich und tastete sich vorsichtig einige Schritte durch das Schneetreiben voran. Der Boden war nass und rutschig, und sie musste höllisch aufpassen, um nicht zu stürzen. Beinahe hätte sie den dunkelhäutigen Glatzkopf übersehen, der wie aus dem Nichts vor ihr auftauchte. Eine nagelbewehrte Keule schoss auf sie zu. Sie versuchte auszuweichen und schrie auf, als die Waffe ihren Arm streifte und die rostigen Nägel eine blutige Spur über ihre Haut zogen. Sie riss das Param hoch und schlug ungezielt zu, spürte etwas unter der Klinge zerbersten und wurde im nächsten Augenblick von der anderen Seite angerempelt und zu Boden geworfen. Der Aufprall und die plötzliche Kälte pressten ihr die Luft aus der Lunge. Sie röchelte, warf sich herum und schlug blind um sich. Sie zertrümmerte ein Bein und schlitzte einen Arm auf, kam wieder auf die Füße und konnte im letzten Augenblick einem zustoßenden Speer ausweichen, der an ihrer Stelle einen anderen Gegner durchbohrte. Männer brüllten und schrien und stürzten übereinander, und Baelis achtete überhaupt nicht mehr darauf, wen sie traf. Versuchte einfach nur noch, auf den Beinen zu bleiben und dem Gemetzel einigermaßen unbeschadet zu entkommen.

FUCHS AUF
DER FLUCHT

Marai war aufgewacht, als sie zum zweiten Mal das Licht in der Laterne erneuern mussten. Es hatte noch eine Weile gedauert, bis sie die Verwirrung der Loccra-Träume abgeschüttelt hatte und bereit war weiterzugehen, doch abgesehen von einigen hässlichen Kratzern und vermutlich Hunderten von nadelstichfeinen Wunden durch die seltsamen Blüten hatte keiner von ihnen nennenswerte Verletzungen davongetragen. Also hielten sie sich an Sterns Plan – der im Grunde Akos war. Was bedeutete, dass die Schwarze stillschweigend die Führung übernahm. Schon nach wenigen Dutzend Schritten auf dem nachtschwarzen Gang schien die relative Geborgenheit ihres Lagerplatzes in unwirklicher Ferne zu verschwinden, gerade so, als würde Fuchs das Gefühl für Zeit wie auch für Entfernung verlassen. Er wusste, dass sie erst einen kurzen Moment unterwegs waren, und doch hätte er nicht sagen können, wie lange genau. Den anderen schien es ganz ähnlich zu gehen, denn schnell legte sich ein tiefes Schweigen über ihren Trupp, das niemand mit Worten oder auch nur allzu lauten Geräuschen zu durchbrechen wagte. Es wurde auch nicht besser, als sie schließlich das nächste Stockwerk erreichten. Über eine baufällige Treppe erreichten sie weitere verlassene Gänge, deren zum Teil offene oder zerfallende Türen kleine Einblicke in verlassene Kammern und Labore voller seltsamer Gerätschaften gaben. Hier und dort waren Möbel unter ihrer Last und dem Alter zusammengebrochen, und beinahe alles war von fingerdicken Staubschichten bedeckt, die selbst den Schall ihrer Schritte zu schlucken schienen. Überhaupt schluckten die verlassenen Räume alle Geräusche, die sie machten, verwandelten sie in tote, klanglose Laute.

Stattdessen trat das Wispern in den Vordergrund, das jeden ständig umgab, sodass man es für gewöhnlich ignorierte: das leise Knarren von Ledersohlen, das Rascheln von Kleidung auf Kleidung, das Knirschen von Staub, Putzresten und uraltem Holz unter ihren Schritten, das Atmen von sieben Personen, das gelegentliche, gedämpfte Klicken von verborgenen Dingen in ihren Taschen. Bald begann Fuchs auch noch andere Dinge zu vernehmen: das Knarren von Holz, das nicht unter einem ihrer Schritte belastet wurde, ein Huschen am Rande der Wahrnehmung hier, ein Trippeln von unsichtbaren Füßen dort, das Geräusch eines Lufthauchs, obwohl er nichts spüren konnte. Schweiß rann ihm zwischen den Schulterblättern den Rücken hinab, prickelte auf seiner Stirn und sammelte sich in seinen Brauen. Gleichzeitig fröstelte ihn, und es beschlich ihn das Gefühl, seinen eigenen Puls hören zu können. Erst jetzt wurde ihm klar, dass er kurz davorstand, einen Panikanfall zu bekommen. Er bohrte die Nägel seiner Linken in seine Handfläche und atmete tief durch. Sein Atem flatterte mehr, als ihm lieb war, und Marai warf ihm einen fragenden Blick zu und ließ sich zurückfallen, damit er aufschließen konnte.

»Alles in Ordnung mit dir?«, flüsterte sie.

Fuchs zwang sich, erneut tief einzuatmen, und nickte.

»Erzähl mir keinen Mist«, raunte die Schützin. »Und atme flacher. Es wird nicht besser, wenn du nach Luft schnappst.«

»Es geht schon«, murrte Fuchs, doch selbst für ihn klang er nicht überzeugend.

»Falls es dich beruhigt – mir gefällt es hier auch nicht. Das Ganze gefällt mir nicht.« Sie sah ihn von der Seite an. »Das hier ist ganz und gar nicht in Ordnung.« Sie lehnte sich näher. »Wir sollten umkehren. Wir haben die Kasse. Das reicht mir. Wenn du mit Stern redest, können wir das hier abblasen. Sie hört auf dich.«

So war es immer. Am Ende kamen sie alle zu ihm, um an Stern zu kommen. *Eigentlich führst du uns. Und das weißt du*, hatte Ensu gesagt. Mehrfach. Aber das war etwas, das Fuchs nicht wollte. Führen hieß Verantwortung. Und auf Verantwortung für die anderen konnte er gut verzichten. *Überlass Verantwortung den Leuten, die sich darum reißen, und lebe länger.* Ragots Worte. Stumm schüttelte er den Kopf. »Sie hat einen Plan«, murmelte er.

»Das weiß ich. Ich weiß nur nicht, ob wir darin eine wichtige Rolle spielen.« Marai sah zu ihm hoch, und Fuchs fiel auf, wie hager und blass die Schützin aussah. Vielleicht war es der Blutverlust, vielleicht Jedaos und Pellys Tod. Vielleicht aber hatte sie auch einfach nur Angst. Seltsamerweise war es aber genau dieser Gedanke, der die Enge in seinem Hals löste. Er rang sich ein schmales Lächeln ab. »Vertrau Stern. Oder vertrau Ensu, wenn dir das lieber ist. Bloß vertrau besser nicht mir. Wenn ich zurechnungsfähig wäre, wäre ich nicht hier.«

Eine weitere Treppe, ein weiterer Korridor. Fuchs hatte bereits vor einer Weile das Gefühl für den zurückgelegten Weg verloren. Die unzähligen Räume und Gänge hatten längst begonnen, alle gleich auszusehen.

Kratzer stieß einen überraschten Laut aus und riss Fuchs damit aus seinen Gedanken. »Was beim Donner ist das denn?« Direkt vor ihnen war der Gang verkohlt, so als hätte irgendjemand einen Brandsatz gezündet. An der rechten Wand des Gangs prangte ein beeindruckender Brandfleck. Was immer ihn verursacht hatte, war mit solcher Wucht und Hitze aufgetroffen, dass es den Putz von der Mauer gesprengt und die darunter liegenden Lehmziegel verkohlt und rissig zurückgelassen hatte. Fuchs' Blick wanderte zur gegenüberliegenden Wand. Dort gähnte ein mehr als kopfgroßes Loch in den geborstenen Ziegeln. Kratzer warf einen Blick hinein. »Leck mich am …« Unwillkürlich trat er einen Schritt zurück und tastete nach dem Ralgri an seinem Gürtel. »Was immer das war, es ging durch zwei Wände!«

»Das ist noch gar nichts«, stellte Ako fest, und der trockene Ton in ihrer Stimme alarmierte Fuchs noch mehr als Kratzers Fluch. Die Taruki öffnete die Blende ihrer Laterne weiter und hob das Licht über ihren Kopf. Wenig mehr als ein Dutzend Schritte vor ihnen war der Gang beinahe völlig schwarz, und Fuchs brauchte einen weiteren Moment, bis ihm aufging, dass es keine Dunkelheit war, sondern Ruß. Der Gang war beinahe komplett verkohlt, und die linke Seitenwand wies weitere Löcher auf. Ako ging langsam vorwärts, Stern und Marai dicht auf ihren Fersen. Wenige Schritte weiter war die Wand beinahe komplett eingestürzt, und jetzt war es die rechte, die klaffende Löcher aufwies. Der Geruch nach verkohltem Holz, verbranntem Lehm und kalter Asche nahm mit jedem Schritt zu. Die Fliesen, die hier den Boden bildeten, waren gesprungen und von einem schmierigen Aschefilm überzogen. Fuchs leuchtete über eine halb zusammengebrochene Mauersektion hinweg, und der Kloß in seinem Hals vergrößerte sich. Was immer der Raum hinter der Mauer enthalten hatte, es war bis zur Unkenntlichkeit verbrannt. Auch die Wand auf der gegenüberliegenden Seite war eingestürzt, und dahinter gähnte ein Leerraum, der nicht erahnen ließ, was in der Dunkelheit verborgen lag. Was immer das hier angerichtet hatte – es war von dort gekommen und hatte mit solch brachialer Gewalt gewütet, dass die Decke vor ihnen nur noch auf einzelnen Mauerresten und löchrigen Säulen ruhte. Alles Übrige war zertrümmert und lag in verkohlten Haufen, so weit das Licht ihrer Laternen reichte.

»Was ist hier vorgefallen?«, flüsterte Marai tonlos, so leise, als hätte sie Angst, das zu wecken, was hier gewütet hatte.

»Shao«, murmelte Stern unbewegt, beinahe interessiert. »Mächtiges Shao. Hier hat sich jemand nicht zurückgehalten.« Sie begann, ein Siegel in die Asche zu zeichnen, und nickte, als es mit einem Aufblitzen verschwand. »Mächtiges.«

»Aber wer würde so etwas in einem Haus tun?« Kratzer beäugte misstrauisch die Decke, und Fuchs stellte die Frage, die ihm seit einigen Augenblicken auf der Zunge brannte. »Und warum?«

Die anderen drehten sich zu ihm um. »Was?«

Fuchs zuckte mit den Schultern. »Niemand zündet ein Haus über sich an, wenn er nicht einen triftigen Grund dazu hat.« *Oder komplett wahnsinnig ist. Was ich bei Magistern nicht grundsätzlich ausschließen würde.* Diesen Teil behielt Fuchs für sich. Stern war in dieser Hinsicht humorlos. Gut, genau genommen war sie es in jeder Hinsicht. Aber Marais angespanntes, fast maskenhaftes Gesicht verriet ihm, dass die Schützin kurz davor war zu zerbrechen. Und er wollte es nicht sein, der daran schuld war. Vermutlich wäre es noch besser gewesen, die Frage gar nicht zu stellen, aber dazu war es jetzt wohl zu spät. »Wer auch immer dieses Shao entfesselt hat, hat es auf irgendetwas angewendet, das er mehr gefürchtet hat, als dass das Haus einstürzt.«

»Gefürchtet, oder gehasst«, warf Ensu ein. »Auf jeden Fall eine Menge davon.«

»Könnte es das hier gewesen sein?« Ako war einige Schritte weitergegangen und hob jetzt etwas, das vage an ein Gefäß erinnerte, aus dem Schutt auf. Sie sah es einen Moment lang nachdenklich an, dann warf sie es Fuchs zu.

Er starrte das Ding in seinen Händen an. Dann blinzelte er. Das Etwas starrte aus leeren Augenhöhlen zurück. Es war ein großer Schädel, geborsten und ohne Unterkiefer. Auf den ersten Blick wirkte er menschlich, doch die Augenhöhlen waren von dicken Knochenwülsten überragt, und die verbliebenen Zähne im Oberkiefer waren riesig und wirkten weit mehr wie die eines Raubtiers als die eines Menschen. Der gesamte Schädel war rissig und von Hitze geschwärzt. »Was soll das gewesen sein?«, fragte Marai leise.

»Einer der Alten«, sagte Ako leise. »Meine Großmutter hat einen Schädel wie diesen besessen. In Mondsilber gefasst. Sie sagte, dass er einem Volk gehört, das längst in den Dämpfen der Zeit verschwunden ist. Aus der Zeit vor dem Kaiserreich.«

Stern betrachtete den Schädel. »Dann war das wohl ein Kuriosum in einem der Labore hier und nicht der Grund für diese Verwüstung, der Grund.«

»Ich wäre mir nicht so sicher.« Ako beugte sich erneut nach unten und hob einen verkohlten Brustkasten auf, an dem noch die Reste einer ledernen Rüstung hingen. Knirschend gab das Leder nach, und die Knochen fielen klappernd zu

Boden. Während die anderen sie noch anstarrten, hob sie einen weiteren Gegenstand auf und hielt ihn Stern hin.

Es war Kratzer, der nach Luft schnappte. »Ein Param!« Er streckte unwillkürlich die Hand aus, doch Stern winkte ab. »Ein weiteres Ausstellungsstück.«

»An der Hand des Toten?« Ako hob skeptisch eine Braue und brach demonstrativ die Finger ab, die an der metallenen Umwicklung des Schwertgriffs festgebacken waren. »Seltsame Ausstellung.«

»Das ist eine Waffe aus der Zweiten Dynastie«, warf Kratzer ein. Er klang regelrecht ehrfürchtig. »Meine Familie besitzt ein ähnliches. Niemand, der genug Ahnung davon hat, was das wert ist, würde es einem toten Monster in die Hand legen. Seht es euch an! – Das Feuer hat ihm nicht einmal etwas anhaben können.« Fuchs musterte die Waffe. Ihre Klinge war etwa so lang wie sein Arm, gerade mit einer abgeschrägten Spitze und lediglich einer Schneide. Die Klinge war deutlich breiter als bei den Schwertern, die er bislang gesehen hatte – andererseits kannte er sich mit Schwertern nicht wirklich aus. Wenn jemand eines in seine Richtung hielt, war er in der Regel zu beschäftigt damit, in die andere Richtung zu laufen, als dass er sich die Zeit genommen hätte, es genauer anzusehen. Aber immerhin sah die Klinge, abgesehen von einem Film schmierigen Rußes, tatsächlich makellos aus, dazu schwer und scharf genug, um einen Arm abzutrennen.

Vorsichtig nahm Kratzer es Ako aus der Hand, als die es ihm hinhielt. »Diese Waffe ist ein Vermögen wert!«

»Na siehst du – das geht schon mal von deinem Anteil ab«, sagte Stern trocken. »Bringt uns aber keinen Schritt weiter, uns. Taruki, wo ist der Treppenaufgang?«

Ako warf Fuchs einen befremdeten Blick zu, den er nur mit

einem Schulterzucken beantworten konnte. Dann deutete sie in das Trümmerfeld vor ihnen. »Irgendwo dort drin. Es ist schwer, das genau zu sagen. Mir fehlen da Anhaltspunkte.« Stern starrte in die Dunkelheit vor ihnen, dann stieß sie einen Mauerrest probehalber mit dem Fuß an. Der Stapel gesprungener Ziegel kippte polternd um und wirbelte eine Wolke Staub und Asche auf. »Also gut. Seht euch um. Eine Treppe müsste sich ja finden lassen, eine Treppe.« Sie entzündete mit einem Fingerschnippen eine weitere Laterne und stieg über den Trümmerhaufen in die Dunkelheit.

Fuchs betrachtete den verkohlten Schädel in seiner Hand, bevor er ihn vorsichtig auf dem nächsten Schutthaufen abstellte. »Ich hab da ein ganz mieses Gefühl«, sagte er an niemanden gerichtet.

»Ach, jetzt erst? Manchmal frage ich mich ernsthaft, ob du einmal zu viel vom Dach gefallen bist«, stellte Marai fest. Sie hielt den Bolzenwerfer fest umklammert, und Fuchs konnte sehen, dass ihre Hände bebten. Der rote Marker auf dem Bolzen verriet ihm, dass sie Flammenmunition geladen hatte, und er nahm sich vor, hinter ihr zu bleiben. »Na ja, nicht *so* mies. Das hier scheint alles schon eine Weile her zu sein. Stern sagte, dass der Turm das letzte Mal vor über hundert Jahren geöffnet wurde, also dürften wir relativ sicher sein, oder? Lass uns einfach diese Treppe finden.«

»Hm«, Marai nickte angespannt. »Vermutlich hast du recht. Aber ich frage mich, woher vor hundert Jahren eine Kreatur wie diese gekommen sein soll, um den Turm zu betreten. Und wer es war, der sie verbrannt hat.« Sie leckte sich nervös über die Lippe. »Das waren nicht nur ein paar Sprengbolzen, das weißt du«, fügte sie leise hinzu. »Das war verdammt viel Shao. Ich kenne niemanden, der so was zustande bringt.«

»Vielleicht waren es ja mehrere.«

Marai sah ihn von der Seite an. »Und den Gedanken findest du beruhigender?«

Fuchs verzog das Gesicht. Jetzt, da er darauf achtete, entdeckte er mehr Skelette. Einige Schritte zu seiner Linken konnte er zwei Beine entdecken, die unter einem Trümmerhaufen hervorsahen. Einer der Füße fehlte, der andere stak noch immer in den Resten eines Halbschuhs, wie er zur traditionellen Kleidung der Citani gehörte. Marai stieß ihn stumm mit dem Ellbogen an, und er hob die Lampe. Auf der anderen Seite lag ein weiterer Leichnam. Dieser war nicht verbrannt, jedoch vollkommen eingetrocknet, sodass die alte Haut straff wie Pergament über die Knochen spannte. Sie war an einigen Stellen gerissen und gab den Blick auf bleiche Knochen und dunkle Höhlungen frei. Die geschrumpften Lippen hatten sich von den Zähnen zurückgezogen, die in einer Grimasse der stummen Wut gebleckt schienen. Ein Hieb hatte den Hals des Toten beinahe vollständig durchtrennt, und an der Stelle des Brustkorbs befand sich nur noch ein Loch. Eine schwarze Masse wie Erdpech war aus der gähnenden Öffnung getropft und eingetrocknet. Fuchs konnte den Toten nicht einordnen, doch er schien kein Citani gewesen zu sein und auch keines von den Monstren, zu denen der Schädel vorhin gehört hatte. Die Reste der Kleider gaben keinen Anhaltspunkt, aber vielleicht waren sie auch nur zu alt. Er runzelte die Stirn. Nirgendwo neben dem Toten konnte er eine Waffe oder auch nur Gepäck entdecken. »Drei unterschiedliche Gruppen?«, murmelte er.

Marai nickte. »Einer von deiner Art, oder? Sieh dir die Haare an.«

Sie hatte recht. Auf dem vertrockneten Schädel hingen noch immer einige schüttere Strähnen, die das gleiche Fuchsrot aufwiesen wie die auf seinem eigenen Kopf. Ihn überlief eine erneute Gänsehaut.

»Sieht ganz so aus, als würde die Tradition der Bandenkriege von Atail schon älter sein, als ich dachte«, flüsterte Marai. *Genauso wie es Tradition zu haben scheint, dass Idioten aus aller Welt hierherkommen, um hier zu verrecken.* Er riss den Blick los und ging weiter. Weiter links suchten sich Stern und Ako einen Weg durch den Schutt. *Ich frage mich, ob wir den Fehler gerade wiederholen. Wie oft das wohl schon passiert ist?* »Das ergibt einfach keinen Sinn. Warum sollte irgendjemand für ein paar Diebe riskieren, das komplette Haus abzubrennen. Oder zum Einsturz zu bringen. Egal, woher sie kommen.«

Marai sah auf eine weitere vertrocknete Leiche, die halb unter einer umgestürzten Mauer eingeklemmt lag. Mit gerunzelter Stirn hockte sie sich hin und betrachtete die Überreste. Sie kratzte etwas von der teerigen Masse, die den Toten umgab, und roch daran. »Der hier ist nicht am Feuer gestorben.« Sie schniefte. »Könnte ein Ukare gewesen sein, so groß und massig, wie das Ding ist. Und schau dir die Kleidung an. Was meinst du?«

Fuchs zuckte mit den Schultern. »Keine Ahnung. Ich würde das nicht anfassen.« Er sah sich nervös um. Durch eine Mauerlücke konnte er den Lichtschein einer der anderen Gruppen sehen, aber insgesamt war es ihm hier zu einsam. »Können wir etwas aufschließen? Wir suchen eine Treppe, keine Toten.«

Marai sah auf. »Wenn wir nicht rausbekommen, woran oder warum diese Leute gestorben sind, könnten wir die Nächsten sein.« Sie stand auf und überprüfte ihren Bolzenwerfer. »Was ist mit dir los? Du bist doch sonst nicht so.«

»Hm.« Er seufzte und hob erneut die Schultern. »Es ist vermutlich nur die Dunkelheit, die ... warte.« Fuchs unterbrach sich selbst. Er schloss die Blende der Lampe und starrte angestrengt in die Finsternis.

»Dafür, dass dich das Dunkel nervt, ist das gerade seltsam«, stellte Marai nach einigen Atemzügen fest.

»Nein, sieh hin.« Fuchs deutete in die Schwärze, bevor ihm klar wurde, dass Marai das ziemlich sicher nicht sehen würde. »Licht. Dort drüben ist ein Lichtschein.«

»Schon wieder so ein Baum?« Unwillkürlich hatte auch Marai die Stimme gesenkt.

»Nein. Es sieht aus wie ... Tageslicht? Komm.«

»Sollten wir nicht ...?«

Aber Fuchs achtete nicht auf sie. Er öffnete die Blende der Lampe wieder und stieg zügig über den Schutt in Richtung des schwachen Lichtscheins. »Komm mit.«

Je weiter sie in die Richtung marschierten, desto feiner wurde das Geröll. Und desto mehr Mauern fehlten. Bald schien es, als würden sie durch eine Halle laufen, die nur noch gelegentlich von schiefen Türmen aus geborstenem Stein oder einem verkohlten Balken getragen wurde. Eigentlich war es ein Wunder, dass die Decke überhaupt noch über ihnen hing und nicht längst schon zusammengebrochen war, doch Fuchs achtete nicht darauf. Es sah schließlich aus, als hätte sie die letzten ein, zwei Jahrhunderte in diesem Zustand dort oben gehalten. Sie würde also vermutlich nicht ausgerechnet jetzt beschließen aufzugeben. Zumindest hoffte er das. Der Lichtschein wurde schnell stärker, und jetzt hatte ihn auch Marai entdeckt, denn sie hatte aufgeschlossen, sagte jedoch nichts mehr.

Und dann, von einem Moment auf den anderen, gähnte

hinter einem flachen Schutthaufen ein kreisrundes Loch. Der Schacht. Und doch war er anders als zuvor. Fuchs blieb stehen. »Es gibt nur einen dieser Schächte in der Sonne, oder?« Er sah auf das Loch im Boden, bevor er den Blick hob und die Öffnung in der Decke betrachtete. Das Licht sickerte von oben herab, auch wenn sich Fuchs ziemlich sicher war, dass Licht nicht sickern konnte. Feinste Staubflocken schwebten durch einzelne Strahlen indirekten Lichts und machten sie in der Finsternis sichtbar. Schatten von Blättern und die Ahnung von Halmen wurden erkennbar, als sich seine Augen an die Helligkeit gewöhnten. Das Licht war weich, so wie das im Garten der Magistratin Mahuen. Dieser Garten enthielt vermutlich dichtesten Wald aus exotischen Gewächsen, den es auf dreißig Tagesreisen um Atail zu finden gab, und Fuchs hatte mit Marai einen denkwürdigen Sommernachmittag im Dämmerlicht unter diesen Bäumen verbracht.

Marai schien Ähnliches zu denken. »Es riecht sogar so ähnlich«, flüsterte sie versonnen, und als Fuchs zur Seite sah, umspielte ein leises Lächeln ihre Mundwinkel.

Eine gute Zeit. Fuchs atmete tief ein und nickte. »Aber es ergibt nicht viel Sinn, oder?«

Marai schüttelte stumm den Kopf. Dann deutete sie nach oben. »Siehst du das da?«

»Hm?«

»Der Rand. Sieh genau hin.«

Fuchs riss den Blick von den Schatten der Farnwedel los und betrachtete den Rand, an dem die verputzte Decke von einer verzogenen Holzverschalung zum Schachtrund abgegrenzt wurde. Gestrüpp hing über den Rand. Oder nein, kein Gestrüpp, erkannte er jetzt. Holzstangen. Angespitzte Holzstangen, von der Dicke eines Fingers bis zur Stärke seines

Unterarms, jede angeschrägt zu einer scharfen Spitze, und jeder dieser provisorischen Pflöcke war abwärts gerichtet wie der undurchdringliche Wald aus Stacheln auf dem Rücken eines Envarai-Rüsslers. »Was bei Ragot ...« Er sprach den Rest nicht aus. *Irgendwer dort oben wollte nicht, dass etwas von hier dort hinaufkommt.* Sein Blick wanderte langsam am kompletten Rand der Schachtöffnung entlang. Er konnte nicht eine Lücke im stachligen Wall entdecken. *Wirklich, wirklich dringend.* »Was meinst du, wie hoch ist das?«

Marai musterte ihn, dann die Deckenhöhe. »Etwas mehr als dreimal so hoch, wie du groß bist.«

»Ziemlich hoch für einen Sprung, oder? Selbst für mich. Gegen wen oder was soll das dort sein?«

Sie starrte in die Dunkelheit auf der anderen Seite des Schachts und strich abwesend über die Markierungen am Bolzen auf ihrem Werfer, wie immer, wenn sie nervös war. »Und wer oder was ist dort oben, das vor etwas hier unten geschützt werden muss?«

Bevor Fuchs eine sinnvolle Antwort darauf einfiel, bemerkte er aus dem Augenwinkel Kratzer und Ensu durch den Schutt auf sie zuhasten. Sie liefen geduckt und sichtlich bestrebt, die Deckung der Schutthaufen auszunutzen. Ensu hatte ihre Laterne geschlossen. Alarmiert griff er nach seinem Uai-Stock. Ensu legte einen Finger an die Lippen, als sie näher kamen.

»Ihr gebt hervorragende Zielscheiben ab«, zischte Kratzer. »Macht das verdammte Licht aus!« Er hatte das Schwert gezogen und starrte in die Dunkelheit, als versuche er, sie mit bloßer Willenskraft zu durchdringen. Ensu griff nach der Laterne auf dem Boden und schloss die Blende. Hinter ihr schälten sich Stern und Ako aus den Schatten. Auch sie liefen mit geschlossener Laterne und schienen bemüht, so wenig Geräusche wie möglich zu machen.

»Ich hätte das gerade nicht fragen sollen, oder?«, murmelte Fuchs.

Marai deutete ein Kopfschütteln an.

Ensu hockte sich hinter einen der Schutthügel und bedeutete ihnen erneut, es ihr gleichzutun.

Fuchs kauerte sich neben sie. »Ich wage ja kaum zu fragen, aber: Wovor verstecken wir uns?«

»Leute«, flüsterte Ensu. Sie drückte ihm eine der Münzen in die Hand, die Stern vor Kurzem mit Siegeln versehen hatte. Das schuppenförmige Kupferstück fühlte sich heiß an und vibrierte spürbar. »Vielleicht ein halbes Dutzend.«

»Mlimas Leute?«

Die kleine Frau starrte ihn an, und irgendetwas flackerte in ihren Augen, das ihn mehr alarmierte als der Rest. Dann schüttelte sie den Kopf. »Ich … ich habe keine Ahnung. Sie …« Sie stockte, suchte nach Worten. »Sie sind seltsam. Sie bewegen sich seltsam, sie sind lautlos. Glaube ich.« Sie presste sich unbewusst die Hand auf den Magen. »Man hört sie nicht. Aber ich glaube, ich spüre sie – hier. Sie …«

»Sie sind Noru«, sagte Ako so dicht hinter ihm, dass Fuchs zusammenschrak. Die Taruki ließ sich neben ihnen fallen. Im Gegensatz zu Ensu wirkte sie eher aufgeregt als besorgt. »Ein altes Wort, Noru. Es gibt Lieder über Wesen wie sie. Sie sind … waren Menschen. Zumindest, bis der Gott des Todes sie ausgewählt hat, ihm zur Bedienung zu sein. In der Zeit der alten Lieder gab es viele seiner Gefolger, die in seinem Willen handelten. Bis sich die Völker abwandelten und ihn tot machten.«

»Die Menschen haben also den Gott des Todes getötet«, warf Kratzer ein. »Was für'n Scheiß. Hörst du dir eigentlich

380

selbst zu?« Inzwischen hatten sich alle hinter dem Schutthaufen gesammelt.

Ako warf ihm einen Seitenblick zu. »Ich sage nur, was die Lieder meines Volks erzählen. Sie haben ihn in Teile zerrissen. Arme und Beine und Kopf vom Rumpf getrennt und ihn über die Welt zerstreut. Ich denke, das macht ihn ziemlich tot, ja.«

»Ja, da kann man nur für ihn hoffen, dass er das nicht überlebt hat«, murmelte Ensu. »Kratzer, du hast noch nie was von Gleichnissen gehört, oder? Oder willst du einfach nur ein Arschloch sein?«

»Ich glaube, es ist die falsche Zeit, um sich über einen zerlegten Mythos den Kopf zu zerbrechen. Diese Dinger da sahen ziemlich echt aus. Was tun wir deswegen? Falsche Zeit.« Stern sah vorsichtig über den Kamm des Haufens und senkte den Kopf sofort wieder. »Ich schätze, sie kommen in unsere Richtung.«

»Wäre es vielleicht eine Idee, mit ihnen zu reden?«

Fuchs hob die Brauen und nickte Ensu zu, doch Ako schüttelte den Kopf.

»Die Lieder sagen, dass sie nicht mehr bei Verstand sind. Sie sind Schlafende. Wenn sie erwachen, bringen sie nur den Tod.«

»Toll«, murmelte Fuchs und umklammerte seinen Schlagstock. »Habt ihr die Treppe gefunden?« Irgendetwas an Ensus Gesichtsausdruck beunruhigte ihn. »Nicht gut?«

»Nicht gut«, raunte Ensu zurück. »Jemand hat sie zerstört. Und dann den Aufgang mit einem Haufen Schutt versperrt.«

»Aber es gibt immer mindestens zwei Aufgänge im Stockwerk«, sagte Ako. »Wir müssen nur …«

»Nein.« Fuchs deutete nach oben auf den stacheligen Sperrwall. »Wer immer sich die Mühe gemacht hat, das da anzubringen und den einen Aufgang zu verschütten, wird den anderen nicht offen gelassen haben.«

Kratzer bleckte die Zähne und unterdrückte ein Stöhnen. »Und was dann, Klugscheißer?«

»Abhauen?« Er deutete auf die andere Seite des Schachts.

»Schaffen wir nicht. Wir sind aus der Deckung, bevor wir halb um das beschissene Loch rum sind. Und dann wissen wir immer noch nicht, wohin.«

»Es ändert sich nichts«, sagte Stern. »Wir müssen weiter nach oben. Ensu, finde einen Weg. Der Rest: Haltet euch bereit. Und macht so wenig Lärm wie möglich. Wir wissen nicht, wie viele es hier noch gibt. Ändert nichts.«

Nach oben. Fuchs betrachtete das Stachelgewirr am Rand des Schachts. *Wir kommen da nie durch, und wir bekommen das nicht rechtzeitig weg. Wir ...* Er blinzelte. »Ensu, ich habe eine Idee. Hast du noch zwei Kettbolzen und Draht?«

Ensu sah ihn fragend an, durchsuchte dann jedoch hastig ihre Tasche, bevor sie nickte.

»Gut.« Fuchs huschte zur Korra hinüber. »Wir machen das wie bei Jog Makeen heute.« *Heute? War das tatsächlich erst vor ein paar Stunden gewesen?* Mit einem Mal kam es Fuchs vor, als würde ihr beinahe misslungener Überfall bereits Tage oder Wochen zurückliegen. Er schüttelte den Kopf. »Das gleiche Prinzip. Führ den Draht durch die Öse des einen Kettbolzens und schieß ihn dort oben in die Einfassung. Dann befestigen wir den zweiten Kettbolzen am Drahtende und ...« Er sah sich um. Ein großer Mauerbrocken lehnte gefährlich schräg über der Schachtöffnung, die nach unten führte. »Schieß den Kettbolzen dort hinein.«

Ensu sah ihn forschend an, blickte hinauf in das Gewirr aus Pflöcken und kaute nervös auf ihrem Zopf. »Selbst wenn wir ein Seil dort hinaufbekommen«, murmelte sie zweifelnd, »kommen wir dort nie durch. Nicht, wenn wir angegriffen werden. Und das werden wir, wenn ich den ersten Schuss abgebe.«

Fuchs grinste schmal. »Das lass mal meine Sorge sein. Kratzer, Marai, ihr stoßt die Mauer in den Schacht, sobald ich es sage.« Unter den verständnislosen Blicken der anderen befestigte er die Kettdrahtrolle an seinem Gürtel. »Ich bin mir ziemlich sicher, dass ich das hinkriege. Oder es zerteilt mich in der Mitte. Je nachdem.«

»Was ...?«

»Macht einfach, in Ordnung?«

»Und beeilt euch, zum Donner!«, raunte Stern.

Fuchs atmete tief durch und nickte Ensu zu. Die Korra spuckte ihren Zopf aus und legte an. Mit einem leisen Knall schoss der Bolzen nach oben und schlug fast im selben Moment über ihren Köpfen im Rand des Schachts ein. Ein zweiter, etwas lauterer Knall folgte, als die Siegel auf der Bolzenspitze auslösten und ihn unverrückbar im Untergrund verankerten. Ein Scharren aus der Dunkelheit antwortete ihnen. »Und los geht's.« Während Ensu fieberhaft begann, den Kettdraht an einem weiteren Bolzen zu befestigen, richtete sich Marai auf, zielte kurz und schoss ihren eigenen Bolzenwerfer ab. Das Geschoss zischte davon, und irgendetwas platzte mit einem widerlich nassen Geräusch. Das Scharren verwandelte sich in – etwas anderes. Es war, als würde eine Welle aus Lautlosigkeit über sie hereinbrechen, ein dumpfes Vibrieren, das er nicht mit den Ohren wahrnehmen konnte und das dennoch für einen Moment alle Geräusche zu überdecken schien. Er spürte es schmerzhaft in den Zähnen und in der Magengrube. Steine polterten in der Dunkelheit. Ensu rammte den Bolzen in ihren Werfer und schoss ihn fast im selben Moment noch in den Mauerbrocken, den Fuchs ausgewählt hatte.

»Schiebt!«

Ensu neben ihm schob bereits den nächsten Bolzen in ihren Werfer, als sich die anderen beiden gegen die Mauer stemmten. Mit einem Knirschen gab der Brocken nach, kippte zuerst täuschend langsam und dann mit einem plötzlichen Ruck über den Rand und verschwand im Loch. Im selben Moment wurde Fuchs durch das Gegengewicht nach oben gerissen, so heftig, dass er beinahe vergaß, die Hände vorzustrecken. Der Raum zwischen seinen Händen öffnete sich so spät, dass die ersten Pfähle beinahe in seinem Gesicht landeten. Stattdessen verschwand ein ganzer Abschnitt der hölzernen Barrikade, kurz bevor er selbst gegen den Deckenrand schlug. Der Aufprall raubte ihm nahezu den Atem, aber immerhin hatte er sich tatsächlich nicht selbst aufgespießt. Er krallte sich fest, während der unerbittliche Zug am Kettdraht ihn hart gegen die Decke presste und ihm die Luft aus der Lunge quetschte. Luft, die er ohnehin nicht hatte. *Vielleicht war der Plan doch nicht ganz durchdacht.* Dann verschwand der Druck so schnell, dass er beinahe den Halt verloren hätte. Fieberhaft klammerte er sich an den Pflöcken fest, zog sich nach oben, fand schließlich mit den Füßen Halt und hangelte sich weiter, bis er plötzlich bäuchlings auf einem Absatz lag. Unter ihm wurde die pulsierende Stille lauter, chaotischer, die Bolzenwerfer krachten, dann verschwand ein Teil des Vibrierens in einer dumpfen Explosion. Ein zweiter Puls verschwand unmittelbar darauf, und er hörte Kratzers triumphierende Stimme. Seine Lunge krampfte schmerzhaft, und für einen langen Augenblick konnte er nichts tun, als auf dem Boden zu liegen und um einen abgehackten Atemzug nach dem nächsten zu ringen. Schließlich ließ der Krampf nach, und er atmete pfeifend durch. »Ich bin oben, Ensu! Schickt mir ein Seil!«

Die Antwort der Korra war unverständlich, und er spielte kurz mit dem Gedanken, wieder nach unten zu springen. Andererseits wäre dann vermutlich die ganze Aktion umsonst gewesen. Er sah sich um, und für einen Augenblick trat der Kampflärm unter ihm in den Hintergrund. Rund um ihn ragten Bäume auf, knorrige Bäume mit dichtem Blätterdach und Stämmen dicker als ein Bierfass. Dichtes Gras, hüfthohe Farne und ihm vollkommen fremde Blütenpflanzen wucherten aus schwerer, schwarzer Erde, die wenige Handbreit vom Schacht entfernt begann. Ein Zerren am Draht riss ihn zurück in die Gegenwart. »Mach schon, Fuchs! Das wird eng hier unten!« Hastig zerrte er den Draht hinauf, bis schließlich ein angeknotetes Seil erschien. Ohne sich aufzuhalten, stolperte er los, schlang das Seilende samt Draht um den nächsten Baumstamm und rannte zurück. »Kommt, hoch!«

Wenige Augenblicke später tauchte Ensu am Rand des Schachts auf. Fuchs zerrte sie hinauf und ließ das Seil erneut hinab, während Ensu ihren Werfer lud und sich eine Schussposition suchte. Stern folgte, während sowohl Marai unten als auch Ensu oben auf die Idee pfiffen, leise zu sein. Fuchs konnte sehen, wie eines der gelben Geschosse Marais eine der Kreaturen zerfetzte, die fast direkt unter ihm nach Akos Füßen angelte. Die Explosion ließ ihn zurückfahren und fast das Seil verlieren. »Verdammt!« Er schüttelte den Kopf, um das Pfeifen in seinen Ohren loszuwerden, und angelte nach Ako. »Seid ihr noch nicht fertig?«

»Halt die Fresse da oben und holt uns rauf! Da kommen noch mehr!« Als wäre Kratzers wütende Antwort ein Stichwort gewesen, vervielfachte sich das lautlose Vibrieren in der

Luft und in seinen Zähnen und schoss wie ein Nagel in seine Stirn. »Oh, Scheiße.«

Ako packte ihn am Arm und zog sich hinauf. »Ich habe eine Idee«, keuchte sie. »Schnell, fasst alle an. Ihr da unten! Fasst das Seil und haltet euch fest!« Sie schloss die Augen, und erneut hatte Fuchs das Gefühl, dass ihn ein eisiger Lufthauch erfasste.

Ako hatte die Augen geschlossen, und Fuchs bemerkte zu seinem Erschrecken, dass seine Hände plötzlich mit dem Seil verbunden zu sein schienen, als ob sie damit verwachsen wären.

»Was beim …« Auch Ensu klang erschrocken.

»Fragt nicht – zieht!« Ako zerrte mit aller Kraft am Seil, und Fuchs dachte nicht mehr nach, sondern zog. Und während unten das Jaulen zunahm, tauchte Marai über den Rand des Schachts auf, und dann Kratzer. Zum ersten Mal sah Fuchs bewusst nach unten, und allein davon stieg bittere Galle in seinem Hals auf. Der Schacht durchmaß hier noch immer mehr als zwanzig Schritte und gähnte unter ihm in bodenloser Schwärze, Das Licht von hier oben fiel jedoch weit genug hinab, um eine greifbare Ahnung davon zu erhalten, wie tief es eigentlich nach unten gehen musste. Von hier aus konnte er zwei oder drei weitere Stockwerke unter jenem erahnen, dass sie soeben verlassen hatten, und irgendwo wesentlich weiter unten glomm ein schwaches Licht wie von einer weit entfernten Fackel. Das unheimliche Schweigen der Wesen unter ihm und das Klacken ihrer Krallen auf Stein hallte grausig in der Tiefe wider. Nach dem, was er von der Ebene unter ihnen einsehen konnte, fanden sich dort noch immer vier oder fünf Kreaturen. Keine von ihnen verweilte lange genug in seinem Blickfeld, um sie genauer ansehen zu können, doch Fuchs hatte den Eindruck, dass nicht alle der Gestalten menschlich aussahen. Eines der Wesen versuchte einen Sprung, doch es kam nicht einmal ansatzweise hoch genug und ging bei der Landung beinahe über den Rand des Schachts. Das Wummern in seinem Magen schien beinahe etwas Enttäuschtes zu haben. *Das tut mir aber leid für euch. Fresst Scheiße, ihr Drecksviecher.* Er massierte sich den Brustkorb, spuckte nach unten und trat vom Rand zurück, bis er nicht mehr direkt in den Schacht sehen konnte. Als er sich umwandte, fand er sich direkt Ako gegenüber. »Was war das jetzt schon wieder? Ich dachte, du kannst... na ja... Dinge glatter machen oder so.« Er rieb sich unwillkürlich die Handflächen, die noch immer davon schmerzten, dass das Seil an ihnen geklebt hatte.

Die Schwarze zuckte mit den Schultern und grinste breit. »Ich kann Dinge mehr oder auch weniger glatt machen. Das war eben weniger. Sei glücklich. Aber wie hast du vorhin die Holzstacheln verschwinden lassen?«

Fuchs imitierte ihr Schulterzucken und ihr Grinsen. »Du bist nicht die Einzige, in der mehr steckt, als man glaubt.«

»Solange keine Pflöcke in einem von uns stecken, betrachte ich das als Gewinn«, warf Ensu ein. Sie knetete ihren linken Brustmuskel. Ihr Gesicht wirkte hart geschnitten und ein wenig grau.

»Alles in... was macht deine Schulter?«, fragte Fuchs leise.

Die Korra verzog das Gesicht und rieb sich die linke Brustseite. »Geht schon«, sagte sie unwirsch. »Wie immer. Ich lebe noch.«

Stern nickte. »Das tun wir alle. Gut gemacht, Fuchs.«

»Oh, plötzlich war es natürlich wieder sein Verdienst.« Kratzer schnaubte. Mit einem Lappen polierte er schwarze Schlieren von der Klinge seines Schwerts und sah gerade lange genug auf, um das Gesicht zu verziehen.

»Halt einfach einmal den Rand, Kratzer, in Ordnung?«
Marai warf ihm einen düsteren Seitenblick zu und stemmte
sich kopfschüttelnd hoch. »Wir stecken alle mit drin, und du
machst es nicht wirklich leichter, wenn wir alle den Wunsch
haben, dir Zähne auszuschlagen.«

Der Citani starrte sie verblüfft an, und Fuchs stellte im
nächsten Moment fest, dass er dasselbe tat. Schließlich verzog
Kratzer das Gesicht und steckte die Klinge ein. »Ihr könnt
mich alle mal.«

»Das wird ein Wunschtraum bleiben«, murmelte Ensu
trocken. Sie ließ sich von Marai auf die Füße ziehen und sah
sich um. »Wo bei Ragot sind wir hier gelandet?«

BÄUME SIND
ZÄHE BURSCHEN

Es schneite noch immer ununterbrochen, und die Sicht betrug nur wenige Schritte. Schon nach kurzer Zeit hatte Salter vollständig die Orientierung verloren. Sein keuchender Atem quoll in dicken Dampfwolken aus seinem Mund hervor, und seine Zehen und Finger wurden mit jedem Schritt tauber. Er presste die Hände zusammen und hauchte hinein. Doch die verzweifelten Versuche, ihnen neues Leben einzuhauchen, führten nur dazu, dass sie zunächst feucht und dann nur noch kälter wurden. Trotzdem machte er weiter. Er wusste ja nicht, was er sonst tun sollte. Eine Zeit lang war er so auf seine Bemühungen konzentriert, dass er über ein unsichtbares Hindernis stolperte und der Länge nach in den Schnee stürzte. Er schlug hart auf und sah für einen Augenblick blitzende Sterne. Er spürte, wie warmes Blut über seine Stirn zu rinnen begann, und wischte es mit dem Handrücken fort. Dann tastete er nach seiner Lampe, die zum Glück heil geblieben war. Fluchend rappelte er sich auf und stolperte weiter.

Der Schnee lag so hoch, dass er nur noch mit Mühe vorankam. Er stürzte über Stühle und Truhen und stieß gegen einen Tisch. Schließlich fand er einen weiteren Durchgang, der in einen langen Flur hineinführte. Mit zitternden Händen tastete er sich an der Wand entlang, obwohl das seine Finger nur noch weiter einfrieren ließ. Er traute sich nicht, nach Hilfe zu rufen, weil er fürchtete, Mlima oder ihre grauenhafte Echse auf sich aufmerksam zu machen. In seiner Vorstellung folgte das Untier zischend und mit blitzenden Augen seiner blutigen Spur durch den Schnee. Direkt dahinter sah er schon ihre massige Herrin heranhumpeln. Die Augen blutunterlaufen und den Kopf voller Rachegedanken. Hin und wieder hörte er in der Ferne Schreie und zuckte jedes Mal ängstlich zusammen. Manchmal blieb er stehen und drehte sich hilflos im Kreis. Er konnte beim besten Willen nicht sagen, woher die Schreie kamen oder von wem sie stammten. Also taumelte er ziellos weiter, bis er irgendwann auf eine niedrige Tür stieß, die er mit einiger Mühe aufstoßen konnte. Mit letzter Kraft schleppte sich Salter hindurch und schlug sie hinter sich ins Schloss. Schlagartig verwandelte sich der tobende Schneesturm in ein entferntes Klagen, und die frostige Kälte wich einem vergleichsweise milden Klima. In dem winzigen Raum gab es nur einen Tisch, ein schmales Bett und eine leere Kleidertruhe. Er stellte die Lampe auf den Tisch und ließ sich stöhnend auf das Bett fallen.

Er war also der Schlüssel. Ganz wunderbar. Er hatte das Tor zur Hölle geöffnet und wusste noch nicht einmal, wie ihm das überhaupt gelungen war. Das erste Mal war es reiner Zufall gewesen, das zweite Mal würde er ganz sicher scheitern. Früher oder später würden sie es herausfinden und ihm die Schuld dafür geben, dass sie auf ewig in diesem verdammten Haus eingesperrt blieben. So wie der Kaiser ihm die Schuld am Tod seines Magisters gegeben hatte. Sie würden ihn jagen und am Ende vielleicht sogar töten. Es war wirklich zum Verzweifeln.

Irgendwo knarrte ein Brett, und er zuckte zusammen und schielte ängstlich zur Tür. Als sich draußen nichts weiter tat, starrte er eine Weile gedankenverloren auf das Häufchen Schnee hinunter, das der Sturm hinter ihm in die Kammer geweht hatte und das sich langsam in eine Wasserpfütze zurückverwandelte. Nach einer Weile stieß er einen tiefen Seufzer aus und richtete sich auf. Er zog den linken Schuh vom Fuß und tastete vorsichtig die Zehen ab. Sie waren kalkweiß und völlig gefühllos. Er begann sie gründlich zu kneten, was zunächst kaum etwas bewirkte, aber nach einer Weile höllische Schmerzen hervorrief. Als die Schmerzen endlich wieder nachließen, fühlten sie sich allerdings schon um einiges besser an. Mit zusammengebissenen Zähnen zog er den Schuh vom anderen Fuß und wiederholte die schmerzhafte Prozedur.

Er dachte daran, wie er Tara zum ersten Mal begegnet war. Unten am Rand der Ebenen, als die Sonne geschienen hatte und er trotzdem schon gefroren hatte wie ein Loxxa. Damals hatte er sie nur für eine furchtbar nervige Pilgerin gehalten und geglaubt, dass ihre Begegnung reiner Zufall gewesen war. In Wirklichkeit hatte sich alles nur um einen sorgsam ausgetüftelten Plan gehandelt. Sie hatte seine Fähigkeiten durchschaut, und ihr war sofort klar gewesen, dass er der Einzige – oder zumindest einer der wenigen war, denen es gelingen konnte, das Tor zu öffnen. Sie hatte ihn ausgewählt, weil er naiv genug war, um sich für ihre Zwecke missbrauchen zu lassen. Die Vorstellung, so von ihr ausgenutzt worden zu sein, kränkte ihn. Noch viel mehr kränkte ihn allerdings der Gedanke, dass er tatsächlich genau so dumm gewesen war, wie sie gehofft hatte. Hätte er sich von dieser intriganten Frau nicht beschwatzen lassen, befände er sich mit größter Wahrscheinlichkeit bereits auf einem Segelschiff nach Taz, während in Atail eine ganze Menge Menschen noch am Leben wären. Stattdessen saß er in diesem verfluchten Haus in einem Schneesturm gefangen und massierte seine erfrorenen Zehen.

Salter wusste nicht genau, wie lange er so dagesessen und über sein Schicksal gejammert hatte. Irgendwann war er wohl eingenickt, denn als er das nächste Mal wieder auf die Lampe sah, war das Öl darin zu einem Großteil verbrannt. Ihm blieb vielleicht noch eine halbe Stunde, bis die Flamme erlosch. Die Vorstellung, in diesem winzigen Raum in völliger Finsternis zu sitzen, behagte ihm noch sehr viel weniger, als draußen im Schneesturm herumzutappen. Ohnehin hatte er den Eindruck, als hätte das Pfeifen und Klagen vor der Tür schon vor geraumer Zeit nachgelassen. Nur gelegentlich fegte noch ein besonders eisiger Windstoß neuen Schnee durch die schmale Lücke unter der Tür hindurch. Als nach einer Weile schließlich Ruhe eingekehrt war, stand er auf und schlurfte zur Tür. Er legte das Ohr an das Holz und lauschte angestrengt nach draußen. Als alles ruhig blieb, schnappte er sich die Lampe und zog die Tür leise auf. Draußen herrschte Totenstille. Dicker Nebel lag über dem fingerdick mit Schnee bedecken Boden. Das Licht reichte gerade einmal zwei bis drei Schritte weit, ehe es von waberndem Grau verschluckt wurde. Er tappte einige Schritte in den Gang hinein und blieb unschlüssig stehen. Der kalte Nebel hatte etwas Unheimliches, aber er war immer noch besser als ein Schneesturm, in dem man sich die Zehen abfror. Er ging zurück in die Kammer, schnitt mit dem Messer einen Holzspan aus der Bettstatt und schwärzte ihn über der Lampenflamme an. Er malte ein Kreuz an die Wand neben der Tür und tastete sich Schritt für Schritt den Gang hinunter.

Er benötigte Ewigkeiten, bis er ihn von einem Ende bis zum anderen erforscht hatte. Er fand noch eine Anzahl weiterer

Räume, die dem ähnelten, in dem er Zuflucht gefunden hatte. In einem niedrigen Gewölbekeller stieß er auf einen Kamin und auf eine Unzahl zerschlagener Glasgefäße. In der Halle dahinter fand er, halb verdeckt vom Schnee, auf dem Boden eine große Zeichnung, die einem Bannkreis ähnelte. Als er sich hinunterbeugen wollte, um die Zeichnung näher zu begutachten, glaubte er, auf dem Schnee knirschende Schritte zu hören. Die Haare stellten sich ihm auf, und er dachte an die Dinge, die der Legende nach in so einem Bannkreis beschworen werden konnten. Dinge, die seinem Lehrmeister ähneln mussten, nachdem er ihn in einen Fisch verwandelt hatte. Nur dass sie noch am Leben wären und möglicherweise einen ähnlich großen Hunger verspürten wie er selbst. Im schlimmsten Fall hatte aber auch Mlima endlich seine Spur gefunden und war gekommen, um sich an ihm zu rächen. Die Vorstellung, von ihr das Herz aus dem Leib gerissen zu bekommen, behagte ihm noch viel weniger als alle Teufel und Dämonen der Hölle zusammen. Er riss die Augen auf und starrte angestrengt in den Nebel.

Wabernde Schatten bildeten sich vor seinen Augen und lösten sich wieder auf, nur um an anderer Stelle erneut zu entstehen. Die Schritte schienen jetzt von allen Seiten zu kommen. Panisch drehte er sich im Kreis. Sein Atem ging stoßweise, und sein Herz hämmerte so heftig gegen seinen Brustkorb, dass es meilenweit zu hören sein musste. Vielleicht waren es ganz viele? Siedend heiß fielen ihm die Schlafenden ein, die sie verfolgt hatten. Sie waren ganz sicher noch viel wütender als Mlima, weil ihnen die leckere Beute direkt unter der Nase weggeschnappt worden war. Schließlich hielt er es nicht mehr aus und tat das, was er in solchen Augenblicken schon immer getan hatte. Er nahm panisch Reißaus. Blindlings stürmte er in den Nebel hinein und achtete dabei nicht auf seine Schritte. Er rannte einfach nur, so schnell ihn seine Füße trugen. Er versuchte es jedenfalls, denn in Wirklichkeit kam er nur wenige Schritte weit, ehe er schmerzhaft in eine Statue hineinrannte und sich bei dem Aufprall die Zunge blutig biss. Er stieß einen unterdrückten Schmerzenslaut aus und schüttelte benommen den Kopf. Auch wenn der Nebel ziemlich dicht war, hätte er schwören können, dass die Statue bis eben noch nicht an dieser Stelle gestanden hatte.

Sie reichte ihm gerade einmal bis zur Brust und hatte die Gesichtszüge eines ausgemergelten alten Mannes. Ihr kalkweißer Bart stand struppig nach allen Seiten ab, und das linke Ohr sah aus, als hätte ein großes Raubtier darauf herumgekaut. Seltsamerweise hatte ihr jemand einen mottenzerfressenen Pelzhut schräg über den Kopf gestülpt und einen löchrigen Wintermantel angezogen. Insgesamt ein furchtbar lächerlicher Anblick, der Salter dennoch nicht zum Lachen reizte, denn die Statue zückte ein rostiges Messer und streckte es ihm knurrend unter die Nase. »Keine Bewegung, Drecksack!« Salters Augen wurden groß. Die Statue wirkte zwar ein ganzes Stück weniger bedrohlich als ein Dämon, aber sie sah schon verdammt hungrig aus. Und wütend schien sie auch zu sein, denn sie hatte die Augenbrauen so fest zusammengezogen, dass sie an der Nasenwurzel gegeneinanderstießen. »Hättest wohl nicht gedacht, dass ich euch einholen würde«, sagte die Statue. »Aber der alte Stein ist schlauer, als ihr denkt.« Da Salter nicht damit gerechnet hatte, von ihr angesprochen, geschweige denn mit einem Messer bedroht zu werden, starrte er sie einfach nur mit offenem Mund an. »Haben sie dir etwa auch die Zunge herausgeschnitten«, fragte sie, weil er nicht gleich reagierte. »So wie dem Riesen?«

»Riese?«, fragte Salter und runzelte irritiert die Stirn.

»Stell dich nicht dümmer, als du bist. Ich meine den Kerl im Plattenpanzer. Den Leibwächter der Guam.« Die Züge des kleinen Mannes verfinsterten sich noch ein Stück mehr, und seine Augenbrauen zuckten bedrohlich. »Du gehörst doch zu ihnen, oder etwa nicht?«

Hastig schüttelte Salter den Kopf. »Auf gar keinen Fall. Ich bin nur zufällig in die Sache hineingeraten. Ich bin das Opfer einer hundsgemeinen Intrige geworden.«

»Ha!« Die Augen des kleinen Mannes weiteten sich, und die Spitze seines Messers zuckte gefährlich nahe an Salters Nase vorbei. »Sie haben mich dem Butsu zum Fraß vorgeworfen, diese Drecksäcke. Er hat auf mir herumgekaut wie auf einem Stück Trockenfleisch. Aber weil ich zu zäh für ihn gewesen bin, hat er mich im Ganzen hinuntergewürgt. Wäre ich nicht in seinem Hals stecken geblieben, müsste ich wohl den Rest meines Lebens in seinem stinkenden Magen versauern und mich dort von seinen halb verdauten Opfern ernähren. Oder noch schlimmer: Ich würde durch seinen Darm hindurchgespült und am Ende wieder herausgepresst, wie ein ... wie ein ...« Angewidert schüttelte er sich und rollte wild mit den Augen. Er schien ganz offensichtlich einige recht traumatische Dinge durchgemacht zu haben, die seinem Verstand arg zugesetzt hatten. Erneut fuchtelte er mit dem Messer unter Salters Nase herum. »Los, sag schon: Was hast du mit ihnen zu schaffen?«

Abwehrend hob Salter die Hände. »Ich weiß nichts von einem Butsu. Wirklich nicht. Die Guam hat mich gegen meinen Willen in diese Sache hineingezogen, weil ich der Schlüssel bin. Ich wusste nicht einmal, dass sie die Guam ist. Ich war auf dem Weg zum nächsten Hafen, um ein Schiff nach

Taz zu besteigen. Aber statt im Süden bei einem Glas kühlen Wein den Sonnenuntergang zu genießen, bin ich jetzt hier in diesem Haus gefangen und unterhalte mich mit einer bärtigen Statue.«

Der kleine Mann nickte düster und deutete mit der Messerspitze auf sein zerbissenes Ohr. »Ich habe diesem Miststück vertraut, aber sie hat mein Vertrauen bitter enttäuscht. In meiner Gutmütigkeit habe ich ihr geholfen, und sie hat es mir auf diese Art gedankt.«

»Sie hat dir ins Ohr gebissen?«

»Mach dich nicht lustig. Das Ohr hat mir der Butsu abgebissen, aber es ist ihre Schuld. Ich werde sie finden und es ihr mit gleicher Münze heimzahlen. Ich habe vor, sie dem Untier zum Fraß vorzuwerfen. Dann werden wir ja sehen, wie es ihr in seinem stinkenden Darm gefällt.«

Stein, wie der kleine Mann sich nannte, musste wirklich ein außergewöhnlich scharfes Gehör besitzen, denn er hatte den Kampflärm schon aus großer Entfernung mitbekommen. Er war den Geräuschen gefolgt, bis er im Schneetreiben vorübergehend die Orientierung verloren hatte. Irgendwann hatte er Salters Flüche gehört, als der in der winzigen Kammer neues Leben in seine erfrorenen Zehen geknetet hatte. Er hatte direkt vor der Tür gestanden. Da er aber nicht wusste, wie viele Menschen sich noch in der Kammer befanden, war er in Deckung gegangen und hatte still und leise abgewartet.

»Wie hast du hier drin so lange überlebt?«, fragte Salter, während sie durch die schneebedeckten Gänge stapften. »Ich meine, von was hast du dich ernährt?«

»Hier läuft eine Menge Getier herum, und ich bin ein guter Jäger. Hier zum Beispiel. Siehst du das?« Stein ließ sich auf ein

Knie herunter und deutete vor sich in den Schnee. Eine winzige Pfotenspur zog sich über die weiße Fläche hinweg. »Schneehase. Sehr geschickt und wendig, diese Biester. Zum Glück aber auch ein bisschen dumm. So wie du. Im Schnee kannst du ihre Spur leicht bis zu ihrem Bau verfolgen.« Er zog eine Armbrust unter dem Mantel hervor. Eine dieser Waffen ohne Wurfarme, wie sie die Mitglieder der Goldenen Garde oft verwendeten. Er legte einen Bolzen ein und richtete sich wieder auf. »Komm.«

Sie stapften durch einen großen Saal, dessen Inventar beinahe vollständig unter den Schneemassen begraben lag. Sie kamen nur mühsam voran, da sie an Stellen, wo der Hase einfach darüber hinweggesprungen war, teilweise bis zu den Knien im Schnee versanken. Stein schien die Schinderei nichts auszumachen. Sein Gesicht glühte vor Eifer, und seine Blicke huschten aufmerksam durch den Raum. Salter hatte Mühe, mit ihm mitzuhalten. Vor allem, weil er bei jedem Schritt ein ganzes Stück tiefer einsank als der kleine Mann. Sie kletterten über einen Hügel hinweg, der sich bei genauerem Hinsehen als eingeschneiter Tisch entpuppte, und zogen sich an einem Geländer auf eine Galerie hinauf. Die Spuren verschwanden hinter einer Tür, die völlig verformt war, weil sich dickes Wurzelwerk seinen Weg durch die Öffnung hindurch nach draußen gebahnt hatte. Stein brach eine Handvoll morscher Bretter aus der Tür und zwängte sich durch die entstandene Öffnung. Der dahinterliegende Raum war von oben bis unten mit Wurzeln ausgefüllt. Unzählige Stränge unterschiedlichster Dicke wanden sich wie Tentakel aus der Decke heraus, durchbohrten den Dielenboden und verschwanden irgendwo unter ihren Füßen in der Tiefe. Vorsichtig bahnten sie sich ihren Weg durch das Gewirr, immer darauf bedacht, nicht auf ein morsches Holzbrett oder in eines der zahllosen Löcher im Boden zu treten.

»Bäume sind zähe Burschen«, sagte Stein, während er über einen mächtigen Wurzelstrang hinwegbalancierte. »Wenn du ihnen genügend Zeit lässt, finden sie immer einen Weg. Brechen sogar durch Stein, und wenn es sein muss auch durch Eisen. Habe mal einen Baum gesehen, der ein ganzes Haus überwuchert hat. Es sah ganz so aus, als wollte er es auffressen. Vielleicht hatte er das sogar vorgehabt. Bäume denken in anderen Dimensionen als wir, weißt du? Sie brauchen immer eine Weile, aber wenn sie sich etwas in den Kopf gesetzt haben, lassen sie nicht mehr davon ab. Wir Menschen müssen auf Bäume furchtbar hektisch wirken. Immer in Bewegung, nie auch nur ein einziger Augenblick der Ruhe. Aus diesem Grund mögen sie uns auch nicht besonders. Flüsse sind da anders. Die treten zwar gelegentlich mal über die Ufer, aber im Großen und Ganzen wirken sie auf mich recht genügsam. Bäume verstehen sich ganz gut mit Flüssen. Deshalb findest du sie häufig auch an ihren Ufern.«

»Was ist mit Bergen?«, fragte Salter.

»Ha! Die denken noch ein ganzes Stück langsamer als Bäume. Vor allem die alten und die schroffen mit den schneebedeckten Häuptern. Für die sind selbst Bäume noch eine ganze Spur zu hektisch.« Stein blieb stehen und hob den Finger an die Lippen. Schweigend deutete er nach vorn. Salter konnte zwischen dem dichten Wurzelwerk nichts erkennen, aber nach einer Weile hob der kleine Mann seine Armbrust an die Schulter und zielte in die Dunkelheit. Die Spitze des Bolzens wanderte ein paar Mal hin und her, bis er schließlich langsam ausatmete und den Abzug drückte.

DER UNMÖG-
LICHE GARTEN

Natürlich war es eigentlich nicht möglich, doch noch immer wanderten sie durch ein unvorstellbares Dickicht aus verfilztem Grünzeug, Schlingpflanzen und untersetzten Bäumen, für die drei von ihnen kaum ausgereicht hätten, wäre jemand auf die Idee gekommen, einen der Stämme zu umarmen. Ako wusste zumindest aus Erzählungen, dass dies hier ein Wald war, doch war es der erste, den sie tatsächlich zu Gesicht bekommen hatte. Ihre Heimat wurde von Felsen, Sand und ausgedehnten Salzpfannen beherrscht, an die sich sonnenverbrannte Steppen anschlossen, durch deren lichten Baumbestand man in der Regel weiter sehen konnte, als ein Pfeil flog. Daran schlossen sich lichte Bergwälder aus Nadelbäumen an, die die Trockenheit liebten, und dann kamen bereits die Berge. Nirgendwo auf ihrer Reise jedoch war sie einem Gestrüpp begegnet, das diesem hier glich. Es war heiß und gleichzeitig feucht wie in einem Dampfbad, und die grünen Wände wucherten oft dicht genug über den Pfad, um sie nicht weiter als die nächsten zehn Schritte sehen zu lassen. Der Pfad selbst war ohnehin kaum sichtbar. Er wandte sich mal hierhin, mal dorthin, und schon bald verlor Ako jeden letzten Rest Richtungsgefühl. Vermutlich wäre es ihr nicht einmal aufgefallen, wären sie im Kreis gegangen. Ein Geruch nach nasser Erde, Moder, Fäulnis und Blüten lag beinahe erstickend in der Luft, und zahllose Insekten schwirrten um sie herum, ließen sich auf ihnen nieder und versuchten, an ihren Schweiß oder ihr Blut zu kommen. Ihr unbekannte Vögel huschten durch das Geäst über ihnen und erfüllten die Luft mit fremdartigen Rufen und Liedern, und hier und dort huschten unsichtbare Tiere durch das Unterholz. Ako fuhr bei jedem Knacken zusammen, und auch die Übrigen schienen unter höchster Anspannung zu stehen, denn mehr als einmal rissen Ensu oder Marai ihre Bolzenwerfer an die Wange, kurz davor, auf eine flüchtige Bewegung in den Farnen zu schließen. Einzig Stern schien von allem unberührt. Tief in Gedanken versunken, marschierte sie hinter Kratzer und Marai her, die ihren Zug anführten, und interessierte sich allenfalls für gelegentlich auftauchende Mauerreste oder Artefakte, die aus der allgegenwärtigen grünen Decke herausragten. Diese Überbleibsel aus längst vergangenen Tagen waren es, die Ako immer wieder daran erinnerten, dass sie sich nicht irgendwo in einem unbekannten Stück Natur befanden, sondern noch immer in den seltsamen Eingeweiden des Hauses. Mal war es ein von Moos überwucherter Brunnen, aus dessen geborstener Schale noch immer Wasser sickerte und den Boden durchtränkte, während eine verwitterte Statue anklagend einen abgebrochenen Arm gen Blätterdach reckte. Dann wieder war es ein Abschnitt, in dem der Wald den Weg aus steinernen Fliesen und Mosaiken noch nicht gänzlich überwuchert hatte, oder eine steinerne Bank, in die einst goldene Schmuckbänder eingelassen worden waren. Und ab und an war dort, wo Lücken in den Baumkronen klafften, eine weit entfernte

Decke über ihnen zu sehen, ein Dach, das beinahe vollständig aus beschlagenen Glasscheiben zu bestehen schien, durch die goldenes Sonnenlicht zu ihnen herabsickerte. Gelegentlich kamen sie an etwas vorbei, das Ako die ersten Male für einen von Moosen bewachsenen Riesenbaum hielt, dessen Stamm weit mehr als ein Dutzend Schritte durchmaß – bis Marai staunend darauf hinwies, dass diese Bäume in Wahrheit gewaltige Säulen waren, die die ferne Decke zu tragen schienen.

Endlich lichtete sich das seltsame Dickicht vor ihnen, und nur wenige Schritte später durchbrachen sie ein letztes Gebüsch, und vor ihnen erstreckte sich im warmen Licht einer tief stehenden Sonne eine freie Wiese bis an die Wand, die vielleicht fünfzig oder sechzig Schritte vor ihnen aufragte. Ohne dass irgendjemand etwas sagte, blieben sie alle stehen. Ensu schnappte hörbar nach Luft, und Kratzer murmelte einen unflätigen Fluch, während Marai eine Schutzformel raunte. Ako ertappte sich, wie sie instinktiv einen Schritt zurücktat. Nichts, überhaupt nichts hätte sie auf diesen Anblick vorbereiten können. Die Wand vor ihr bestand im Grunde nur aus Steinsäulen, mächtiger noch als die Stämme der Bäume im Wald hinter ihnen und so hoch, dass sie sich regelrecht winzig vorkam. Steinerne Bögen und Streben spannten sich zwischen ihnen und bildeten ein dichtes und doch seltsam leicht wirkendes Geflecht. In jeden Zwischenraum waren gläserne Scheiben eingebaut, die von Alter, Schmutz und Feuchtigkeit gleichermaßen trüb waren und das Licht einer tief stehenden Sonne noch weicher erscheinen ließen. Das Ganze mutete an, als würde sich eine Wand aus Glas in alle Richtungen erstrecken.

»Ich sehe das richtig, dass diese Art von Gebäude auch im

Kaiserreich nicht üblich ist?«, fragte sie, ohne die Augen von der Wand aus Glas zu nehmen.

»Ich kann mir nicht vorstellen, dass diese Art von Bauwerk irgendwo auf dieser Welt üblich ist«, stellte Stern fest. »Was sagt deine Karte zu diesem Ort, Taruki?«

»Ich...« Ako zögerte. »Ich habe keine Ahnung. Dieser Ort ist nicht auf ihr verzeichnet. Das ähnelt in nichts irgendetwas auf der Karte. Ich schätze, wir sind vom Weg abgekommen.«

»Wie kann man in einem Haus vom Weg abkommen?«, fragte Marai, und ihre Stimme hatte jetzt einen leicht panischen Klang.

»Ich schätze, das ist alles nur eine Frage der Größe.« Fuchs hatte den Kopf in den Nacken gelegt und betrachtete die weit entfernte Decke.

»Es ist lediglich ein Glashaus, wie es Magister Hunshae hat«, stellte Stern fest, und wie immer klang sie unbeeindruckt. »Lediglich etwas größer. Aber der Zweck war wohl derselbe.« Sie deutete auf eine Gruppe naher Bäume, alter, knorriger Riesen, die voll von reifen Tanisfrüchten hingen.

Ako Blick fiel auf den Boden hinter den Bäumen. Irgendjemand hatte das kniehohe Gras entfernt und lange Furchen in das dunkle Erdreich gezogen. Ein Feld. »Ich fürchte nur, dass diese Früchte jemandem zu eigen sind«, sagte sie. »Wir sind hier nicht allein.« Das aufkeimende Lächeln in den Gesichtern der anderen erstarb jäh.

Jetzt war es Fuchs, der einen Fluch raunte. Drei Männer standen auf dem Feld, mit einer Gelassenheit, die jedem klarmachte, dass sie vermutlich nicht allein waren. Alle drei trugen die traditionellen weiten Gewänder der Citani und zwei von ihnen langstielige Hakensensen, die sie hielten wie erfahrene Soldaten ihre Waffen. Der dritte Mann trug ein langes

Citani-Schwert in der Schärpe. »Goldene Garden?«, fragte sie leise.

Fuchs schüttelte kaum merklich den Kopf. »Nein. Aber auch niemand von Mlimas Leuten. Diese Farben hab ich noch nie gesehen.«

»Der Schnitt ihrer Kleidung ist alt«, warf Kratzer ein. »Mein Großvater hat so etwas getragen.«

Stern räusperte sich. »Wartet einen Moment und lasst die Umgebung nicht aus den Augen. Dann folgt uns. Langsam. Aber lasst die Waffen gesenkt«, sagte sie ohne Hast. »Ich werde am besten kurz nach dem Weg fragen. Langsam.« Sie winkte Kratzer an ihre Seite.

Der lange Citani nickte düster, legte die Hand auf den Griff seines neu erworbenen Param und schritt betont aufrecht neben Stern her.

Ako kam nicht umhin festzustellen, dass selbst seine recht schäbigen Gewänder irgendwie neuer wirkten als die der Fremden.

Fuchs sah sich nervös um, wobei er gleichzeitig versuchte, sich so wenig wie möglich zu bewegen. Ensu kaute schon wieder auf dem Ende ihres Zopfs. Sie hielt den Bolzenwerfer fest umklammert. Marai musterte eindringlich den Waldrand, während sie den Bolzen auf ihrem Werfer austauschte, ohne hinzusehen. Mehrere gelbe Siegel verzierten das neue Geschoss.

»Seht ihr irgendjemanden?«, raunte Fuchs.

Sowohl Ensu als auch Marai verneinten stumm.

»Es ist seltsam«, stellte Ako fest. »Sie müssen hier gewesen sein, bevor wir den Turm betreten haben. Lange Zeit.«

Fuchs warf ihr einen Seitenblick zu. »Das ist Blödsinn. Niemand kann in diesem Turm leben.«

»Was ist mit diesen Dingern vorhin? Unter uns?«

»Das sind keine Leute gewesen, oder? Das waren Viecher. Wie Ruk. Das Viehzeug überlebt auch überall. Das da, dagegen«, er deutete auf die Citani, »*das* sind Leute. Richtige Leute. Niemand lebt freiwillig an einem Ort wie diesem.«

Ako schnaubte. »Was macht dich sicher, dass sie es freiwillig tun?«

»Was? Ich habe nicht gesagt, dass sie es freiwillig tun. Ich wollte sagen, dass sie noch nicht lange …«

»Mindestens zwei Leute zwischen den Bäumen. Vielleicht drei«, unterbrach Marai sie. »Und es ist ziemlich egal, wie lange sie hier sind. Jetzt gerade zielen sie jedenfalls auf uns.«

»Stern hat einen Plan. Also keine Alleingänge!« Ensu spuckte ihren Zopf aus und sah Ako eindringlich an.

Sie erwiderte den Blick der Korra. »Was macht euch eigentlich so sicher, dass sie einen Plan hat?«

»Stern hat immer einen Plan.«

»Auch für Plätze, an denen sie noch nie gewesen ist?«

»Besonders für welche, an denen sie noch nie gewesen ist.« Fuchs sah zu ihr auf und zuckte bestätigend mit den Schultern. »Sie ist so.«

»Ah.« Ako nickte. »Deswegen sind wir jetzt auch drei weniger? Sind ihre Pläne immer so verlustsam? Oder dienen sie am Ende nur ihr selbst?«

Ensu öffnete den Mund. Dann wechselte sie einen Blick mit Marai und schloss ihn wieder.

Dachte ich mir. Ako verzog das Gesicht. »Ich vertraue ihr nicht«, sagte sie leise. »Ich glaube, sie ist nicht gut.«

Fuchs schnaubte bitter. »Falls es einen guten Menschen gibt, bin ich ihm noch nicht begegnet. Oder ihr.«

»Das ist eine ziemlich finstere Ansehung.«

»Wir sind alle nur Menschen. Jeder hat Dinge getan. Niemand ist perfekt.«

Vor ihnen hatten Stern und Kratzer inzwischen die drei Citani erreicht und blieben stehen. Der Schwertträger begann zu sprechen, doch sie waren zu weit entfernt, um etwas zu verstehen.

»Hm. Aber ihr tut so, als wäre sie es.« Ako seufzte, hob die Schultern und ließ sie wieder fallen. »Dann folgen wir langsam. Wie eure Meisterin befohlen hat.«

»Mei…? Sie ist nicht unsere *Meisterin*!«, protestierte Fuchs.

»Und dennoch tut ihr alles, was sie spricht.«

»Wo sie recht hat …«, sagte Ensu. Sie schloss zu Ako auf.

»Natürlich«, sagte Fuchs trotzig hinter ihnen. »Sie hat eben den Pla…«

»Ach, sei einfach still.« Marai schulterte ihren Bolzenwerfer und folgte den beiden Frauen.

Während sie näher kam, musterte Ako unauffällig den Waldrand. Marai hatte recht. Mindestens zwei oder drei Personen beobachteten sie, und sie war sich sicher, dass die Leute, die dort verborgen lagen, Schusswaffen auf sie gerichtet hatten. Der Citani, der sich soeben mit Kratzer unterhielt, sah auf, und sie stellte fest, dass er plötzlich ins Stocken geriet, als sie sich näherte. Er musterte sie abschätzig von oben bis unten, und auf seiner Stirn erschien eine tiefe Falte. Dann sagte er etwas, das Ako nicht verstand, von dem sie aber sicher war, dass es nicht höflich gewesen sein konnte.

Kratzer sah sich kurz zu ihr um, doch Stern entgegnete, ohne sich auch nur umzusehen, irgendetwas in ihrer üblichen, desinteressierten Art. Gleichzeitig hob sie die Hand, um ihnen zu bedeuten, stehen zu bleiben. Ensu tauchte neben Ako auf und legte ihr die Hand auf den Arm. »Warte.«

Der Citani starrte sie weiter an, während er auf Stern einredete.

»Was beim Donner reden die?«

»Keine Ahnung«, sagte Ensu leise. »Ich kann ihre Sprache nicht. Das sind nicht meine Kreise.«

»Aber Sterns?«

Ensu zuckte mit den Schultern. »Sie ist eine von ihnen. Kratzer ist einer von ihnen. Oder war es zumindest.«

»Wir sind nur Korra«, sagte Marai auf Akos linker Seite. »Es ist zwar unser Land, aber das heißt nicht, dass die mit uns in ihrer Sprache reden«, fügte sie leise hinzu.

Ako sah sie von der Seite an. »Aber trotzdem folgt ihr Stern.«

»Trotzdem folgen wir ihr.«

»Sie verschafft uns Geld, das wir dringend brauchen, wenn unsereins nicht mehr in der Gosse der Citani leben soll.«

»Ah. Und mit ›unsereins‹ meint ihr euren Stamm?«

»Unser Volk, ja.« Ensu nickte, ohne den Blick von den Citani zu wenden, die inzwischen deutlich hitziger diskutierten.

»Und uns selbst natürlich auch«, warf Fuchs ein, der jetzt zu ihnen aufgeschlossen hatte. »Wir leben auch nicht gern in der Gosse. Wir wissen also, wie das ist.«

»Dein Volk auch?«, fragte Ako.

»Die Korra sind mein Volk.«

Ako musterte ihn. »Sieht man dir nicht an.«

»Wir reden jetzt nicht über Hautfarben, oder?«

»In Ordnung, das ist ein guter Aufwand.«

»Einwand. Es heißt ...«

»Wir können uns auch gern in meiner Zunge unterhalten, wenn's dir nicht passt. Vielleicht kannst du das ja besser.«

Ako verzog das Gesicht, und nach einem Moment schüttelte Fuchs unbehaglich den Kopf. »Entschuldige. Sie reden übrigens immer noch über dich.«

»Nur Gutes, vermute ich.«

»Wie man's nimmt. Sie wollen mit Stern nur verhandeln, wenn du verschwindest. Es scheint um deine Haut zu gehen.«

»Meine Haut, meine Aussprechung – auch noch jemand ein Problem, dass ich eine Frau bin?«

Marai grinste schmal. »Kratzer bestimmt.«

»Jedenfalls – Stern weigert sich, dich wegzuschicken«, fügte Fuchs hinzu.

Ako stellte fest, dass sie irgendetwas im Hals sitzen hatte, und räusperte sich. »Das ist … schön.«

»Zumindest nicht, bis sie ihr verraten, warum.«

Das Etwas in ihrem Hals wurde unangenehmer.

Der fremde Citani spie einige Worte aus, die Kratzer und Stern dazu veranlassten, einen alarmierten Blick zu wechseln. Dann sah sich Stern zu ihnen um. »Mlima«, sagte sie. »Sie vertrauen uns nicht, weil Mlima hier durchgekommen ist. Sie haben noch nie eine Frau mit ihrer Hautfarbe gesehen, und jetzt ist sie bereits die zweite.« Sie nickte zu Ako. »Sie …«

Stern unterbrach sich und zog die Brauen zusammen. Dann stellte sie dem Citani eine Frage, und die Antwort schien sie zu verwirren. »Er sagt, sie kam vor etwa zwei Wochen hier durch. Zwei.«

Ako blinzelte. »Das ist nicht möglich. Ich verstehe nicht. Zwei Stunden?«

»Wochen.« Stern wirkte noch immer ungläubig, und der Citani schien ihren Zweifel deutlich zu sehen, denn er fügte noch einige Sätze hinzu, die den Zweifel in ihrer Miene nicht verringerten. »Er sagt, zwei Wochen. Und sie kam mit einem …

einem Tier. Einer Echse, so groß wie ein *Jaquir*.« Sie deutete etwas in Kniehöhe an.»Mit Flügeln. Es hat ihren Schutzwall zerstört. Und Mlima hat ihre Gastfreundschaft gebrochen. Sie hat getötet, gestohlen und ist verschwunden.« Fuchs stieß einen leisen Fluch aus.»Sag ihnen, dass wir nichts mit ihr zu tun haben!«

»Hat sie nicht interessiert«, stellte Kratzer trocken fest. »Wir wären schon tot, wenn Stern keine Citani und überdies eine Siegelschmiedin wäre. Sie benötigen dringend eine. Außerdem wüssten sie gern, wo wir herkommen. Wie wir hierhergelangt sind. Trotzdem würden sie die Taruki lieber umbringen. Nur zur Sicherheit.«

Ako räusperte sich erneut. Die Aussicht, im nächsten Moment erschossen zu werden, half ihr nicht gerade, klar zu denken, aber dennoch – irgendetwas stimmte nicht.»Zwei Wochen«, sagte sie halblaut. Sie drückte Fuchs ihre Tasche in die Hand und schob sich an Stern vorbei, um sich vor dem Citani aufzubauen und auf ihn herabzusehen.»Ihr sagt, zwei Wochen. Aber das ist nicht möglich. Ihr lügt. Oder ihr verschweigt uns etwas. Oder wir verstehen etwas nicht. Stern, sag ihm, dass wir ihm alles sagen, was wir wissen, wenn er uns erzählt, was er über Mlima weiß.«

Stern sah ungläubig zu ihr auf.»Seit wann nehme ich Befehle von dir entgegen?«

»Ich befehle nichts«, gab Ako zurück, ohne die Augen von dem Citani zu lassen. Der Mann hatte sein Schwert bereits eine Handbreit aus der Scheide gezogen, zögerte jedoch, als ihn die große schwarze Frau unerschütterlich ansah.»Aber ich glaube, hier gibt es eine Geschichte, die wir nicht verstehen. Und wir müssen die Verzählung verstehen, wenn wir dort ankommen wollen, wo du hinwillst. Wir müssen wissen, wie es sein kann, dass Mlima vor zwei Wochen hier war. Und wir müssen wissen, seit wann *sie* hier sind. Von mir aus sollen sie mich gefesselt nehmen, wenn sie mich fürchten, aber ich brauche diese Geschichte.« Sie streckte dem Fremden die Hände entgegen, an den Gelenken überkreuzt.

Stern sah zwischen ihr und dem Citani hin und her, dann schnaufte sie und begann, auf den Mann einzureden. Der sah zwischen ihr und Ako hin und her und kämpfte sichtlich mit sich, bevor er sich zu einem Entschluss durchzuringen schien, sein Schwert mit einem Ruck zurück in die Scheide stieß und einen Befehl bellte.

»Wir sollen ihm folgen«, übersetzte Stern, bevor sie sich umwandte und Ako scharf ansah. Etwas in ihrem Gesicht zuckte. »Bedenke, wo dein Platz ist, Taruki. Sei vorsichtig.«

Kratzers Gesichtsausdruck passte zu ihrer kalten Stimme. »Und wir sollen keine falsche Bewegung machen. Sie haben sechs Leute in den Büschen, die auf uns zielen.«

Ensu und Fuchs wechselten einen wissenden Blick.

»Drei«, murmelte Ensu.

»Höchstens«, ergänzte Fuchs.

Der Weg war nicht weit und doch um ein Vielfaches weiter, als Ako für möglich gehalten hätte. Dieser Ort war gewaltig. Die Citani folgten der sanften Kurve der Fensterfront, hinter der die nur zu erahnende Sonne langsam zu Abendrot wechselte. Nach wenigen Dutzend Schritten endete das kniehohe Gras an einem niedrigen Zaun, hinter dem schmale Beete mit dunkler Erde begannen. Ordentliche Reihen von Feldfrüchten zogen sich von der Fensterwand bis zum Waldrand, und die Citani schlugen einen festgetretenen Pfad zwischen ihnen ein, der sie ins Herz des bearbeiteten Gebiets führte. Kurz darauf kam eine Holzkonstruktion in Sicht, die aus grob bearbeiteten Stämmen bestand und ein wenig wie eine Mischung aus Palisadenwand und Turm wirkte. Aus ihrer Mitte ragte einer der mächtigen Stützpfeiler der Decke auf wie ein versteinerter Baum. Am Fuß der Säule duckten sich eine knappe Handvoll niedriger Häuser, Hütten und Schuppen, einige Zelte und Baldachine hinter einem mehr als mannshohen Verhau aus unzähligen angespitzten Pflöcken und Stangen. Ako betrachtete die seltsame Ansiedlung mit Argwohn und warf einen Blick nach oben, wo die ferne Decke nichtsdestotrotz klarmachte, dass sie sich in einem Innenraum befanden. *Wer braucht befestigte Häuser in einem Haus? Und vor allem – warum?* Die Hütten waren mit Sorgfalt errichtet und trugen schwere Dächer, die allerdings die übliche Eleganz von Citani-Bauwerken vermissen ließen. Dafür schienen sie deutlich stabiler, und ihre kleinen Fenster wiesen schwere Läden auf, die sich fest verschließen ließen. *Eben: warum?*

Über den Wall aus Spitzen sahen weitere Citani auf sie herab. Armbrüste waren auf sie gerichtet, und das änderte sich auch nicht, als sich ein Teil des Walls öffnete. Noch etwas fiel ihr auf: die Citani oben auf den Laufgängen hinter dem Wall waren alle jung, kaum dem Kindesalter entwachsen, ihre Armbrüste dagegen von einer so alten Bauart, dass sie diese Art von Waffen nur aus Illustrationen in Büchern kannte – und vom verrückten Bavua, der pausenlos murmelnd die Straßen ihrer Heimatstadt durchstreift hatte, als sie noch ein Kind gewesen war. Ihre Kleidung war zwar halbwegs gepflegt, jedoch fadenscheinig und mit nicht passenden Flicken ausgebessert, und ihre Körper und Gesichter deuteten darauf hin, dass üppige Mahlzeiten eher selten waren. Was nicht bedeutete, dass sie diese Kinder unterschätzen würde. Sie kannte eine Menge Halbwüchsiger, die sie für weniger als nur ihre Stiefel umbringen würden.

Auf dem Platz im Inneren der Befestigung warteten weitere bewaffnete Citani auf sie, und sie war sich sicher, dass sie aus den dunklen Tür- und Fensteröffnungen der Hütten beobachtet wurden. *Keine ganz kleinen Kinder. Keine Alten. Entweder gibt es hier keine – oder sie verbergen sich vor uns.* Insgesamt konnte Ako hier ein Dutzend Personen zählen. Ihre Begleiter und die im Schatten Verborgenen dazugezählt und der Größe der Siedlung nach zu schätzen, waren es vielleicht zwei Dutzend, möglicherweise auch dreißig Leute, aber kaum mehr. Und wenn sie so viele Kinder Wache halten ließen, war das vermutlich alles an Waffenfähigen.

Zwei Gestalten traten aus dem Schatten des zentralen Turms, gekleidet in traditionelle Gewänder des Kaiserreichs, komplett mit den aus Gras geflochtenen, breitkrempigen Hüten, die nach Akos Wissen heute kaum noch jemand trug.

Die größere der beiden war eine ältere Frau, beinahe so hochgewachsen wie Ako selbst und so dünn, dass sie das Gefühl hatte, vielleicht die Knochen sehen zu können, wenn die Citani vor eine Lichtquelle trat. Die Frau hielt sich kerzengerade, und ihre Augen wirkten hart wie polierter Granit. In der Schärpe um ihren Leib steckte ein Citani-Schwert von derselben Machart wie das in Kratzers Hand. Der Mann, der einen halben Schritt hinter ihr ging, war noch älter als die übrigen Citani. Im Gegensatz zu allen anderen trug er keine sichtbaren Waffen bei sich. Ako war sich nicht sicher, ob das bedeutete, dass er ungefährlicher oder aber gefährlicher war als der Rest.

Für einen Augenblick fühlte sie den eisigen Blick der Citani direkt auf sich ruhen, dann wandte sich die Fremde Stern zu, die die Musterung der anderen mit steinerner Miene über sich ergehen ließ.

»Ihr seid in unser Territorium eingedrungen, *Tsu*«, sagte die Citani schließlich unvermittelt.

Ako horchte auf. Die Frau sprach in der Handelssprache des Kaiserreichs. Sie wollte offensichtlich, dass alle sie verstanden. Dabei war ihre Stimme trocken und ihre Worte zwar verständlich, doch eigenartig altertümlich. »Wenn ihr nicht von edlem Blut wärt, wärt ihr jetzt bereits tot. Erklärt euch.«

Stern legte den Kopf eine Winzigkeit schief. Nicht das Geringste änderte sich in ihrem Gesicht, und trotzdem hatte Ako plötzlich das Gefühl, dass es eine gewisse Gereiztheit ausstrahlte. »Es ist nicht so, als hättet ihr Schilder aufgestellt, *Junzu*. Nicht so«, sagte sie ungerührt. »Wir wussten nicht, dass hier etwas lebt, und wir haben nicht vor hierzubleiben.«

Es war tatsächlich bemerkenswert, dass sich auch im Gesicht der Älteren nichts zu ändern schien und sie es dennoch fertigbrachte, brüskiert zu wirken, obwohl Stern sie mit dem traditionellen Wort für Herrin angesprochen hatte. »Wir werden das entscheiden. Wir müssen wissen, wie ihr hier hereingekommen seid. Alle Eingänge zu diesem Ort sind verschlossen. Das hätte euch Zeichen genug sein müssen. Ihr seid hier nicht erwünscht. Ihre Art«, sie deutete, nur eine Winzigkeit, ein Kopfnicken in Akos Richtung an, »ist hier nicht geduldet. Allein deshalb sollten wir euch bereits töten.«

Ako öffnete den Mund, doch im selben Augenblick fanden Ensus Finger ihr Handgelenk und drückten warnend zu.

In Sterns Wange zuckte es. »Stellt Schilder auf, wenn ihr keinen Besuch wollt. Dort unten liegt alles in Trümmern. Falls ihr es nicht wisst. Trümmer.«

Ja, der Ausdruck um die Augen der Älteren wandelte sich,

ohne dass sich das Gesicht veränderte, definitiv von brüskiert zu abfällig, wie Ako fasziniert feststellte. »Wir sind es, die diese Trümmer verursacht haben. Und aus gutem Grund.« Sie musterte Stern erneut. »Dann kommt ihr also vom Unten. Sagt, welchen der Eingänge habt ihr freigelegt? Es ist dringend notwendig...«

»Na ja«, mischte Fuchs sich ein. »Eigentlich haben wir nur den Schacht genommen. Wir hatten es etwas eilig, und...«

»Unsinn«, unterbrach ihn die Citani. »Den Schacht haben wir versperrt und mit mächtigen Siegeln geschützt. Nichts kann von dort...«

»Na ja, was das angeht«, Fuchs zuckte mit den Schultern, »ich schätze, ja, wir haben einen Zugang freigelegt. Sozusagen. Wenn ich kurz dürfte...« Er hob die Hände und zeigte sie, sodass weithin sichtbar war, dass sie nichts enthielten. »Ich muss kurz...« Er stockte. »Einfach bitte nicht schießen, in Ordnung?«, fügte er hinzu.

Die Citani starrte ihn an, bevor sie nickte und eine dürre Hand hob, um die Schützen abzuhalten, einen Bolzen durch einen der Besucher zu jagen.

Fuchs grinste schief. »Das kann jetzt etwas... Ich war ziemlich schnell. Einfach nicht erschrecken, ja? Es passiert keinem was.« *Glaube ich.* Ako schien die Worte beinahe zu hören, als Ensu sie unauffällig einen Schritt beiseitezog.

Fuchs hockte sich hin, zielte sorgfältig, schloss die Augen und breitete die Hände aus. Zum ersten Mal konnte Ako ziemlich gut sehen, wie zwischen seinen Händen... etwas geschah. Es war schwer, es direkt anzusehen, und noch schwerer, es in Gedanken oder gar Worte zu fassen. Es wirkte, als würde die Luft zwischen seinen Händen einfach aufreißen. Ein Loch entstand, wo nach aller Logik keines sein durfte.

Konnte. Und aus diesem Loch kam etwas geflogen, zwei Dutzend angespritzte Holzpfähle, die mit lautem Poltern auf den staubigen Boden schlugen und klappernd und sich überschlagend durcheinanderrollten. Fuchs schlug die Hände zusammen, und das Loch verschwand, noch während die Citani um sie herum erschrockene Rufe ausstießen. Die Anführerin sah einen langen Moment auf die verstreut liegenden Pfähle und Stangen, auf denen jetzt deutlich tief eingeschnittene Siegel zu erkennen waren. Mehr als nur eine Handvoll – auf jedem. »Eine winzige Verletzung hätte euch schon töten müssen«, sagte sie dann mit ausdrucksloser Stimme.

»Tja.« Fuchs hob die Schultern und rang nach Atem. Erstaunlicherweise waren die Krämpfe in seiner Lunge dieses Mal nicht so schmerzhaft und schneller vorbei. »Ich berühre die Dinge ja nicht. Ich weiß eigentlich nicht mal ... jedenfalls berühre ich sie nicht.«

Stern betrachtete die Stangen immer noch interessiert. »Sie sind alt«, sagte sie dann. »Beinahe verbraucht. Ihr könnt die Risse im Holz und die Schwärzungen sehen. Noch eine kleine Weile, und sie wären ohnehin zerfallen. Beinahe.«

Im Gesicht der Citani-Wortführerin arbeitete es jetzt. »Möglich«, sagte sie gepresst. »Es ist einer der Gründe, warum ihr noch lebt, Siegelschneiderin. Doch noch haben sie ihren Zweck erfüllt. Wenn es stimmt, was ihr sagt ...« Sie hielt inne, so als suche sie nach Worten. Dann schüttelte sie den Kopf. »Tohiao, nimm dir sechs Leute und kontrolliere das. Nichts darf diesen Weg nehmen!«

Der Citani, der sie hergebracht hatte, verneigte sich tief vor seiner Vorgesetzten, warf ihnen einen mörderischen Blick zu und gab einigen Leuten knappe Befehle. Im Laufschritt verschwand ein halbes Dutzend der Citani in der Dämmerung.

Die Wortführerin sah ihnen nach, bevor sie sich umwandte und Ako erneut anstarrte. »Diese da – sie ist von der Art der Frau namens Mlima. Seid ihr mit Mlima im Bunde?«

»Wir – was?« Fuchs riss endlich den Blick von den Stangen los, richtete sich auf und atmete tief durch. »Mit der Nachtkönigin? Ragot bewahre!«

»Nein«, fiel ihm Ako ins Wort. »Ich bin erst vor Stunden in Atail angekommen. Ich habe diese Frau, von der ihr sprecht, noch nicht einmal gesehen!«

»Und doch kommen zwei deiner Art innerhalb von wenigen Tagen nacheinander hier an, nachdem wir seit Jahren keinen Taruk mehr gesehen haben!«, sagte die Citani scharf. »Das ist kein Zufall.«

»Können wir noch mal auf das ›wenige Tage‹ zurückkommen?«, warf Stern ein. »Die Frau namens Mlima mit ihren Leuten kann nur wenige Stunden Vorsprung vor uns haben, ihr jedoch redet von Tagen. Zurückkommen?«

Die ältere Citani riss den Blick von Ako los und sah erneut Stern an. »Und doch ist es Tage her. Die Zeit fließt anders in diesen Mauern. Du sagst, sie habe Vorsprung. Warum versucht ihr, sie einzuholen? Was bedeutet sie euch?«

»Was sie bedeutet? Gar nichts.« Stern schnaubte verächtlich. »Sie ist nur die Frau, die über den Zugang zu diesem Turm gebietet, und sie ist der Meinung, dass alles hier ihr gehört. Gar nichts.«

»Ihr gehört? Ja, sie hat etwas dieser Art geäußert. Welche Vermessenheit. Dieser Ort ist älter als die Zeit und gehört niemandem als dem einzigen Herrn. Was er an Reichtümern enthält, behält er für sich, und niemand, der den Ort betritt, hat ihn je verlassen.«

Ein nachdenkliches Nicken war Sterns einzige Reaktion.

»Das halte ich für übertrieben«, sagte sie.»Ako hier hat eine Karte. Wer immer sie erstellt hat, muss also einen Weg gefunden haben, der wieder hinausführt.«

Der Blick der Citani zuckte wieder zu Ako.»Es ist nicht der Weg und nicht nur der Ort, der euch und uns alle hier festhält. Es ist die Zeit. Ihr mögt den Turm zugleich mit Mlima betreten haben, und doch ist sie euch Tage oder Wochen, vielleicht auch Jahre voraus. Ich frage noch einmal: Warum versucht ihr, sie einzuholen?«

»Wir versuchen nicht, sie einzuholen. Wir wollen sie *über*holen«, stellte Stern richtig.»Wir sind nicht mit ihr im Bund. Wenn es jemanden gibt, dem ich die Schätze dieses Orts nicht gönne, dann ist es diese Person. Wird sie noch reicher, wird sie bald über Atail regieren, und niemand wird sie davon abhalten können. Das werde ich nicht zulassen.«

»Weil dir am Wohl der Stadt liegt?«

Stern sah ehrlich verblüfft aus.»Nein. Weil ich ihr nicht die Butter im Shouri gönne. Sie ist eine Pest. Und sie ist mir im Weg. Nein.«

Der Mann hinter der Citani lehnte sich sacht nach vorn und sprach zum ersten Mal:»Sie sagt die Wahrheit. Sie sagen alle die Wahrheit, Kin Dairu.«

Die Citani sah ihn forschend an.»Du bist dir sicher?«

Der Mann schüttelte den Kopf.»Diese da«, er deutete auf Stern,»wird von mehr als nur einer Handvoll Siegel geschützt. Ich weiß nicht, ob sie nicht doch etwas verbirgt. Aber die Schwarzhaut und die anderen haben einen solchen Schutz nicht.«

»Warum eigentlich nicht?« Ako ahnte Fuchs' Stimme hinter sich mehr, als sie zu hören.

Die Citani rang sichtbar mit sich, bevor sie, wenn auch

widerstrebend, nickte. »Wenn es tatsächlich euer Wunsch ist, diese Frau aufzuhalten, dann können wir euch vielleicht helfen. Kommt.« Mit einem letzten Seitenblick auf Ako bedeutete die Citani, ihnen zu folgen.

DIE VERGESSENEN

Kin Dairu führte sie in eine der zwei größeren Hütten, deren düsteres Inneres zum größten Teil von einer Halle ausgefüllt wurde, die Küche und Speisesaal zugleich zu sein schien. Lange, etwas verschlissen wirkende Banner in den Farben des Kaiserhauses hingen von den Deckenbalken über ihnen, hölzerne Laternenschirme zierten die Wände, auch wenn kein Licht in ihnen brannte. Vor einiger Zeit war Räucherware in diesem Raum abgebrannt worden, doch der Geruch von frischem Charmat und traditionellem Sijangdoc überlagerte den exotischeren Duft fast völlig.

Wenn sie die Anzahl der Plätze an den einfachen Tischen zählte, konnte Ako nicht allzu weit danebengelegen haben. Mehr als vierzig Personen waren hier kaum gleichzeitig unterzubringen. Im Moment allerdings fanden sich neben ihrer Gruppe nur die Anführerin der Citani, ihr Begleiter und vier Wachleute mit Armbrüsten, die jetzt zwar nicht mehr direkt auf sie zielten, aber dennoch demonstrativ schussbereit gehalten wurden. Die Citani hatte ihnen Hilfe angeboten. Das schien jedoch nicht zu heißen, dass sie ihnen auch vertraute. Der Begleiter der Citani wies sie an, ihre Taschen und Waffen auf einen Tisch vor dem Eingang abzulegen, und nach einem kurzen Zögern wiederholte Stern seine Anordnung.

Wenig später saßen sie an einer langen Tafel, und ein kaum erwachsener Junge, in dessen Gesicht sich Neugier und Angst die Waage hielten, verteilte Schalen mit Bohnenbrei und Becher, die lediglich Wasser zu enthalten schienen. Immerhin bekam auch die Wortführerin der Citani nichts anderes.

Stern ignorierte das Essen vor sich und sah die Citani ausdruckslos an, und nicht zum ersten Mal staunte Ako über die anscheinend unbekümmerte Unhöflichkeit der Siegelschneiderin. Es schien gerade so, als wäre sie sich dessen nicht einmal bewusst. Sie starrte einfach vor sich hin, bis die andere endlich das Wort ergriff.

»Also gut, seid willkommen in meinem Haus. Nennt mich Kin Dairu. Der Mann neben mir ist Shoruan, unser Magister. Seid gewarnt: Sollte einer von uns zum Schluss kommen, dass ihr eine Gefahr für uns darstellt, werdet ihr diesen Raum nicht lebend verlassen.«

Ako erwartete geradezu eine gemurmelte Bemerkung von Fuchs, doch der Mann sah nur unbehaglich vor sich hin. Der Wunsch, sich an einem anderen Ort zu befinden, stand ihm deutlich ins Gesicht geschrieben, und Ako hoffte nur, dass man es ihr nicht genauso ansah. Ensu neben ihm kaute nervös auf einer Haarsträhne.

Es dauerte einen Moment, bevor Stern antwortete, und nichts an ihr verriet, dass ihr die Eröffnung von Kin Dairu irgendwelche Sorgen bereitete. Sie stellte sich und ihre Begleiter knapp vor und fuhr dann ohne Pause fort: »Gut, nachdem wir wissen, wer wir sind – was habt Ihr gemeint, als Ihr davon gesprochen habt, dass die Zeit hier anders fließt? Wer ist dieser einzige Herr, und vor allem – wer seid Ihr? Ihr seid nicht mit Mlima hierhergekommen, so viel ist sicher, seid ihr nicht.«

Auf Kin Dairus Stirn erschien eine schmale, senkrechte Falte. »Ihr seid ausgesprochen direkt, Stern. Und ihr habt viele Fragen. Seid ihr auch bereit, meine zu beantworten?« Ensu hob die Hand, schluckte, deutete auf Stern und dann eine Verneigung an. »Entschuldigt sie bitte. Selbstverständlich beantworten wir Eure Fragen gern. Wir sind nur etwas in Eile, und das hat sich nicht verbessert, seit Ihr gesagt habt, dass Mlima bereits Tage vor uns ist. Das macht sie ein wenig ... forsch.«

Stern schien tatsächlich zu einem Protest anzusetzen, doch Fuchs beugte sich eilig vor und nahm Stern das Brot vor der Nase weg. »Im Übrigen danken wir Euch erst einmal für die überaus zuvorkommende Bewirtung, Herrin. Was wir vor allem nicht verstehen: Wer seid ihr, und weshalb lebt ihr hier? Dieser Ort wird von Moment zu Moment seltsamer, aber das Letzte, womit wir gerechnet hätten, sind lebende Bewohner. Zivilisierte noch dazu.«

Kin Dairu sah von ihm zu Ensu zu Stern. Dann deutete sie ein Nicken an und lehnte sich ein wenig zurück. »Nun gut, vielleicht habt ihr recht. Es ist möglich, dass ihr weder die Geschichte noch den Zweck dieses Orts hier kennt. Bei Mlima schob ich es auf ihre Herkunft, aber ... lasst mich die Frage nach uns zuerst beantworten. Nach Zählung dieser Siedlung leben wir seit etwas mehr als 34 Jahren hier. Zumindest nach unserer Sonne. Aber wir wissen, dass die Zeit hier im Turm völlig anders läuft. Fünf Ebenen über uns gibt es eine Reihe von Fluren, in denen man in wenigen Stunden um Jahre altert. Und in der großen Bibliothek sollte man sich nicht aufhalten. Ein Tag dort lässt hier bei uns mehr als ein Jahr vergehen.

Genau genommen sind die meisten Regionen gefährlicher als unser Garten hier. Wie auch immer: Diese Siedlung hier entstand, lange bevor die ältesten von uns hier ankamen. Shoruan hier«, sie deutete auf den Magister, der mit steinerner Miene neben ihr saß und weder seine Mahlzeit noch seinen Becher anrührte,»Tohiao und zwei weitere von uns gehörten zu einer Expedition, die Seine Kaiserliche Majestät Renfao hierher gesandt hat, um die verbotenen Stockwerke der Akademie zu untersuchen.«

Stern blinzelte.»Kaiser Renfao ist bereits lange Geschichte. Er war der Großvater des Kaisers, wenn ich mich recht …«

»Der Urgroßonkel«, warf Ako ein, ehe sie sich zurückhalten konnte. Sie erntete dafür von Stern wie von Kin Dairu düstere Blicke. Trotzig straffte sie die Schultern.»Kaiser Renfao herrschte bis vor 61 Jahren. Er verlor zwei seiner vier Thronerben in der großen Plage, Prinz Garudao erlag nach der Eroberung von Valak dem Wundfieber, und die Letzte, Prinzessin Ibjen, starb bei der missglückten Geburt ihres ersten Kinds. Auf dem Sterbebett adoptierte er den Sohn seiner Schwester, der Kaiser Imarikanda wurde. Seit acht Jahren regiert jetzt dessen … Großkind?«

Stern und die alte Citani sahen sie immer noch reglos an, bis Ako mit den Schultern zuckte.»Das ist die bekannte Geschichte des Reichs, kein Geheimnis. Es gibt Balladen darüber.« Sie lächelte knapp und wandte sich wieder ihrer Mahlzeit zu.

»Als wir aufbrachen, lebten der Kaiser, Garudao und Ibjen noch«, sagte Kin Dairu nachdenklich.»Mir wäre nicht bekannt, dass sie schwanger war.« Sie starrte einen langen Moment in ihre Schale und schien sich zu sammeln.»Über einundsechzig Jahre«, sagte sie schließlich und sah den Magister neben ihr an.»Dann bist du der rüstigste Neunzigjährige, der mir je begegnet ist, schätze ich.« Für einen Moment zuckte so etwas wie ein Lächeln in ihren Mundwinkeln. Shoruan verzog keine Miene, und Kin Dairu seufzte.»Vor … über sechzig Jahren waren wir eine komplette Einheit, die acht Magister des Kaisers begleiteten. Zwanzig Mitglieder der Akademie kamen mit uns. Insgesamt über achtzig Personen. Die Akademie nahm die unteren sechs Stockwerke ein, aber nach einigen Todesfällen war es per Dekret verboten, weiter aufzusteigen. Doch die Magister wussten von Legenden über mächtige Artefakte weiter oben, und am Hof in Bashun war man sich sicher, dass sich hier das Heilmittel für die Plage verbirgt.« Sie seufzte, legte ihren Löffel nieder und tupfte sich den Mund ab.

»Nach elf Tagen waren wir noch dreiundzwanzig, drei davon Magister, acht von uns verletzt. Niemand hatte geahnt, wie gewaltig dieser Turm ist und welche Schrecken er enthält. Wir hatten auf unserem Weg nach oben diesen Ort hier entdeckt. Frisches Wasser, Früchte, vor allem aber Licht. Etwas, das es in diesem verdammten Turm so gut wie nirgends gibt, wie ihr sicher schon gemerkt habt. Und irgendjemand hatte genau hier bereits eine Befestigung errichtet. Also zogen wir uns hierher zurück. Um unsere Verwundeten zu versorgen und wieder zu Kräften zu kommen. Wir wollten nur kurz bleiben, ein, zwei Tage vielleicht. Aber das Haus ließ uns nicht gehen. Es lässt nie jemanden gehen. Wir schickten Männer nach unten, um Verstärkung zu holen. Nur Tohiao kehrte zurück. Man hatte die oberen Stockwerke der Akademie verlassen und das große Tor verschlossen. Danach waren wir noch zwanzig.«

Ensu drehte eine Haarsträhne zwischen ihren Fingern. »Und ihr seid einfach hiergeblieben?«

Kin Dairu sah sie mit unlesbarer Miene an.»Einfach ist

daran nichts. Dieses Haus mag keine Besucher. Es ist nicht für die Lebenden gemacht, und es gibt nur wenige Orte, an denen das Leben, das Überleben möglich ist. Dieser hier ist einer. Wir kennen zwei, drei andere, aber an den meisten Orten kannst du dich nicht länger als einige Stunden aufhalten, bevor das Haus versucht, dich zu töten. Und wenn nicht zu töten, dann in eines der Dinge zu verwandeln, die ...« Sie stockte für einen Moment. »Die die Bereiche dazwischen bewohnen.«

»Wir denken, dass dieses Haus hier als Falle konstruiert ist«, warf Shoruan ein. Bei näherem Hinsehen wirkte der Citani tatsächlich alt, gerade so, als hätte das Leben an diesem Ort ihn ausgesaugt. »Es ist möglich, weiter nach oben zu gehen, aber es wehrt sich, jene, die einmal darin sind, nach unten zu lassen. Und was sollten wir auch unten? Tohiao war dort, aber da gibt es nichts, wovon man leben könnte, solange das Tor geschlossen ist. Erst jetzt, seit die Dämonin namens Mlima uns gefunden hat, haben wir Hoffnung.«

»Und nun seid ihr hier. Das heißt, dass das Tor nach all dieser Zeit wieder geöffnet ist«, übernahm Kin Dairu wieder. »Es ist doch ...«, sie stockte. Irgendetwas auf den Gesichtern der anderen schien sie zu beunruhigen. »Es ist doch geöffnet, oder?«

»Na ja«, murmelte Fuchs und wich ihrem Blick aus. »Ich würde noch einen Moment warten mit dem Runtergehen.«

»Es gab Komplizierungen«, fügte Ako hinzu.

»Wir arbeiten an diesem Problem, wenn es an der Zeit ist«, sagte Stern trocken. »Im Moment interessiert mich das Unten nicht. Warum seid ihr nicht nach oben gegangen? Es scheint mir der einzig logische Weg. Nach oben.«

Kin Dairu starrte sie an. »Komplikationen? Welche Komplikationen?«

Stern erwiderte ihren Blick mit einer Mischung aus Unverständnis und Ungeduld. »Das Tor ist im Moment geschlossen. Aus Sicherheitsgründen. Ich sagte doch, dass das nicht von Belang ist. Uns interessiert das Oben – und ich glaube, Ihr wisst ganz genau, warum, wisst ihr?«

Die alte Citani kämpfte sichtlich um Fassung und ihre nächsten Worte. »Nicht von Belang? Es ist unsere einzige Chance, diesen Ort…«

»Oben«, unterbrach Stern sie unberührt. »Ihr wisst warum, richtig?«

Kin Dairus Atem flatterte hörbar, als sie tief Luft holte. »Das Oben steht uns nicht offen! Es gibt keinen Weg dorthin, und selbst wenn es ihn gäbe – das Orakel sagt, dass er sich nur für bestimmte Personen öffnet.«

Fuchs schnaubte. »Ihr wisst aber schon, dass sich das gerade widersprochen hat?«

Die Citani warf ihm einen seltsam unsteten Blick zu. »Es gab einen Weg, aber sein Zugang ist für uns nicht mehr zu erreichen. Auch davor war der Zugang für uns verschlossen. Wir gehen nicht mehr an diesen Ort.«

Stern nickte kaum merklich. Ihre Wange zuckte. »Aber ihr wisst, wie man dorthin kommt. Dorthin.«

Die alte Citani richtete sich auf. »Natürlich. Wir…«

»Und ihr habt es Mlima gesagt«, warf Ako ein. Als die Übrigen sie ansahen, hob sie entschuldigend die Hände. »Es ist einfach. Mlima und wir haben dasselbe Ziel. Sie war vor uns hier. Sie ist nicht mehr hier. Diese dort«, sie deutete auf Kin Dairu und den Magister, »sind so voller Unmut auf sie, dass sie mich nicht trauen. Das ist so. Fragt den Mann, der die Wahrheit schmeckt.«

»Was?« Fuchs sah sie verwirrt an, und sie konnte nicht

anders, als die Augen zu verdrehen. »Riecht. Was auch immer. Der Mann da.« Sie nickte in Richtung des Magisters. »Jedenfalls heißt das, dass sie bekommen hat, was sie wollte. Vermutlich nicht selbstwillig. Ich bin nicht dumm, wisst ihr?« Ensu zog anerkennend die Brauen hoch und sah Kin Dairu an. »Das klingt tatsächlich schlüssig. Was ist passiert?«

»Mlima war unser Gast für drei Tage. Sie sprach davon, ihre Männer verloren zu haben. Wir waren nicht sicher, ob sie von ihnen getrennt wurde oder ob sie tot waren, aber das ist in diesem Haus im Grunde dasselbe. Niemand überlebt lange allein. Sie schien nicht wirklich bekümmert darüber. Sie suchte nach jemandem, der ihr sagen konnte, wie sie weiter nach oben kommt. Ganz nach oben.«

Der Magister faltete die Hände auf dem Tisch, und Ako meinte, ein leichtes Zittern zu entdecken. »Wir haben ihr nichts verraten. Wir mochten sie nicht. Sie war nicht höflich. Aber sie fand schnell heraus, dass Chirao zu denen gehörte, die den Weg hinauf kannten. Und es war kein Geheimnis, wann und wohin Chirao mit ihrem Trupp auf Patrouille ging.« Er schluckte. »Als wir Chirao gefunden haben, war sie bereits kalt. Keiner der Knochen in ihren Händen war noch heil, kein Fingernagel mehr zu finden, und ihre Ohren fehlten ebenso wie einen Großteil ihrer Kopfhaut. Die drei Krieger Chiraos hatten nicht gelitten. Mlima hatte sie einfach nur getötet und ihre Körper in die Büsche geworfen. Chirao selbst war nicht so schnell gestorben.« Die Stimme des alten Citani brach. Er hielt inne, räusperte sich und holte tief Luft. »Jedenfalls war Mlima verschwunden, und mit ihr Geld, Waffen und, wie wir später feststellten, auch einige Artefakte und Aufzeichnungen. Dabei kam sie mir nicht einmal vor wie jemand, der lesen kann.«

»Sie ist erfinderisch.« Stern verzog das Gesicht. »Wir müssen vor ihr dort sein. Vor ihr.«

Kin Dairu schüttelte den Kopf. »Ihr habt uns immer noch nicht gesagt, warum ihr das müsst.«

»Sie ist …«

»Wir wissen selbst, was sie ist«, unterbrach sie Stern scharf. »Wir wissen aber noch immer nicht, wer ihr seid. Und was euer Grund ist, hier zu sein!« Sie erhob sich halb und stützte sich auf den Tisch, um Stern eindringlich anzustarren. »Wir sind lange genug hier, um mehr über diesen Ort zu wissen als die meisten, und wenn eines sicher ist, dann, dass jeder, der hierherkommt, einen Grund hat. Und wir wissen auch, dass es gute Gründe gibt, dass dieser Ort hier sein Geheimnis schützt! Es bedeutet das Ende von allem, wenn es in die falschen Hände gerät. Dieser Ort hat uns zu seinen Wächtern bestimmt, also …«

»Ihr seid nicht wirklich darin geübt, oder?«, fragte Stern ruhig mitten in den Satz der Citani.

»Was?«

»Geheimnisse bewahren.« Stern seufzte. »Diese-Ende-der-Welt-Sache. Das war mir neu. Aber es klingt interessant.«

»Diese Ende-der-Welt-Sache ist mit Sicherheit etwas, das Mlima interessiert. Und sie ist ganz sicher die eine Person, von der ihr nicht wollt, dass sie es in die Finger bekommt«, stimmte Ensu zu.

»Ein Grund mehr, uns zu helfen«, sagte Fuchs.

»Mir war es nicht neu«, warf Ako ein und fühlte plötzlich erneut alle Blicke auf sich ruhen. Kin Dairu hatte schon den Mund zu einer zornigen Antwort geöffnet, doch jetzt blinzelte sie. »Nicht?«

»Ich sage nicht, dass ich es glaube«, sagte Ako. Sie nahm

einen Schluck aus ihrem Becher. »Aber ich habe es gehört. Die Balladen und Lieder über diesen Ort sind voll davon.« Sie dachte kurz nach. »Die Ballade von Gowyn M'Shane erzählt in einem Abschnitt davon, dass der Tod in diesem Haus geboren wurde, und gebannt. Man schloss ihn ein, und der Schlüssel wurde entfernt. Nein, Moment …«, verbesserte sie sich. »Noch mal. Es gibt eine weit ältere Verzählung, auf die sich Gowyn bezieht. Meine Großmutter hat sie mir erzählt, denn sie gehört zu den Legenden um das Leben des Propheten Mora. Sie handelt von diesem Ort hier. An dieser Stelle, sagt die Legende, lag der Tod begraben, seit der Zeit, bevor es *Taruk*, Menschen, gab. Sein Grab wurde geheim gehalten und von den Ahnen bewacht, bis eines Tages Fremde kamen, um ihn ans Licht zu fordern und auf die Welt zu entfesseln. Doch als der Tod bereits ans Licht wanderte und seine Armeemenschen sich über das Land ergossen, brachten die Helden jener Legende den Berg über ihnen zum Einsturz, und einer von ihnen, der größte Held von allen, begrub sich mit ihnen, um den Tod in Ketten zu legen. Dafür verbrannte er so viel Shao, dass das, was unsere Kukambe, unsere Heilerinnen, heute noch haben, nur ein blasser Schatten ist. Sein Opfer aber ermöglicht es der Welt, weiterzuleben. Die Ahnen aller Völker aber schufen eine große Wand um diesen Ort, und sie errichteten einen gewaltigen Turm. An der Spitze des Turms machten sie einen Raum, der das Shao der Welt an diesem Ort bündelt, um den Tod für immer eingehüllt zu halten. So viel Shao, dass Turm verschwand.« Sie atmete durch. »Die Völker aber verstreuten sich über die Erde, und zu dieser Zeit begann der Prophet Mora seine Lehre. Hier setzt Gowyn M'Shanes Lied ein. Er spricht davon, dass die Völker die Schlüssel mit sich wegführten, die den Tod hier gefangen halten. Und solange nicht alle Schlüssel wieder am … Schlüsselempfänger?«

»Schloss?«, warf Fuchs ein, und sie nickte.

»Am Schloss vereint sind, ist die Welt sicher«, endete sie.

»Und das war's?«, fragte Ensu nach einer Weile.

Ako zuckte mit den Schultern. Sie sah Kin Dairu offen an. »Er berichtigt von seinem Besuch im Haus unten, aber das Tor war geschlossen, und er musste wieder laufen, ohne seinen Wunsch zu stellen.«

Kin Dairu hob die Augenbrauen. »Was war sein Wunsch?«

»Niemand weiß«, gab Ako zurück. »Das ist auch nicht wichtig. Es geht nicht um seinen Wunsch, sondern um das Stellen, recht?«

Die Citani nickte vorsichtig, und Ako tat es ihr gleich. »Du hast befragt, was mein Grund ist, hier zu sein. Das ist er. Ich habe einen Todwunsch.«

»Sie hat einen Todeswunsch? Oh, großartig!« Kratzer lachte höhnisch auf und ließ den Löffel in seine Schale fallen.

Ako warf ihm einen düsteren Blick zu, doch Marai kam ihr zuvor. »Du bist ein Idiot, Kratzer. Sie hat einen Wunsch. An den Tod.« Sie sah Ako an. »Richtig?«

Ako nickte. Plötzlich war er wieder da, der Klumpen in ihrem Hals.

»Das kommt aufs selbe raus, schätze ich«, murmelte Kratzer, bevor er die Hände ausbreitete. »Was mich angeht – ich bin hier, weil Stern das so will. Und Stern ist hier, weil sie an die Schätze will. Aber wenn das jetzt heißt, dass wir den Tod beklauen – bitte. Kein Einwand von mir. *Darüber* solltest du ein Lied schreiben, Taruki.« Er grinste Ako an. »Das ist würdiger Stoff für eine Ballade, wenn man's so sieht.«

Stern kommentierte nichts, und das Grinsen erstarb. »Richtig, Rauta?« Als Stern noch immer nicht antwortete, seufzte er gequält und ließ den Kopf hängen.

»Tja«, nahm Fuchs das Gespräch wieder auf. »Wenigstens haben wir keine Schlüssel bei uns. Das nimmt doch schon mal den Druck raus, oder? Ich denke, wir folgen Stern alle aus demselben Grund. Wir wollen Geld. Nur das aus unterschiedlichen Gründen, schätze ich. Manche aus besseren Gründen als andere.«

»Aber das ist Ansichtssache«, murmelte Kratzer.

Fuchs ignorierte ihn. »Jedenfalls kein Ende der Welt von uns aus.«

Stern schüttelte langsam den Kopf. »Kein Ende«, sagte sie düster. »Aber ich habe ebenfalls einen Wunsch. Und er wird mir erfüllt. Niemand wird mir dabei im Weg stehen.«

»Hm.« Kin Dairu entgegnete nichts weiter. Sie sah Stern lediglich lange an und ließ dann den Blick über die anderen wandern. Für einen Moment blieb er an Ako hängen, und sie sah der alten Frau gerade in die Augen. Schließlich nickte die Citani. »Wir werden beraten.«

MAHLSTROM

Stein war nicht nur ein guter Jäger, sondern auch ausgesprochen geschickt darin, einen Hasen abzuziehen und auszunehmen. An einer alten Herdstelle entzündete er ein Feuer und briet das Tier knusprig braun. Der Duft des schmorenden Fleisches ließ Salters Magen heftig knurren. »Du kennst dich hier ziemlich gut aus«, sagte er anerkennend zu dem kleinen Mann, während er sich ausgiebig die Finger ableckte.

»Der Butsu hatte mich in letzter Zeit ein wenig in meiner Bewegungsfreiheit eingeschränkt.«

»Das meinst du doch aber nur metaphysisch, nicht wahr? Da der Butsu ja lediglich ein mythologisches Wesen ist.«

»Er ist jähzornig und stinkt bestialisch aus dem Maul.«

»Das liegt vermutlich an der falschen Ernährung. Denn erst nachdem die Pilgerin ihn mit Früchten vom Baum der Weisheit gefüttert hat, verbessert sich der Legende nach seine Laune.«

Stein schnaufte genervt. »Das hätte mir schon viel früher mal jemand erzählen sollen.«

»Vermutlich. Aber wir sprechen doch immer noch über ein mythologisches Wesen, nicht wahr? Eine Sagengestalt, die es nicht wirklich gegeben hat.«

»Hm.« Nachdenklich stocherte Stein mit einem Holzsplitter zwischen seinen Zähnen herum und klopfte dann auf seinen Bauch, der sich wie eine Trommel unter dem Wintermantel hervorwölbte. »Lange nicht mehr so gut gegessen, was?«

»Es hat fantastisch geschmeckt. Wo hattest du die Gewürze her?«

»Hm«, sagte Stein erneut. Nachdenklich kniff er die Augen zusammen. »Sie waren einfach da, als ich sie gebraucht hatte.«

»So wie der Hase und die Feuerstelle und all das ...«

»Hm.«

»Es ist das Haus, nicht wahr? Du hattest vorhin erwähnt, dass du Steinmetz gewesen bist.«

»Siegelmetz.«

»Das Shao fließt also auch durch deine Adern. Nicht besonders stark, vermute ich. Es hat nicht ausgereicht, um Magister zu werden, aber es war genug davon vorhanden, um einen Vorteil daraus zu ziehen.«

»Ich habe Segenssteine erschaffen. Sie bewahren dein Haus vor Blitz und Feuer. Die Menschen zahlen aber leider nicht besonders gut, wenn ihnen etwas nicht passiert. Wie willst du auch beweisen, dass es am Stein gelegen hat, wenn dein Haus nicht in Flammen aufgeht? Sie glauben dir erst dann, wenn es schon zu spät ist.«

»Wenn das Haus brennt.«

Stein nickte. »Ich hätte zwar hin und wieder mal eines anzünden können, aber so ein Mensch bin ich nicht. Ich habe mein Geld immer mit ehrlicher Arbeit verdient. Ich habe die Siegel erschaffen, mit denen das Tor zu diesem Haus geöffnet werden konnte.«

»In meinen Adern fließt das Shao ziemlich stark«, sagte

Salter. Traurig blickte er auf seine Handflächen hinunter. »Ich habe es allerdings nicht unter Kontrolle. Ich habe den Hüter der Kraniche in einen Fisch verwandelt.«

»In was für einen Fisch?«

»Ich weiß nicht. In einen Fisch eben.«

»Verstehe. Das wird Tohu ganz sicher nicht gefallen haben.«

»Wem?«

»Dem Kaiser. Kaiser Tohu. Sag bloß, du kennst unseren eigenen Herrscher nicht?«

Salter warf dem kleinen Mann einen nachdenklichen Blick zu. »Wie lange, sagtest du, bist du schon hier drin gefangen?«

Stein zuckte mit den Schultern. »Schwer zu sagen. Ein Jahr? Vielleicht auch zwei. Die Zeit vergeht hier drin recht seltsam, weißt du? Manchmal frage ich mich, ob meine Frau mir in all der Zeit treu geblieben ist und ob mich meine eigenen Kinder noch wiedererkennen. Der Jüngste war erst zwei, als wir aufgebrochen sind.«

»Er …«, sagte Salter und sah Stein einen Augenblick lang mitleidig an. »Er wird sich freuen, dich eines Tages wiederzusehen. Da bin ich mir ganz sicher. Er ist schließlich dein Sohn.«

Ein Strahlen zog über Steins schmales Gesicht. »In meinen Träumen sehe ich ihn manchmal vor mir, wie er durch unser Haus tapst und nach mir ruft. Er lispelt ein wenig, weil sein großer Zahn schief steht. Er hat einen Straßenköter zum Freund, mit dem er Ruks jagen geht. Diese verdammten Ruks können in unserem Viertel mächtig groß werden, weißt du? Er hat aber keine Angst vor ihnen. Er hat vor niemandem Angst, weil er schon ein großer Junge ist und seine Schwestern beschützen muss.«

»Ich habe meine Schwestern schon seit Ewigkeiten nicht mehr gesehen«, sagte Salter.

»Du musst sie unbedingt einmal besuchen. Wer weiß, wann es zu spät ist.« Stein warf den Holzsplitter, mit dem er sich zwischen den Zähnen herumgestochert hatte, in die Glut und wischte die Finger an den Hosenbeinen ab. »Die Guam kennt den Weg nach draußen. Sie braucht aber dich, um das Tor zu öffnen. Ich werde sie wohl vor die Wahl stellen müssen.«

»Welche Wahl?«

»Na entweder bringt sie mich hier heraus, oder ich bringe dich um. Und dann bleiben wir alle in diesem elenden Haus gefangen.«

Salter schluckte. Die Aussicht, von dem kleinen Mann erstochen zu werden, behagte ihm ganz und gar nicht. Aber ohne seine Hilfe würde er Tara vermutlich nicht mehr wiederfinden. Stein schien sich im Gegensatz zu ihm hier drin recht gut auszukennen. Er wusste ganz intuitiv, wie man sich durch dieses verrückte Haus bewegte. Es hatte ganz sicher irgendwie mit dem Shao zu tun. Nur wusste Salter nicht, wie man es richtig einsetzte. Doch selbst wenn er es gewusst hätte, wäre es ihm unmöglich gewesen, diese Kräfte zu kontrollieren. Er rieb Daumen und Zeigefinger gegeneinander, so wie er es in der Tempelschule gelernt hatte, um eine Flamme zu erzeugen. Es gelang ihm nicht einmal ein winziger Funken. Die Wärme, die er zwischen den Fingerspitzen verspürte, kam höchstwahrscheinlich nur vom vielen Reiben. Außerdem war die Temperatur im Raum merklich gestiegen. Der Schnee hatte angefangen zu schmelzen.

Schweigend liefen sie weiter, und jeder hing eine Weile seinen eigenen Gedanken nach. Wobei sich Salter in erster Linie fragte, was einem Mann, der seit Ewigkeiten schon in der Einsamkeit gefangen war, noch zum Nachdenken übrig blieb. Ijoh der Ältere hatte einmal geschrieben, dass man nur durch vieles Reisen wahres Wissen erlangen konnte. Damit wollte er wohl ausdrücken, dass ein Gelehrter in seiner dunklen Kammer nicht mehr Weisheit erlangen konnte als ein einfacher Mann, der die Welt gesehen hatte. Der Schnee schmolz langsam zu Wasser, und das Wasser vereinte sich zu einem stetig zunehmenden Rinnsal, das sich schließlich in einen Strom verwandelte. Salters Füße waren schon ganz kalt und durchgeweicht, aber Stein hielt daran fest, dem Verlauf des Stroms durch die Gänge zu folgen. »Wenn du dich verlaufen hast«, sagte er, »dann musst du nach einem Bachlauf suchen und ihm folgen. Früher oder später wird er dich zu einer Siedlung bringen. Manchmal bringt er dich auch nicht zu einer Siedlung, aber dann hast du auf deinem Weg immerhin genug zu trinken und fängst gelegentlich auch mal einen Fisch.«

»Ich weiß noch nicht einmal, wie man einen Fisch richtig zubereitet«, sagte Salter.

»Meine Frau kann einen Fisch zubereiten, da läuft dir das Wasser im Mund zusammen. Sie kocht wie keine Zweite. Sie ist die vielleicht beste Köchin der Stadt. Ein Mann sollte eine Frau heiraten, die weiß, wie man einen Fisch kocht. Hast du eine Frau, Salter?«

»Nicht so richtig«, sagte Salter und errötete ein wenig.

»Was heißt denn das?«

»Es gibt da ein Mädchen, das ich mag. Ich glaube sogar, dass sie mich auch ein kleines bisschen leiden kann. Obwohl man das nicht so genau sagen kann, weil es ihr Beruf ist, Männer zu … mögen.«

»Kann sie einen Fisch zubereiten?«

»Danach habe ich sie ehrlich gesagt noch nicht gefragt.«

»Solltest du aber. Wie heißt sie denn?«

»Onyx – wenn das ihr richtiger Name ist.«

Stein dachte eine Weile darüber nach.»Onyx ist ein schöner Name, das muss man schon sagen. Sehr solide.«

Am Ende des Gangs traten sie auf einer Galerie hinaus, wo der Fluss in einem Wasserfall in die Tiefe eines weitläufigen Ballsaals hinunterstürzte. Die Treppenstufen waren von Moos überwuchert und so glitschig, dass sie sich am Geländer festhalten mussten. Als sie die Wasserfläche erreichten, sahen sie, dass die Treppe noch ein ganzes Stück weiter in die Tiefe führte, ehe sie im trüben Nass nicht mehr zu erkennen war.»Ich kann nicht schwimmen«, sagte Salter mit Blick auf den trüben Tümpel voller Unbehagen.

»Dort drüben schwimmt ein Tisch«, sagte Stein.»Siehst du? Wenn wir ihn erreichen, können wir ihn als Floß benutzen.«

»Aber wie kommen wir an ihn heran?«

»Einer von uns wird wohl den Sprung wagen müssen.« Stein hob seine Armbrust.»Ich habe allerdings das hier und möchte nicht, dass es nass wird.«

Salter stieß einen Seufzer aus. Widerwillig nahm er das Seil entgegen, das der kleine Mann ihm entgegenstreckte, und band es sich um die Hüften. Dann stieg er vorsichtig in den See hinein. Das eisige Wasser raubte ihm den Atem. Wenn Stein nicht mit der Waffe auf ihn gezielt hätte, wäre er auf der Stelle umgekehrt. Doch da ihm keine andere Wahl blieb, stieg er weiter die Stufen hinab, bis er am unteren Ende der Treppe angekommen war. Das Wasser reichte ihm an dieser Stelle beinahe schon bis zum Kinn. Er musste den Kopf in die Luft strecken, um nicht Gefahr zu laufen, bei jedem Schritt brackiges Wasser zu schlucken. Mit klappernden Zähnen tastete er sich voran. In dem trüben Nass konnte er nichts erkennen, aber einmal bildete er sich ein, kurz etwas Glattes und Schleimiges an seinen Beinen vorbeistreichen zu spüren. Er schüttelte sich und versuchte sich einzureden, dass es sich nur um Algen handelte, die er mit seinen Bewegungen aufgewirbelt hatte. Seine Fantasie stellte sich allerdings wieder einmal völlig andere Dinge vor. Dinge, die geradewegs den Albträumen seiner Kindheit entsprungen zu sein schienen.

In der Mitte des Saals hatte sich ein Strudel gebildet. Vielleicht ein Loch im Boden, durch das die Wassermassen in tiefer gelegene Stockwerke abfließen konnten. Salter hoffte, dass die Dielen das auf ihnen lastende Gewicht aushielten. Er kam gut voran und hatte beinahe schon den Tisch erreicht, als er ausrutschte und das Gleichgewicht verlor. Er tauchte unter, schluckte Wasser und geriet in Panik, weil ihn irgendetwas festhielt und am Auftauchen hinderte. Er spürte, wie etwas an ihm zerrte, und schlug um sich, bis er feststellte, dass es nur das Seil war, das sich straffte, um ihn zurück an die Wasseroberfläche zu ziehen. Als sein Kopf wieder über Wasser war, riss er den Mund auf und schnappte hastig nach Luft. In diesem Augenblick zerrte das Seil erneut an ihm, und er konnte sich gerade noch an einem Tischbein festklammern. In seinem Rücken hörte er einen dumpfen Schlag und einen entsetzten Schrei, der in ein Gurgeln überging.

Als Salter den Kopf drehte, sah er am Fuß der Treppe eine riesige schwarze Schlange aus dem Wasser ragen. Ein groteskes, wurmartiges Ding, das nur aus Maul und Zähnen zu bestehen schien und Stein mit eisernem Griff umklammert hielt. Der kleine Mann strampelte und kreischte wie besessen, während er mit seinem Messer auf das Untier einstach. Dunkles Blut spritzte in die Höhe. Die Schlange bäumte sich auf und tauchte mitsamt ihrem Opfer zurück ins Wasser. Wieder ruckte es heftig am Seil, und Salter schrie vor Schmerzen auf. Wäh-

rend er sich mit der einen Hand verzweifelt am Tischbein fest-
klammerte, versuchte er mit der anderen den Knoten um seine
Hüften zu lösen. Das Seil riss erneut an ihm und zog ihn mitsamt dem Tisch ein ganzes Stück zurück auf die Treppe zu.
Wieder erhob sich die Schlange aus dem Wasser, und Salter
hörte Steins verzweifelte Hilferufe, bis sie erneut vom Wasser
erstickt wurden. Endlich gelang es Salter, den Knoten zu lösen
und das Seil abzustreifen. Keuchend zog er sich mit dem
Oberkörper auf die Tischplatte hinauf und begann, wie ein
Verrückter zu paddeln.

Der Strudel in der Mitte des Saals wurde stetig größer und
begann, sich mit zunehmender Geschwindigkeit zu drehen.
Immer mehr Möbelstücke wurde von ihm mitgerissen.
Schließlich geriet auch Salters provisorisches Floß in seinen
Sog. Sosehr er auch paddelte, es gelang ihm nicht, den gewaltigen Kräften zu entkommen. Hilflos klammerte er sich an der
Tischplatte fest. Und jedes Mal, wenn er wieder in Richtung
Treppe gedreht wurde, musste er hilflos mit ansehen, wie der
Wurm durch das Wasser peitschte und den kreischenden Stein
wie einen Spielball herumschleuderte. Der Anblick war grauen-
erregend, doch Salter gelang es einfach nicht, den Blick abzu-
wenden. Erst als der Tisch hart gegen einen Widerstand
schlug, schrak er auf. Der Strudel hatte sich bereits über den
gesamten Saal ausgebreitet. Unbarmherzig riss er alles mit
sich, was nicht niet- und nagelfest war. Salter schrie auf und
begann, wie besessen mit den Beinen zu strampeln. Doch gegen diese Urgewalt konnte er nichts mehr ausrichten. Der erste Stuhl hatte bereits die Mitte des Mahlstroms erreicht, richtete sich für einen Moment senkrecht auf und wurde dann
gurgelnd in die Tiefe hinuntergerissen. »Hilfe«, krächzte Salter
und verdoppelte seine Anstrengungen. Seine Beine brannten

wie Feuer. Immer schneller drehte er sich jetzt mitsamt dem Tisch im Kreis. Vergessen waren der Wurm und Stein und alles andere um ihn herum. Er kämpfte nur noch ums Überleben. Irgendetwas Schweres knallte heftig gegen den Tisch, und er wurde herumgeworfen und rutschte kreischend ab. Er tauchte unter, schluckte Wasser und fand im letzten Moment neuen Halt. Mit letzter Kraft kämpfte er sich zurück an die Wasseroberfläche und zog sich auf die Tischplatte hinauf. Doch als sein Gefährt erneut herumgeworfen wurde, starrte er mit einem Mal in ein gewaltiges schwarzes Loch, das sich direkt vor seinen Augen auftat. Es füllte beinahe sein gesamtes Blickfeld aus und war so dunkel und tief wie die Hölle. Verzweifelt rief er nach seinem Shao oder irgendeinem Wunder, als der Tisch mit einem brutalen Ruck herumgerissen wurde und sich senkrecht aufstellte. Wieder rutschte Salter ab und wurde unter der schweren Tischplatte regelrecht begraben. Die Luft wurde ihm aus der Lunge gepresst, er schluckte Wasser und hustete und würgte und wusste nicht mehr, wo oben und unten war. Wieder bekam er etwas zu fassen. Verzweifelt klammerte er sich daran fest. Im nächsten Augenblick war er wieder über der Wasseroberfläche, sog panisch Luft in die brennende Lunge, wurde erneut untergetaucht, kam nach oben und dann…

… wurde er endgültig in die Tiefe gerissen.

TOTE SCHATTEN

Ich hoffe, die beraten nicht zu lange«, knurrte Kratzer. »Wenn das noch viel länger dauert, piss ich ihnen in die Ecke.« Er saß auf einer Tischecke und klopfte mit einem Löffel einen nervösen Rhythmus auf die Platte.

Marai bedachte den Löffel mit einem gereizten Blick. »Vielleicht borgen die dort mir ja eine Armbrust. Dann kann ich dich erlösen.«

Fuchs schnaubte belustigt. Es war nicht Marais Art, Kratzer die Stirn zu bieten – aber es stand ihr. Er sah zu den Citani, die Kin Dairu als Wachen dagelassen hatte. Er musste zugeben, die vier nahmen ihre Sache ernst. Sie hatten ihre Armbrüste noch immer angelegt und standen wachsam links und rechts der Tür. Es gab eine zweite Tür, doch er war sich sicher, dass dieser Ausgang verschlossen war. Dann legte er sich auf der Bank zurück. Erst jetzt merkte er, wie schwer er sich fühlte. Ihm wurde gerade erst klar, dass er jedes Gefühl darüber verloren hatte, wie lange sie eigentlich unterwegs waren. War es ein Tag? Zwei, wie seine Rationen vermuten ließen? Mehr? Er wusste es nicht. Etwas ließ ihn nicht los. »Diese Wunsch-Sache«, sagte er leise zu Ako. »Wie funktioniert das? Kann sich jeder etwas wünschen?«

Ako antwortete nicht gleich. Sie sah sich langsam um, während sie ihre Haare sorgfältig neu zusammenband. Kratzer hatte den Löffel aufgegeben und marschierte jetzt nervös an der Stirnseite des Raums, so weit von den Wachen entfernt wie möglich, auf und ab.

Stern saß etwas abseits an einem anderen Tisch und brütete über irgendwelchen Aufzeichnungen. Sie hatte nichts zu schreiben in der Hand, also schuf sie vermutlich keine Sprengfallen. Marai und Ensu schließlich saßen am anderen Ende des Tisches und unterhielten sich leise.

»Ich bin mir noch nicht sicher. Ich habe nicht viel darüber gefunden«, sagte Ako schließlich. »Man muss ein Opfer bringen.«

»Ein Opfer? Was für ein Opfer?«

»Ich weiß es nicht. Aber es gibt Dinge, für die es sich lohnt, Opfer zu bringen.«

Fuchs sah zu Ensu, die sich wie so oft unbewusst die Schulter massierte, und nickte. »Ja, ich denke, ich weiß, was du meinst.«

Ako sah ihn an. »Welche Wünschung hat Stern?«

Fuchs betrachtete die Citani nachdenklich und stellte wieder einmal fest, dass er nicht die geringste Ahnung hatte, was in dieser Frau vorging. Er folgte ihr bereits seit ... wie lange? Achtzehn? Zwanzig Jahren? Er, Kratzer und Ensu waren vermutlich das Nächste, was an den Begriff Freunde herankam, und dennoch konnte keiner von ihnen sagen, was Stern antrieb. Er zuckte zögerlich mit den Schultern. »Was immer es ist, es ist etwas Großes. Sie gibt sich nicht mit halben Sachen zufrieden«, sagte er leise. »Wenn es wirklich alles sein darf – ich glaube nicht, dass sie sich nur mit der Herrschaft über Atail zufriedengeben würde. Stern denkt schon immer größer als jeder andere Mensch, den ich kenne.«

»Hm.« Ako folgte seinem Blick. »Und das ist gut?«

»Bisher war es das.« Fuchs hatte plötzlich das Gefühl, dass es kühler geworden war. *Was tut jemand, der immer alles will, wenn er plötzlich alles bekommen kann? Und was wird er – oder sie ... was wird Stern dafür tun? Was opfert sie? Oder wen?* »Aber jetzt ... eine gute Frage.«

Ako setzte dazu an, etwas zu antworten, dann zögerte sie jedoch. »Hast du das auch gehört?«

Fuchs runzelte die Stirn und lauschte. »Was meinst du? Ich ... nein, nichts. Warum?«

»Eben.« Ako legt die Hand auf ihre Magengrube. »Aber du spürst es, oder?«

So gesehen ... Fuchs konnte es tatsächlich spüren. Ein Vibrieren in der Magengrube, ein Dröhnen in der Luft, das fast, jedoch nicht ganz in seinen Ohren ankam. Das Fehlen eines Geräuschs, das Übelkeit in seiner Kehle aufsteigen ließ.

»Das sind diese ...«

Ako nickte, und er fluchte lautlos. »Wir müssen hier weg.«

»Sie sind hier, Stern! Diese Dinger von unten!« Er deutete auf die vier Cetani an der Tür. »Sag ihnen, dass sie hier sind!«

Stern blickte von ihren Notizen auf und sah ihn für einen Moment verwirrt an.

»Monster. Die lautlosen.«

»Ah.« Stern nickte, schob ihre Papiere zusammen und verstaute sie in ihrer Schärpe. Dann stand sie auf und wandte sich laut an die vier Citani-Wachleute. Allerdings schien ihre Auskunft nicht auf viel Verständnis zu stoßen, denn wenn überhaupt, dann veranlasste sie es dazu, ihre Waffen noch ordentlicher auf sie zu richten. Stern verdrehte die Augen. In ihrem Gesicht zuckte es wieder. In diesem Moment waren von draußen gedämpfte Rufe zu hören, und die Citani warfen sich nervöse Blicke zu. Fuchs konnte geradezu sehen, wie sich die Hand eines der Männer im Reflex um den Abzugshebel schloss, und sein Hals schnürte sich zu. Instinktiv duckte er sich weg, als die Sehne der Waffe krachte. Das zornige Schwirren von Bolzen blieb jedoch aus. Stattdessen brachen die Citani in erschrockene Rufe aus, und Fuchs öffnete vorsichtig ein Auge. Und dann sofort das zweite. Die Bolzen aller vier Waffen hingen nur wenige Fingerbreit über den Waffen der Männer in der Luft.

Aus dem Augenwinkel sah er, wie Ensu eine Wischgeste in der Luft machte, und die Bolzen flogen beiseite und klapperten an der Wand zu Boden. Sie fing Fuchs Blick auf und zuckte mit den Schultern. »Was? Wir haben keine Zeit!«

Im selben Augenblick kam Bewegung in die vier, doch noch während sie ihre Armbrüste fallen ließen und nach ihren Waffen griffen, war Kratzer losgelaufen und sprang den ersten der Jungen an, entriss ihm den Uai-Stock und schlug ihn dem zweiten in die Kniekehle. Dann stieß sich auch Fuchs von der Bar ab. Er schnellte auf den nächsten Tisch, lief über die Platte, trat dabei eine der Schüsseln in die Luft und beförderte sie mit dem nächsten Tritt direkt ins Gesicht eines der Männer auf der rechten Seite der Tür. Der andere hatte bereits halb sein Ralgri aus der Scheide gezerrt, verheddert sich jedoch, als er hastig Fuchs' Sprung zu entgehen versuchte. Fuchs verfehlte ihn nur knapp, stieß sich aber von der Wand ab und rammte ihm einen Ellbogen hart genug ins Gesicht, um den Jungen beinahe einmal komplett um sich selbst rotieren zu lassen. Ohne innezuhalten, drehte sich Fuchs um sich selbst, um mit der Faust nachzusetzen, doch der Citani ging bereits zu Boden. Hinter ihm rappelte sich der zweite auf. Aus einer großen Platzwunde auf der Stirn strömte Blut und troff in sein

Auge, aber er hatte sein Schwert gezogen und schien ihm das mit der Schüssel wirklich übel zu nehmen. Dann verdrehte er die Augen und sackte in sich zusammen. Kratzer stand hinter ihm, den Uai in der Hand. Ein Funkeln lag in seinen Augen, das Fuchs nur zu gut kannte. Dieses Mal jedoch kommentierte er es nicht. Er nickte nur und zog das Schwert aus dem Gürtel des Citani zu seinen Füßen. Dann drückte er gegen die Tür. Sie war fest verschlossen, aber um ehrlich zu sein, hatte er auch gar nichts anderes erwartet. »Und jetzt?«

Auf der anderen Seite nahm der Tumult an Intensität zu. Irgendjemand schrie und brach abrupt ab und gleichzeitig überrollte ihn eine Rolle an Übelkeit erregender Stille. Fuchs taumelte beiseite und gegen einen der Tische.

Stern warf ihm einen irritierten Blick zu. »Jetzt gehen wir.« Sie riss eine Münze vom Rand ihrer Schärpe und rammte sie in den Türspalt. Mit einem leisen Krachen und begleitet von einer kleinen Wolke gelben Rauchs, verschwand ein fast kopfgroßes Stück der Tür und mit ihm eines der Scharniere. Die Tür kippte knarrend, und ein Tritt Kratzers ließ sie endgültig aus den Angeln fallen.

Fuchs schüttelte seine Benommenheit ab. »Das ist nützlich«, stellte er fest. »Warum haben wir so etwas nicht?«

Stern würdigte ihn keines Blickes. In ihrer Wange zuckte es. »Du hast nie gefragt.« Sie stieg über die gefallene Tür.

Auf dem Platz vor dem Haus herrschte das Chaos. Menschen rannten in variierenden Zuständen von Panik und Zielstrebigkeit durcheinander. Ein älterer Citani mit einem Schwert in der Hand kommandierte eine Gruppe Jugendlicher, das Tor zu verbarrikadieren, und auf dem Laufgang stand ein halbes Dutzend Männer und Frauen, die auf einen unsichtbaren Feind schossen. Erneut brandete die vibrierende Stille über sie hinweg und traf Fuchs wie ein Hieb in die Magengrube.

»Verdammt, die sind nah!« Er hatte es kaum ausgesprochen, als eine der Kreaturen direkt neben dem Tor auf den Laufgang sprang und eine der Schützinnen beiseitefegte, als wöge sie nichts. Eine zweite schoss ihre Armbrust aus nächster Nähe auf das Wesen ab, verfehlte jedoch den Kopf der Kreatur knapp. Der Bolzen fuhr fast in voller Länge in seine Schulter und schleuderte es vom Laufgang. Doch noch während es in der Luft war, warf es sich herum und landete auf allen vieren. Es war inzwischen dunkel geworden, aber die Citani der Siedlung hatten zahlreiche Fackeln entzündet, und so konnte Fuchs die Kreatur zum ersten Mal halbwegs erkennen. Sie sah erstaunlich menschlich aus. Vermutlich war sie sogar ein Mensch gewesen, doch ihre Haut wirkte ausgetrocknet und gespannt wie die einer Leiche, die Jahre in einer Eisspalte zugebracht hatte. Sie hatte kaum noch Haare und trug nur noch Reste von Kleidung. Es war kaum noch zu erkennen, aber Fuchs war sich beinahe sicher, dass es traditionelle Roben der Citani gewesen sein mussten. Der Kopf des Wesens zuckte herum, und zum ersten Mal sah Fuchs seine Augen. Sie waren tiefschwarz und glänzend wie Kugeln aus poliertem Obsidian. Der Mund öffnete sich weiter, als es ein Mund können sollte, und zeigte zwei Reihen schwarzer Zähne, dünn wie Federkiele und spitz wie Nadeln. Und dann kam das Nicht-Geräusch wieder, so laut, dass Fuchs unwillkürlich zurückstolperte. Neben ihm krümmte sich Ensu, und Ako presste sich mit einem leisen Winseln die Handballen gegen den Kopf.

Von außerhalb der Einfriedung kamen weitere Wellen der Stille.

»Ich glaube, das Ding sucht nach Verstärkung«, rief Stern.

Noch während sie sprach, trat der Armbrustbolzen aus der Schulter des Wesens, als würde er von innen geschoben, bis er schließlich zu Boden fiel. Erst jetzt bemerkte Fuchs, dass es nicht zu bluten schien. »Was bei Ragot sind das für Dinger?«

»Noru!« Wie aus dem Nichts tauchte Kin Dairu neben ihnen auf. »Wir nennen sie Noru – Tote Schatten. Wie kommt ihr hier …«

Noch bevor die Citani fertig gesprochen hatte, kam Bewegung in die Kreatur. Mit einem riesigen Satz sprang sie nach vorn. Fuchs hatte das Gefühl, dass dieses Ding, dieser Noru, direkt auf ihn zuschoss, doch einer der Männer Kin Dairus sprang ihr in den Weg und hieb mit seiner Klinge nach ihr. Der Noru wich aus, richtete sich auf die Beine auf, und plötzlich ragten lange schwarze Krallen aus seinen Fingerspitzen. Mit einem einzigen Hieb fegte er den jungen Krieger beiseite, und Fuchs stolperte zurück, als der plötzliche Schwall Blut ihn beinahe erreichte. Kratzer hingegen bewegte sich in die Gegenrichtung. Er duckte sich an Kin Dairu und ihren Wachen vorbei und trieb dem Wesen das kurze Schwert, das er gerade eben erbeutet hatte, unter der Schulter tief in den Brustkorb. Es hätte fallen müssen – tat es aber nicht. Stattdessen fuhr es herum, und Kratzer entkam der Klauenhand nur durch einen waghalsigen Rückwärtssprung.

»Ihr könnt sie mit normalen Schwertern nicht töten!« Kin Dairu hob ihr eigenes, langes Schwert. »Einzig die Klinge eines Param ist in der Lage …«

Ein Bolzen jagte mit zornigem Fauchen an Fuchs vorbei, und im nächsten Moment explodierte der Kopf des Noru in einem rotgoldenen Feuerball. Die Kreatur überschlug sich und blieb rauchend liegen.

»Ich schätze, es gibt andere Möglichkeiten«, stellte Marai fest und senkte die Armbrust.

»Was ...« Kin Dairu starrte sie entsetzt an.

Marai zog einen zweiten rot gebänderten Bolzen aus ihrem Stiefelschaft und schnaubte. »Eure Leute müssen wirklich daran arbeiten, Eure Gäste nach Waffen zu durchsuchen. Aber trotzdem hätte ich gern meinen Pfeilwerfer zurück.«

»Und den Rest unserer Waffen«, fügte Kratzer hinzu. »Wenn wir euch irgendwie helfen sollen. Wir können es natürlich auch lassen.«

Die alte Citani erholte sich schnell. Sie gab einen scharfen Befehl an einen ihrer Begleiter weiter und winkte dann Sterns Leuten, ihr zu folgen. »Tohiao, wie ist die Lage?«, rief sie dem Krieger vor dem Tor zu. Erst jetzt sah Fuchs, dass der Mann einen langen Schnitt quer über den Oberarm trug und sein Gewand zerfetzt war. Schwarze Flüssigkeit tropfte noch immer von seiner Klinge. Noch bevor er antwortete, teilte seine Miene Fuchs alles mit, was er wissen musste. »Sie sind durchgebrochen. Mehr als ein Dutzend. Wir hatten keine Chance, den Schacht zu sichern, und sie scheinen mehr zu rufen!«

»Das ist noch nie passiert!« Die Anführerin der Citani sah entsetzt aus.

Tohiao warf Stern und ihren Leuten einen abfälligen Blick zu. »Etwas – oder vielleicht jemand hat sie aufgeweckt. Und scheint sie anzuziehen. Vielleicht können wir ihnen ja geben, was s ...«

Ein zweiter schwarzer Schatten erschien oben, direkt auf dem Tor und sprang hinab, direkt auf den Rücken eines der momentan abgelenkten jungen Krieger. Schwarze Krallen blitzten im Schein der Fackeln und stachen in rascher Folge immer und immer wieder in den Körper des Mannes, der unter ihm zuckte. Dann stand Tohiao neben ihm und trennte ihm mit einem einzigen Hieb seines Params den halben Schädel ab. Die Kreatur zuckte und brach dann zusammen.

Fuchs fluchte. »Können wir jetzt vielleicht von hier verschwinden?«

Kin Dairu sah ihn mit versteinerter Miene an. »Ihr wollt fliehen?«

»Das – oder zumindest an unsere Waffen.« Er sah auf den eisenbeschlagenen Stock in seiner Hand und zuckte mit den Schultern. »Hierzubleiben halte ich jedenfalls für keine gute Idee. Es sei denn, diese Dinger suchen gern Stöckchen.«

Der Blick der Citani ruckte zwischen ihm und der Kreatur neben Tohiao hin und her, bevor sie sich einen Ruck gab.

»Folgt mir«, sie steuerte einen Verschlag direkt neben dem Versammlungshaus an, der von einem nervösen jungen Mann bewacht wurde. Kin Dairu winkte ihn unwirsch beiseite. »Was stehst du hier noch herum! Wir werden angegriffen!« Sie trat beiseite, und Stern schob die Tür auf. Hastig verteilte sie, was immer ihr in die Finger fiel. Und keinen Moment zu früh, denn wie aus dem Nichts tauchte ein weiterer Noru auf dem Dach der Hütte auf. Er hielt den abgetrennten Arm eines der Wächter in den Klauen, ließ ihn jetzt jedoch achtlos fallen, als sein Blick Ako erfasste, die gerade ihren Beutel entgegennahm. Er öffnete sein Maul zu einem lautlosen Schrei und spannte sich an.

Ensu war schneller. Sie leerte ihre Tasche kurzerhand auf den Boden und fischte eine der kupfernen Farsha-Münzen heraus, die Stern für sie präpariert hatte. Ihr Wurf war nicht einmal sonderlich genau, aber auf diese Entfernung musste er das auch nicht sein. Die Münze heftete sich wie von selbst an den Brustkorb der anspringenden Monstrosität, verankerte sich dort und löste im selben Moment ihre eigentliche Funktion aus: Der Noru erstarrte noch in der Luft so vollständig, als wäre er zu Stein verwandelt, und schlug mit dumpfem Krachen genau dort auf, wo Ako gerade noch gestanden hatte. Ensu schnalzte anerkennend mit der Zunge. »Die sind besser geworden«, sagte sie und betrachtete die übrigen Münzen in ihrer Hand.

Stern zuckte mit den Schultern. »Dafür halten sie nicht so lange. Sie brennen zu schnell aus.« Sie deutete auf das kupferne Farsha-Stück, das sich langsam schwärzte. Die Haut unmittelbar um es herum färbte sich ebenfalls und begann zu rauchen. Ungerührt zog sie ein Messer, um es dem Wesen in den Leib zu stoßen, doch Kin Dairu hielt sie zurück.

»Habt ihr nicht zugehört? Damit kannst du sie nicht wirklich verletzen«, sagte sie und deutete auf Kratzer. »Dein Param. Es ist mit Mondsilber überzogen. Nur das kann ihnen Wunden schlagen.« Sie sah Marai an. »Das und Feuer. Normale Wunden schließen sie sofort.«

Kratzer zog das Param aus seiner Scheide und betrachtete es erneut. »Ich habe mich schon gewundert, warum es nicht glänzt.« Er stellte dem bewegungslosen Noru einen Fuß in den Nacken und rammte ihm die Klinge durch den Kopf. Schwarze, zähflüssige Masse trat aus der Wunde, die dort, wo sie mit der Schwertklinge in Berührung kam, bereits begann, Blasen zu werfen. Kratzer starrte sein Werk bewundernd an, bis ihn Ensu in den Arm boxte. »Komm mit, du Idiot. Wir haben keine Zeit!«

Kratzer sah auf und grinste. »Es ist immer Zeit für ein wenig Gewalt.«

»Dann fühl dich frei und mach dich nützlich.« Marai deutete auf die andere Seite der Einfriedung, wo soeben zwei weitere Noru die Absperrung am Tor überwunden hatten. Sie schienen keinerlei Furcht zu kennen, und noch während Fuchs hinsah, fielen zwei weitere der jugendlichen Krieger Kin Dairus. Sie waren fast noch Kinder. Keiner von ihnen hatte den Angreifern viel entgegenzusetzen. Er biss die Zähne zusammen und bemühte sich zu ignorieren, dass er plötzlich fror.»Kratzer hat recht. Wir quatschen zu viel. Wir müssen ihnen helfen.«

»Was ist denn in dich gefahren?« Ensu schnaubte.»War irgendwas in der Suppe?«

Fuchs ignorierte sie. Sie hatten keine Ahnung, wo sie hinsollten. Sie hatten keine Ahnung, von wo die Gefahr kam und wie sie ihr entkommen sollten. Ihre einzige Chance war, dass die Citani lange genug überlebten, um es ihnen zu sagen.»Vielleicht hat mich ja mein Gewissen gebissen«, sagte er und lief los. Ako schloss beinahe sofort zu ihm auf, und Kratzer überholte ihn schon nach wenigen Schritten.

»Das ist idiotisch!«, rief Ensu hinter ihm, und er stockte. Und vermutlich hatte sie sogar recht. Aber es war auch idiotisch gewesen hierherzukommen.

Er sah sich um, wo Ensu zögernd neben Stern stand.»Wir lassen keine Kinder zurück. Niemanden.« *Das waren ihre eigenen Worte gewesen, damals.* Fuchs konnte sehen, wie sich ihre Miene weiter verdüsterte.

»Und du weißt, was es mir gebracht hat.« Vermutlich unbewusst zuckte ihre Hand zu der Stelle, an der sich ihre linke Brust hätte befinden sollen.»Das nächste Mal haben wir vielleicht nicht so viel Glück.«

Fuchs setzte zu einer scharfen Entgegnung an, doch alles, was er herausbrachte, war:»Aber für sie gibt's kein nächstes Mal mehr, wenn wir es nicht tun.«

Ensu starrte ihn an. »Verdammt, Fuchs, du bist ein Arsch!«, fauchte sie dann ihren Werfer auf und stopfte einen Bolzen hinein.

Ja, das höre ich öfter. Er drehte sich um und folgte Ako und Kratzer, die inzwischen beinahe die Noru erreicht hatten. Eine der Kreaturen setzte zum Sprung an, doch dieses Mal war Ako vorbereitet. Sie ließ sich in die Hocke fallen und presste die Hände auf den Boden. Das Ergebnis war unfreiwillig komisch, als der Noru von einem Moment zum nächsten sämtliche Bodenhaftung verlor, sich überschlug und Kratzer beinahe bis vor die Füße rollte. Ein Schwerthieb spaltete seinen Schädel bis in die Schulter hinein. Fuchs rannte an ihnen vorbei, die nächste Leiter hinauf auf den Wachgang und starrte über die Barriere. Inzwischen war beinahe komplette Dunkelheit über den Ort hereingebrochen. Lediglich hinter einem der Fenster war der milchige Schein eines Monds oder etwas in der Art zu sehen. Im schwachen Zwielicht konnte er Bewegung erahnen. Mehrere Wellen der Stille vibrierten in schneller Abfolge durch seinen Magen und sein Gehirn, während seine Ohren nichts wahrnahmen als die Rufe der Citani und die Schreie der Verletzten. *Da kommen weit mehr als ein Dutzend.* »Das hat keinen Wert hier«, rief er in den Hof hinab. »Wir müssen uns zurückziehen. Irgendetwas, das leichter zu verteidigen ist! Habt ihr keinen Rückzugsort für den Notfall?«

Kin Dairu lachte trocken auf. »Das hier ist der Rückzugsort! Die Grenzen, die wir verteidigt haben, habt ihr zerstört.«

Fuchs lief ein heißer Schauer über die Wangen. »Aber es muss doch einen Ort geben, an den wir gehen können.« Er deutete auf die nächtliche Fensterfront auf der Rückseite des Lagers. »Was liegt dahinter? Kann man dorthin …«

»Nein. Wir wissen es nicht, und nein, wir haben nie einen Weg gefunden, die Fenster zu durchdringen. Sie sind mit uralten Siegeln geschützt, die wir nicht brechen konnten.«

Ein weiterer Noru hatte einen Weg über die Palisade geschafft und jagte auf dem Wehrgang entlang, wo ihm zwei weitere der jungen Citani zum Opfer fielen, bevor es Marai gelang, ihn mit einem Flammbolzen herunterzuschießen, wo Tohiao und Kratzer das sich stumm windende Wesen in Stücke hacken konnten. Seine stummen Schreie wühlten wie Klauen in Fuchs' Eingeweiden.

»Außerdem sind wir nicht sicher, ob das Brechen der Siegel nicht die ganzen Fenster zerstört.« Kin Dairu hatte jetzt ebenfalls den Wehrgang erklommen und sah über die in der Dunkelheit brodelnde Masse, die sich ohne einen Laut immer und immer wieder gegen die Pfähle der Einfriedung warf. Selbst in der Finsternis war zu erahnen, dass der Wall an mehreren Stellen nicht mehr lange halten würde. »Und gelegentlich sieht man auf der anderen Seite des Glases Schemen und Schatten. Riesige Schemen, nicht von dieser Welt. Glaubt mir – was immer sie sind: Wir wollen nicht dort sein. Nein, auf keinen Fall. Ein Noru sprang von unten hoch genug, um sie beinahe erreichen zu können. Allerdings bohrte er sich bei diesem Versuch mehrere der Stangen in die Seite. Fuchs hieb ihm den Uai-Stock ins Gesicht und konnte hören und riechen, wie die Siegel auf den Stangen das Fleisch des Noru verbrannten, als sie unter seinem Gewicht zerbrachen. Mit einem stummen Kreischen, das Fuchs beinahe in die Knie zwang, fiel das Wesen wieder zurück, hinterließ jedoch eine weitere Lücke in der Verteidigung.

Fuchs keuchte und schüttelte den Kopf. »Hat irgendjemand noch eine Idee?«

»Ja, ich!«, rief Ako. Er sah sich um. Die Taruki stand noch immer vor dem Verschlag. Sie hielt ein Messer in der Hand und schnitt soeben an ihrer Weste herum.

»Was bei Ragots …«

Ako zerrte einen mehrfach gefalteten Pergamentbogen aus dem Loch und breitete ihn auf dem Tisch aus. »Ich glaube, es gibt hier einen Ausweg!«

Kin Dairu sah ihn argwöhnisch an. »Was ist das?«

»Ich schätze, das ist ihre geheimnisvolle Karte.« Fuchs warf einen letzten Blick über die Brüstung auf die Noru hinab, die die Wand auf der Suche nach einer Bresche umschlichen, dann sprang er kurzerhand vom Wehrgang und lief über den Hof. Kin Dairu folgte ihm.

»Hier.« Ako stach mit dem Finger auf das Pergament, das von einem verwirrenden Muster sich überlagernder Linien überzogen war. »Auf der Karte gibt es diese Siedlung hier nicht, aber es gibt eine Treppe!«, rief sie triumphierend.

Ensu musterte die Karte mit zusammengekniffenen Augen und sah dann verständnislos auf. »Wie soll man aus diesem Gekritzel auch nur das Geringste herauslesen? Das ist nur wirres Durcheinander!«

Ako grinste. »Das dachte ich sehr lange auch. Aber es ist keine gewöhnliche Karte. Wenn man es einmal begriffen hat, dann …«

Auch Stern betrachtete den Pergamentbogen konzentriert. »Sie zeigt alle Stockwerke zugleich«, unterbrach sie Ensu nüchtern und sah auf, wie um Bestätigung von Ako zu erhalten. »Es ist wie eine der Stoffbahnen, auf denen Schneider ihre Muster festhalten, richtig? Jedes Linienmuster bedeutet ein anderes Stockwerk. In welchem sind wir? Stockwerk.«

Die Taruki starrte Stern für einen Moment beeindruckt an.

»Ich habe zwei Jahre gebraucht, um das Geheimnis zu ergründen«, sagte sie.

Stern zuckte mit den Schultern. »Du bist nicht ich, Taruki«, sagte sie ungerührt, beinahe abfällig. »Niemand ist ich. Stockwerk?«

Die Bewunderung auf Akos Gesicht verflog. Sie biss die Zähne aufeinander. »Drei kurze Linien, eine lange, Punkt. In Rot. Danach wiederholt sich das Muster.«

Stern nickte. Sie blickte nicht einmal auf. Stattdessen starrte sie konzentriert auf die Karte. »Das passt. Und du siehst hier einen Ausgang.«

Ako tippte wortlos auf die Zeichnung, und die Siegelschmiedin runzelte die Stirn, bevor sie aufsah und die gewaltige Säule ansah. »*Tzu* Dairu, diese Karte sagt, dass sich an dieser Säule eine Treppe oder Leiter befindet. Was wisst ihr davon?«

Die Citani starrte sie skeptisch an. »Es gibt keine Leitern an dieser Säule. An keiner der Säulen! Davon wüssten wir.«

Fuchs gab auf, in dem Gewirr der Linien etwas erkennen zu wollen. Stattdessen starrte er die Säule an. »Warum aber habt ihr dann diese Siedlung direkt um diesen Ort errichtet?«, fragte er langsam. »Gab es keinen besseren?«

Die Anführerin der Citani drehte sich um. »Es gibt eine Kammer«, sagte sie, plötzlich ebenso langsam wie Fuchs. »Das ist der Grund, warum wir hier siedeln. In dieser Kammer können wir Kontakt mit dem Orakel aufnehmen.«

Fuchs blinzelte. »Dasselbe Orakel, das euch gesagt hat, dass nur bestimmte Personen nach oben gelangen?«

»Wir haben nur das eine.«

»Und diese Kammer ist …«

»Im Fuß der Säule, ja.« Die Citani sah ihn erwartungsvoll an.

»Findet Ihr nicht«, fragte Fuchs leichthin, »dass diese Säule mehr als genug Platz für ein Orakel und eine Treppe bietet?«

»Ihr meint …«

»… dass wir unbedingt nachsehen sollten, ja«, ergänzte er. »Und unbedingt jetzt. Bringt uns hin.«

Die Kammer im Fuß der Säule war so klein, dass drei Personen nur mit Mühe darin Platz fanden. Lediglich ein Tontopf mit einem Talglicht beleuchtete den winzigen Raum. Es stand auf dem höheren von zwei flachen Absätzen vor der Rückwand. Auf dem darunter liegenden waren Schalen, die erkaltete Resten einer Speise enthielten und etwas, das wie halb geronnenes Shouri aussah. Opfergaben vermutlich. Auf der Wand über dem Talglicht war ein Symbol aufgemalt, mit einer Farbe, die Fuchs im trüben Licht verdächtig an altes Blut erinnerte.

»Heimelig«, kommentierte Ako über seine Schulter.

»Und das ist das Orakel?«, murmelte Fuchs ungehalten. »Das ist doch Zeitverschwendung!«

Wie um seine Worte zu unterstreichen, schrie hinter ihnen eine der jungen Citani gellend auf, um ganz abrupt zu verstummen. Eine weitere Welle der vibrierenden Stille rollte über sie hinweg und ließ Fuchs würgen.

»Das ist nicht das Orakel« erwiderte Kin Dairu leise. »Das ist der Ort, an dem wir mit dem Orakel sprechen.«

»Und was sagt es so?« Stern trat ungerührt dicht an die Rückwand und betrachtete das Siegel aus der Nähe, so nah, dass ihre Nase beinahe den Fels berührte. Dann spuckte sie sich auf einen Finger, fuhr damit über die Zeichnung und steckte ihn in den Mund.

Kin Dairu starrte sie entsetzt an. »Was tust du?«

»Blutritual«, sagte Stern ungerührt und wiederholte gleich darauf mit einem Wort aus der Sprache des Kaiserreichs, das Fuchs nicht kannte. Vermutlich bedeutete es dasselbe. »Ich habe dieses Siegel noch nie gesehen, aber ich bin mir ziemlich sicher. Ziemlich.«

Die Augen Kin Dairus wurden groß. »Keinesfalls! Wir üben keine Blutmagie aus! Das ist verwerfliche Barbarei!«

Stern zuckte mit den Schultern. »Alte Vorbehalte«, sagte sie. »Und doch. Ihr malt dieses Siegel mit Blut nach. Was soll es sonst sein? Doch.«

»Wir ...« Kin Dairu zögerte. »Das Orakel hieß uns, das zu tun, jedes Mal, wenn wir mit ihm sprechen wollten.«

»Überhaupt nicht verdächtig.« Fuchs schniefte.

»Und dann?«, dränge Stern.

»Dann rufen wir ihn.«

Stern riss ihren Blick von der Wand los und sah Kin Dairu an. »Ich denke, das macht das Siegel?«

»Nun ...«

»Nein«, sagte Ako. »Das tut das Zeichen nicht.« Alle Augen wandten sich ihr zu.

»Was weißt du von Siegeln, Taruki?«

»Ich heiße Ako. Akoho Shakesh«, sagte Ako eisig. »Ich habe keine Ahnung von euren Siegeln, aber du hast recht, Citani. Das hier ist keines. Es ist ein Blutritual aus einer unzivilisierten Zeit. Aus meinem Volk. Und es ist nicht dazu da, Verbindung mit irgendjemandem aufzunehmen.« Sie sah sich in der kleinen Kammer um. »Habe ich wahr, Orakel?«, fragte sie laut.

Stern und Kin Dairu öffneten beide den Mund, aber Fuchs hob die Hand und gebot ihnen zu schweigen.

»Das ist tatsächlich richtig.« Die Stimme war dumpf, körperlos und schien den ganzen Raum zu erfüllen. Dennoch kam sie Fuchs seltsam bekannt vor. »Kann es sein, dass wir uns kennen?«

Und plötzlich stellte Fuchs fest, dass sowohl Ako als auch Ensu und Marai ihn ansahen. »Was? Das war nicht ich.«

»Ich?«, echote die Stimme. »Ist ›Ich‹ zufällig blass, mit roten Locken und einem ausgesprochen attraktiven Profil?«

»Was?«

»Ich bin mir sicher. Ich kenne doch die Stimme!«, sagte das Orakel.

»Das ist deine Stimme«, stellte Stern fest. Sie hatte sich ebenfalls umgedreht und sah Fuchs unter einer fragend erhobenen Braue an.

»Und es ist wirklich schön, sie zu hören«, fügte das Orakel hinzu und folgte mit einigen schnellen Sätzen einer harten Sprache, die Fuchs vollkommen fremd war. »Was?«, fragte er zum dritten Mal und war sich fast sicher, dass dieses Mal ein wenig Panik darin mitschwang.

»Ich sagte …«, setzte das Orakel an, bevor es stockte. »Moment. Du hast nichts davon verstanden?«

»Kein Wort.«

»Das war Manar! Wo bist du aufgewachsen, Mann?«

»Ehrwürdiges Orakel«, unterbrach Kin Dairu und deutete tatsächlich eine kleine Verneigung vor dem Zeichen an der Wand an. »Wir stehen hier im Augenblick der höchsten Not …«

Die dumpfe Stimme fiel ihr schroff ins Wort: »Kannst du dich bitte mal raushalten, Kin? Ich versuche, mich mit mir zu unterhalten. Eventuell mal eine intelligente Unterhaltung zu führen, so zur Abwechslung. Also, wo bist du aufgewachsen?«

Fuchs blinzelte. »In Atail?«

»Oh. Mein Beileid. Wie ist das denn passiert?«

Langsam kam Fuchs sich seltsam dabei vor, mit der Decke

zu sprechen. »Ich wurde als Kind auf dem Sklavenmarkt verkauft.«

Die körperlose Stimme fluchte leise. »Das sieht ihr ähnlich.«

»Was?«

»Dein Wortschatz ist nicht zufällig etwas begrenzt?«, fragte das Orakel argwöhnisch.

Fuchs setzte zu einer Antwort an, doch Stern kam ihm zuvor. »Wir haben ein völlig anderes Problem hier«, sagte sie. »Wir sind eingeschlossen von Noru und werden demnächst überrannt. Ako hier sagt, hier gebe es eine Treppe. Kannst du uns helfen oder nicht?«

Das Orakel schwieg. »Noru, hm?«, fragte es schließlich, und aller Überschwang war aus seiner Stimme verschwunden. »Ich dachte, ihr habt die Schlafenden im Griff, Kin? Jedenfalls – ich bin mir sicher, dass eure Taruki die Antwort bereits kennt.«

Fuchs sah Ako an, und alle anderen taten es ebenfalls.

Die große Frau nickte. »Das wollte ich euch bereits sagen, aber ich mochte euch nicht zerbrechen.«

»Unterbrechen?«, fragte Fuchs automatisch und biss sich gleich darauf auf die Zunge.

»Unterbrechen. Das Blutzeichen hält Dinge geschlossen.« Sie zog eine Wasserflasche aus ihrer Tasche, entkorkte sie und goss den Inhalt gegen die Wand. Dann schob sie sich an Fuchs und Stern vorbei und verwischte das Zeichen mit der Handfläche, bis es nur noch ein schmieriger Streifen war.

»Was tust du?« Kin Dairus klang jetzt tatsächlich ein wenig hysterisch. Sie wirkte, als wollte sie jeden Moment das Schwert heben, und Fuchs schob sich instinktiv vor Ako. *Habe ich eigentlich den Verstand verloren?* Doch die Citani schien die Klinge in ihrer Hand schlicht vergessen zu haben.

»Das Zeichen hält Geister ab, schützt vor Wiederkehrern

und dem Shao von Magistern. Vor allem aber hält es Dinge verschlossen«, wiederholte Ako, und drückte den Korken zurück in die Flasche. »Ich öffne sie.«

»Ich sage doch, sie kennt die Antwort«, sagte die körperlose Stimme. »Und bevor ihr lange sucht: Links unten ist ein Loch im Fels. Zieht daran.«

Die Wand hatte sich erstaunlich leicht öffnen lassen, und jetzt war klar geworden, dass die beiden Absätze in Wirklichkeit die zwei ersten Stufen einer Treppe waren, die sich in einer steilen Kurve nach oben in die Dunkelheit wand.

Ako drehte sich um und breitete die Hände aus. »Treppe. Wie die Karte gesagt hat.«

Fuchs sah an die Decke. »He, Orakel. Wir müssten eine ganze Reihe Leute in Sicherheit bringen. Schnell. Ist oben eine gute Idee?«

»Wenn die Alternative ist, von Noru gefressen zu werden?«, gab das Orakel trocken zurück. »Vermutlich. Ja. Hier ist schon eine Weile nicht mehr aufgeräumt worden. Ich könnte da tatsächlich ein paar helfende Hände gebrauchen.«

»In Ordnung, Tzu Kin Dairu, lasst uns deine Leute sammeln. Was davon noch übrig ist.«

Es dauerte nicht lange, bis der Rückzugsbefehl auch den Letzten der kleinen Siedlung erreicht hatte. Es waren ohnehin nur noch eine Handvoll übrig. In der kurzen Zeit, die ihr Besuch in der Orakelkammer gebraucht hatte, hatten die Noru es geschafft, das Tor zu überrennen und ein weiteres halbes Dutzend der jungen Citani zu überwältigen. Der Rest hatte sich um Tohiao und Kratzer gesammelt und deckte jetzt den Rückzug der übrigen Überlebenden: eine Handvoll Kinder, die bis jetzt verborgen gewesen waren, und ein paar Verwundete. Viel zu wenige, für Fuchs' Geschmack.

Einer der Noru fiel unter Kratzers Klinge, ein weiterer verlor seine Arme durch einen Schwerthieb des alten Citani, kurz bevor er Kratzer erreichen konnte. Aber mehr kamen aus der Dunkelheit. Viel mehr. Und nach allem, was Fuchs gesehen hatte, war es eine enge Wendeltreppe. *Und ein verflucht langer Weg nach oben.* Er starrte hinauf zur fernen Glasdecke, über der er in diesem Augenblick einen riesigen Schatten zu sehen glaubte. Einen Schatten mit viel zu vielen schlangenhaften Armen. Wie komme ich eigentlich darauf, dass das eine gute Idee ist?

Ein weiterer Noru war auf eines der Dächer geklettert und sprang in diesem Moment mit ausgefahrenen Krallen auf ihn herab, das Maul voller nadelspitzer Zähne unmöglich weit aufgerissen. Fuchs entdeckte ihn erst im letzten Augenblick. Mehr aus Reflex streckte er die Arme aus, und zwischen seinen Händen tauchte der Riss auf. Der Noru traf die Öffnung nicht ganz. Sein linker Arm und ein Teil der Körperhälfte schossen an dem Riss vorbei, und Fuchs gelang es nur mit Mühe, sich zur Seite zu werfen. Der Riss flackerte und verschwand und mit ihm etwas mehr als die Hälfte des Wesens. Nur der Arm und seine Beine blieben zurück, mit einem Schnitt abgetrennt, den eine scharfe Klinge nicht sauberer hätte führen können. Mit einem widerlichen Klatschen prasselten die Reste neben Fuchs auf den Boden. Er wälzte sich beiseite, schob sich von der zuckenden Klaue weg und rang panisch nach Luft, die seine verkrampfte Lunge nicht füllen wollte. Saure Flüssigkeit brannte plötzlich in seinem Hals und bahnte sich ihren Weg mit einem Schwall nach draußen. Fuchs würgte, erbrach mehr und rang verzweifelt nach Luft, bis endlich ein erster Atemzug seine brennende Lunge erreichte, zusammen mit ein wenig Erbrochenem. Fuchs würgte und über-

gab sich erneut. »Was beim Herrn hast du gerade angestellt?«
Kin Dairu stand auf einmal neben ihm, packte ihn am Kragen
und zerrte ihn gewaltsam auf die Füße. Er starrte auf die
Überreste, aus denen schlierige schwarze Flüssigkeit rann. Die
einsame Klauenhand zuckte noch immer.

»Ich ...« Er sog pfeifend Luft ein, wurde von einem weiteren
Hustenanfall geschüttelt und wischte sich über die Augen.
»Ich wusste nicht, dass das geht. Ich habe noch nie ... ich
meine ...«

Kin Dairu fluchte. Sie hielt ihr Schwert zwischen sich und
einen weiteren Noru, der immerhin genug Vorsicht bewies,
um sich nicht in ihre Klinge zu stürzen. »Beeilt euch!«, rief sie
über die Schulter. »Kannst du dich bewegen, Loxxa?«

»Wenn die Alternative ist, von Noru gefressen zu werden?«
Fuchs stemmte sich ächzend hoch. »Sicherlich.«

Kin Dairu seufzte. »Du klingst wirklich wie das Orakel. Ich
hoffe nur, dass du nicht jedes Mal so umfällst, wenn du deine
Sache da anwendest. Da sind nämlich noch wesentlich mehr
davon.« Sie hatte recht. Direkt hinter dem zögerlichen Noru
tauchten jetzt weitere Gestalten am Rande des Feuerscheins
auf. Viele.

Fuchs fluchte. »Wie viele sind das eigentlich?«

»Fast alle, die wir verloren haben. Und mehr. Wir sind im
Reich des Totengotts.« Kin Dairu ließ die Umgebung nicht aus
den Augen, während sie langsam rückwärtsgingen. »Wenige,
die hier sterben, bleiben tot. Sie schlafen nur. Und träumen
und warten, bis ihr Gott sie ruft.«

»Das klingt furchtbar düster.«

»Es ist, wie es ist.« Die alte Citani sah sich nach hinten um.
»Sie sind beinahe alle drin. Kannst du laufen?«

Fuchs nickte.

»Dann los.«

Die Citani wandte sich um und lief los, und Fuchs folgte ihr, ohne nachzudenken. Eine Welle der pulsierenden Stille traf ihn wie ein Fausthieb in den Rücken, als die Noru die Verfolgung aufnahmen. Die alte Citani war erstaunlich schnell für ihr Alter, doch Fuchs fand schließlich seinen Tritt und erreichte den Eingang zur Kammer des Orakels kurz vor ihr. Kratzer nickte ihm kurz zu.

»Wir können gehen, Tohiao. Beeilt euch, macht die Treppe frei.« Auch der Krieger der Citani, der inzwischen aus mehreren Schnittwunden blutete und sich nur mühsam auf den Beinen zu halten schien, nickte. Er schob sich an Kratzer vorbei und folgte den Übrigen in den Eingang der Treppe.

Fuchs rang nach Atem. »Wir müssen noch eine Möglichkeit finden, die Tür zu blockieren!«

»Oh, wir haben eine.« Kin Dairu richtete sich auf und lächelte schmal. Dann griff sie in die Klinge ihres Params. Blut quoll hervor und tropfte beinahe sofort von ihrer Handfläche.

Fuchs stieß einen neuerlichen Fluch aus. »Was ...«

Kin Dairu sah auf ihre Hand, dann durch die niedrige Türöffnung nach draußen. Nur noch wenige Schritte trennten sie von den unaufhaltsam heranrückenden Noru. »Ich habe dieses Zeichen in den vergangenen vierzig Jahren so oft nachgezogen, um mit dem Orakel zu sprechen, und erst jetzt weiß ich, dass es mich von ihm ferngehalten hat. Schon ironisch, dass ihr es jetzt zu sehen bekommt und ich nicht.«

Fuchs riss die Augen auf. »O nein, ihr werdet nicht ...«

»Sag mir nicht, was ich werde, Loxxa!« Die Frau versetzte ihm unvermittelt einen so heftigen Stoß vor die Brust, dass er rückwärtstaumelte, über die Stufe stolperte und schließlich auf der Treppe landete. Er versuchte, auf die Füße zu kommen und einen Fuß in die Tür zu stellen, doch jetzt packte ihn Kratzer am Kragen, riss ihn mit einem Ruck zurück und schob sich durch die niedrige Öffnung nach draußen. »Du kümmer' dich um deinen eigenen Scheiß, Loxxa. Das hier ist eine Sache für Krieger.« Er packte die steinerne Tür und warf sich mit aller Macht dagegen.

»Was soll das?«

»Ihr glaubt doch nicht, dass ich Euch diesen Kampf allein führen lasse, Tzu Dairu? Kein Soldat des Kaisers stirbt allein. Das sagt der Schwur.«

Fuchs stemmte die Füße gegen die sich schließende Tür. »Was wird das, Kratzer?«, brüllte er. »Diese Heldenscheiße war doch noch nie deine Sache!«

»Du hast keine Ahnung, Fuchs.« Kratzer grinste verkniffen durch den schmalen Spalt. »Ich habe einmal Leute zurückgelassen. Warum, glaubst du, arbeitet eine kaiserliche Garde in einem Dreckloch wie der Jurdagasse? Das passiert nicht noch mal. Ich zahle meine Schulden.«

Die Öffnung schloss sich mit einem Knirschen und ließ Fuchs im Dunkel zurück.

»Nein!« Fuchs trat mit aller Macht gegen die Tür, aber dieses Mal rührte sich nichts.

»Mach dir keine Mühe. Ich muss hier noch ein paar alte Bekannte begrüßen«, drang Kin Dairus Stimme wie von weit her durch die Steinplatte. Dann rief sie etwas in der alten Sprache des Kaiserreichs, Kratzer fiel in diesen Ruf ein, und kurz darauf wurde ihre Stimme von einer Brandung der wütenden Stille hinweggespült, die Fuchs gegen die Treppenstufen hämmerte und um Luft ringen ließ.

DIE GANZE WAHRHEIT

Der Kampf war so schnell vorüber gewesen, wie er begonnen hatte. Für Baelis war das keine besondere Neuigkeit, denn sie hatte oft genug an Schlachten teilgenommen, um zu wissen, dass sie selten besonders lang andauerten. Zeiten unerträglicher Langeweile wechselten sich ab mit Stunden großer Hektik, auf die Augenblicke voller Entsetzen folgten. Danach war man entweder tot oder auf der Flucht. Gelegentlich ging man auch als Sieger aus einer Schlacht hervor. Doch die Chancen, so ein Gemetzel ohne erhebliche Verletzungen zu überstehen, waren verhältnismäßig gering. Und was nützte einem der schönste Sieg, wenn man einige Tage später an einer eigentlich harmlosen Schnittverletzung verreckte, die sich dummerweise entzündet hatte. Kluge Feldherren ließen sich aus diesem Grund auch nur dann auf eine Schlacht ein, wenn sie sich eindeutig im Vorteil wähnten. Alles andere war eine Sache des Glücks. Das war nun mal ganz genauso wie mit den Bauern und dem Wetter.

Am Ende standen nur noch Baelis und Mern und die Guam. Alle anderen waren entweder erschlagen oder würden in Kürze ihren schweren Verletzungen erliegen. Baelis hatte gelernt, die

Schreie der Sterbenden zu ignorieren. Auf dem Schlachtfeld waren die Trossbegleiter dafür zuständig, ihnen ein gnädiges Ende zu bereiten und ihre Leichen im Anschluss auszuplündern. Hier fand sich allerdings niemand für diese schmutzige Aufgabe, die nur selten Einzug in die Heldensagen hielt. Dieser Teil des Kriegs wurde schon immer gern verschwiegen, weil man sonst Gefahr lief, nicht mehr genügend Dumme zu finden, die sich freiwillig massakrieren ließen.

Mern erweckte nicht den Eindruck, sich ähnlich tiefgründigen Gedanken hinzugeben, während er seinen Kriegshammer von den Spuren des Kampfs befreite. Von Mlima und ihrer Echse war nirgendwo etwas zu sehen. Genauso wenig von dem dicken Magister. Der Schnee lag beinahe knietief auf dem Boden und hatte die meisten Spuren überdeckt. Es war eiskalt, und Baelis schlang fröstelnd die Arme um den Oberkörper. »Lasst uns den Magister suchen gehen.«

Der Riese nickte und deutete dann mit dem Hammer zur Brüstung hinüber, wo im Schnee einer von Mlimas Männern lag. Auf seinem Brustkorb hockte das verrückt gewordene Mädchen und stopfte mit mechanischen Bewegungen seine Innereien in ihren Mund. Baelis starrte sie mit offenem Mund an, bis sie sich endlich zusammenreimen konnte, was geschehen war. Das arme Ding musste von einem Schlafenden gebissen worden sein und hatte sich mit der Zeit langsam selbst in einen verwandelt. Deshalb war sie vorhin so bleich gewesen und hatte ausgesehen, als würde sie kaum die nächsten Minuten überstehen. Das war auch der Grund gewesen, warum sie Mlima so unerwartet angefallen hatte und warum sie sich jetzt in aller Seelenruhe mit Innereien vollstopfte. Seltsam war nur, dass sie keinen Blick auf sie verschwendete. Aber vielleicht hatte sie sich einfach nur satt gefressen.

Die Guam warf dem Mädchen einen hasserfüllten Blick zu. Sie kniff die Augen zusammen und krallte die Hände so fest um ihren Stab, dass die Knöchel weiß hervortraten. »Töte sie«, zischte sie Baelis zu. »Töte dieses Monster.«

Als hätte es ihre Worte gehört, blickte das Mädchen von seiner Beute auf und neigte den Kopf zur Seite. Es sah die Guam einen Augenblick lang forschend an, dann streckte es plötzlich die Nase in den Wind und begann, in der Luft herumzuschnüffeln. Es stieß einen klagenden Laut aus, der für Schlafende ungewöhnlich war. Es klang beinahe wie ein Name. Salter. Mit einem Satz sprang es von der Leiche herunter und hielt auf einen der Gänge zu, die wieder zurück in das Innere des Hauses führten. Baelis verfolgte seinem Weg durch den Schnee. »Nein«, sagte sie, an die Guam gewandt. »Ich habe eine bessere Idee. Wir folgen ihr erst einmal. Sie scheint eine besondere Beziehung zu dem Magister gehabt zu haben. Vielleicht führt sie uns zu ihm. Vielleicht führt sie uns aber auch zu Mlima. Wie auch immer, es erscheint mir sinnvoller, als ziellos in der Gegend herumzuirren.«

Die Guam sah sie einen Moment lang irritiert an, so als könnte sie nicht glauben, dass sie ihren Befehl missachtet hatte. Doch dann nickte sie. »Du hast recht. Ich habe mich von meinen Gefühlen mitreißen lassen. Wir sollten jetzt alle vernünftig sein.«

Das untote Mädchen bewegte sich auf eine groteske, abgehackte Art, die an einen Bettlägerigen erinnerte, der nach Jahren des Siechtums zum ersten Mal wieder auf eigenen Beinen stand und erste mühsame Schritte unternahm. Ein Bein voran, winzige Pause, dann das andere Bein hinterher. Jede Bewegung eine einzige Herausforderung. Baelis hatte im Norden gegen Schläfer gekämpft. Im Grunde waren sie keine schlimmeren Gegner als jeder andere, der einem nach dem Leben trachtete. Das Unheimliche an ihnen war aber die völlige Lautlosigkeit, mit der sie angriffen. Ein anständiger Gegner schrie, wenn er heranstürmte, und er schrie noch lauter, wenn man ihm den Arm abschlug oder eine scharfe Klinge in seine Eingeweide stieß. Doch ein Schlafender wurde durch solche Verletzungen nicht einmal langsamer. Früher oder später verendete zwar auch er, aber es waren schon Exemplare gesichtet worden, die nach einer Schlacht das rote Fleisch ihrer Gegner in sich hineingestopft hatten, während es zur gleichen Zeit aus ihren aufgeschlitzten Därmen wieder hervorgequollen kam. Einen Schlafenden, der Worte von sich gab, hatte Baelis noch nie erlebt. Unter Umständen hatte dieses Mädchen noch einen winzigen Rest ihrer Menschlichkeit behalten.

Das untote Mädchen blieb stehen und legte den Kopf schräg. Es lauschte oder witterte oder was diese Kreaturen auch immer taten, wenn sie auf diese Art verharrten. Nach einer Weile hastete es weiter. Der Schnee begann langsam zu schmelzen. In den Gängen bildeten sich zahlreiche Pfützen. Das Licht ihrer Laternen reichte gerade einmal eine Handvoll Schritte weit. Sie kamen an unzähligen Türen vorüber, und an Seitengängen, die sich im Nebel verloren. Es war kein gutes Gefühl, sich blind auf eine Schlafende zu verlassen. Ihnen blieb allerdings auch keine andere Wahl. Dieses verdammte Haus war wie ein unendlich großes Labyrinth, in dem ein Gang wie der nächste aussah. In der Ferne hörten sie ein Krachen und Stöhnen, so als würde sich eine gewaltige Kreatur ihren Weg durch die Räume bahnen. Baelis dachte an den Butsu, der ihnen möglicherweise noch immer auf den Fersen war. Er musste ziemlich sauer sein. Immerhin hatten sie sein

Nest zerstört. Das Mädchen hatte das Krachen ebenfalls vernommen und blieb stehen, um zu lauschen. Sein Kopf zuckte in Richtung des Geräuschs, und es hastete weiter.

Sie betraten eine Halle, in deren Mitte eine gewaltige Statue stand – oder eher hockte. Wie eine Krähe hockte sie da. Gebückt, eine Hand auf dem Boden, die andere um den Griff eines altmodischen Schwerts geklammert. Sie hatte einen kahlen Kopf und ebenmäßige Gesichtszüge, die irgendwie falsch wirkten. Nicht männlich und nicht weiblich, sondern irgendwo dazwischen. Sie blickte ihnen mit großen, dunklen Augen entgegen. Ein bisschen interessiert, ein bisschen verärgert. Baelis umklammerte den Griff ihres Params ein Stück fester.

Das Mädchen beachtete die Statue nicht. Es hastete daran vorüber, hin zu dem doppelflügeligen Tor am gegenüberliegenden Ende der Halle. Es war ein großes, robustes Tor aus schwarzem Holz, das mit einem massiven Balken verriegelt war. Das Mädchen blieb schwankend davor stehen und legte den Kopf schräg. Die Körperhaltung ließ darauf schließen, dass sein Ziel hinter diesem Tor lag.

Mern trat auf den Balken zu und rüttelte daran. Er ließ sich nicht bewegen. Vermutlich, weil er schon zu lange in dieser Position verkeilt war. Grunzend hob der Riese den Hammer über den Kopf und schlug kraftvoll von unten dagegen. Der Balken wackelte, und das Tor ächzte gequält auf. Mern hob den Hammer erneut und schlug ein zweites Mal zu. Diesmal wackelte der Balken nicht nur, sondern verschob sich ein winziges Stück nach oben. Ein salziger Geruch strömte ihnen entgegen. Baelis runzelte die Stirn und trat einen Schritt zurück. Unter ihren Füßen plätscherte es leise. Als Mern zum dritten Mal zuschlug, gab das Tor ein lang gezogenes Stöhnen von sich, das an die Geräusche erinnerte, die sie vor Kurzem noch aus der Ferne vernommen hatten.

»Warte«, sagte Baelis und schob ihr Param in den Gürtel. Sie ging in die Hocke und leuchtete mit der Lampe über den Boden. Zwischen ihren Füßen floss ein schmales Rinnsal, das seinen Ursprung unter dem Tor hatte. Es war nicht viel, aber es kam in einem steten Strom. Eine schreckliche Ahnung überkam sie. Eine Ahnung von namenlosem Schrecken. Von durcheinanderwirbelnden Gliedmaßen, und von Körpern, die wie Strohpuppen durch die Luft geschleudert wurden. Vor Entsetzen weit aufgerissene Augen, panische Schreie, Verzweiflung und schließlich – Tod.

Sie hob den Kopf und wollte schon den Mund öffnen, um eine Warnung auszustoßen, als Merns Hammer zum vierten Mal in einem weiten Bogen durch die Luft fuhr und mit einem dumpfen Knall auf dem Balken aufschlug. Einen quälend langen Augenblick widerstand der mächtige Balken seinen Kräften, ehe er mit einem ohrenbetäubenden Krachen in die Luft geschleudert wurde. Die Türen wurden weit aufgerissen, und aus der Öffnung schossen mit unbändiger Kraft gewaltige Massen eiskalten Meerwassers hervor. Mern wurde davongewirbelt wie ein Blatt im Wind. Als Nächstes erwischte es das Mädchen, das dem Unheil mit leerem Blick entgegensah. Baelis riss die Hände schützend über den Kopf, dann waren die Fluten auch über ihr. Der Aufprall riss sie von den Füßen und schleuderte sie Hals über Kopf davon. Die eisige Kälte presste ihr den Atem aus der Lunge. Sie schlug irgendwo dagegen, und etwas anderes prallte gegen ihren Rücken und dann gegen ihren Kiefer. Sie hörte Knochen splittern und sah einen Augenblick lang die Hand der Guam, die sich ihr verzweifelt entgegenstreckte, ehe sie unbarmherzig fortgerissen wurde. Sie schnappte nach Luft, schluckte Wasser und schlug mit dem Kopf auf harten Stein. Sie wusste nicht, ob es der Boden war, oder die Wand oder die Decke. Es gab kein Unten und kein Oben mehr. Vor allem aber gab es keine Luft mehr zum Atmen. Ihre Lunge brannte, und ihr Brustkorb krampfte sich schmerzhaft zusammen. Verzweifelt suchte sie nach Halt, aber ihre Hände griffen ins Leere. Erneut schluckte sie Wasser und hustete und schluckte dadurch nur noch mehr. So ging es weiter, Hals über Kopf in der reißenden Flut, bis gleißende Lichter vor ihren Augen explodierten und ihre Sinne schwanden und sie ganz sicher war, sterben zu müssen. Sie schabte an etwas Scharfkantigem entlang, warf sich herum und krallte sich fest. Ihre Nägel splitterten, und ihre Haut wurde aufgerissen, doch schließlich gelang es ihr, Halt zu finden. Panisch zog sie sich in die Höhe, als sie aus dem Augenwinkel einen Holzbalken heransausen sah. Ihre Pupillen weiteten sich, sie schrie auf und …

… kniete erneut in einer Wasserpfütze vor dem verschlossenen Tor. Sie hob den Kopf und sah Merns Hammer zum vierten Mal in einem weiten Bogen auf den Türbalken zurasen. Sie hörte den dumpfen Knall, mit dem er aufschlug, und spürte die Erschütterung unter ihren Füßen. Einen quälend langen Augenblick widerstand der Balken den auf ihn einwirkenden Kräften, ehe er in die Luft geschleudert wurde und die gewaltigen Wassermassen hinter dem Tor freigab. Baelis schnappte nach Luft und riss die Hände über den Kopf, nur wenige Augenblicke bevor sie davongerissen wurde und gegen Steine und andere Dinge prallte, die ihre Knochen bersten ließen und ihren Körper zu Staub zermalmten.

Als sie die Augen aufriss, wusste sie bereits, wo sie sich befand, noch ehe sie Merns Hammer durch die Luft sausen und mit dumpfem Knall auf dem Riegel aufprallen sah. Sie wartete gar nicht erst so lange ab, sondern sprang auf, fuhr herum und begann, um ihr Leben zu rennen. Im Vorbeirennen riss sie die Guam mit sich, die sie verständnislos ansah, weil sie nicht einmal ahnte, dass ihr Kopf nur wenige Augenblicke später an genau dieser Stelle in einem Schauer aus Blut und Knochensplitter zerbersten würde. Sie hörte das Krachen, als der Riegel aus seiner Verankerung flog und die Torflügel aufgerissen wurden und donnernd rechts und links gegen die Mauern schlugen, und sie spürte die Welle eisiger Kälte, die den Wassermassen voranging, als sie sich tobend in die Halle ergossen. Sie dachte nicht darüber nach, welche Urgewalt in ihrem Rücken wütete, ignorierte die Gischt, die sich über sie ergoss, und konzentrierte sich einzig und allein darauf, auf den Füßen zu bleiben und die Guam nicht aus den Augen zu verlieren.

Sie sah die hockende Statue aus der Dunkelheit auftauchen und beschleunigte. Als sie spürte, dass etwas an ihren Beinen riss, warf sie sich mit ganzer Kraft nach vorn und streckte die Hände aus. Ihre Fingernägel kratzten über kalten Stein und zersplitterten, ehe sie am Schwertarm der Statue Halt fanden und sich daran festklammerten. Sie schnappte verzweifelt nach Luft, und im nächsten Augenblick donnerte die Flut über ihren Kopf hinweg, und etwas Weiches prallte gegen ihren Rücken. Sie wurde herumgerissen, bekam einen Fetzen Stoff zu fassen und krallte sich daran fest. Die Wassermassen zerrten und zogen an ihrem Körper und versuchten, sie mit sich zu reißen. Doch sie war stärker. Sie hatte keine Angst vor dem Tod. Nicht viel jedenfalls. Sie wollte nur nicht die gleiche Scheiße noch einmal durchmachen müssen. Diesen grauenvollen Moment, wenn sich die Lunge mit Wasser füllte und der Brustkorb sich unter Husten und Würgen zusammenpresste und damit nur noch mehr Wasser in den Körper hineinpumpte. Diese schreckliche Gewissheit, dass jeder verzweifelte Atemzug dich nur schneller an dein Ende bringt. Der Tod an sich war nicht schlimm. Der Weg dahin war das Entsetzliche.

Es war nicht das erste Mal, dass sie so etwas durchleben musste. Ihre Gabe – ihr Fluch, hatte sie schon oft genug aus hoffnungslosen Situationen gerettet. Im Kaiserreich galt sie als gefürchtete Kämpferin, aber in Wirklichkeit war sie nur mittelmäßig. Dennoch hatte man nach der Schlacht von Gulraka Lieder über sie geschrieben. Es war ein kurzes, aber heftiges Gemetzel. Sie waren völlig unvorbereitet gewesen und hatten verhängnisvolle Fehler begangen. Dem Feind war es gelungen, eine Bresche in die Befestigungsanlagen zu schlagen. Sie hatten einen Tunnel bis direkt unter die Mauern gegraben und mit teergetränkten Holzbalken abgestützt. Dann hatten sie den Tunnel mit Stroh und anderem brennbaren Material ausgestopft und angezündet. Als die Stützbalken Feuer gefangen hatten und unter dem tonnenschweren Gewicht der Mauern zerborsten waren, brachen die darüberliegenden Verteidigungsanlagen auf einer Breite von über zwanzig Schritt vollständig in sich zusammen. Baelis hatte das Unglück aus nächster Nähe miterlebt. Hatte das Krachen des berstenden Gesteins vernommen und die Mauern schwanken und sich träge vornüberbeugen gesehen. Wie zappelnde Käfer waren die Verteidiger von den Zinnen in die Tiefe gestürzt. Die Zeit hatte einen Augenblick stillgestanden, und dann waren die Mauern endgültig wie ein Kartenhaus in sich zusammengestürzt. Danach hatte sich eine große Ruhe über das Schlachtfeld gelegt. Als die Staubwolken sich langsam wieder verzogen hatten, waren zwischen den Steinbrocken die Spitzen unzähliger Spieße aufgeblitzt. Das feindliche Heer war angetreten, um die Schlacht endgültig für sich zu entscheiden.

In diesem Augenblick hatte Baelis begriffen, dass sie verloren hatten. Wenn sie schlau gewesen wäre, hätte sie sich auf ihr Lopec geschwungen und wäre davongeritten, so schnell sie konnte. Jeder vernünftige Mensch hätte das getan. Aber sie war noch nie besonders vernünftig gewesen. Außerdem war es für Flucht ohnehin schon zu spät gewesen. Sie waren von einer Übermacht umzingelt, und sie hätte ihren Tod nur noch hinausgezögert. Besser, sie starb gleich und mit etwas Glück auch noch schnell. Sie hatte sich in den Sattel ihres Lopec hinaufgeschwungen, doch statt ihr Heil in der Flucht zu suchen, hatte sie das Param in die Luft gereckt und einen schrillen Kampfschrei ausgestoßen. Das Sonnenlicht hatte sich in der Klinge gespiegelt, und sie musste ausgesehen haben wie eine Kriegsgöttin mit einem flammenden Schwert. Brüllend und waffenschwingend war sie dem Feind entgegengeprescht, und mitgerissen von ihrem selbstmörderischen Vorbild waren eine Handvoll Dumme – oder vielleicht auch Kluge, die ebenfalls wussten, dass ihr Leben bereits verwirkt war – hinter ihr hergestürmt.

Die vordersten Angreifer hatte sie einfach über den Haufen geritten und mit dem Schwert eine blutige Schneise in die Reihen der Gegner geschlagen, bis das Lopec von Dutzenden Spießen durchbohrt zusammengebrochen war. Noch bevor es am Boden aufgeprallt war, war sie aus dem Sattel gesprungen, hatte sich abgerollt und war brüllend weitergehastet. Wie eine Verrückte hatte sie ihre Waffe geschwungen und mit jedem Hieb einen Gegner gefällt. Sie war unaufhaltsam und schrecklich gewesen. Hatte mühelos Schwerthiebe abgewehrt, war tänzelnd unzähligen zustoßenden Speeren ausgewichen und hatte in den Reihen ihrer Gegner gewütet wie der Schnitter im Ährenfeld. Keine Menschenseele hatte sie auf diesem Vernichtungsfeldzug aufhalten können. Nicht einmal der Anführer des gegnerischen Heers, ein wahrhaft furchterregender Krieger, der kaum kleiner war als Mern. Er hatte nicht einmal den Hauch einer Chance gehabt. Mit wenigen gezielten Schlägen hatte sie seine Deckung durchbrochen, um dann mit einem einzelnen Hieb seinen Kopf von den Schultern zu schlagen. Der Anblick ihres getöteten Heerführers hatte die Angreifer in blanke Panik versetzt. Als Baelis seinen abgetrennten Schädel an den Haaren in die Höhe gerissen hatte, waren sie vor ihr zurückgewichen wie vor einem leibhaftigen Rachedämon. Das Entsetzen hatte sich wie eine Welle um sie herum ausgebreitet und ihre Gegner in die Flucht geschlagen. Der Sieg war vollkommen gewesen, und Baelis war zu einer Legende geworden.

Die Wahrheit war allerdings eine andere gewesen.

Die Wahrheit war, dass Baelis nach dem Fall der Festungsmauern voller Todesverachtung auf die Feinde zugestürmt war. Doch ein verirrter Pfeil hatte sich in die Flanke ihres Lopec gebohrt, und das Tier war in vollem Galopp gestürzt und hatte sie unter sich begraben. Sie hatten ihre zermalmten Knochen gespürt und geschrien und geweint vor Schmerz, während der Feind in fester Formation vorgerückt war und sich dabei alle Zeit der Welt gelassen hatte. Sie hatten sich nicht einmal damit aufgehalten, ihr den Todesstoß zu versetzen. Waren einfach über sie hinwegmarschiert und hatten ihren Kopf in den Schlamm getreten, bis sie schließlich qualvoll erstickt war. Es war ein grausames und nutzloses Sterben gewesen, das in keiner Heldensage Platz gefunden hätte. Doch bevor das Leben endgültig aus ihr gewichen war, hatte sie erneut in der Bresche auf dem Rücken ihres Lopec gesessen und das Schwert in den Himmel gereckt. Das Sonnenlicht hatte sich in der Klinge gespiegelt, und sie hatte ihrem Reittier die Fersen in die Flanken gedrückt und war zum zweiten Mal dem Feind entgegengeprescht. In vollem Galopp hatte sie am Zügel gerissen, und der Pfeil hatte das Lopec nur um Haaresbreite verfehlt, sodass ihr noch genügend Zeit geblieben war, um in die Reihen der heranrückenden Feinde hineinzupreschen und sich von ihren Speeren aufspießen zu lassen.

Unzählige Wiederholungen später war es ihr schließlich gelungen, ohne größere Verletzungen an den vordersten Angreifern vorbeizukommen und ein halbes Dutzend von ihnen in den Tod zu schicken, ehe man sie aus dem Sattel gezerrt und in Stücke gehauen hatte. Als sie bereits zu zählen aufgehört hatte, hatte sie gelernt, elegant von ihrem sterbenden Lopec abzuspringen und ihren Gegnern schreckliche Verluste beizubringen, ohne dabei selbst allzu viel einstecken zu müssen. Sie war Tausende Tode gestorben, hatte unerträgliche Schmerzen erleiden und Arme und Beine und zwischenzeitlich auch Teile ihres Schädels verlieren müssen, bis sie schließlich zum Anführer des gegnerischen Heers vorgedrungen war. Einem Mann, dem nicht ohne Grund der Ruf eines furchterregenden Schwertkämpfers vorausgeeilt war. Er hatte ihr noch einmal Tausende Tode und unvergleichliche Schmerzen zugefügt, bevor sie schließlich seinen abgeschlagenen Schädel am Schopf gepackt und triumphierend in die Höhe gerissen hatte. Baelis, die Heldin. Die Legende von Gulraka. Wie sollte man nach solchen Erlebnissen nicht zur Säuferin werden?

Als die tödliche Flut endlich nachgelassen hatte und die Wassermassen langsam wieder abflossen, löste Baelis den eisernen

Griff um das Hemd der Guam und kletterte vorsichtig von der Statue herunter. Jeder Muskel schmerzte höllisch, doch an Schmerzen war sie gewöhnt. Ihre Lampe hatte sie auf der Flucht verloren. Das machte allerdings nichts, da durch die Toröffnung ein schwacher Lichtschein in die Halle fiel, der hell genug war, um sich zu orientieren. Wie durch ein Wunder hatte Mern überlebt. Er hatte eine beträchtliche Zahl Blessuren davongetragen, aber zum Glück keine ernsthaften Verletzungen. Seine linke Gesichtshälfte war geschwollen, abgeschürft und voller blauer Flecken, was seiner Schönheit allerdings wenig Abbruch tat. Gemeinsam liefen sie durch das Tor hindurch und fanden das Mädchen unter einem gewaltigen Loch in der Decke, durch das man in das darüberliegende Stockwerk hinaufschauen konnte. Irgendwo dort oben flackerte eine Laterne, in dessen fahlem Licht man vage eine Treppe erahnen konnte, und einen Kronleuchter und modrige Teppiche an den Wänden. Als das Wasser durch die Decke heruntergeschossen war, hatte es eine große Zahl alter Möbel mit sich gerissen. Tische und Stühle und Truhen, die zerschmettert über den Boden verstreut lagen. Das Mädchen hockte inmitten dieser Zerstörung vor einem dunklen Haufen, der sich bei genauerem Hinsehen als Leiche entpuppte.

Baelis verscheuchte es mit einem Fußtritt und drehte die Leiche ächzend auf den Rücken. Sie stellte fest, dass es sich um den jungen Magister handelte, dessen Gesicht ganz aufgedunsen und zerschlagen war. Sie stieß einen Seufzer aus und wollte sich schon wieder abwenden, als er zu husten und zu würgen begann und einen Schwall brackiges Wasser auf den Boden erbrach. Sie ließ ihn in Ruhe husten, hockte sich neben ihn auf den Boden und nahm einen tiefen Schluck aus ihrem Weinschlauch. Die schwere Süße lag angenehm warm auf ihrer Zunge. Sie drückte dem Magier den Schlauch in die zitternde Hand.

Der Magister schnüffelte an der Öffnung und verzog angewidert das Gesicht. Dennoch trank er den Wein in einem Zug leer. Er schüttelte sich und gab den leeren Schlauch zurück. Dann warf er einen Blick hinauf zu dem Loch in der Decke, von dessen Rand ein kleiner Wasserfall zu ihnen herunterrieselte. »Habt ihr einen alten, bärtigen Mann gesehen? Er hört auf den Namen Stein und steckte bis eben noch im Maul eines hässlichen schwarzen Wurms.«

»Der Name sagt mir etwas, aber der Stein, den wir kannten, steckte kopfüber im Maul eines aufrecht gehenden Schweins.«

»Hm«, sagte der Magister und entdeckte das tote Mädchen hinter Baelis Rücken. Ein glückliches Strahlen zog über sein Gesicht. »Du lebst!«

»Wenn man das so nennen will …« Traurig blickte Baelis in die Öffnung ihres leeren Weinschlauchs hinein und schleuderte ihn in einem hohen Bogen davon. Vorsichtig bewegte sie den Kopf und ließ die Halswirbel knacken. Sie fühlte sich unbeschreiblich müde, und ihre Lunge schmerzte noch immer von den unzähligen Malen, die sie heute beinahe ertrunken war. »Ich könnte jetzt einen herzhaften Happen vertragen.«

Der Magister nickte. »In Taz sollen sie die besten Ongis der Welt backen. Hier essen alle nur Bohnenpampe. Ich hasse Bohnenpampe!«

»Kein Mensch mag Bohnenpampe. Du etwa, Dicker?« Sie schaute zu Mern auf, der nur stumm den Kopf schüttelte.

»Ich könnte jetzt Ongis essen und Wein trinken, verdammt noch mal.« Der Magister richtete sich auf und funkelte die Guam zornig an. Eine plötzliche Windböe fuhr aus dem Loch in der Decke herab und blies ihnen eisige Gischt in die Gesichter. Der Magister kniff die Augen zusammen. »Aber du hast mich die ganze Zeit über belogen!«

Die Guam erwiderte seinen Blick mit einem Ausdruck, den man unter Umständen für ein wenig schuldbewusst halten konnte. Baelis kannte sich mit solchen Sachen allerdings nicht so gut aus. Sie war nie besonders gut darin gewesen, die Gefühle ihrer Gegenüber zu erraten. »Ich habe versucht, die richtige Entscheidung zu treffen«, sagte die Guam so langsam, als müsste sie jedes ihrer Worte sorgsam im Mund zurechtschieben. »Das ist gar nicht so leicht, wie du denkst.«

»Da gebe ich dir vollkommen recht. Es ist viel leichter, Dinge zu zerstören!«

»Ich ...« Die Guam sah Hilfe suchend zu Mern auf, aber der Riese verzog keine Miene. Sie öffnete den Mund und machte eine halbherzige Handbewegung, die alles und nichts aussagen konnte. Ihr Blick glitt über Baelis und das tote Mädchen hinweg und richtete sich wieder auf den Magister. »Ich hätte von Anfang an ehrlich mit euch sein sollen.«

»Das wäre verdammt noch mal nicht schlecht gewesen! Dann wären eine ganze Menge Menschen noch am Leben – und Onyx hätte sich nicht in einen Noru verwandelt.« Die Hände des Magisters ballten sich zu Fäusten, und die Windböe wurde stärker.

Die winzigen Härchen auf Baelis Unterarmen stellten sich auf. Sie hatte das unangenehme Gefühl, als würde sich gerade irgendwo über ihren Köpfen etwas zusammenbrauen. »Nun gut«, brummte sie und tastete geistesabwesend nach ihrem Weinschlauch, ehe ihr einfiel, dass sie ihn fortgeworfen hatte, weil er leer getrunken war. Sie stieß einen gequälten Seufzer aus. »Falsche Entscheidungen wurden getroffen, und manche davon sind nun mal endgültig. Aber die Guam hat gesagt, dass sie einen Weg gefunden hat, einige wieder rückgängig zu machen. Wir müssen nur bis ganz hinauf in diese Halle gelangen. Ist das nicht so, Tara?«

Die Guam nickte. »Wenn wir sie finden, wird alles gut.«

»Dazu müssen wir allerdings erst mal einen Weg aus diesem Labyrinth herausfinden. Ich habe keine Lust, weiter hier herumzuirren wie dieser bärtige Kerl, den der Butsu verschlungen hat. Dieses Haus verändert sich pausenlos. Kein Weg bleibt gleich. Ich beginne zu glauben, dass es uns absichtlich in die Irre führt.«

»Hier drin ist mächtiges Shao am Werk«, sagte der Magister nun wieder in gemäßigterem Ton. Er blickte traurig auf seine Hände hinab. »Aber ich glaube, dass man es formen kann.«

»So wie Lehm?«

»Stein hat es geschafft. Obwohl er nicht wusste, dass er dazu in der Lage war. Ich glaube, dass er in seiner Einsamkeit den Verstand verloren hat und es irgendwann ganz unbewusst verwendete. So wie der Kranich im Winter ganz unbewusst nach Süden fliegt.«

»Oder ein Schlafender nicht darüber nachdenkt, wen er verschlingt.« Baelis warf einen Seitenblick auf das Mädchen, das mit ausdrucksloser Miene zurückstarrte.

»Ich glaube, dass tief in ihrem Innern noch ein Rest von Menschlichkeit schlummert«, sagte der Magister. Er lächelte das Mädchen liebevoll an. »Sie hat nach mir gesucht – und sie greift mich nicht an. Ich bin mir ganz sicher, dass sie mich wiedererkennt.«

Baelis konnte in den toten Augen des Mädchens zwar keinerlei Menschlichkeit mehr erkennen, und außerdem griff es auch sie nicht an, doch sie wollte dem jungen Mann nicht die Hoffnung zerstören. Er schien an dem armen Ding zu hängen, und solange er noch Hoffnung besaß, war er nützlich. »Wie willst du das Shao formen?«, fragte sie.

»Ich weiß nicht.« Salter zuckte mit den Schultern. »So weit habe ich bis jetzt noch gar nicht gedacht.«

»Dann ist jetzt wohl der richtige Zeitpunkt dafür.«

»Ich kann nicht einmal einen Funken hervorrufen.« Salter schnippte mit den Fingern und blickte wieder traurig auf seine Hände hinunter. »Es geschieht alles rein zufällig. Wenn ich in großer Gefahr bin oder wenn ich bedroht werde.«

»Ich könnte dich ein bisschen bedrohen«, sagte Baelis. »Oder der Dicke. Er scheint ganz gut darin zu sein.«

Salter sah zu dem Riesen auf und erblasste. »Du bist ein Ukar, nicht wahr?«

»Er kann dir nicht antworten. Sie haben ihm die Zunge herausgeschnitten.«

»Oh.« Ein mitleidiger Ausdruck trat in das Gesicht des Magisters. »So wie diesem legendären Kriegsherrn etwa? Dem Ukaren, von dem man sich so viele Gräuelgeschichten erzählt? Ich habe in den kaiserlichen Archiven über ihn gelesen. Sein Name lautete Mern.« Erneut sah er zu dem Riesen auf. »Und er? Wie heißt er?«

»Mern.«

Der Magister dachte eine Weile darüber nach. Langsam hob er die Hand und schnippte mit den Fingern. Eine winzige Flamme flackerte über seinem in die Höhe gereckten Daumen auf. Er räusperte sich. »Ich glaube, ich habe mir gerade ein bisschen in die Hose gemacht. Aber möglicherweise kann es funktionieren.«

ERKENNE
DICH SELBST

Der Aufstieg die schmale, lichtlose Wendeltreppe hinauf dauerte noch weit länger, als Fuchs erwartet hatte. Irgendwer hatte zwar zwei, drei Laternen entzündet, aber dank der zahlreichen Verletzten, die sich die Stufen nur Schritt für Schritt hinaufschleppen konnten, und der Tatsache, dass er am Ende der Kolonne aufstieg, führten dazu, dass Fuchs über lange Zeit durch fast völliges Dunkel tappte, geleitet nur von seinen Fußspitzen an der nächsten Stufe und seiner Hand an der steinernen Wand. Niemand sprach; alle sparten sich ihren Atem für den endlos scheinenden Aufstieg. Die Wellen der Stille, die von unten zu ihnen heraufdrangen, wurden schwächer und schwächer und hörten schließlich ganz auf, Fuchs' Magen zu malträtieren.

Zumindest im Moment. *Sei dankbar für jede Pause, die du bekommst. Die Scheiße kommt schon früh genug zurück. Die Lehren des Ragot.* Schließlich erreichte sie der Ruf, dass die Ersten oben angekommen waren, und Spannung machte sich breit. Doch es dauerte noch eine ganze Weile, bis Fuchs als Letzter das obere Ende des Aufstiegs erreichte.

Die Treppe endete als niedriger Durchgang in der Wand

einer kleinen Gewölbekammer, die einst gleichzeitig als Lager gedient haben mochte. Eine der Wände war mit steinernen Nischen ausgestattet, die wie die Fächer eines Regals wirkten; an der gegenüberliegenden Wand stand eine Reihe riesiger, steinerner Kisten, die Begräbnistruhen ähnelten.

Das Interessanteste jedoch schien etwas in der Mitte zu sein, denn Stern, Ensu, Marai und Ako standen stumm um etwas herum, und mit ihnen betrachteten Shoruan und zwei oder drei der übrigen Citani das, was auch immer in ihrer Mitte stand. Als er aus dem Durchgang trat, sah Stern ihn nachdenklich an, und nacheinander drehten sich die Übrigen um und taten es ihr gleich. »Was? Was ist?«

Sie traten beiseite.

Und dort, in ihrer Mitte, stand ein steinernes Podest, auf dem eine große Schale stand, die einen Kopf enthielt. Der Kopf sah ihn an. Fuchs starrte zurück. Er blinzelte. Der Kopf tat dasselbe.

»Das Ding hat mein Gesicht«, sagte er, und es klang selbst für ihn nicht sonderlich clever.

Der Kopf verzog das Gesicht ziemlich genau so, wie er es selbst tat, wenn jemand etwas Dämliches sagte. »Dein Gesicht? Glaub mir – ich hatte es vor dir.«

Unwillkürlich machte Fuchs einen Schritt zurück. »Was bei Ragots ...«

»... haarigem Hintern? Benutzt man den Ausspruch immer noch?« Während der Kopf sprach, konnte man in seinem Mund tiefschwarze Zähne sehen, die dasselbe ölige Glänzen hatten wie die Augen der Noru. Und wie die des Kopfes selbst.

»Ich wollte eigentlich ›Lehren‹ sagen«, stellte Fuchs fest. »Was bist du?«

»Dieses Mal höflicher als zu meiner Zeit.« Der Kopf grinste beunruhigend. »Ich bin du.«

»Was?«

»Geht das schon wieder los?« Das Ding verzog das Gesicht erneut. »Das kann eine Weile dauern, wenn das so weitergeht.«

»Ihr seid … das Orakel?«, erkundigte sich der alte Magister in einer seltsamen Mischung aus Ehrfurcht und Misstrauen. »Wie kann das sein?«

Der Kopf verdrehte die Augen beim Versuch, Shoruan anzusehen. »Hegst du Zweifel, alter Mann? Erinnerst du dich noch an die Frage, die du vor etwas mehr als einer Woche gestellt hast? Die mit deinem kleinen Problem zwischen den Beinen, wenn du …«

Shoruan unterbrach bemerkenswert schnell. »Nein, ehrwürdiges Orakel, ich zweifle es keinen Augenblick an! Ich erkenne Eure Stimme. Ich bin nur etwas überrascht, dass Ihr …«

»Was? Etwas zu kurz gekommen bin? Nicht zumindest ein weiser Citani-Kopf bin? Ich mich unmöglich an der Nase kratzen kann? Oder dass ich mir über Jahre eure Geschichten angehört habe? Glaub mir, Letzteres ist das Härteste.«

Shoruan starrte den Kopf an.

»Es gibt eine einfache Erklärung. Ich habe mich gelangweilt. Ich bin ein Kopf in einem Eimer, um Butsus willen.«

Fuchs blinzelte erneut. »Weshalb bist du mein Kopf in einem Eimer?« Er trat näher und beugte sich hinunter, um das ihm so bekannte Gesicht näher anzusehen. Jetzt, aus der Nähe, wirkte es tatsächlich ein wenig älter. Da waren Falten, die er noch nicht gesehen hatte, und einige graue Haare, die es auf seinem Kopf noch nicht gab. Hoffte er zumindest. Andererseits war er auch nicht ein einsamer Kopf, der in einer Schüssel … was lag? Er betrachtete die ölig-schwarze Flüssigkeit, die dem Kopf bis zum Kinn ging. Dann wanderte sein Blick zum metallenen Rand des Gefäßes, das mattsilbern schimmerte. »Mondsilber? Das ist das Zeug, das in den Noru ist, richtig?«

Der Kopf lächelte traurig. »Es hält mich … in diesem Zustand, ja. Aber keine Sorge. Ich laufe nicht herum und beiße Leute.«

»Ich hätte nicht gedacht, dass es eine Version von dir gibt, die noch mehr nervt«, stellte Ensu trocken fest.

»Weshalb bist du mein Kopf in einem Eimer?«, fragte Fuchs nochmals. Jetzt sprach er langsamer und betonte jedes Wort.

»Schüssel.«

»In einer Schüssel schwarzem Rotz.«

Der Kopf rollte mit den Augen. »Weil ich du bin. Eine frühere, offensichtlich intelligentere Version von dir, aber du. Roru M'Nak. Von den Tenburro M'Naks, natürlich. Und du, Junge?«

Fuchs starrte ihn an. »Fuchs«, sagte er.

Der Kopf schien etwas sagen zu wollen, doch angesichts Fuchs' Miene zögerte er. »Im Ernst? Fuchs M'Nak?«

»Nur Fuchs.«

»Oh …« Die Augen des Kopfs weiteten sich. »Sklavenmarkt, sagtest du vorhin. Also ein akuter Fall von ›mysteriöser Herkunft‹. Das passt zu ihr.«

»Ich bin ein ›Er‹«

Der Kopf schnaubte. »Ich rede nicht von uns, Idiot. Ich meine sie. Die, die das Ganze einfädelt. Sie ist nicht bei euch? Hinter mir?«

Ako beugte sich neben Fuchs. »Von wem sprichst du, Kopf von Fuchs?«

»M'Nak.« Er musterte Ako und zog die Brauen hoch. »Für dich Roru. Von der Priesterin natürlich. Spindeldürr, graue Haare, graues Pilgergewand, lächelt viel, aber das ist nicht echt.«

Ako warf Fuchs einen Seitenblick zu, aber der zuckte mit den Schultern. »Nein, so eine ist nicht bei uns.«

»Seid froh«, sagte der Kopf düster. Dann betrachtete er Ako misstrauisch. »Habe ich dich schon mal gesehen?«

»Ich glaube nicht. Ich bin zum ersten Mal hier.«

»Nein. Nein, nein, bist du nicht!« Plötzliches Erkennen stand in Rorus Gesicht. »Du warst im letzten Zyklus schon mal hier. Du bist eine von uns!«

»Was?« Dieses Mal fragten Fuchs und Ako gleichzeitig.

»Ist das ansteckend? Wenn ja, dann tretet bitte zurück.« Als der Kopf lachte, tauchten kleine Blasen in der schwarzen Masse rund um ihn auf und platzten träge. »Von uns. Denen, die immer wieder hierherkommen. Den Auserwählten. Ich, also auch der Kerl hier«, sein Blick zuckte zu Fuchs, »und der Citani-Magister. Shoruan, ich habe dir doch gesagt, dass jemand kommen wird. So eine wie sie und jemand wie ich.«

Der alte Magister musterte Ako skeptisch. »Es kam noch eine wie sie, die auf der Suche nach dem Herrn war. Sie hat uns hintergangen.«

»Ich weiß nicht von noch einer, aber ich meinte die hier«, erwiderte Roru ungehalten. »Ich habe keine Ahnung, wie viele Erwählte es gibt oder wie sie aussehen. Ich kenne nur diese drei. Aber ich weiß, dass die Pilgerin sie immer und immer wieder sammelt.« Er sah Fuchs an. »Ich bin nicht die erste Version von uns, die hier war, musst du wissen. Ich habe auf der Ebene mit dem Waffensaal ein Bild von mir gefunden. Alt. Mindestens drei Zyklen vor mir.«

»Mit Zyklen meinst du Toröffnungen, richtig, Ding?«, erkundigte sich Stern.

Roru sah auf. »Richtig, Fusselhaar. Toröffnungen. Und wie es aussieht, taucht die Pilgerin jedes Mal hier auf, und sie bringt jedes Mal ... uns mit. Versionen von uns. Wiedergeburten. Was weiß ich. Ich kenne mich damit nicht so aus. Shoruan, glaubst du eigentlich an Wiedergeburt?«

»Wenn es so etwas gibt, dann hoffe ich, dass die Götter gnädig genug sein werden, mich weit entfernt von diesem Ort hier leben und sterben zu lassen«, sagte der alte Citani düster.

»Weise Einstellung«, lobte Roru. »Hätte ich dir gar nicht zugetraut. Jedenfalls: Die Pilgerin hat mich damals angeheuert, um einen Schatz hier zu heben. Es waren noch andere dabei, von denen ich glaube, dass sie zu den Erwählten gehörten. Der Citani-Magister zum Beispiel, aber ich bin mir nicht sicher. Sie braucht sie – uns –, um an einen Gott heranzukommen, der einem Wünsche erfüllt. Und glaubt mir, sie überlässt nichts dem Zufall. Ich habe keine Ahnung, wie sie das macht, aber sie ist jeden Zyklus wieder hier. Bislang scheint es ihr noch nicht gelungen zu sein, aber ich denke, sie lernt jedes Mal mehr dazu.«

»Du hast mir aber immer noch nicht erklärt, wie du ... ich ... in dieser Schüssel gelandet bist?«, warf Fuchs ein.

»Oh, das. Das war sie.« Er deutete mit den Augen auf Ako. »Also ihre Version vor zwei Zyklen. Mar ... Meret. Genau. Sie hatte deutlich weniger Haare auf dem Kopf als diese Version hier.« Er sah zu Ako auf und grinste schief. »Steht dir übrigens. Jedenfalls – die verschissenen Noru hatten mich in meinem Zyklus erwischt und zu einem der Ihren gemacht. Allerdings ist mir das nicht so auf den Geist geschlagen wie den Übrigen. Also habe ich sie nicht sofort umgebracht, und sie ... na ja, sie hat mir den Kopf abgeschlagen und mich in diese Schüssel voll Rotz gesetzt, um mich als Wegweiser herumzutragen. Ich weiß eine Menge über dieses Haus hier. Sie war wirklich eine … überzeugende Person. Schlagkräftig. Sozusagen.«

Fuchs sah auf. Alle hatten sich um das Podest geschart und lauschten mit fasziniertem Entsetzen dem … seinem sprechenden Kopf.

»Wie kann das sein, dass du immer wiedergeboren wirst, wenn das Ding doch noch hier ist und mit uns spricht. Ich bin mir sicher, dass es lügt. Sicher«, sagte Stern abfällig. »Ich denke, wir verbrennen es.«

»Das *Ding* kann dich hören«, knurrte Roru. »Und ich habe keine Ahnung, wie das funktioniert. Bin ich ein verschissener Magister? Vielleicht, weil ich eigentlich tot bin und nur der Noru-Rotz mich im Hier hält. Was weiß denn ich.«

Ensu hob einen Finger. »In Ordnung. Warten wir mal noch mit dem Verbrennen. Aber wenn dich diese andere Ako mit sich genommen hat – warum bist du dann hier? Auf diesem Podest?«

Der Kopf blies die Wangen auf. »Ja, dummer Zufall. Die gute Frau hat mich eigentlich nur kurz hier abgestellt, um in den Raum dort drüben zu gehen. Also, den hinter mir. Den ich von hier aus nicht sehen kann. Nach allem, was ich weiß, ist das ein Observatorium, in dem man sämtliche Sterne des Himmels betrachten kann. Alle.« Er seufzte. »Wisst ihr, was ich dafür gegeben hätte, wenn sie mich dort abgestellt hätte und nicht hier, wo ich nicht mal die Wand dort sehen konnte, weil es zu verschissen dunkel hier war?«

»Ich hätte gesagt: einen Arm und ein Bein«, stellte Ensu fest. »Aber ich vermute, in Anbetracht deines Zustands – ein Ohr?«

»Witzig, dicke Frau. Sehr witzig.«

Fuchs hob eine Hand. »Erzähl weiter!«

»Jedenfalls – hinter dem Observatorium gibt es einen Weg, der direkt hinaufführt. Es ist nicht mehr weit. Aber irgendwas muss ihr und ihren Leuten passiert sein, denn sie kamen nie zurück. Im folgenden Zyklus habe ich euern Freund Shoruan sprechen gehört – und er hat mich gehört. Na ja, und so wurde ich irgendwie zum Orakel.«

Shoruan starrte sein Orakel noch immer verwirrt an, nickte aber zögerlich.

»Das heißt, du kennst den Weg nach oben?«, fragte Stern ungerührt.

»Kenne ich. Aber ich bin nicht sicher, dass ich ihn dir sagen sollte. Ich mag dich nicht. Vielleicht ändert sich das, wenn du mal zwanzig oder dreißig Jahre mit mir hier eingeschlossen bist. Ich habe Zeit.«

»Ich fürchte, wir haben die Zeit nicht, Kopf von Fuchs. Diese andere Taruki, Mlima, hat ohnehin zu viel Vorsprung vor uns. Wir müssen sie ohne Bedingung aufhalten«, sagte Ako höflich.

»Roru, bitte. Zeit ist nicht euer Problem. Ihr habt eine riesige Menge an Problemen, wenn ihr hier seid, aber Zeit gehört nicht dazu. Ich glaube, der ganze Zweck dieses Hauses besteht aus drei Dingen. Etwas eingesperrt zu halten, das nicht nach draußen soll. Leute, die nicht hierhergehören, aufzuhalten. Und drittens: Alle Leute, die hierhergehören, zur selben Zeit an denselben Ort zu führen. Egal, wie lange sie vorher hier sind. Das heißt, das Haus versucht Leute wie Shoruan, Tohiao, Kin Dairu und ihre Citani und all die anderen, die hier nichts zu suchen haben, aufzuhalten und zu beseitigen. Aber es bringt alle Erwählten eines Zyklus zur selben Zeit in

sein Heiligtum. Zeit und Raum haben hier einfach nicht dieselbe Bedeutung.«

»Wie – nichts zu suchen haben?«

Stern hob die Hand, um Shoruan Schweigen zu gebieten.
»Sein Heiligtum?«

»Sein wie in ›der Totengott, den die verdammte Pilgerin
verehrt‹. Der, den dieser Hort der Qualen hier gefangen halten
soll. Die Quelle der Noru oder ihr Anführer oder was weiß
ich. Es ist schwer, an neue Informationen zu kommen, wenn
man in dieser Schale hier sitzt. Aber man macht sich Gedanken.«

Fuchs richtete sich auf und sah sich um. Die Citani sahen
sie mit einer Mischung aus Erschöpfung, Zorn, Verwirrung
und so etwas wie verzweifelter Hoffnung an. *Wer will es
ihnen verdenken. Wir haben die Noru auf sie losgelassen, ihr
Heim zerstört, ihr Orakel als einen Kopf – meinen Kopf – in
einer Suppenschüssel enttarnt. Und jetzt sind wir die Einzigen, die eventuell wissen, wie es hier rausgeht. Möglicherweise,
indem wir den Gott des Todes besuchen.* Er lächelte verkniffen und sah über sie hinweg zur anderen Seite des Gewölbes.
Dort befand sich ein Tor, groß genug, um einen Kleinen Pferde-
wagen hindurchzuziehen, und mit dicken Platten aus dunklem Metall beschlagen.

»Und hinter diesem Tor liegt dieses … Sternguckding?«

»Observatorium«, sagte Roru.

»Sagt er doch«, warf Ako ein, »Ich denke, wir sollten uns
das mal ansehen, bevor wir entscheiden, wie es weitergeht.«

»O nein!« Roru klang plötzlich beunruhigt. »Genau das
habe ich von dir schon mal gehört. Kurz bevor du mich auf
diesem Ding hier abgestellt hast und verschwunden bist. Noch
mal tust du das nicht!«

Ako sah den Kopf von der Seite an. »Wie willst du mich daran hindern?«

»He! Fuchs! Du lässt mich hier nicht stehen!«

»Tja, weißt du«, Fuchs schniefte. »Stern sagte früher immer zu mir, dass ich eines Tages noch mal meinen Kopf vergessen werde.«

Roru stöhnte. »Dieser Witz? Ernsthaft? Wie alt bist du – zehn?« Als Fuchs sich abwandte, lag jedoch Panik in seiner Stimme. »Nein, halt, in Ordnung. Das war tatsächlich in Ordnung. Ich hätte auch nicht widerstehen können.«

Ensu hob die Schale auf. »Halt jetzt einfach den Mund. Sonst lasse ich dich fallen und wir suchen uns den Weg alleine.«

»Und wir?« Shoruan und Tohiao standen unschlüssig zwischen Sterns Gruppe und dem Tor. Der alte Magister deutete auf die Kinder und die zahlreichen Verletzten. »Wir können euch nicht folgen.«

»Aber ihr könnt auch nicht hierbleiben«, stellte Stern fest. »Es sei denn, ihr wollt wieder nach unten. Ihr müsst also wählen. Es ist eure Entscheidung.«

Ako runzelte die Stirn, dann wandte sie sich um, holte die gefaltete Karte aus ihrer Weste und hielt sie Shoruan hin. »Hier. Rastet erst einmal und versorgt eure Leute. Es scheint unsere Bestimmung zu sein, diesen Totengott aufzusuchen. Ich zumindest muss dorthin. Ich kann nicht anders. Und wir haben jemanden, der den Pfad kennt. Ich habe also keine Benutzung mehr dafür.«

Der Magister sah sie verblüfft an, und Ako seufzte. »Vielleicht findet ihr hiermit einen sicheren Ort. Oder einen Pfad nach unten. Dort unten vor dem Tor befindet sich eine Kiste, und vielleicht gelingt es euch, mit ihrer Hilfe das Tor zu eröffnen.« Mit diesen Worten übergab sie das Pergament an den alten Citani, verneigte sich und wandte sich ab.

Fuchs nickte den Citani stumm zu und folgte ihr.

Das Tor war nicht verschlossen, sondern nur angelehnt. Es genügte, dass Ako und Fuchs sich dagegen lehnten: Mit einem nachhallenden Knarren schwang der Flügel auf und gab den Blick auf den seltsamsten Raum frei, den Ako je gesehen hatte. Oder vielmehr einen fehlenden Raum. Direkt hinter der Schwelle begann das Nichts. Nein, *Nichts* war ein falscher Ausdruck. Der Nachhimmel begann. Das gigantische Sternenband des Himmels erstrahlte hier so, wie Ako es nur selten gesehen hatte, in windstillen Nächten in der Wüste, weitab vom Feuerschein der Lager oder in jener eisigen Nacht auf dem Bergpass, als selbst das Atmen schon anstrengend gewesen war und sie beinahe erfroren wären. Und doch war das hier noch viel mehr, denn das Band war nicht nur ein Band, das sich über ihnen spannte wie Myriaden eingefrorener Funken, es lief weiter, bis es tief unter ihnen seinen Weg zurückfand und sich schließlich mit den Sternen über ihnen zu einem Ring schloss. Abseits davon war die Dichte der Nadelstiche im Samtschwarz dünner, und doch strahlten auch dort noch immer mehr Sterne, als sie je zuvor erblickt hatte. Schwindel erfasste sie, als die Weite sie zu packen und in das unermessliche Nichts vor ihr zu ziehen schien. Es gab hier keinen Turm mehr, keinen Raum nur die unendliche Schönheit des Nachthimmels, die sie jetzt, plötzlich, mit einem unerklärlichen Grauen erfüllte. Sie schwankte, griff nach der Tür und taumelte einen Schritt zurück, nur um gegen Fuchs zu stoßen, der ihr gleich von Ehrfurcht und Furcht erfüllt schien. Der Mund des Mannes schien stumm Worte zu formen, aber nichts drang daraus hervor, und für einen Augenblick hatte Ako den Gedanken, dass sie die Fähigkeit zu hören verloren hätte.

Dann brach der Bann. Stern schob Ako beiseite und lehnte sich aus der Tür so weit hinaus ins Nichts, wie es ihr möglich war, ohne zu fallen. »Das ist so ziemlich die größte Verschwendung von Shao, die ich bisher gesehen habe. Nicht einmal die Goldene Halle hat so etwas. Ich denke, noch nicht einmal der Kaiserliche Hof.«

»Aber du musst zugeben, dass es wunderschön ist«, sagte Marai ehrfürchtig.

»Ästhetik ist kein Argument, Shao zu verschwenden.«

»Ich kannte da mehr als eine Magistra, die das völlig anders sah«, sagte Roru.

»Ich glaube nicht, dass Schönheit ein Grund hierfür ist.« Ensu kniete sich ganz an den Rand der Schwelle und fasste vorsichtig über den Rand. Das Bild waberte kurz, dann klopfte sie auf eine Oberfläche, die mit den Augen nicht wahrnehmbar war. Sie schien steil abzufallen. Ensu tastete an der Oberfläche entlang. »Es ist ein Raum. Mit einem ganz normalen Boden.«

»Ich finde es interessant, was du als normal bezeichnest«, murmelte Fuchs.

»Es ist normal«, sagte Stern und trat durch die Tür. Ihr Fuß fand den unsichtbaren Boden, und auf einmal stand sie in einem unmöglichen Winkel zu Fuchs, so als klebten ihre Füße an einer Wand, und ihr Köper ragte waagrecht in den Himmel hinein. Allein der Anblick ließ Kopfschmerz hinter Fuchs' Augen aufflackern. Neben ihm schnappten Ensu und Marai nach Luft, Ako stieß einen Pfiff aus. »Was tust du da?«

Stern drehte sich interessiert im Kreis, ging einige Schritte und sah sich dann nach ihnen um. »Es ist eigentlich ganz einfach und doch beeindruckend. In diesem Raum ist unten dort, wo deine Füße sind. Beeindruckend. Dadurch kannst du«, sie deutete auf einen besonders hell scheinenden Stern etwas weiter weg, »jeden beliebigen Punkt besuchen und genauer ansehen.« Sie ging wie zur Demonstration zu dem Stern, hockte sich hin und wischte über den Boden. Für Fuchs schien es, als würde der Stern plötzlich aufflammen. »Faszinierend. Man kann das Abbild sogar vergrößern.«

»Stern bewundert Sterne«, murmelte Ensu und kniff mehrmals die Augen zusammen. »Ich vermisse in diesem Moment Kratzers dumme Bemerkungen.« Vorsichtig tastete sie sich in das scheinbare Nichts und schien gleich darauf unter der Türschwelle auf allen vieren an der Wand zu kleben. »Das ist so verdammt seltsam.«

Fuchs atmete tief durch. »Ich denke, Stern wäre auch fasziniert davon, wie sich Erbrochenes in diesem Raum ausmacht.« Er griff nach den Seiten des Türrahmens, stieß sich ab und stolperte in den Raum hinein. Statt jedoch zu fallen, fühlte es sich tatsächlich so an, als liefe er auf unsichtbarem Boden. Verblüfft drehte er sich um und sah die Tür jetzt einer Luke im Boden gleich hinter sich. Oder besser: einer Luke im endlosen Sternenhimmel unter sich. »Das ist ... das ist fantastisch!«

»Es ist praktisch«, sagte Stern nüchtern und betrachtete drei Sterne vor sich, die umeinander herumzutanzen schienen. »Man kann die Sterne so viel besser studieren, als man es je am Himmel kann. Und man friert dabei nicht.«

»Es ist vor allem frustrierend!«, sagte seine eigene Stimme hinter ihm.

Als er sich umdrehte, sah er, dass inzwischen auch Ako mit Rorus Kopf den Schritt in diesen seltsamsten aller Räume gewagt hatte. »Falls ihr euch das vorstellen könnt. Ich saß ... lag Ewigkeiten im Dunkel und hatte nur die Stimmen einiger frustrierend anstrengender Citani als Unterhaltung, während das hier direkt hinter meinem Rücken war. Ich meine Hinterkopf. Ach, Oantan-Dreck, ihr wisst, was ich meine.«

Fuchs zuckte mit den Schultern. »Ich kann mir vorstellen, dass das hier auch ziemlich schnell langweilig wird.«

Roru grunzte. »Aber bedenke die Erkenntnisse, die man hieraus ziehen kann! Na gut, oder ich bin in den vergangenen hundert Jahren einfach nur anspruchsloser geworden.« Er schielte zu Ako hoch. »Wobei das alles natürlich noch kein Vergleich ist zu deinem Strahlen.«

Fuchs sah zu Ensu. »Sag mir, dass ich nicht so schmierig klinge«, murmelte er.

»Ja, ich lerne dich auch langsam zu schätzen.« Ensu lächelte schmal und nahm Ako die Schüssel ab. »Du hast noch viel zu lernen, kleiner Mann.«

»He, ich war größer und weit besser trainiert als der Kerl da!«

Ensu zuckte mit den Schultern und stellte die Schale auf dem Boden ab. »Und du siehst, wie weit es dich gebracht hat. So.« Sie richtete sich auf und sah sich um. »Wohin jetzt?«

Ako musterte noch immer die Sterne. »Die Karte sagte, dass es direkt gegenüber dieses Eingangs eine zweite Tür geben muss, die in einen weiteren Laborbereich führen soll.«

»Darf ich etwas dazu sagen?«, fragte Roru von unten.

Ensu seufzte. »Wenn es etwas Sinnvolles ist.«

»Von den Laboren weiß ich auch. Von dort gibt es meines Wissens irgendwo einen Aufgang in die Schmieden. Aber wir haben damals einen anderen Weg gesucht, weil irgendein Stamm völlig wahnsinniger, froschgesichtiger Typen das Stockwerk zu seinem Stammesgebiet erklärt hatte und uns fressen wollte. Glaubt mir, wenn ihr dort durchwollt, braucht ihr weit mehr Leute, als ihr seid.«

»Froschgesichtige Menschenfresser?«, fragte Fuchs argwöhnisch.

Der Kopf jedoch sah nicht so aus, als würde er einen Witz machen. »Ich weiß, es klingt wie etwas aus einer schlechten Tavernengeschichte, aber seien wir ehrlich – dieses Haus hat weit Seltsameres zu bieten.«

Gut, da mochte etwas dran sein. »Was wäre die Alternative?«

»Der Mondpfad. Die andere Taruki, die mit ihrem Gesicht«, Roru rollte seine Augen in Akos Richtung, »hat von einem Lied erzählt, in dem erwähnt wird, dass der Mond einen geheimen Pfad öffnet, der direkt zur Wohnstatt Gottes führt.«

Alle wandten sich um.

»Der Mond, der den Pfad zu Gott weist.« Marai hob skeptisch die Brauen. »Sind wir immer noch bei den schlechten Tavernengeschichten, oder ist das was Neues?«

»Entschuldigt, aber ich habe mir das nicht ausgedacht. Mir würde auf Anhieb Besseres einfallen. Das ist das, was sie gesagt hat. Beziehungsweise gesungen, um genau zu sein. Deshalb waren wir hier. Um das zu überprüfen.«

»Hm«, machte Stern. Sie sah sich um. »Hat sie auch gesagt, welcher von beiden?«

»Ich würde ja mit den Schultern zucken, wenn ich noch welche hätte. Nein, hat sie nicht. Aber ich schlage vor, vorsichtig zu sein. Was immer sie gefunden hat – sie ist nicht zurückgekommen.«

»Ich bin mir nicht sicher, dass das unbeabsichtigt war«, murmelte Ensu.

Fuchs musterte den Sternenhimmel. Schräg über sich entdeckte er schließlich den einen der beiden Monde, einen kleinen roten Punkt, kaum größer als die Sterne selbst, der sich langsam über den Nachthimmel zu bewegen schien. »Aber wie sollen die Monde irgendetwas weisen?«

»Ich vermute, dass wir herausfinden müssen, auf welchen Bahnen sie sich bewegen, um die passende Konstellation zu finden, in der sich eventuell noch eine Tür verbirgt. Das wäre das logischste. Bahnen«, sagte Stern.

Sie sahen alle zum Mond hinauf.

»Ich habe nicht die geringste Ahnung, was du meinst«, sagte Ensu schließlich.

»Götter sind Sternbildern zugeordnet. In fast allen Mythen aller Völker«, sagte Ako nachdenklich. Sie setzte sich mit überkreuzten Beinen auf den Boden und starrte konzentriert auf verschiedene Sterngruppen. Fuchs stellte fest, dass er ihr von seinem Standpunkt aus direkt auf den Scheitel sehen konnte. Das war ausgesprochen irritierend. »Wenn wir herausfinden könnten, welches Sternbild ihrem Totengott hier zugeordnet ist …«

Stern sah sie an. »Ein guter Gedankengang. Und ich denke, wir können alle uns bekannten Zuordnungen ausschließen. Wenn das hier irgendeinem der Götter der Citani oder Korra zuzuordnen wäre, hätten wir bereits Hinweise darauf gefunden.

»Die Taruki verehren keine Götter«, warf Ako ein. »Zumindest keine eigenen. Einige folgen denen der Citani oder den Weris-Kindern, andere dem Wort des Propheten Mora, und wenige verehren noch immer die Ahnen, aber Götter haben wir nicht.«

»Aber was hat der Mond damit zu tun?«, fragte Fuchs.

»Immerhin gehört er keiner der Konstellationen an«, fügte Roru hinzu, und Fuchs zuckte erneut zusammen, als er seine eigene Stimme seine eigenen Gedanken äußern hörte, ohne dass er sie selbst ausgesprochen hätte.

Ako blickte nach oben und sah ihn über die Leere hinweg an. Dann vergrößerte sie das Bild einer der Konstellationen direkt vor sich und runzelte die Stirn. »Eventuell ist auf dem Mond selbst auch ein Hinweis hinterlassen. Der Mond zeigt den Weg. Und ...«

»Und vielleicht denkt ihr auch alle zu kompliziert.« Marai hatte inzwischen den zweiten Mond gesucht, eine mattgelbe Scheibe, die gerade über die andere Seite der Hohlkugel wanderte. Sie stellte sich darauf, griff nach etwas zwischen ihren Füßen und zog. Mit einem Zischen schwang der komplette Mond auf. Ein eisiger Windstoß fuhr in den Raum.

Stern starrte Marai konsterniert an. »Woher wusstest du das?«

Die Schützin zuckte mit den Schultern. »Wie ich sagte – ihr denkt zu kompliziert. Mond öffnet Weg. Was war daran nicht zu verstehen?«

»Ja nun ...« Fuchs schüttelte den Kopf. »Ich lasse mich wirklich schon von denen anstecken. Simpel ist ja eigentlich meine Sache.«

»Ja, das ist mir auch aufgefallen«, stellte Roru fest.

»Ich kann dich ganz einfach ausgießen, das ist dir schon klar?« Fuchs warf dem Kopf einen Seitenblick zu und trat neben Marai, um durch die entstandene Öffnung zu sehen. »Das geht nach draußen? Aber wie kann das sein?«

Hinter dem kreisrunden Loch ging es direkt nach unten, vielleicht eineinhalb oder zwei Mannlängen. Und dort unten lag Schnee. Ein nicht allzu kräftiger, aber eisiger Luftzug wehte winzige Schneekristalle herein und wies deutlich darauf hin, dass das, was Fuchs sah, echt war. »Wenn die andere Ako damals hier hindurchgegangen ist, könnte das erklären, warum sie nie zurückkam.«

»Ich vermute mal, dass es hier irgendwo eine Leiter gab.« Marai wies auf zwei verrostete Haken im Rand der Öffnung hin.

»Tja. Die Betonung liegt auf ›gab‹. Aber was ich eigentlich interessanter finde: Hat irgendjemand warme Kleidung dabei?« Erst jetzt wurde Fuchs bewusst, wie wenig man in Atail gewohnt war, sich für das Hochgebirge zu kleiden, in dem man eigentlich lebte.

»Ich habe etwas Besseres.« Stern sah ebenfalls in das Loch, öffnete dann ihre Tasche und zog nach kurzem Suchen mehrere geknüpfte, bunte Bänder im Stil der Korra hervor, auf die schwarze Perlen gefädelt waren. Jede dieser Perlen trug ein eingeschnittenes Siegel. »Es zahlt sich immer aus, vorbereitet zu sein. Die hier schlucken Kälte, so lange, bis die Perlen verbraucht sind.« Sie reichte Fuchs eines der Bänder. »Geh nachsehen.«

»Was? Wieso ich?« Fuchs trat einen Schritt zurück.

»Weil du der Akrobat hier bist, *Dachfuchs*.«

»In Ordnung, aber wenn ich da hinunterspringe, was meinst du, wie ich wieder hier hinaufkomme?«

»Wenn wir richtigliegen, musst du das nicht«, erwiderte Stern ungerührt, zog jedoch ein dünnes Seil aus Biltrar-Haar hervor. Wenn es wirklich nötig sein sollte, können wir dich hochziehen.«

»Ah«, machte Fuchs zögerlich, seiner wichtigsten Ausrede beraubt. Er sah erneut in das Loch hinab. »Na gut.« Er packte den Rand und ließ sich fallen. Der Schnee unter ihm dämpfte seinen Fall, auch wenn er bis fast zur Hüfte feststeckte. Leise fluchend strampelte er sich frei und sah sich um. Er befand sich in einem kleinen Verschlag, der früher mal eine Hütte gewesen sein mochte. Eine der Wände bestand aus massivem Fels, was auch für die Decke galt. Die Öffnung, durch die er gekommen war, sah von dieser Seite wie eine in den Fels eingelassene Luke aus, und Fuchs vermied es, darüber nachzudenken, wie das mit dem Raum darüber zusammenpasste. Shao spielte wohl eine Rolle. So viel davon, dass ihm allein das Nachdenken darüber Kopfschmerzen bereitete. Also ließ er es. Er gab den Gesichtern über ihm ein schnelles Zeichen, dass alles in Ordnung war, dann widmete er sich dem Rest. Die übrigen Wände des Verschlags bestanden aus Holzplanken, die so alt waren, dass Wind und Wetter sie abgeschliffen hatten und große Lücken zwischen ihnen klafften. An mehreren Stellen fehlten Bretter gleich vollständig, und hinter zwei leeren Fensteröffnungen konnte er einen grau verhangenen Himmel sehen, vor dem feine Schneeflocken wirbelten. Das erklärte dann wohl auch die Schneewehe hier im Inneren. Falls es eine Einrichtung gegeben hatte, so war sie längst verschwunden oder lag unter dem Schnee begraben; mehr als eine längst verrostete Lampe und einige von Eis überzogene Rollen Seil an der Wand neben einer kleinen Tür konnte er nicht entdecken. Vorsichtig trat er an die Tür, schob mit dem Stiefel den Schnee beiseite und wuchtete sie unter Aufbietung all seiner Kraft auf. Auch dahinter türmte sich der Schnee hüfthoch und zumindest im unteren Bereich hart wie Eis. Hinter dieser Schneewehe war im Grunde nichts. Nichts außer grauem Himmel, wirbelnden Eiskristallen und einer Felswand, die sich senkrecht nach oben erstreckte, bis sie in den wabernden Wolken verschwand. Er kletterte auf die Verwehung. Kaum drei oder vier Schritte weiter endete der Felsvorsprung an einem verwitterten und zum Teil verschwundenen Zaun aus Brettern und Seilen. Dort, an der Kante, war der Schnee dünner, und hier und dort schimmerte nackter Fels durch. Vorsichtig tastete er sich voran und sah über den Zaun. Die Wand fiel auch hier beinahe senkrecht ab. Von hier aus war zu sehen, dass der Verschlag nur auf einem winzigen Vorsprung in der mächtigsten Felswand stand, die Fuchs bislang gesehen hatte. Auf Hunderte Meter unter ihm gab es nichts als schroffe, vereiste, vom Wind fast spiegelglatt polierte Granitwand, deren Fuß ebenfalls in grauen Nebelschwaden verschwand. Ihn schauderte. Schließlich riss er den Blick los und musterte die Wand vor der Hütte. Erst jetzt entdeckte er den Absatz, der in die Wand geschlagen zu sein schien. Und dort waren auch Siegel hineingeschnitten. Alt und von Wind und Eis abgeschliffen, glommen sie matt in der Dämmerung. Fuchs folgte der Spur des Vorsprungs mit den Augen. Er stieg steil an, endete nach einigen Schritten in einer in den Felsen geschlagenen Treppe, die kaum breiter war als seine Schultern. Weiter hinten entdeckte er eine zweite Treppe, und eine dunkle, gewundene, steil aufsteigende Linie in der Wand deutete darauf hin, dass dieser Weg irgendwohin nach oben führte. *Ein Pfad direkt zur Wohnstatt des Gottes. Am Arsch. Wieso können Götter nie irgendwo gemütlich am Rand eines beschaulichen Teichs auf einer Wiese wohnen? Vielleicht mit einer Taverne in Laufweite. Vermutlich, weil sie fliegen können oder so. Oder Götter sind einfach ziemliche Arschlöcher. Die keinen Besuch wollen.* Er wischte sich den Schneestaub aus dem Gesicht. Über ihm rissen die Wolken auf und zogen beiseite wie der zerschlissene Vorhang eines vagabundierenden Schaustellers auf dem Nachtmarkt, und für einen winzigen Augenblick entdeckte er ein gewaltiges Bauwerk. Er blinzelte. Dort oben, am Rande des Sichtfelds und im nächsten Moment bereits wieder von den Wolken verschluckt, ragte ein verwitterter Turm auf. Er hatte nicht viel erkennen können, doch rote Fensterläden, gewaltige, gerundete Mauern und einige Fahnen, die im Wind flatterten, waren eindeutig vorhanden gewesen. *Ach Mist.* Es sah ganz danach aus, als hätte die Legende recht. Und wenn dieser Pfad tatsächlich der schnellste war, dann würde Stern ohne jeden Zweifel darauf bestehen. Erneut warf er einen Blick über das baufällige Geländer. *Der schnellste Weg zum Heim des Totengotts. So oder so.* Die einzige Frage war wohl, ob man lebend dort ankam – oder nicht. Missmutig stapfte er zurück in den Verschlag und sah nach oben. »Es gibt einen Weg. Aber er wird euch nicht gefallen.«

Ensu verzog das Gesicht. »Es gab hier drin noch keinen, der mir gefallen hat.«

Stern sah unbewegt auf ihn hinunter. »Aber er ist begehbar?«

Fuchs zögerte. »Es ist ein Weg. An einer Felswand hinauf, die mit einem Turm nicht das Geringste zu tun hat. Vereist. Und es schneit. Aber er führt weiter hinauf, und ich denke, dort oben ist ein Turm, ja.«

Stern starrte für einen Moment vor sich hin, dann nickte sie. »Wir sehen uns das an.«

Fuchs seufzte.

»Ich kann euch nicht folgen«, sagte Roru leise. Er schielte zur Öffnung, in der gerade Marai als Vorletzte verschwand, dann sah er zu Ako auf, die neben ihm kniete und hinabsah.

»Hm?«

»Ich sagte, ich kann euch nicht folgen«, wiederholte er. »Ich bin ein Kopf in einer Schüssel Schleim. Selbst wenn ihr mich irgendwie dort runterbekommt, was ich bezweifle, ich glaube nicht, dass das ein Ort für mich ist.«

Ako riss den Blick von der Öffnung los und sah ihn an. »Uns bricht schon was ein«, sagte sie leise.

Der Kopf grinste. »Unwahrscheinlich. Ich meine, auch wenn du mich dort runterkriegst. Ich weiß nicht viel über dieses schwarze Zeug hier, aber ich weiß, dass es Kälte nicht verträgt. Es friert ein, zerspringt wie Eis, und das war's dann.« Er zuckte mit den fast verschwundenen Brauen. »Kälte zerstört die Noru fast so gut wie Feuer.« Er seufzte. »Lass mich hier stehen. Es ist auf jeden Fall eine enorme Verbesserung zu vorher. Und ich bin mir fast sicher, dass ich Shoruan überreden kann, sein Orakel mitzunehmen, wenn sie weiterziehen. Gerade jetzt, wo ihnen Kin Dairu fehlt.«

Ako musterte ihn stumm. So lange, dass aus der Öffnung ein ungeduldiger Ruf zu ihnen heraufdrang. Ohne hinabzusehen, machte sie eine beschwichtigende Geste. »Ich glaube«, sagte sie leise, »ich habe eine Idee.« Sie öffnete ihre Weste und holte einen Wachstuchbeutel hervor. Vorsichtig öffnete sie ihn und schüttelte den länglichen, porös wirkenden Stein auf ihre Hand. »Weißt du, was das ist?« Sie hielt den Stein vor die Augen des Kopfes.

»Ich … habe keine Ahnung?«, gab Roru zögerlich zurück.

»Das hier ist ein Ahnenstein.« Ako strich beinahe ehrfürchtig über die raue Oberfläche des Brockens. »Die *Kukambe* meines Volks haben sie in grauer Vorzeit genutzt, um mit den Ahnen in Kontakt zu treten, deren Geister in diesen Steinen eingeschlossen waren. Mit ihrer Hilfe konnten sie Shao beherrschen, so mächtig wie das der größten Magister.« Ein

Lächeln zog auf ihr Gesicht. »Und den Legenden nach taten sie es, indem sie an diesem Ort, der heute Atail heißt, schwarzes Öl einsammelten und in diese Steine einschlossen. Das Öl speicherte ungeahnte Mengen an Shao – und es enthielt die Stimmen der Vorfahren. Kommt dir das bekannt vor?«

Der Schädel starrte sie an. »Du willst sagen, dass sie dieses Noru-Zeug hier in Steine einschlossen und dass … du meinst, mein Kopf hier ist nur ein Gefäß?«

Ako legte den Kopf schief und grinste. »Ein Gefäß, dass es dem Noru mit deinen Erinnerungen ermöglicht zu sprechen, ja. Das denke ich.«

»Was bedeuten würde, dass ich der schwarze Rotz bin.«

Die Taruki antwortete nicht, und schließlich zog der Kopf eine Grimasse. »Jetzt fühle ich mich gleich so viel mehr wert.«

»Ich hätte da einen Vorschlag«, sagte Ako leise. »Wenn du hier rauswillst. Ich könnte genauso einen Ahnenstein wirklich gut gebrauchen.«

»Mädchen, mal ehrlich – ich bin nicht mal einer der Ahnen. Ich glaube nicht, dass das funktioniert.«

»Nenn mich nicht Mädchen, Schrumpfkopf.« Ihr Grinsen wurde etwas breiter. »Wie du willst. Ich kann dich gern hierlassen. Du hast vermutlich recht: Man kann sicherlich viel hier lernen. Und hübsch ist es auch. Deine Entscheidung. Ich finde sicherlich auch noch anderswo einen Inhalt für diesen Stein.« Sie begann, den Beutel wieder zu schließen.

Roru sah ihr verkniffen zu. »Halt. Moment«, sagte er dann. »Ich mach mir tatsächlich nicht so viel aus Sternen …«

Als Ako vor den Verschlag auf dem Felsvorsprung trat, machten sich die anderen schon bereit, sich auf den schmalen Pfad in der Felswand hinauszuwagen.

Der Schädel, der in der leeren Schale zurückblieb, starrte blicklos auf eine Myriade Sterne, die langsam unter ihm hinwegglitten, wie sie es schon immer getan hatten und noch ewig tun würden.

DER TAUSENDSTE RAUM

Die Halle hinter dem Tor war mehr als nur groß. Ein himmelsstürmendes Bauwerk aus Marmor und Basalt, größer als jedes Gebäude in Atail. Größer noch als der Himmelspalast des Kaisers, der für seine gewaltigen Ausmaße in der gesamten Welt gerühmt wurde. Die Decke schwebte so weit oben über ihren Köpfen, dass einem schwindelte, wenn man nur den Blick hob. Gestützt wurde sie von Hunderten schlanken Säulen, die beinahe schon zierlich wirkten und in ihrer Eleganz und kunstvollen Gestaltung unmöglich das Werk von Menschen sein konnten.

Baelis fühlte sich in dieser schimmernden Pracht wie ein winziges Insekt in der Behausung von Göttern. Sie trat an eines der prachtvollen Buntglasfenster heran, die vom Boden bis ganz hinauf unter das Dach reichten, und warf einen Blick hinaus. Der Anblick raubte ihr den Atem. Sie befanden sich Tausende Schritte über dem Boden, höher noch als die höchsten Berge. Sie blickte auf Wolken hinunter, die träge unter ihren Füßen vorüberzogen, und darunter auf die schneebedeckten Gipfel der Himmelssäulen. Erst in weiter Ferne erkannte sie die goldenen Dächer einer Stadt. Einer Stadt, die

Atail sein mochte oder etwas völlig anderes, denn aus irgendeinem Grund erkannte sie keine Straße wieder, sosehr sie auch versuchte, sich zurechtzufinden. Es war vermutlich aber auch nicht wichtig, genauso wie das Treiben auf den Straßen, das aus dieser Höhe so unbedeutend erschien wie das Kommen und Gehen auf einem Ameisenhaufen. Sie streckte die Hand aus, um das Fensterglas zu berühren, und erschrak, als sie die Kälte spürte. Eine Kälte, die ihr durch Mark und Bein ging. Hastig zog sie die Hand zurück und wandte sich um. »Wie ist das möglich? Ich meine das alles hier. Diese Halle. Das Haus – der Turm.«

»Shao.« Ein strahlendes Leuchten lag auf Taras Gesicht. »Göttliches Shao.«

»Göttlich?«

»Nicht diese Taschenspielereien der Magister, sondern echtes, unverfälschtes Shao. So wie es vor Jahrtausenden geflossen ist, bevor das Wissen verloren ging. Kommt.« Tara führte sie auf die Mitte der Halle zu, in deren Boden ein riesiger Kreis aus perfekt geschnittenen Steinfliesen eingelassen war. Umringt wurde er von sechs thronartigen Gebilden, aus denen nach allen Seiten ein Gewirr aus Rohren und Zahnrädern und runenverzierten Gerätschaften herausragte. Vor jedem Thron lief im Boden eine dünne Rinne direkt auf die Mitte des Steinkreises zu und endete am oberen Rand eines Schachts von weniger als zwei Schritten Durchmesser. Darunter fielen die Wände senkrecht in schwindelerregende Tiefen ab. Baelis sah Stockwerke über Stockwerke und weit unten, kaum noch mit dem bloßen Auge erkennbar, das Schimmern eines Gitternetzes. Nein, vermutlich war das Netz nicht einmal zu sehen, und nur ihr Kopf machte sie glauben, so weit hinabsehen zu können. Sie brauchte einen Augenblick, bis sie begriff, dass sie das obere Ende des Mittelschachts erreicht hatten, der von Mlimas Gasthaus mit dem Brunnen darin bis weit hinauf in diese wahnwitzigen Höhen führte.

»Zeit und Raum spielen hier oben keine Rolle mehr«, sagte Tara. »Der Schacht misst hundert Schritte oder ist gerade einmal so breit, dass man mit einem Sprung darüber hinwegsetzen kann. Er ist drei Stockwerke hoch oder so hoch wie die Welt. Du benötigst eine Ewigkeit, um hier heraufzugelangen, oder einen Wimpernschlag.« Langsam wanderte sie um den Schacht herum und trat dann vor einen der Throne. Sie strich mit der Hand über die Armlehne und schloss andächtig die Augen.

»Was geschieht nun?«, fragte Salter.

Tara öffnete die Augen und wandte sich ihm zu. »Komm her.«

Salter warf einen fragenden Blick auf Baelis, die nur mit den Schultern zuckte. Sie wusste genauso wenig wie er. Der dickliche Mann seufzte und schlurfte zu Tara, die ihn mit Nachdruck auf den Sitz schob.

»Was ist dein sehnlichster Wunsch? Welche schreckliche Begebenheit in deinem Leben möchtest du ungeschehen machen?« Sie hob die Hand. »Sag es mir nicht. Stell es dir einfach nur bildhaft vor. Ruf es dir vor Augen.«

»Ist das wie dieser Tisch mit der Geheimtür?«, fragte Salter neugierig. »Sechs Throne? Sechs Wünsche? Eine magische Zahl?«

Tara lächelte. »Gut beobachtet. Es ist alles ein und dasselbe. Ein Teil des Ganzen.«

»Dann benötigen wir allerdings sechs Personen. Mit Onyx zähle ich hier nur fünf.«

Tara lächelte noch breiter. Sie legte Salter die Hand auf die

Schulter und wandte sich zu der dunkelsten Ecke der Halle um, aus der jetzt Schritte zu vernehmen waren. »Was meinst du dazu, Stern?«

Aus dem Schatten am anderen Ende der Halle löste sich eine Gestalt. Eine kleine, schlanke Citani in etwas zerschlissenen Adelsgewändern, an denen vereinzelt Münzen befestigt waren. Sie hinkte ein wenig, schritt jedoch mit hocherhobenem Kopf durch den Saal, und ihre langen, schwarzen Haare umwehten sie, als würden sie in Wasser schwimmen. Hinter ihr tauchten vier weitere Personen auf. Zwei Korra-Frauen. Eine davon schlaksig, mit einem schussbereiten Bolzenwerfer in der Hand, die andere kräftig, mit einem auffälligen schwarzen Zopf. Bei den letzten beiden Personen handelte es sich um einen dünnen Mann mit seltsam lockigem, rotblondem Haar und eine Taruki, die mindestens ebenso groß wie Baelis war, aber deutlich feingliedriger. Keine Kriegerin. Sie sahen bis auf die Schützin alle nicht aus wie Kämpfer. Doch der Eindruck konnte täuschen. Langsam legte Baelis die Hand auf den Griff ihrer Waffe.

Die kleine Citani, die Tara Stern genannt hatte, schlenderte mit unbewegter Miene auf sie zu. »Ich zähle zehn Personen. Das scheinen mir vier zu viel zu sein.« Als sie Baelis Blicke bemerkte, hob sie beruhigend die Hände. »Keine Sorge, wir stehen auf derselben Seite.«

»Und welche ist das?«, fragte Baelis misstrauisch.

»Grundsätzlich mal unsere eigene«, sagte der rotblonde Mann. »Aber die Frage ist berechtigt.« Er schaute beinahe ebenso misstrauisch wie Baelis. »Ich glaube, ich habe gerade eben den Faden verloren, Stern. Wer sind jetzt diese Leute schon wieder?«

»Diese Leute, Fuchs, sind der Grund, warum wir hier sind.«

Der rotblonde Mann wechselte einen misstrauischen Blick mit der stämmigen Korra. »Und ich dachte, wir wären hier, um uns etwas zu wünschen? Von Geld und Reichtum ganz zu schweigen. Von anderen Leuten war bisher nicht die Rede.«

Stern atmete tief durch. Sie wirkte wie jemand, der sich daranmacht, einem begriffsstutzigen Kind etwas zu erklären. »Natürlich war es das nicht. Es war bisher nicht notwendig, Ensu. Notwendig.« Sie deutete auf Tara und mit dieser Geste gleichzeitig eine Verbeugung an. »Ihr erkennt sie vermutlich selbst, unsere Guam. Sie hat dafür gesorgt, dass wir alle, die wir hier stehen, zu diesem Moment zusammengefunden haben. Sie ist jene, die dafür sorgt, dass unsere Wünsche in Erfüllung gehen.«

»Wie meinst du das – sie hat dafür gesorgt?« Die andere Korra musterte die Anwesenden argwöhnisch, bevor sie Stern ansah, ohne dabei den Bolzenwerfer zu senken.

Stern erwiderte ihren Blick nicht. »Genau genommen betrifft das nicht dich, Marai. Ich sollte nur drei hierher mitbringen. Wie Ihr seht, Guam, habe ich meinen Teil der Abmachung erfüllt. Der Abmachung.«

Fuchs kam Taras Antwort zuvor, indem er einen Finger hob. »Moment mal. Welche Abmachung?«

Stern seufzte. »Euch hierherzubringen. Hörst du nicht zu, Fuchs? Ich sollte euch hierherbringen, dich und Ensu. Das war von vornherein der Auftrag. Ich achte auf euch und bringe euch hierher, wenn die Zeit dafür gekommen ist. Der Auftrag. Die da«, sie deutete auf Ako, »ist ein glücklicher Zufall. Ich wusste, sie würde kommen, aber ich wusste nicht, wann. Glücklich. Es hat lange gedauert, Guam.«

»Und du bist entlohnt worden und wirst es noch.« Tara nickte, und ein zufriedener Ausdruck, der beinahe einem

Lächeln ähnelte, kroch auf Sterns Gesicht. Tara musterte Fuchs. »Ich weiß, was ihr jetzt denkt – und ihr habt recht. Ihr denkt: Könnte es sein, dass Stern so lange schon für die Guam arbeitet? Ja, das tut sie. Was glaubt ihr denn, wie ihr mit einer Handvoll unbegabter Schläger und ein paar Straßenkindern einen so großen Anteil Atails für euch beanspruchen könnt?« Sie lief auf die kleine Gruppe zu und musterte sie eingehend. »Manger hat für mich gearbeitet. Er war zwar nicht meine beste Wahl, aber er hat seine Sache erledigt. Manger war aber nicht wichtig. Im Gegensatz zu euch. Stern hier – Stern hat schon immer Potenzial gezeigt. Ich habe euch beobachtet, und eines Tages ist sie an mich herangetreten und hat um eine Aufstiegsmöglichkeit gebeten. Was soll ich sagen? Ich schätze diese Art von Ehrgeiz. Ich gab ihr die Möglichkeit, und sie hat sie ergriffen. Was zu unser aller Vorteil war – und immer noch ist.«

Ja, die seltsame Grimasse auf Sterns Gesicht war auf jeden Fall so etwas wie ein Grinsen. Ein breites Grinsen voller Selbstzufriedenheit. »Dank der Guam haben wir erfahren, dass das Tor in der *Aufgehenden Sonne* endlich so weit ist. Dank ihr haben wir auch von Jog Makeens Kasse erfahren, und ihrer Nützlichkeit beim Öffnen des Portals.«

Tara machte eine wegwerfende Geste. »Ich habe sie Makeen zugespielt. Als Rückversicherung für unser Vorhaben. Falls unser Freund Salter noch nicht genügend Kräfte gesammelt hätte.« Sie deutete zu dem jungen Magister, der mindestens genauso verwirrt aussah wie die Neuankömmlinge. Auch Tara bemerkte seinen Ausdruck. »Ach kommt, ihr glaubt doch nicht wirklich, dass ich etwas so Wichtiges dem Zufall überlassen würde? Mit der Öffnung des Tors stand und fiel unsere ganze Unternehmung. Dass Jog Makeen dadurch auch noch sein Vermögen verloren hat, war nur eine kleine Zugabe.«

Stern warf ihr einen etwas genervten Seitenblick zu. »Dank der Guam werden wir zu wahrer Macht aufsteigen, wenn ich meinen Platz in dieser Runde einnehme. Wenn wir einen Gott selbst beherrschen und ihn unsere Wünsche erfüllen lassen. Einen Gott!«

Sterns Begleiter sahen sich ratlos an. »Klingt das gerade so bescheuert, wie ich glaube?«, erkundigte sich Fuchs. »Ako, wusstest du etwas davon?«

Die Taruki sah ihn verstört an. »Ich hatte keine Ahnung. Ich … ja, die Legende sagt, dass dieser Ort den Menschen ihren sehnlichsten Wunsch erfüllen kann. Der Ort, an dem die Ahnen …«

»… einst verstummt sind«, fiel ihr Tara ins Wort, »ist der Ort, an dem dein Herzenswunsch wahr wird, wenn du in der höchsten Kammer eins mit deinem Gott wirst. Ich wusste, dass die Worte ihr Ziel nicht verfehlen würden.«

Ako starrte sie an. »Was?«

»Die Worte. Auf dem Pergament. Auf deiner Karte. Ich habe sie geschrieben.«

»Was?«

»Der verletzte Händler, der mit der Karte seine Schulden beglich. Du erinnerst dich? Sicher erinnerst du dich. Er hat seine Aufgabe gut gemacht. Im Gegensatz zu den anderen beiden, die ich dir geschickt habe. Aber die Hauptsache ist, dass die Botschaft dich erreicht und zu uns gebracht hat. Ehrlich gesagt war ich schon ein wenig in Sorge, dass du es nicht rechtzeitig schaffen würdest.« Tara lächelte die Taruki an und wandte sich erneut Salter zu. »Jeder von euch ist letztendlich hier, weil ich dafür gesorgt habe. Fuchs, den Manger für mich fand, kaufte und aufzog. Ako, die von meiner Karte hierhergeführt wurde. Du, Salter, dessen Shao ich nur an der einen oder anderen Stelle einen winzigen Schubser geben musste – auch wenn ich zugebe, dass das nicht ganz ohne Blessuren abgelaufen ist. Und auch Baelis, deren Leben von Geburt an aufgezeichnet war und unter meiner Beobachtung stand, bis die Zeit gekommen war, sie endlich zu mir zu rufen.«

»Und ich«, fügte Stern hinzu und trat mit stolzgeschwellter Brust neben sie. »Ich habe jeden Schritt der Guam in Atail überwacht und dafür gesorgt, dass alles zur rechten Zeit bereit ist.«

»Außer der Sache mit Mlima«, warf Tara knapp ein. »Das hätte uns um ein Haar die komplette Planung zunichtegemacht, meine Liebe.« Sie richtete sich auf und sah die Versammelten nacheinander lächelnd an. »Jeder und jede von euch hat seine Bestimmung hier. Jeder von euch war schon lange vor seiner Geburt Teil einer größeren Bestimmung. Meine Rolle war es, eure Schicksale zusammenzuweben.« Sie runzelte die Stirn, zuckte dann jedoch mit den Schultern. »Na gut, fast jeder. Ich bin überrascht, dass Onyx es lebendig bis hierher geschafft hat – auch wenn lebendig vielleicht nicht ganz der passende Ausdruck ist. Und die dort kenne ich nicht.« Beiläufig gestikulierte sie in Richtung Marais, die sie vollkommen verständnislos anstarrte. »Aber was soll's, sie kann sich vielleicht ja noch nützlich machen. Auf jeden Fall sind nun alle hier, um den Herrn endlich erneut zusammenfügen zu können. Alle Spielsteine sind an ihrem Platz.«

»In Ordnung, Fuchs, du hast recht. Es klingt so bescheuert, wie du glaubst«, sagte Ensu. »Stern, sag nicht, dass du uns dafür hier hinaufgeschleppt hast. Ist das dein großer Plan?

Erzähl mir nicht, dass Kratzer und Pelly und Jedao für ... *das hier*, diese dämliche Oantan-Scheiße, gestorben sind!«

Stern breitete die Hände aus. Ihr Kiefermuskel zuckte heftig. »Aber das spielt überhaupt keine Rolle, Ensu! Keine! Das ist ja das Schöne. Wir können das alles in Ordnung bringen! Wir ...«

Tara lächelte milde. »Eins nach dem anderen. So einfach ist es nicht. Seht ihr, hierherzugelangen war nur die eine Hälfte des Plans. Die schwerere, zugegeben, aber das, was jetzt kommt, ist nicht unwichtiger. Kommt.« Mit diesen Worten zog sie Salter hinter sich her zu einem der Throne. Liebevoll wischte sie mit der Hand den Staub von der Armlehne. »Nimm deinen rechtmäßigen Platz ein, mein Freund.« Sie klopfte auf den Stein, aber Salter starrte sie nur fassungslos an. Sie seufzte. »Na gut. Ich werde euch noch genauer erklären, worum es hier geht. Auch auf die Gefahr hin, dass ich mir vorkommen werde wie einer dieser großen Gegenspieler in den alten Heldenballaden.« Sie warf Ako einen wissenden Blick zu, doch als die Taruki ebenfalls nur wortlos zurückstarrte, zuckte sie mit den Schultern. Sie umrundete den Thron, erklomm die Stufe des nächsten und ließ sich darauf nieder. Sie faltete die Hände auf den Knien und schloss die Augen.

Als sie diesmal zu sprechen begann, wirkten ihre Worte tatsächlich aufrichtig. Keine weiteren Lügen. Auch keine Ausflüchte mehr. Die Falten schienen tiefer in ihr Gesicht geschnitten zu sein als jemals zuvor. Wie alt war diese Frau eigentlich wirklich?

»Wir leben in einer Welt, die alle Geheimnisse verloren hat«, begann sie mit müder Stimme. »Unsere Gelehrten haben den Lauf der Welt ergründet. Unser Kaiser ist allwissend. Die Magisterschulen in Bashun und in allen Teilen des Reichs haben das Shao zu formen und zu beherrschen gelernt. Sie bauen mechanische Werkzeuge, die mächtiger sind als alles jemals zuvor Gesehene. Unsere Krieger schießen mit Armbrüsten ohne Wurfarme, und gewaltige Schiffe, so groß wie ganze Städte, erobern das Meer. Die Philosophen ergründen unser Wesen und lesen unsere Gedanken. Nichts bleibt ihnen verborgen. Selbst das Wetter haben sie zu beherrschen gelernt. Und doch – unter alldem treibt uns noch immer eine einzige Frage um. Was ist der Sinn des Ganzen? Warum sind wir hier? Welche Bedeutung hat unsere Existenz?

Es existieren tausend Götter auf dieser Welt, doch auch sie können uns diese Antwort nicht geben. Sie können es nicht, weil sie nicht echt sind. Wir haben sie nur erfunden. Die Magister? Sie streiten sich um Einfluss und Macht, während die Philosophen uns erklären, dass jegliche Existenz ohne Bedeutung ist. Nicht mehr als ein Unfall der Geschichte. Selbst der Kaiser lässt uns in all seiner Weisheit mit leeren Händen zurück. Keiner von ihnen kann uns bieten, wonach wir wirklich suchen. Egal, wie sehr sie uns das glauben machen möchten. Wir leben unser Leben nicht als vollständige Menschen. Wir fühlen uns zerrissen, verletzlich, verloren. In einer Welt, die wir in Wirklichkeit nicht verstehen.

Ijoh der Ältere setzt uns mit Tieren gleich. Ohne Sinn und Verstand. Einfach nur auf dieser Welt, um zu essen und zu schlafen und sich zu vermehren. Aber in unserem tiefsten Innern spüren wir, dass wir mehr als nur Tiere sind. Mehr als nur winzige Rädchen in einem mechanischen Uhrwerk. Wir spüren, dass wir etwas anderes sind. Auch wenn wir nicht wissen, was das ist.«

»Und du glaubst, dass dieser Raum uns die Antwort liefern kann?«, fragte Salter langsam.

Tara schaute ihn an. In ihren Augen brannte ein Feuer, das Baelis noch nie zuvor in ihnen gesehen hatte. »Ich weiß, dass er es kann. Und in eurem tiefsten Innern wisst ihr es auch. Weil ihr ein Teil der Antwort seid. Jeder von euch sechs. Ein Teil des Ganzen. Ein Teil von Gott.«

Taras Worte waren verrückt. Die Guam musste nun vollständig den Verstand verloren haben. Anders konnte es gar nicht sein. Baelis hatte schon viele andere vor ihr durchdrehen gesehen. Gestandene Krieger, die eines Morgens nicht mehr von ihrer Schlafstatt aufgestanden waren. Die sich die Kleider vom Leib gerissen hatten und nackt in den Nebel hinausgewandert waren oder die Waffen gezogen und rasend um sich geschlagen hatten, bis man sie überwältigen oder niederstrecken konnte. Sie alle waren völlig normal erschienen, bis es zu spät gewesen war.

Und doch …

In ihrem tiefsten Innern fühlte Baelis, dass es die Wahrheit war. Dass die Guam diesmal nicht gelogen hatte. Sie alle hatten etwas, das sie rückgängig machen wollten. Denn sie alle waren einmal Teil eines Ganzen gewesen. Sie strebten an diesem Ort zusammen, um erneut eine Einheit zu bilden.

Fuchs lachte trocken auf. »Alles klar. Ich – ein Gott. Ja, so fühle ich mich auch, wenn ich zu viel Halran geraucht habe.«

Ako lehnte sich misstrauisch vor. »Von welchem Gott genau reden wir? Ich meine, mir fallen aus dem Stegreif etwa dreißig … nein, mindestens fünfunddreißig ein, selbst wenn ich die hundert kleinen Wüstengötter der Oststämme außen vor lasse. Ist es ein Gott der Citani? Ist es der der Weris? Sicher nicht der Ukari, die einen Vernichter anbeten. Hat dieser Gott überhaupt Platz für Leute wie mich? Wenn er ein ›Er‹

ist – hat er dann überhaupt einen Platz für Frauen? Es gibt nicht so viele, die Frau und Mann zugleich …«

Ensu nickte: »Sie meint, dass es nicht viele Götter mit Titten gibt. Abgesehen von Umarai, die weder Mann noch Frau ist. Und natürlich Lengki. Aber ich bin verdammt sicher, dass ich kein Teil vom alten Lengki bin. Mogho hat vielleicht …«

»Ich wollte eigentlich darauf hinaus«, riss Ako das Wort wieder an sich, »dass mir nicht ganz klar ist, warum wir Teil eines männlichen Gotts sein sollten. Und ehrlich gesagt kann ich mir nur schwer Fuchs als Teil einer Göttin vorstellen. Nichts für ungut, Fuchs.«

»Kein Problem. Ich bin mir auch ziemlich sicher, dass ich ganz normal geboren wurde, und nicht zerhackt. Ich meine, daran könnte ich mich doch erinnern, oder?«

»Du kannst dich daran erinnern, wie du geboren bist?«, fragte Salter.

»Was?« Fuchs geriet ins Stocken. »Nein, aber …«

»Wieso bist du dir dann sicher, nicht zerhackt worden …«

»Genug!« Taras Hand klatschte auf die Armlehne ihres Throns. Reihum starrte sie alle Anwesenden an. »Es spielt keine Rolle, ob ihr glaubt, was ich sage. Es ändert nichts daran, dass es wahr ist. Zu Anbeginn gab es einen Gott. Ihr habt nach dem Namen gefragt, und das ist euer Recht. Es ist immerhin euer Name. Er, der am Anfang war, nannte sich seinen Nachfolgern gegenüber Zighurat. Er …«

»In Ordnung, Moment, entschuldigt die Unterbrechung.« Fuchs hob die Hand. Er musterte die Throne, als wäre er auf der Suche nach einer Falle, die sie alle im nächsten Augenblick verschlingen würde. »Aber welchen anderen gegenüber, wenn er am Anfang war?«

Jetzt war es Tara, die irritiert aussah. »Das war später, viel später, als er die ersten Nachfolger um sich sammelte. Ihnen gegenüber gab er sich einen Namen. Diesen.«

»Zighurat?« Dieses Mal war es Baelis, die Tara unterbrach. »Bedeutet das irgendetwas?«

Die Irritation der Guam wuchs zusehends. »Ich habe keine Ahnung«, zischte sie ungehalten. »Wenn der Herr sich eine Bedeutung dazu erdacht hat, dann hat er sie mir nicht mitgeteilt. Dürfte ich jetzt bitte zum Punkt kommen?«

»He, kein Grund, sich so aufzuregen, Guam.« Fuchs breitete die Hände aus. »Zeit spielt an diesem Ort keine Rolle. Das habt Ihr doch vorhin selbst gesagt. Und die Frau fragt ja nur.«

»Halt den Mund, Fuchs.« Ako ließ die Augen nicht von Tara. »Die Frau versucht nur, die Stimmung für eine wirklich gespannte Geschichte zu schaffen – und mir Antworten zu geben, hoffe ich doch.« Sie nickte ihr zu. »Geht fort.«

»Fahrt fort, meint sie«, warf Ensu hilfreich ein. »Sie übt unsere Sprache noch. Und Fuchs: Hör auf, sie dauernd zu unterbrechen, sonst stehen wir noch den ganzen Tag hier herum. Also, wie war das mit dem zerlegten Gott?«

Für einen Moment sah es so aus, als wollte die Guam zu einer Waffe greifen. Doch stattdessen ballte sie nur eine Faust, bis die Knöchel weiß hervortraten, und holte tief Luft. »Zighurat war nicht von dieser Welt, auch wenn er der erste Gott war, den sie kannte. Er war zu mächtig, zu gewaltig für sie. Als er sie betrat, folgte seinen Schritten Verwüstung, und der Tod eilte ihm voraus.«

»Er wird mir immer sympathischer«, murmelte Fuchs.

Salter verzog das Gesicht. Er schien ganz ähnliche Gedanken zu hegen.

»Fuchs, wenn du nicht sofort schweigst, brenne ich dir die Zunge heraus«, sagte Stern scharf. Sie war langsam um den

Schacht in der Mitte herumgelaufen und setzte sich jetzt auf den Thron direkt gegenüber der Guam. »Es steht euch nicht zu, den Herrn zu lästern! Er ist ein gerechter Herr. Aus diesem Grund schuf er diesen Ort. Um mehr über die Welt zu lernen. Um zu lernen, wie sie funktioniert, bevor er über sie herrscht. Dieser Ort befindet sich nicht auf dieser Welt, er befindet sich über den Welten, zwischen ihnen. Von hier aus konnte er in tausend verschiedene Welten sehen und lernen, sie zu begreifen. Aber auch das stillte seinen Wissensdurst nicht. Also lud er Sterbliche ein und gab ihnen hier ein Heim, damit sie in seinem Namen eine perfektere Welt erschaffen konnten. Nicht wahr, Tara?«

Die Guam nickte. »Aber diese Menschen haben ihn feige hintergangen. Mit all der Macht, die er ihnen geschenkt hat, kamen sie schließlich zu dem Schluss, dass sie keinen Gott mehr benötigten, dass sie die Götter vernichten konnten, um selbst Götter zu werden. Sie haben Zighurat in seinem eigenen Turm eingesperrt. Niemand sollte diesen Ort mehr verlassen können, der kein Sterblicher war. Auf diese Weise konnten sie nach Belieben kommen und gehen, während er nun ihr Gefangener war. Zighurat war allerdings klüger als sie. Er fand einen Weg, seine Essenz in sterbliche Körper zu legen. Da aber kein einzelner Körper stark genug gewesen wäre, einen Gott in sich aufzunehmen, goss er sein Selbst schließlich in sechs Freiwillige.« Sie deutete auf die sechs Throne. »In sechs Körpern hat er diese Hallen verlassen und ist hinaus in die Welt gegangen, um sie am eigenen Leib zu erfahren. Nicht nur ein Mann von einem Volk – Zighurat beschloss, alles gleichzeitig zu sein. Sechs Körper, sechs Völker, sechs Geister, sechs Aspekte. Um alles Wissen zu sammeln, alle Dinge zu kosten, alle Geheimnisse zu ergründen, die eine Welt ausmachen.

Ehe er ging, hat er diesen Turm jedoch vor allen Welten versiegelt, damit selbst die Abtrünnigen ihn nicht mehr betreten konnten. Nur noch ihm war es möglich, diesen Ort wieder zu öffnen, um sich wieder zusammenzufügen, wenn die Zeit endlich gekommen ist. Mir, seiner letzten Getreuen, hat er damals die Aufgabe übertragen, seine Rückkehr einzuleiten und über den Vollzug des Schicksals zu wachen.«

Salter betrachtete den Thron, auf dem er saß, und dann seine Hände, so als würde er sie zum ersten Mal bewusst wahrnehmen. »Ich muss dem Fuchskopf da drüben recht geben«, murmelte er. »Ich fühle mich nicht gerade wie der Teil eines menschlichen Gotts. Diese Geschichte klingt eher wie die Ballade eines betrunkenen Barden, als nach etwas, das sich ein gesunder Mensch ausdenken würde.«

Die schlanke Taruki – Ako – sah ihn nachdenklich an. »Ich kenne keinen Barden, der sich so etwas ausdenken würde. Kein Mensch würde so etwas Verrückteres hören wollen.« Sie löste den Blick von dem dicklichen Magister und sah die Guam direkt an. »Was ist mit dem Orakel? Dem, das das Gesicht von Fuchs trägt? Es erzählte uns von einer verrückten Frau, die sie alle an diesen Ort bringen wollte. Es kannte mich, wenn auch unter einem anderen Namen. Wie passt das in diese Geschichte?«

Für einen Moment flackerte so etwas wie Unsicherheit in den Augen der Guam auf. Sie fasste sich jedoch schneller wieder, als Baelis brauchte, um sich sicher zu sein. »Das Gesicht von Fuchs, ja?« Sie nickte. »Ja, ich denke, das ist möglich. Dieser Ort zieht euch zurück, wann immer ihr geboren werdet. Erneut geboren werdet. Ihr seid sterblich, ja. Aber ihr kommt wieder und wieder auf diese Welt. So lange, bis Zighurat endlich vereint ist.« Sie atmete tief durch, und mit einem

Mal wirkte sie nicht mehr ganz so zeitlos wie bisher. »Ich war viele Male hier, viele Zyklen, in der Hoffnung, ihn wieder zusammenzufügen. Und auch jeder von euch war schon mehr als einmal hier. Nicht jedes Mal jedoch und – der Aufstieg ist gefährlich, wie ihr wisst. Wenn ihr nicht alle versammelt seid, verfügt ihr nicht über eure vollen Kräfte und könnt den Gefahren an diesem Ort erliegen.«

Baelis nickte langsam. »Und was genau geschieht, wenn eine von uns stirbt?«

»Dann treffen wir uns in etwas über sechzig Jahren wieder und versuchen es erneut.«

»Wie oft genau ist das schon geschehen?«

Tara zuckte mit den Schultern. »Um ehrlich zu sein: Ich bin mir nicht sicher. Unzählige Male. Aber alle zusammen haben wir es seit der Teilung erst ein einziges Mal geschafft. Gerade erst vor zwei Zyklen. Damals wurde jedoch sie«, Tara deutete auf Ako, »tödlich vergiftet, und uns blieb nicht genügend Zeit. Dieses Mal aber sind wir bereit. Endlich kann sich unsere Bestimmung erfüllen.«

Stern strahlte. Etwas, das ihren Begleitern sichtlich Unbehagen zu bereiten schien. »Unser eigener Gott, von uns erschaffen. Hier, an diesem Ort! Wisst ihr noch, was ich gesagt habe? Gegen ein kleines Opfer werden alle unsere Wünsche wahr. Wir werden nie wieder Ausgestoßene, Verachtete sein. Wir können alles Unrecht ungeschehen machen. Alles richten, was nicht gerecht ist. Das ist doch das, was du immer wolltest, Ensu, nicht wahr? Alles richten.« Sie gestikulierte in Akos und Fuchs Richtung. »Setzt euch. Sofort!«

Ihre Begleiter sahen sich unsicher an, ehe sie zögernd an zwei der Throne herantraten und sich so vorsichtig auf ihnen niederließen, als müssten sie sich auf glimmende Kohlen hocken.

Stern nickte zufrieden. »Gut. Jetzt lasst uns endlich loslegen. Lasst uns Gott werden und diese Welt vom Übel ...«

»Halt endlich den Mund!«, donnerte Tara unvermittelt. »Schweig und steh auf!«

Stern starrte die Guam verwirrt an. »Aber ich ...«

Tara richtete sich in ihrem Thron hoch auf und funkelte sie zornig an. »Du strapazierst meine Nerven und meine Geduld. Steh auf und räum endlich den Platz. Er steht dir nicht zu!«

Stern streckte ebenfalls den Rücken durch, und ihr Gesicht verwandelte sich in eine Maske des Zorns. Das Zucken in ihrer Wange verstärkte sich. »Wie kannst du es wagen, Guam? Wir hatten einen Vertrag! Ich habe mir meinen Platz verdient. Er steht mir weit mehr zu als Fuchs oder dieser ... dieser ...« Was immer sie noch sagen wollte, ging in einem erstickten Röcheln unter, als Mern plötzlich neben ihr stand und seine riesige Pranke um ihren Hals legte. Auf einen Wink der Guam hin zerrte er sie so mühelos von ihrem Platz, als wiege sie nicht mehr als ein Kleinkind. Ihre Augen wurden groß, und sie zappelte und zerrte verzweifelt an seinem Arm. Doch als alles nichts nützte, ließ sie die Hände fallen und tastete nach den Münzen an ihrer Schärpe. Blitzschnell packte Mern ihr Handgelenk und brach es wie einen trockenen Ast entzwei. Das Geräusch ließ Baelis zusammenzucken, und das Gurgeln, das aus der Kehle der gequälten Frau drang, trieb ihr eine Gänsehaut über die Arme.

»Was bei Ragots ...!«, brüllte Fuchs, und seine Hand flog zu dem Uai-Stock in seinem Gürtel. Marai riss ihren Bolzenwerfer in die Höhe, und überrascht stellte Baelis fest, dass auch sie ihre Waffe in der Hand hielt. Sie war sich nicht im Mindesten sicher, ob sie Tara in diesem Moment verteidigen oder selbst angreifen wollte.

»Halt!« Dieses Mal war es Salter, der die Stimme erhob, und wie durch ein Wunder erstarrten sie alle. Merns Arm war inzwischen über den Schacht ausgestreckt, und Sterns Füße hingen über dem Abgrund. Marais Bolzenwerfer zielte direkt auf den Kopf des Leibwächters. »Was bei den Himmeln soll das, Tara?«

Die Guam seufzte. »Meine Geduld neigt sich dem Ende zu. Und ganz ehrlich – ihr könnt euch gar nicht vorstellen, wie anstrengend es ist, diese Person ertragen zu müssen.« Sie sah Fuchs und Ako an. »Oder vielleicht könnt ihr es doch. Wie dem auch sei. Auf ihre Dienste angewiesen zu sein und ihre impertinenten Forderungen ertragen und erfüllen zu müssen, Jahr für Jahr, das ist eine Qual, die ich nur wenigen …« Sie unterbrach sich und machte eine wegwerfende Handbewegung. »Ach, was erzähle ich da. Ich wünsche diese Qual so einigen. Aber sie selbst ertragen zu müssen, war ganz und gar nicht in meinem Sinn.« Sie lehnte sich vor und starrte Stern über den Abgrund hinweg in die hervorquellenden Augen. »Du, meine Liebe, hast keinen Platz auf diesem Thron. Du bist nichts als Straßendreck, der meine Arbeit erledigt hat. Du hättest reich werden können. Unermesslich reich. Ich hätte dir alles Gold gegeben, nach dem es dich gelüstet. Ich hätte dir die Straßen von Atail geschenkt. Aber du wolltest ja mehr. Du wolltest immer nur Macht, Macht, Macht. Eine Göttin werden, ha!« Sie schnaubte abfällig, und auf eine knappe Geste hin riss Mern die Schärpe von Sterns Leib. »Du hast deinen Zweck erfüllt und dein Willkommen überzogen.« Sie nickte Mern zu, und noch bevor irgendjemand reagieren konnte, öffnete er seine Hand. Mit einem letzten, verzweifelten Röcheln verschwand Stern in der Tiefe. Einfach so.

»Was …?«, wiederholte Fuchs entsetzt, und Ako sprang

vor, wie um die Citani im letzten Moment noch aufzufangen. Stattdessen hielt sie am Rand des Schachts an und starrte mit aufgerissenen Augen nach unten. Für einen Augenblick meinte Baelis, ein entsetztes Kreischen zu hören, doch es war zu leise, zu weit entfernt, um sicher zu sein.

Schließlich war es Salter, der als Erster Worte fand. »Aber … ich dachte, du hast gesagt, wir müssten alle sechs hier versammelt sein. Wenn sie fehlt, wie …«

»Sie fehlt nicht«, gab Tara ungerührt zurück und erhob sich. Sie strich ihre Kleider glatt und deutete auf den Thron, den sie gerade verlassen hatte. »Sie war nie ein Teil des Ganzen. Ensu, dieser Sitz ist für dich bestimmt.«

Die kräftige Korra starrte Tara an. Abwesend nestelte sie an einer verirrten Haarsträhne, wirkte für einen Moment, als wollte sie sie in den Mund stecken, überlegte es sich jedoch im letzten Moment anders. Langsam ließ sie den Blick über die Runde wandern, und der Ausdruck in ihren Augen wirkte so traurig, so verloren, dass selbst Baelis nicht davon unberührt blieb. »Ich?« Sie lachte ein leises, trockenes Lachen. »Ich bin keine Göttin. Ich brauche keinen Thron. Es gibt nichts, was ich in meinem Leben rückgängig machen würde. Ich habe mit diesem Irrsinn nichts zu schaffen.«

Tara fuhr herum. Ihre Augen funkelten zornig. »Du musst deinen Platz einnehmen. Ich befehle es dir! Ich bin die Guam von Atail, und du bist meine Dienerin.«

Baelis kniff die Augen zusammen. Sie hegte schon lange den Verdacht, dass Tara nicht ganz richtig im Kopf war. Mit jedem Wort und jeder weiteren Geste verstärkte sich dieser Eindruck. Sie spürte, dass ihre Hand schon wieder auf dem Griff ihrer Waffe lag. Sie wollte schon zu einer passenden Entgegnung ansetzen, als Salter sich geräuschvoll räusperte.

»Ich habe mich ebenfalls umentschieden«, sagte er mit fester Stimme. »Ich räume ebenfalls meinen Platz. Für Onyx. Sie hat mir immerhin das Leben gerettet. Ich ... ich schulde es ihr.«

Taras Gesicht verwandelte sich in eine steinerne Maske. Sie umklammerte ihren Stab so fest, dass er leise zu knacken begann. »Ich habe dein Leben unzählige Male gerettet«, zischte sie mit kaum verhaltenem Zorn. »Jetzt schuldest du wohl eher mir etwas!«

»Was soll das heißen?«, fragte Fuchs misstrauisch. »Ich dachte, es ginge hier nicht um Schulden, sondern darum, einen Fehler rückgängig zu machen.«

»Sie macht uns allen etwas vor.« Ensu zuckte mit den Schultern und hob ihre Tasche auf. »Sie hat vermutlich mit keinem Wort die Wahrheit gesagt. Und ich bin diese Geheimnisse langsam leid. Wir hätten niemals hierherkommen sollen.«

»Das ist nicht wahr! Es gibt keine Geheimnisse mehr.« Taras Blick huschte von einem zum anderen. Etwas Gehetztes, geradezu Panisches lag in ihm. »Ich ... ich will doch nur euer Bestes.«

Der Blick einer Lügnerin, dachte Baelis. Einer Frau, deren Lügengebäude in diesem Moment wie ein Kartenhaus zusammenstürzt. Die Angst war ihr deutlich anzusehen. Sie erinnerte an ein kleines Kind vor dem Honigtopf. Die Hände klebrig und sämtliche Fluchtwege versperrt. Baelis Ahnungen hatten sie also nicht getrogen. Sie hatte allen Grund, misstrauisch zu sein. »Was springt eigentlich für Euch dabei heraus?«, fragte sie leise.

»Diese Frage hätten wir gleich zu Anfang stellen sollen.« Ensu zuckte müde mit den Schultern.

Tara schloss die Augen. »Es ist nicht von Belang. Wichtig ist, dass Stern, bei all ihren Fehlern, recht hatte: Ich kann es rückgängig machen. Alles. Salter, ich kann dir dein Leben am Kaiserhof zurückgeben, wenn du das willst. Mern, ich gebe dir deine Zunge zurück. Ako, dir deine geliebte Jaeema. Ensu, deine Narbe, deine Brust!«

»Aber«, sagte Ako leise, »vielleicht haben Ensu und die Frau dort wahr.« Sie wiegte den Kopf und sah Tara nachdenklich an. »Eventuell man kann nicht einfach Dinge unpassiert machen. Vielleicht stimmt es, vielleicht könnte dieser Gott oder was auch immer Jaeema zurückbringen. Aber es wäre nicht wahr, oder? Ich wüsste, dass es nicht die Jaeema ist, die verloren ist. Vielleicht hätte ich tatsächlich einen Ort in diesem … diesem Wesen. Aber es wäre nicht ich. Und sie wäre nicht sie.« Sie deutete zu Baelis.

Taras Blick wanderte zurück zu Baelis. »Ihr versteht das nicht. Ihr müsst nicht ihr sein! Ihr habt die einzigartige Gelegenheit, mehr zu sein. Ihr könnt die Welt neu formen, alles berichtigen, was jemals …«

»Nein.«

Tara blinzelte. »Nein?«

Baelis Hand lag nun fest auf dem Griff ihres Schwerts. Sie hatte genug. Endgültig genug von diesem ganzen Blödsinn hier. Sie wollte sich nicht hinter dem Ganzen verstecken. Sie wollte ihre eigenen Entscheidungen treffen und mit den Konsequenzen leben. Sie musste die Welt zu nichts zwingen. Das war nicht ihr Weg. »Ich bin nicht Teil eines Gotts, auf den nachher alle abwälzen können, was geschieht oder nicht geschieht. Jeder ist für sich selbst verantwortlich – und nur ich bin für mich verantwortlich. Ich bin ich.«

Tara starrte sie verständnislos an. Ein Kind, dem der

Honigtopf vor der Nase weggeschnappt wurde, als es gerade die Hand danach ausstrecken wollte. »Du verstehst das nicht. Ich biete dir alles. Du kannst das nicht ablehnen.«

»Such dir einen anderen Gott.«

»Nein. Das ist nicht vorgesehen. Du kannst dich nicht dagegen entscheiden. Ich … ich erlaube das nicht.«

»Wenn ich wirklich eine Göttin bin – oder ein Teil davon, dann kannst du es mir ja wohl schlecht verbieten. Und den anderen auch nicht. Das wäre – Gotteslästerung, nicht wahr? Schlecht für dein Karma.«

»Du …«

»Danke der Nachfrage. Ich komme ganz gut allein zurecht. Zieh dein Ding ruhig ohne mich durch. Vier von sechs Teilen ist ja auch nicht schlecht.« Baelis wandte sich um. Sie hatte wirklich genug von diesem Mist. Sie konnte jetzt einen ordentlichen Schluck vertragen. Vielleicht auch zwei oder drei.

Sie sah einen Schatten über sich aufragen. Eine riesige Gestalt. Breit wie ein Oantan, mit einem Gesicht wie von einem Hammer bearbeitet. Sie war so auf Tara fixiert gewesen, dass sie keinen Gedanken darauf verschwendet hatte, dass andere Teile ihres … göttlichen Ichs vielleicht anderer Meinung waren als sie. Eventuell waren sie ja sogar ganz erpicht darauf, alles rückgängig zu machen. Wieder ein Ganzes zu werden. So wie Mern zum Beispiel. Der stumme Riese konnte sie nicht mit Worten überzeugen, dafür besaß er andere, schlagkräftigere Argumente. Baelis sah eine gewaltige Faust auf ihr Kinn zurasen.

Au, verd…

DRACHENKAISER

Als Baelis erwachte, lag sie erstaunlicherweise nicht auf dem Boden. Das schien zunächst einmal einer Verbesserung gegenüber früheren Gelegenheiten zu sein, in denen sie das Bewusstsein verloren hatte. Immerhin konnte sie so zumindest sicher sein, die Nacht über nicht in ihrem eigenen Erbrochenen gelegen zu haben. Auf den zweiten Blick sah die Angelegenheit allerdings deutlich schlechter aus. Als sie versuchte, sich aufzurichten, stellte sie fest, dass sie noch immer auf dem Thron saß, nur waren ihre Hände jetzt mit eisernen Schellen an die Armlehnen gebunden. Ihre Füße waren ebenfalls in eiserne Schellen geschlagen, sodass sie sich kaum eine Handbreit bewegen konnte. Außerdem hatte sie das Gefühl, als würden Tausende winzige Nadeln in ihrem Körper stecken. Sie blickte auf ihre Hände hinab und sah schwarzes Blut von den Fingerspitzen in die Rinne auf dem Boden tropfen. Von dort floss es träge auf den Schacht in der Mitte des Steinkreises zu. Ihr war schwindelig, und sie nahm ihre Umgebung nur undeutlich war. Mühsam hob sie den Kopf. Auch die anderen Throne waren besetzt. Nur ein einziger war noch frei geblieben. Vermutlich, weil Mern gerade damit beschäftigt war, Fuchs auf dem fünften Thron festzuschnallen. Sie blinzelte und sah wieder auf die Blutspur hinunter. Sie stellte sich vor, wie ihr Blut vom Rand des Schachts träge heruntertropfte und in die Tiefe fiel. Vorbei an Dutzenden, vielleicht sogar Hunderten Stockwerken, bis es schließlich weit unten durch die Lücken des Gitternetzes in das Wasserbecken platschte. Direkt vor Mlimas missgestalteten Thron.

Sie sah die Guam – Tara – und den Glanz in ihren Augen, der sie zutiefst beunruhigte. Sie hatte so einen Glanz schon das ein oder andere Mal gesehen. In den Augen von Straßenpredigern, die das Ende der Welt beschworen, oder bei Menschen, denen der Genuss von Halran den letzten Rest Verstand geraubt hatte. Ein Betrunkener lallte oft nur irgendwelchen Blödsinn, aber ein Wahnsinniger sprach meistens die Wahrheit. Allerdings nur die Art Wahrheit, die dazu geeignet war, anderen Menschen zu schaden. Sie fragte sich, ob Tara wirklich einen Gott erschaffen wollte – oder nicht viel eher einen Dämon.

Sie nahm eine Bewegung wahr. Einen Schatten, der den Schacht für einen winzigen Augenblick verdunkelte. Ein wurmähnliches Ding schnellte aus dem Loch nach oben, leckte wie eine lange, dünne Zunge über den Boden und verschwand wieder in der Tiefe. Sie kniff die Augen zusammen und blinzelte. Dann hörte sie die anderen aufschreien. Sie hatten es ebenfalls gesehen. Der Boden bebte unter ihren Füßen. Einzelne Steine lockerten sich und bekamen Risse. Sie sah Tara entsetzt zurückweichen und ihren Stab heben. Das gehörte also offenbar nicht zum Ritual.

Im nächsten Augenblick wurden Steine aus dem Kreis herausgedrückt, sprangen in die Höhe und knallten lautstark zurück auf den Boden, so als wären sie von einem gewaltigen Hammer herausgeschlagen worden. Eine riesige Klaue tauchte aus dem Schacht auf und krallte sich in das Gestein. Gleich darauf folgte eine zweite Klaue und dann ein Schädel von gewaltigen Ausmaßen. Schwarz wie die Nacht und mit unzähligen spitzen Zähnen gespickt. Zischend und fauchend kämpfte sich die Kreatur aus dem Schacht heraus und erhob sich über die entsetzten Menschen. Gelbe Augen, so groß wie Wagenräder, blickten ausdruckslos auf sie herab. Verharrten für einen Augenblick auf Tara und richteten sich dann auf Baelis, die, hilflos an ihren Thron gefesselt, zusehen musste, wie sich die Kreatur – die aussah wie eine gigantische Spilo und doch etwas völlig anderes war – zu voller Größe aufrichtete und einen Schrei ausstieß, der die Erde erbeben ließ. Ein gigantischer Drache, so groß wie ein Haus. Eine Kreatur aus uralten Legenden. Erst jetzt bemerkte Baelis die Gestalt, die sich an ihren Rücken klammerte. Es war Mlima. Im Schatten dieses Untiers wirkte sie beinahe winzig. Die riesige Spilo ließ ihre Klaue auf den Boden donnern, und Mlima kletterte daran herab, so wie es ihr Haustier früher an ihrem Arm getan hatte. Baelis stieß ein hysterisches Kichern aus. »Wie schnell sie doch groß werden.« Sie rüttelte an ihren Fesseln, aber die eisernen Bänder hielten sie fest umklammert.

»Was hast du getan?«, kreischte Tara voller Entsetzen. Mit zitternden Händen richtete sie ihren Stab auf die massige Frau.

»Ich habe sie gefüttert«, rief Mlima fröhlich. Liebevoll tätschelte sie die schuppige Echsenhaut, und die Spilo stieß ein Grollen aus, das von den Wänden widerhallte. »Mit dem Blut deiner ...« Sie warf einen Blick in die Runde und schnaufte geringschätzig. »Was für ein armseliger Haufen das ist. Hast du wirklich geglaubt, dass du aus diesen lächerlichen Gestalten etwas Besseres formen kannst?«

»Ich wollte einen Gott erwecken!«

»Dann hättest du deine Rechnung besser mal mit Mlima

gemacht. Du hast mich hintergangen, du kleines Miststück. Das verzeihe ich dir nicht.« Bei ihren Worten neigte die Spilo aufmerksam den Kopf zur Seite, und ihr gewaltiger Schwanz peitschte durch die Luft. »Und jetzt bin ich diejenige, die einen Gott besitzt.«

»Das lasse ich nicht zu«, keifte Tara aufgebracht. Ihre Hände krallten sich voller Wut um den Stab.

Mlima zuckte mit den Schultern. »Was willst du dagegen tun?« Sie schnippte mit den Fingern, und die Spilo hob den Schädel und breitete die mächtigen Arme aus, unter denen blutrote Schwingen zum Vorschein kamen. Sie stieß einen weiteren markerschütternden Schrei aus, schlug einmal kurz mit den Schwingen und machte einen Satz nach vorn. Wahllos schnappte sie nach dem nächstbesten Opfer, das ihr vor die Zähne kam.

Fuchs.

Der dünne Mann schrie auf und versuchte, sich loszureißen. Zwischen seinen festgeschnallten Händen entstand ein tiefschwarzer Riss in der Luft, doch noch bevor sich das, was auch immer dort entstand, vollständig ausformen konnte, rissen ihn die messerscharfen Zähne in der Mitte entzwei. Sein Schrei erstarb in einem entsetzlichen Gurgeln. Krachend und knirschend zermalmte die Spilo ihr Opfer, während ihre kalten, gelben Augen ausdruckslos nach dem nächsten Opfer Ausschau hielten.

Baelis zerrte verzweifelt an ihren Fesseln. Sie brüllte Mern an, der wie alle anderen das grausame Schauspiel mit fassungslosem Entsetzen mitverfolgte. »Mach mich los, du Idiot!« Der Riese wandte ihr den Blick zu, doch im selben Augenblick rief auch Tara nach ihm. Nach kurzem Zögern siegte die Gehorsamkeit gegenüber seiner Herrin. Knurrend fuhr er herum und stürzte sich mit erhobenem Hammer auf die Spilo. »Scheiße!«, brüllte Baelis und zerrte weiter in hilflosem Zorn an ihren Fesseln.

Trotz seiner massigen Gestalt war Mern ein wendiger Gegner. Seine Hammerschläge prasselten in schneller Folge auf die Spilo ein und trieben sie Schritt für Schritt zurück. Im ersten Augenblick war die Echse viel zu überrascht, um an Gegenwehr zu denken, und Baelis schöpfte schon neue Hoffnung, als der Schwanz der Echse ansatzlos hervorzuckte und ihn von den Füßen fegte. Die gewaltigen Zähne schnappten zu, aber Mern rollte sich im letzten Augenblick zur Seite, kam zurück auf die Beine und schwang seine Waffe in einem hohen Bogen. Doch statt vor dem Schlag zurückzuweichen, sprang die Spilo ihm furchtlos entgegen. Schützend riss Mern den gepanzerten Arm in die Höhe, und ihre gewaltigen Zähne bissen zornig hinein. Gleichzeitig machte sie einen gewaltigen Satz nach vorn, entfaltete die ledernen Schwingen und schwang sich mitsamt ihrem Gegner in die Luft. Wieder und wieder schmetterte Merns Hammer wuchtig gegen ihre Panzerhaut, aber sie ließ nicht locker; schlug kraftvoll mit den ledernen Schwingen, bis sie weit oben unter der Kuppel angekommen war, wo sie ihren Kiefer wieder öffnete und ihr Opfer hilflos zurück in die Tiefe stürzen ließ.

Sie wartete gar nicht erst den Aufprall ab, sondern flog einen eleganten Bogen nach unten und stürzte sich auf Ensu, der es irgendwie gelungen war, sich ihrer Fesseln zu entledigen. Die kräftige Korra sprang von ihrem Thron auf und ließ mit einer Geste einen Felsbrocken von der Größe ihres Kopfs in die Luft schnellen. Die Spilo war jedoch schneller. Mit einem einzigen Krallenhieb fegte sie den Thron von seinem Sockel und zermalmte die schreiende Frau unter Tonnen von

Gestein. Dann wuchtete sie ihren massigen Körper herum, und ihr Schwanz schlug dabei eine tiefe Scharte in Baelis Thron. Baelis schrie auf vor Schmerzen, aber sie spürte auch ihre Fesseln unter der Wucht des Schlags zerbrechen. Verzweifelt rüttelte sie an dem Metall, bis sich schließlich der Bolzen, der die Schellen zusammenhielt, löste und mit einem metallischen Klirren zu Boden fiel. Hastig zog sie ihre Hand heraus und befreite die andere Hand. Sie konnte sich gerade noch rechtzeitig losmachen und nach vorn werfen, eh der Schwanz der Spilo erneut durch die Luft peitschte und die Rückenlehne ihres Throns zerschmetterte. Unzählige Steinsplitter zischten wie Geschosse durch die Luft und prasselten auf ihren Körper ein. Sie ignorierte die Schmerzen und machte sich hektisch über ihre Fußfesseln her, nur um voller Entsetzen festzustellen, dass sie völlig verbogen waren. Doch dann erinnerte sie sich daran, dass sie noch immer ihren Schwertgurt umgebunden hatte. Sie tastete nach dem Griff der Waffe und zerrte sie heraus. Der Winkel war unmöglich, aber irgendwie gelang es ihr trotzdem, die Schelle zu treffen, ohne ihr eigenes Bein zu zertrümmern. Mit gezielten Hieben hämmerte sie das Metall so weit wieder gerade, bis der Bolzen sich endlich lockern und ganz herausschlagen ließ. Sie stieß einen triumphierenden Schrei aus und machte sich fieberhaft an die zweite Fessel. Sie hörte die Korra-Schützin »Stirb!« schreien und dachte aus irgendeinem Grund darüber nach, warum Kampfschreie selten besonders geistreich waren. Vermutlich, weil man meistens nicht die Zeit dazu hatte, sich in der Hitze des Gefechts etwas Passendes auszudenken. Eigentlich schade, fuhr es ihr durch den Kopf. Sonst hätten doch sicherlich alle Beteiligten mehr zu lachen – und Lachen sollte bekanntermaßen ja die beste Medizin sein.

Ein Armbrustbolzen schlug in der Flanke der Spilo ein, und ein mächtiger Donnerschlag ließ die Halle erbeben. Das Tier wurde zurückgeschleudert und schrie gequält auf. Doch die Freude über den Treffer währte nicht lange, denn als Baelis ihr zweites Bein aus den Fesseln befreit hatte, sah sie Marai zappelnd durch die Luft fliegen und brutal gegen eine kunstvoll verzierte Säule klatschen. Angewidert verzog sie das Gesicht und rappelte sich auf. Sie hatte kaum noch Gefühl in den Beinen und musste sich an den Resten ihres Throns abstützen, um nicht gleich wieder zusammenzubrechen. Sie atmete tief durch und warf einen Blick in die Runde. Sie entdeckte Tara und Onyx, die vor Salters Thron hockten und verzweifelt an seinen Fesseln zerrten. Geduckt humpelte sie zu ihnen.

Als Tara sie bemerkte, stieß sie ein erleichtertes Keuchen aus. »Hilf uns, Baelis! Du musst ihn losmachen.«

»Rate mal, was ich gerade vorhatte«, brummte sie und schob die beiden Frauen bestimmt zur Seite. Sie hob ihr Schwert hoch über den Kopf und ließ es Funken sprühend auf eine der Handfesseln herunterdonnern. Zwei kraftvolle Hiebe reichten aus, bis der Bolzen in seiner Halterung wackelte und sich ohne viel Mühe ganz herausschlagen ließ. »Wird langsam Zeit, dass du dein Shao bemühst, kleiner Magister.«

»Es ist nicht so einfach, wie ihr immer denkt.«

»Ja? Ich könnte dich doch wieder ein bisschen bedrohen ...«

Salter seufzte. »Danke, aber die Gesamtsituation ist für meinen Geschmack schon bedrohlich genug.«

Baelis nickte und wandte sich der zweiten Fessel zu, als Onyx einen schrillen Laut ausstieß, der sie zusammenzucken ließ. Sie fuhr gerade noch rechtzeitig herum, um einen gewaltigen Steinbrocken zu erblicken, der direkt auf sie zugeflogen kam. Instinktiv warf sie sich zu Boden, während Salter den Arm hochriss und die Finger spreizte. Ein goldener Funkenregen tanzte über seine Hände hinweg. Er schrie etwas Unverständliches, streckte die Hand aus und …

… wurde im nächsten Augenblick von dem Steinbrocken zermalmt. Dutzende scharfkantige Splitter schossen durch die Luft, zerfetzten Onyx und verfehlten Baelis nur um Haaresbreite. Fluchend ließ sie das Schwert fallen und warf die Hände über den Kopf.

Als sich der Staub langsam wieder legte, stemmte sie sich hustend auf alle viere und wischte mit dem Arm über ihre tränenden Augen. Der Boden innerhalb des Steinkreises war regelrecht mit Blut getränkt. Dahinter ragten drohend die gewaltigen Umrisse der Spilo empor. Es war eigentlich unmöglich, doch in der kurzen Zeit des Kampfs schien sie noch ein ganzes Stück weiter gewachsen zu sein. Sie sah nun endgültig aus wie ein Drache aus uralten Legenden. Allerdings nicht wie eines dieser erhabenen Geschöpfe aus Gold und Feuer, mit denen sich die Kaiser so gern verglichen, sondern wie ein missgestalteter Lindwurm aus ihren schlimmsten Albträumen. Eine abartig hässliche Kreatur mit glänzender Haut und eiskaltem, tödlichem Blick. Ihre pechschwarze Zunge zuckte witternd aus dem Maul heraus, und ihr Schädel schaukelte träge im Takt tiefer Atemzüge. An ihrer Seite stand Mlima, den massigen Körper schwer auf das schuppige Bein der Echse gestützt; lächerlich winzig im Vergleich und doch kaum weniger furchteinflößend.

Es folgte ein Augenblick völliger Stille, in dem sie sich gegenseitig argwöhnisch belauerten. Baelis wusste, dass sie keine Chance hatte. Sie hatte gesehen, was das Untier ausrichten konnte. Wie sie ihre Opfer zerquetscht hatte wie lästige Fliegen an der Wand. Nicht einmal Mern war solchen Kräften gewachsen gewesen. Göttlichen Kräften, wenn man Tara noch Glauben schenken durfte. Sie warf einen Seitenblick auf die Guam, die sich stöhnend vom Boden aufrappelte. Ihr Gewand war blutgetränkt, und ihr linker Arm hing nutzlos an der Seite herab.

»So schnell kann sich die Waagschale in die andere Richtung neigen«, sagte Mlima. »Du hattest alle Trümpfe in der Hand, Tara. Und nun bist du ganz allein – von deiner Leibwächterin einmal abgesehen. Glaubst du, dass sie stark genug ist, um meine Spilo zu bezwingen?«

»Vergiss nicht, dass in ihren Adern göttliches Blut fließt.« Trotzig reckte Tara das Kinn in die Höhe, doch Baelis sah, dass ihre Hände zitterten. »Wenn es sein muss, wird sie auch mit deinem hässlichen Haustier spielend fertig.«

»So wie deine anderen … Götter?« Geringschätzig ließ Mlima den Blick über die zerstörte Halle schweifen. »Wenn sie wirklich so mächtig ist, was hält sie dann noch davon ab, uns auf der Stelle zu erschlagen?«

Tara schnaufte. Sie blickte auf ihren gebrochenen Arm hinab. »Vernunft, meine Liebe. Wir sind doch alle vernünftige Menschen, nicht wahr?«

Mlima lachte. »Du bist vor allem ein hinterhältiges Miststück. Du hast genau gewusst, was uns hier drin erwartet. Du hast uns ahnungslos ins offene Messer laufen lassen.«

»Hättest du auf mich gehört, wäre das alles nicht geschehen. Deine eigene Gier hat dich dazu getrieben, unseren Pakt zu brechen. Deine Gier nach Schätzen. Sie hat dich blind gemacht.«

»Ich habe mich immer allein durchschlagen müssen. In meiner Welt kann man niemandem vertrauen, schon gar nicht seinen Verbündeten. Ich brauchte das Gold. Ich musste mich hoch verschulden, als ich dieses verfluchte Haus hier gekauft habe. Die Geschichte mit den gebrochenen Fingern – sie ist nur eine Geschichte. Um die dummen Leute auf der Straße zu beeindrucken. Um ihnen Respekt einzuflößen.«

»Es hat recht gut funktioniert.«

Wieder stieß Mlima ein Lachen aus. Es klang eher traurig als amüsiert. »Mit jedem Jahr weniger. Meine Knochen sind morsch geworden, und meine Knie lassen mich immer öfter im Stich. Meine Tage als gefürchtete Anführerin sind längst gezählt. Es warten so viele andere darauf, meinen Platz einzunehmen. Jüngere. Gewalttätigere. Es ist nur eine Frage der Zeit, bis einer von ihnen den Mut aufbringt, mir den Schädel einzuschlagen. Ich fürchte den Tod nicht, aber …«

»… den Weg dahin«, vollendete Baelis leise ihren Satz.

Mlima warf ihr einen nachdenklichen Blick zu. Die Spilo stieß ein drohendes Zischen aus. Ihr Schwanz peitschte nervös durch die Luft.

»Dann lass uns einen neuen Pakt schließen«, sagte Tara. »Lass uns begraben, was zwischen uns vorgefallen ist. Wir können gemeinsam nach Atail zurückkehren und noch einmal ganz von vorn anfangen. Du weißt, wer ich bin und welchen Einfluss ich besitze. Gemeinsam können wir große Dinge bewirken.« Sie schaute zu der Spilo auf, und Mlima folgte ihrem Blick.

»Du brauchst mich, um diesem verfluchten Turm zu entkommen, richtig? Ohne mich bleibst du hier oben nämlich gefangen.«

»Hör mir zu, Mlima. Wir haben so kurz davorgestanden, die Gottheit zu erwecken. Es fehlte nur so wenig! Nach all den Jahren … Beim nächsten Mal können wir es schaffen, da bin ich sicher. Gemeinsam können wir die Welt verändern. Eine neue, eine bessere Welt erschaffen!«

Mlima verzog das Gesicht. »Wann soll das sein? Wenn sich das Tor das nächste Mal öffnet? In sechs Jahrzehnten? In über hundert Jahren? Dann ist von mir nichts weiter übrig als eine Handvoll vermoderter Knochen.«

»Bis dahin wirst du aber in Luxus schwelgen. Ich mache dich zur reichsten Frau von Atail. Ich zahle deine Schulden ab. Das *Haus der Aufgehenden Sonne* wird ganz allein dir gehören. Ach was, das ganze Viertel mit all seinen Bewohnern! Du wirst die wahrhaftige Königin der Nacht sein.«

Mlima lächelte sie traurig an. »Du kannst wirklich gut mit Worten umgehen, das muss man dir lassen. Aber noch einmal gehe ich dir nicht auf den Leim. Du versprichst mir tausend Dinge, aber sobald wir wieder zurück in der Stadt sind, hast du sie bereits vergessen. Du wirst mir die Magister auf den Hals hetzen und mein Haustier in Ketten schlagen lassen. Man wird es auf dem Richtplatz ausstellen, wo der Pöbel es mit faulen Eiern und Tanisfrüchten bewerfen kann. Nein, wenn mich das Leben auf der Straße eins gelehrt hat, dann, dass man niemandem vertrauen darf. Dass man sich besser mit dem Ruk in der Hand begnügt als mit dem Loxxa auf dem Dach – wobei…«, sie lächelte zu der Echse hinauf, die den Kopf leicht zur Seite neigte, um sie mit ihrem gelben Auge besser sehen zu können, »dieser ganz spezielle Ruk hier durchaus mehr wert sein könnte als ganz Atail.« Zärtlich strich ihre Hand über die schwarze Echsenhaut.

»Denk wenigstens darüber nach.« Beschwörend hob Tara die Hand.

»Kein Bedarf. Die Zeit in Atail ist für mich endgültig vorbei. Ich habe genug von dem Gesindel auf den Straßen. Von ihren Intrigen und hässlichen Streitereien. Der ganze Schmutz und das Elend machen mich wütend. Ich werde zurück in den Norden gehen. Dort gibt es keine Citani und keine Magister, die über die Menschen herrschen. Wusstest du, dass sie die Spilo dort oben als kleine Götter verehren. Was glaubst du wohl, wie sie auf eine Echse dieser Größe reagieren werden? Du bist auf der Suche nach deiner Gottheit? Ich habe meine bereits gefunden.« Sie klopfte der Spilo gegen den Hals, und das Tier neigte den mächtigen Schädel nach unten, um sie aufsteigen zu lassen. »Ich wünsche dir viel Glück, Tara. Vielleicht gelingt es dir ja irgendwie, diesem verfluchten Haus zu entkommen und deinen Traum eines Tages doch noch in Erfüllung gehen zu lassen. Von mir aus kannst du aber auch hier drin verrecken. Mir ist es egal, ich bin jedenfalls fertig mit dir.« Mit diesen Worten wandte sie sich um und kletterte auf den Schädel der Echse hinauf.

Tara starrte ihr fassungslos hinterher. Die Maske ruhiger Gelassenheit war nun endgültig von ihr abgefallen. »Das kann ich nicht zulassen!«, rief sie voller Zorn. Ihre Augen huschten zu Baelis und dann zu dem Schwert, das vor ihr im Dreck lag. Sie humpelte zu der Waffe hin und hob sie auf.

Mlima lächelte grimmig. »Du wirst mehr als ein Schwert brauchen, um mich aufzuhalten.«

»Kann schon sein. Wir werden sehen.«

»Was hast du vor?«, fragte Baelis stirnrunzelnd.

»Ich versuche, uns zu retten.« Auf Taras Gesicht trat ein entschlossener Ausdruck. Krampfhaft umklammerte sie den Griff der Waffe. »Ich hoffe nur, dass ich das Richtige tue …« Mit diesen Worten rammte sie Baelis das Schwert in den Bauch.

EINER FÜR
ALLE ...

Als Baelis wieder erwachte, lag sie erstaunlicherweise nicht in ihrem eigenen Blut auf dem Boden. Stattdessen war sie erneut auf dem Thron festgebunden, sodass sie sich kaum eine Handbreit bewegen konnte. Ihr Körper fühlte sich an, als würden tausend spitze Nadeln in ihm stecken. Sie blickte auf ihre Hände hinab und sah schwarzes Blut von den Fingerspitzen in die Rinne auf dem Boden tropfen. Von dort floss es träge auf den Schacht in der Mitte des Steinkreises zu.

Ihr war schwindelig, und sie nahm ihre Umgebung nur undeutlich wahr. Mühsam hob sie den Kopf. Auch die anderen Throne waren alle besetzt. Nur einer war noch frei geblieben. Vermutlich, weil Mern gerade – erneut – damit beschäftigt war, Fuchs auf dem fünften Thron festzuschnallen. Sie stieß einen gequälten Seufzer aus. »Nicht schon wieder die gleiche Scheiße.«

Sie blinzelte und sah wieder auf die Blutspur hinunter. Erneut tauchte vor ihrem geistigen Auge das Bild auf, wie ihr Blut vom Rand des Schachts träge heruntertropfte und in die Tiefe fiel.

Sie nahm eine Bewegung wahr. Einen Schatten, der den

Schacht für einen winzigen Augenblick verdunkelte. Ein wurmähnliches Ding schnellte aus dem Loch nach oben, leckte wie eine lange, dünne Zunge über den Steinboden und verschwand wieder in der Tiefe. Sie kniff die Augen zusammen und hörte im selben Augenblick die anderen aufschreien. Sie hatten es ebenfalls gesehen. Der Boden bebte unter ihren Füßen. Einzelne Steine lockerten sich, bekamen Risse, und Baelis sah Tara entsetzt zurückweichen.

Im nächsten Augenblick wurden Steine aus dem Kreis herausgedrückt, sprangen in die Höhe und knallten lautstark zurück auf den Boden, so als wären sie von einem gewaltigen Hammer herausgeschlagen worden. Eine riesige Klaue tauchte aus dem Schacht auf und krallte sich in das Gestein. Kurz darauf folgte eine zweite Klaue und dann der gigantische Schädel der Spilo. Schwarz wie die Nacht und mit unzähligen Zähnen gespickt. Zischend und fauchend kämpfte sich die Kreatur aus dem Schacht und erhob sich über die entsetzten Menschen. Gelbe Augen, so groß wie Wagenräder, blickten ausdruckslos auf sie herab, verharrten für einen Augenblick auf Tara und richteten sich dann auf Baelis, die erneut hilflos an ihren Thron gefesselt zusah, wie die Kreatur sich zu voller Größe aufrichtete und einen Schrei ausstieß, der die Erde erbeben ließ. Auf ihren Rücken klammerte sich Mlima, so winzig im Vergleich zu dieser gewaltigen Kreatur, als wäre sie das Haustier und nicht andersherum.

Baelis lachte, und es klang selbst in ihren Ohren mehr als sarkastisch. Wenn sie schon dieselbe Scheiße wieder und wieder erleben musste – warum dann nicht von einem Punkt eine halbe Stunde früher aus? Doch immerhin – sie wusste jetzt, was zu tun war. Hoffte sie jedenfalls.

Sie drehte den Kopf. Auch dieses Mal war die Korra namens

Ensu auf den Thron zu ihrer Linken gefesselt und nur halb bei Bewusstsein. Sie atmete tief durch. »Schau mich an, Ensu!«, brüllte sie, so laut sie konnte. »Schau mich an!«

Die befehlsgewohnte Stimme riss Ensu aus ihrer Erstarrung. Sie löste den Blick von der grauenerregenden Echse und sah sich erschrocken um. »Wer...?« Ein Name lag ihr auf der Zunge – Baelis. Diese Söldnerin. Und plötzlich verebbte die Panik, die der Anblick des Drachen in ihr ausgelöst hatte, trat in den Hintergrund und in ihr Unterbewusstsein zurück. Verschwand hinter dem Gefühl einer tiefen Verbundenheit mit dieser Fremden. Sie wusste bereits, was zu tun war, noch ehe Baelis es ihr zurief. Sie hörte die Worte in ihrem Kopf, auch wenn sie über das neuerliche Brüllen des Drachen unmöglich ihre Ohren erreichen konnten. Sah alles ganz klar und deutlich vor Augen. So wie an einem sonnigen Wintertag, wenn die Luft so rein war, dass man noch auf tausend Schritt Entfernung jedes Haar auf dem Rücken eines Oantan zu erkennen glaubte. Sie schloss die Augen und weckte das Shao, das tief in ihrem Innern schlummerte. Ein dunkler Brunnen. Unendlich tief und geheimnisvoll. Wasser, das sie niemals zuvor so reichlich zu schöpfen gewagt hatte. Sie spürte die Vibrationen der Macht. Es kostete sie nicht einmal ein Fingerschnippen, sie zu ergreifen und nach ihrem Willen zu formen. Sie spürte das Knacken und das Knistern mehr, als dass sie es hörte. Das Geräusch von Metall, das sich ihrem Willen beugte. Sich nach ihrem Wunsch verformte. Eine Handbewegung, ein Wischen, so wie man eine lästige Mücke verscheuchte, und die Fesseln, die sie alle auf ihren Sitzen festgehalten hatten, fielen klirrend zu Boden. Sie sah die Frau – Baelis – aufspringen und todesmutig auf den Drachen zustürmen. Noch im

Sprung riss sie ihr langes Schwert aus der Scheide und schwang es in einem weiten Bogen durch die Luft, quer über das wulstige Maul ihres Gegners hinweg. Der Drache fuhr zurück und stieß einen markerschütternden Schrei aus. Ensu wusste, dass Baelis das Richtige tat, und sie wusste auch, was sie selbst als Nächstes zu tun hatte.

Mern wusste sofort, was zu tun war. Sein gesamtes bisheriges Leben hatte sich um das Kämpfen gedreht. Das Leben bestand aus Kampf. Man kämpfte, um auf die Welt zu kommen. Kämpfte, um die ersten harten Jahre gegen Hunger und Krankheit zu bestehen. Man kämpfte, um in die Reihen der Krieger aufgenommen zu werden, und irgendwann kämpfte man schließlich seinen letzten und schwierigsten Kampf. Der, den man von vornherein schon verloren hatte, so wie es die Ahnen vorherbestimmt hatten. Mern glaubte nicht an göttliche Fügung und noch weniger an die blutrünstigen Götter seines Volks. Mern war sein eigener Gott, und dies war sein letzter Kampf. Als er sich mit erhobenem Hammer auf die Spilo stürzte, war es das, was er zeit seines Lebens erhofft hatte. Eine mächtige Kreatur, ein ebenbürtiger Gegner.

Nur vage wurde ihm bewusst, dass noch andere an diesem Kampf beteiligt waren. Unter anderen Umständen hätte ihn das wütend gemacht, denn es war seine eigene Bestimmung. Niemand hatte das Recht, sie ihm streitig zu machen. Doch aus irgendeinem Grund erschien es ihm in diesem Augenblick richtig, dass Baelis an seiner Seite kämpfte. Die hoch aufgeschossene Frau war sein Schwertarm. Ein Arm aus Klingen. Einer für alle. Alles ist eins.

Eins konnte man von Fuchs nun wirklich nicht behaupten:

dass er jemals besonders mutig gewesen war. Im Grunde war er überhaupt nicht mutig, sondern ... nun ja. Eher das Gegenteil. Andere mochten es Feigheit nennen, er betrachtete es als gesunden Sinn für den Selbsterhalt. Er schämte sich nicht dafür, denn diese Eigenschaft hatte ihm schon oft genug das Leben gerettet. Sie war so etwas wie sein Talisman geworden. Er pflegte sie, so gut er konnte. Als aus irgendeinem Grund die Fesseln von seinen Handgelenken fielen, fragte er sich nicht weshalb, sondern folgte seinem Instinkt. Er tat gut daran, denn noch während er die Füße aus den Schellen zog, sah er einen dunklen Schatten auf sich zurasen. Er versuchte nicht herauszufinden, um was es sich handelte, sondern brachte sich mit einem waghalsigen Sprung in Sicherheit. Aus dem Augenwinkel nahm er eine gigantische Klaue wahr, die den Thron, auf dem er bis eben noch gesessen hatte, zur Seite fegte wie ein langweilig gewordenes Spielzeug. Er kam auf, stieß sich sofort wieder ab und sprang zur Seite weg, gerade rechtzeitig, um von dem tonnenschweren Steinbrocken nicht zermalmt zu werden. Geschickt rollte er sich ab und sprintete im Zickzack durch das Trümmerfeld aus Geröll und einen wahren Regen aus Steinbrocken, mit dem ihn das Wüten des Drachen überschüttete. Zum Teil war es Instinkt, zum Teil aber auch die Rufe der hoch aufgeschossenen Kriegerin mit dem Schwert, die ihn zur Kuppel hinaufblicken ließen, wo eine zappelnde Gestalt durch die Luft geschleudert wurde und haltlos in die Tiefe rauschte. Ohne nachzudenken, breitete er die Hände über sich aus. Direkt unter Mern, der genau auf ihn herabgestürzt kam. Fuchs war vielleicht ein Feigling, das hier aber war etwas, das er blind beherrschte. Sein Taschenspielertrick. Sein Geheimnis, das er selbst nicht ergründen konnte, das ihn jedoch über all die anderen erhob. Er riss die

Arme in die Höhe und gleichzeitig auseinander, den Bruchteil eines Augenblicks, bevor Mern in ihn einschlug. Der Riss in der Welt erschien, schneller und größer als je zuvor, und für einen Moment fragte er sich das, was er bislang immer zu fragen vermied: Was auf der anderen Seite des Risses lag. Vielleicht würde er den hässlichen Riesen später danach fragen. Er schlug die Hände zusammen, und der Riss verschwand. Er runzelte die Stirn. *Na gut, das könnte sich schwieriger gestalten als gedacht. Vielleicht sollte ich das nächste Mal keinen Stummen für dieses Experiment verwenden...*

Kraftvoll stieß er die Hände nach vorn und breitete sie erneut aus. Ein weiteres Mal erschien der Riss, und Mern schoss daraus hervor, schlug auf dem Boden auf, überschlug sich und polterte unartikuliert brüllend über den Boden davon. Fuchs lächelte und verbeugte sich.

Abrakadabra ...

... dachte auch Salter, als er den Arm in die Höhe riss und spürte, wie das Shao aus seinem Innersten hervorbrach und in seine Fingerspitzen schoss. Ein Funkenregen tanzte über die Hand hinweg. Die Finger prickelten. Er spreizte sie – im selben Augenblick, als ein gewaltiger Steinbrocken auf ihn zugeflogen kam. Er ignorierte ihn, denn er vertraute Baelis Worten und Ensus Fähigkeit, mit ihrem Shao Dinge zu bewegen. Tatsächlich wechselte der Brocken im letzten Augenblick die Richtung und schoss haarscharf an seinem Kopf vorbei. Lächelnd streckte er den Arm aus. Aus seinen Fingerspitzen löste sich ein eisiger Strahl, der durch die Halle fegte und krachend im Körper der Spilo einschlug. Brutal wurden Echse und Reiterin zurückgeschleudert und stürzten kreischend zu Boden.

Die Spilo hätte tot sein müssen. Tot und erfroren, so wie

damals die Banditen und die Mönche im Tempel. Stattdessen hob sie langsam den Schädel und dann ein Bein und danach das nächste. Das Eis knackte und knirschte auf ihrem Echsenpanzer, während sie den Kopf langsam von rechts nach links bewegte und dabei ein zorniges Grollen von sich gab. Salter saß auf seinem Thron, die Hand noch immer ausgestreckt, obwohl sie beinahe eine Tonne wog. Mit großen Augen sah er zu, wie das Eis beinahe augenblicklich wieder zu schmelzen begann und die Spilo sich mühsam, aber unaufhaltsam zurück auf die Füße kämpfte. Sie machte einen unsicheren Schritt nach vorn, trügerisch langsam, und ihre Klauen stampften schwer auf den Boden. Die Reiterin auf ihrem Rücken war wie durch ein Wunder ebenfalls noch am Leben. Ihre Haare waren über und über mit Eiskristallen bedeckt und ihr Gesicht war eine erfrorene, hasserfüllte Fratze. Mlima stieß einen hasserfüllten Schrei aus, und die Spilo schrie ebenfalls und hob das zweite Bein, als sie mit einem Mal zu rutschen begann wie ein neugeborenes Oantan auf dem Eis. Das Bein wurde unter ihrem Körper fortgerissen, und sie stürzte krachend zurück auf den Bauch.

Ako lächelte, obwohl sie dazu kaum noch in der Lage war. Jeder Muskel in ihrem Körper schrie vor Schmerzen, während sie ihre Hand fest auf den Boden presste und das Shao aus sich heraus in den Stein schießen ließ. Für einen Wimpernschlag war sie eins mit dem Stein. Sie spürte seine Schwere, als würde sie vollständig auf ihren Schultern lasten. Die Jahrmillionen, die jeden Kristall darin geformt und mit unzähligen weiteren zu einer Einheit verschmolzen hatten. Einer für alle und alle vereint.

Der Stein unterwarf sich ihrem Willen, doch er forderte seinen Preis. So wie alles im Leben einen Preis besaß. Sie war bereit, ihn zu bezahlen, denn sie teilte ihn mit den anderen. Mit Fuchs und Ensu. Mit Baelis und Salter und auch mit Mern. Gebannt beobachtete sie, wie die Spilo schrie und sich wand, während sie unter Mlimas zornbebenden Anfeuerungsrufen vom rutschigen Boden aufzustehen versuchte. Doch ihre Bewegungen waren träge und langsam, weil das Eis ihre Muskeln noch immer lähmte und ihre ledernen Schwingen erstarren ließ. Ihre gelben Augen blickten verständnislos ins Leere. Trotz all ihrer Kräfte war sie immer noch ein Tier. Ein Tier, das zwar göttliche Macht getrunken hatte, doch die Welt um sich herum nicht begriff. Ihr Schwanz hob sich und fuhr behäbig durch die Luft. Ihre mächtigen Flügel schlugen mühsam aus und ließen das Eis auf den Flächen bedrohlich knacken. Akos Arm zitterte. Sie spürte, wie ihre Kräfte langsam erlahmten, als Marais wütende Stimme durch die Halle dröhnte: »Stirb!«

Kampfschreie waren selten besonders geistreich, schoss es Ako aus irgendeinem Grund durch den Kopf. Man hatte meistens nicht die Zeit, sich in der Hitze des Gefechts etwas Passendes auszudenken. Eigentlich schade, denn sonst hätten sicherlich alle Beteiligten mehr zu lachen – und Lachen sollte bekanntermaßen ja die beste Medizin sein.

Ein Bolzen mit einem Sprengsiegel tat es manchmal aber auch. Ako ließ sich gerade noch rechtzeitig fallen, um den Bolzen über ihren Kopf hinwegschießen und in der Flanke der Spilo einschlagen zu sehen. Als das Sprengsiegel mit einem lauten Donnerschlag explodierte, wurde die Spilo mitsamt ihrer sich verzweifelt festklammernden Reiterin wie ein Geschoss davonkatapultiert. Kreischend und um sich schlagend schlidderte sie über den Boden der Halle davon, geradewegs auf eines der hohen Fenster zu, das unter ihrem Aufprall klirrend zersplitterte, und wurde weit hinaus in den schwarzen Himmel geschleudert. Erst nach einer ewig lang erscheinenden Zeit verklangen ihre verzweifelten Schreie in der Tiefe. »Mora sei Dank«, murmelte die Bardin und sog in großen Zügen die eisige Luft ein, die durch das geborstene Fenster pfiff.

Für einige lange Augenblicke rührte sich niemand, sprach keiner ein Wort. Marai senkte ihren Bolzenwerfer. Ihre verzerrte Miene begann langsam in sich zusammenzufallen und machte einer tiefen Müdigkeit Platz, während auch Fuchs und Mern auf den geborstenen Fliesen saßen und keuchend nach Luft rangen. Baelis entspannte die Schultern und senkte das zum Angriff erhobene Schwert. Während sie zu dem Fenster hinüberstarrte, streifte sie es geistesabwesend an ihrem Stiefelschaft ab. Salter war in seinem Sitz zusammengesackt und massierte sich langsam die Stirn. Ensu zwirbelte gedankenverloren an einer Haarsträhne und musterte ihre freie Hand, als wäre sie immer noch erstaunt über das unglaubliche Ausmaß ihrer Fähigkeiten.

Schließlich gab Fuchs ein leises Pfeifen von sich. »Tja«, sagte er in den Raum hinein. »Das war ja was.«

»Hm«, sagte Ensu. Sie ließ die Strähne los, ohne sie in den Mund zu stecken. »Ich bin mir nicht sicher, was es war, aber ich schätze, du hast recht.«

Ächzend stemmte sich Ako in die Höhe und wanderte langsam zum Rand des zerstörten Fensters, um einen Blick in die Tiefe zu werfen. Das geborstene Glas knirschte leise unter ihren Füßen. Finsternis hatte sich über das Land gelegt, und die eisige Kälte der Nacht ließ sie frösteln. Sie war sich beinahe sicher, dass an dem Mond, der soeben in weiter Ferne über einen unbekannten Horizont kletterte, irgendetwas nicht stimmte. »Ich denke, ich werde jetzt gehen«, sagte sie vor sich hin und wandte sich von dem Fenster ab.

»Du wirst nirgendwo hingehen!« Etwas packte Ako blitzschnell am Fußgelenk und riss so heftig daran, dass sie keine Zeit mehr fand zu reagieren und der Länge nach hinschlug. Hinter ihr zog sich Mlima mit einer gewaltigen Kraftanstrengung über den Rand des Fensters hinweg, zurück in die Halle. Noch in der Bewegung, zückte sie einen unterarmlangen Krummdolch, packte Akos Haarschopf und riss den Kopf zurück, um die Klinge an ihre Kehle zu pressen. »Ihr glaubt, dass ihr gewonnen habt, ja? Dabei bin ich noch lange nicht fertig mit euch. Ihr habt mich nur noch wütender gemacht.« Mühelos zerrte sie Ako auf die Füße und bleckte die goldenen Zähne. Ihr Gesicht war blutüberströmt und erfroren, und ihre eisüberzogenen Zöpfe zuckten im Wind wie ein Nest voller Schlangen. »Ich bin nicht den ganzen Weg hier heraufgekommen, um mir von euch ins Shouri spucken zu lassen. Ich werde meinen Wunsch bekommen, und du wirst dafür sorgen, Tara. Oder ich nehme dir deinen verdammten Gott!«

Salter und Fuchs wechselten einen Blick, und der junge Magister räusperte sich. »Ich glaube, das willst du nicht tun«, sagte er müde.

Mlima starrte ihn an, als hätte er den Verstand verloren. »Wie kommst du darauf?«

»Er hat recht«, sagte Ensu freundlich. »Das ist ein Weg, den du nicht beschreiten willst, Mlima. Geh nach Hause.«

»Nach Hause? Das hier ist mein Zuhause! Ihr steht auf meinem Grund und Boden. Alles, was ihr hier seht, ist meins!«

»Alles, was sich hier befindet, gehört dem Herrn!«, rief Tara wutentbrannt, und Fuchs zuckte sichtbar zusammen, weil er wie sie alle vermutlich vergessen hatte, dass sie überhaupt noch anwesend war.

Er wandte sich um. »Das ist ein interessanter Einwurf. Genau genommen gehört das alles also uns?«

»Habt ihr mich nicht verstanden?« Mlima presste die Klinge so fest gegen Akos Hals, dass Blutstropfen darunter hervorzuquellen begannen. »Gebt mir endlich, was mir zusteht! Dann lasse ich sie am Leben. Dann vergesse ich vielleicht sogar, was ihr mit meiner Spilo angestellt habt.«

»Du könntest aber auch einfach hinterherspringen und nachsehen, wie es dem Vieh geht«, knurrte Baelis.

»Ich könnte aber auch dich hinterherschicken«, fauchte Mlima zurück.

»Dann hör auf, dich hinter einem unbewaffneten Mädchen zu verstecken, und komm. Nur du und ich.« Baelis setzte einen Fuß zurück und tippte mit der Schwertspitze auf den Boden. Das Klirren des Metalls hallte seltsam laut durch die Halle.

Mlima stieß ein wütendes Grollen aus und zerrte Akos Kopf noch weiter in den Nacken. »Also gut. Ihr habt es nicht anders …« Sie sprach nicht zu Ende, denn in diesem Augenblick schoss das Messer aus ihrer Hand, als wäre es eingefettet. Die Klinge hinterließ eine brennende Linie auf Akos Hals, bevor sie klappernd zu Boden fiel. Ako machte einen Schritt nach vorn, und ihre dichten Locken glitten Mlima durch die Finger, als wären sie Rauch. Dann wandte sie sich um. Ihre Augen funkelten voller Zorn. »Ich bin weder deine Gefangene noch deine Beute, Nachtkönigin. Aber du bist eine Schande für unser Volk.« Sie richtete sich hoch auf und sah ihr gerade in die Augen. Mlimas Hand schnellte vor, um sie am Hals zu packen.

Doch Ako wich mühelos aus und hob die Hand. »Auf die Knie!« Sie betonte jedes Wort. Beim letzten ergriff sie Mlimas kleinen Finger. Die Beine der massigen Frau glitten wie von selbst unter ihr weg, und sie schlug schwer auf den Knien auf. Ako drehte sich zu den anderen um, und ein seltsames Lächeln lag auf ihrem Gesicht. »Wie es aussieht, können wir alles tun, was wir wollen. Was wollen wir also mit ihr tun?«

Baelis legte den Kopf schief. »Ihr kennt sie besser als ich. Wir haben mit ihr nichts zu schaffen.«

»Andererseits hat sie versucht, uns umzubringen«, gab Salter zu bedenken. »Und sie ist schuld, dass Onyx sich verwandelt hat. Was mich betrifft: Ich würde ihr keine Träne nachweinen.«

Mlima verfluchte sie lautstark und stemmte sich gegen Akos Griff, hörte jedoch sofort damit auf, als ihr klar wurde, dass sie dadurch unweigerlich in Richtung Abgrund glitt. Sie stieß ein Röcheln aus und erstarrte.

»Ich glaube, niemand in Atail würde sie vermissen«, sagte Fuchs. »Manchmal machen Unfälle die Welt ein Stück besser.«

»Aber sie machen uns nicht besser«, sagte Ensu leise. Anscheinend unbewusst rieb sie sich die linke Schulter. »Nein. Mlima ist wie Stern. Ich glaube, sie will den Thron mehr als alles andere. Geben wir ihr doch einen.« Sie sah die anderen an, und einer nach dem anderen nickte.

Sosehr sich Mlima auch wehrte, es gelang ihr nicht zu verhindern, dass Mern und Onyx sie auf den nächststehenden Thron hinaufzerrten. Dieses Mal wirkte es fast mühelos, als Ensu die Finger bewegte und die bronzenen Fesseln sich zu bewegen begannen und wie lebendige Wesen um Hand- und Fußgelenke der Nachtkönigin wanden. Mlima verdoppelte ihre Anstrengungen, doch all ihre Gegenwehr nutzte nichts. Schließlich trat Ako neben sie und legte ihr sanft die Fingerspitzen auf die Hand. Und von einem Augenblick auf den nächsten klebten die Lippen der großen Frau aufeinander, als wären sie vernäht worden. »Weißt du«, sagte Ako ruhig, beinahe sanft, als sich Mlimas Augen panisch vergrößerten. »Jetzt schweig doch endlich mal. Der Prophet Mora soll einmal gesagt haben: *Jetzt weiß ich, warum dich die Lieder als wahnsinnig bezeichnen.*«

»Witzig. Das ist ein Ausspruch des großen Ragot«, sagte Fuchs. Er trat neben Ako und sah Mlima in die Augen. »Aber auf einmal wirkt sie gar nicht mehr so gefährlich.«

»Ich bin mir ziemlich sicher, dass es Mora zugeschrieben wird. Wer kennt sich mit den Liedern aus, du oder ich?«

Fuchs hob die Hände. »Ich halte mich raus.« Er zwinkerte Mlima zu. »Aber es steht dir.«

Ako warf ihm einen irritierten Seitenblick zu. »Meine Großmutter allerdings pflegte anderes zu sagen. *Du bist eine Schande für deine Familie, deinen Clan, dein Volk, deine Ahnung und den Propheten. Also bleib sitzen, schweig und denk darüber nach.* Das waren ihre Worte, und ich bin mir sicher, sie hätte sie in genau diesem Augenblick wieder verwählt.«

»Eine ausgesprochen weise Frau, deine Großmutter.«

Ako zuckte mit den Schultern und wandte sich ab. »Sie hätte hiervon nichts gemocht.«

Auf der anderen Seite des Thronkreises klopfte Tara Staub und Steinchen aus ihren Kleidern. Inzwischen hatte sie ihre Fassung wiedergefunden und das übliche Lächeln aufgesetzt, das in Baelis Augen inzwischen furchtbar falsch wirkte. Sie zupfte sich einen letzten Steinsplitter aus den Haaren und sah sich um. »Nun gut. Das war ausgesprochen lästig. Aber ein Gutes hat es ja. Ihr habt endlich gesehen, welche Macht ihr besitzt, wenn ihr zusammenwirkt. Wie unaufhaltsam ihr seid. Seht ihr jetzt, dass die Welt nur auf euch gewartet hat? Auf den einzigen, den unaufhaltsamen Gott, der dieser Welt die Läuterung bringen ...«

Baelis seufzte. Sie hob die Hand, um Tara zu unterbrechen, steckte ihr Schwert zurück in den Gürtel und wischte die Hände an den Hosenbeinen ab. »Lass es gut sein, Guam. Ich habe meine Meinung nicht geändert. Ich habe keine Lust, mich irgendeiner höheren Sache unterzuordnen. Und sei es für eine Gottheit, die zu einem Teil aus mir selbst besteht.«

Tara warf ihr diesen Blick zu, den sie von ihr in letzter Zeit viel zu oft gesehen hatte. Der Blick, der besagte, dass sie über Leichen gehen würde, um ihr Ziel zu erreichen. Baelis wurde bewusst, dass sie sich ihren Weg würde freikämpfen müssen, wenn die Übrigen anderer Meinung sein sollten. Na gut, immerhin würde sie sich dieses Mal nicht von Mern überrumpeln lassen. Als Taras Augen zu dem stummen Riesen hinüberglitten, wanderte ihre Hand wie beiläufig wieder zum Griff des Schwerts zurück. Doch Mern rührte sich nicht von der Stelle. Er starrte sie eine Weile schweigend – wie auch sonst? – an, und sie starrte schweigend zurück. Nach einer halben Ewigkeit hob er den Kopf und verschränkte die Arme.

»Nun mach schon«, zischte Tara, als wäre er nur zu blöde gewesen, ihre Blicke richtig zu deuten. »Nimm sie gefangen!«

Doch Mern reagierte nicht auf ihren Befehl. Stand einfach nur reglos da, wie eine Statue aus Stein.

»Fuchs!« Tara wandte sich nun zu dem sehnigen Mann um.

Fuchs blickte sie an, als hätte sie den Verstand verloren. Langsam schüttelte er den Kopf. »Was? Ihr habt schon mitbekommen, was hier gerade passiert ist, oder? Wir haben gerade einen Drachen aus dem Fenster geworfen und sie«, er deutete auf Mlima, ohne hinzusehen, »davon abgehalten … ich weiß nicht mal genau, wovon. Es war auf jeden Fall nichts Gutes, so wie ich sie kenne. Aber das geht mich nichts mehr an. Ich kenne Euch ja nicht mal. Euch nicht und die nicht.« Er nickte in Baelis' Richtung. »Das ist wirklich nicht mein Problem. Macht das schön unter euch aus.«

»Das ist ein Befehl, du Gossen-Ruk!«

Der kleine Mann sah sie verblüfft an, bevor er amüsiert losprustete. »Im Ernst? Erstens heißt das Loxxa, wenn Ihr mich schon beleidigen wollt. Nicht Ruk. Und zweitens seid Ihr vielleicht die Guam, aber nicht meine Herrin. Glaubt Ihr ernsthaft, dass Eure Meinung in den Gassen von Atail irgendwen interessiert?« Er hakte die Daumen in seinen Gürtel und hob die Schultern. »Und ich bin wirklich nicht verrückt genug, um mich mit der da anzulegen. Sie hat ein Schwert, um Gottes will … Nein. Das klingt falsch. Jedenfalls: Schon gleich gar nicht, wenn sie selbst eine Gottheit ist!«

»Teil einer Gottheit«, sagte Baelis. »So wie du.«

»Seht Ihr, Guam?« Fuchs runzelte die Stirn. »Moment. Wenn Ihr die Hohepriesterin dieses Gottes seid, oder so etwas in der Art, und wir sind er … sie … was auch immer, dann müsstet Ihr doch eigentlich unseren Befehlen gehorchen und nicht andersherum. Also …« Er räusperte sich und atmete tief durch. Er blickte zu Mern und dann zu Baelis, und beide nickten ihm zu. »Also … also wisst Ihr was? Schert Euch zum Butsu!«

»Du findest ihn ganz leicht«, fügte Salter hilfreich hinzu. »Er treibt sich nämlich irgendwo in diesem Haus herum. Ich kenne jemanden, der schon zweimal von ihm gefressen wurde.«

»Du kennst Stein?«, fragte Baelis erstaunt.

Salter nickte.

Fuchs sah sie abwechselnd skeptisch an. »Ich bin mir nicht sicher, ob das eine Rolle spielt, aber ich kenne auch Steine. Steine sind toll.« Er räusperte sich. »Wenn wir uns jedenfalls einig sind, dann sollten wir zusehen, dass wir so schnell wie möglich hier herauskommen. Und zwar ohne Euch, teuerste Guam. Nichts für ungut. Was meint ihr? Ako? Ensu? Marai?«

Die beiden Korra nickten, ohne zu zögern.

Ako massierte sich die steifen Hände und grinste schwach. »Ich dachte schon, ihr wollt ewig weiterplaudern.«

»Aber ...« Tara sah aus, als hätte sie eine Kröte verschluckt. Eine riesige, butsuartige Kröte. Flehend streckte sie die Hände aus. »Ihr könnt nicht gehen. Ihr habt eure Bestimmung zu erfüllen, die Prophezeiung. Eure gesamte Existenz ist auf diesen einen Zweck ausgerichtet! Ihr ...«

»Ich frage mich«, sagte Salter nachdenklich, als er sich aus seinem Sitz stemmte und von Onyx gestützt an den geborstenen Rand des Schachts humpelte, »ob die Taruki diese Sache mit dem Mund bei der Guam wiederholen könnte.« Er nickte in Mlimas Richtung und deutete dann auf Tara.

Fuchs sah ihn von der Seite an. »Ich bin mir sicher, dass jeder von uns eine interessante Möglichkeit hätte, sie zum Schweigen zu bringen.«

Tara stieß einen frustrierten Schrei aus und raufte sich die Haare. Sie begann, sie allesamt zu verfluchen, und verlegte sich im nächsten Augenblick wieder aufs Betteln und danach auf haltlose Versprechungen. Sie versprach ihnen schließlich sogar die halbe Welt, was Fuchs nur zu dem Kommentar hinriss, dass ihnen als Göttern doch ohnehin schon die gesamte Welt zustünde.

Baelis musterte sie, ohne noch genauer hinzuhören. Es war ein entwürdigendes Schauspiel für eine so mächtige Frau. Immerhin die Guam von Atail und eine Hohepriesterin noch dazu. Für einen Moment versuchte sie, irgendwo tief in ihrem Innern Mitleid für sie zu empfinden, doch da war nichts. Stumm wandte sie sich ab und sah ebenfalls in den Schacht hinunter. Sie erwartete ein gähnendes schwarzes Loch, endlos tief, mit Lichtern, die irgendwo in weiter Ferne flackerten und dem Inneren des Turms erst Gestalt gaben. Sie erstarrte, sah auf, und ihr Blick begegnete dem des ebenso verblüfften Salter.

»Das ist unerwartet«, murmelte Fuchs, der sich als Nächster zu ihnen gesellte. »Ich hatte es deutlich tiefer in Erinnerung.«

»Ich glaube, dass das zum Geheimnis dieses Orts gehört. Es ist so etwas wie eine Prüfung, bis hier hinaufzukommen. Jetzt, wo wir die Prüfung abgelegt haben, gibt es keinen Grund, uns länger hier zu halten.«

Ensu trat ebenfalls zu ihnen an den Schacht heran und stieß beim Blick in die Tiefe einen leisen Pfiff aus. »Zeit und Raum haben hier einfach nicht dieselbe Bedeutung, hat vor Kurzem mal ein schlauer Kopf gesagt«.

Salter sah sie fragend an. Fuchs verzog das Gesicht.

Baelis sah erneut in den Schacht. Er war ganz und gar nicht das, was sie erwartet hatte. Er bestand nicht aus Ringen über Ringen unzähliger Balustraden, Geländern und Stockwerken. Vielmehr wirkte er wie ein schlichter Brunnenschacht, der sich nach unten erweiterte und in der Tiefe an einem deutlich sichtbaren Netz aus schwarzen Eisengliedern endete. Aus der Halle darunter drang Licht zu ihnen herauf, Licht, das von den prachtvollen Kristalllüstern in Mlimas Gasthaus stammte.

Und unter den Lüstern meinte Baelis sogar eine Wasserfläche zu erkennen, einen weiten Brunnen, in den sich Wasserspiele ergossen.

»Was glaubt ihr, wie tief das ist?«

»Zehn, vielleicht auch fünfzehn Mannlängen«, sagte Salter.

»Egal, wie nah es scheint – ich springe nicht da runter«, sagte Fuchs. Behutsam trat er einen Schritt zurück. »Selbst wenn es nicht so hoch wäre – ihr erinnert euch? Das Netz, das frisst, was man hineinwirft?«

»Es gibt keinen Weg für euch!«, schrie Tara in ihrem Rücken. »Versteht das doch. Das Haus wird euch nicht hinunterlassen. Was ihr seht, ist Zighurats Weg. Ihr könnt ihn nicht beschreiten, wenn ihr die Vereinigung nicht vollzieht. Nicht, bevor ihr euer Schicksal erfüllt! Ihr …«

Die Guam verstummte so abrupt, dass Baelis überrascht aufsah. Mern ragte über der Priesterin auf, die Faust noch immer geballt. Sein Hieb war heftig genug gewesen, die Frau quer durch den Raum hindurch bis an den Fuß von Mlimas Thron zu schleudern, wo sie regungslos liegen geblieben war. Mern starrte finster hinterher und nickte Baelis dann zu.

»Ich schätze, das heißt ›Es gibt immer einen anderen Weg‹«, übersetzte Salter. »Aber mit einem hat Tara vermutlich recht. Dieser Weg ist möglicherweise wirklich nur für ihren Totengott gedacht. Ein Geburtskanal, gewissermaßen.«

Fuchs schnaubte. »Jetzt finde ich es gleich noch mal so gut, dass ich diesen Schacht als After der Welt bezeichnet habe.«

»Dann darfst du dich gleich auch über das Wort ›abseilen‹ amüsieren«, stellte Marai trocken fest. Mit einem Seitenblick auf die anderen warf sie Fuchs ein Bündel Kletterseile vor die Füße. »Ich wollte es nicht liegen lassen. Ich dachte, man kann hier ja nie wissen …«

Baelis nickte. »Ja, das könnte funktionieren.«

Ensu jedoch hatte die Brauen zusammengezogen und kaute gedankenverloren auf ihrem Haar. »Was, wenn sie recht hat? Was, wenn der Schacht bemerkt, dass wir nicht diese verkackte Gottheit sind und sich das Ding verändert, sobald der Erste dort hineinsteigt?

»Das könnte ein Problem werden.« Salter sah auf. »Aber ich wette, dass der Schacht es nicht erkennt, wenn wir alle gemeinsam einsteigen.«

»Gemeinsam«, echote Fuchs. »Wie in ›Alle zusammen‹. An einem einzigen Seil?«

Salter nickte. »Siehst du da ein Problem?«

»Ich sehe da gleich mehrere. Das erste ist, dass ich mich nicht darauf verlassen will, dass uns das Seil alle zusammen hält. Wir sind nicht gerade leicht. Ganz besonders der Schweigsame dort nicht.«

»Ich denke«, sagte Ensu, »zumindest dieses Problem kann ich lösen.« Sie deutete auf den geborstenen Thron, und mit einem leisen Knirschen löste der mächtige Steinblock sich vom Boden und hob sich zitternd einen Fingerbreit in die Luft. Ensu fletschte die Zähne und setzte den Brocken mit dumpfem Rumpeln wieder auf dem Boden auf. Sie atmete scharf ein. »Ich kann uns halten. Lange genug, denke ich. Ich muss uns ja nicht nach oben tragen.«

Baelis grinste. »Ich sage doch: Ich denke, es kann funktionieren.«

Ako war inzwischen an die reglose Guam herangetreten, beugte sich über sie und fühlte ihren Puls. »Was machen wir mit ihr?«

Baelis und Ensu wechselten einen Blick. Dann schniefte die Kriegerin. »Wir lassen sie hier.«

»Kommt das nicht einem Todesurteil gleich?« Fuchs betrachtete den verwüsteten Raum und das zerstörte Fenster.

»Ich würde sagen, dass sie sich das redlich verdient hat.« Ensu massierte abwesend ihre Schulter und verzog das Gesicht. »Das haben sie ja beide. Mlima und die Guam. Aber wenn ich das richtig verstanden habe, geht sie hier ohnehin schon seit Jahrhunderten ein und aus. Ich glaube, sie kommt ganz gut zurecht.« Sie sah Mlima in die geweiteten Augen. »Und vielleicht nimmt sie dich ja mit. Ich bin gespannt, ob ihr zu einer Absprache kommt.« Die Königin der Nacht schnitt eine Grimasse ohnmächtiger Wut und brüllte etwas hinter den immer noch fest versiegelten Lippen. Die stämmige Korra nickte. »Ich weiß. Wenn du hier herauskommst, wirst du dich rächen und all das. Du wirst deinem Ruf gerecht und bist unerbittlich und gnadenlos. Möglich. Oder aber ich zerquetsche deinen Kopf wie eine Tanisfrucht, wenn ich dich das nächste Mal zu Gesicht bekomme. Das kann natürlich auch sein. Denk darüber nach.« Sie tätschelte das Bronzeband, das Mlimas Handgelenk an den Thron fesselte, und wandte sich ab.

Ako sah Mlima an und zuckte mit den Schultern. »Das mit deinem Mund dauert nicht lange. Du kannst bald wieder sprechen. Aber wenn's nach mir geht, musst du es nicht.« Sie nickte der Wirtin zu und folgte Ensu.

Fuchs atmete tief durch. Und dann, ohne ein weiteres Wort, traten sie alle gemeinsam ins Leere. Und für einen winzigen Moment fielen sie, bevor das Seil auf seltsame Art ihren Fall bremste. Seltsam, weil oben niemand mehr war, der es hielt oder langsam nachlassen konnte. Dennoch glitten sie nur langsam in die Tiefe, während das Seil sie alle fest umschlang. Ensu hatte die Augen geschlossen und die Zähne erneut aufeinandergepresst. Fuchs konnte zusehen, wie ihr der Schweiß aus allen Poren trat. Aber was sie tat, schien zu funktionieren, denn sie stürzten nicht wie ein Stein durch den düsteren Schacht, sondern schwebten sanft hinab. Das Seil, das er mit einer Hand umklammert hielt, vibrierte in seiner Faust, und Ako neben ihm ächzte. Ihr traten die Adern an Hals und Schläfen hervor, und Fuchs fühlte den leisen Sog, als ihre Fähigkeit ihm einmal mehr die Wärme aus dem Körper zu ziehen begann. Doch dieses Mal waren sie viele. Dieses Mal verteilte sich die Last auf sie alle, und das Seil hielt ihre Hände unverrückbar fest, während es über ihren Köpfen gemächlich über die Steinkante glitt. Das Seil vibrierte erneut, und dieses Mal hatte Fuchs das Gefühl, dass das auch für die Luft selbst galt. Er warf einen Blick zur Seite. Vielleicht war es nur eine Täuschung, aber für einen kurzen Moment schienen die Wände des Schachts zu flackern, schienen an zwei Stellen gleichzeitig zu sein, beinahe zum Greifen nah und Dutzende Schritte entfernt. Bilder überlagerten die glatte Wand aus uralten Steinquadern, Brüstungen erschienen und verschwanden noch im selben Lidschlag wieder, ersetzt durch hohe, dunkle Fenster, die verschwanden und brüchigen Absätzen Platz machten. Das verzerrte Gesicht eines Noru tauchte urplötzlich nur eine Armlänge von ihm entfernt aus der Dunkelheit auf, doch noch während es sich zu einem Fauchen verzerrte, verschwand es wieder, und erneut erschienen die alten Steinblöcke, über denen die Luft zu zittern schien wie über heißen Felsen an einem Sommertag. Fuchs kämpfte die Übelkeit nieder, die seinen Hals hinaufkroch. Er sah hinab, und das Pulsieren setzte sich unter ihnen fort. Das Netz am Fuß des Schachts schien so nah, dass er das Gefühl hatte, die Siegel darin bereits erkennen zu können, und gleichzeitig so fern, dass es sich winzig in der endlosen Dunkelheit des Abstiegs zu verlieren schien. Die Übelkeit verschwand dadurch nicht. Das Seil ruckte erneut, und irgendwo schlug Metall auf Stein. Er hörte Salter etwas rufen und blinzelte. Alle sahen erschrocken nach oben, und Fuchs hob ebenfalls den Kopf. Über ihnen, am Rand der Schachtöffnung, konnte er jetzt Tara sehen. Sie kniete neben dem Seil und starrte auf sie herab. Ihr Gesicht war blutig und vor Wut verzerrt, und in ihrer Hand lag Mlimas großes Krummmesser. »Ihr kommt nicht einfach so davon«, schrie sie, und das böse Lächeln, das jetzt auf ihr Gesicht zog, trieb Fuchs einen eisigen Schauer über den Rücken. »Ihr habt euch entschieden? Gut. Dann müsst ihr mit dieser Entscheidung leben. Aber falls es euch tröstet – nicht sehr lange. Das Gitter wird euch fressen und nicht mehr von euch übrig lassen als ein paar schmierige Flecken, die nach unten tropfen und im Wasserbecken die Fische füttern. Aber ich – ich kann warten!« Kraftvoll schlug sie mit dem Krummmesser auf das Seil ein, das unter dem ersten Hieb bereits erzitterte, auch wenn Tara nicht genügend Kraft besaß, um es mit einem Schlag zu zertrennen. »Sterbt, und ihr werdet wiedergeboren. Ich finde euch, und wenn sich das Tor das nächste Mal öffnet, versuchen wir es erneut.« Sie hackte abermals zornig auf das Seil ein. »Und das Schöne? Ihr werdet nichts davon ahnen. Aber ich werde es wissen. Und ich mache keinen Fehler zweimal. Jetzt kenne ich euch alle – und beim nächsten Mal werdet ihr euch meinem Willen fügen.« Ein weiterer Hieb, der ein ganzes Faserbündel durchschlug, bevor das Seil ein weiteres Stück nach unten glitt, weil Ako sie jetzt schneller absteigen ließ. »Ich kann uns wirklich nicht ohne das Seil halten«, ächzte Ensu. »Tut etwas!«

»Ich wüsste nicht, was!«, knurrte Baelis zurück. Sie sah Marai über die Schulter an. »Kannst du …«

Die Korra sah sie beinahe panisch an. »Ich habe keine Bolzen mehr!«

»Und Salter?«

»Was? Ich habe auch keine Bolzen! Und nein, ich ... meine Kräfte sind vollständig aufgebraucht.«

»Ich. Aber.«

Fuchs zuckte zusammen. Die Stimme der seltsam schattenhaften Frau, Onyx, war raspelnd, kaum mehr als ein Flüstern aus einer Kehle, die zu beschädigt war, um zu sprechen. Mit einem Ruck befreite sich das schlanke Mädchen aus der Schlinge, die sie alle hielt. Fuchs beobachtete entsetzt, wie nicht nur ein Teil ihrer zerfetzten Kleidung, sondern ganze Hautstücke am Seil kleben blieben, als sie sich mit Gewalt aus dem Griff von Akos Fähigkeit befreite. Doch es trat kein Blut aus ihren Wunden, sondern lediglich schwarze, ölig wirkende Fäden, die sich wie ein Film über ihren Köper legten.

»Das. Muss. Enden«, krächzte sie fest entschlossen. Mit einer Behändigkeit, die Fuchs' Fähigkeiten vermutlich weit überstieg, kletterte sie an Baelis vorbei und hielt nur kurz inne, um Salter tief in die Augen zu blicken. »Lebe«, flüsterte sie und hob die Hand, als wollte sie ihm sanft über die Wange streicheln. Für einen winzigen Moment lag eine tiefe Ruhe in ihrem Gesicht, und Fuchs konnte erahnen, wie schön diese Frau einst gewesen sein mochte. Dann schnappte ihr Kopf nach oben, und ihre Augen füllten sich mit Schwärze. Was immer an Menschlichkeit noch in ihr verblieben war, fiel von ihr ab wie die Reste ihrer Kleidung, als sie mit unheimlicher Geschwindigkeit am Seil nach oben kletterte. Ihre Bewegungen ähnelten jetzt mehr denen einer Spinne als eines Menschen, und als sie den Mund öffnete, spürte Fuchs das Vibrieren ihres lautlosen Schreis tief in seiner Magengrube. Tara hob das Messer, um erneut auf das Seil einzuschlagen, doch noch bevor sie die Bewegung auch nur halb vollendet hatte, erreichte Onyx den oberen Rand des Schachts, schnellte empor und packte die Guam in einer grotesken Umarmung um den Leib. »Nie. Mehr! Der. Kreis. Endet. Hier!«, fauchte sie, laut genug, um bis in den Schacht hinab zu hören zu sein. Mit diesen Worten ließ sie sich nach hinten fallen und riss die Guam mit sich in die Tiefe.

Tara kreischte den gesamten Weg hinab. Sie fiel nur eine halbe Armlänge von Fuchs entfernt an ihnen vorüber, und ihr entsetztes Gesicht zeigte kaum mehr Menschliches als das von Onyx, die sie fest umklammert hielt. Gemeinsam verschwanden sie in der Tiefe und schlugen mit einem kaum hörbaren Krachen auf dem stählernen Netz auf. Taras Schrei verstummte abrupt und hallte dennoch eine ganze Weile in Fuchs Kopf nach.

Den Rest ihres Abstiegs über sprach niemand. Sie erreichten das eiserne Netz, noch bevor die volle Länge des Seils erreicht war, obwohl es Fuchs erschien, als hätten sie Stunden über Stunden auf der schweigenden Fahrt hinab verbracht. Tara hatte recht behalten. In den eisernen Maschen des Runennetzes fand sich kaum noch eine Spur von ihr oder Onyx. Der Rest eines Schuhs hier, ein Fetzen Kleidung dort, ein Knochen, der unter der Glut der Siegel im Netz schwarz und brüchig wurde und im nächsten Luftzug in einer grauen Staubwolke zerfaserte. Die Maschen des verfluchten Netzes entspannten sich bereits wieder, und das Glühen der Siegel verblasste.

Von unten drang das Licht der Kronleuchter zu ihnen herauf, und darunter, weit unten und doch beruhigend real, schimmerte die bewegte Wasserfläche des Brunnens vor Mlimas Thron. Die gedämpften Geräusche von Menschen, die ihrem normalen Leben nachgingen, drangen bis zu ihnen herauf, und der Geruch von Kerzenrauch, Parfum und unzähligen verschiedenen Speisen vermittelte eine geradezu behagliche Stimmung, die in einem unwirklichen Kontrast zum gerade noch tobenden Wahnsinn stand. Eine seltsam wattige Ruhe begann, Fuchs zu umfangen. Und noch immer sprach niemand.

Ensu manövrierte sie vorsichtig bis zur kleinen Wartungstür, die sich auf einer Seite der Schachtwand befand, und sie humpelten am Ende ihrer Kräfte in den düsteren Lagerraum, an dessen Ende das verschlossene Eingangstor auf sie wartete. Auch jetzt noch schien niemand gewillt, das Schweigen zu brechen, das sie alle einhüllte, und schließlich war es Fuchs, der sich räusperte.

»Goog«, sagte er laut ins Dunkel hinein. »Lebst du noch?« Zum ersten Mal überhaupt kam ihm der Gedanke, dass keiner von ihnen wusste, wie lange sie weg gewesen waren. Vielleicht waren es zwei Tage gewesen. Vielleicht zweihundert Jahre. *Raum und Zeit haben hier keine Bedeutung.* Vielleicht waren die Menschen unten im Gasthaus vollkommen Unbekannte, die in Räumen feierten, die längst jemand anderem gehörten. Möglicherweise war Mlima, waren sie alle nur noch eine düstere Legende, Gegenstand eines weiteren der Lieder, die sich um die *Aufgehende Sonne* rankten, und der Goog ein vertrocknetes Häufchen Knochen hinter einer der Kisten hier.

»Wer will das wissen?«, rumpelte eine heisere Stimme in der Dunkelheit, so unerwartet, dass Fuchs tatsächlich zusammenzuckte.

Marai lachte müde. »Ehrlich, Goog, wenn du es nicht weißt, warum meldest du dich dann?«

»Hab die Schnauze voll vom Warten. Lieber schlag ich noch jemandem den Schädel ein und trete ab, als hier noch länger herumzuliegen. Das tut verdammt weh, weißt du?« Es rumpelte, als eine Kiste beiseitegeschoben wurde, dann kam der massige Krieger ins Licht der Laterne gehumpelt, schwer auf seinen Vorschlaghammer gestützt. »Ihr habt euch wirklich Zeit gelassen. Ich hab kaum noch Wasser, und ...« Er stockte, als er die Gruppe zum ersten Mal richtig wahrnahm. »Wer sind die da? Und wo ist Stern? Und ...« Er zog die Brauen zusammen und verstummte.

»Stern, Pelly und Kratzer kommen nicht zurück«, sagte Ensu leise. »Der Rest – eine lange Geschichte. Die wir besser woanders besprechen. Goog, du glaubst gar nicht, wie froh ich bin, dich lebend zu sehen.«

Der Goog verzog das Gesicht, ohne die Augen von Mern zu nehmen. Für einen Moment musterten sich die zwei Männer wie ein Paar alte Kampfhunde. »So schnell sterbe ich schon nicht. Aber ich habe langsam Hunger. Habt ihr einen Weg nach draußen gefunden?«

Fuchs nickte und deutete auf Salter. »Der Mann da. Er ist unser Weg raus. Falls du die Kiste noch hast, heißt das.«

»Was soll ich damit schon gemacht haben? Kommen nicht gerade viele Leute vorbei, denen ich hier was unterjubeln könnte.« Endlich riss der Goog den Blick los und zuckte mit den Schultern. »Und? Sind wir reich, Loxxa?«

Fuchs und Ensu sahen sich an.

»Das kommt darauf an«, sagte Ensu zögerlich. »Was hältst du von einem Gasthaus?«

»Ich sag doch, ich hab Hunger. Also was ist – sind wir reich?«

AUF DIE DINGE, WIE SIE SIND

Du gehst also.« Es war keine Frage; Ensu stellte lediglich etwas fest.

Fuchs saß auf dem Beckenrand inmitten der großen Halle der *Aufgehenden Sonne* und sah den flinken silbernen und roten Fischen zu, die sich um Brotkrumen balgten, die Ako ins Wasser warf. Noch immer vermied er es, nach oben zu sehen, in den Schacht, der bedrohlich wirkte wie eh und je. Jetzt hob er den Kopf und sah die stämmige Korra an. »Wir gehen, ja. Morgen früh. Ich würde noch ein paar Tage bleiben, aber du weißt ja, wie das ist. Die Karawane wartet nicht, Baelis und Salter reisen mit ihr ab, und am Ende würde ich es doch ohnehin tun. Ich muss.« Auch Fuchs hatte keine Frage gestellt, und doch klang es für Ako so, als bitte er um Vergebung, um Erlaubnis.

Ensu hörte es wohl ebenfalls, denn sie schnaubte belustigt. »Ich weiß. Ich kenne dich dein ganzes Leben, Fuchs.« Abwesend massierte sie sich die linke Seite ihres Brustkorbs. Sie trug an diesem Tag nur eine dünne, seidene Robe, vermutlich aus den privaten Beständen Mlimas, und der weite Halsausschnitt ließ viel vom alten, roten Narbengewebe sehen, das sich über ihre Schulter und die Stelle zog, an der ihre Brust fehlte. »Wir alle haben Dinge zu verarbeiten. Und du tust es, wenn du läufst.« Sie strich dem lockigen Mann mit der Hand über die bärtige Wange. »Aber versprich mir, dass du irgendwann wieder zurückkommst, wenn du fertig bist. Du hast hier immer einen Platz.«

Fuchs grinste schief, und sein Blick zuckte, anscheinend unwillkürlich, zu Ako. Sie erwiderte das Grinsen breit.

»Ich weiß es nicht. Ich bin nicht gut im Halten von Versprechen«, sagte Fuchs zögerlich.

Ensu lachte belustigt auf. »Selbsterkenntnis ist ein wichtiger Schritt.« Sie schnippte mit den Fingern, und ein Becher hob sich vom Beckenrand und schwebte ihr direkt in die Hand. »Geht immer leichter.« Sie grinste. »Siehst du, ich bin schlecht darin, im Vordergrund zu stehen und Verantwortung zu übernehmen. Und jetzt sieh mich an. Hier bin ich und habe die Wahl, ob ich mich in diesen ausgesprochen hässlichen Stuhl dort hinten setze.« Sie deutete über das Wasserbecken auf die andere Seite, wo sich der leere Thron Mlimas erhob. »Und wir alle wissen, dass ich Throne aus irgendeinem Grund nicht sonderlich mag.«

»Andernseits hat sich Mlima auf deinen Steinstuhl gesetzt«, sagte Ako. »Da ist es nur recht, wenn du dich auf ihrem niederlässt.« Sie atmete tief durch und warf das restliche Brot ins Wasser. »Ich glaube, dass du dich richtig entscheiden wirst.« Sie grinste Ensu an. »Und ich werde ein großes Lied über dich verhalten.«

Ensu schnaubte. »Verfassen, Schwester. Es heißt verfassen.« Sie trat an die Taruki heran, und schloss sie so fest in die Arme, dass Ako glaubte, ihre Rippen knirschen zu spüren. »Geht, reist ans Meer, findet Fuchs' Familie, findet, was immer du finden willst, aber wenn du dann dein verdammtes großes Lied schreibst, dann schreib es über uns alle. Und erzähl den Leuten, dass der Totengott tot ist. Es lohnt sich nicht, nach ihm zu suchen. Vor allem nicht hier. Wir haben ihn rausgeworfen. Er hat hier nichts mehr verloren.«

Fuchs schüttelte den Kopf. »Habt ihr darüber nachgedacht, was gewesen wäre, wenn wir … wenn wir anders entschieden hätten? Wenn wir unsere Wünsche erfüllt hätten?«

Ako zuckte mit den Schultern, bevor sie den Kopf schüttelte. »Natürlich haben wir. Aber das wäre betrogen, oder? Gott zu werden, um sich Wünsche zu erfüllen. Das wäre nicht echt. Nicht verdient.«

»Wir hätten eine Menge gute Sachen tun können«, gab Fuchs zu bedenken, doch Ensu schüttelte den Kopf. »Nicht wir. Er. Oder Sie oder was auch immer aus uns geworden wäre. Und wir hätten vielleicht keinen Einfluss mehr darauf gehabt, ob er es tut – und was.«

Ako nickte. »Ich verstehe, was du meinen willst. Wir können immer noch Gutes machen. Nur sind wir selbst verantwortlich. Für uns. Für unsere Taten. Für die Welt.«

Ensu sah sie von der Seite an und verdrehte die Augen. »Geh mir weg mit der Welt. Wir werden schon mit diesem Sündenpfuhl hier mehr als genug zu tun haben.«

Fuchs nickte nachdenklich, dann sah er Ensu direkt an. »Du willst nicht einfach mitkommen? Ihr alle? Ich glaube, es gibt eine Menge für uns zu sehen da draußen. Und du weißt, wie gut wir sind, wenn wir zusammenarbeiten.«

»Was genau der Grund ist, warum ihr das lassen solltet.« Marai trat von hinten an sie heran. Sie hielt Ako einen Becher Shouri hin. »Hier. Einen auf den Weg. Nein, Fuchs, wir bleiben. Irgendjemand muss auf dieses Tor aufpassen.«

»Schließt es einfach.«

Marai zuckte mit den Schultern. »Tun wir vielleicht. Später. Aber ich habe die Hoffnung noch nicht aufgegeben, dass Shoruan, Tohiao und ihre Citani es doch bis hier runter schaffen, und wir haben ihnen zugesagt, dass es offen sein wird. Also warten wir. Ensu setzt sich auf diesen verdammten Thron, der Stammesrat bekommt sein Geld, und wir werden leben wie Könige. Außerdem – entweder wir machen es, oder Jog Makeen. Der wird das sicher nicht auf sich sitzen lassen.« Sie deutete auf die andere Seite der Halle, wo der Goog und Mern über einer Partie Daran-Gu saßen. Der Goog hatte erst begonnen, dem stummen Hünen die Regeln des Spiels beizubringen, aber Mern schien ein Naturtalent zu sein. Oder der Goog war einfach wirklich schlecht. Wer wusste das schon so genau. Auf jeden Fall sahen sie zufrieden aus.

»Aber solange wir die beiden haben, werden wir kaum direkte Angriffe fürchten müssen. Die Goldenen Garden könnten uns vielleicht Ärger machen. Aber aus irgendeinem Grund haben sie viel größere Probleme, als sich um ein Gasthaus zu kümmern. Die Guam ist wohl verschwunden und der Magistrat im Aufruhr.« Sie grinste breit. »Hau ab, Fuchs, schau dir das Meer an. Wir sind Korra. Wir sind für die Berge geboren. Wir gehen hier nicht weg. Du weißt, wo du uns findest.« Auch sie wandte sich Ako zu. »Und du hast ein Auge auf den Kerl, in Ordnung? Er ist manchmal wirklich so ein Idiot, wie er zu sein vorgibt. Man weiß nie, wann er's nur spielt, also sei wachsam.«

Fuchs stöhnte. »So, jetzt ist aber gut mit den Nettigkeiten.« Er sah in seinen Becher und hob ihn dann feierlich. »Heute trinken wir, morgen reisen wir, und alles andere liegt in der Zukunft, und wir kümmern uns darum, wenn es so weit ist, in Ordnung?«

»Klingt gut für mich. Auf uns.« Ensu hob ebenfalls ihren Becher, und Marai schloss sich ihr an. »Auf die Dinge, wie sie sind.«

»Auf alte und neue Freunde.« Ako tastete abwesend nach dem Beutel, der unter ihrer Bluse auf ihrer Brust hing, und sah in ihren Becher Shouri. »Und auf ordentliches Bier.«

EINE DIESER NÄCHTE

Es war eine dieser Nächte, in denen unerwartet Wind aufkam und die Fensterläden klappern ließ. In denen vereinzelte Regentropfen durch die Gassen von Atail wirbelten. Noch nicht genug, um sich Regen zu nennen, aber ausreichende Anzeichen für ein herannahendes Gewitter.

Gerüchte machten die Runde. Dass es einen Überfall auf das *Haus der Aufgehenden Sonne* gegeben hatte. Die Wirtin sollte dabei getötet worden sein, und die Aufregung in der Unterwelt war groß. Nicht, weil man Mlima sonderlich vermisste, sondern weil ihr Verschwinden eine Lücke hinterließ. Eine Lücke, die von aufstrebenden Nachwuchsverbrechern schnell geschlossen werden wollte. Andererseits besagten einige Gerüchte auch, dass sich bereits jemand auf ihren Thron gesetzt hatte. Eine Korra, die einen Mann mit einer bloßen Bewegung des Handgelenks quer durch den Raum werfen konnte. Eine Frau, der der Goog folgte, der die Ratten der Jurdagasse folgten. Den Goog kannten viele, und es gab einer ganzen Reihe Leute zu denken. Es hieß außerdem, dass ein weiterer Mann hinter ihr stand, ein Stummer, der dem Goog ebenbürtig war, und eine Frau, die den Pfeilwerfer nie aus der Hand legte. Und außerdem, so die Gerüchte, standen viele der Korra an den Stadträndern hinter ihr. Vielleicht war diese Sache mit der *Aufgehenden Sonne* also gar nicht so eilig.

Denn es gab noch eine dritte Art von Gerüchten, und diese drangen von den Türmen der Magister in die Stadt hinab, dem Hörensagen nach aus der Goldenen Halle selbst. Es hieß, die Guam selbst sei verschwunden, vielleicht tot. Die Magister waren ratlos und beunruhigt, und in Atail wusste man, dass es nie gut war, wenn viele Leute, die das Shao beherrschten, beunruhigt waren. Es roch nach Umsturz, nach Neuordnung, und wenn sich Dinge in der Goldenen Halle änderten, bekamen das immer die Menschen am Fuß des Bergs zu spüren. Es war bereits zu kleineren Auseinandersetzungen gekommen, doch größere Unruhen waren bislang ausgeblieben. Dennoch konnte man die Anspannung beinahe körperlich spüren. In den Kellern der Unterstadt wurden die Messer gewetzt. Waffenlager wurden aufgeschlossen, alte Bündnisse erneuert und neue Bündnisse geschmiedet. Jeder schien nur noch auf das Signal zum Losschlagen zu warten. Es herrschte die sprichwörtliche Ruhe vor dem Sturm.

Die drei finsteren Gestalten, die an diesem Abend in das schäbige Gasthaus am Rande des Tanisblütenplatzes eindrangen, hatten es ebenfalls gespürt. Sie waren wie Hyänen, die diese Gelegenheit beim Schopf packten, um sich ungestraft zu bereichern. Naka schien ihn ihren Augen das geeignete Opfer zu sein. Die junge Bedienung war hübsch, auf eine unaufdringliche Art. Ein schüchternes Mädchen, das sich kaum zur Wehr setzen würde. Und selbst wenn, wer würde ihr an so einem Tag schon beistehen? Die Menschen in der Unterstadt waren viel zu sehr mit sich selbst beschäftigt, und die Goldenen Garden hatten ganz andere Sorgen. Die Guam, die normalerweise für Ruhe und Ordnung in den engen Gassen sorgte, schien schon seit Tagen wie von der Erde verschluckt zu sein. Es war zwar nicht ungewöhnlich, dass sie für längere Zeit auf Reisen ging, doch noch nie zuvor hatte sie die Stadt ohne geeignete Anweisungen verlassen. Noch ein Grund mehr, sich langsam Sorgen zu machen.

Der Anführer der abendlichen Besucher war ein hoch aufgeschossener Junge mit dem federnden Gang eines Athleten. Er beugte sich so weit über die Theke hinweg, dass Naka seinen säuerlichen Atem riechen konnte. Er musste schon den ganzen Tag über eine Menge getrunken haben, doch Männer seines Stands waren das gewohnt. Ihr Leben bestand in erster Linie aus Festlichkeiten, Wein und Kräftemessen. Sie waren die Söhne mächtiger Magistrate und hatten sich noch keinen einzigen Tag ihres Lebens den Kopf darüber zerbrechen müssen, woher ihre nächste Mahlzeit kam. Alles, was sie wollten, nahmen sie sich, ohne zu fragen. »Wein für uns drei«, sagte der Junge. Er zog eine Handvoll Farsha unter dem Hemd hervor und warf sie klimpernd auf die Theke. »Den besten, den du hast. Und danach können wir zwei uns noch ein bisschen amüsieren, wenn du verstehst, was ich meine …« Er stieß ein dreckiges Lachen aus, und seine zwei Begleiter lachten diensteifrig mit. Sie sahen aus wie Zwillinge. Gedrungen, stiernackig und mit glasigen Blicken. Am Gürtel trugen sie scharf geschliffene Ralgri, deren lederumwundene Griffe vom vielen Gebrauch schon ganz speckig waren.

Nakas Blick wanderte langsam über ihre ungebetenen Gäste hinweg und dann an ihnen vorbei in das Halbdunkel des Schankraums. Die Frau, die dort saß, war schlank und hochgewachsen, und sie trug die Haare kurz wie ein Mann. Sie war nicht allein. Neben ihr hockte ein dicklicher Mann, der mit traurigem Blick eine Bohnensuppe in sich hineinlöffelte. Der Junge trat einen Schritt auf die beiden zu und schob seinen Umhang zurück. Eine lange siegelverzierte Klinge blitzte darunter hervor. »Was glotzt du so blöd?«

»Ich?« Der dickliche Mann sah irritiert von seinem Essen auf. Er schien sich der angespannten Situation bislang überhaupt noch nicht bewusst gewesen zu sein.

»Sehe ich aus, als würde ich mich mit einem fetten Schwein unterhalten wollen?«

Die Augen des dicklichen Mannes wurden groß. Er ließ den Löffel klappernd auf den Tisch fallen und warf einen Seitenblick auf die hochgewachsene Frau. »Hat er mich gerade ein Schwein genannt?« Ein eisiger Windhauch fuhr durch den Raum und ließ die Kerzenflammen aufflackern.

Die Frau legte ihm schnell eine Hand auf den Arm. Sie spürte meistens schon viel früher als andere, wenn sich irgendwo ein Unwetter zusammenbraute, und sie wusste nur zu gut, dass diese ganz besondere Art manchmal etwas heftiger ausfallen konnte. Im Grunde hatte sie kein Problem mit solchen Dingen, doch auf dem Karawanenplatz sammelte sich ein Handelszug, der schon im Morgengrauen nach Vyndt aufbrechen wollte. Sie warteten nur noch auf Ako und Fuchs, die sie auf ihrer Reise begleiten wollten. Besser, sie vermieden bis dahin jede Art von unnötigem Ärger. Nicht dass die Karawane am Ende noch ohne sie aufbrach. »Schon gut, Salter«, sagte sie in beruhigendem Ton. »Er hat es nicht so gemeint.« Sie nippte an ihrem Wein und musterte ihr Gegenüber dabei von oben bis unten. »Du solltest nach Hause gehen, Junge. Das ist keine Nacht, um sich auf den Straßen herumzutreiben. Die

Wolken hängen tief am Himmel, und ich habe das Gefühl, dass sich da draußen irgendwo etwas zusammenbraut.«

Der Junge blinzelte irritiert. »Was glaubst du eigentlich, wen du vor dir hast?«

»Wen habe ich denn vor mir?«

»Den Mann, der dein hässliches Grinsen bis zum anderen Ohr verbreitern wird.« Seine Hand zuckte zum Griff der Waffe und zog sie mit einem Ruck aus der Scheide. Er richtete die Spitze auf die Narbe, die sich quer über das Gesicht der Frau zog. »Na, wie würde dir das gefallen?«

Die Frau sagte nichts, blickte ihm einfach nur ruhig in die Augen.

Er hätte das als Warnung verstehen sollen, aber Leute seines Schlags lernten es einfach nie. »Jetzt bist du still«, sagte er mit einem triumphierenden Grinsen in Richtung seiner Begleiter. »Sag bloß, es hat dir die Sprache verschlagen?«

Die Frau wich ein winziges Stück vor der Klinge zurück und seufzte. »Also gut«, sagte sie schicksalsergeben. »Dann eben alles noch mal von vorn ...«

Was den erfolgreichen vom erfolglosen Bauern unterscheidet? Dass er vorausschauend denkt. Dass er zu den richtigen Zeiten die Saat ausbringt. Und in ganz seltenen Fällen auch eine besonders glückliche Fügung, die ihn als Teil einer Gottheit erschaffen hat. Das hatte durchaus seine Vorteile. Auch wenn man nicht gerade die Herrschaft über die Welt anstreben wollte.

NAMENSVER-ZEICHNIS

Ako Shakesh = Bardin; Reisende aus dem Volk der Taruki
Atrang = Protektor des Kaisers in den Westregionen
Bado = wieselgesichtiger Verbrecher; Mitglied in Mlimas Bande
Bavua = Stadtstreicher und Original in Isakar
Baelis = Ehemalige Kriegsheldin
Chirao = Citani-Kriegerin der Vergessenen
Dar Anak = legendärer Held und Stadtgründer von Atail
Dubash Sando = junger, ungehobelter Adliger aus Atail
Ensu = eine stämmige Korra, rechte Hand von Stern
Ered = der Einarmige, alter Bandenschläger in Atail
Fuchs = auch Loxxa, Akrobat und Dieb in Sterns Bande
Garudao = lange verstorbener kaiserlicher Prinz
Gioro = Kaiser der Drachennation
Goog, der = massiger Schläger im Dienst von Stern
Gowyn M'Shane = für seine Trinklieder und Balladen bekannter Barde aus dem Süden
Guam = Ehrentitel; Höherer Beamter in den größeren Städten der Drachennation
Hamand = Magister in Atail
Hunshae = Magister in Atail, Besitzer einer Orangerie

Ibjen = lange verstorbene kaiserliche Prinzessin

Ijoh = der Ältere/der Jüngere; Philosophen aus dem Kaiserreich

Imarikanda = Kaiser, Adoptivsohn von Renfao

Jaeema = Kriegerin aus Isakar, getötet von Kranoch Neks

Jedao = Korra, Bandenmitglied von Stern, Schütze, Zwilling von Marai

Jenkai = Offizier der Goldenen Garden

Jog Makeen = Magister und einer der Handelsherren von Atail; nebenberuflicher Verbrecherfürst

Kin Dairu = Citani-Truppführerin der Vergessenen

Kranoch Neks = Kriegsheld von Isakar, später Bandit

Kratzer = ehemaliger kaiserlicher Gardist, jetzt Schwertarm von Stern

Mahuen = Magistra in Atail, bekannt für ihren Privatwald

Manger »Einohr« = ehemaliger Bandenführer in Atail, verstorben

Marai = Korra, Bandenmitglied von Stern, Schützin, Zwillingsschwester von Jedao

Meret = eine kahlköpfige Taruki

Mern = Leibwächter der Guam von Atail

Mirm = Legendärer Schmied des Kaiserreichs

Mlima = Wirtin des *Hauses der Aufgehenden Sonne* und gefürchtete Unterweltgröße

Mondo = Leibwächter von Dubash Sando

Naka = Barmädchen im Gasthaus am Tanisblütenplatz

Onyx = Freudenmädchen im Haus der Aufgehenden Sonne

Pelly = Bandenmitglied von Stern, Feldscherin

Renfao = Kaiser, Urgroßvater des heutigen Kaisers

Roru M'Nak = Ein Dieb. Aus Tenburro

Sairen Bao = berühmte traditionelle Citani-Künstlerin, Musikerin und Dichterin

Salter = Magister; niederer Beamter am Kaiserhof

Shoruan = Citani, Magister der Vergessenen

Stein = seltsamer kleiner Mann; Siegelmetz

Stern = eigentlich Shenmat Shanshisu, Siegelschneiderin und Bandenführerin in den Gassen von Atail

Tara = Geheimnisvolle Pilgerin

Tika = Einohrige Straßenkämpferlegende aus Atail; kämpfte bevorzugt mit einem Fischhaken

Tohiao = Citani, Schwertführer der Vergessenen

Tohu = legendärer ehemaliger Kaiser der Drachennation

Tressa Melrich = Berühmte Bardin des südlichen Reiches

GLOSSAR

Atail = »Das gleißende Juwel der Himmel«, Karawanenknotenpunkt und Stadt der Türme

Bashun = Hauptstadt des Kaiserreichs; liegt etliche Tagesreisen südlich der Säulen des Himmels

Bedreg = mehrere Familien bzw. Clans der Taruki am nördlichen Fuß der Säulen des Himmels

Berralogg-Lied = über 200 Jahre altes Epos über die Stadtgründung Atails

Biltrar = Langhaar-Nagetier, berühmt für sein äußerst feines, leichtes und haltbares Haar

Bolzenwerfer = ein aus der Armbrust entwickeltes Schussgerät ohne Wurfarme, das Bolzen mithilfe von Shao-Siegeln verschießt

Butsu = Eberartiges Untier aus dem Schöpfungszyklus

Brugger = hartes, aufrichtiges und schweigsames Volk im Südosten der Berge. Beten einen Gott mit zwei Persönlichkeiten im Körper eines Pidi an

Charmat = Brei aus Bohnen, Trockenfleisch und scharfen Gewürzen, traditionelles Gericht der Korra

Citani = Volk des Kaiserreiches, stellt die Oberschicht

Curumi = scharfes Gewürz

Daran-Gu = Brettspiel, bei dem man viel Geld verlieren kann

Drachennation = Landläufiger Name für das Kaiserreich

Envarai-Rüssler = schweineartiges Huftier der Berge, lebt in Erdlöchern und ist sehr wehrhaft

Farsha = Kupfermünze in Atail, schuppenförmig, mit Loch

Goldene Garde = Stadtwache von Atail, dem Magistrat unterstellt

Guam = Honoratiorentitel in Atail, Stadtverwalter

Halle der Kraniche = Eine Magisterakademie

Halran = leicht narkotisches Rauchkraut

Hörner = Großwährung von Atail, Silber in Form von Oantan-Hörnern

Hüter der Kraniche = Ehrentitel; Oberster Lehrmeister in den Hallen der Kraniche

Isakar = große Stadt der Taruki in der nördlichen Wüste

Jaocun-Stock = Unterarmlanger Kampfstock, beliebt bei Straßenschlägern

Jakhu = Beliebtes Brettspiel im Kaiserreich

Jaquir = hundeartiges Echsenwesen der nördlichen Wüsten

Junzu = Citani-Anrede: ehrenwerte Dame, Herrin

Kamai = etwa 2–2,50m langer Kampfstab

Kargas = Taruki-Stadt nördlich des Gebirges

Kaylt = Kaiserliche Hafenstadt an den Ufern des Südmeeres

Kettbolzen = Spezieller Bolzen, der sich mittels Siegel am Aufschlagpunkt selbst einbetoniert

Kettdraht = hochfester Draht, der sich an Kettbolzen befestigen und verschießen lässt

Korra = das einheimische Volk des Gebirges, untersetzte, dunkelhaarige Menschen mit blauen Augen

Kranich = Ein mythenumwobener Vogel; auch Bezeichnung für einen Magister in der Drachennation

Kukambe = Titel, Heilerin der Taruki

Loccra = Bitterpilz, Rohstoff der Droge Virren

Lopec = gazellenartiges Reittier mit langem Hals

Loxxa = Dachfuchs; marderähnliches Raubtier auf den Dächern Atails mit goldenem Fell

Magister/Magistra = Personen, die das Shao manipulieren und einsetzen können

Magistrat = Herrscherrat von Atail, zusammengesetzt aus den Magistern und Handelsfürsten der Stadt

Magistratspalast = »die Goldenen Hallen«, Regierungspalast von Atail, benannt nach den goldenen Dächern des Gebäudes

Mal = Höflichkeitsanrede der Taruki, in etwa »Herr«

Manen = seefahrendes Volk an der Küste des Südmeeres

Mora = der Prophet; viele Taruki folgen seinen Lehren

Nachtspinnen = Höhlenspinnen mit leuchtenden Köderfäden

Nakora = gepanzerte aalartige Echsen, leben in unterirdischen Gewässern

Nock = Gehörntes Bergtier, das bevorzugt vor den Pflug gespannt wird und aus dessen Leder man robuste Schuhe und winterfeste Kleidung schneidert

Noru = die Toten Schatten, Taruki-Wort

Oantan = zottiges Huftier, wichtigstes Nutz- und Lasttier der Korra des Hochgebirges

Ongi = Frittierte Reisbällchen; eine köstliche Leckerei

Param = gerades, langes, einschneidiges Schwert des Kaiserreiches, aus der Mode

Pidi = kleines, unansehnliches Sumpftier

Pijira = traditionelles Saiteninstrument der Korra

Quelecc = Seide produzierendes Insekt der westlichen Steppen

Ragot, die Lehren des = alte Sammlung von Weisheiten, denen viele der Korra Atails folgen

Ralgri = kurzes, gerades Schwert, Adligen und Magistern vorbehalten

Rauta = Bandenführerin, »Häuptling«

Rok'Hamar = traditionelles Bier aus Isakar

Ruk = rattenähnliches Raubtier, Aasfresser, lebt im Müll

Sartuq-Feuer = brennbares Material, das sich nur sehr schwer löschen lässt

Sav = Allzweckgewürz

Selcanische Meeralgen = scheußliche, aber begehrte Essensspezialität

Shao = die magische Energie der Magister und Siegelschmiede

Siegel = komplexe Zeichen, mit deren Hilfe rohes Shao in spezifischen Wirkungen in Gegenstände eingebunden werden kann

Siegelschmied = auch: Siegelschneider, können Gegenstände mittels Siegeln mit Shao aufladen, jedoch Shao nicht selbst wirken

Shouri = vergorenes Getränk aus Oantan-Milch und Waroku-Sud

Sijangdoc – Bohnen mit Hackfleisch in scharfer Soße, Citani-Gericht

Sirha = Wickelgewand

Spilo = Kleine Magie aufspürende Echse; ihr Speichel soll giftig sein

Olderog = Stadt am westlichen Fuß der Säulen des Himmels

Tanisfrucht = sehr süße Speisefrucht, wächst an Bäumen

Taruki = schwarzhäutiges Volk der nördlichen Wüstenregionen

Taz = Legendäre Stadt hinter dem Südmeer

Tenburrisches Uhrwerk = Symbol für ein technisches Wunderwerk

Tenburro = Stadt im Süden

Tzu = Citani-Anrede: Frau

Uai-Stock = kurzer, eisenbeschlagener Schlagstock der Citani, beliebteste Waffe der Banden von Atail

Umabe = Geschichtensängerinnen der Taruki

Ukar = Kriegerisches Volk aus dem Norden

Varun = Handelsstadt; Teil der Drachennation

Virren = halluzinogene, starke Droge aus Loccra-Pilz

Vynt = größte kaiserliche Hafenstadt am Südmeer

Waroku-Beeren = bittere, aromatische Beeren der Hochgebirgs-Almen

Weris = eine Religion der Citani. Die Weris-Kinder fürchten die Nacht.

Zefire = Robuste Baumart aus den Gegenden nördlich der Säulen

DANKSAGUNG

Ein Haus das im Innern unendlich viel größer ist, als es von außen den Anschein hat, und eine Handvoll verrückter Gestalten, die sich ein halsbrecherisches Wettrennen durch seine Stockwerke liefern – ein Setting, das Tom schon seit etlichen Jahren im Kopf herum spukte. Der Name? »House of the Rising Sun«, nach einem alten amerikanischen Folk-Song, der in den Sechziger Jahren von der Band *The Animals* zu Weltruhm gebracht wurde. Oder auf Deutsch: »Haus der Aufgehenden Sonne«. Kombiniert mit einigen Zeilen aus »Hotel California« war das ein Setting, das endlich mal erkundet werden sollte, auch, um den einen oder anderen losen Faden der vergangenen Jahre weiter zu spinnen.

Und nachdem Stephan während eines USA-Besuchs auf die Geschichte von Gallus Mag gestoßen war, einer gefürchteten Straßenkämpferin, die im 19. Jahrhundert in einer New Yorker Bar als Türsteherin gearbeitet hatte, war ohne Zweifel klar, wer dieses ehrenwerte Etablissement führen würde. In diesem Augenblick war Mlima geboren, deren unglaubliche Geschichte tatsächlich auf wahren Begebenheiten beruht – inklusive der Ohren ihrer besiegten Gegner, die sie in einem Glas hinter der Theke aufbewahrt. Neben so illustren Gestalten wie Hell-Cat-Maggie oder »Battle Annie« Walsh bereicherte sie Manhattans berüchtigten Five Point District (dem übrigens Martin Scorsese in *Gangs of New York* ein filmisches Denkmal gesetzt hat) um eine damalige Variante von echter Frauenpower.

Von diesem Augenblick an ging es eigentlich ganz schnell: Zu Mlima gesellten sich Stern, dann Ako und Fuchs, Stein und Ensu, sowie all die anderen, die den Bodensatz von Atail bilden, dem »gleißenden Juwel des Himmels«, dessen dunklere Ecken nur selten in Heldensagen besungen werden. Unsere Geschichte erzählt zwar von Göttern, aber im Grunde geht es wieder einmal um die kleinen Leute, die sich der Flut weltbewegender Ereignisse unermüdlich entgegenstemmen, ohne dass es jemand für wert befindet, davon zu berichten. So mussten wir das eben übernehmen.

Wie jedes Mal allerdings können wir uns gar nicht genug bei all den Leuten bedanken, die uns zur Seite gestanden haben als es darum ging, dieses Werk hier auf den Weg zu bringen und vor allem aus der Rohform in ein ausgefeiltes und geschliffenes Buch zu verwandeln. Es hat sie alle die ein oder andere Stunde ihres Lebens gekostet, und wir hoffen, dass keiner diese Zeit als verschwendet betrachtet. Das wäre schon mal ein guter Anfang.

Die Entstehung dieses Buches haben also zusammen mit uns gestemmt: Bastian Schlück und sein unermüdliches Team bei unserer Literaturagentur, die nach wie vor an uns glauben. Sebastian Pirling, unser treuer Mitverschwörer bei Heyne, und all die anderen Leute vom Verlag, die auch dieses Werk in angemessene Buchform und in die Buchhandlungen bringen und dafür sorgen, dass es gesehen wird und wir es vor Leuten präsentieren können (ja, wir meinen auch dich, Doris). Wir danken Catherine Beck, die wie immer unser Lektorat gestemmt und uns an den richtigen Stellen zurechtgewiesen hat, sowie Eva Bergschneider, die auch dieses Mal unsere kritische Alpha-Leserin war. Was immer nicht rund sein sollte – vermutlich hat sie es auch schon kritisiert. Dank gebührt auch – wie immer – den Freunden, die wir unter den Schreibern gefunden haben, für moralische Unterstützung und nächtliche Aufmunterung (ihr wisst schon – Impostor Syndrome), den Buchhändlerinnen und Buchhändlern, die unsere Arbeit als empfehlenswert betrachten, und euch, liebe Leser, die ihr unsere Geschichten zu euren macht und den Eskapaden unserer Hirngespinste immer wieder freiwillig folgt: in den Kaninchenbau – oder in diesem Fall in ein wirklich seltsames Haus (Psychologen hätten vermutlich ihre Freude daran).

Tom dankt außerdem seiner Familie, die die ständige Schreiberei nach wie vor mitmacht – sogar im Urlaub, ganz besonders aber Leonie, seiner unvergleichlichen Frau, die sich endlich mal eine weniger schwülstige Danksagung wünscht (sorry – auch dieses Mal nicht). Im Ernst: Ich danke dir dafür, dass du da bist.

Und Stephan dankt allen, denen wir noch nicht gedankt haben, seiner Rollenspielrunde, und natürlich Judith, die sich tapfer mit ihm der Flut des alltäglichen Wahnsinns entgegenstemmt. Außerdem dankt er diesmal ganz besonders Emily und Adam, deren Lieblingsbuchladen in einer kleinen Grenzstadt irgendwo in den Vereinigten Staaten nicht unwesentlich zur Entstehung dieser Geschichte beigetragen hat (übrigens, wenn auch nur am Rande erwähnt und hierfür völlig irrelevant, auch der Geburtsort des Sängers Axl Rose).

Orks vs. Zwerge

Ein jahrtausende alter Hass...
eine gewaltige Schlacht...
ein einzigartiges Epos!

Ihr Hass aufeinander wurzelt tiefer als die Gebeine
der Erde – schon seit Jahrtausenden sind Orks und Zwerge
erbitterte Feinde. Nun prallen sie in einer gewaltigen
Schlacht aufeinander, in der sich die Zukunft beider Völker
entscheiden muss. Eine Schlacht, die das Schicksal von
Orks und Zwergen für immer verändern wird.

978-3-453-31404-7

978-3-453-31438-2

978-3-453-31610-2